BATTLEFIELD 3

THE RUSSIAN

앤디 맥냅의 작품 목록들

BRAVO TWO ZERO
IMMEDIATE ACTION
SEVEN TROOP
SPOKEN FROM THE FRONT
REMOTE CONTROL
CRISIS FOUR
FIREWALL
LAST NIGHT
LIBERATION DAY
DARK WINTER
DEEP BLACK
AGGRESSOR
RECOIL
CROSSFIRE
BRUTE FORCE
EXIT WOUND
ZERO HOUR
DEAD CENTRE
WAR TORN(킴 조던과 공저)
BOY SOLDIER(로버트 릭비와 공저)
PAYBACK(로버트 릭비와 공저)
AVENGER(로버트 릭비와 공저)
MELTDOWN(로버트 릭비와 공저)
DROPZONE
DROPZONE 2: TERMINAL VELOCITY

앤디 맥냅과 그의 책에 대해 더 많이 알고 싶으신 분은,
작가의 웹사이트인 www.andymcnab.co.uk를 방문해 주시기 바랍니다.

피터 그림스데일과의 공저작

PERFECT NIGHT
JUST WATCH ME

배틀필드
더 러시안

앤디 맥냅 · 피터 그림스데일 지음 / 이동훈 옮김

제우미디어

배틀필드 더 러시안

초판 1쇄 | 2012년 2월 20일
6쇄 | 2015년 2월 24일

지은이 | 앤디 맥냅 · 피터 그림스데일
옮긴이 | 이동훈

펴낸이 | 서인석
펴낸곳 | 제우미디어
출판등록 | 제 3-429호
등록일자 | 1992년 8월 17일
주소 | 서울시 마포구 상수동 324-1 한주빌딩 5층
전화 | 02-3142-6845
팩스 | 02-3142-0075
홈페이지 | www.jeumedia.com

ISBN | 978-89-5952-246-0
• 파본은 본사나 구입하신 서점에서 교환해 드립니다.

만든 사람들
출판사업부 총괄 손대현 | **책임 편집** 하일구 | **기획** 전태준, 김용진 | **디자인** 고민수
제작 김금남 | **영업** 김응현, 김소영, 설종원, 김영욱
도와주신 분 주하나, EA 코리아, 배소라, 장민성, 윤민혁, 조성환, 장익준, 정명섭, 태상호, 정호욱, 박윤홍

저자의 말

예전에도 저와 함께 일해 달라는 게임 회사는 많이 있었지만, 지금까지 저는 항상 그들의 요청을 거절했습니다. 그러나 함께 〈배틀 필드 3〉를 만들자는 DICE의 요청은 도저히 거절할 수가 없었습니다. 〈배틀 필드 3〉의 개발에 참여함으로써 저는 혁신적인 게임의 플레이를 통해 전 세계적으로 유명해진 게이머들과 함께 일할 수 있었습니다. 〈배틀 필드 3〉는 다른 게임들이 갖지 못한 특별한 요소를 지니고 있습니다. 이 게임을 한 마디로 표현하자면, 전투의 '본질'을 정확히 살린 게임이라고 할 수 있습니다. 〈배틀 필드 3〉는 단순한 슈팅 게임이 아닙니다. 그 속에는 전투원의 감정과 투지, 그리고 몸으로 느끼는 전투의 실체가 녹아 있습니다. 따라서 이 게임은 다른 게임들과는 차원이 다른 게임 체험을 제공할 것입니다.

개발팀이 제일 먼저 제게 요청한 작업은 게임의 레벨들을 이루는 여러 스토리라인을 하나로 엮는 일이었습니다. 저는 개발팀과 함께 일하면서 캐릭터의 액션이 이루어지는 방식에 대해 의견을 제시했으며, 그에 못지않게 중요한 액션을 특정한 방식으로 구현해야 하는 이유도 알려주었습니다. 또한 군인들의 말버릇, 행동거지, 사고방식에 대해서도 일러주었습니다.

한 가지만 예를 들어봅시다. 게임 속 군인들은 실제 군인들과 정확히 똑같은 어휘와 어조로 말해야 합니다. 군대에서는 "어쩌면요", "해보겠습니다", "시도해 보겠습니다"와 같이 말하지는 않습니다. 대신 "이걸 해라", "제가 하겠습니다", "저희가 하겠습니다", 이런 식으로 말을 합니다. 군대에서 모든 대화는 진취적인 어조를 띠고 있습니다. 현실의 군인들은 자신들이 하는 일에 긍정적으로 임해야 하기 때문입니다. 무엇보다도 작전은 실제 사람의 목숨을 걸고 하는 것이기 때문에 실패는 용납되지 않습니다.

제가 했던 두 번째 일은 개발팀의 그래픽 디자이너들과 함께 게임에서 제공하는 시청각적 자극의 실감을 높이는 것이었습니다. 우리는 여러 시간 동안 둘러앉아 군인과 병기들의 전술 이동방식과 그들의 모습, 심지어 닳고 더러운 군화 바닥까지 사실적으로 재현하는 방법에 대해 의견을 나누었습니다. 게임 속에서 미군 전차들의 공격을 당하는 사막 캠프의 모습은 제가 4년 전 비행기를 타고 가면서 보았던 이란─이라크 국경지대 캠프의 모습을 그대로 재현한 것입니다. 모든 것은 세세한 부분까지 실물과 똑같아야 합니다. 왜냐하면 뭔가 잘못되었을 경우 우리 두뇌는 그것을 바로 인식하기 때문입니다.

세 번째로 했던 일은 모션 캡처 스튜디오에서 배우들과 스턴트맨들과 함께 일하면서, 게임 캐릭터들이 무기를 들고 목숨을 건 전투를 치르는 실제 군인들과 똑같이 움직이도록 만드는 일이었습니다. 저는 다른 사람들에게 군인다운 적절한 행동방식도 일러주었습니다. 그럼으로써 그들은 주어진 임무를 수행하면서 공포, 분노, 결의를 적절히 표현하는 진짜 군인들처럼 행동할 수 있었습니다.

지금까지 나온 게임 중에서 가장 정밀한 게임인 〈배틀 필드 3〉의 게임 세계는 플레이어에게 기존 게임보다 훨씬 더 깊고 강한 실재감을 전해줄 것입니다. 이 게임을 본 전직 미군 전차장은 이 게임 체험이 자신이 탑승해본 어떤 시뮬레이터보다 우수하고 뛰어나서 이라크에서 겪었던 전투 경험이 떠올랐을 정도라고 말했습니다.

그러나 〈배틀 필드 3〉를 제대로 체험하려면 게임을 하는 것만으로는 부족합니다. 이 책도 읽어야 합니다. 게임에서는 다 말할 수 없었던 이야기가 있었기에, 게임에 기반을 둔 소설을 쓰는 것은 자연스러운 수순이었습니다. 그 이야기는 다름 아닌 디미트리, 즉 '디마 마야코브스키'의 이야기입니다. 그는 구 소련군 특수부대인 스페츠나츠의 전직 대원입니다. 그는 자신이 한때 충성했던 공산 독재정권이, 지금 그가 살아가는 세상에서는 더 이상 확실성을 주지 못한다는 것을 깨닫게 됩니다.

디마가 〈배틀 필드 3〉에서 맡은 역할은 그다지 인도적인 것은 아닙니다. 그러나 이 소설을 통해 독자 여러분은 디마의 시점에서 세상을 보게 될 것이고, 가장 난처한 순간에 처했을 때 그가 왜 그런 결정을 내리고 그렇게 행동했는지 이해하게 될 것입니다.

독자들이 더욱 즐거움을 누릴 수 있도록 상승 작용을 일으키는 책과 게임이 되기를 바랍니다.

앤디 맥냅

프롤로그

1991년 8월, 베이루트

그들은 0600시부터 경계태세를 유지하고 있었다. 모스크바에서 전화가 걸려온 것은 오후 3시가 되어서였다. 하루 중 제일 더운 시각, 그것도 1년 중 제일 더운 시기였다. 게다가 그들이 머물고 있는 호텔은 베이루트에 마지막 남은 에어컨을 설치하지 않은 호텔임이 분명했다. 그러나 이것이야말로 GRU(소련 대외 군사 정보국)다운 스타일이었다. 그들은 이런 점에서는 결코 기대를 저버리지 않았다. 디마는 다리를 침대 밖으로 내밀며 흔들자 자신의 머리가 헤엄칠 때처럼 움직이는 것이 느껴졌다. 디마는 수신기를 집어 들었다. 2,000킬로미터 떨어진 곳에 있는 팔리오프의 기대에 가득한 목소리가 들려왔다.

"준비됐나?"

"지난 9시간 동안 준비태세를 유지하고 있지요."

"빨간색 푸조야. 요르단 번호판을 달고 있어."

"어디 있습니까?"

잠시 침묵이 흘렀다. 디마는 모스크바의 사무실에 앉아 있는 팔리오프의 모습을 상상했다. '긴급 – 1급 비밀'이라는 스탬프가 찍힌 메모지와 텔렉스들로 잔뜩 어질러진 책상 앞에 앉은 팔리오프의 모습을 말이다.

"칼라지가 머무는 호텔인 마제스틱 팰리스로부터 네 블록 떨어진 곳이야. 폭탄 터진 자리에 있는 주차장이지."

"제발 좀 콕 집어서 말해주시죠. 이 도시의 절반은 폭탄 터진 자리란 말입니다."

"이란 핵 대표단 전원이 그 호텔에 와 있어. 그러니 그곳에는 대표단 자체 경호인

력들이 득실거릴 거야. 하지만 그들도 그 장소를 떠날 수는 없지. 우리가 원하는 정보는 칼라지가 모두 가지고 있어. 아무 문제도 없을 걸세."

"언제나 그렇게 말씀하시지만 언제나 문제가 생기잖아요."

팔리오프는 한숨을 쉬었다.

"장담하네. 모든 것이 제 위치에 있을 거야. 칼라지는 미국인들이 자기를 찾아올 거라고 생각하고 있어. 그러니까 절대 저항하지 않을 거야. 그를 차에 태우고 달리기만 하면 돼. 그에게 국경을 건너면 비행기가 기다리고 있다고 말하면서 예전에 얘기했던 것처럼 서류를 보여주라고. 이미 달리고 있는 차 안에서 자네 정체가 탄로난다 해도 그가 뭘 어쩌겠나? 자동차만 빨리 몰면 그만이야."

문제가 생겼을 경우 GRU가 상대방을 달래기 위해 써먹는 단골 답변이었다.

"그래도 만약 문제가 생기면 어쩝니까?"

"죽여버려. 이란의 핵 천재가 미국인들 손에 떨어지는 것보다는 죽여버리는 게 낫지."

팔리오프는 그러고 나서 전화를 끊었다.

디마는 수신기를 원래 위치에 내려놓고는 솔로몬을 바라보았다.

"가자."

솔로몬은 다리를 꼰 채로 침대에 앉아 있었다. 그의 앞에는 분해된 미국제 콜트 45 권총이 놓여 있었다. 솔로몬은 아무 반응도 보이지 않고, 그저 쏘아볼 뿐이었다. 그것이 그의 일상적인 감정표현이었다. 솔로몬은 아직 스무 살밖에 안 됐지만, 그의 지능은 그보다 훨씬 나이 많은 사람들도 놀라게 할 정도였다. 한때 디마는 솔로몬의 조언자였지만, 이제 솔로몬은 더 이상 조언자를 필요로 하지 않았다. 그의 옆에 있으면 디마는 자신이 늙고 열등한 느낌이 들었다. 작전을 나가기 전에 드는 기분치고는 별로 좋은 느낌이 아니었다.

잠시 동안 그들은 도시의 곤죽 같은 공기를 가르는 오버헤드 팬의 소리를 들으며 입을 꾹 다물고 있었다. 창문 근처에서는 끈끈이에 붙잡힌 파리가 서서히 덮쳐오는 죽음에 맞서 헛된 날갯짓을 하며 윙윙 소리를 내고 있었고 바깥 도로에서는 경적 소리가 울렸다. 끊임없는 교통정체에 대한 베이루트 운전자들의 불만의 목소리였다.

솔로몬은 갑자기 음흉한 미소를 지었다.

"이 작전에서 제가 가장 보고 싶은 게 뭔지 아세요? 칼라지가 자신이 자유의 나라로 가고 있지 않다는 것을 깨달았을 때, 어떤 표정을 짓는지 보고 싶군요."

디마는 후배의 속을 알 수 없었다. 그런 느낌이 든 것은 이번이 처음은 아니었다. 특히 짜증나는 것은 솔로몬이 타인의 불행을 즐거워한다는 점이었다. 게다가 이번 일은 솔로몬이 GRU 요원이 되어 처음 나가는 현장 출동이었다. 그런 상황에서 어쩌면 이렇게 냉정할 수 있는지 궁금했다. 디마는 자리에서 일어나 욕실로 가서 세면 백에 든 플라스크를 꺼내들고 보드카를 한 모금 마셨다. 앞으로 여러 시간을 버텨내기 위한 최소량이었다. 그는 다시 방으로 돌아와 콜트45 권총을 집어 들고, 권총집에 꽂았다. 솔로몬이 얼굴을 찌푸렸다.

"그거 잘 닦았어요?"

"물론이지. 깨끗하다네."

솔로몬은 자신의 총의 총열을 집어 들어 점검했다. 이미 몇 번째인지 알 수가 없었다.

"이곳의 먼지란 먼지는 다 들러붙은 것 같아요. 안 그래도 악명 높은 콜트 45인데."

디마는 그 말을 듣고 생각했다. 네가 뭘 안다고. 그들이 진짜 걱정해야 하는 것은 탄약이었다. 뒷구멍으로 구한 탄약에는 약한 장약이 들어 있기 일쑤였다. 도대체 무엇 때문에 이런 미국산 쓰레기를 써야 한단 말인가? 하지만 완벽한 위장에 대한 팔리오프의 집착은 대단했다. 병기에는 신경 쓰지 마. 정보만 정확하면 돼.

디마는 탄창과 탄약들을 바라보았다. 솔로몬은 모든 탄두에 십자모양의 홈을 새겨놓았다. 솔로몬은 적에게 최대한의 피해를 입히기 위해 JHP 탄을 사용했다. 하지만 디마는 단 한 발도 사격할 필요 없이 오늘의 임무가 끝나기를 바랐다.

"시작하자고."

그들은 택시를 탔다. 패널마다 색이 다른 오펠 차량이었다. 차 안에서는 땀 냄새와 운전사가 먹은 점심 냄새가 났다. 솔로몬은 마치 억지로 쓰레기를 버려야 하는 10대

소년처럼 뚱한 표정으로 차에 올라 팔짱을 꼈다. 솔로몬이 완벽한 미국식 억양의 영어로 입을 열었다.

"우리가 CIA였다면 차도 있고 운전사도 있었겠지요. 독자적 무선망도 있을 테고."

"자네, 줄을 잘못 선 것 같구먼."

솔로몬은 대답하지는 않았지만 디마의 말에 동의하는 듯했다.

디마가 가슴을 두드리며 말했다.

"긍정적인 면을 보자고. 적어도 우리는 로고가 박힌 폴로 셔츠를 입고 있지 않나. 치노 바지도 입고 있고."

바지 얘기를 꺼내면서 디마는 솔로몬의 허벅지를 슬쩍 쳤다.

"그래요. 이거 아랍 시장에서 구한 거잖아요. 공부해야 할 나이의 애가 학교에는 안 가고, 재봉틀 앞에 앉아서 운영하는 가게에서 말이지요. 그들은 미국인들을 자기네 밥으로 여긴다고요."

"칼라지는 눈치채지 못할 거야. 물리학자잖아."

"그는 미국에 산 적도 있어요. 선배는 미국에서 산 적 없잖아요."

디마는 솔로몬에게 비난의 시선을 보냈다. 솔로몬은 스페츠나츠 훈련을 조기에 수료했지만, 이런 태도 때문에 퇴교당할 뻔한 적도 있었다. 첫날부터 그는 말썽꾸러기로 낙인찍혔다. 그는 다루기 곤란한 녀석이었고, 항상 교관들에게 반항했으며, 언제나 창의적이고 뛰어난 의견을 내놓았다. 교관들은 디마에게, 팔리오프에게, 그리고 다시 디마에게 불평을 늘어놓았다. 디마는 자신을 탓할 수밖에 없었다. 솔로몬은 소련의 무익한 아프가니스탄 점령 말기, 폭격으로 날아간 칸다하르의 사면에서 디마 자신이 찾아내 발탁한 인물이었기 때문이었다.

솔로몬은 '악의 제국'을 무찌르기 위해, 아프가니스탄으로 끌려간 무수한 소련 젊은이 중 한 사람이었다. 위장 신분으로 활동하던 디마는 솔로몬의 잠재력을 알아보고 그에게 손을 내밀었다. 솔로몬의 조용하고도 절제력 있는 성품, 뛰어난 언어 구사력, 냉정함은 매우 귀중한 자산이었다. 디마는 이런 사람이야말로 GRU와 러시아에 필요한 인재라고 주장했다. 윗사람들은 디마의 의견을 받아들였고 2년 뒤에 디마에게 솔로몬을 감독하라고 지시했다. 이번이 솔로몬의 첫 임무였고, 디마는 슬슬 자신의 선택에 회의가 들고 있던 참이었다.

그들은 호텔에서 몇 블록 떨어진 곳에서 내린 뒤, 걸어서 호텔을 지나 폭탄이 터졌다는 주차장을 찾았다. 몸에 척 들러붙는 스모그 속을 잠시만 걸어도 땀이 폭포수처럼 흘렀다. 푸조는 코빼기도 보이지 않았다. 하지만 반대편에 작은 술집이 보였다. 마치 강력한 자석에 끌려가기라도 하듯이, 디마는 그 술집으로 곧장 걸어 들어가 카운터에 5달러를 내놓고 보드카 더블을 주문했다.

"지금 도대체 뭐 드시는 거예요?"

솔로몬은 문간에 숨어 있었다.

"그냥 물이야, 물."

"아니, 선배. 부끄럽지도 않아요?"

솔로몬은 공허한 시선으로 디마를 보았다. 마치 "그게 정말 물로 보여요?"라고 말하는 듯했다. 디마의 기분은 다시 불편해졌다.

술집의 선반 위에는 작은 흑백텔레비전이 있었다. 텔레비전 속에 나온 고르바초프는 가택연금에서 풀려났지만, 이미 힘을 잃었고 모욕을 당했다. 한때 위대한 희망이었던 소련은 고르바초프의 주변에서 속절없이 무너져 내리고 있었다. 고르바초프가 시작한 혁명은 이제 손 쓸 수 없는 상태가 되었다. 어떻게 끝이 날까? 디마가 예측할 수 있는 것은 혼돈뿐이었다. 디마는 솔로몬에게 스페츠나즈 입대를 권유하면서, 위대한 사회주의 이상을 위해 싸우게 될 거라고 약속했다. 하지만 이 난장판의 끝에 그런 결말이 있을 가능성은 희박했다.

디마는 재킷 속 튀어나온 부분을 두들기면서 말했다.

"칼라지는 우리에게 큰 도움을 줄 수 있을 거야. 그는 살아 움직이는 핵전력이라는 점을 명심하라고."

디마의 말장난은 솔로몬에게 통하지 않았다. 하지만 그날 처음으로 솔로몬의 눈에서 빛이 번뜩였다. 솔로몬은 모스크바에 있는 팔리오프와 나머지 상관들이 모두 해고당하는 상상을 하고 있었던 것이다. 디마는 5달러를 한 장 더 꺼내서 아까와 같은 것을 시켰다.

디마는 팔리오프에게 문제가 생길 거라고 경고했다. 그리고 푸조가 눈에 보이자 디마는 그 문제가 무엇인지 알아차렸다. 차로에 모습을 보인 푸조는 구덩이를 지날 때마다 거의 멈출 뻔했다. 차는 과적 상태였다.

"빌어먹을, 온 식구를 다 태운 모양이군."

차 옆면에는 생긴 지 얼마 안 된 긁힌 자국들로 인해 반짝이는 금속 표면이 드러나 있었다. 그리고 앞 범퍼의 한쪽 편은 다른 차와 얽히기라도 한 듯이 앞쪽으로 휘어져 있었다.

솔로몬이 길을 건너려 하자 디마가 그에게 속삭였다.

"기다려. 미행이 있나 살펴봐야 해."

두 잔째 보드카는 그다지 맛있지 않았다.

길 건너편에서 그들은 운전석에 앉은 칼라지와 그 옆에 앉은 칼라지의 아내를 바라보았다. 차 안에는 여러 사람들이 두려움에 고개를 이리저리 돌려가며 주위를 둘러보고 있었다.

디마는 계획 A는 이미 물 건너갔다고 생각했다. 그렇다면 계획 B는 무엇인가?

푸조 뒤의 거리에는 아무도 따라오지 않았다. 디마와 솔로몬은 차를 향해 걸어갔다. 칼라지는 그를 보자마자 뛰어내렸다. 야윈 몸매의 사나이였다. 셔츠 칼라는 비쩍 마른 그의 목에 비하면 너무 커 보였다.

"이봐요! 이봐요! 여깁니다!"

저 사람, 개념이 없구나! 디마는 손짓으로 그에게 진정하고 차 안으로 들어가라는 메시지를 보냈다. 차에 가까이 가자 뒷좌석에 아이들이 잔뜩 탄 것이 보였다.

디마는 뱃속이 제멋대로 뒤틀리는 것 같은 느낌을 받았다.

솔로몬이 말했다.

"저들을 죽여야 해요. 우선 저 사람부터 조용히 시킨 다음에 다들 차에서 내리게 해요. 아마 무슨 일이 벌어질지 짐작도 못할 거예요."

또 일이 꼬였구먼. 속으로 팔리오프를 있는 대로 욕하던 디마는 결국 이 작전을 하기로 동의한 것이야말로 자신의 실책임을 깨달았다. 그는 천성적으로 "안 돼."라고 말할 줄 모르는 사람이었다. 특히 예전부터 일을 시킬 때 해주던 모든 보증들이 무너져 가고 있는 요즘에 와서는.

칼라지는 차로 돌아가 창문을 내렸다. 툭 튀어나온 그의 눈에는 기대감이 가득했다. 뒷좌석에 앉은 아이들 중 한 명이 울어댔다.

디마가 말했다.

"칼라지 씨. 저는 데이브라고 합니다."

"데이브……."

칼라지는 그 이름을 몇 번이나 되뇌며 얼굴을 찡그렸다. 마치 이름을 부르는 법을 연습이라도 하는 것 같았다.

"메시지에서는 딘이라는 사람을 보낸다고 했는데요."

씨발. 도대체 사전에 뭐라고 얘기를 해놓은 거야? 데이브, 딘, 디마, 발음이 크게 다른 이름들은 아니었다. 머릿속이 깜깜해졌다. 작전 전에 보드카를 마신 건 그리 좋은 생각은 아니었던 것 같았다. 아니, 차라리 한 잔 더 마셔야 했나?

칼라지의 아내는 남편 몸 앞쪽으로 고개를 내밀더니, 디마를 보고는 베일을 쓴 얼굴을 찡그렸다. 그녀가 칼라지를 잡으며 페르시아어로 말했다.

"저 사람한테서 술 냄새가 나요."

어느 샌가 디마 곁에 온 솔로몬이 디마를 차창 앞에서 밀어내고, 예전에 전혀 볼 수 없었던 함박미소를 지어보였다.

"오우 여러분들, 즐거운 하루 보내고 계십니까? 제가 바로 딘입니다. 여러분을 여기서 목적지로 안내할 사람이죠. 싸모님, 자제분들과 함께 우선 차에서 내려주시겠습니까?"

하지만 디마는 장사꾼처럼 떠들어대는 솔로몬의 뒷말을 듣지 못했다. 칼라지의 가족들도 마찬가지였다. 그 다음에 일어난 사건이 두 소련인의 위장을 쓸모없게 만들어버렸기 때문이었다.

먼지투성이의 신형 세비 서버반 차량 두 대가 나타나 길 한복판에 멈췄다. 여덟 개의 문이 열리며 티셔츠와 반바지, 선글라스를 착용한 8명의 코카서스인 남성들이 차에서 내렸다. 모두 무장을 한 상태였다. 네 명은 엄호를 하고, 네 명이 그들에게 다가왔다. 다가오는 사람들 중 두 명은 디마를 주시하고 있었다. 칼라지의 아내는 디마의 고막이 찢어져라 비명을 질렀다.

솔로몬은 더 이상 디마 곁에 없었다. 문제가 터지자마자 그는 주차된 차들 사이에 자기 몸을 숨겼다. 선글라스를 쓴 사람이 소리 질렀다.

"손들어, 카우보이."

그리고 같은 말을 아랍어로 상당히 크게 말했다. 디마는 콜트45 권총을 뽑아 상대방에게 겨눈 다음 발사했다. 그러나 빗나갔다. 다시 조준하고 방아쇠를 당겼지만 총은 불발되었다. 다음 순간 디마의 손에서 권총이 날아가 버리더니 손에서 피가 뿜어져 나왔다. 양키의 총탄이 디마의 손을 맞힌 것이었다. 디마는 바닥에 굴렀고, 미국인들은 차의 반대편으로 가서 문을 열었다. 칼라지 가족에게 손을 내밀어 민주주의 나라로 데려가려는 것이다. 디마는 쓰러진 채로 바보 같고, 계획도 제대로 못 짜고, 지원도 충분치 않은 상태로 작전을 강행한 팔리오프를 욕했다. 콜트45도 욕했다. 조금 전에 마신 한두 잔의 보드카도 욕했다. 그리고 이제까지 살아온 거지 같은 인생의 거의 모든 것을 다 욕했다.

주차된 닷선[1]과 메르세데스 사이에서 언뜻 뭔가가 움직이는 게 보였다. 솔로몬이었다. 주차된 차들 뒤에서 위치를 고르고 있었다. 그리고 푸조 앞에 있던 한 미국인이 자신에게 조심스럽게 다가오는 것을 보았다. 디마는 아직 성한 오른손으로 치노바지에서 베레타를 뽑아 미국인의 발에 발사했다.

'쾅' 하고 차문 닫는 소리가 들렸다. 미국인들은 퇴각하려 하고 있었다.

"가족을 확보했다. 퇴각 준비 완료됐다. 간다!"

미국인들 손에 떨어지는 것보다는 죽여버리는 게 낫지. 솔로몬은 그렇게 생각할지 몰라도 디마는 그렇게 생각하지 않았다. 그렇게 할 필요도 느끼지 못했다. 솔로몬

---

1) Datsun: 일본 자동차 메이커 닛산의 승용차 브랜드. 국내에서는 다트선, 또는 닷산으로도 표기됨.

도 알게 될 것이었다. 총탄들, 가족……. 방금 디마가 총을 쐈지만 빗나간 미국인의 발이 눈앞에 들어왔다. 그 발의 주인은 턱이 크고, 자파타처럼 수염을 길렀고, 거울 같은 선글라스를 쓰고 있었다. 그 미국인은 M-9 자동권총을 들어 올려 디마를 겨누었다.

"더러운 빨갱이 새끼."

순간 디마와 미국인 사이의 공기가 폭발했다.

미국인은 땅바닥에 무릎을 꿇었다. 그의 뒤통수에 명중한 총알이 앞으로 튀어나오면서 그의 이마는 터져 나갔다. 미국인의 입은 마치 노래를 부를 준비라도 하는 듯이 완벽한 O자로 벌어져 있었다. 그는 아주 짧은 시간 동안 무릎을 땅에 댄 채로 서 있다가, 디마의 몸 위로 쓰러졌다. 미국인에 깔린 디마는 움직일 수 없었다. 미국인의 머릿속 내용물이 디마의 얼굴로 쏟아져 내렸다.

솔로몬이 있는 곳에서 여러 번의 총성이 더 울렸다. 그리고 고함소리와 비명소리도 마구 들려왔다.

"씨발, 좆 됐네!"

문이 쾅 닫히더니 자동차 바퀴가 미친 듯이 땅을 긁으며 돌아갔다. 그리고 침묵이 흘렀다.

솔로몬은 디마의 몸 위에서 시체를 치워주고, 디마의 얼굴을 가짜 폴로 티셔츠로 닦았다.

디마는 숨을 들이쉬었다.

"칼라지를 사살했나? 미국인들이 칼라지를 데려가는 걸 막았어?"

솔로몬은 천천히 고개를 내저었다.

"왜 그랬어?"

솔로몬은 미국인의 시신을 발끝으로 건드리면서 말했다.

"칼라지 아니면 이놈, 둘 중 하나밖에 쏠 수 없었어요."

디마가 솔로몬의 말 속에 숨은 뜻을 알아차리는 데는 약간의 시간이 걸렸다.

"내 목숨을 살리는 쪽을 선택했군."

솔로몬은 아무 말도 하지 않았다. 다만 경멸하는 눈빛으로 디마를 볼 뿐이었다. 그러다가 결국 그는 고개를 끄덕였다.

"그래. 이번 임무는 망쳤군."

1

디마는 눈을 떴다. 잠시 몽롱한 상태로 있다가 자신이 있는 곳이 어디인지, 그리고 왜 있는지를 떠올렸다. 전화는 언제라도 올 수 있다고 들었다. 3시가 조금 지나서 전화가 왔다.

수화기 너머 불가노프의 목소리에서는 짙은 피로감이 느껴졌다. 불가노프는 디마에게 시간과 장소를 알려주었다. 지침도 전달하기 시작했지만 디마가 그의 말을 가로막았다.

"어디 있는지만 알면 돼요."

"임무를 망치지 말라고. 알았지?"

"그럴 일은 없을 거요. 그래서 당신이 나한테 이 일을 준 거 아뇨."

디마는 그렇게 말하고 전화를 끊었다.

4시 30분, 여자아이와 돈 가방을 교환하기에는 좋은 시간이 아니다. 그러나 디마는 아직 결정을 내리지 못하고 있었다. 불가노프는 고통스런 감정을 억누르며 이렇게 말했다.

"기억하라고. 자네는 배달원일 뿐이야."

디마는 키릴에게 전화를 걸어 20분 동안 통화했다. 그리고 찬물로 샤워를 했다. 마지막 남은 졸음까지 말끔히 씻어내려는 것이었다. 디마는 몸을 말린 후 옷을 입고, 레드불(고카페인 에너지 드링크)을 한 잔 마셨다. 아침식사가 나올 때까지는 견딜 수 있었다. 그는 마지막으로 돈 가방의 내용물을 다시 점검했다. 압축 포장된 500만 달러였다. 아름다웠다. 올리가르키(과두경제 지도자) 영애(令愛)의 몸값은 갈수록 치솟고 있었다.

불가노프는 위조지폐를 쓰자고 주장했으나 디마는 강력하게 반대했다. 속임수를 썼다간 거래가 무산될 수도 있었다. 불가노프가 가진 재산에 비하면 새 발의 피 수준의 돈이었는데도, 그는 몸값을 계속 깎으려 들었다. 디마는 부자들도 인색할 수 있다는 것을 알았다. 특히 구 소련 시절을 겪은 부자들일수록 더욱 그랬다. 그러나 체첸인들도 자신들이 정한 몸값에서 한 푼도 양보하려 하지 않았다. 그리고 편지에 딸의 손톱이 동봉되어 오자, 결국 불가노프는 상대방의 요구에 굴복했다.

디마는 누비 코트를 입었다. 방탄복은 입지 않았다. 그럴 필요가 없었기 때문이다. 방탄복은 무겁기만 하고, 머리에 총격을 받으면 속수무책이었다. 화기도, 예기도 일체 휴대하지 않았다. 이런 교환에서 쓸 수 있는 유일한 무기는 신뢰뿐이다.

디마는 호텔 카운터에 키 카드를 반납하고 어젯밤 머무른 숙박료를 지불했다. 카운터를 지키고 있던 여직원은 웃음기 없는 딱딱한 표정으로 디마의 가방을 흘깃 보았다.

"멀리 가실 건가요?"

"그렇지 않기를 바랄 뿐이오."

"또 이용해 주십시오."

여직원은 건성으로 인사를 했다.

거리는 아직 어두웠다. 오래전에 내렸던 눈의 잔설 덩어리를 제외하면 텅 비어 있었다. 디마는 눈이 내린 직후의 모스크바 풍경을 좋아했다. 눈은 각진 모서리를 둥그스름하게 감싸주고, 더러운 것들과 쓰레기들, 때로는 술꾼들까지도 눈앞에서 치워주었다. 하지만 계절은 이미 4월, 얼어붙은 잔설들은 마치 군사학교에서 파야 했던 길고 구불구불한 진지처럼 보도에 들러붙어 있었다. 낮게 깔린 구름이 키 큰 회색 빌딩들의 머리를 가리고 있었다. 아직도 겨울은 끝나지 않은 것 같았다.

여기저기 찌그러진 BMW가 눈에 들어왔다. 약한 전조등 불빛이 길바닥에 깔린 유리 같은 얼음에 반사되었다. 차가 덜덜 떨며 디마의 앞에서 정차할 때 타이어가 약간 미끄러졌다. 차 여러 대의 부품을 억지로 뜯어내어 조립해 만든 자동차처럼 보였다.

자동차 세계의 프랑켄슈타인이라고나 할까.

키릴이 디마를 보고 미소를 지었다.

"자네의 잃어버린 어린 시절이 떠오르지?"

"어떤 시절이 말인가?"

디마는 어린 시절 따위는 떠올리고 싶지 않았다. 옛 추억이 떠오를 만큼 한가한 시간 따위도 없었고 어린 시절에서 벗어나기 위해 이제까지 온 힘을 다해 쉴 새 없이 노력해 왔기 때문이었다. 키릴이 차에서 내려 트렁크를 열고 가방을 싣는 동안 디마는 차 옆에 서 있었다.

차 안에서는 사우어크라우트(양배추를 싱겁게 절여서 발효시킨 독일식 김치)와 담배 냄새가 났다. 담배는 '트로이카'였다. 키릴이 미국산 말보로를 피운다는 건 상상도 할 수 없었다. 키릴은 발암 물질이 훨씬 더 많이 들어 있는 러시아산 트로이카 담배를 선호했다. 디마는 너덜너덜 찢어진 뒷좌석을 보았다. 침낭 하나, 패스트푸드 상자 서너 개, AK 소총 1정이 보였다. 키릴의 생활필수품들이었다.

키릴은 차에 타면서 디마의 얼굴 표정을 보았다.

"이 차에서 사나?"

키릴은 어깨를 으쓱였다.

"그녀한테 내쫓겼거든."

"또? 지금쯤은 정신 차렸을 줄 알았는데."

"우리 조상님들은 천막에서 사셨어. 그래서 훌륭한 후손인 나도 이렇게 세계를 떠돌고 있는 것이지."

키릴은 방랑을 좋아하는 몽골족 혈통 때문에 그런 가정생활을 하고 있는 거라고 말했지만 그게 아닌 다른 이유 때문이라는 것을 둘은 잘 알고 있었다. 너무 특이한 방식으로 오래 살았고, 남들이 절대 보지 못하는 것을 너무 많이 보았고, 너무 많은 살생을 한 때문이었다. 스페츠나츠는 그들을 어떤 상황에도 대응할 수 있도록 훈련시켰다. 일상적인 생활이라는 상황만 빼고.

디마는 뒷좌석을 바라보며 고개를 끄덕였다.

"자네도 알겠지만 카티야도 눈이 있어. 이 꼬락서니를 보면 차라리 납치범들하고 같이 있겠다고 할 걸."

키릴은 기어를 조작했고 그들은 잔설을 요란하게 튀기면서 떠났다.

카티야 불가노바는 자신의 자가용인 메탈릭 레몬 색의 마세라티에 타고 있다가 백주대낮에 납치되었다. 그런 차를 타고 있다는 것은 "우리 아빠는 돈 많아요! 저를 납치해 주세요!"라고 보닛에 굵은 글씨로 쓴 차를 타고 다니는 것과 마찬가지였다. 카티야의 경호원은 상황을 파악하기도 전에 관자놀이에 총알을 한 방 먹고 쓰러졌다. 어느 목격자의 증언에 따르면 범인은 AK 소총을 휘두르던 10대 소녀였다고 한다. 또 다른 목격자는 검은 옷을 입은 두 남자도 있었다고 전했다.

디마는 카티야의 아버지인 불가노프를 별로 불쌍하게 여기지 않았다. 하지만 불가노프도 자기를 불쌍하게 여겨달라고 부탁한 적은 없었다. 그리고 불가노프는 그저 자기 딸을 데려오는 것만으로 일을 마무리하고 싶어 하지 않았다. 불가노프는 딸을 데려온 후 범인들에게 복수를 해달라고 요청했다.

"지하세계 놈들한테 날 건드렸다간 재수 없을 거라는 점을 확실히 알리고 싶어. 그리고 그 일을 디마 마야코브스키보다 더 잘할 수 있는 사람이 어디 있겠나?"

불가노프도 전직 스페츠나츠 대원이었다. 스페츠나츠라는 이름에 인생을 걸었다가, 옐친 대통령이 집권하던 무법 시대에 자기 몫을 챙기기 위해 제대한 군번이었다. 디마는 그런 부류의 인간들을 경멸했다. 하지만 그들의 뒤를 이어 나타난 늙고 생기 없는 잔소리쟁이들도 별로 나을 것은 없었다. 디마가 마지막으로 모셨던 상관인 쿠쉬첸은 이런 말을 했다.

"디마, 자넨 잘못하고 있어. 약간이라도 참을성을 보여줘야지."

디마는 전혀 참을성을 보여주지 않았다. 1981년 디마의 첫 근무지는 파리였다. 그는 학생 신분으로 위장해 스파이 활동을 했다. 디마는 거기서 국장이 영국과 내통하고 있음을 알아차렸다. 디마는 재빨리 움직였고, 결국 국장은 센 강에 떠오른 시신으로 발견되었다. 현지 경찰은 그 사건을 자살로 결론지었다. 하지만 디마의 민첩함이 항상 환영받는 것은 아니었다. 윗사람들 중에는 디마가 일을 너무 성급하게 철저히 처리한다고 못마땅해 하는 사람들이 있었다. 그 때문에 디마는 이란 혁명 수비대의 교관으로 전출되었다.

아제르바이잔 공화국과의 국경 지대에 있는 타브리즈에서, 디마가 훈련시키던 훈련병 중 두 명이 코사크 이주 노동자의 딸을 강간했다. 강간범들의 나이는 17세였고 피해자의 나이는 13세였다. 디마는 강간범들의 관자놀이에 총알을 한 방씩 먹인 다음, 취침 중이던 부대원 전원을 기상시켜 총 맞은 그들의 얼굴을 가까이에서 보게 했다. 그 사건 이후로 디마가 이끄는 훈련병들의 군기는 상당히 높아졌다. 아프가니스탄에서 소련군이 완전히 철군하기 몇 달 전, 디마는 어떤 소련 정규군 상병이 프랑스인 간호사들이 가득 탄 차에 사격을 가하는 것을 보았다. 아무 이유도 없었다. 그는 마약에 취해 맛이 간 상태였다. 디마는 그 상병이 사격을 멈출 때까지 기다리지 않고 그의 목에 총탄을 먹여주었다. 죽은 병사가 쓰러지면서 계속 쏴댄 예광탄이 반원을 그리며 하늘을 갈랐다.

아마 디마가 조금만 더 참을성이 있었다면 아직도 스페츠나츠에서 근무할 수 있었을지도 모른다. 오랫동안 혹독한 조건 아래서 헌신한 보상으로, 자신의 언어를 사용할 수 있는 안락한 자리에 배치되어서 말이다. 물론 자신의 인간성도 조금은 회복하면서. 그러나 1994년에 벌어진 솔로몬의 변절 사건은 디마의 평판에도 악영향을 주었다. 누군가는 벌을 받아야 했다. 디마는 그 상황을 눈치챌 수 있었을까? 당시에는 그러지 못했다. 일이 터진 다음에야 알아챘던 것이다. 그나마 그 일이 가장 어려웠던 임무였다는 사실과 술이 유일한 위안거리였다.

늘 그렇듯이 그때 그 시간에도 거리는 거의 텅 비어 있었다. 디마의 어린 시절에도 거리는 언제나 그랬다. 수입산 SUV의 대군이 밀어닥치면서 모스크바의 대로는 그 장엄함을 잃어버렸다. 크림스키 다리 위에서 뷰익이 낡은 라다 승용차와 충돌하는 바람에 다리로 들어가는 길에 긴 교통체증이 생겼다. 사고차량의 문이 열리더니 두 사람이 나와 서로 고함을 질러댔다. 한 사람은 쇠 지렛대를 휘두르고 있었다. 주변에 경찰은 보이지 않았다. 보도에는 두 주정뱅이가 마치 샴쌍둥이처럼 머리를 맞대고, 차가운 공기 속에 입김을 뿜어내며 갈 지(之)자로 걸어가고 있었다. BMW가 다가가

자 그들은 걸음을 멈추고 바라보았다. 그 사람들은 과거에서 튀어나온 사람들 같았다. 나이는 50세가 안 넘어 보였다. 그러나 그들의 얼굴은 술과 좋지 못한 식습관으로 인해 실제 나이보다 훨씬 심하게 노화되어 있었다. 저것이 바로 '소련인'다운 얼굴이다. 디마는 그 모르는 사람들에게서 왠지 동질감을 느꼈다. 하지만 반갑지 않은 동질감이었다. 한 사람이 뭐라고 떠들었다. 유리창에 막혀 그 말은 들을 수 없었지만 디마는 입술의 움직임을 보고 무슨 말인지 알아챘다.

"이민자."

조명이 바뀌며 키릴이 디마의 어깨를 두드리며 물었다.

"우리 어디로 가는 거지?"

디마가 말해주자, 키릴이 놀라운 듯 콧숨을 쉬었다.

"멋지군. 주민들이 유리창을 팔면, 당국에서는 대신 항공합판을 준다는 그곳 말인가?"

"자본주의지. 모두가 다 자본가가 되었어."

키릴의 말이 계속 이어졌다.

"지금 모스크바에는 세상 그 어느 도시보다도 억만장자가 많이 살지. 20년 전만 해도 억만장자는커녕 백만장자도 없었는데 말이야."

"그래, 하지만 이 주변에는 그런 사람 없어."

그들은 똑같이 생긴 단조로운 디자인의 아파트들이 여러 블록에 걸쳐 늘어서 있는 곳을 지나쳐 갔다. 이곳은 한때 '노동자의 낙원'을 상징하는 기념비였다. 하지만 지금은 마약 중독자들과 죽어가는 사람들만이 득시글거리고 있었다.

키릴이 말했다.

"마치 거인들의 묘비 같군."

"시인 나셨구먼. 하지만 난 아직 그 정도까지 가려면 멀었어."

그들은 마치 뒤집힌 딱정벌레처럼 차 지붕을 땅에 대고 뒤집어진 볼가 승용차와 객석이 완전히 타버린 벤츠 승용차 사이에 차를 주차시켰다. 그들이 타고 온 BMW는 그 풍경과 아주 잘 어울렸다.

차에서 내린 키릴이 트렁크를 열고 안으로 손을 뻗는데 디마가 키릴을 옆으로 밀었다.

"등 뒤를 조심하라고."

키릴은 트렁크에서 가방을 꺼냈다. 가방에 달려 있던 바퀴가 땅에 닿았다.

"가방이 크구먼."

"금액도 크지."

디마는 키릴에게 휴대전화를 넘겨주었다. 키릴은 자신의 어깨를 두들겨 보았다. 거기에는 MP-444 바기라 자동권총이 어깨 권총집에 들어간 채 매달려 있었다.

"맨몸으로 가도 괜찮겠나?"

"가면 몸수색을 당할 확률이 높아. 위험한 물건이 나오면 놈들에게 꽤나 좋은 인상을 주겠지."

"사나이답게 보이고 싶은 모양이군. 솔직히 말하지 그래?"

그들은 서로의 얼굴을 쳐다보았다. 항상 그렇듯이, 이번이 마지막일 수도 있는 눈맞춤이었다. 디마가 말했다.

"20분이야. 그 이상 조금이라도 길어지면 날 데리러 와."

엘리베이터는 작동하지 않았다. 반쯤 닫힌 엘리베이터의 문 사이에는 찌그러진 쇼핑 카트가 끼워져 있었다. 디마는 가방의 손잡이를 줄여서 들어올렸다. 계단에서는 지린내가 났다. 밤이 깊었는데도 건물은 시끄럽게 떠드는 사람들의 목소리로 가득 차 있어서, 만약 총격전이 벌어진다 해도 누구도 총소리를 들을 수 없을뿐더러 신경도 쓰지 않을 것 같았다.

끽해야 열 살이나 먹었을 법한 아이가 디마의 앞을 지나갔다. 유난히 콧대가 낮고 뺨이 좁았다. 디마는 그것이 태아 알코올 증후군의 징후임을 알았다. 아이가 입은 후드 주머니에는 권총 손잡이가 삐져나와 있었고, 장갑을 끼지 않은 흰 손에는 용 문신이 새겨져 있었다. 아이는 순간 걸음을 멈추고 가방을 보더니 디마에게 시선을 주었다. 뭔가를 생각하는 눈치였다. 디마도 아이를 보면서 이런 생각을 했다. 저 애는 소련 붕괴 이후 젊은이들의 상징과도 같다. 잘 봐두자고. 디마는 여기 총을 가져오지 않은 게 과연 잘한 짓일까 하는 의문이 들었다. 하지만 아이는 얼굴에 아무 감정도 드러내지 않은 채 제 갈 길을 갔다.

디마가 금속으로 된 아파트 문을 두드리자 둔탁한 쇳소리가 났다. 반응이 없었다. 다시 두들겼다. 결국 문이 열리긴 했다. 50센티미터 정도 폭으로 열린 문틈 사이로 권총 두 자루의 총구가 보였다. 여기서는 권총이 현관 매트 구실을 했다. 디마는 조금 물러서서, 안에 있는 사람들에게 가방을 보여주었다. 안에서 권총을 겨누고 있는 두 사람은 얼굴에 스키 마스크를 쓰고 있었다. 그들도 디마가 들어올 수 있게 뒤로 물러섰다. 아파트는 어두웠고 탁자 위의 양초만 어슴푸레하게 빛났다. 튀김요리 냄새와 땀 냄새가 뜨겁고 건조한 공기 속에 떠다녔다.

스키 마스크를 쓴 사람 중 한 사람이 디마의 이마에 총구를 들이대고 있는 동안, 키가 작은 다른 한 사람은 위에서 아래로 디마의 몸을 수색했다. 몸수색을 하는 동안 디마의 성기를 움켜잡아 보기도 했다. 디마는 그놈을 걷어차 주고 싶었지만 간신히 참았다. 디마는 상대방에 대한 모든 정보를 모으는 동안 절대 움직이지 말라고 자기 발에 엄격히 지시했다. 키 작은 친구는 20대 후반 정도로 보였는데, 왼손잡이에다 왼쪽 다리를 굽히는 동작이 왠지 어색하고 뻣뻣했다. 아마도 좌측 하복부나 엉덩이에 부상을 입은 것 같았다. 좋은 정보다. 키가 큰 친구는 늘씬했고, 키가 족히 2미터는 될 것 같았다. 키 작은 친구보다 나이도 적고, 옷맵시가 나는 몸매였다. 그러나 테러리스트가 된 후 영양과 운동이 부족한 상태에서 살아온 티가 났다. 얼굴을 볼 수 있다면 더 도움이 되겠지만, 디마는 지금까지 일을 해오면서 상대방의 움직임과 신체언어를 통해 상대의 특성을 파악하는 법을 배웠다. 스키 마스크도 상대방의 특징을 알려주는 좋은 단서였다. 그들이 약하다는 것을 알려주기 때문이었다. 자신의 이마에 닿은 총구에서 미세한 진동이 느껴지는 것은 그들이 초짜라는 것을 의미했다.

"이제 됐어."

디마는 집 안 깊숙한 어둠 속에서 들려오는 그 목소리의 주인이 누구인지 바로 알아챘다. 그 말이 들린 후 기분 나쁜 '킥킥' 소리가 잇달아 들려왔다. 방 안의 구조가 더욱 확실히 보였다. 방 안은 양초가 잔뜩 놓인 낮은 탁자와 테이크아웃 피자 박스, 빈

발티카 캔 맥주 깡통 세 개, 낡은 APS 스테치킨 기관권총 두 자루와 예비탄창 두어 개 말고는 텅 비어 있었다. 테이블 너머에는 싸구려 창녀촌에서 가져온 듯한 커다란 붉은색 비닐 소파가 있었다.

"자네도 늙었군, 디마."

바차니예프가 지팡이에 의지해 몸을 일으키자 소파가 삐걱거렸다. 바차니예프의 모습은 디마가 한눈에 알아보기 힘들 정도로 변해 있었다. 바차니예프의 머리칼은 회색으로 변해 헝클어져 있었고, 왼쪽 얼굴에는 심한 화상 흉터가 나 있었다. 왼쪽 귀는 거의 다 사라졌고 그 자리에는 번들거리는 검푸른 반흔 조직이 생겨, 왼쪽 입꼬리를 향해 뻗어나가고 있었다. 바차니예프는 지팡이를 내려놓고 양팔을 벌렸다. 부상을 당해 짧게 잘린 그의 손가락들이 쭉 펴지며 벌어졌다. 디마는 앞으로 나아가 바차니예프의 품에 안겼다. 바차니예프는 디마의 양볼에 키스를 하고 물러났다.

"자네 얼굴 좀 보고 싶군."

바차니예프는 미소 지었다. 그의 윗니들 중 반이 사라져 있었다.

"좀 테러리스트답게 행동하지 그래. 꼭 우리 고모할머니처럼 얘기하는군."

"자네에게도 흰머리가 나는구먼."

"하지만 내 귀와 치아는 아직도 모두 멀쩡하다네."

바차니예프는 다시 킥킥거리면서 고개를 흔들었다. 그의 검은 눈은 주름진 두툼한 살집 속에 파묻혀 잘 보이지 않았다. 디마는 갓난아이부터 죽음을 앞둔 노인까지 인생의 모든 단계에 있는 사람들을 다 보았지만, 바차니예프는 후자에 더욱 가까워 보였다. 디마는 긴 한숨을 쉬었다. 잠시 동안이나마 그들은 다시 동지가 되었다. 정당한 대의를 위해 뭉친 전우들이여. 소련은 다시 결성되었노라.

"역사는 우리에게 호의를 베푼 적이 없어. 디마, 옛 시절을 위해 건배하지 않겠나?"

바차니예프는 마치 연극배우와 같은 과장된 몸짓으로 테이블 위에 놓인 반쯤 비워진 술병을 가리켰다.

"술은 끊었네."

"배신자 같으니라고."

디마는 자신의 오른편에 드러누워 있는 두 구의 시신을 보았다. 둘 다 여자였고, 몸이 양탄자로 반쯤 가려진 상태였다. 아직 얼굴이 멀쩡한 한 구의 시신에는 마치 인형 같은 과도한 메이크업이 되어 있었다.

"저들은 누구지?"

"이 집에 살던 세입자들이지. 임대 기간이 끝났거든."

그들은 다시 현실로 돌아왔다. 바차니예프는 뒤로 물러서 소파 위에 놓인 둥근 덩어리를 보여주었다.

"우리 집에 오신 손님을 소개하겠네."

디마는 카티야의 멋진 사진을 여러 장 봤지만, 지금의 카티야는 그 사진 속 모습과 거의 닮지 않았다. 지저분한 후드에 거의 가려진 카티야의 얼굴은 얼룩져 있었다. 펑펑 울고 탈진한 결과 눈꺼풀은 퉁퉁 부어 있었다. 왼쪽 검지를 묶은 흰색 붕대는 회색으로 변해 너덜너덜해져 있었고, 그 끝은 적갈색으로 물들어 있었다. 카티야의 공허한 시선과 마주치는 순간, 갑자기 디마에게는 가련함이라는 익숙지 않은 감정이 생겨났다.

"쟤 일어설 수 있나? 나 혼자 저 아이를 짊어지고 계단을 내려가기는 힘들 것 같은데 말이지."

바차니예프는 카티야를 보았다.

"걷고 말하는 데는 별 지장 없어. 그리고 자신과 정반대의 환경에 놓인 사람들의 삶에 대해서도 이제 조금은 깨달음을 얻었지."

카티야의 눈이 디마의 눈을 바라보았다. 그리고 자신이 곧 나갈 문으로 느리게 시선을 옮겼다가, 다시 디마를 바라보았다. 디마는 이 모든 것을 다 기억해 두었다가 나중에 카티야에게 감사를 표해야겠다고 생각했다. 나중이라는 게 있다면 말이지만. 디마는 가져온 가방을 가리켜 보였다. 어서 빨리 이 친구들이 돈을 세어봤으면 싶었다.

"바차니예프, 나이를 먹을수록 돈 욕심이 강해지나 보군. 아니면 혹시 은퇴 후를 대비해 연금이 필요한 겐가?"

바차니예프는 돈을 바라보며 진지하게 고개를 끄덕였다.

"디마, 자네도 그렇고 나도 그렇고 은퇴 따위는 하지 않아. 우리 사전에 은퇴란 말이 있다면, 자네가 이 좋지 않은 시기에 이 좋지 않은 곳에 있을 이유가 없지."

둘이 서로를 쳐다보자 그동안 서로를 갈라놓았던 긴 시간들은 순식간에 모두 사라졌다. 바차니예프는 앞으로 나와 디마의 어깨를 움켜잡았다.

"디마, 디마! 시대의 변화에 적응해야 해. 세계는 변하고 있어. 과거는 잊어버려. 현재도 잊어버려. 모든 것을 바꿀 것이 오고 있어. 나를 믿으라고."

바차니예프는 기침을 했다. 한때 치아가 달려 있던 잇몸이 드러났다.

"미국인들은 우리가 사는 시대를 말세라고 부르지. 하지만 그들이 생각하는 방식의 말세는 결코 아니야. 하나님 같은 건 없어. 그건 확실해. 대신 PLR[1]이라는 세 글자의 이름을 가진 신이 계시지. 친구, 다시 이란 친구들을 교육시킬 시간이 왔어."

디마와 바차니예프는 이란 – 이라크 전쟁 당시 이란에서 함께 근무했다. 둘은 친구이자 경쟁자였다. 이라크군의 포로가 된 바차니예프의 석방을 주선해준 것도 디마였다. 비록 이라크인들은 바차니예프를 석방하기 전에 그의 등에 낙인을 찍고 손톱을 모두 빼버렸지만. 그들은 소련 제국 붕괴 이후에도 서로 연락하며 지냈다. 그러나 그로즈니 전쟁에서 그로즈니가 러시아군에 함락된 이후 바차니예프는 지하 세계로 숨어버렸다. 이제 그들은 이 죽은 창녀의 아파트에서 용병과 테러리스트가 되어 다시 만났다. 서로 다른 세계에 속한 절정 고수가 되어 재회한 것이다.

디마가 갑자기 몸을 틀었다. 스키 마스크를 쓴 두 사람이 뛰듯이 일어났다. 디마는 몸을 굽혀 가방의 지퍼를 열었다. 그리고 상품을 보여주는 한참 잘 나가는 암시장 상인과도 같은 몸짓으로 가방 뚜껑을 열고 깔끔하게 포장된 달러화를 보여주었다. 불가노프는 그 돈을 모두 회수해 오고 싶어 했지만, 그건 키릴이 해야 할 일이었다. 스키 마스크를 쓴 사람들은 놀란 듯한 표정으로 달러를 쳐다보았다. 초짜라는 또 다른 증거로군. 하지만 바차니예프는 달러를 본체만체했다.

---

1) People's Liberation and Resistance: 인민해방저항기구.

"세어보지 않겠나?"

바차니예프는 동요한 듯했다.

"내가 옛 전우를 믿지 못할 놈으로 보이나?"

"이건 불가노프의 돈이지 내 돈은 아니거든. 나 같으면 돈을 모두 한 장 한 장 철저히 검사하겠어. 그것도 앞뒤로."

바차니예프는 그 농담에 미소를 지으며 부하들에게 고개를 끄덕였다. 그들은 무릎을 꿇고 앉아 깔끔하게 포장된 돈다발을 꺼내 열심히 셌다. 실내의 분위기는 다소나마 풀어졌다. 디마는 죽은 창녀들의 몸 위에 던져진 양탄자 밑에서 나온 짙은 색 핏자국에 눈이 돌아갔다.

키 작은 체첸인은 권총을 권총집에 잘 넣고 있었다. 그러나 키 큰 사람은 왼쪽 무릎 옆 방바닥에 권총을 놔두고 있었다. 디마로부터 채 2미터도 떨어지지 않은 거리였다. 디마는 옆방에 누가, 혹은 무엇이 있는지를 알았으면 싶었다. 그러나 그걸 알 길은 절대 없었다.

"오줌이 마려운데, 화장실은 어디 있어?"

디마는 별안간 테이블을 밀어젖히며 테이블을 뛰어넘어 앞으로 뛰어나갔다. 디마가 나이 어린 스키마스크를 밟으며 착지하자 그놈은 마치 책처럼 몸을 오므렸다. 디마는 착지하면서 방바닥에 놓인 스키마스크의 권총을 향해 양손을 뻗었다. 총을 잡은 후 한 손의 손가락은 방아쇠에 걸고, 다른 손으로는 권총의 슬라이드를 뒤로 당겼다 놓았다. 그리고 총을 치켜들지도 않은 채로 키 큰 스키마스크를 향해 사격을 가했다. 총탄이 그의 허벅지에 맞자 상대는 몸이 쭉 펴진 채로 뒤로 튕겨 나갔다. 덕분에 디마는 한결 정확한 사격을 할 수 있었다. 디마가 쏜 다음 탄은 상대의 콧대에 명중했다. 피범벅이 된 살덩어리가 꽃처럼 터져 나왔다. 디마는 총을 세우지 않은 채로 자기 밑에 깔린 스키마스크의 사타구니에 사격을 가했다. 뭔가가 터지는 느낌이 나면서 스키마스크는 축 늘어졌다. 디마는 한 순간도 멈추지 않고, 열린 문의 대각선 반대방향에 있는 열린 돈 가방을 몸으로 감쌌다. 뒤를 돌아보니 소파가 텅 비어 있었다. 바차니예프가 뒤집힌 테이블 위로 몸을 굽히고, 지팡이를 사용해 총을 주우려 하고 있었다. 디마는 순간 망설였다. 아직까지 남아 있던 바차니예프와의 전우애 때문에 그에게 총을 쏘기가 힘들었던 것이었다. 그러나 망설인 시간은 1초에 지나지 않았다. 디마는 정신을 차리고 바차니예프의 어깨를 향해 사격을 가했다.

카티야의 모습은 어디에도 보이지 않았다. 아마 다른 방으로 갔을 터였다. 그 방에서 제대로 엄폐를 하고 있을까? 아니면 그 방에 있던 또 다른 누군가에게 끌려가고 있는 것일까? 디마에게는 기다릴 시간이 많지 않았다. 카티야의 모습이 보인 곳은 옆방으로 들어가는 문간이었다. 고개를 움츠린 그녀의 얼굴은 선명한 공포로 일그러져 있었다. 카티야의 뒤에는 반쯤 가려진 또 다른 사람 얼굴이 보였다. 상당히 어린 여자였다. 그게 누군지는 뻔했다. 인형 같은 아름다운 얼굴을 하고 있었지만, 거기 박혀 있는 눈은 아버지를 쏙 빼닮은 검은 눈이었다.

디마의 머릿속은 재빠르게 돌아갔다. 바차니예프에게는 니샤라는 딸이 있다. 니샤는 마지막 아내에게서 얻은 유일한 자식이었다. 니샤의 나이는 열여섯 살이었다. 니샤는 어머니를 따라 미국으로 가서 하버드 대학에 진학할 수도 있었지만, 여기 남아 아버지가 벌이는 필사적인 싸움 속으로 발을 들여놓았다. 디마는 자기 옆에 있는 바차니예프에게로 눈길이 돌아갔다. 그의 눈은 크게 떠져 있었다. 자신의 딸과 결코 쓸 수 없는 거액의 돈을 번갈아 쳐다보고 있었다.

디마의 시선이 니샤의 눈에서 멈추었다. 니샤는 카티야의 뒤에 숨어 있었다. 한 손으로는 카티야의 머리채를 휘어잡은 채로, 다른 한 손으로는 빵칼을 카티야의 목에 들이댄 채로. 반 초 정도 흘렀을까. 디마는 예전에도 이런 상황에 여러 번 처했던 적이 있었다. 그때 쏴야 했던 표적들은 니샤보다 더 어렸다. 아프가니스탄 북부에서 AK 소총을 수족처럼 잘 다루던 여덟 살 먹은 남자아이, 그리고 소련군의 정보원 노릇을 하고 있던 자기 아버지를 죽이러 파견된 숙련된 저격수 소녀였다. 디마는 불타는 건물 옥상 위에서 저격수 소녀를 궁지에 몰아넣었다. 디마는 그 소녀에게 편을 바꾸라고 마지막으로 설득했다. 그러나 그 소녀는 디마의 제안에 역겨워하며 계속 싸우겠다고 고집했다.

또 반 초가 더 지나갔다. 다른 선택의 여지는 없었다. 더 이상 생각할 시간도, 상대방을 설득할 시간도 없었다. 니샤의 아버지는 한때 디마의 전우였다. 디마는 아기였을 때 니샤를 안아본 적도 있다. 하지만 니샤가 가장 원하는 것은 디마의 총탄이 맞혀서는 안 될 표적, 즉 카티야를 맞추고, 자신과 아버지가 여기서 도망 나가는 것뿐이었다.

디마는 팔을 들어올렸다. 굉장히 힘이 들어 보였다. 마치 지하에서 힘의 장력이 디마의 팔을 잡아당기고 있는 것처럼. 니샤의 몸은 카티야의 몸 왼쪽으로 약간 튀어나와 있었다. 그리고 나머지 부분은 카티야의 몸에 가려져 있었다. 디마는 일부러 카티야의 왼편 멀리 떨어진 곳에 사격을 가했다. 그러면 니샤가 엄폐물 노릇을 하고 있던 카티야를 버리고 몸을 드러낼 거라고 예측했던 것이다. 예상대로 카티야의 몸 오른편으로 니샤의 몸이 튀어나오자 디마는 놓치지 않고 사격을 가했다. 총탄은 니샤를 맞췄다. 니샤는 카티야를 놓치고 어두운 방안에 쓰러졌고, 카티야는 비틀거리며 앞으로 나왔다. 디마는 다른 방도 살펴본 다음, 한 팔로 카티야를 들쳐 안은 채로 쓰레기와 시체들을 넘어갔다.

갑자기 찾아온 정적 속에서 그는 체첸인들 중 한 사람이 가쁘게 숨 쉬는 소리를 들었다. 디마가 몸을 돌려 상대에게 사격을 가하려는 찰나, 밖에서 급한 발자국 소리가 들렸다. 디마가 아파트 현관 쪽으로 고개를 돌리자마자 현관문은 폭발했다. 그리고 터져나간 현관문에서 그리 멀지 않은 곳에 AK 소총을 겨눈 세 사람이 보였다. 그들의 얼굴은 검은색으로 완벽하게 위장되어 있었고, 헬멧과 방탄복도 사용한 흔적이 없는 새것이었다. 그들은 기량 부족으로 유명한 러시아 치안본부 소속 경찰 특수기동대였다. 현장에 진입하려던 그들은 순간 얼어붙었다. 잠시 아무도 입을 열지 않았다. 디마가 먼저 말문을 열었다.

"찾으시는 사람은 저기 쓰러져 있소."

그러면서 바차니예프를 가리켰다. 하지만 디마의 시선은 여전히 경찰들을 향해 있었다. 디마의 귀에 바차니예프가 일어나려 애를 쓰면서 씨근덕거리며 작은 소리로 말하는 게 들렸다.

"디마, 디마, 날 저놈들한테 넘기지 말아줘."

특수기동대원 한 명이 총구를 내리고 앞으로 걸어나왔다.

"디마 마야코브스키 씨. 저희와 함께 가주셔야 되겠습니다."

"그 지시는 누가 내린 거요?"

"팔리오프 국장님이십니다."

"날 체포하겠다는 거요?"

"아니요. 국장님과 면담을 하시게 됩니다."

"그렇다면 나중에 가면 안 됩니까? 지금은 좀 바쁜데."

특수기동대원들 뒤에서 키릴이 불쑥 나타났다.

"본의 아니게 놀라게 해드려서 죄송하지만, 제 물건을 좀 챙기러 왔습니다."

'물건'이라는 말을 들은 어느 경찰의 눈이 돈 가방에 쏠렸다. 그 경찰이 카티야까지 전리품으로 여기고 있던 다른 경찰의 옆구리를 쿡 찌르자, 디마는 가지고 있던 권총을 경찰들의 면전에 내보였다. 경찰이라는 안정되고 멋진 일을 버리면서까지 돈 가방을 취해야 할지를 재보고 있던 그 경찰은, 디마에게 총을 집어넣을 시간을 주었다.

디마는 바차니예프를 바라보며 고개를 한 번 끄덕였다. 그러고 나서 경찰들을 보면서 이렇게 말했다.

"잠시만 기다려주시죠."

디마는 옛 전우를 다시 한 번 쳐다보고는 그의 머리를 향해 사격을 가했다.

2

모스크바, GRU 본부

팔리오프는 읽고 있던 보고서 한쪽 귀퉁이를 접었다 폈다 하고 있었다. 그리고 또 한 손으로는 두 손가락으로 이마를 쓰다듬고 있었다. 그렇게 하면 이마를 복잡하게 가로지른 주름살이 펴지기라도 하듯이 말이다. 디마는 팔리오프의 눈 아래 축 처진 살을 보며 어머니가 일하셨던 농장에서 겨울마다 마차를 끄는 말들이 지고 다녔던 사료 자루를 떠올렸다. 국장의 책상은 크고 텅 비어 있었다. 분명히 그의 직책을 알 수 있는 소품이었지만 디마는 그런 책상이 역효과를 낸다고 생각했다. 그 큰 책상은 운영보안국장 팔리오프를 더욱 왜소하고 주름투성이로 보이게 만들었다.

아파트에서 총격전이 벌어진 지 채 두 시간도 지나지 않았다. 그러나 그 사건을 담은 급조된 보고서는 족히 20페이지는 넘어 보였다. 팔리오프는 한 문장 한 문장을 철저히 읽는 것 같았다. 팔리오프는 글을 읽으면서 눈살을 찌푸렸다. 디마는 보고서 내용을 간결하게 요약해서 말했다.

"귀중한 시간을 절약하기 위해서 간단히 말씀드리죠, 국장님. 제가 들어가서 여자 아이를 구출하고, 돈을 챙기고, 거기 있던 놈들을 모조리 쏴 죽이고, 그리고 끝난 겁니다."

"바차니예프를 살려두었다면 유용한 정보를 제공했을 텐데."

"어떻게요?"

팔리오프는 보고서에서 눈을 들어 디마를 노려보았다.

디마는 이런 상황은 미처 예상하지 못했다. 기껏 사태를 해결해 줬더니, 이미 발가락에 꼬리표를 붙인 채 커다란 시체 보존용 냉동고에 들어가 있는 사람을 갑자기 살려내라는 격이 아닌가. 어찌 됐든, 죽은 사람에게서는 아무것도 얻어낼 수 없다. 이 친구들은 그런 진리를 아직도 배우지 못했단 말인가?

디마는 웃었다.

"바차니예프의 하나 남은 귀도 잘라버렸어야 했나요? 부상을 입은 그의 손가락도 하나씩 잘라버려야 했나요? 그놈의 사지를 절단하고, 불알도 잘라버리고, 그놈의 거시기를 블리니[1] 위에 얹어서 그놈한테 먹여주기라도 할까요? 그래도 바차니예프는 아무것도 불지 않을 거예요. 어찌 되었건 그놈은 망할 체첸인이니까요."

"그리고 자네는 우리 부하들과도 문제를 일으켰지. 그건 또 뭐라고 변명할 텐가?"

"뭘 또 변명하란 말입니까?"

점점 피곤해지기 시작했다. 카티야를 구출했다고 상트페테르부르크 교향악단이 연주하는 앞에서 훈장을 받을 거라는 기대는 하지 않았다. 하지만 팔리오프 이 사람, 적어도 나한테 고마워하는 척이라도 해야 하는 거 아냐?

"우리 부하들이 자네한테 이유 없는 공격을 당해 두들겨 맞았다는 보고를 받았네."

디마는 온 힘을 다해 분노를 참았다.

"생각해보시죠. 그 거짓말쟁이들이 날 여기 데려온 다음 카티야를 강간하고 돈을 들고 튀었으면 어쩔 건데요. 이런 경우 당신네 조직의 부패 경찰들을 혼내준 나의 공적을 치하해줘야 되는 거 아닙니까?"

이놈은 이런 일을 한 번도 처리해본 적이 없나? 책상 뒤에 앉은 팔리오프 국장은 더욱 왜소해보였다.

디마는 사무실 내부를 둘러보았다. 디마가 있는 곳은 GRU의 새 '수족관'이었다. 지난 2006년에 푸틴의 직접 지시로 세운 곳이다. 새 수족관의 부지는 옛날 수족관에서 잘 보이는 위치에 세심하게 선정되었다. 수족관이라는 별명이 왜 생겼는지 아는 사람은 없었다. 다만 외부인이 그 속사정을 알 수 없는 곳임은 확실했다. 어떤 사람

---

1) 메밀가루 반죽을 효모로 부풀려 팬에서 구운 케이크.

은 이곳이 소련식 물고문이 처음 행해진 곳이기 때문이라고 주장하기도 했다. 어찌 됐건, 과거를 덮으려는 최근의 교묘한 술책에도 불구하고 옛 이름은 그대로 남아 있었다.

이런 곳에도 외국의 가구와 최신 기술이 있다는 것은 놀라웠다. 의자는 이탈리아 제였고, 컴퓨터는 애플사의 제품이었다. 벽에는 장 마르크 나티에가 그린 살짝 빛이 바랜 표트르 대제의 초상화가 걸려 있었다. 창문에는 살아 있는 화초도 있었다. 외국에 오랫동안 있다가 본국으로 돌아온 첩보원이라면, 조국의 변한 모습에 놀라움을 금치 못할 것이었다. 그리고 실내 창에 끼워진 간유리, 그리고 순환된 공기 속의 사우어크라우트 냄새는 덤이었다.

디마는 팔리오프의 앞에 있는 두툼한 서류철을 보며 고개를 끄덕였다.

"지금 보고 계신 게 아까 벌어진 사건에 대한 보고서라면, 당신 부하들의 창의적인 글쓰기 능력에 경의를 표하고 싶군요. 그 사건이 시작돼서 끝날 때까지 걸린 시간은 당신이 그 보고서를 읽는 데 걸린 시간만큼도 되지 않았단 말입니다."

팔리오프는 대답하지 않은 채 시선을 내리깔고 보고서를 다시 읽기 시작했다. 디마는 제발 좀 쉬면서 아침을 먹었으면 하는 생각이 간절했다.

사건 피해자 두 명을 포함해 여섯 명이 죽었다. 그리고 시각은 아직 9시 30분도 되지 않았다. 그들이 아파트 블록 밖으로 나오자 GAZ SUV 방탄차량(최소한 이건 러시아제였다), 그리고 관용 아우디 차량이 대시보드에서 파란 불빛을 번쩍이면서 대기하고 있었다. 경찰들은 키릴이 가진 돈을 뺏으려 했고, 아우디 차량에서 두 명이 더 내려 거기에 합세했다. 키릴은 그들을 막으려고 했고, 그 와중에서 키릴은 그들을 때리려 했지만 경찰들은 말을 듣지 않았다. 그래서 결국 디마가 나서서 경찰들을 때려눕혔다. 그들은 타고 온 차에 부딪쳐 쓰러졌다. 그리고 카티야를 건드리려던 경찰을 잡아 그 사람의 팔을 열린 트렁크 속에 넣고 트렁크 문을 세차게 닫아버렸다.

디마는 경찰들의 SUV를 뺏은 다음 카티야와 돈을 싣고 카티야의 아버지에게 갔다. 불가노프는 디마의 성과에 매우 만족했다. 디마는 처음에는 SUV보다는 아우디를 뺏고 싶었다. 그래서 키릴에게 도움을 요청했다. 경찰들이 타고 온 아우디는 최고의 차였다. 열선 시트에 통합형 보스 카스테레오, 시가잭 뚜껑에는 작고 예쁜 베이지색 가죽도 씌워져 있었다. 하지만 키릴은 그 차가 자신에게는 너무 호화롭다며 거절했다. 아무튼 경찰들이 쫓아올 수 없도록 그런 멋진 차를 파괴하는 것은 가슴 아픈 일이었다.

디마가 사이렌과 푸른 등을 켠 채로 달리는 기분을 만끽하고 있을 때도 아직 날은 어두웠다. 단, 유감스럽게도 디마는 잘못된 차로로 달리고 있었다. 그건 이제 와서 생각해보니 마치 자신의 인생과도 같다는 생각이 들었다. 팔리오프와의 만남을 제치고 싶은 생각으로 가득하던 그는 별안간 등골이 찌릿할 정도로 강한 의문을 느꼈다. 너무나 오랜만에 예전 상관이 부르는 것이었다. 그가 아직도 디마를 기억하고 있다는 사실이 놀라웠다.

유명한 대전차 장애물 앞에 선 초병은 SUV를 보자 운전자를 확인하지도 않고 경례를 했다. 보안 체계에 큰 구멍이 있었다. 디마는 차를 책상물림 부장관 내지는 그 비슷한 직위의 간부 전용 주차장에 댔다. 거침없는 디마를 망설이게 한 유일한 것은 그를 본 귀여운 접수처 여직원의 놀란 얼굴이었다.

"차는 어디에 대셨나요?"

여직원의 시선이 디마의 발끝에서 천장 위의 거울까지 샅샅이 훑는 동안 디마는 간신히 변명거리를 만들어내던 참이었다. 디마의 얼굴에는 처음에 죽인 놈의 작은 핏방울이 잔뜩 뿌려져 남아 있었던 것이다.

디마가 입을 열었다.

"죄송합니다. 아침부터 바쁘게 해서요."

여직원은 가방에서 물티슈를 꺼냈다. 디마는 미소를 지었다.

"그거 상당히 쓸모가 있겠군요."

여직원의 커다란 검은 눈동자에 장난기 어린 눈빛이 어렸다.

"매일 쓸모가 있지요. 우리 쌍둥이 닦아줄 때요."

아주 잠시 동안 디마는 여직원의 말한 '쌍둥이'가 설마 면 셔츠를 터져 나갈 듯이 빵빵하게 받치고 있는 풍만한 가슴을 의미하는 건지 궁금했다. 디마는 팔리오프와의 약속을 제치고 싶은 이유를 또 하나 발견했다. 지금 바로 접수대 책상에 이 여자를 눕혀 놓고 섹스를 할 수 있다면, 아침을 거른 것 따위는 아무 상관도 없었다. 그는 물휴지로 얼굴을 닦아내면서 엘리베이터로 향했다.

팔리오프는 보고서 읽기를 마치더니 시선을 들어 올리며 엄지와 검지로 눈꺼풀을 문질렀다. 마치 방금 읽은 것을 눈앞에서 지워내는 듯한 동작이었다. 그런 다음 팔리오프는 디마를 보고 고개를 흔들었다.

"불가노프한테 얼마나 받았나?"

"그건 순수한 호의였습니다. 옛정을 생각해서이지요."

"아, 옛정이라."

팔리오프는 마치 자신이 했던 첫 번째 섹스를 회상이라도 하듯이 애처로운 눈으로 먼 곳을 바라보았다. 러시아 혁명 때는 아니더라도, 최소한 레닌그라드 포위전 이전에 첫 섹스를 한 것 같은 표정이었다.

"옛날이 좋았지. 언제 술 한 잔 나누면서 그때를 그리워해 보자고."

그때 누군가 방에 노크도 하지 않고 들어왔다. 아주 마르고 호리호리한 몸매에 나이는 40대 초반쯤, 영국산 맞춤 양복을 입고 있었다. 팔리오프가 일어서려고 했지만 40대 양복쟁이는 손을 흔들어 제지했다.

"신경 쓰지 말고 하던 일 계속하시오."

디마는 그 양복쟁이가 팔리오프의 정치가 상관, 국방안보장관 티모파예프임을 알아보았다. 티모파예프는 앞으로 나와 디마와 악수했다. 티모파예프가 손을 거둘 때 그의 손목에 채워진 태그호이어 시계가 보였다. 티모파예프는 서구식 액세서리가 그나마 덜 어색해 보이는 신세대 정부 관료 중 한 사람이었다.

"마야코브스키 씨, 이곳을 찾아주셔서 기쁩니다. 혹시 다른 일을 마다하면서까지 온 건 아니겠지요?"

"아침만 걸렀을 뿐이지요."

팔리오프는 얼굴을 찌푸렸으나 티모파예프는 좋은 정치가처럼 진심이 담긴 웃음을 지었다. 그 덕분에 팔리오프까지 억지로 미소를 지어 보였다.

"장관님. 솔직히 말씀드리자면, 현재 디마 마야코브스키는 저희 직원이 아닙……."

"알고 있소. 프리랜서라는 걸."

티모파예프는 아무 악센트 없이 그 영어 단어를 말했다. 그리고 디마에게 이렇게 물었다.

"프리랜서라는 말에 익숙하십니까? 마야코브스키 씨?"

디마는 그 질문에 영어로 대답했다.

"예, 그렇습니다."

"프리랜서에게는 충성도 의리도 없다고 알고 있소. 당신 같은 사람을 제대로 표현한 말이 아닐까요, 마야코브스키 씨?"

디마는 대답했다.

"저는 충성만 없을 뿐입니다."

팔리오프의 성의를 정확히 계산에 넣고 한 이야기였다. 디마는 의자 속으로 몸을 깊숙이 밀어넣었다.

"팔리오프, 여기 계신 프리랜서에 대해 아는 것을 모두 설명해보게. 이 사람의 실력이 얼마나 놀라운지 들어보자고."

티모파예프는 커다란 책상 한구석에 앉아 팔짱을 꼈다. 팔리오프는 깊은 한숨을 쉬고 대답했다.

"모스크바에서 출생했고, 아버지는 직업군인, 어머니는 드골에 의해 추방당한 프랑스인 공산주의 노동조합 운동가의 딸입니다. 수바로프 군사학교를 수석으로 졸업했고, 스페츠나츠 입대 동기 중 최연소자였습니다. 그럼에도 불구하고 대부분의 교육 및 훈련을 최상위 성적으로 수료했습니다. 첫 근무지는 파리였습니다. 그곳에서 추방당한 미국인 학생 공동체와 어울리면서 영어 실력을 완벽하게 가다듬었고, 프랑스 내무부에 침투했습니다. 젊고 매력적인 어떤 사람의 도움으로……."

디마는 팔리오프를 잠시 바라보았다. 팔리오프는 기침을 하고 말을 계속 이었다.

"이후 이란에 파견되어 이란 혁명 수비대의 교관으로 근무했습니다."

티모파예프는 그 이야기를 듣더니, 돈을 많이 주고 손질한 치아가 다 보일 정도로 박장대소했다.

"이란? 영전인지 좌천인지 영 모르겠군."

디마는 표정에 감정을 나타내지 않고 말했다.

"둘 다입니다. 파리에 있을 당시 저의 상관은 영국을 위해 일하는 이중첩자였습니다. 저는 그 인간을 죽여버렸죠. 이란으로 보내진 것은 너무 성급하게 움직인 데 따른 보상일지도 모릅니다."

티모파예프는 웃음을 멈추지 않았지만, 그의 눈에는 일말의 싸늘한 기색이 나타났다.

"그래요. 옛날의 교훈을 잊지 않도록 합시다."

팔리오프는 설명을 계속했다.

"발칸 반도에서 위장 신분으로 활동한 후, 디마는 아프가니스탄으로 파견되어 현지의 무자히딘 전사들과의 친선을 도모하는 임무를 맡았습니다."

티모파예프는 마치 스위치가 꺼지지 않는 전동 인형처럼 계속 웃어댔다.

"모두 다 멋진 임무들뿐이었군. 정말로 힘들었겠소, 마야코브스키 씨."

팔리오프가 몸을 떨었다. 두 정부 직원은 서로의 눈을 바라보았다. 그리고 침묵이 이어졌다. 디마는 아무 소리도 나지 않는 게 싫었다. 도망친 솔로몬이 생각나기 때문이었다. 그럼에도 불구하고 디마는 감정의 동요를 일으키지 않았다.

"저는 주어진 모든 임무를 충실하게 수행했습니다."

"진정한 영웅답구려. 알겠소. 그런데 마야코브스키 씨, 당신은 왜 지금 퇴직해 있는 거요? 뭐 굳이 말은 안 해도 되오. 너무 성격이 급해서? 아니면 임무를 너무 '창의적'으로 수행해서? 아니면 윗사람들에게 갑자기 '비애국적 성향'을 가진 사람으로 낙인찍히기라도 한 거요?"

티모파예프는 몸을 돌려 운영보안국장을 바라보았다. 마치 팔리오프가 디마를 스페츠나츠에서 제대시키기라도 한 듯 말이다. 윗사람의 비난에 직면한 팔리오프의 둥그런 어깨가 더욱 움츠러들었다.

"장관님, 마야코브스키 동지는 네프스키 훈장과 상트 안드레이 훈장을 받았습니다."

티모파예프가 끼어들었다.

"러시아의 번영과 영광을 위해 '특별한 공로를 한' 덕분에 받았지요. 마야코브스키 동지의 번영과 영광을 위한 일은 못 되었지만. 그렇지 않소, 디마 씨?"

"저는 철저히 옳은 일을 했을 뿐입니다."

티모파예프는 손으로 허공을 가르며 대꾸했다.

"하지만 모난 돌은 정을 맞게 되어 있지요. 내 전임자들은 뛰어난 사람에게 지독할 정도로 의심의 눈초리를 보냈소. 평범함이야말로 그들의 금과옥조였지요. 트라시불루스는 페리안데르에게 이런 조언을 했소이다. '가장 키가 큰 줄기를 뽑아버려라. 그럼으로써 가장 뛰어난 시민들은 제거되어야 함을 알게 하라.'"

티모파예프는 공허한 표정의 팔리오프를 바라보았다. 디마가 말했다.

"트라시불루스가 아니라 아리스토텔레스였죠."

하지만 티모파예프는 자신의 이야기에 한참 흥이 나 있었다.

"친애하는 마야코브스키 씨, 당신은 너무 뛰어났소. 그래서 그 대가를 치른 거요. 더 좋은 조건과 상황을 찾아 서구로 가지 않은 것이야말로 당신이 가진 애국심의 증거요."

티모파예프는 디마의 얼굴 가까이 자신의 얼굴을 들이밀었다. 티모파예프의 숨 냄새는 깨끗했으나 약간의 마늘 냄새가 났다. 아침을 먹고 싶은 생각이 싹 사라져버렸다.

티모파예프는 디마의 어깨를 움켜잡았다. 그의 눈이 빛을 발했다.

"당신이 원하는 진정한 보상은 무엇이오? 요즘 들어 이곳의 여건이 무척이나 좋아진 것을 알게 될 것이오. 장비면에서는 최고급 사설 보안업체와 비교해도 전혀 손색이 없소. 당신은 렉서스 승용차를 가질 수도 있고, 그렇게나 원하던 작은 사냥용 오두막을 가질 수도 있소. 무척이나 편안하고 아늑해 여자들을 데려오기 좋은 곳이지. 월풀 욕조, 위성방송 포르노 영화, 뜨거운 통나무 모닥불……"

티모파예프와 팔리오프는 디마의 얼굴을 주시했으나 아무 반응도 보이지 않았다. 그러다가 결국 팔리오프는 짧게 기침을 했다.

"장관님, 마야코브스키는 아마 물질적인 보상으로는 움직이지 않을 겁니다."

티모파예프는 고개를 끄덕였다.

"순수한 감정으로 움직이겠지. 그것이야말로 우리의 멋지고 새로운 러시아에서는 매우 보기 드문 것이지."

장관은 일어나 표트르 대제의 초상화 앞으로 걸어갔다. 장관의 수제 구두가 살짝 반짝였다. 장관은 마치 금색 드레스를 입은 여인과 이야기하듯이 말했다.

"지금 이 기회를 놓치지 않는다면……."

그러다가 그는 몸을 돌려 디마를 바라보았다.

"당신은 단순한 군인이 아닌 구국의 영웅이 될 것이오."

그런 말을 해도 기대하던 결과를 내지는 못했다. 장관이나 팔리오프도 그런 말을 결코 믿은 적은 없었다. 그러나 어쩌면 이런 설득이 통할지도 몰랐다. 만약 역효과를 불러일으켰다면 그건 디마가 똑같은 말을 이전에도 많이 들었던 탓이었다. 디마는 예전에도 영광과 보상을 너무나도 많이 약속받았지만, 그 약속들은 모두 백지수표가 되었다. 디마의 뱃속은 그 말에 반응이라도 하듯 울렁거렸다.

티모파예프는 창가로 걸어가 창밖으로 턱을 내밀었다.

"저기 호딘카 비행장이 있는 건 알고 있을 거요. 거기서 로신스키가 러시아인 최초로 동력항공기로 비행을 했지요."

"1910년의 일이지요."

"그리고 니콜라이 2세 황제도 그 곳에서 대관식을 했소."

"1896년입니다."

티모파예프는 몸을 돌려 디마를 보았다.

"이봐요, 디마. 당신도 결국 어쩔 수 없소. 뼛속까지 철저한 러시아인이란 말이오."

"대관식 때 난장판 속에서 1,200명이 밟혀 죽었습니다. 애국적 열정 때문에 좋은 사람들이 죽었다고 얘기했었지요."

티모파예프는 디마의 말을 못 들은 척했다. 그리고 의자의 팔걸이에 손을 내려놓았다.

"우리와 함께 최후의 임무를 맡아주시오. 우리는 진정한 애국자를 원하고 있소. 기술과 경험, 헌신성을 겸비한 인재를 말이오."

그리고 그는 팔리오프를 보았다.

"심지어 오늘 아침 우리 직원들과 있었던 불미스런 일도 눈감아줄 수 있소."

가구와 컴퓨터는 바뀌었지만 협박 방식은 예전과 똑같았다. 조국은 필요하다면 불알이라도 기꺼이 떼어줄 인재를 원한다. 선택은 자유다. 다만 싫다고 말한다면, 그 생각을 바꾸어주겠다. 도대체 왜 여기 앉아서 이런 헛소리를 들어야 하는 건가? 카타리나의 부엌에서 조지아 체리 잼을 바른 팬케이크를 먹고 있어야 할 이 시간에! 접수처 여직원과 섹스를 할 수 있다면 더 좋을 텐데. 화끈한 붉은색 머리카락과 백옥 같은 피부를 가진 그녀는 청순한 이미지를 주었지만, 한편으로는 매우 음탕한 행동을 할 것 같은 기대를 품게 만들었다. 아예 팬케이크를 먹으면서 그녀와 섹스할 수 있다면 더욱 좋을 텐데.

디마는 자신의 임무를 다했다. 그러면 며칠 동안은 즐거운 시간을 보낼 자격은 있는 것이 아닌가. 아직 머릿속 어딘가에서는 호기심이 조금씩 꿈틀거리기는 했지만.

디마는 일어서서 시계를 보았다. 얼굴에서는 지워진 작은 핏자국이 아직도 시계에는 묻어 있었다. 12시를 향해 달려가는 시계바늘의 모양은 어딘지 모르게 심장의 모양을 연상시켰다. 그는 간유리를 통해 희미하게 보이는, 바깥에서 움직이는 사람들의 모습을 가리켰다.

"이미 엄청나게 많은 직원들을 확보하고 계시지 않습니까. 앞 다투어 큰 기회를 노리고, 성공이라는 계단을 오르고 싶어 하는 젊고 튼튼한 남녀들이 얼마든지 있습니다. 어떤 대가를 제시하든 난 절대 수락할 수 없습니다. 당신들은 날 군대에서 내쫓았고 난 민간인 생활을 누리고 있지요. 그리고 지금 난 배가 고프단 말입니다. 좋은 하루 보내시길."

디마는 방에서 걸어나갔다.

얼마 동안 남은 두 사람 중 아무도 움직이지 않았다. 팔리오프는 장관을 바라보았다. '이렇게 될 거라고 얘기했잖습니까.' 하는 눈빛이었다. 그리고 전화기에 손을 뻗었다. 하지만 티모파예프는 팔리오프의 손 위에 자신의 손을 얹어 제지했다.

"가게 놔두시오. 당신 부하들이 입은 피해는 잊어버려요. 하지만 저 사람도 납득할 수밖에 없는 조건을 찾아봅시다."

"저 친구에겐 아무것도 먹히지 않을 겁니다."

"그런 사람은 절대로 없소. 분명 저 친구가 우리의 말을 들을만한 뭔가가 있을 거요. 오늘안으로 찾아내시오."

3

이라크령 쿠르디스탄과 이란 사이의 국경지대인 알 술라이마니야

스트라이커 장갑차 내부 온도는 섭씨 40도 정도였고, 냄새는 더 이상 가시지 않았다. 이번 근무조는 무려 32시간이나 계속 근무해왔고, 완전무장한 탑승자들의 개인위생 상태를 증진시킬 방법은 하나도 없었다. 스트라이커 탑승자들은 케블라 헬멧, 방탄 고글, 방열 장갑, 방탄복, 팔꿈치 보호대, 무릎 보호대를 착용하고, 방탄복 부착 파우치에 M-4 카빈용 탄 240발씩을 수납하고 있었다. 장갑차에 탄 기분은 그리 넓지 않은 방탄 관 안에 들어간 것 같았다. 불과 몇 주 전까지만 해도, 그들은 세면백을 기지에 놔두고 다녔다. 그러나 이제 상황이 바뀌었다.

　미 해병대 병장인 헨리 '블랙' 블랙번은 팔을 뻗어 해치를 하나 열고 또 하나를 열었다. 그들이 탄 장갑차는 시속 40킬로미터로 꾸준히 움직이고 있었지만, 해치를 열어도 내부로 바람이 많이 들어오지는 않았다. 초기에 미군들은 전속력으로 달리곤 했다. 그러나 천천히 달려야 문제 상황이 보일 경우, 그 속에 휘말려 들지 않고 상황을 피할 수 있다는 게 드러나자 더 이상 그렇게 하지 않았다.

　블랙번 병장은 해치 밖으로 고개를 내밀고, 주변을 환하게 내리쬐는 해를 곁눈질했다. 이곳이 전면전으로 초토화된 지도 벌써 여러 해가 지났지만, 전쟁의 흔적은 그대로 남아 있었다. 전후 복구에 투입되었다는 수조 달러 중에 알 술라이마이야에 쓰인 돈은 1달러도 없는 듯했다. 여기에도 돈이 쓰였다면 무수한 중개인들과 하청업자들이 여기 제일 먼저 와 있었을 것이다. 그들의 수는 세어보려고만 해도 머리가 돌 정도로 많았다. 모두가 제 몫을 챙기려 들었고 고용하지도 않은 사람과 만들어지지도 않은 건물에 대한 가짜 서류를 꾸며댔다. 하지만 재포장된 도로, 수리된 하수관의 수는 극소수였다. 그나마 몇 달이 지나자 모두 예전의 노후한 상태로 되돌아갔다.

이곳의 첫 번째 불안요소이자 첫 번째 희생자는 다름 아닌 현지 주민들이었고, 그 다음은 현지의 사회간접자본시설이었다. 블랙번 일행은 포탄에 맞은 지 얼마 되지 않은 가스저장시설 잔해를 지나쳐갔다. 녹슬어가는 철근에 콘크리트 덩어리들이 매달려 있었다. 티셔츠 외에는 아무것도 입지 않은 어린아이 두 명이 자갈더미 위에 올라가서 아무 곳으로나 작은 돌을 던지고 있었다. 염소 대여섯 마리가 주위를 두리번거리며, 가스저장시설 잔해에 난 풀을 뜯어먹고 있었다.

캠포는 한창 이야기를 하는 중이었다.

"……그때 나는 파병 전 영내 대기 중이었지. 그런데 그 여자가 이렇게 말하는 거야. '자기야, 몸은 어떻게 지켜?' 그래서 말했지. '자기야. 나는 부대에서 쓰는 M-16 소총을 집에 놔두고 있어. 보고 싶으면 보여줄게.'"

누구도 대답하지 않았다. 예전에도 똑같은 이야기를 최소한 두어 번은 들었다.

몬테스는 좋아하는 후렴구를 반복하고 있었다.

"까놓고 말해서 누가 여기 있고 싶겠어. 그런데 TV에서는 군인들이 나와서 기꺼이 여기 있고 싶다고 말하는 거야. 어떻게 그런 소리가 나와? 고국의 국민들을 안심시키려고 그러는 거야, 아니면 훈장을 타고 진급을 하고 싶어서 그러는 거야? 우리가 원하는 건 이 좆같은 동네를 떠나는 것뿐이야. 안 그래, 블랙?"

블랙번은 어깨를 으쓱했다. 답을 할 말이 없어서가 아니었다. 지금 이런 대화에 끼고 싶지 않아서였다. 그는 오늘밤 집에 써보낼 이메일 내용을 생각하고 있었다. '사랑하는 엄마 아빠, 오늘의 기온은 46도입니다. 여기 온 이후 제일 더운 날입니다.' 블랙번은 다음 줄에 쓸 내용을 생각해내는 데 무려 10분을 소비했다. 항상 좋은 일 세 가지를 적자. 그것이 블랙번의 규칙이었다. 블랙번의 어머니는 토네이도 속에서도 희망을 찾아낼 수 있는 분이었다. '기지 옆에 건설했던 학교가 드디어 개교했습니다.' 다만 그 학교에 단 한 명의 아이들도 오지 않았고, 교장선생님이 가족들 보는 앞에서 총 맞아 죽는 바람에 교감선생님이 교장으로 벼락 진급한 일은 편지에 쓰고 싶지 않았다. 그리고 지금 당장은 나머지 두 가지 긍정적인 소식이 생각이 나지 않았다.

그는 부모님에게 보낼 편지는 관두고 샤를렌에게 보낼 편지를 생각했다. '내 정신이 지금도 멀쩡하다는 걸 알려주고 싶어.' 아마도 샤를렌은 이 말을 잘못 받아들일 것이다. 블랙번이 자신의 선택이 옳았는지 의심하고 있다는 뜻으로 말이다. 샤를렌은 블랙번이 고등학교 생활 내내 군대에 가고 싶어했다는 걸 알고 있었다. 그러나 정작 입대할 나이가 되자 샤를렌은 자신과 군대, 둘 중 하나를 택하라고 블랙번에게 말했다. 둘 다 선택할 수는 없었다. 블랙번은 한순간도 망설이지 않았다. 샤를렌은 그에게 이렇게 말했다.

"네가 돌아왔을 때는 어쩌면……."

그녀는 다음 말을 잇기 힘들어하다가 결국 말했다.

"달라져 있을지도 몰라."

샤를렌은 블랙번이 자기 아버지에게 휘둘려 군대에 간 거라고 생각했다. 그녀는 블랙번의 마음이 온통 군대에 가 있다는 것을 알았다. 샤를렌은 그런 블랙번을 받아들일 수가 없었다. 그러나 블랙번은 아직도 샤를렌을 사랑했다. 그리고 아직도 샤를렌이 마음을 돌려주기를 바라고 있었다.

블랙번은 귀국 날짜인 9월 1일까지 남은 날짜를 꾸준히 헤아려왔다. 그리고 막사로 돌아오면 달력의 지나간 날짜들에 X표를 해왔다. 블랙번이 그 짓을 그만둔 것은 지난주였다. 집에 갈 날짜는 도무지 오지 않을 것처럼 보였다.

블랙번의 무전기가 찍찍거렸다. 콜 대위였다.

"미스핏 1-3 나와라, 여기는 미스핏 액추얼. 잘 들어라. 기준선망 80에서 서쪽으로 10킬로미터 떨어진 곳에서 잭슨의 분대와 교신이 안 된다. 자네들이야말로 지금 보낼 수 있는 유일한 제대[1]이다. 잭슨 분대가 마지막으로 확인된 위치는 스핀자 육류 시장이다. 마을에서 아주 거지 같은 곳이지. 가서 그들을 수색하라. 알겠나?"

"1-3. 확인."

잭슨이 연락이 안 되고 있다. 그건 분명 뭔가 좋지 않은 일을 의미했다.

---

1) 배열·배치된 어떤 부대를 한 구분체로 매기어 이르는 말.

블랙번은 동료 대원들을 바라보았다. 모두 갖고 있는 헤드셋을 통해 명령을 들었다. 잠시 아무도 입을 열지 않았다. 말을 하는 데 필요한 아주 작은 기력마저도 아끼고 싶어 하는 것처럼.

몬테스는 고교 시절 토론 클럽에서 배운 말투로 다시금 외쳤다.

"젠장, 왜 우리 말곤 아무도 이런 일을 하지 않는 거지?"

블랙번은 몬테스가 제발 입 좀 닥치고 자기 일만 해주었으면 싶었다. 블랙번은 피곤했다. 그리고 몬테스의 수다는 블랙번을 더욱 피곤하게 하고 있었다.

채핀이 껌 포장을 벗기더니 내용물을 접어 입에 넣으며 말했다.

"몬테스, 좆같은 히피 흉내는 관둬."

몬테스는 총을 잡은 손을 폈다.

"아까 얘기한 건 우리가 전쟁을 억제하고 있다는 뜻이야. 우린 이란과 전쟁을 일으키러 온 게 아니라고."

"PLR이 이란이냐?"

블랙번이 끼어들었다.

"이봐, 이런 입씨름 백 번도 넘게 한 것 같군."

채핀은 얼굴에 손을 댔다.

블랙번의 말이 계속 이어졌다.

"PLR은 이란 영내에 있어. 거기서 나오거든. 그리고 이란은……."

블랙번은 그러면서 왼쪽으로 고갯짓을 해보였다.

"바로 저기에 있어."

"이제 알겠지, 몬테스. 이 바보 같은 환경운동가 나리. 또 한 번 떠들어봐. 현실을 제대로 가르쳐줄 테니. 알겠지?"

블랙번은 채핀과 몬테스가 벌이는 이 언쟁이 개인적인 전면전으로 확대되지 않기를 바랐다. 쌍둥이 치어리더를 놓고 둘 중에 누가 어디가 더 예쁜지 논쟁하는 거나, 새로운 영국 공주의 이모저모를 문제 삼는 것은 전혀 나쁠 게 없는 즐거운 기분전환이 될 수 있었다. 하지만 이 거지 같은 나라에 온 목적 자체에 의문을 품는 것은 자칫

하다간 군 기강을 저해할 수도 있었다.

그들은 한 소대 내에서 18개월 동안 복무해 왔다. 한 가족이나 다를 바 없었다. 그러나 교전상황은 바뀌었다. 그들은 자신들이 이 지역에 남겨진 마지막 미군이라고 생각하게 되었다. 그리고 인내심이 바닥을 드러내는 사람은 채핀 혼자만이 아니었다. 이 지역 전체가 혼돈 속으로 빠져들어 가고 있었다. 채핀은 갈수록 몬테스를 상대로 화풀이를 하고 있었다. 블랙번은 채핀을 탓하지 않았다. 블랙번은 몬테스에게도 나름대로의 관점이 있다고 생각했다. 몬테스 같은 사람이 낙엽이 가득한 어느 캠퍼스에서 자본주의의 몰락을 주장하는 전단지를 돌리지 않고, 왜 이런 곳에 와서 이런 일을 하는지 궁금했다. 하지만 블랙번에게 부대원들과 상담을 할 시간은 없었다.

잭슨의 스트라이커가 교신두절 상태가 되었고, 그걸 찾아나서는 것 외에 지금 다른 선택은 없다. 그게 그들의 임무였다. 그리고 정어리처럼 생긴 실내온도 40도짜리 장갑차 안에서 PBS(퍼블릭 브로드캐스팅 서비스: 미국 공영방송)에 출연하는 자유주의자들처럼 떠드는 것은 그들의 임무가 아니었다.

블랙번은 목소리를 조금 높였다.

"이봐, 몬테스. 이건 우리 임무야."

"그래, 알았어."

"알아들은 거다."

블랙번은 한 손을 들었다.

"그리고 임무를 완료하려면 PLR 놈들을 손봐줘야지. 그러려면 어찌되었건 국경을 넘어야 한다."

채핀은 뭐라 말을 하려고 입을 열었지만, 블랙번은 눈빛으로 그를 침묵시켰다.

그들은 스트라이커 장갑차에서 내려서 산개(散開)했다. 스핀자 육류시장은 상부에 큰 강당이 있는 낡은 회랑형 건물이었다. 불과 일주일 전만 해도 이 건물에는 활기가 넘쳐흘렀다. 하지만 지금은 사람들이 모두 떠나고 없다. 좋은 징조가 아니다. 캠포는 블랙번의 어깨를 두드리며 말했다.

"여길 수색해 보자고."

PLR의 지도자 알 바시르의 초상화가 벽에 그려져 있었다. 그린 지 얼마 안 된 것 같았다. 실물과 꽤 닮게 잘 그렸다. 블랙번은 생각했다.

'누군가 여기서 꽤 오랜 시간을 보냈구면.'

"그놈들은 알 바시르를 숭배하고 있어. 알 바시르는 그들의 우상이지."

블랙번 옆에는 몬테스가 서 있었다. 그림을 그린 화가는 전직 이란 공군 장군인 알 바시르의 얼굴을 매우 강인하게 묘사했다.

"누가 그렸는지는 몰라도 혼을 담아 그린 그림 같군."

"자위행위나 다를 바 없어. 이건 그냥 그림이야. 알 바시르는 너희 할아버지만큼 나이를 먹었어. 휠체어에 태워서 데리고 다녀야 할 걸."

"이 동네가 왜 언제나 이 모양이 꼴인지 궁금하지도 않냐?"

"몬테스, 난 그냥 여기서 내 일을 할 뿐이야. 그딴 건 다른 사람들이나 생각해볼 문제지."

몬테스는 집요했다.

"이제 얼마나 더 있으면 이란으로 쳐들어가게 될까?"

블랙번은 그들을 향해 손을 내저었다.

"그건 높으신 분들이 알아서 정할 문제야. 어서 순찰이나 하러 가자."

노인은 문간에 쪼그려 앉아 있었다. 몬테스도 자세를 낮추고 노인과 대화를 했다. 몬테스의 병기는 어깨 뒤로 메어져 있었다. 몬테스는 열 손가락을 펴 보였다가, 주먹을 쥐어 보이고, 다시 열 손가락을 두 번 펴 보였다가 기관총을 쏘는 흉내를 냈다. 몬테스는 뭔가 일감을 주면, 자신이 유용하다는 것을 증명하기 위해 잘 해내려 하는 스타일이었다.

"30명 정도고, 전원 무장했다는군. 30분쯤 전에 여길 지나갔대."

몬테스는 노인에게 다시 몸을 돌려 이렇게 말했다.

"감사합니다. 어르신."

"고맙소. 나도 여기를 떠나려 하오."

블랙번은 쪼그리고 앉아 아랍어로 대화를 계속했다.

"그 친구들 PLR이었나요?"

노인은 어깨를 으쓱했다.

"현지인들인가요?"

노인은 보일락 말락 할 정도로만 살짝 고개를 가로저으며 시장의 서쪽 문을 가리켰다.

"그래, 저 분이 말씀하신 곳으로 가보자고."

문을 나서니 3층 건물들 사이에 좁은 길이 나타났다. 블랙번은 여러 가게의 셔터가 닫히고 아이가 우는 소리를 들었다. 길 건너편에 도요타 픽업트럭이 주차되어 있었다. 앞 펜더는 더 큰 차에 받힌 듯 찌그러져 있었다.

블랙번은 신호를 보내 다른 대원들에게 벽에 붙으라고 지시했다.

"큰 교차로가 있다. 노출되면 곤란해."

그들 모두에게 동시에 뭔가가 굴러가는 덜거덕 소리가 들렸다. 궤도차량의 주행 소리였다. 블랙번은 구석 벽에 몸을 찰싹 붙이고 주위를 돌아보았다. 한 블록 떨어진 교차로에서 궤도차량이 고개를 내밀더니, 순찰이라도 하는 듯 느린 속도로 좌회전하며 멀어져갔다.

블랙번은 무전기에 대고 말했다.

"APC(장갑병력수송차). 마크는 없음. 북쪽으로 진행 중. 자기 동네에 있는 듯이 느긋하게 움직이는군."

"골치 아픈 고철덩어리 하나 납셨군."

"세운 다음 어느 편인지 물어보자고."

"시끄러워, 몬테스, 도로를 우회전해서 저놈이 방금 튀어나온 곳으로 가자고."

그들은 2인 1조로 도로를 건넜다.

"계속 움직여!"

"너무 조용해. 저놈들이 이곳 전체를 봉쇄한 것 같아."

"아님 피리 부는 사나이가 방금 지나갔던가."

"그딴 헛소리 집어치워."

"좋아. 전투가 벌어질지도 모른다는 징후다. 천천히 움직이자고, 친구들."

APC가 빠져나온 옆길은 좁았다. 상층부의 그림자를 짙게 드리우고 있는 높은 건물들 사이로 난 협곡이라고 할 만한 길이었다. 옆길의 저쪽 끝에는 작은 광장이 있었다. 작은 광장 쪽 출구 근처의 깊숙한 문간 안에는 여자들이 고리버들 바구니들 뒤에 여럿 모여 있었다. 그녀들은 해병대원들에게 손을 흔들며 위쪽을 가리켰다.

"그래, 저분들이 말씀하신 걸 그냥 흘려듣지 말자고. 건물 지붕을 조사해."

그들은 멈춰 서서 건물 지붕과 닫힌 창을 전부 살폈다. 블랙번의 눈에 처음 들어온 것은 사람의 실루엣이었다. 그의 옆에 있는 부서진 돌들처럼 꿈쩍도 하지 않고 있는 사람의 실루엣이었다.

"저격수다! 엄폐! 엄폐!"

블랙번이 몸을 돌리자마자 채핀의 어깨에서 피가 터져 나왔다.

"사상자 발생! 연막탄 터뜨려! 당장!"

캠포가 저격수의 시야를 가리기 위해 백린수류탄을 투척하는 동안, 블랙번과 몬테스는 채핀을 잡고 그를 문간으로 끌고 갔다. 그러나 채핀은 가지 않으려 했다. 채핀은 둘에게 끌려가지 않으려 발버둥을 쳤지만 그는 점점 힘이 빠지고 있었다.

"날 일으켜줘. 난 아직 사격할 수 있어. 그 씨발놈 좀 보여줘."

"진정해, 친구!"

마트코비치가 무전기에 대고 소리치고 있었다.

"씨발, 연막, 세 놈 더 보인다!"

피가 많이 흘러나왔지만 상처는 깊지 않았다. 블랙번은 채핀을 일으켜 세웠다. 채핀은 몸을 흔들며 미소를 지었다.

"좆됐지만 일어날 수는 있군. 이제 그놈들 앞에 데려다줘."

연기 속에서 마트코비치는 채핀을 쏜 저격수가 있던 자리를 향해 한 탄창을 모조리 비웠다. 그리고 움직이지 않은 채 기다렸다.

연기가 걷히자 블랙번은 저격수가 서부 영화 속 악당처럼 몸을 굽힌 채 땅으로 떨어져 내리는 것을 보았다. 저격수는 문간에 있는 마트코비치로부터 3미터 정도 떨어진 길 위에 털퍼덕 떨어졌다. 그러나 마트코비치는 일절 반응하지 않았다. 그는 굳은 자세로 광장을 주시했다. 블랙번은 병기의 총구를 내린 마트코비치의 자세를 보고 알아냈다. 지금의 전투 상황조차도 잊어버릴 만한 뭔가 엄청난 것을 본 것이었다. 마트코비치는 거기에서 시선을 돌리지 않은 채 손짓으로 블랙번을 불렀다.

"우리가 여기 온 이유를 알 것 같아."

광장 입구에 해병대원 두 명이 죽어 널브러져 있었다. 한 명은 헬멧이 사라졌고, 얼굴의 반이 사라져 있었다. 지근거리에서 터진 RPG[1]에 당한 것 같았다. 다른 한 사람은 가슴에 크고 시뻘건 구멍이 파인 채, 뭔가를 생각하는 듯한 표정으로 눈부신 하늘을 올려다보고 있었다. 블랙번은 몸을 굽혀 둘의 시신에서 인식표를 수거한 뒤 상의 주머니에 넣었다.

"개 같은 날이로군."

"블랙! 저기 봐!"

마트코비치가 제일 먼저 광장에 들어갔다. 광장에는 시신들이 토막 난 채 사방팔방으로 널브러져 있었다. 스트라이커 장갑차는 후방 램프가 열리고 타이어에 불이 붙은 채로 전복되어 있었다. 8개의 바퀴는 모두 제멋대로의 각도로 휘어져 있었다. 가까이에는 소형 트럭이나 버스의 차대로 추정되는 물체가 있었다. 차체는 싣고 있던 IED[2]가 격발되었을 때 날아가버린 모양이었다. 스트라이커 장갑차 안에서 낮고 규칙적인 신음 소리가 들려왔다.

마트코비치는 벌써 무전기에 대고 CAS-EVAC(사상자 후송)을 요청하고 있었다. 무전기 저편의 사람이 자세한 상황을 캐묻자 마트코비치는 분노를 억지로 눌러 참다가 결국 폭발하고 말았다.

"여기 오늘 완전히 좆됐어. 알아듣겠어?"

---

1) Rocket-Propelled Grenade: 소련제 대전차 로켓 발사기.
2) Improvised Explosive Device: 급조폭발물.

마트코비치는 블랙번에게 말했다.

"스트라이커 내부를 조사하자고."

"멈춰."

그렇게 답해야 하는 이유를 깨닫기도 전에 반사적으로 나온 대답이었다. 광장에는 부서진 차량들이 많이 있었다. 유리창이 모두 사라지고, 파편을 맞아 벌집이 된 미니버스 두 대가 있었다. 블랙번은 다른 대원들에게 뒤로 물러나라고 몸짓으로 지시하고, 시선을 오른쪽으로 옮겼다. 스트라이커 옆에 닛산 픽업트럭이 한 대 있었다. 다른 차량들과 마찬가지로 이 차도 엉망이 되어 있었다. 유리창과 조명등이 사라져 있었고, 모든 외장 패널에 파편자국이 있었다. 그러나 뭔가 이상했다. 타이어가 아직도 빵빵했다. 차가 이 정도가 되었으면 타이어도 걸레가 되었어야 했다. 마트코비치는 블랙번을 보고 나서 픽업트럭을 보았다. 민간인들이 건물의 창문 너머로 광장을 내려다보기 시작했다. 마트코비치는 평영을 하듯이 허공에 손을 내저으며 아랍어로 소리 질렀다.

"창문에서 물러서요!"

블랙번은 더 오른쪽으로 시선을 옮겼다. 픽업트럭 주변을 최대한 샅샅이 눈으로 훑으며 기폭장치의 전선을 찾았다. 만약 픽업트럭에 IED가 설치되어 있다면, 그걸 설치한 놈은 미군들이 스트라이커 속에 있는 부상자들을 구하러 트럭 주변에 최대한 많이 몰려 올 때까지 기다릴 터였다. 과일 좌판 뒤에서 어떤 여자가 블랙번을 보고 있었다. 지저분한 회색 부르카를 착용하고, 큰 갈색 눈만 내놓은 여자였다. 블랙번 나이 또래의 젊은 여자인 것 같았다. 어쩌면 블랙보다 더 어릴 수도 있었다. 블랙번의 눈에 그 여자의 시선이 느리고 의도적으로 움직이는 게 들어왔다. 그 여자는 블랙번에게서 시선을 거두고 광장 남쪽의 건물 2층의 유리창을 보다가, 다시 블랙번에게로 시선을 돌렸다. 그러고 나서 그녀는 문간 속 어둠 속으로 사라져 갔다. 블랙번은 다시 보도를 살폈다. 보도 위는 벽돌 조각과 철 조각, 사람의 살덩이로 엉망진창이었다. 하지만 블랙번은 그 난장판 속을 가로지르는 전선을 찾아냈다. 전선은 아까 그 여자가 봤던 건물로 향해 있었다.

모든 대원들이 멈춰서 기다리고 있었다. 그들도 블랙번이 하고 있는 일을 알고 있었다. 그들은 서로의 마음을 읽는 능력을 터득했다. 그것이 이 개같은 나라에 오랫동안 함께 머무르며 얻은 소득이라면 소득이었다. 파병 기간이 끝나 고향으로 돌아가면 이들이 그리워질 것이다. 여기 말고 어디서 이만큼 돈독한 인간관계를 쌓을 수 있단 말인가? 여자에게서? 가족에게서? 어쩌면 그는 전쟁에서 정신이 나가버렸는지도 모른다. 이곳의 생활에 너무 잘 적응한 결과, 정상적인 생활로 돌아갈 기회를 놓쳐버렸는지도 모른다. 하지만 한 번에 하나만 하자. 일단 상황에 집중하자고 블랙번은 스스로에게 말했다.

　블랙번은 서서히 광장을 빠져나왔다. 그 여자가 보았던 건물의 후면으로 들어가는 길을 살피기 전에 마음속에서 건물이 멀쩡했을 때의 모습을 상상했다. 눈에 띄지 않는 곳에서 그는 건물 후면으로 가는 통로 속으로 잽싸게 뛰어 들어갔다. 블랙번은 이전에 한 번도 이 광장에 와 본 적이 없었지만, 이와 비슷한 건물들을 많이 소탕했기 때문에 그 구조는 충분히 상상할 수 있었다. 통로 양측에 출구가 있는 점은 다른 곳과 같았다. 계단은 옆길로 연결되어 있었다. 2층의 거실은 건물에서 제일 큰 방이며, 건물 2층의 내부 공간 전체를 가로지르고 있을 터였다. 1층에서는 음악이 들려왔다.

　블랙번은 커튼이 쳐진 문간으로 발을 들여놓았다. 부엌이 나타났다. 싱크대에는 두 개의 깨끗한 찻잔이 있었고 높은 톤의 음악이 나오는 라디오가 있었다. 블랙번은 부엌 안으로 완전히 발을 디딘 다음, 아주 천천히 라디오의 볼륨을 높였다. 블랙번은 전투화를 벗을까 생각하다가 그러지 않기로 했다. 계단에는 두 구의 시신이 있었다. 성인 여성과 소녀의 시신으로 둘 다 머리에 총을 맞고 죽어 있었다. 블랙번이 제대로 찾아왔다는 증거였다. 블랙번은 동작을 멈추지 않았지만 그의 눈을 순식간에 스친 시신들의 모습은 구토가 나올 만큼 끔찍했다. 블랙번은 뒤꿈치를 들고 계단을 올랐다. 자신의 피가 혈관 속을 쿵쾅거리며 달리는 소리가 들렸다. 그는 몸에서 뿜어져 나오는 아드레날린을 이용해서 임무를 완수하는 데 필요한 맥박만을 남겨두고 나머지 맥박을 억눌렀다.

　계단을 다 오른 블랙번은 방으로 들어가기 전에 잠시 멈췄다. 자동차용 배터리, 전선, 점프케이블의 연결 장치가 보였다. 연결 장치 둘 중 하나는 연결되어 있었지만, 하나는 연결되지 않았다. 그밖에는 아무것도 없었다. 블랙번이 주위를 찬찬히 살피며 그 방이 비어 있다는 것을 확인한 순간, 누군가가 그의 목 뒤를 강타해 그를 쓰러뜨렸다. 블랙번의 머리가 배터리 근처 바닥에 닿았다. 블랙번은 쓰러진 상태에서 몸을 옆으로 굴리면서 가지고 있는 K바 대검을 뽑으려 했다. M-4 카빈은 이 좁은 공간에서는 다루기 힘든 무기였기 때문이다. 블랙번을 때린 어둠 속의 인물은, 체형을 가리는 형태의 옷을 입고 있었다. 상대방이 배터리를 향해 몸을 날린 순간 블랙번은 K바 대검으로 상대의 허벅지를 찔렀다. 대퇴부 동맥을 끊은 것이 분명했다. 상대는 지독하게 높은 비명 소리를 질렀다. 성인 남자 목소리치고는 너무 높은데, 혹시 남자아이?

블랙번이 무릎 앉아 자세를 취하는 동안 상대는 블랙번 옆의 방바닥에 쓰러졌다. 상대는 성인 남자도, 소년도 아닌, 소녀였다. 그녀가 입은 살와르 카미즈 아래에서 엄청난 피가 흘러나와 바닥에 웅덩이를 만들고 있었다. 그녀는 마치 잡아 올린 청새치처럼 괴로움에 몸을 뒤틀고 있었다. 이미 출혈에는 신경 쓰지 못하는 것처럼 보였다. 그녀는 숨을 헐떡거리며 아랍어로 쉴 새 없이 지껄였다. 블랙번이 그중에서 알아들을 수 있는 것은 '돼지새끼 같은 놈', '지옥' 같은 말밖에 없었다. 그녀가 전하고자 하는 메시지는 명백했다. 그녀는 자신이 흘린 피 속에 누워 몸을 뒤틀고 있었다. 20초 내로 응급처치를 하지 않으면 살 수 없다.

"치료해줄게. 안 그러면 너 죽는다."

얼마나 많이 한 말이었던가. 그리고 또 얼마나 많이 거절당한 말이었던가? 미군들은 항상 적 사상자를 구호해주려고 했지만, 적들이 언제나 그 선의를 받아들인 것은 아니었다. 블랙번이 다가가자 그 여자는 뭐라고 소리를 질러댔다.

"PLR?"

"PLR은 너희를 모두 죽일 기야. 너희는 끝장났어. 끝장났다고."

그녀는 "끝장났다고."라는 마지막 말을 반복하려 했지만, 이미 목소리가 나오지 않았다. 블랙번이 속수무책으로 보고 있는 동안 그녀의 몸에서 생기가 빠져나가고 있었다.

4

모스크바

디마는 오전 2시가 넘은 시각에 호텔방에 들어왔다. 수족관은 들어가는 것보다는 나오기가 훨씬 더 어려운 곳이었다. 그것도 지금까지 지켜지고 있는 일종의 전통이었다. 팔리오프의 사무실을 나섰을 때, 디마는 덩치 큰 내무부 요원 세 명과 마주쳤다. 그들이 단순히 폼으로 서 있는 것이기를 바라며 디마는 빠르게 걸어나갔지만, 내무부 요원들은 디마를 막아 세웠다. 디마는 주먹질을 하기 전에 말로 해결하기로 했다. 약간만 구슬려보자고 생각한 디마는 셋 중에 대장 격으로 보이는 인물이 예전에 어디선가 많이 본 사람임을 알아차렸다.

"이봐요. 무슨 용건이시죠?"

셋 중 낯선 두 명은 훈련도가 떨어져 보였다. 그 둘의 근육은 수년 동안 제대로 반격할 줄 아는 상대와 싸우지 않은 탓인지 말랑말랑해져 있었다. 하지만 디마가 신경 써야 할 상대는 그들이 아닌 낯익은 한 사람이었다. 그의 이름은 프레마로프, 디마와 함께 아프가니스탄에 종군한 몽골인이었다. 한때 자랑스러운 군인이였던 프레마로프는 지금 이런 한직에 있었다. 출세 가도를 달릴 만큼 똑똑하지 못했거나 어쩌면 윗사람들의 눈에 거슬렸기에, 늙은 요원들을 위해 준비된 지저분한 일을 하면서 은퇴까지 남은 시간을 보내고 있는 것이다. 프레마로프의 꼬락서니를 보니 조직을 떠난 게 잘한 일처럼 느껴졌다.

"오, 내 옛 친구 프레마로프. 요즘은 어떻게 지내나?"

그의 양옆에 선 두 '병풍'은 어안이 벙벙해 보였다. 붙들어 둬야 할 사람에게서 예기치 못한 환대를 받게 되었으니 말이다.

결국 프레마로프가 입을 열었다.

"왠지 어색하구먼."

"무슨 얘기를 들었나? 내가 체계를 무시하고, 명령을 따르기를 거부하고, 말을 안 들었다는 얘기인가?"

"대충 그 비슷한 얘기였다네."

"오해일 뿐이야. 모두 꾸며낸 얘기일 뿐이라고. 오른손은 왼손이 하는 일을 모르지. 그 친구들이 어떤 놈들인지 잘 알고 있지 않은가."

"아마도 그렇겠지."

디마의 설명에도 불구하고 프레마로프는 어깨를 으쓱거렸다. 연금을 받으려면 15년은 기다려야 하는데, 5분을 못 기다리겠나 하는 태도였다. 옆의 '병풍'들은 디마의 말을 별로 납득하지 않는 눈치였다.

디마가 프레마로프를 가리키며 두 '병풍'들에게 말했다.

"여기 계신 이 분은 정말 훌륭한 분입니다. 내 목숨을 여러 번 구해주셨지요."

프레마로프는 미소를 지었다.

프레마로프도 디마도 그 말이 헛소리라는 것을 알고 있었지만, 그래도 멋있게는 들렸다.

"아니야. 자네도 알겠지만, 사실은 반대였지. 자네가 내 목숨을 많이 구해줬잖아."

"그랬나? 난 그런 기억 없는데. 이봐, 농담 좀 작작해."

'병풍 1호'가 입을 열었다.

"두 분이 서로 아는 사이신가요?"

프레마로프는 눈동자를 굴렸다.

"우리 윗대가리들의 문제점은 기억력이 너무 짧다는 거야. 누가 자기한테 잘 해줬는지를 쉽게 잊어버리지."

디마는 '병풍 2호'가 한쪽 발에 무게중심을 실어 준비 자세를 취하는 것을 지켜보며 말을 했다.

"맞는 말이지."

프레마로프도 그렇게 말하면서, 기회를 잡아 움직인 병풍 2호와 함께 움직였다. 프레마로프가 디마의 턱을 향해 어설프게 주먹을 날리자, 디마는 몸을 굽혀 주먹을 피한 다음, 마치 감자자루를 둘러업듯이 프레마로프의 몸을 둘러업더니 벽에 세게 내던졌다. 프레마로프는 헐떡이며 얇은 카펫이 깔린 바닥에 쓰러졌다. 초반에 밀리려 하지 않은 병풍 1호는 디마의 왼쪽 다리에 발을 걸어 균형을 잃게 하면서 동시에 디마의 명치를 가격하려 들었다. 몸을 돌린 디마는 프레마로프가 큰 손으로 병풍 1호의 목덜미를 잡는 것을 보았다. 프레마로프는 디마가 안전하게 물러설 때까지 병풍 1호를 계속 붙들고 있었다.

프레마로프가 말했다.

"자네가 우리와 싸워 모두 쓰러뜨렸다고 보고하겠네."

디마가 대답했다.

"그래, 3대 1로 싸웠어도 말이지. 맘에 드는군. 특히 상대가 자네라면 말이야. 예쁜 딸내미에게 안부 전해주게나."

"시집갔어."

"그것 참 유감이군."

호텔에 도착했을 때, 붉은색 머리의 귀여운 여직원은 근무를 마쳤고, 딱딱해 보이는 인상의 직원이 카운터에 서 있었다. 등 뒤에 칼날이 와 닿는 느낌을 좋아하는 사람이라면 꼬셔 볼만한 인상이었다. 그러나 디마는 그렇지 않았다. 디마는 폴레자에프스카야 지하철역으로 가서 자주색 노선을 타고 도심으로 들어갔다. 옛날식의 즐거운 하루였다. 잠시나마 500만 달러에 달하는 거금을 손에 쥐어 보고, 지하철을 타고 가서 다음날 아침을 먹고 말이다. 그 와중에 사람들을 죽인 것은 말할 것도 없고.

디마는 방 안으로 들어갔다. 커튼이 열려 있었다. 반대편에 있는 클럽 '더 컴포트 존'의 네온사인이 건물 벽에 붉은 색과 녹색의 불빛을 연속으로 수놓고 있었다. 디마는 불을 끄고, 코트를 벗어 침대 위에 던졌다. 가끔씩 디마는 지하철에서 마주치는 평범한 사람들의 생활은 어떨지 궁금했다. 아침마다 일어나서 직장으로 가고, 마누라랑 토닥거리면서 사는 정상적인 일상사 말이다. 디마의 생활에 정상적인 구석이라고는 전혀 없었다. 그리고 이제 와서 평범하게 바꾸려 해도 너무 늦었다. 지금의 디마의 모습은 좋든 싫든 바꿀 수 없었다. 디마가 그런 자신의 모습을 견뎌내며 살 수 있는지가 문제일 뿐이었다.

5

디마는 그날의 나머지 시간을 키릴과 함께 보냈다. 아침식사는 시간상 이미 아침식사라 부를 수 없었고 '아점'이라 불러야 했다. 키릴이 술을 너무 많이 마셔서 운전을 할 수 없게 되는 바람에 디마가 그를 집까지 태워다준 탓이었다. 키릴이 낮잠을 자는 동안 디마는 뉴스 채널 사이를 왔다 갔다 하며 TV 시청을 하고 있었다. 바차니예프의 말이 옳았다. PLR은 서서히 뉴스 방송의 주된 이슈거리로 자리를 잡아가고 있었다. 알 자지라가 촬영한 테헤란의 대규모 시위 장면에서는 PLR의 지도자가 벌써 정권을 차지한 것처럼 시위 군중에게 경례를 하고 있었다.

디마는 몸을 돌리지도 않고 말했다.

"제발 그 망할 장난감 좀 치워요. 저는 현장에서 다시 뛰기에는 너무 지쳤다고요."

팔리오프는 창 옆 그림자 속에 뻣뻣이 서 있었다. 울퉁불퉁한 팔리오프의 손에 들린 XP9 자동권총은 영 어울리지 않아 보였다.

팔리오프는 권총을 주머니 속에 넣고 TV로 가서 볼륨을 높였다. 이란 관련 소식이 또 나왔다. 그리고 악당이 되기 전 공군 장군 시절의 알 바시르를 담은 CNN 동영상이 나왔다. 하늘을 날아가는 비행기에 경례를 하는 모습이었다.

디마는 눈동자를 굴렸다.

"꼭 그래야 되나요?"

"벽에도 귀가 있다고."

"남 엿듣는 건 국장님 일인 줄 알았는데."

국장의 가느다란 입술이 뭔가를 설명하려는 듯이 벌어졌다가 오므려지더니 미소를 지어 보였다. 국장은 어깨를 으쓱거리며 두터운 눈꺼풀 밑의 눈으로 방을 둘러보았다.

"요즘은 상황이 복잡해……. 자네의 평판을 생각해서라도 좀 평범한 사람을 데리고 다니라고."

"저는 뭐든지 간단히 하기를 좋아합니다."

"그리고 좀 과격한 일이라네."

"저는 과격한 것을 좋아합니다. 알고 계시잖아요. 그래서 국장님은 저를 제대시켰지요. 아시면서 왜 그러세요."

"오, 디마, 그건 오래전 일이야. 이미 오래전에 다리 밑을 지나쳐간 강물 같은 일이지. 안 그런가?"

"그 다리는 홍수 때 떠내려 가버린 줄 알았는데요."

디마는 침대에 몸을 던지고, 신발을 벗어던졌다.

"그래, 번지르르한 새 정치가 상관께서는 제가 뭘 하길 원하신답디까?"

"중요한 일이 아니면 내가 여기 오지 않는다는 거 알지 않나."

디마는 아무렇게나 누워 천장을 바라보았다.

"한 가지 알려드리죠. 옛날이야기를 시작하신다면 저는 무척이나 빨리 잠이 들 겁니다."

"상황이 터졌네."

"국장님이나 가세요. 난 안 가요."

팔리오프는 이란에서 찍어온 영상이 나오는 TV를 손으로 가리켰다. 디마는 한숨을 쉬며 머리 밑에 손을 받쳤다.

"난 안 간다고 분명히 얘기했어요. 비난은 국장님을 비롯한 정부 인사들에게나 퍼부으시죠. 이란과 미국 간의 관계가 악화된 다음부터 우리나라 정부는 이란에 계속 군수품을 공급해 왔어요. T-72 전차, MiG-29 전투기, SA-15 건틀렛 지대공미사일 체계, TOR-M1 방공 미사일 체계, S-300 대공미사일, VA-111 쉬크발 어뢰 등등. 무기인도협정으로 인해 1998년부터 2001년 사이에 인도된 무기의 가격만 3억 달러에 달하지요. 2002년부터 2005년 사이에 인도된 무기의 가격은 17억 달러고. 이래놓고 뭘 어쩌라고요."

"우리나라는 무기 수출 덕분에 돈을 벌었어. 우리나라의 무기 수출량은 미국의 두 배나 되지. 우리나라는 현재 개발도상국용 무기의 주요 공급처야. 무기 수출이야말로 우리나라의 자부심의 원천이지."

"티모파예프 같은 말씀만 골라가며 하시네요. 계속 그런 소리하면 제가 총으로 쏴버릴지도 몰라요."

팔리오프는 우둘투둘한 손으로 얼굴을 문질렀다.

"알겠네. 알겠어. 자네도 알겠지만 현재의 상황은 절대 나아지지 않아. 지금에 비하면 냉전은 차라리 쉬웠어."

"국장님, 피곤하지도 않으세요? 제 모습을 보고 느끼는 게 없으신지요? 이제 좀 주무시죠."

"어쩜 자네 생각보다 빨리 잠잘지도 몰라. 이게 틀렸다고 생각한다면 말이지만. 아미르 카파로프를 알고 있나?"

"타지크인, 타지키스탄 공화국 독립 당시에는 평범한 소련 공군 중위였죠. 다른 사람들이 다른 길을 알아보는 동안, 그는 장물을 잔뜩 실은 여러 대의 안토노프 수송기들과 함께 어딘지 모를 곳으로 날아가 버렸죠. 지금은 러시아에서 가장 잘 나가고 법망까지 잘 피해 다니는 무기상이 아닙니까? 나더러 지금 그 사람을 죽이라는 건가요?"

"구출해오게."

디마는 웃어댔다.

"나는 세 군데의 전구(戰區)에서 카파로프가 팔아먹은 무기들이 잘못 쓰이는 것을 목격했어요. 라이베리아와 콩고의 소년병들 절반이 카파로프가 판 AK 소총을 들고 있어요. 연합군이 무인기를 띄워 파괴하는 속도보다 카파로프가 부족 지역에 무기를 공급하는 속도가 더욱 빠르다고요. 그 친구야말로 진정한 죽음의 상인이지요."

디마는 팔리오프를 바라보았다. 현재를 따라잡으려 죽을힘을 쓰지만, 도저히 따라잡을 능력이 안 되는 과거의 인물이었다. 그는 손을 들어 자기 무릎 위에 놓았다.

"카파로프는 이란에 있어. 그를 지금 데려와야 하네."

"그는 알 바시르와 한 패거리 아닌가요?"

"예전에만 그랬지. 지금은 어떤 일 때문에 사이가 벌어졌어. 알 바시르는 그를 억류하고 몸값을 요구하고 있어."

"그러게 내버려둬요. 알 바시르가 잘못된 일을 계속 저지르게 내버려두라고요. 그렇게 하는 것이야말로 세계를 위한 공헌이에요."

"크렘린은 그렇게 생각하지 않아. 미국 놈들이 알아내면 우리 러시아의 체면이 깎여. 좋을 게 없다고……."

하지만 팔리오프의 어조에서조차 자신의 말을 믿지 못하는 분위기가 느껴졌다. 팔리오프의 지위와 직책을 감안하면 그의 연기는 너무 어설펐다.

"이제 그만 나가주시지요. 저는 피곤해요. 오늘은 매우 힘든 날이었다고요."

팔리오프는 디마를 보았다.

"내 말을 오해하지 말아주게. 나도 자네의 원칙을 존중한다네. 하나님도 아시겠지만 나는 들어오는 일을 고를 수 있는 자네의 처지가 부럽다네."

"국장님도 저에 대해 저만큼이나 아니 어쩌면 더 잘 아실 거예요. 잘 아신다면 이런 일은 제가 한 번도 생각해본 적이 없다는 것도 아실 텐데요. 조국을 위해 쓸데없이 죽을 기회를 선택할 사람은 국장님이 알고 있는 사람 중에서도 수백 명이나 있을 겁니다."

팔리오프는 느리게 일어섰다.

"나는 자네에게 선택권을 주러 온 게 아니야. 자네도 말했듯이 난 자네에 대해 모든 것을 다 알고 있지."

디마의 마음속에서는 분노가 끓어올랐다.

"솔로몬 얘기를 할 거라면 그만둬요. 국장님은 근 20년 동안이나 그놈의 변절을 가지고 날 괴롭혀 왔어요. 난 그 친구한테 할 만큼 했어요. 날 믿으라니까요."

팔리오프는 고개를 저었다.

"솔로몬 얘기가 아니야. 그놈도 이 일에 어떻게든 연관이 되어 있을지도 모르지만 말이지."

"그게 무슨 뜻이죠?"

"솔로몬이 이란에서 목격되었네."

"당장 여기서 나가요. 두 번 다시 내 눈앞에 나타나지 마세요."

디마는 늙은이에게 달려들어 그의 멱살을 움켜쥐었다.

"아, 끝까지 들어봐. 디마, 난 자네에게 솔로몬보다 훨씬 더 중요한 걸 알려주러 온 거야."

그는 재킷 속주머니에서 얇은 마닐라 봉투를 꺼냈다.

"자네가 결정을 내리는 데 필요한 게 여기 들어 있네. 다시 생각해 보게."

너무 오래되어 버릴 수 없는 소련식 완곡어법이었다. 팔리오프는 봉투를 침대 위에 떨어뜨렸다.

디마는 여전히 천장을 바라보고 있었다.

"저의 추한 모습을 담은 사진인가요? 여전히 과거에 살고 계시군요. 너무 오랫동안 즐거운 일은 안 해서 말이죠. 그리고 어찌되었건 누군가에게 마음 써주는 데는 관심 없습니다."

"열어보기나 하게."

디마는 한숨을 쉬더니 팔꿈치로 몸을 받치고 일어나서 침대 머리맡의 조명을 켰다. 그리고 봉투를 찢어 열고 내용물을 침대 위에 뿌렸다. 두 장의 사진이 나왔다. 첫 번째 사진에는 먼 거리에서 클로즈업한 남자의 모습이 찍혀 있었다. 나이는 20대 중반 정도, 키가 크고 건장해 보이는 체격이었다. 머리는 검고 좋은 정장을 입었다. 다리 위에 선 그는 수많은 통근자들에 둘러싸여 있었다. 디마는 처음에는 그가 누구인지 알아보지 못했다. 디마는 배경을 유심히 보고서야 그것이 파리의 퐁뇌프 다리인 것을 알았다. 디마는 자신의 심장 박동 소리가 커진 것을 알았다. 다른 사진을 보았다. 아까와 같은 남자가 아름다운 금발 미녀와 공원에서 이야기를 나누며, 두 아이가 탄 유모차를 밀고 있었다.

디마는 일어나 앉았다. 조명 불빛 아래 그 사진을 들이밀고 자세히 보았다. 사진 속 남자의 얼굴, 자기 어머니의 얼굴을 빼다 박은 그 얼굴은 어려서 디마의 곁을 떠난 아들의 얼굴이 분명했다. 디마의 심장은 갈비뼈 사이로 터져 나올 듯이 강하게 뛰었다. 디마는 팔리오프를 올려다보았다. 팔리오프의 입술에는 능글맞은 미소가 드리워져 있었다.

"우리가 시키는 일을 하면 그 사람의 이름과 주소를 알려주겠네."

갑자기 디마는 더 이상 피로를 느끼지 않게 되었다.

6

모스크바, 수족관

작전실에서는 땀 냄새와 담배 냄새가 풍겼다. 금연 표지판이 있었어도 트로이카에서 나오는 키릴의 담배 연기에 가려 보이지 않았을 것이다. 키릴과 디마는 여기 오전 7시부터 있었다. 처음에 두 사람이 들어오자, 수많은 기록보관원들과 연구원들이 서류, 지도, 사진들을 들고 와서 둘이 앉아 있는 크고 빛나는 테이블이 보이지 않을 만큼 자료의 산을 쌓았다. 두 명의 기술자들이 와서 벽에 줄지어 서 있는 여러 개의 큰 스크린을 켰다. 스크린마다 이란의 위성사진이 나왔다. 그 다음 제복을 입은 1개 소대 규모의 젊은이들이 들어와 방 양쪽에 줄지어 서 있는 콘솔 앞에 앉았다. 키릴이 담배를 피워대는 것을 보자 그들도 담배를 피울 구실이 생겼다. 그 젊은이들이 그밖에 무슨 일을 하는지는 수수께끼였다.

키릴이 거기 모인 GRU의 최정예 요원들을 바라보며 말했다.

"이 정도면 제3차 세계대전을 벌일 수도 있겠군."

디마가 기침을 해댔다.

"그전에 폐암에 걸려 죽겠다. 체르노빌의 공기가 차라리 깨끗하겠어."

시간은 10시를 넘겼고 에어컨은 작동을 멈췄다. 휴대형 백업 장치가 작동되었지만 담배 연기를 떠다니게 할 뿐이었다. 게다가 시끄러웠다. 작전실에는 디마의 요구를 충족시키기 위해 감독관 세 사람이 서서 대기하고 있었는데, 그들의 존재 역시 디마의 주의력을 분산시켰다. 이런 식으로 임무에 아낌없이 인력을 투입하는 것은 팔리오프의 스타일도 아니고, 인색하고 야박하기로 정평이 난 GRU의 일반적인 스타일도 아니었다.

디마는 아제르바이잔과의 국경지대 타브리즈 북쪽의 바자르간 인근에 있는, 알바시르의 복합시설을 담은 사진들을 찬찬히 살펴보았다. 이 사진들은 인공위성이 지난 48시간 이내에 촬영한 것들이었다. 정보팀도 복합시설 내부의 모든 건물에 대한 3차원 평면도를 가지고 마을에 들어가, 건물에 방이 몇 개인지, 지하실이 있는지, 전력선은 어디로 들어가는지, 문과 창문틀의 재질은 무엇인지, 보안용 차단기가 있는지, 강화유리 또는 방탄유리가 있는지, 심지어는 배수시설이 있는지 등의 분석을 실시했다.

여러 대의 트럭과 픽업 무리들 속에서 검은색 메르세데스 벤츠 G바겐이 뚜렷이 보였다. 아마도 카파로프의 것이리라. 디마는 사진에 시선을 고정한 채 세 감독관에게 물었다.

"지상에서는 아직 아무것도 없소?"

정찰팀의 아르코프가 앞으로 걸어 나왔다.

"그 사진들은 최신형 SSR 809 위성들이 촬영해서 2시간 전에 전송한 것입니다. 실시간 링크를 통해 그들의 움직임을 분 단위로 볼 수도 있습니다."

"그럼 저들이 피자를 배달시켜 먹는지 정도는 알 수 있겠군."

아르코프는 그런 비아냥거림에는 대응할 준비가 되어 있지 않았다. 아르코프는 무슨 말을 해야 될지 몰라 포인터를 꺼내서 사진 위에 선을 그려 보였다.

"이 담장이 상공에서도 뚜렷이 보입니다."

상대방이 깍듯한 존칭어를 써주어서 디마는 기뻤다. 하지만 그 어조에서 희미한 경멸감이 느껴지는 것은 어쩔 수 없었다. 자신의 존재가 아르코프 같은 사람들에게 '틀 안의 이물질' 정도로 느껴진다는 것은 디마도 알고 있었다. GRU 내의 이 깊숙한 곳은 GRU 정규 직원들만을 위한 성소이며, 외부인에게는 원래 출입이 허용되지 않는 곳이었다. 아르코프는 그곳에 외부인이 들어왔다는 사실을 인정하기 힘들어했으며, 그런 감정을 감추는 데도 서툴렀다. 디마는 아르코프의 몸동작이 눈에 거슬릴 정도로 딱딱하다는 것을 알았다. 마치 원격조종되는 로봇 같아 아르코프를 쓰러뜨리고 그의 몸에 연결된 전선을 잘라버리고 싶은 충동을 느꼈다.

키릴은 트로이카를 20개비째 태우고 있었다. 담배가 그의 노란 손가락 쪽으로 타 들어가고 있었다. 키릴은 랩톱 컴퓨터에서 고개를 들고 아르코프에게 말했다.

"디마는 담장의 높이를 알고 싶어 해."

아르코프는 하찮은 사람을 보는 듯한 눈빛으로 키릴을 보았다. 마치 뜨뜻한 곳을 찾아 기어들어온 노숙자를 바라보는 눈빛이었다. 자신이 주로 차 안에서 살아왔다 는 점을 감안해서 키릴이 상당한 수고를 들여 '정상인'처럼 보이도록 단장을 했음에 도 말이다. 이번만큼은 키릴은 잘 때 입었던 재킷과 바지를 입고 오지 않았으며 면도 도 했다.

아르코프가 입을 벌려 대답을 하자, 그의 코가 커지는 것 같았다.

"아까도 말씀드렸듯이, 저희가 그런 정보까지 알 수 있는 단계는 아직 아닙니다."

디마는 이런 거짓말을 끊어버리는 데 필요한 만큼만 에너지를 소비하겠다고 마음 먹었다. 이곳에는 컴퓨터와 카메라들이 잔뜩 있었지만, 디마에게 가장 어울리는 장 소는 현장, 즉 실제 세계였지 이 멍텅구리 같은 마네킹 인형들이 들어앉은 멋진 찬장 이 아니었다. 아프리카에 가 봐라. 거기 있는 아르코프 나이의 군인들은 이미 다른 나라 병사들이 평생 복무해야 쌓을 수 있는 전투 경험의 몇 배에 달하는 전투 경험을 갖고 있다. 그리고 비록 글자는 모르지만, 전쟁이 일어나는 원인에 대해서도 아르코 프만큼은 알고 있다. 디마의 눈에 비친 아르코프는 새로운 러시아가 안고 있는 모든 문제의 화신과도 같았다. 경험이 적은데도 너무나 거만했다.

아르코프는 그들의 말을 못 알아들은 것 같았다.

"정보를 특수 분석한 결과, 저 곳은 헬리콥터를 사용한 병력 투입에 이상적인 장소 입니다."

키릴이 무서운 표정을 지었다.

"디마는 원하는 정보를 얻지 못하면 자기가 안 가고 다른 사람을 보낼 거야. 어서 제대로 된 정보를 찾아오라고."

디마도 고개를 숙인 채로 거들었다.

"나는 또 현장의 모든 차량 움직임과 눈에 보이는 사람 수에 대한 분석 자료도 얻고 싶소. 그리고 그들의 제복, 휘장, 병기에 대해서도 알고 싶소."

"예, 그건 좀 시간이……."

"30분 드리겠소. 냉큼 시작하시오."

아르코프는 분노로 얼굴이 시뻘게진 채로 나갔다.

이 작전에는 불확실한 점이 너무 많다고 디마는 생각했다. 이 작전의 의도, 자신이 발탁된 이유, 팔리오프가 갖은 어려움을 감수해가면서 자신을 끌어들이려 애쓴 이유, 모두가 수수께끼였다. 그렇기에 디마는 키릴과 함께 작전을 하겠다고 고집한 것이었다. 키릴이야말로 디마가 100% 믿을 수 있는 사람이었고, 디마의 마음을 꿰뚫어보는 사람이었기 때문이다. 팔리오프는 그런 디마의 주장에 수긍한 것 같았지만, GRU 요원들 대부분은 옛 전우 키릴에 대한 디마의 평가를 도무지 이해하지 못했다.

우선 키릴의 외모는 어딜 봐도 경험 많은 스페츠나츠 전직 대원처럼 보이지는 않았다. 하지만 디마는 그것도 나름대로 장점이라고 생각했다. 키릴은 피부색 덕분에 제법 여러 민족 행세를 할 수 있었다. 그리고 군인답지 않은 구부정한 체형 때문에 누구도 그가 고도의 군사 훈련을 받은 사람이라는 점을 알아챌 수 없었다. 키릴은 전투에서 부상을 입었지만, 그것은 말해서는 안 되는 부분이었다. 그는 카불에서 차량폭탄공격을 당한 이후로 청력에 영구적 손상을 입었다. 그리고 체첸에서 고문을 당해 여러 개의 검푸른 흉터가 있었고, 베슬란 인질 사건 때는 총상을 입기도 했다. 키릴도 자신의 약점을 알고 있었다. 변덕스런 여자에게 주체할 수 없을 만큼 강한 매력을 느끼는 것이 그의 가장 큰 약점이었다. 키릴은 뛰어난 명사수였고, 헬리콥터에 대해 본능적인 불안감을 느끼는 고정익기 조종사이기도 했다. 키릴은 입버릇처럼 이렇게 이야기했다.

"날아다니는 물건이라면 당연히 날개가 있어야 하지 않나?"

또한 그는 디마의 생각을 알아차릴 수 있는 초자연적인 능력의 소유자였고, 디마와 마찬가지로 수많은 작전을 말아먹은 군대 규정에 대해 반감을 가진 인물이기도 했다.

키릴은 마지막 순간까지 기다렸다가 담배를 재떨이에 비벼 껐다. 미 국방부에서 선물해준 오각형 모양의 재떨이였다. 디마는 자신들이 온 뒤에 누군가가 재떨이를 최소한 한 번쯤은 비웠다는 사실을 눈치챘다.

"공중에서 투입된다면 주변의 모든 사람들을 깨우게 돼. 그렇게 되면 기습의 의미가 없어. 차량을 통해 목표에 도달하는 게 더 좋을 것 같군."

"그럴지도 모르지. 자네의 헬리콥터 공포증을 감안한다면 말이네. 하지만 그건 극히 비애국적인 짓이야. 러시아인의 발명품인 헬리콥터를 무시한단 말인가."

"시코르스키는 미국으로 가버렸지 않은가. 그래서 나는 그를 배신자로밖에 여기지 않는다네."

키릴은 추리 같은 것은 전혀 할 줄 몰랐다. 디마는 결국 키릴이 들은 대로 다 하는 사람임을 알고 있었다. 디마는 키릴이 손가락으로 관자놀이를 문지르자, 그의 눈초리가 더욱 더 높이 치켜 올라가는 것을 멍하니 바라보았다. 디마는 팔리오프가 보여준 봉투 이야기를 키릴에게 하지 않았다. 디마가 결국 GRU의 의뢰를 받아들이기로 했다고 키릴에게 말했을 때, 키릴은 당혹감을 나타냈다. 아마 그러리라고는 생각지 못했을 것이었다. 그러나 너그럽게도 키릴은 캐묻지 않았다. 그들은 서로의 영역을 본능적으로 존중해주었다.

디마는 이제까지 알아낸 것을 복습했다. 바자르간의 시설은 한때 수도원이었다. 그중 일부는 14세기 때 지어진 것이었다. 아르코프는 이곳에 대한 고고학 조사결과를 보여주었다. 이곳의 담장은 처음 지어진 상태 그대로를 유지하고 있으며, 지면 아래로 4미터 깊이까지 들어가 있다는 것이었다. 수도원을 처음 세운 기독교도들은 대체 뭘 예상하고 담의 토대를 이렇게 깊고 튼튼하게 팠단 말인가? 야포 사격? 전차포 사격? 핵공격? 어찌되었던 무려 600년 전에 세워진 담이었다. 1950년대 이란의 샤 국왕은 이곳을 자신의 북쪽 휴양지 겸 사냥터로 개장했다. 그래서 수영장, 그리고 샤가 수집한 멋진 자동차들을 놓아두는 거대한 차고가 신설되었다. 현재 그것들이 있던 장소는 작전 후 퇴각하기에 알맞은 곳으로 변해 있었다. 아마 아야톨라 호메이니 시절, 퇴폐적인 서구문명의 상징으로 몰려 철거당했을 공산이 크다.

이 시설이 언제 어떻게 알 바시르의 손에 들어갔는지, 알 바시르가 이걸 어떻게 사용하고 있는지는 명확하지 않았다. 현실적으로 따져보면 아마도 지역 사령부로 사용하고 있을 가능성이 높았다. 아르코프는 현재 이 장소에는 스물에서 스물다섯 명의 인원이 상주하고 있을 거라고 추측했다. 그가 가져다준 정보 일부는 유용했다. 하지만 그 정보 대부분은 또 다른 의문을 낳았다. 카파로프가 알 바시르에게 어떤 무기를 얼마나 팔았는지는 정확히 밝혀져 있지 않았다. 팔리오프의 부하들은 그걸 알아내려 하는 중이었다. 이 복합시설이 그 무기를 저장하는 창고일 수도 있었다. 디마는 이런 곳에서 본격적인 작전을 치르려면 그에 걸맞은 장비가 있어야 한다는 것만큼은 확실히 알고 있었다.

디마는 자신의 앞에 누군가가 온 것을 느꼈다. 그 사람에게서는 좋은 향기가 났다. 재스민인가? 치자나무일지도 몰랐다. 디마는 고개를 들었다. 키가 크고 야위었지만 자세가 반듯한 여자가 서 있었다. 대충 디마의 나이 정도 되어 보였지만 몸 상태는 훨씬 더 좋았다. 그녀는 품을 줄인 이탈리아제 정장 재킷을 입고 있었지만, 디마는 그녀가 서 있는 모습만 보고서도 그녀가 현장 경험이 있는 요원임을 알아차렸다. 원한다면 여기서 컴퓨터나 만지고 있는 뜨내기들을 혼자서 모조리 죽이고, 디마에게 만족감을 선사해줄 수 있는 여자였다. 그녀의 명찰에는 '오모로바'라고 적혀 있었다.

오모로바는 새로 가져온 파일 한 무더기를 내려놓았다.

"이 안에 원하시는 게 있기를 바랍니다."

디마는 미소 지었다.

"그럴 거라고 믿소이다."

오모로바의 눈에서 온기가 사라졌다. 디마도 미소를 거두었다.

"왜 지금은 현장에서 작전을 뛰지 않지?"

오모로바는 그 질문을 일종의 칭찬으로 받아들였다.

"저도 가고 싶어요. 하지만 아버지가 원하지 않으시고, 어머니도 아버지의 의사에 맞서지 않으세요. 그래서 저는 모스크바에서 시간을 보내고 있지요."

오모로바는 사진들을 내려다보며 한숨을 쉬었다. 디마는 오모로바가 어떤 생각을 하고 있을지 생각했다. 이 여자한테 완전무장을 시키고 이란으로 은밀하게 침투를 시키면 어떨까? 하지만 키 180센티미터의 금발 여자를 데리고 이란에서 작전을 하라고? 그럴 일은 있을 수 없었다.

"좋아. 카파로프를 보여줘. 모든 걸 다 알고 싶어. 그 친구가 딸딸이 칠 때 어떤 손을 쓰는지도 알고 싶어."

오모로바는 그런 말을 듣고도 얼굴에 전혀 동요의 기색을 나타내지 않았다.

"그건 알려드리기 어려운데요. 카파로프는 충성스럽게 따르는 여자들이 많아요."

"손이 많으면 일도 빠르겠군."

키릴은 랩톱에서 얼굴을 들었다.

"그게 무슨 소리인가?"

"영국 속담이야. 자네 일이나 하라고."

오모로바는 파일들을 죽 늘어놓고 심호흡을 했다.

"핵심만 짚어 드릴게요. 카파로프는 현재 54세예요. 하루에 담배를 60개비나 피우는 골초이고, 일주일에 테니스를 두 번 치지만 체력이 그렇게 썩 좋은 편은 아니에요. 담을 넘어 오르거나 장거리 달리기를 할 만한 체력을 기대하는 건 무리지요. 신경질적이고, 뻔뻔하고, 참을성이 없어요. 체포당했을 때 순순히 따라오지는 않겠지만 자신의 생명을 소중히 여기는 터라, 자기 몸에 해가 오는 것을 두려워하는 인물이지요. 다량의 코카인을 사용해요. 때문에 거처에서 끌고 나올 때 약에 취해 해롱거리는 상태일 수도 있어요. 퇴각하기 전에 시간이 있다면 카파로프에게 코카인을 더 투여하는 것도 괜찮은 방법이에요. 카파로프는 또한 누군가에게 끌려 다니는 것을 싫어하는 통제광이지요. 가나에서 경착륙을 하다가 팔콘 제트기의 착륙장치를 부숴먹기 전까지는 자가용 비행기 조종도 직접 했어요."

"사랑하는 사람과 함께 있을 가능성도 있나?"

오모로바의 한쪽 눈썹이 꿈틀거렸다.

"단어 선택 센스가 남다르시군요. 카파로프는 마약 갱생 시설에서 두 번째 아내를 얻었어요. 첩도 두 명 있지요. 한 명은 모스크바에, 다른 한 명은 테헤란에 있어요."

"그럼 본처는? 카파로프와 함께 있지 않나?"

"같이 있을지도 모르죠. 카파로프의 아내 이름은 크리스텐이고 오스트리아 사람이에요. 가슴 크기는 모르겠네요."

"상상해볼게."

"마음대로 하세요. 카파로프는 아내나 첩 중 누구에게도 자상했던 적이 없어요. 첫 번째 아내는 납치를 당했어요."

"그런데?"

"카파로프는 몸값을 내지 않았어요."

"몸값은 얼마였지?"

"100만 달러."

"싸잖아. 그래서 첫 번째 아내는 어떻게 됐어?"

"그 이후로 아무도 못 보았지요."

"알았소, 대충 그림이 그려지는군. 카파로프는 어디에 살지?"

"모스크바 아르바트에 집이 있고 페레델키노에 별장도 있지만, 지난 10년 동안은 이란에서 살았어요. 그리고 타지크인이기 때문에 이란 토박이 행세를 하고 있죠. 또한 이란의 비동맹상태를 철저히 이용하고 있어요. 특이한 고객들에게 다가가기가 쉽지요."

"테러리스트들을 말하나 보군. 그 사람의 성장배경도 얘기해줘."

"일단 국적은 러시아에요. 공장노동자 아버지와 재봉사 어머니 사이에서 태어난 외동아들이죠. 그의 아버지는 토글리아티 라다 공장에서 일했는데 부상을 입고 목발 신세를 지게 되자 일을 그만두었어요. 카파로프의 부모는 아들의 출세를 위해 모든 것을 다 바쳤지요. 지난 20년 동안 카파로프는 부모에게 일체 연락은 안 하고 있지만, 부모가 쓸 생활비는 모두 다 챙겨주고 있어요."

"공군 시절에는 어땠나?"

"그리 잘나지는 못했어요. 전투비행훈련은 수료하지 않은 평범한 조종사였지요. 언제나 문제를 일으켰어요. 칸다하르의 무자히딘(아프가니스탄의 무장 게릴라 조직)에게 탄약을 판매한 혐의로 조사를 받은 적도 있지요. 혐의는 입증되지 않았지만, 카파로프가 죄를 저질렀을 거라는 게 중론이에요. 오래 사귄 친구도 없고, 어떤 대의나 개인에도 집착하지 않아요. 아마 세 명의 아이를 낳았을 거라고 추정되지만, 그중 누구도 자신의 아이로 인정 하지 않았어요. 그는 자신의 사업에 온 힘을 쏟고 있어요. 누구보다도 강하고 끈질기게 협상에 임하죠. 만약 자신이 제시한 가격을 고객이 맞추지 못하면, 돈 대신 부동산이나 지하자원 지분을 요구해요. 아마 예측하건대 부동산과 석유로 버는 돈이 무기를 팔아 버는 돈보다 더 많을 거예요. 현대적인 시설 없이 모든 것을 자급자족하는 생활을 하고 있는 이유는 알 수 없지만, 러시아 최고의 부자인 건 확실해요."

"보안 상태는 어떻지?"

"그가 머무르는 곳의 보안은 두 명의 쌍둥이 북한인이 책임지고 있어요. 한 사람의 이름은 '인', 또 한 사람의 이름은 '양'이라네요."

"정말이야?"

"정말이에요."

오모로바의 흠잡을 데 없는 입술이 휘어지며 희미한 미소를 지어보였다. 마치 아르마니의 모나리자 같았다.

"예전에 그는 아제르바이잔 마피아들을 고용하기도 했어요. 그러나 그중 일부가 자신의 금고에 손을 대자 그들을 '사직'하게 해버렸다죠."

그녀는 양손을 든 다음 손가락으로 인용 부호를 그렸다.

"일설에 따르면 카파로프가 직접 쇠톱으로 집행했다는 설도 있어요. 새로 올 사람들에게 본보기를 보인 거죠. 아까 이야기했던 쌍둥이들은 운전이라든지 기타 여러 가지 일을 해줄 북한인 부하들을 데리고 있어요."

"그 북한인들도 카파로프와 함께 있나?"

"그건 분명하지 않아요. 그는 분명 알 바시르를 중요한 고객으로 여기고 있어요. 그렇기에 평소와는 달리 알 바시르에게는 경계를 해제하는 거겠지요."

"우리도 알 바시르와 접촉하나?"

"공식적으로는 안 해요."

"그게 무슨 소리지?"

"테헤란 주재 러시아 대사관 직원이 알 바시르와 연락을 하고 있었지만 15일 전부터 도무지 연락이 안 돼요. 그리고 이란의 위기 때문에 대부분의 러시아 외교관들은 철수한 상태예요. 그 나라는 지금 내정이 불안하거든요."

"그럼 PLR이 얻으려는 무기 때문인 건가?"

오모로바는 눈을 깜박였다.

"아마도요."

디마는 그녀를 바라보았다.

"눈을 깜박였군."

오모로바는 스핑크스처럼 '지은 것도 아니고 안 지은 것도 아닌' 묘한 미소를 지어 보였다.

"가끔씩 그래요."

"하지만 질문을 할 때는 그러지 말라고."

키릴이 한숨을 쉬었다.

"이봐, 자네 왜 그래. 숙녀분 좀 편하게 놔둬."

"내 일에 끼어들지 마, 키릴. 이 분은 대단한 여인이라고. 자네가 보호해주지 않아도 돼."

디마는 테이블에서 손가락을 세워 보였다. 오모로바는 미소를 계속 지어 보였다. 그들은 겉치레를 부리는 일을 너무 오래 해왔다. 디마는 잠시 동안 생각에 잠겼다. 팔리오프 국장에게 모든 사실을 다 알려달라고 소란을 떨 수도 있었다. 하지만 팔리오프는 알려주지 않을 것이다. 아마 팔리오프조차도 모든 것을 다 알고 있지는 못할 것이다. 오모로바와 팔리오프는 여태까지 잘 일해 왔다. 좋은 관계를 망치는 건 부끄러운 일이다. 디마는 오모로바를 압박하지 않는 편이 장기적으로 더 도움이 될 거라고 계산했다.

디마는 몸을 앞으로 굽히고 주변을 돌아보았다. 작전실 요원들은 모두 사라지고 없었다. 디마는 여자에게 시선을 고정시켰다.

"동지."

그것은 디마가 친구로 여기는 사람들에게 쓰기 좋아하는 옛 표현이었다.

"그건 당신이 '아는' 전부요? 혹은 당신이 '알아도 되는' 전부요?"

"후자이지요."

"그렇다면 동지가 내 지휘관이라면 어떤 조언을 해주겠소?"

오모로바는 디마를 보았다. 그동안 자신에게 걸맞은 존경을 받지 못하다가 이제야 대접을 받게 된 여자의 모습이었다.

오모로바는 눈을 깜박였다. 이번에는 달랐다. 이전보다는 훨씬 느렸다.

"등 뒤를 조심하세요. 언제나요."

오모로바는 일어나서, 가져온 파일들을 가리켰다.

"이거 필요하세요?"

디마는 고개를 흔들었다.

"더 필요하면 언제나 당신에게 연락을 취할 수 있소? 정보 말이지요."

오모로바는 능글맞은 웃음을 지었다.

"확실한 정보가 필요할 거예요."

"그 정보는 당신 어머니가 주시는 거요?"

오모로바는 웃음을 터뜨리고는 방 밖으로 나갔다.

디마는 오모로바가 나가는 것을 보았다. 이런저런 생각을 하던 디마는 키릴을 보았다.

"모든 장난감이 다 필요할 거야. 이 일은 왠지 느낌이 좋지 않군."

키릴이 한숨을 쉬었다.

"자네는 뭐든지 힘들게 하는 걸 좋아하는군. 그렇지?"

"그게 무슨 뜻이지?"

"저기는 쉬운 곳이야. 무방비인데다가 초병도 없어. 출입구도 하나밖에 없어. 저 친구들에게 충분한 인재가 있다면, 저 자리가 사진에 찍혀 나오지 않게 조치를 취했을 거야. 저 트럭에는 무기가 실려 있을지도 모르지만, 저놈들의 경보체계를 무력화시키면 저놈들은 우리 공격에 대비할 시간적 여유를 얻지 못해. 들어가서 카파로프가 아닌 놈은 모조리 죽여버리고, 카파로프를 업고 나오면 일은 끝나는 거야."

"키릴, 솔직히 말하자면, 나도 가끔씩 자네가 부럽네. 자네는 뭐든지 그렇게 간단하게 말하니까. 어쩌면 그래서 자네의 인생이 그렇게 복잡해졌는지도 몰라."

"자네는 카파로프가 빈 라덴이라도 된 것처럼 파고들잖나."

"왜냐하면 이 일에는 밝혀지지 않은 게 너무나 많이 있어. 나도 그렇고 도널드 럼스펠드도 그렇고, 이렇게 불명확한 게 너무 많은 상황은 싫어."

"예를 들면?"

"그래. 하나만 예를 들어보자고. 왜 모국 러시아는 이 좆같은 새끼를 다시 데려오는 일에 온 힘을 쏟아 붓고 있지? 왜 알 바시르는 이 모든 골칫거리를 우리한테 일부러 갖다 주는 거지? 그놈이 쓸 무기를 공급해주는 우리한테 말이야."

키릴은 다시 랩톱 위에 몸을 굽히고 키보드를 눌러댔다.

디마는 컴퓨터를 보고 고개를 끄덕였다.

"지금 작전계획을 수립 중인가?"

"아내에게 편지를 쓰는 중이야. 잠깐이면 끝나. 이럴 때야말로 마누라한테 편지를 써보낼 기회라고 생각하거든."

디마는 양손으로 자신의 얼굴을 감쌌다. 키릴은 편지를 쓰다가 잠시 멈추고 찌푸린 표정으로 디마를 보았다.

"그러고 보니 자네, 왜 이 일을 수락했는지는 내게 말해주지 않았군. 협박 편지라도 받은 건가."

"아니야."

"그런데 왜?"

디마는 팔리오프가 보여준 사진들을 백 번도 넘게 떠올렸다.

"그 친구들이 내게 희망을 보여줬어."

7

이란

블랙번을 표현할 수 있는 말은 그리 많지 않았다. 그래서 동료들은 블랙번을 신뢰했다. 블랙번은 다른 모든 사람들의 인내심이 바닥났을 때도 끈기를 유지했고, 다른 모든 사람들이 신경과민 상태에 빠졌을 때도 평정을 유지했으며, 다른 모든 사람들이 화가 머리끝까지 치솟을 때도 신중했다. 절대 누구에게도 찬사를 보내지 않는 콜이 블랙번을 '차분하고 굳건한 병사'라고 표현한 것이야말로 블랙번이 신뢰와 존중을 받는 병사임을 의미하는 것이었으며, 블랙번 스스로 자부심을 가질만한 근거가 되는 것이었다.

포트 카터의 얼어붙은 미시건 활주로에서 줄을 서서 비행기 탑승을 기다리고 있을 때, 어느 대령이 이렇게 말해주었다.

"전쟁은 장난이 아니야. 끔찍한 꼴을 보게 될 거야. 이해할 수 없을지도 몰라. 전쟁은 너희들을 바꿔놓을 거야."

바로 그 전 주, 스트레스 브리핑에서 군종장교는 이렇게 말했다.

"여러분은 자신의 죽음과 전우들의 죽음에 대비해야 합니다."

블랙번은 자신이 대비가 되어 있다고 생각했다. 블랙번의 어머니는 마치 그렇게 되기를 바라는 것처럼, 늘 그가 아주 강하다고 말씀하셨고 항상 블랙번에게 자신의 길을 나아가라고 일러주셨다.

"너는 언제나 너란다. 누가, 다른 어떤 무엇이 너를 바꾸려고 해도 그것은 중요하지 않단다."

끔찍한 꼴은 벌써 보았다. 이라크에 온 첫 주, 하수도에 빠진 험비에서 몸의 반이 불에 탄 어느 부사관을 끌어냈기 때문이었다. 전진작전기지 지휘관 던컨 소령은 블랙번에게 이렇게 말했다.

"해병대에 남아 있으면 멋진 미래가 열릴 걸세."

하지만 블랙번은 그럴 계획이 없었다. 그가 예전에 해냈고, 할 수 있음을 증명해왔고, 지금까지 항상 해왔던 일들의 목적은 하나뿐이었다. 살아남아 정신이 멀쩡한 채로 집에 돌아가는 것, 그뿐이었다.

블랙번은 여태까지 살아오는 동안 계속 밤마다 아버지가 질러대는 비명소리를 들어야 했다. 그 소리 때문에 블랙번은 와이오밍 주의 차가운 새벽에 잠에서 깨어나곤 했다. 아침에 아버지가 하시는 말씀은 항상 똑같았다.

"아들아, 그 망할 놈에 신장결석 때문이란다."

하지만 아버지는 그 신장결석들을 없애러 병원에 간 적이 단 한 번도 없었다. 블랙번이 어렸을 적에는 아버지의 그런 변명이 통했다. 하지만 10대가 되자 블랙번은 어머니에게 아버지에 대해 물어보기 시작했다. 그럴 때면 어머니는 항상 아무 말 없이 소리죽여 눈물을 흘릴 뿐이었다. 그래서 그는 조사를 시작했다. 그리고 1968년 2월 케산에 주둔했던 아버지가 속한 소대에 대해 알게 되었다. 아버지 마이클 블랙번은 가족들에게 단 한 번도 베트남 이야기를 한 적이 없었다. 아들 헨리 블랙번은 아버지를 이해하기로 마음먹었다. 앉아서 징집되기를 기다리지 않겠다고 결심한 아버지를, 존 웨인이 출연한 영화들을 좋아했던 아버지를, 유럽의 해방, 환영 인파와 프랑스 아가씨들이 고마워하며 던져댄 속옷 이야기를 즐겁게 하던 할아버지의 이야기를 듣고 자란 아버지를 이해하기로 했던 것이다.

아버지는 열여덟 살 때 베트남에 파병된 지 불과 3주 만에, 정글 속에서 다른 소대원들과 함께 고립되었다. 아버지를 포함한 소대의 생존자 네 명은 10대가 끝날 때까지 딱 사람 관만 한 크기의 베트콩 대나무 감옥 안에 갇혀 지내야 했다. 가끔씩은 뱀들이 득실대는 메콩 삼각주 물속에 목까지 잠겨가면서. 아버지는 귀국한 그 주에, 고등학교 때부터 사귄 여자 친구이자 무도회의 여왕이었고, 끝까지 기다려줄 것을 약속한 로라와 식을 올렸다. 그러나 로라의 남편은 더 이상 무도회에서 함께 춤을 췄던 그 남자가 아니었다. 아버지는 대학 첫 학기 때 자퇴했고, 세븐 일레븐에서 점장 교육을 받던 중 해고당했다. 로라는 결코 그 사실을 인정하지 않으려 했지만, 초등학교 교사였던 로라는 그 이후로 집안의 가장이 되었다.

블랙번은 조국을 지키기 위해 군에 입대한 게 아니었다. 그보다는 훨씬 개인적인 이유, 즉 그의 가족 주변을 떠도는 유령을 퇴치하기 위한 것이었다. 전쟁에 나가 싸우기로 결정한 아버지의 생각이 타당할 뿐만 아니라 고귀한 선택이었다는 것도 입증하고 싶었다. 그리고 개인적으로는 자신이 전투에 뛰어들었다가 멀쩡한 몸과 건전하고 올바른 정신을 가지고 돌아올 수 있음을 증명해 보이고 싶었다.

오늘 그는 자신의 계획을 실행하는 데 어려움을 겪고 있었다. 그는 이제까지는 잘해왔다. 그 여자아이가 쓰러지자 블랙번은 배터리로 향했다. 손잡이를 찾았다. 잠시 동작을 멈추고, 주변을 살핀 후 기폭제를 점검했다. 그리고 잘라야 할 전선을 들어올려 절단하고 회로를 차단했다. 블랙번은 아래층의 동료들에게 외쳤다.

"상황 종료!"

그러나 계단을 향하던 블랙번은 다리가 후들거리는 것을 느꼈다. 멈춰 선 그는 쓰러진 소녀를 보았다. 그 소녀에게 다가가 소녀의 눈을 감겨주던 블랙번은 자기 손이 떨리는 것을 보았다. 그 순간 블랙번의 귀에는 잊을 수 없는 아버지의 비명 소리가 다시 들렸다. 블랙번은 그 비명이 자신의 머릿속에서 울리는 것이 아니라, 자신의 입에서 나오는 것임을 깨달았다. 그의 비명은 너무 커 벽이 흔들릴 정도였다. 벽은 흔들리다가 접히며 무너졌고, 블랙번은 소녀의 시신 위로 쓰러졌다. 블랙번이 딛고 서 있던 건물 바닥도 무너지는 것이 느껴졌다. 비명 좀 질렀다고 이렇게 될 수 있단 말인가? 그의 머릿속을 스친 마지막 생각이었다.

그 후 얼마나 많은 시간이 흘렀는지 그는 알지 못했다. 자신이 어디에 있었는지 기억해내는 데도 시간이 걸렸다. 자기 옆에 쓰러져 있는 죽은 소녀를 보니 알 것 같았다. 그의 머릿속에서 상황이 재연되었다. 소녀, 뇌관, 그리고 또 그 소녀, 소녀의 눈을 감겨준 일, 비명을 지른 일……, 건물이 무너진 게 자신의 비명 때문인 건 아님을 알자 기묘한 안도감이 들었다. 건물이 왜 무너졌을까? 항공 공격 때문인가? 그는 다시 생각을 해보고 첫 번째 진동을 떠올렸다. 그것은 그의 눈에 보이지 않았던 APC에 의한 것 같았다. 그리고 오랫동안 계속되어 자신을 쓰러뜨렸던 두 번째 진동. 그것은 분명 RPG보다 더욱 센 뭔가에 의해 일어난 것이었다.

시력을 회복한 그의 눈에는 빛의 삼각형이 들어왔다. 아니, 빛이라기보다는 시커먼 어둠 속의 회색 삼각형이라고 불러야 옳았다. 그의 왼쪽 손목은 금속 물체 같은 것 아래에 깔려 있었다. 터진 하수도관에서 나온 악취 나는 물이 그의 몸을 적시며, 전투복을 무겁게 하고 있었다. 방탄조끼 덕분에 살았지만 한편으로는 방탄조끼 때문에 자신이 빠져 있는 이 틈새에 걸려 움직일 수 없었다. 블랙번은 오른손을 뻗어 세라믹 방탄판을 해체해서 운신의 폭을 넓히려고 했다. 그 다음 손목을 움직일 공간을 얻기 위해 어머니의 선물인 시계를 풀었다. 손에는 감각이 없었고 통통 부어올라 있었다. 마치 야구장갑을 낀 것 같았다. 그는 마음속으로 자신의 몸, 발가락, 다리를 점검하고, 모든 근육들을 구부려 보았다. 뒤통수에서 맥박이 뛰는 것이 점점 강하게 느껴졌다. 그는 손가락을 구부렸다. 그의 귀에는 공기가 흐르는 소리밖에는 들리지 않았다. 소리이되, 소리가 아닌 소리였다. 블랙번의 귀청은 찢어져버렸다. 하지만 그의 귀에서는 아직도 뭔가가 느껴졌다. 그 대부분은 쿵쿵거리며 고동치는 통증이었지만 말이다. 블랙번은 앞으로 조금씩 몸을 움직여서 마치 뱀이 허물을 벗듯이 방탄조끼에서 빠져나와, 앞으로 어떤 일이 일어날지 두려워하며 희미한 빛을 향해 다가갔다. 그는 종교적인 인간은 아니었다. 그러나 마치 뱀처럼 배를 바닥에 붙인 채, 몸을 뒤틀고 주변을 긁으며 삼각형 모양의 빛을 향해 나아가는 동안은 보이지 않는 신의 존재에 감사했다.

처음으로 블랙번의 눈에 띈 것은 별들이었다. 달이 없는 맑은 밤하늘이었다. 그 하늘의 별은 블랙번이 이라크에 와서 본 별들 중 가장 밝았다. 왜냐하면 블랙번은 이라크에서는 밤 동안 대부분의 시간을 NVG(야간투시경)를 착용하고 지냈기 때문이다. 그는 좁은 틈새로 몸을 빼냈다. 일어서려 애를 썼지만 금방 다시 쓰러졌다. 좋아. 나만의 시간을 갖자. 하지만 지금 몇 시지? 그의 시계는 없어졌다. 방탄복도 없어졌다. 헬멧도 없어졌다. M-4 카빈 소총도 없어졌다. 그가 군인임을 증명할 수 있는 물건은 모두 없어졌다. 그는 팔꿈치로 몸을 지탱한 후 주위를 돌아보았다. 전혀 익숙한 풍경이 아니었다. 마치 엉뚱한 곳으로 순간 이동이라도 한 것 같았다.

그제야 그는 스트라이커 장갑차와 그 옆에 있던 부비트랩이 설치된 트럭이 아직도 그대로 있는 것을 보았다. IED는 격발되지 않았다. 그러나 두 차량은 건물 잔해에 반쯤 덮여 있었다. 마치 커다란 덤프트럭이 건물 잔해를 싣고 와 쏟아놓고 가기라도 한 것 같았다. 그는 누군가의 팔, 그리고 전투화 한 짝을 보았다. 잔해 속에 누군가가 갇혀 소리를 지르고 있더라도 그 소리는 블랙번의 귀에는 들리지 않았다. 동료 병사들, 그리고 스트라이커 안에 있던 부상자들의 흔적은 어디에서도 찾아볼 수 없었다.

여전히 팔꿈치에 몸을 의지한 채 그는 고개를 돌렸다. 광장의 3면을 에워싸고 있던 건물들은 거대한 트럭이 밟고 지나가기라도 한 듯 모두 폭삭 무너졌다. 블랙번도 폭탄 터진 자리, 폭탄, 박격포, RPG에 의해 쑥대밭이 된 마을은 볼 만큼 봤다. 하지만 이 모습은 마치 제2차 세계대전 종전 후 폐허가 된 독일 도시들, 혹은 히로시마나 나가사키를 연상케 할 지경이었다. 그 광경에 블랙번의 몸에 남아 있던 작은 기운마저 빠져나가고 말았다. 그는 팔로 머리를 받쳤다. 설마 PLR이 비행기로 이곳을 폭격하기라도 했단 말인가?

그때 그는 광장에 들어올 때 느꼈던 진동을 떠올렸다. 공습 때문에 이렇게 된 것이 아니었다. 바로 지진 때문이었다.

8

러시아 랴잔, 고등 공수 사관학교

하늘에서 보았을 때는 무척이나 정갈하고, 기대가 되는 풍경이었다. 마치 건축 모형을 보는 것 같았다. 밝은 붉은색 지붕의 낮은 건물들 주변을 단정하게 깎은 잔디밭이 감싸고 있고, 그 건물들 사이로 자갈길들이 방사선으로 뻗어 나와 있었다. 그곳에는 오직 규율과 논리만이 있을 뿐, 비조직적이고 예정에 없고 예상할 수 없는 움직임은 단 하나도 일어날 수 없었다. 하지만 진짜 활동이 벌어지는 곳은 동쪽의 숲 너머였다. 적갈색 진흙땅 위에 올리브녹색 텐트 열두 개가 서 있었다. 회색 창틀이 씌워진 창밖을 보던 디마는 자신의 인생이 끝없는 심연 속으로 되감기 되는 것 같은 기분을 느꼈다.

30년 전 디마는 저 곳에 서서 살아서 빠져나온 것에 감사하며, 다시는 이곳으로 돌아오지 않겠다고 다짐했다. 그리고 48시간 전 팔리오프가 디마에게 사진을 보여주었을 때도, 디마는 그 다짐을 잊지 않고 있었다. 디마는 이렇게 생각했다. 어차피 인생은 놀라움의 연속 아닌가. 누구나 자신의 삶을 마음대로 제어하고 있다고 생각하지만 운명은 언제나 그 소매 속에 불쾌한 술수를 숨기고 있다. 나는 스스로를 자유인이라고 생각했다. 그러나 그것은 결국 환상에 불과했던 것인가?

디마는 자신의 코와 입 안에 들어온 저 적갈색 진흙의 맛을 잊을 수 없었다. 그리고 그 진흙이 벌거벗은 채 난타당한 자기 몸 위에서 말라가는 느낌 또한 잊을 수 없었다. 이곳의 진흙이 붉은 기운을 띠는 것은 흙 속의 철분 성분 때문이 아니라, 교육생들의 피 때문일 거라고 다들 믿고 있었다.

스페츠나츠식 훈련이 왜 효과적인지 궁금한가? 그건 다음과 같은 이론으로 설명이 된다. 빈 수통을 하나 가져다가 그걸 물속에 집어넣고 손을 놓아 보라. 수통을 물속 깊이 집어넣을수록 수통은 강하고 빠르게 물 위로 솟구친다. 스페츠나츠에서 '너무 지독한' 훈련이란 결코 없다. 모든 교육생은 훈련과정에서 극도의 탈진과 모욕감을 느낀다. 한계를 뛰어넘어 스스로를 지탱할 수 없는 상태에서도 군기를 유지하고 가진 자원을 잘 제어하고 관리하기 위해, 스페츠나츠 교육에서는 교육생들을 인간한계 너머로까지 몰아붙인다. 스페츠나츠는 오직 최고의 인재들만을 교육생으로 받아들이며, 그중에서도 많은 사람들이 수료하지 못하고 낙오된다. 화려한 이력을 가진 교육생들 중에도 훈련을 소화하지 못해 자퇴하는 사람들이 있다. 어떤 교육생은 자살하기도 하고, 어떤 교육생은 교관들을 총으로 쏘려고 하기도 한다. 디마도 사실 그럴 뻔했다.

교육생 1개 소대 당 긴 텐트가 하나씩 배정된다. 이층 침대의 위층은 '스타리키'라고 불리는 19명의 상급생들 몫이었다. 그들은 이 학교에서 1년 이상 살아남은 사람들이다. 아래층은 '살라기'라고 불리는 하급생들 몫이었다. 하급생들은 입학한 지 채 6개월도 되지 않은 사람들이었다. 하급생들은 매일 밤마다 벨트, 몽둥이, 심지어는 숟가락 등으로 얻어맞았다. 반항하면 아침에도 때리고, 잠도 진흙 속에 벌거벗긴 채 재웠다. 살라기들은 스타리키들의 노예나 다름없었다. 그들은 스타리키들의 군화와 병기를 닦아야 했다. 스타리키들은 살라기들의 등에 올라타고 자기들끼리 마상 창 시합도 즐겼다. 이 모든 것은 교육생들의 감정 관리 능력을 키우기 위함이었다. 감정을 억제하고, 제어하고, 원하는 대로 바꿀 수 있게 하기 위한 과정이었던 것이다.

신입생들이 텐트에 처음 들어오면 입구에 작은 하얀 수건이 놓여 있다. 그걸 어떻게 해야 할까? 집어 들어야 할까? 아니면 무시하고 지나쳐야 할까? 대부분의 신입생들은 수건을 더럽히지 않도록 본능적으로 수건 위를 넘어 들어온다. 그러면 그 모습을 본 상급생들은 분노하면서 죄 없는 신입생을 첫날밤부터 괴롭힌다. 광을 냈지만 진흙으로 떡이 된 전투화를 신고 디마가 텐트에 들어서려 했을 때, 텐트 안의 상급생들이 아무 말도 없이 기대에 가득 찬 얼굴로 자신을 바라보았던 순간을 아직도 기억한다. 디마의 발이 어디를 밟을지를 기다리면서 말이다. 첫발을 내딛는 순간은 언제나 고독한 법이었다. 디마는 그 수건을 전투화로 밟은 후, 수건으로 전투화를 깨끗이 닦았다. 덕분에 그는 약간은 이득을 볼 수 있었다. 많이는 아니었지만.

디마가 텐트를 보고 있는 사이 밀 Mi-24 헬리콥터가 고도를 낮추고 있었다. 지상에서는 신입생들이 마치 진흙땅을 기어가는 개미처럼 자신들의 기량을 보여주고 있었다. 저들 중 몇 명이나 끝까지 남을 수 있을까? 실패했다는 수치심을 견디지 못해 총으로 자살할 사람은 몇 명이나 될 것인가? 또 다른 교육생들, 특히 적개심을 품은 살라기의 손에 희생될 사람은 몇 명이나 될 것인가? 훈련내용에 대해서는 발설하지 않는 것이 스페츠나츠 학교 졸업생들의 불문율이었다. 심지어는 중도에 퇴교당한 교육생들도 그 불문율은 지켰다.

디마와 키릴은 서로를 바라보았다. 그 시선에는 어떤 설명도 필요 없었다. 둘은 서로가 생각하는 게 뭔지 잘 알고 있었다. 일반적인 군인들이라면 상호 협동 하에 임무를 수행하는 법을 배운다. 그러나 스페츠나츠는 혼자서 임무를 수행하는 법을 배운다. 디마는 스페츠나츠 훈련이 자신의 인생에서 좋은, 아니 가장 좋은 훈련이었다고 믿고 있었다. 그러나 만약 디마가 스페츠나츠 훈련을 무사히 마치고 최정예가 되지 못했다면, 그는 목숨을 끊었을지도 모른다. 그리고 결코 혼자서 죽지는 않았을 것이다. 하지만 이제 그런 생각을 할 시간은 없었다.

오늘 디마는 이곳에 교육생들을 보러 온 게 아니었다. 교관들을 보러 온 것이었다. 이곳에서 가장 강하고 똑똑하며, 엄청난 에너지를 가지고 있는 교관들을 데리고 일선으로 가기 위해서였다. 디마는 그 교관들에게 저택 안의 적을 소탕하는 비교적 간단한 임무를 맡길 것이다. 팔리오프는 디마가 쓸 인원과 장비에 제한을 두지 않았지만, 디마는 오히려 그게 거슬렸다. 팔리오프는 효율성의 화신으로 명성을 날렸다. 그는 결코 1개 소대로도 충분한 곳에 1개 연대를 보내는 법이 없었다. 또한 성능이 우수하지만 비싼 신 장비 구매 계획에 대해 오랫동안 강력하게 반발해오던 사람이었다. 그랬던 그가 왜 이렇게 갑자기 태도를 바꾼 걸까? 이게 설마 그의 마지막 기회라도 되는 것일까? 혹은 뭔가 다른 속사정이 있는 걸까?

디마는 다른 승객 여덟 명을 바라보았다. 모두 팔리오프의 부하들이었다. 감시 전문가 바리쉐프, 보급 전문가 부르두코프스키, 가오잡이인 가브릴로프, 데니켄, 예갈린, 마즐라크 등이었다. 부르두코프스키 혼자만이 그중에서 유일하게 현장 요원처럼 보였다. 다소 살은 쪘지만. 그의 구슬 같은 눈은 말똥말똥하게 빛나고 있었다. 그의 표정에서는 줄곧 소리 없는 즐거움이 느껴졌다. 마치 혼자만 재미있는 농담을 들은 사람처럼 말이다. 나머지는 태어나면서부터 줄곧 수족관에서 지낸 사람들처럼 햇빛에 적응이 되지 않는 것 같았다. 디마는 오모로바가 눈을 깜박이던 것을 기억해 냈다. 오모로바는 작전실에서 디마에게 과연 어떤 힌트를 주려 했던 것일까? 요즘은 온통 이란에 대한 뉴스밖에는 나오지 않았다. 이란 – 이라크 국경선에 집결한 미군은 경계 태세를 유지하고 있었고, PLR은 최소 세 개 지역을 장악했다. 그리고 가장 압권인 것은 동쪽에서 자꾸 지진이 일어나고 있다는 점이었다. 이 모든 것이 이란에서 벌어지는 일이었다. 그리고 디마 일행은 소규모 공수부대를 데리고 무기 암거래상 한놈을 잡으러 갈 예정이었다. 뭔가 이상했다.

그들은 본부 건물 밖의 계류장에 착륙한 뒤, 헬기에서 내렸다. 디마와 키릴은 준비된 접견실로 안내받았다. 방에 들어가니 의자 세 개, 테이블 하나, 물통 하나, 유리잔 두 개가 있었다. 소름이 돋도록 친숙한 곳이었다. 물통 안에 떠다니는 레몬 조각을 제외하면, 디마의 눈에는 모든 것이 구 소련 시대와 똑같았다.

문이 열리고 이 기지의 지휘관인 바슬로프가 나타났다. 머리카락 한 올 없는 그의 빛나는 두피는 마치 갓난아이의 머리를 연상시켰다. 그러나 갓난아이와 비슷한 부분은 그곳뿐이었다. 그의 목은 너무 짧아 차마 목이라고 부르기도 민망할 지경이었다. 칼라 바로 위에 붙어 있는 그의 머리는 디마가 아리조나 사진에서 본 돌탑을 연상시켰다. 그의 코는 무너져 있었고, 그 주변에는 눈과 입, 눈썹 등이 코에서 멀리 가기 싫다는 듯 오밀조밀 모여 있었다. 그의 한쪽 눈은 유리로 된 의안이었는데, 그 의안은 언제나 조금 멀리 떨어진 곳을 바라보고 있었다. 진짜 눈은 아프가니스탄 저격수의 총탄을 맞아 잃었다. 소문에 의하면 그 총탄은 아직도 바슬로프의 두뇌에 박혀 있다고도 한다. 그 이유는 그 총탄이 감히 바슬로프에게 철수 허가를 요청할 용기가 없어서라고도 한다. 바슬로프는 이전에도 여러 차례의 부상을 입었고, 눈을 뺏어간 그 부상으로 인해 결국 이곳의 행정직으로 보내졌다.

그 총탄 때문인지 아니면 다른 무엇 때문인지는 알 수 없지만, 바슬로프는 예전이나 지금이나 주체할 수 없을 정도로 화를 냈다. 어떤 행정병은 엉뚱한 파일에 엉뚱한 서류를 끼워 넣었다는 이유만으로 바슬로프의 손에 손목이 부러지기도 했다. 바슬로프는 아랫사람들을 엄격하게 관리하는 타입이었다. 그는 1년 내내 이 기지에서 살았다. 바슬로프에게는 다른 갈 곳이 없었고, 부대원들 말고는 아는 사람도 전혀 없었다. 스페츠나츠야말로 바슬로프의 인생이었고, 가족이었고, 존재의 이유였다.

바슬로프는 디마를 보았다. 디마는 바슬로프가 방에 들어와도 일어서지 않았다. 이제는 도급업자 신분이었으니 군대식 예법을 따질 필요가 없었다.

디마는 바슬로프의 눈을 보지도 않고 말을 시작했다.

"당신은 지금쯤이면 누군가의 손에 죽었을 줄 알았는데요."

가뜩이나 얇은 바슬로프의 입술은 그가 문 안으로 들어서는 순간 거의 보이지 않게 되었다.

"자네를 내 손으로 두들겨 패주고 싶지만, 나중을 위해서 참아두지."

"어찌되었건 이렇게 직접 만나게 되어 반갑네."

디마는 그런 헛소리에 대꾸하지 않았다. 디마가 바슬로프를 처음 본 것은 디마가 수건을 밟은 날이었다. 바슬로프는 당시 교관이었고 첫날부터 디마에게 앙심을 품었다. 디마는 바슬로프보다 똑똑했고, 둘은 그 점을 잘 알고 있었다. 바슬로프는 디마를 무너뜨리기 위해 맡은 바 임무를 충실히 수행했다. 하지만 디마는 결코 그렇게 되지 않았다. 결국 시기는 서로에 대한 존중으로 변하게 되었다.

"여전히 장미를 키우나요?"

바슬로프는 고개를 끄덕이며 미소 지었다. 그러자 그의 입술이 얇아졌다. 바슬로프는 튜닉의 옆 주머니를 두들겨 보았다. 바슬로프는 언제나 전지(剪枝)가위를 휴대하고 다니는 것으로 유명했다. 바슬로프는 그걸 훈련에서 낙제한 교육생에게 모욕을 주는 용도로 사용했다. 낙제한 교육생을 동료 교육생들이 보는 앞에서 옷을 벗게 한 다음, 전지가위를 꺼내 교육생의 성기에 바싹 들이대는 것이다. 겁을 먹은 교육생은 결국 오줌을 쌀 수밖에 없었다. 심지어 그의 사무실에는 피클을 담는 유리병이 잘 보이는 위치에 있었는데, 그 속에는 잘린 성기처럼 생긴 물건들이 잔뜩 들어 있었다. 하지만 가까이 가서 그 물건들이 진짜인지 확인해본 사람은 아직 없었다.

바슬로프는 테이블 위에 손을 얹고 자신의 얼굴을 디마의 얼굴에 가까이 들이댔다. 디마의 얼굴에 닿을락 말락 한 거리였다.

"자네는 결정권자들한테도 상당히 막강한 영향을 미치는 모양이군."

그는 얼굴을 더 가깝게 들이댔다. 바슬로프의 진짜 눈과 의안은 잠시나마 구별이 불가능해 보였다.

"자네한테 내가 데리고 있는 최고의 교관들을 뽑아갈 수 있는 권한을 준 사람들에게 말이지."

그는 얼굴을 더욱 더 가깝게 들이댔다.

"자네가 데려간 사람들의 몸에 생채기라도 난다면, 어떤 일이 벌어질지는 알고 있겠지?"

"그래서 늘 티타늄 팬티를 입고 있지요."

바슬로프는 일어서서 가져온 파일 뭉치들을 테이블 위에 쏟아 놓은 뒤, 몸을 돌려 사무실을 나갔다. 키릴은 눈을 굴리면서 파일에 손을 뻗쳐 샅샅이 읽기 시작했다.

디마는 자신의 휴대전화가 진동하는 것을 느꼈다. 그는 휴대전화에 뜬 메시지를 확인하고는 그걸 키릴에게 보여줬다. 저택의 담 사진이 여러 장 나와 있었다.

키릴의 눈이 커졌다.

"세상에나 누가 이런 걸 보내준대?"

"다르위시란 사람이야. 이란 혁명 수비대 교관으로 있을 때 나한테서 배운 훈련병이었지. 지금 타브리즈 북쪽에 살고 있어. 오늘 아침에도 통화했어. 그 친구 내 말을 듣더니 바로 차를 타고 가서 사진을 찍어 보내오더군."

"자네, 스파이도 거느리고 있군 그래."

키릴은 디마의 휴대전화를 집어 들더니 사진을 세심하게 살폈다.

"담이 참 크구먼."

"그래. 그런데 잘 살펴보라고. 이 담의 일부는 벽돌이나 브리즈 블록으로 땜빵이 되어 있어. 그리고 이 균열 좀 봐봐. 진동에 의한 거야. 이 담은 나무망치만 있어도 무너뜨릴 수 있어."

키릴이 고개를 들었다.

"역시 내 직감이 맞는군. 중화기나 큰 출입구, 폭탄과 총기 대량 사용은 전혀 필요가 없겠어. 오히려 그런 짓을 하다가는 카파로프를 멀쩡히 데리고 나올 확률이 줄어들지. 솔직히 여기 있는 사람들을 다 데려갈 필요도 없을 것 같아."

둘은 똑같은 생각에 사로잡혀 있었다. 디마는 생각에 잠겨 잠시 말을 하지 않았다.

키릴은 파일을 뒤적거렸다.

"그래, 몇 명이나 필요한가?"

"돌입조 선두에 설 사람 세 명은 있어야 돼."

키릴은 어깨를 으쓱했다.

"맘대로 해."

디마가 손가락 하나를 치켜들었다.

"아니, 기다려. 계획을 바꾸는 게 좋겠어. 세 명을 뽑아서 선발대에 배치하자고. 우리도 선발대에 참가하고."

키릴의 표정이 밝아졌다.

"거기까지는 육로로 갈 거야?"

디마는 일어나서, 생각이 떠오르는 대로 바로 말했다.

"대형 밀 헬리콥터로 거기서 좀 떨어진 지역의 계곡에 착륙할 거야. 헬리콥터에는 차량 두 대를 싣자고. 일단 주변을 정찰해서 필요한 게 뭔지 알아낸 다음, 저택의 전원을 끊는 순간 돌입조를 들여보내는 거지. 그럴 경우 만에 하나 계획이 변경되어도 선택의 여지가 넓어."

"계획 변경이라면?"

디마는 키릴을 바라보았다. 디마는 오래된 친구가 자신의 말을 어떻게 받아들였는지 내심 궁금했다.

"나도 몰라. 그저 만약의 경우를 대비하자는 것일 뿐이지."

키릴은 파일을 보며 고개를 끄덕였다. 키릴은 테이블 위에 놓인 휴대전화를 집어 들었다.

"좋아. 준비됐지? 렌코프부터 보자고."

첫 번째 후보자가 들어왔다. 키가 2미터가 넘는 거인이었다. 모래색 머리카락에 북유럽 사람다운 얼굴을 하고 있었다. 그는 테이블 근처에도 오지 않았다.

디마는 고개를 저었다.

"우리가 쳐들어갈 곳은 이란이야. 핀란드가 아니라고."

렌코프는 고분고분히 몸을 돌려 방 밖으로 나갔다. 키릴은 얼굴을 찌푸렸다.

"그래도 저 친구 잘 싸울 것 같지 않나?"

"저런 친구는 독일 무장친위대의 포스터 모델로나 어울려. 현지에 어울리는 사람이 필요해."

"잘 알겠네. 다음 사람은 핫산 지라크."

"쿠르드 족 이름 아닌가. 좋군."

"라친 출신의 시아파 이슬람교도라네."

지라크는 방에 들어와서 테이블 앞에 차렷 자세로 섰다. 그의 시선은 벽에 고정되어 있었다. 키가 작았다. 기껏해야 165센티미터 정도 될까? 농민의 자식이었지만 그에 어울리지 않게 얼굴은 동안이었고 다리가 살짝 휘어 있었다.

디마는 그에게 페르시아어로 말을 걸어보았다.

"타브리즈에서 테헤란까지 태워다 주면 400리알 드리겠소."

그러자 지라크가 눈을 깜박이더니 페르시아어로 답했다.

"좆까는 소리 마슈. 4,000리알은 주셔야 돼요. 그리고 아저씨 딸이랑 밤놀이도 해야 돼요."

키릴은 웃음을 참기 어려웠다. 디마는 매서운 눈초리로 키릴을 쏘아보고는 다시 지라크와 대화를 계속했다.

"어떤 페르시아 사람이 휴가차 아프리카에 갔어요. 그 사람이 수영을 하려고 하는 찰나 어떤 고릴라가 갑자기 그 사람을 덮쳐서 강간을 했소. 당한 사람은 무려 3개월 동안이나 의식불명상태가 되었지요. 그 사람이 깨어나서 고국에 돌아오자 공항에 기자들이 기다리고 있었소. 어떤 기자가 아프냐고 물었더니 우리 주인공은 뭐라고 대답했을 것 같소?"

지라크는 바닥을 내려다보다가, 턱을 들고 위를 바라보며 대답했다.

"그 고릴라는 내게 전화도 안 하고, 편지도 안 보내고, 꽃도 보내지 않았어요. 당연히 마음이 아프지 않겠어요!"

디마는 미소를 지었다.

"나가서 기다리시오."

다음 두 후보자에게도 같은 질문을 했다. 그러나 그들은 언어 실력이 부족했고, 고릴라에 너무 집착하는 바람에 핵심을 놓쳤다.

디마와 키릴은 남아 있는 파일들을 살폈다. 파일을 넘기다 문득 고개를 들어보니 다음 사람인 그레고린이 둘 앞에 서 있었다. 그 사람의 머리카락도 금발이었다. 키릴은 그레고린을 내보내려 했으나 디마가 입을 열었다.

"들어올 때 소리가 나지 않는군. 나갔다가 다시 들어와 보시오."

그레고린은 그대로 해보였다.

디마는 키릴에게 말했다.

"발소리가 들렸나?"

"아니."

"나도 못 들었어. 그레고린 씨, 그런 기술은 어떻게 터득하셨소?"

그레고린은 디마와 키릴 뒤의 벽을 바라보고 있었다. 그레고린의 얼굴은 무표정했다. 마치 배역 맡기를 기다리는 배우와도 같았다.

"입대 전에 발레를 전공했습니다."

"그것 때문에 살라기 시절에는 놀림을 많이 당했을 수도 있겠군. 거기에 대해서는 어떻게 대처했소?"

"놀리는 놈 중 한 녀석을 죽여버리자, 전혀 문제가 되지 않았습니다."

"격투 중에 죽인 거요?"

그레고린은 시선을 아래로 낮춰서 디마의 눈을 바라보았다. 그레고린의 시선은 마치 죽은 사람의 눈처럼 싸늘하기 그지없었다.

"그렇게 보이도록 했습니다."

"아니, 사전에 모의한 살인이었단 말이오? 그런데 왜 군사 재판을 받지 않았소?"

그레고린은 계속 디마를 쳐다보았다.

"누구도 알아채지 못했습니다."

"하지만 지금 나한테 말했잖소."

"이 임무에 투입된다면, 비밀이 없는 편이 좋지 않겠습니까?"

키릴은 그레고린의 파일에서 눈을 뗐다.

"대단하구먼. 대체 어떻게 한 거요?"

"그 친구는 격투 끝에 병원에 실려 갔습니다. 저는 그 친구가 완전히 몸을 회복해서 돌아올 것이 두려웠습니다. 그래서 저는 병원에 몰래 숨어들어가 그 친구에게 치사량의 디아모르핀을 주사했습니다."

디마는 그레고린의 파일로 손을 뻗쳤다. 분명히 이 친구, 보통내기는 아니다. 그레고린은 아프가니스탄, 보스니아, 브뤼셀에서 위장 신분으로 공작했고, 두바이에서는 마약 카르텔에 잠입하기도 했으며, 도미니카 공화국에서는 암살 임무를 실행하기도 했다. 그리고 파키스탄에서의 작전 중에 CIA와 결탁한 혐의로 연금처분을 받기도 했으나, 혐의는 입증되지 않았다. 디마가 아는 지휘관들 중 대부분은 이 사람을 가급적 멀리 떨어진 곳에 놔두려고 했다. 그레고린은 완벽한 전투자원이었다.

"솔직히 말씀해 주셔서 고맙소. 나가서 기다리시오."

그레고린은 경례를 한 후 소리 없이 나갔다.

키릴은 깊은 한숨을 쉬었다.

"저 친구의 어두운 면은 건드리지 않는 게 좋겠어."

디마는 그 말을 무시했다. 그는 다른 생각을 하고 있었다. 그러다 결국 입을 열었다.

"블라디미르가 필요해."

"그 친구와는 다시는 일하지 않겠다고 말했을 텐데?"

"자네에 대해서도 똑같은 소리를 한 적이 있지. 어딜 가면 그 친구를 만날 수 있나? 혹시 내 의견에 이의라도 있나?"

키릴의 아랫입술이 들썩였다.

"자네는 그 친구를 만날 수 없어. 지금 마약 운반 죄로 감옥에 있거든."

"그럼 꺼내오자."

"그건 팔리오프에게도 어려운 일이야."

"팔리오프는 알 바 아냐. 블라디미르가 있는 교도소가 어디지?"

"부티르카 교도소야."

디마는 긴 한숨을 내쉬었다.

"멋지구먼. 그 친구가 결핵이나 에이즈로 죽지만 않았어도 다행이겠군."

"바슬로프에게 부탁해서 그 친구를 군 시설로 이감시키라고 한 다음에 중간에 가로채자."

"블라디미르는 팔리오프가 자신의 이력에 걸림돌이 된다고 생각하고 있었어. 지금이야말로 그 친구가 팔리오프를 넘어설 기회지."

"자네는 모든 사람들의 약점을 다 알고 있군. 그렇지?"

"내 약점은 몰라."

팔리오프가 보여준 사진들이 다시 디마의 눈앞을 스쳐 지나갔다.

키릴이 일어났다.

"그럼 정리할 동안 이 두 친구의 실력을 보는 게 어떻겠나?"

디마는 끄덕였다. 키릴은 전화를 집어 들고 말했다.

"지라크 씨와 그레고린 씨를 들여보내세요."

두 후보자가 나란히 섰다. 어울리지 않는 두 사람이었다. 하지만 이 정도면 좋다고 디마는 생각했다.

디마는 두 사람을 주의해서 살펴보았다.

"임무는 이제부터 시작이오. 여러분의 첫 번째 과제는 내일 새벽까지 블라디미르

카마리프스키라는 사람을 내 앞에 데려오는 것이오. 그는 현재 부티르카 교도소에 수감되어 있소. 데이터베이스에 접속하면 그 사람에 대한 자세한 정보를 볼 수 있소. 혹시 여러분의 권한으로 안 되는 게 있다면 바슬로프에게 얘기하면 될 거요. 어떤 수단과 방법을 쓰든 상관없소. 그 사람을 내게 데려오기만 하면 되오."

지라크는 미심쩍은 듯한 표정을 지었다.

"그 '유태의 아야톨라' 말입니까?"

라트비아 출신의 유태인인 블라디미르는 스페츠나츠의 전설이었다. 이란 최고지도자 직속참모진 속에 침투했기 때문이었다. 블라디미르는 코란, 그리고 이란 권력층 내의 복잡한 인맥관계에 대해 둘째가라면 서러울 정도로 훤했으며, 그 사실을 자랑스럽게 여겼다.

디마는 고개를 끄덕였다.

"맞소. 그 사람이오. 내일 새벽까지 여기 데려오시오."

그들이 방을 나서자 키릴은 디마에게 조심스러운 시선을 보냈다.

"혹시 나한테 말하지 않은 거 있나? 이번 일은 망치면 안 돼."

"왠지 이게 내 마지막 임무가 될 것 같은 느낌이 들었네. 그래서 내가 원하는 사람들을 내 곁에 두고 싶어."

9

이란

블랙번은 시간 감각을 완전히 상실했다. 시계도 없어졌고, 무전기도 부서졌고, 헤드셋도 없어졌다. 잔해더미 속의 구멍에서 빠져나오느라 그는 생존에 필요한 물품들을 모두 버렸다. 해병대원 한 명이 휴대하는 병기와 방탄장구의 무게는 27킬로그램에 달했다. 그 장비들은 유용했으나 또한 그만큼 무거운 골칫덩이이기도 했다. 블랙번의 물통도 없어졌다. 누군가가 벽돌 같은 부스러기를 블랙번의 입 안에 부어 넣은 것 같은 느낌이었다. 바람이 실어온 흙먼지는 그의 얼굴을 강타했다. 햇빛은 빠르게 사라져갔다. 대충 1900시 정도 되어 보였다. 그렇다면 잔해더미 속에 6시간이나 깔려 있었다는 얘기다. 일단 일어설 수 있게 되자, 그는 서로 기대고 있는 두 개의 기둥 사이에 숨었다. 하지만 그는 아직 서 있는 상태였다. 아무것도 들리지 않았기에 눈으로 움직임을 찾아내려 했다. 모든 것이 다 부서져 있었다. 할아버지가 촬영한 드레스덴 사진이 떠올랐다. 살아 숨 쉬던 도시 전체가 폐허로 변해 있었다.

개 한 마리가 그의 앞을 지나쳐 갔다. 깡마른 몸매에 다리를 절고 있었다. 개가 블랙번을 보았다. 블랙번이 자기 친구인지 적인지 분간이 안 간다는 듯 걸음을 망설였다. 그러다가 그냥 가는 게 더 낫다고 생각하고 발걸음을 옮겼다. 블랙번은 동료 분대원들을 생각했다. 그들은 매몰되었을까? 아니면 도망치는 데 성공했을까? 멀어버린 귀에서 들리던 바람소리가 줄어들었다. 그는 낮고 간헐적인 신음소리를 듣고, 그쪽으로 발걸음을 옮겼다. 아마도 그가 뭔가 할 수 있을 것이었다. 도로는 잔해로 가득했고 블랙번은 여전히 몸의 균형을 완벽히 잡을 수 없었다. 전투복을 입은 사람이 도로 위에 쓰러져 있었다. 그 사람의 몸은 지진으로 인해 생긴 틈에 반쯤 걸쳐 있었다. 블랙번은 그 사람이 입은 전투복이 미군 전투복임을 확인하고는 발걸음을 더욱 빨리 옮겼다.

쓰러진 병사로부터 채 반 블록도 안 떨어졌을 무렵, 차량 소리가 들렸다. 분명히 중장비였고, 아마도 군용차량일 터였다. 미군이 도우러 왔나? 하지만 그 소리를 들은 블랙번의 발걸음은 왠지 멈춰졌다. 그 엔진 소리는 스트라이커 장갑차의 익숙한 캐터필러사제 디젤 엔진 소리가 아니었다. 그보다는 훨씬 낮고 으르렁거리는 소리였다. V8엔진의 소음 같았다. 스트라이커 장갑차나 블랙번이 알고 있는 다른 아군 차량의 소음은 분명 아니었다. 그가 반쯤 부서진 밴 차량 뒤에 몸을 낮추자마자 1대의 러시아제 BTR-152 6륜 APC가 모습을 나타냈다. 이어 같은 차량 두 대가 더 나타났다. 장갑차들 주변에는 조잡한 전투 장구를 갖춘 젊은이들이 떼거리로 따라오고 있었다.

블랙번은 그 이후 벌어진 일을 결코 잊을 수 없었다. 다른 모든 병사들과 마찬가지로 블랙번 역시 이라크에 와서 보기 싫은 것을 억지로 봐야 했다. 그러나 그것은 어디까지나 업무상 필요한 것이었다. 무고한 사람이 살해당하고 사지가 잘리는 것이 보기 싫다면, 군대에 들어오지 말아야 한다. 그러고 나서 그 부엌에 있었던 소녀의 눈빛이 불현듯 떠올랐다. 아마 블랙번은 그녀의 인생에서 죽기 전에 그녀를 친밀하게 안아준 처음이자 마지막 남자였을 것이다. 그리고 이제 그 일조차도 다음에 일어날 사건에 묻혀버리고 말았다. 나중에 블랙번은 그 사건이 자신의 삶에 목적의식을 부여했음을 확실히 깨달았다. 그 이후로 그는 이 전쟁의 고귀함과 정당성을 조금도 확신하지 못하게 되었다.

아까 보았던 부상병은 장갑차로 이루어진 호송대의 소리를 듣고, 한쪽 팔꿈치로 자신의 몸을 지지한 채 손을 흔들었다. BTR 장갑차는 덜컹거리더니 멈췄다. 방탄 도어가 활짝 열리더니, 살와르 카미즈를 입고 터번으로 얼굴을 가린 사람이 열린 도어에서 뛰어내려 부상병과 이야기를 나누었다. 그 외에도 AK 소총을 든 여러 사람이 장갑차에서 내려 미군 부상병 주변에 자리를 잡았다. 그들과 비슷하게 차려입은 젊은이들이 주변에 더 많이 몰려들었다. 터번을 두른 사나이와 미군 부상병은 말이 통하는 것 같았다. 아마 둘 다 영어를 쓰는 것 같았다. 터번을 두른 사나이가 군중 속 어떤 사람에게 손짓을 하자, 그 사람은 캠코더를 들고 나와 촬영을 시작했다. 터번을 두른 사나이는 뒤로 물러서더니 칼을 꺼냈다. 빵칼처럼 날이 깔쭉깔쭉했지만 더 길었다. 이제 그가 할 일에 매우 적합한 칼이었다. 터번 사나이는 미 해병대원의 머리카락을 잡고 칼로 그의 목을 베었다. 블랙번이 보는 앞에서 피가 분수처럼 맹렬하게 뿜어져 나왔다. 가혹한 참수형은 불과 20초 만에 끝이 났다.

블랙번은 소리를 지르고 싶어 미칠 지경이었다. 목소리가 목구멍까지 차올랐으나, 자기보호본능이 그것을 가까스로 제어했다. 터번 쓴 사나이가 잘린 해병의 머리를 동지들이 볼 수 있게 높이 들어 올렸을 때, 터번이 스르륵 벗겨지면서 그의 얼굴이 드러났다. 그 얼굴은 블랙번의 마음속에 사진처럼 또렷이 새겨졌다. 이곳 사람치고는 드물게 면도를 깨끗이 하고, 광대뼈가 크게 튀어나오고, 눈이 단춧구멍처럼 작은 사람이었다. 그는 치아를 드러내더니 해병의 코를 물어뜯어 살점을 잘라낸 다음 뱉었다. 주위를 둘러싼 그의 동지들은 갈수록 거칠어져서 가지고 있던 AK 소총을 하늘로 쏴 대며 블랙번이 알아들을 수 없는 구호를 소리 높여 질러댔다. 터번 쓴 사나이는 손짓으로 동지들더러 장갑차에 타라고 지시한 뒤, 걷는 속도로 다시 동쪽으로 나아갔다. 장갑차 뒤로는 무수한 군중들이 구호를 외치며 따라갔다.

10

러시아, 랴잔

괜찮게 보였지만 디마의 마음에는 들지 않았다. 디마는 임시 작전실에서 자신이 요청한 Mi-26 헬리콥터가 계류장으로 들어오는 것을 보고 있었다. 세계 최대의 헬리콥터인 그 항공기에는 '나는 민달팽이'라는 별명이 붙어 있었다. 80명의 병력이 편하게 탈 수 있는 이 항공기는 8륜 APC도 탑재 가능하다. 디마는 문득 지라크와 그레고린이 부티르카에 도착했는지 궁금했다. 블라디미르는 이미 가방을 다 싸놓고 만반의 준비를 갖춘 채 부티르카 교도소의 문에서 지라크와 그레고린이 오는 것을 기다리고 있을 것이다.

디마의 마음속 절반은 자신이 원하는 것이 이렇게나 빨리 주어진 것에 대해 매우 놀라워하고 있었지만 다른 한편으로는 상황이 현실치고는 너무 잘 풀린다는 절반의 의심과 걱정을 가지고 있었다. 그래서 디마는 팔리오프에게 전화를 걸었던 것이다.

"국장님. 얘기 좀 합시다."

"지금 하고 있지 않나."

"만나서 하자고요. 전화로 말구요. 바로 끊을 겁니다."

디마는 늙은이가 저항할 틈도 주지 않고 전화를 끊었다.

디마의 계획은 순식간에 이루어졌다. 민달팽이는 저택에서 10킬로미터 가량 떨어져 있어서 소리가 들리지 않을 만한 곳에 사람들과 짐을 내려놓을 것이었다. 부르두코프스키는 이란에서 제일 흔한 자동차인 페이칸 두 대를 선발대용으로 구해왔다. 선발대는 저택의 전력을 끊기 전에 최종 정찰을 실시할 것이다. 일단 저택의 전력을 끊고 나서 레펠링으로 벽을 넘은 다음, 카파로프를 찾을 때까지 소음병기로 각 방의 적들을 모두 사살할 것이었다. 그동안 민달팽이가 퇴각장소에 도착한다. 그리고 퇴각한 다음에 아침식사를 하는 것이다.

그러나 헬리콥터를 이용해 디마와 함께 움직일 다른 팀은 영 못 미더웠다. 디마는 후위 역할을 해줄 50명의 공수부대원으로 이루어진 팀과 다른 기구에서 나온 또 다른 헬리콥터 팀을 배정받았다는 것을 알게 되었다.

GRU의 '관용' Mi-8 헬리콥터가 계류장에 도착했다. 탑승구가 열리면서 팔리오프가 걸어나왔다. 늙은 팔리오프가 뻣뻣한 자세로 건물을 향해 걸어오자 기지 지휘관이 성큼성큼 걸어가 이 불청객을 영접하는 모습이 보였다. 팔리오프는 혼자 온 것 같았다. 그것은 시사하는 바가 컸다. 그 정도 지위에 있는 사람은 여간해서는 부관이나 경호원 없이 혼자 다니지는 않는다. 바슬로프는 팔리오프를 디마가 있는 건물로 안내하고, 팔리오프의 옆에서 따라갔으나 팔리오프는 손짓으로 그를 물러가게 했다. 둘의 1대 1 면담이 될 것이다.

팔리오프가 들어왔을 때 디마는 책상 앞에 앉아 있었다. 방에 들어온 팔리오프는 습관적으로 눈동자를 이리저리 굴리며 방 안을 살폈다.

"이미 청소는 다 마쳤습니다. 걱정하실 건 하나도 없어요."

팔리오프는 마치 모스크바에서 여기까지 걸어서 오기라도 한 듯 의자에 조심스럽게 앉았다.

"필요한 지원은 다 받고 있나?"

디마는 능글맞은 미소를 지었다.

"원하는 건 뭐든지 가질 수 있어요. 상상해보시죠. 모든 창구를 열어주셔서 감사합니다."

팔리오프는 고개를 끄덕거리며 디마의 감사인사를 받았다.

"자네는 원하는 대로 일이 진행되지 않는다면, 협상내용의 반을 뜯어고치자고 할 사람이니까."

팔리오프는 한숨을 쉬며 말했다.

"아, 그리고 그 사진 말인데……, 그 사진들이 엉터리일 리는 없어. 그랬다간 자네는 날 두 번 다시 안 보려고 할 테니까."

"저도 그렇게 생각합니다. 국장님은 일이 망치지 않으려고 모든 것을 다 바쳐 필사적으로 매달리고 있으니까요. 카파로프 말고 또 잡아 올 게 있지요. 그렇죠?"

팔리오프는 무릎 위에 손을 얹었다.

"무슨 소리인지 모르겠군."

디마는 손으로 책상을 내리쳤다.

"거짓말하지 말아요! 작전을 방해하는 것들이 있단 말입니다. 티모파예프도 조심스럽게 넘어가야 할 정도예요. 그 사람이 발을 삐끗할 정도면, 우린 모두 똥통에 처박히게 된다고요!"

디마는 팔리오프의 눈썹 사이가 땀으로 젖어 번들거리는 것을 보면서, 자신의 예감이 틀리지 않았음을 깨달았다.

"그래, 안 그래도 이야기할 참이었네. 카파로프가 잡혀 나올 때쯤 또 다른 팀이 들어갈 거야. 카파로프는 아주 귀한 것을 갖고 있거든."

팔리오프의 얼굴은 잿빛이 되었다.

"체르노빌 클리너 팀이 한 시간 전에 헬기로 착륙했어. 그 친구들도 거기 가서 핵탄두를 회수해 올 거야."

팔리오프는 양손을 들었다가 무릎 위로 떨어뜨렸다. 그는 힘없이 미소 지었다. 디마는 생각했다. 불쌍한 사람 같으니. 저 나이 먹고 저 직위에 올라가서 저렇게 겁을 먹다니. 페레스트로이카가 낡은 악의 소비에트 연방을 찬란하게 빛나는 새로운 러시아 연방으로 바꿨다고? 진정으로 변한 것은 아무것도 없어. 오히려 스탈린 시대로 되돌아가고 있지.

"그리고 티모파예프는 자기는 모르는 일이라고 우기고 있어."

팔리오프는 이마에서 흐르는 땀을 닦으려 했다.

"그 핵탄두들의 존재는 최고위층만이 아는 기밀사항이야. 크렘린에서도 단 세 명만 알고 있지. 이런 일이 벌어졌다는 것은 그들에게 가장 골치 아픈 일이지. 알 바시르가 그 핵탄두에 손을 뻗치고 있어. 그는 이란이 그토록 원하던 핵을 손에 넣었지.

핵만 있으면 이란은 이스라엘이나 파키스탄과도 대등한 위치에 설 수 있어. 미국 친구들도 슬슬 낌새는 채고 있어. 설령 모른다 치더라도…… 이미 그 친구들은 불량국가에 무기를 팔아먹었다며 우리나라에 화를 내고 있지. 절대 농담이 아냐."

팔리오프는 재킷 주머니에 손을 넣어 담뱃갑을 꺼냈다. 그는 담배 한 개비를 꺼낸 뒤 불을 붙이고는 담배연기를 가슴 속 깊숙이 빨아들였다. 마치 총살형을 당하기 직전, 최후의 담배를 피우는 사형수 같았다.

"제가 알기로는 러시아제 핵탄두 중 제일 작은 것도 무게가 90킬로그램이 넘고 크기도 중형 가정용 냉장고만 하다고 하던데요."

팔리오프는 앉은 채로 몸을 움직이더니 자신의 무릎을 바라보았다.

"그동안에도 기술 발전은 있었네. 탄소섬유 사용과 핵심부품의 소형화 덕택에 옷가방만 한 크기로 소형화하는 데 성공했지. 그 정도 크기의 핵탄두도 파괴력은 TNT 18킬로톤에 달해. 히로시마에 떨어진 원폭과 비슷한 파괴력이지."

"그게 아직도 저택 안에 있는 줄은 어떻게 알고 계시죠?"

"신호를 발신하거든. 카파로프는 거기까지는 모르는 것 같아. 그래도 그는 행운아야. 그 물건 때문에 우리가 그놈이 거기 있다는 걸 알잖아."

팔리오프는 담배를 한 개비 더 꺼냈다. 안 그래도 실제 나이보다 더 늙어 보이던 그는 순식간에 10년은 더 늙어버린 것처럼 보였다.

디마는 약간의 경멸감을 느꼈다.

"국장님, 잘못하면 일 그만두게 생겼어요. 안 그런가요? 연금도 위태로워요. 그런 분위기가 느껴지네요."

팔리오프는 담배연기를 내뿜고는, 쓴웃음을 지었다.

"내 인생 자체가 더 위태롭지."

디마는 입술을 오므리고 긴 한숨을 뱉었다.

"그리고 나머지 우리들도 다들 좆됐네요. 자, 이제 제 얘기를 들어주세요. 전에 보여주신 사진들 말인데, 거기 나온 친구의 이름과 주소를 알고 싶어요. 언제 촬영되었는지도 알고 싶어요. 지금 당장 말해주세요. 안 그러면 저 이 일에서 빠지겠어요. 당신들 때문에 저는 이미 충분히 좆됐다구요."

"그 정보는 티모파예프가 알고 있어."

"티모파예프는 국장님을 신뢰하지 않나요?"

팔리오프는 어깨를 으쓱였다.

"이젠 누구도 아무것도 믿지 않지."

"그런데 왜 저는 국장님을 믿어야 하는 거죠? 도대체 뭣 때문에 저를 여기로 데려오신 겁니까?"

디마는 이 자리에서 당장 팔리오프를 죽여버리고 싶었다. 작고 불안정한 늙은 몸뚱이를 가진 이 가증스러운 사람을 목 졸라 죽여버리고 싶었다. 하지만 그러면 사진 속의 사람은 결코 만날 수 없다.

팔리오프는 팔꿈치를 무릎에 대고 앞으로 몸을 숙였다. 마치 애원하는 듯한 자세로 양손을 마주 잡았다. 양손 사이에 담배가 튀어나와 있었다.

"20년 전으로만 되돌아갈 수 있다면 난 자네와 함께 했을 거야. 이 임무에서 자네가 성공한다면 그 사람을 찾는 데 필요한 모든 지원을 다 해주지. 그래서 자네도 이 임무를 맡겠다고 한 거 아닌가. 그 사진들이 자네에게 어떤 의미를 갖고 있는지 알아. 그 사진 속의 사람을 자네가 아직도 잊지 않았다면 말이지. 그리고 티모파예프는 작전이 성공할 경우 대통령께서 자네에게 직접 감사를 표하실 거라고 약속했네."

"그딴 소리 안 믿는다고 전해주셨으면 좋겠어요."

팔리오프는 일어서서 디마에게 손을 내밀었다.

"하지만 솔직한 마음으로 충고 하나 하지. 만약에 일이 잘못되거든 다시는 돌아오지 말게."

11

이란

블랙번은 죽은 해병대원의 시신에 다가갔다. 시신에는 아무것도 남아 있지 않았다. 헬멧, M-4 카빈, 방탄복, 탄약, 다 사라졌다. 전투복도 없어졌고 인식표도 사라졌다. 심지어는 전투화와 시계, 결혼반지도 사라졌다. 팬티도 벗겨갔다. 군중들에게 다 뺏겨버린 것이었다. 목이 달아난 채 잔해더미에 둘러싸여 폐허가 된 거리에 쓰러져 있는 그의 모습은 마치 쓰러진 조각상 같았다. 그가 한때 살아 있는 사람이었다는 증거는 시신에서 흘러나와 먼지 먹은 웅덩이를 이루고 있는 피 말고는 없었다.

몇 미터 떨어진 곳에 마치 버려진 사탕 포장지처럼 뒹굴고 있는 구겨진 사진 몇 장이 보였다. 블랙번은 손을 뻗어 사진을 집어 들었다. 한 사진에는 파란색 파이어버드 차량의 후드 위에 앉아 있는 소녀가 찍혀 있었다. 다른 사진에는 막대기를 물려고 공중으로 높이 뛰어오르는 래브라도 종의 개가 찍혀 있었다.

블랙번이 죽은 이를 위해 해줄 수 있는 일은 아무것도 없었다. 블랙번은 사진들을 똑바로 편 다음에 자기 주머니에 집어넣었다. 그리고 죽은 이를 위해 작은 목소리로 기도했다. 그리고 이 사람의 죽음을 기억하고, 끔찍하고 명예롭지 못하게 죽은 이 사람을 위해 복수하겠다고 다짐했다. 블랙번은 지금 본 것을 영원히 잊지 못하리라는 것을 알았다. 그리고 앞으로 누구에게도 말할 수 없다는 것도 알았다. 말해봤자 좋을 게 없었기 때문이다. 블랙번은 난생 처음으로 아버지가 왜 침묵할 수밖에 없었는지를 깨닫게 되었다.

어두웠다. 기온이 떨어지고 있었다. 기력이 떨어지고 목이 너무 말랐다. 멀어버린 귀에서는 고장난 라디오와 같은 윙윙 소리만 들려왔다. 그는 동쪽의 국경을 향해 걷기 시작했다. 국경을 넘어온 지 얼마나 오랜 시간이 흘렀는지 알 수 없었다. 도로의 잔해를 따라 한 시간이 넘게 터덜터덜 걸었다. 갑자기 반가운 오스프리 항공기의 로터 소리가 들렸다. 그는 더 빨리 걸었다. 하지만 얼마 못가 잔해에 발이 걸려 넘어졌다. 그는 일어나서 속도를 낮추고 계속 걸었다. 오스프리는 지평선을 넘어 사라졌다. 그래도 덕분에 희망이 생겼고, 정신을 한 곳에 모을 수 있었다. 비행기 소리가 사라지고 나자 어둠 속에서 또 다른 소리가 들려오는 것을 알 수 있었다. 사람들의 고함소리, 미친 듯이 달리며 기어를 변속하는 차량의 소리, 총성과 섬광……. 블랙번은 만약 저기서 전투가 벌어진다면, 좋은 사람들과 나쁜 사람들이 함께 있으리라는 걸 깨달았다.

지금 블랙번이 걸어 들어가는 곳은 지진 피해가 덜한 곳이었다. 거리에는 잔해가 널려 있었지만 대부분의 건물들은 멀쩡했다. 사람 목소리가 들려오자 블랙번은 그 쪽으로 고개를 돌렸다. 그 소리는 차량, 부서진 험비에서 나는 소리였다. 험비 차량의 창문에는 어떤 병사가 블랙번에게 손을 흔드는 포즈를 취하며 몸을 내밀고 있었지만, 몸을 내민 각도가 이상했다. 몸의 절반을 차 밖으로 내민 그 병사는 팔을 벌린 채로 죽어 있었다. 블랙번은 목소리가 어디서 나오는지 찾았다. 그 목소리가 미국식 영어라는 점을 알아차리는 데는 약간 시간이 필요했다. 목소리가 나오는 곳은 땅에 떨어진 무전기였다.

"알았다. 현재 좌표 22486 인근에서 교전 중."

"미스핏 1-3, 알았다. CAS-EVAC을 해야 하니 교대하라……."

블랙번은 무전기를 움켜잡았다. 무전기 외부 케이스가 땅에 떨어졌다. 블랙번은 무전기를 사용해 채널을 개설하려고 했다. 하지만 무전기는 작동하지 않았다. 그래서 블랙번은 무전기를 던져버렸다. 그 순간 오스프리가 다시 엔진 소리를 울리며 머리 위에 나타났다. 오스프리 항공기의 로터 두 개가 착륙을 위해 위로 접혔다. 블랙번은 뛰다 비틀거리다를 반복하면서 온 힘을 다해 오스프리가 날아간 방향으로 달렸다. 어디서 그런 힘이 솟아났는지는 그도 알 수 없었다. 그는 밤하늘을 배경으로 떠 있는 오스프리의 검은 실루엣을 계속 놓치지 않으려 했다. 그러다가 오스프리에서

비춘 불빛이 지면을 밝히자, 블랙번은 엄청난 안도감을 주체하기 힘들었다. 하지만 아직 오스프리에 탄 것은 아니다. 그리고 그 불빛이 비추자 오스프리가 착륙할 곳 서쪽에서는 소화기 사격과 불덩어리가 날아왔다. 오스프리는 건물들 뒤로 들어가 보이지 않게 되었다.

순간 블랙번은 오스프리에 타고 있는 사람들 중 누구도 자신이 오스프리를 향해 달리고 있다는 사실을 알 리가 없다는 것을 갑자기 깨달았다. 일단 착륙하면 적들이 오스프리에 사격을 가할 것이므로, 부상병을 수용하는 데 필요한 최소한의 시간만 착지할 것이다. 따라서 오스프리가 다시 이륙하기 전에 잡아야 했다. 이제 그리 멀지 않다. 그는 이제 로터가 밀어내는 바람을 느낄 수 있었고, 로터가 공기를 가르며 내는 무지막지한 소음도 느낄 수 있었다. 블랙번은 이제 달리고 있었다. 주변도 한결 잘 보였고, 몸속에서는 엄청난 아드레날린이 펑펑 뿜어져 나오고 있었다. 그는 길 위에 누워 있는 돌덩어리들과 시신들을 뛰어넘어 달렸다. 지진과 전투로 인해 벌어진 주변의 처참한 상황에도 불구하고, 단 한순간도 한눈팔지 않고 달렸다. 그것은 블랙번 자신도 차마 뭐라고 설명할 수 없었다.

오스프리는 광장에 착륙했다. 후방 램프가 열렸다. 의무병들이 사상자들을 수용하는 동안, 두 명의 초병이 주변을 경계했다. 오스프리가 엔진 출력을 높이는 소리가 들렸다. 오스프리의 로터가 밀어낸 바람은 토네이도처럼 먼지를 주변으로 마구 뿜어냈다. 경계병들이 램프 위에 서자, 기체 무게로 구부러졌던 오스프리의 착륙장치가 점차 펴졌다. 이륙하려고 하는 것이었다. 블랙번은 온 힘을 다해 고함을 질렀지만, 그 소리는 로터 소리에 파묻혀 누구에게도 들리지 않았다. 뭔가가 블랙번의 어깨에 부딪치자 커다란 말벌에게 쏘인 듯 아팠다. 하지만 아파할 겨를은 없었다. 블랙번이 간신히 램프에 도달했을 때 이미 램프는 그의 허리 높이까지 올라와 있었다. 안에 탄 사람들이 손을 내밀었다. 블랙번도 그들의 손을 잡으려 몸부림쳤다. 하지만 항공기에 탑승하기는커녕 몸이 뒤로 미끄러지는 것 같았다. 그러다가 승무원들의 손 네 개가 블랙번의 어깨를 잡고 그를 항공기 안으로 끌어당겼다. 그제야 그는 밤의 어둠 속으로 사라져가는 폐허의 모습을 돌아볼 수 있었다.

12

러시아, 랴잔

그들은 밀 헬리콥터의 뱃속인 거대한 금속제 동굴 안에 서 있었다. 지라크와 그레고린이 몇 걸음 떨어진 곳에 서 있었다. 그들의 표정은 의기양양했다. 키릴은 위장망 더미 위에 누워 있었다. 트럭들이 야외 계류장으로 들락날락하면서 병사들이 이 임무에 쓰일 유용한 장비들을 헬기 안에 가져다 놓았다. 어떤 사람들은 이란의 '남성 유니폼'이라고 할 만한 짙은 정장 재킷과 헐렁한 바지를 입은 그들의 모습을 흘끗 보았다. 어떤 사람이 새로 도착한 사람들을 손짓으로 불러 뭐라고 속삭이자, 그 말을 들은 사람들은 너무나 놀라워 믿을 수 없다는 듯한 표정을 지었다. 안 좋은 쪽으로 유명하기는 했지만, 아무튼 블라디미르는 스페츠나츠의 살아 있는 '전설'이었다. 디마는 블라디미르가 지금까지도 그러한 명성에 걸맞은 실력을 갖추고 있기를 바랄 뿐이었다.

교도소용 밴이 끼익 소리를 내며 밀 헬리콥터 가까이 와서 급정거한 것은 10시 30분이었다. 마치 전쟁터를 헤치고 나온 차 같았다. 앞 유리에는 금이 가 있었고, 사이드 미러 하나는 금방이라도 떨어져 나갈 듯 장착부위에 대롱대롱 매달려 있었다. 훔친 교도관 제복을 입은 지라크와 그레고린이 비틀비틀 차 밖으로 나왔다. 그들과 함께 그들의 손님인 블라디미르가 멍하니 뻣뻣한 자세로 하차했다. 지라크와 그레고린이 블라디미르를 데리고 램프 도어를 통해 디마가 서 있는 밀 헬리콥터 안으로 들어오자, 블라디미르는 고개를 젖히고 너털웃음을 터뜨렸다.

"지금 장난하자는 거지?"

"장난 아닌데."

디마는 블라디미르를 끌어안고 양볼에 키스했다. 그의 몸에서는 썩은 냄새가 났다.

"러시아 최악의 교도소에서 꺼내줬군. 나를 꺼내오자고 하니까 다른 사람들이 다 말리지 않던가? 자살 특공임무일 것 같아. 그러니까 교도소에서 5년 더 썩히느니 여기로 보내는 게 낫다고 생각했겠지. 유머감각이 참 뛰어나구먼, 디마 마야코브스키."

디마는 옛 전우의 모습을 자세히 뜯어보았다. 교도소에서 좋은 대우를 못 받은 것이 분명했다. 체중은 줄어 있었고, 햇빛을 제대로 보지 못한 피부는 창백해져 있었다. 그리고 볼에는 생긴 지 얼마 안 된 칼자국이 나 있었다. 격투 끝에 생긴 모양이었다. 그는 치아 몇 개를 잃어버린 채 교도소에 도착했고, 교도소에서도 치아 몇 개를 더 잃어버렸다. 디마는 블라디미르가 입고 있던 티셔츠를 가리키며 말했다.

"그거 벗게."

블라디미르는 그 지저분한 옷을 벗었다. 디마는 블라디미르의 주위를 돌며 그의 몸을 살폈다. 블라디미르의 몸은 얼굴만큼 심하게 망가진 것 같지는 않아 보여 다행이었다. 별안간 디마는 블라디미르의 배를 주먹으로 세게 쳤다. 그러나 블라디미르는 몸을 약간만 움찔거렸을 뿐이었다.

"교도소에서도 체력단련장은 꾸준히 갈 시간이 있었나 보군."

"그것 말고는 할 게 없었지."

블라디미르는 엎드려뻗쳐를 하더니, 아주 빠르게 팔굽혀펴기를 해보였다.

디마는 키릴을 보고 고개를 끄덕였다.

"이 친구 데려가서 상황을 브리핑 해주고 맛있는 것도 줘. 2년 동안 제대로 된 음식을 못 먹었거든."

그리고 지라크와 그레고린을 가리키며 말했다.

"좋소. 여러분들은 선발 시험에 합격했소. 타고 온 밴을 눈에 보이지 않는 곳에 치우시오."

그레고린이 뭐라고 말하려 했으나 디마는 그의 말을 막았다.

"질문은 나중에 받겠소. 이미 작전은 시작된 거요."

램프를 통해 차량 두 대가 헬리콥터 안으로 들어왔다. 보급관 부르두코프스키가 그중 한 대에서 나와 디마를 불렀다.

"행복하십니까?"

부르두코프스키는 마치 자동차 영업사원처럼 후드를 두들겼다.

"이란 판 라다라고 할 수 있는 페이칸입니다. 입수할 수 있는 것 중에서 제일 상태가 좋은 것을 골라왔지요."

디마도 이 차에 대해서라면 이란 파견 근무 때 알 만큼 알게 되었다. 이란에서 제일 흔한 자동차이다. 그리고 부르두코프스키가 가져온 이 두 차량은 정말이지 넌덜머리 나게 생겼다. 두 대 중 한 대는 차문 하나가 찌그러져 있었다. 그리고 나머지 한 대는 두 프론트 윙의 색상이 제각각이었고, 루프 랙이 완전히 녹슬어 있었다. 이 정도면 이란의 풍경에 아주 잘 녹아들어 갈 것이다. 부르두코프스키는 차량 번호판도 가리켰다.

"어찌됐든, 이것도 타브리즈에서 구한 진품입니다."

"정말 고생하셨소. 잘 움직입니까?"

"엔진과 구동렬은 새것이에요. 어떤 문제도 없을 것입니다. 그리고 연료도 가득 들어 있습니다. 가급적이면 멀쩡한 상태로 가져오시기 바랍니다. 쓸만한 놈은 갈수록 구하기 힘들어지고 있거든요."

두 차량을 헬리콥터 안에 넣은 다음, 그는 손짓으로 디마에게 비행기에서 내리자고 했다.

"그리고 말씀드릴 게 또 있어요."

그는 뒷걸음질 쳐서 밀 헬리콥터의 전체 모습이 다 보이는 위치까지 간 다음, 디마를 불렀다. 부르두코프스키는 마치 페라리 전시장에 온 어린아이처럼 흥분으로 가득했다.

"디마, 당신은 정말 행운아예요. 저거 보이시나요?"

그러면서 그는 로터에 씌워진 개수통 모양의 카울링을 가리켰다.

"저거 소음기예요. 1급 기밀이지요. 미국 애들이 빈 라덴 잡으러 갈 때 블랙호크 헬리콥터에 달았던 거예요. 근데 그 녀석들은 그 소음기가 우리 손에 들어온 건 모르고 있어요. 우리가 탈 민달팽이는 커다란 항공기이지만, Mi-28 전투 헬리콥터에 붙어 있는 장비를 다 갖추고 있어요. 저공으로 정밀 지형추적비행이 가능하고 연동식 레이더 및 열 영상 장비도 있어요. 조종 장치는 2중 유압식이고 조종실 내벽은 세라믹 방탄재로 되어 있지요. 조종실 유리도 방탄유리고 승무원 사이에도 방탄 칸막이가 설치되어 있습니다. 연료탱크에는 자동방루[1] 폴리우레탄 발포재 처리가 되어 있어요."

부르두코프스키는 앞으로 나가서 마치 명마를 쓰다듬듯이 손으로 항공기 동체를 쓰다듬었다.

"한 번 만져보시죠."

디마도 항공기 동체를 만지면서 그 질감을 느꼈다.

"적외선 피탐지율이 낮은 특수 도료를 발랐습니다. 이 항공기에는 처음 써보는 겁니다."

디마는 핵탄두 회수 팀이 탈 Mi-24를 가리켰다.

"그럼, 저거는요?"

부르두코프스키가 어깨를 으쓱거렸다. 그가 입은 두터운 열정의 갑옷에 처음으로 빈틈이 보였다.

"저놈은 그냥 표준형입니다. 당신이 현장을 제압한 다음에 날아갈 거니까요."

디마는 그 헬리콥터로 가보았다. 핵탄두 회수 팀의 팀장인 쉥크는 부하들과 함께 방사능 장비를 최종 점검하고 있었다. 그는 디마를 보자 일어서서 팔짱을 꼈다. 마치 디마가 방해하러 온 것 같은 눈치였다. 유난히 치아가 긴 사람이었다. 자기가 하는 일에 잘 어울리는 얼굴이었다. 결혼을 했다면 마누라에게 감사라도 해야 할 인상이었다. 쉥크가 턱을 내밀며 말했다.

"뭐, 필요하신 거라도 있습니까?"

디마는 이놈을 두들겨 패고 싶은 충동이 들었지만 억눌렀다.

대신 그는 온화한 미소를 지었다.

"당신에게 행운이 함께하기를 기원하러 왔소."

---

[1] 연료탱크 내부에 신축성이 높은 폴리우레탄 발포재 내벽을 대서, 피탄시 연료탱크에 구멍이 나더라도 연료 누출을 최소화한 설계.

"댁이 자기 할 일만 잘 하면 그만이오. 우리에게 행운 따위는 필요 없소."

쉥크의 부하들은 모두 하던 일을 멈췄다.

디마는 힘주어 말했다.

"우리 팀에 보여줄 핵탄두 사진이 필요하오. 그들도 뭘 찾아야 할지는 알아야 하니까."

쉥크는 고개를 천천히 내저었다. 마치 연기를 하는 것 같았다.

"기밀 사항입니다."

"하하하. 것 참 재미있구려."

쉥크는 턱을 내밀었다.

"농담하자고 한 얘기가 아닙니다. 모든 사진과 도표, 설명문은 국방장관의 허가를 받은 사람만이 열람 가능합니다. 당신은 그곳을 제압하고 목표물을 찾으면 그만이오. 나머지는 우리가 알아서 합니다."

디마는 헬리콥터 안팎에 벌여 놓은 장비들을 향해 걸어갔다. 가이거 계수기가 보였다. 필수품이다. 그리고 여기에 왠지 어울리지 않아 보이는 작은 태블릿 스타일의 PC도 보였다. 디마는 그 외에 다른 장비들이 있나 찾아보았다. 스캐너라던가…….

그러다가 어떤 장비가 눈에 띄자 디마는 그걸 집어 들고, 의심스러운 눈초리로 구석구석 살펴보았다. 쉥크가 어느 샌가 와서 장비를 뺏어 들었다.

"이건 인가받은 인원만이 취급할 수 있습니다. 아주 민감한 장비라서요."

디마는 다시 장비를 집어 들고, 마치 할머니처럼 그것을 노려보았다. 하지만 똑같은 반발에 부딪쳤다.

"이건 별로 괜찮아 보이지 않는구려."

쉥크는 또 와서 장비를 뺏어 들며 말했다.

"이건 원래 방향파악용의 위성항법장치였습니다. 그러나 핵탄두에서 나오는 신호를 잡을 수 있도록 개량한 거죠. 최대 640킬로미터 떨어진 핵탄두의 위치를 오차 범위 1.28제곱킬로미터 이내에서 위도와 경도까지 파악해낼 수 있습니다. 이 태블릿 PC를 조작하면 그 정보를 변환할 수 있고, 메뉴를 적절히 사용해 지도상의 좌표로 나타낼 수 있는 거죠. 스캐너보다 더욱 정확합니다. 당신이 생각하는 것보다 10배는 더 좋은 장비입니다."

디마는 미안하다는 표정을 지었다. 그리고 이 사람의 말을 외워두었다. 나중에 키릴에게 알려주기 위해서였다.

쉥크가 다시 입을 열었다.

"괜찮으시다면 작전 준비를 계속하겠습니다."

디마는 쉥크와 그의 부하들이 장비를 주물럭거리는 모습을 한동안 더 바라보았다. 러시아는 저런 사람들을 수천 명이나 싸질러 놓았다. 깨어 있는 동안 계속 떨쳐 버릴 수 없는 욕구불만을 느끼고, 더 좋은 대접을 받을 자격이 있다고 생각하지만 결코 그런 대접을 받지 못하는 사람들, 조국의 소중한 영토를 지키기 위해 인생을 아낌없이 소비해온 사람들 말이다. 러시아 군대는 그런 사람들로만 채워져 있다. 쉥크는 다른 사람들의 실수, 잘못, 태만이 불러온 사고의 뒷수습을 하면서 평생을 보내왔다. 방사능을 흡입해 가면서 체르노빌 원전 낙진은 물론, 이미 유통기한이 지난 무수한 핵탄두들도 처리해온 것이다.

러시아에는 쉥크 같은 사람들이 필요했다. 인정하기 싫은 사실이지만 소련의 핵무기들은 너무나 심하게 노후화되어 절대 쓸 수 없을 지경이었다. 그러나 상호확증파괴가 현실이던 정신 나간 시기에, 핵 무장국들은 국제사회의 상석을 차지했다. 세계가 잘못된 판단을 내리지 못하게 하는 것, 그것이야말로 쉥크가 자신의 일에 자부심을 갖는 이유였다. 분명 쉥크는 이 작전의 주역이 디마가 아니라 자신이어야 한다고 생각하고 있었다.

"착륙지대에서 봅시다. 모든 것을 다 준비해 놓고 기다리겠소."

디마는 쉥크에게 경쾌하게 경례를 붙이고 걸어갔다. 하지만 한편으로는 일이 그렇게 쉽게 굴러가지는 않을 거라는 생각이 들었다.

13

아제르바이잔 공역

상승 및 선회하며 기지를 떠나는 밀 Mi-26은 로터로 공기를 마구 헤집으며 천둥이 치는 듯한 회전음으로 디마의 귀를 괴롭혔다. 헬기 화물칸의 온도는 떨어지기 시작했다. 디마가 속한 선발대의 대원들은 비행복 안에 이란인의 옷을 입고 있었다. 선발대의 착륙은 최대한 신속하게 이루어져야 했다. 착륙지대로 선택된 곳은 저택에서 15킬로미터 정도 떨어진 숲으로 둘러싸인 작은 땅이었다. 깎아지른 듯한 계곡 사면을 따라 나 있는 비포장도로를 달리면 45분 만에 저택에 도착할 수 있었다. 분명 은폐에 유리한 착륙지대였다. 그러나 페이칸을 밀 헬리콥터에서 가급적 빨리 내려야 하는 것은 분명했다. 그래야 적들이 페이칸과 밀 헬리콥터를 연관 짓는 위험성을 줄일 수 있었다.

키릴과 블라디미르는 추워지는 페이칸 차내에서 빠져나왔다. 블라디미르는 2년 만에 제대로 된 식사를 처음 하고는 금방 잠이 들었다. 볼에 난 흉터가 여전히 도드라져 보이기는 했지만 얼굴빛도 좋아졌다. 키릴은 돌같이 미동도 없는 자세로 앞쪽을 바라보고 있었다. 키릴은 헬리콥터를 싫어했다. 그는 헬리콥터를 타고 가다가 두 번이나 경착륙을 당했고, 그 후에는 카스피 해에 추락한 헬리콥터에서 구사일생으로 탈출하기도 했다.

차량 반대편에는 돌입조가 있었으며 디마의 신호에 맞춰 작전이 전개될 것이다. 디마의 신호가 있을 때까지는 국경 너머 아제르바이잔 영토 내의 비행장에서 대기할 것이다. 그들은 머리끝부터 발끝까지 검은색 일색인 돌입용 장비를 착용했다. 화기는 AKSU를 휴대했다. AK-74의 단축형 버전이었다. 그리고 연막이나 CS 가스가 퍼진 곳에서도 앞을 보기 위해 열 영상 야간투시경을 장비했다. AKSU는 숨기기도 쉬웠다. 개머리판을 접으면 길이가 50센티미터도 채 되지 않았다. 일부 대원들은 PMM 권총이나 6P35 그라크 권총을 휴대했다. 문 파괴용 사이가-12 산탄총, 또는 건물 소탕전에 도움이 될 CS 가스 살포용 KS-23 산탄총을 든 대원들도 있었다. 정보량이 많았음에도 불구하고 얼마나 큰 저항에 부딪히게 될지는 아직도 알 수 없었다.

훈련소를 마친 지 얼마 안 되는 일부 대원들에게는 이번이 적지에서 겪는 첫 실전이었다. 디마는 이 전투에서 그들을 무사히 살려서 돌려보내야 한다는 강한 책임감을 느꼈다. 나도 나이가 먹은 모양이구나 하는 생각이 들었다. 지금까지 오랫동안 그는 혼자 또는 키릴과 둘이서만 일했다. 디마는 과거에는 훌륭한 지휘관이라는 평을 들었다. 그는 병사들을 이끌고 지옥 같은 곳에 갔다가도 무사히 다함께 나오곤 했지만, 혼자만 살아남고 아무도 돌아오지 못한 경우도 꽤 많았다. 그러나 그것도 스페츠나츠에서 월급이 나오던 때의 이야기다. 이제 그는 프리랜서 신분이다. 돈을 받고 싸워주는 총잡이인 것이다.

키릴이 언젠가 디마에게 이렇게 말한 적도 있다.

"자네는 결코 스페츠나츠를 떠날 수 없어. 해고를 당하거나 투옥을 당해도 말이지."

아마 그와 함께 가고 있는 이 젊은이들 중에도 분명 몇 명은 자신들이 왜 누구에게도 충성을 바치지 않으며, 상관들로부터 오랫동안 의심을 받아온 이 사람을 믿어야 하는지 자문하고 있을 것이다. 그러나 디마는 자신의 젊은 시절을 떠올렸다. 일을 받지 못해 애태우던 시절 말이다. 누구도 예상치 못한 것을 예상해내는 것, 그게 바로 스페츠나츠였다.

갑자기 그는 이 병사들 중 많은 사람들이 팔리오프가 보여준 사진 속 젊은이 나이 또래라는 점을 깨달았다. 디마는 그 사진들을 마음속에서 지워버리고 눈앞의 임무에만 집중하려 애를 썼다. 정신을 집중하지 못하면 이 사람들을 통솔할 수가 없다. 그러면 아무것도 이룰 수 없다. 지금은 모든 감정을 다 비워야 했다.

그는 페이칸 두 대의 트렁크에 들어 있는 장비들을 확인했다. 트렁크에도 무기가 잔뜩 들어 있었다. 또한 5정의 SVD 드라구노프 저격총도 들어 있었다. 이 총은 정확도 면에서 최고라고는 할 수 없었다. 그러나 디마는 이번 전투의 양상이 근접전이 될 거라고 예상했다. 그렇다면 10발들이 탄창과 4배율 스코프가 달려 있는 이 총도 괜찮은 선택이었다. 또한 디마는 각종 야간 투시장비를 요청했는데, 정찰용 야시 쌍안경, 근접전투용 야시 고글 등이었다. 디마는 돌입조를 부르기 전에 저택의 담 안을 먼저 살펴볼 계획이었다. 따라서 등반과 레펠링에 쓰이는 로프가 필요했다. 아무리 많은 장비가 있어도 항상 뭔가를 일부러 두고 오기 마련이었다. 이런 작전의 속성 탓이었다. 충분한 장비 휴대와 신속성이 조화를 이루어야 하니까 말이다.

디마는 화물칸에서 2층 높이인 조종실로 올라갔다. 남는 헤드셋을 하나 착용하고 파일럿들의 어깨 너머로 본 바깥 풍경은 달빛도 비치지 않는 암흑이었다. 구름이 낮게 깔려 있고 비가 많이 내려 앞이 하나도 보이지 않았다. 그러나 계기 덕에 아무 문제없이 키 큰 나무와 전력선들을 뛰어넘어 비행을 할 수 있었다.

부조종사 예르긴이 인쇄물을 넘겨주며 미소 지었다.

"현지에서는 여전히 지진파가 관측되고 있어요. 목적지가 엉망진창일지도 모릅니다. 헬멧을 잘 쓰고 다니세요."

"저택 상공에서 돌입조를 내려 보내는 데 얼마나 시간이 걸리겠나?"

"그 친구들이 움직이면 최대 3분 이내에는 다 보낼 수 있어요."

"나중에 정찰 보고를 해줄 테니 정신 바짝 차리고 듣게, 그렇지 않으면 어디에 사람들을 내려야 할지 알 수 없을 테니."

"걱정 마십시오. 저에게는 포스가 함께 하고 있어요."

예르긴은 스타워즈의 광선검으로 하늘을 가르는 시늉을 해보였다.

"슬슬 준비하십시오. 이제 2분 후면 착륙지점에 도착합니다."

14

이란 북부, 바자르간 인근

로터가 공기를 때리는 동안 그들은 페이칸을 헬리콥터에서 내릴 준비를 했다. 앞차에는 디마, 키릴, 블라디미르가, 뒤차에는 지라크와 그레고린이 탑승했다. 두 차는 모두 항공기 후미 램프 쪽을 보고 탑재되어 있었다. 문이 열리고 램프가 내려가자마자 야간 투시경을 쓴 디마는 액셀, 가속 페달을 밟았다. 헤드라이트는 켜지 않았다. 착륙지대를 벗어나 국도로 나설 때까지는 켜지 않을 것이다. 밀 헬리콥터가 떠나는 것을 보려고 기다리지는 않았다. 그러나 귀에 들려오는 소리는 헬리콥터가 무사히 멀어져 가고 있다는 사실을 알려주었다. 옆 계곡에 있는 카파로프를 붙들어둔 놈들이 헬리콥터 소리를 듣지 못했기를 바랄 뿐이었다.

디마가 말했다.

"이란에 오신 여러분을 환영합니다. 머무르시는 동안 즐거운 시간 보내시기 바랍니다."

블라디미르는 이제 깨어 있었다. 뒷좌석에 몸을 기대고 있었다. 다시 대지를 굳건히 딛게 된 키릴의 표정도 한결 더 편안해 보였다. 디마는 몇 마디 덧붙였다.

"유감스럽게도 여행 시간은 짧습니다. 점심을 먹으러 돌아가야 하니까요."

시각은 오전 3시였다. 그러나 대원들의 몸속에서 나오는 아드레날린은 일주일은 충분히 깨어 지낼 수 있는 수준이었다. 페이칸의 성능에 대해 감을 잡은 디마는 속도를 더 냈다. 하지만 앞이 보이지 않는 굽잇길에서 별안간 유조차가 큰 헤드라이트를 번쩍이면서 반대 차선에서 나타났을 때는 사고를 낼 뻔했다. 유조차의 운전자도 마지막 순간까지 디마 일행을 보지 못했다. 모두들 눈부신 헤드라이트 불빛과 그 직후에 울린 엄청난 엔진 소리 말고는 아무것도 보지도 듣지도 못했다. 유조차는 울퉁불퉁하고 고르지 못한 길의 대부분을 차지하며 페이칸과 불과 몇 센티미터 거리를 스쳐 지나갔다. 디마는 안심을 한 뒤에야 자신의 차 브레이크에 ABS가 장착되어 있음을 깨달았다. 그 덕분에 그들은 차를 돌려 급정지하면서도 가까스로 도로 밖으로 벗어나지 않을 수 있었던 것이다.

키릴이 한마디 했다.

"매우 반응이 빠르군. 우리 마누라도 이렇게 빨리 반응했으면 좋겠어."

블라디미르가 거들었다.

"우리 마누라는 빠른데."

지라크의 목소리가 무전기에서 들려왔다.

"그리고 고릴라와 달리 마누라는 나중에 꽃도 보내주지요."

디마는 혼자 미소를 지었다. 모든 위험요소들, 그리고 못 믿을 팔리오프와 분명히 정상이 아닌 이 작전 자체의 속성에도 불구하고, 디마는 다시금 최고의 기량을 갖추고 최선을 다하는 대원들을 이끄는 지휘관이 되었다. 동료들도 모두 함께 죽을 각오를 하고 있다는 것을 아는 것만큼 부대를 강하게 결속시켜 주는 건 없다. 물론 마누라에 대한 농담도 빠지면 안 된다.

그들이 탄 차량은 작은 마을을 통과했다. 다 기울어가는 집들만 있었고 사람이 사는 흔적은 전혀 없었다. 마을의 빨랫줄에는 이슬람교도들이 쓰는 예배용 깔개 한 장도 찾아볼 수 없었다. 지진 피해의 흔적은 없었지만 사람들이 모두 소개(疏開)된 것 같았다. 차가운 밤공기를 타고 동물이 컹컹 짖는 소리가 들려왔다.

키릴이 말했다.

"자칼이로군."

"어쩌면 너네 마누라일지도 모르지."

착륙지대에서 꽤 멀어져 갈 무렵, 도로는 계곡을 빠져나가 급격히 왼쪽으로 방향을 틀어 다른 도로와 합류했다. 키릴은 야간 투시경으로 고지를 살폈다.

"이런, 실물로 보니 훨씬 작군 그래."

뒤에서 맞장구치는 소리가 들렸다.

"그래. 자네 고추만 하지."

"담은 아직도 멀쩡해. 지진으로 피해를 입지는 않은 것 같아."

도로는 저택의 정문으로 들어가는 진입로 부분에서 갈라졌다. 대원들은 차량의 속도를 낮춰 그곳을 통과하면서, 어둠 속에서도 볼 수 있는 것은 놓치지 않았다.

"그냥 저 문으로 가서 벨을 눌러보고 싶구먼. 그게 더 간단할 것 같은데."

"그래, 그리고 나면 자네 머리는 남아나지 않겠지."

저택 진입로를 200미터쯤 지나서 디마는 속도를 늦춰 차를 세웠다. 그리고 뒤차가 오기를 기다렸다. 두 번째 페이칸의 불빛이 보이자 디마는 천천히 차를 움직였다. 그리고 택시 운전사가 찍어온 사진에 있는 작은 길을 차 오른쪽에서 찾았다. 길에는 깊은 바퀴 자국이 나 있었고, 100미터 떨어진 곳에 차 한 대가 주저앉아 있었다. 사이프러스 나무가 하나 서 있었는데, 좋은 은폐물로 보였다. 디마는 차문을 열었다.

"좋아, 친구들. 장비 챙겨."

공기는 눅눅했고 사이프러스 나무의 톡 쏘는 냄새가 느껴졌다. 그들 가까이에 있던 뇌조가 불청객에 놀라 거세게 날갯짓을 하며 하늘로 날아올랐다. 하지만 그밖에 다른 소리는 들리지 않았고 바람 한 점 불지 않았다. 블라디미르는 로프를 꺼내고 드라구노프 저격총을 집어 들었다. 디마가 블라디미르를 꼭 데려가야 한다고 우긴 이유 중 하나는 그의 등반 능력이 탁월하기 때문이었다. 9세 때 그는 4층 건물만 한 벽을 넘어 소년원에서 탈출했다. 그리고 몇 년 뒤, 블라디미르는 복도에서 지키고 있는 여자 친구 아버지의 눈을 피해 벽돌 벽을 올라가 2층에 위치한 여자 친구의 침실 창문으로 들어갔다. 블라디미르는 남아 있는 치아를 드러낸 채 미소 지으며 말했다.

"그때 나는 드라큘라 같았지."

그들은 담 중에서 디마가 고른 부분을 향해 일렬로 줄지어 나아갔다. 카메라는 보이지 않았지만, 위장되어 배치되어 있을 가능성도 있었다. 디마는 사진 속에서 담이 굽어진 곳을 골랐는데, 거기가 바로 감시의 사각지대였기 때문이다.

담의 높이는 키릴이 예상한 것보다 10미터나 더 높았다. 그러나 블라디미르는 동요하지 않았다. 키릴은 로프를 허리 벨트에 연결했다. 그리고 다른 사람들이 로프를 풀어주는 동안 그는 마치 손발에 빨판이라도 달린 듯이 날쌔게 담을 기어올랐다.

키릴이 그 모습을 보고 말했다.

"멋지군. 꼭 불알 큰 스파이더맨 같아."

블라디미르는 곧 담 가까이 나 있는 나무에 가려 보이지 않게 되었다. 잠시 후 그는 담에서 내려왔다. 로프로 올가미를 만들어 누벽에 걸어 고정시키고, 올가미들을 연결시키는 데는 스네일 링크를 썼다.

"안은 좀 시끄러워. 자네가 한 번 가서 보는 게 낫겠어."

디마는 로프를 사용해 담을 올랐다. 그는 도대체 어떤 상황을 기대했던 것일까? 위성사진 속에 찍힌 저택의 담 안은 휑한 평지 위에 차량만 몇 대 있고, 이렇다 할 일이 벌어지지는 않았다. 하지만 세상에, 막상 와서 보니 이렇게 다를 수가!

디마가 본 최신 위성사진, 즉, 4시간 전에 촬영된 사진과 달리 지금 이곳은 매우 떠들썩했다. 문을 향해 세 대의 대형 트럭이 주차되어 있고, 트럭들은 모두 뒷문이 열린 상태였다. 그리고 사람들도 50명이 넘는 것 같았다. 모두 굉장히 젊어 보이는 그들은 트럭에서 내린 지 얼마 안 된 것 같았고, 명령을 기다리고 있는 눈치였다. 그밖에 군복 비슷한 옷을 입고 있던 사람들도 20여 명이나 더 있었다. 그들은 모두 소총과 산탄총을 들고 있었다.

이곳은 알 바시르의 비밀 아지트로 보기는 좀 무리가 있었고, 그보다는 급조된 전선 사령부로 보였다. 디마가 붙들고 있는 벽은 심하게 노후한 것 같아 보였고, 담 안에 보도는 보이지 않았다. 보초병이나 카메라에 의해 발각당할 염려는 없어 보였다. 디마는 로프를 잡아당겼다. 다른 사람들에게 합류할 것을 지시하는 신호였다. 선발대가 보유한 인원으로 이곳을 공격하는 것은 쓸데없는 짓이었다. 그러나 이 안에 있는 놈들의 주의를 다른 곳으로 돌리지 않고, 패스트 로프 방식을 사용하여 돌입조를 들여보냈다가는 비참한 결과를 초래할 거라고 그는 생각했다. 핵탄두 처리반이 밀 헬리콥터를 착륙시킬만한 넓이의 공터도 있었다. 하지만 일단 돌입조가 현장을 소탕하고 나서야 착륙할 수 있었다.

키릴은 담 안에 있는 병력들을 들여다보고 한숨을 쉬었다.

"인생은 왜 이리도 골치 아픈 거지?"

키릴의 옆에 있던 블라디미르가 지라크에게 손을 건네 올라오는 걸 도와주면서 말했다.

"그래야 재미있지."

이것 역시 디마가 블라디미르를 데려오려 한 이유 중 하나였다. 블라디미르는 예측하지 못한 상황에서 대처하는 능력이 뛰어났다. 어떻게 보면 그런 상황을 즐기기 위해 사는 사람 같았다. 디마는 담 안에 있는 사람들을 찬찬히 살폈다. 그리고 상황을 파악하려 했다. 제복을 입은 젊은이가 자신보다 좀 더 나이 먹은 사람을 AK 소총의 총구로 찌르고 있었다. 지원해서 온 사람들이라면 저런 대우는 받지 않는다. 끌려온 사람들일 가능성이 높았다. 카파로프는 어디 있는 걸까? 카파로프를 수색하기 전에 여기 있는 놈들부터 제압해야 했다. 물론 쉥크의 헬리콥터가 착륙할 공간을 만드는 건 또 다른 문제이다.

위성사진에 찍혀 있던 카파로프의 것으로 추정되는 커다란 상자 모양의 메르세데스 벤츠 G바겐은 보이지 않았다.

디마는 키릴에게 말했다.

"민달팽이를 불러. 돌입조 투입 준비하라고 해."

디마는 머릿속으로 작전을 구상했다. 담 안으로 충분한 사격을 퍼부으면 총잡이들을 포함한 담 안의 사람들은 엄폐물을 찾아 도망칠 것이었다. 하지만 디마는 바로 그 생각을 지워버렸다. 머리에 두건을 쓴 반라의 죄수가 수갑을 찬 채 네 명의 병사들에게 이끌려 저편의 담으로 가고 있었다. 가고 싶어서 가는 건 아닌 것 같았다. 저 사람이 설마 카파로프? 죄수의 키는 작았고 드러난 그의 몸매로 보건대 카파로프와 비슷한 연배인 건 확실했다. 카파로프에 대한 디마의 의견이야 어쨌건 간에, 이 임무 목적은 카파로프를 무사히 데려오는 것이었다.

디마가 키릴에게 말했다.

"민달팽이에게 돌입조를 투입하라고 지시하게. 적의 반격도 있을 거라고 말해. 착륙하면서 사격을 할 준비를 하라고 말이지."

그리고 디마는 나머지 사람들을 보면서 말했다.

"만약 저 두건 쓴 사람이 우리가 찾던 사람이라면, 사형집행인들을 제거해야 한다."

두건 쓴 사람이 끌려가는 방향에는 주변보다 높은 연단이 있었고, 그 위에는 여러 개의 올가미가 굵은 철봉에 걸려 있었다. 두건 쓴 사람은 가지 않으려 발버둥을 쳤다. 두건을 쓰고 있었지만, 앞으로 어떤 일이 일어날지를 잘 알고 있는 것 같았다.

디마는 블라디미르를 불렀다.

"우리 다섯 명이 모두 함께 레펠할 수 있게 준비해. 한 번에 모두 함께 가는 거다."

디마는 지라크와 그레고린을 바라보았다.

"둘 중에 누가 더 총을 잘 쏘나?"

지라크와 그레고린은 서로를 가리켰다.

"좋아. 'ㄱ'이 'ㅈ'보다 앞이니까 그레고린이 쏴. 그레고린이 우로 20미터 이동한 다음 사형집행인을 사살해. 절대 죄수를 죽여서는 안 돼. 어쩌면 카파로프일지도 몰라. 키릴, 돌입조 도착까지는 얼마나 남았지?"

"1분이면 돼."

아주 멀리서 날아오는 밀 헬리콥터의 로터 소리가 들렸다. 그러나 담장 안의 사람들은 너무 부산스러워 거기에 신경을 쓰지 않았다. 위치를 잡은 그레고린은 조준경 안에서 상황을 보면서 최대한 사격을 지연하고자 했다. 그 다음, 아주 순식간에 세 가지 일이 연달아 일어났다. 담장 안의 총잡이들 중 일부가 고개를 들더니 아직 보이지도 않는 밀 헬리콥터의 접근을 눈치챘다. 그리고 그레고린은 사형집행반원 중 한 사람을 겨누어 사격을 했다. 한 명이 쓰러졌다. 그러나 나머지 사람들은 쓰러진 사람이 발을 헛디뎠거나, 죄수에게 발로 채여 넘어진 걸로 생각하고, 버둥거리는 죄수의 머리를 올가미에 걸려고 안간힘을 썼다. 하지만 두 번째 탄이 또 다른 사형집행반원의 얼굴을 날려버리자, 나머지 사람들은 마치 뜨거운 석탄을 만진 것처럼 죄수를 내 팽개쳐버리고 엄폐물을 찾아 숨었다. 죄수는 단 위에 털썩 쓰러져 웅크리고 누워 있었다. 디마는 한쪽 구석에서 움직이는 트럭의 헤드라이트 불빛을 보았다. 그 트럭은 헤드라이트를 밝히고 사람들과 경비병들을 헤치고 출입구로 달렸다. 키릴이 소리를 질렀다.

"저 트럭의 타이어를 쏴! 트럭을 멈춰야 해!"

그러나 사람들은 모두 공포에 정신을 잃어버리고 차량 주변으로 모여들었다. 차량 탑승자나 그 주변 사람들을 맞추지 않고 트럭 타이어만 맞추는 것은 거의 불가능했다. 그리고 밀 헬리콥터가 다가오자 대부분의 사람들은 얼굴을 하늘로 들어올렸다. 헬리콥터의 소음에 다른 모든 소리는 묻혀버렸다. 헬리콥터에서 로프가 내려지더니 첫 번째 돌입조원들이 내려왔다. 그들은 최루탄을 투척했다. 그러나 헬리콥터가 집중 사격을 당하는 판이라 최루탄 투척은 부정확했다. 돌입조 대원 두 명이 땅에 쓰러지는 모습을 보며 디마는 욕을 퍼부었다. 전사했거나 또는 부상을 입었음이 분명했다.

"전원, 자유롭게 사격하라!"

그는 다른 대원들에게 소리 질렀지만, 이미 다들 총을 쏘고 있었다.

"총을 든 놈들을 먼저 쏴!"

그때 디마의 눈에 밀 헬리콥터에서 채 100미터도 떨어지지 않은 밤의 짙은 어둠 속에, 핵탄두 처리반을 실은 또 다른 밀 헬리콥터가 유령처럼 떠 있는 게 보였다. 마치 내릴 때를 기다리는 듯이 헬리콥터는 계속 가까이 다가왔다. 너무 일렀다. 저 헬기에는 레이더 방해 장치도 없고, 적과의 접전을 위한 어떤 장비도 없었다. 저 두 헬기는 왜 저렇게 가까이 있는 건가? 디마의 눈에 쉥크가 탄 헬기의 옆문이 열린 것이 보였다. 쉥크의 팀원들도 지상에다 사격을 하고 있었다. 지상의 적군들 중 일부도 쉥크의 헬기가 온 것을 알아채고 응사했다.

디마는 키릴에게 말했다.

"후퇴시켜! 쉥크를 후퇴시키라고!"

그러나 키릴은 디마의 지시를 들을 수 없었다. 그는 총격전에 온통 정신이 팔려 있었다. 디마가 다시 헬리콥터를 돌아보자마자 남쪽에서 밝은 빛줄기가 하늘에 반원을 그리며 뿜어져 올라와 헬리콥터 쪽으로 날아가는 것이 보였다. 눈이 멀 것 같은 추진제의 섬광에 탄두는 시커멓게 가려 보이지 않았다.

"미사일!"

디마는 미사일이 쉥크가 탄 헬리콥터에 명중되어 조종석을 잘라내 버리는 것을 보고만 있을 수밖에 없었다. 불붙은 시신들이 헬리콥터에서 떨어져 내렸다. 앞이 날아간 쉥크의 헬리콥터는 꼬리를 숙이고 머리를 들고는 거대한 부메랑처럼 뱅글뱅글 돌며 민달팽이 쪽으로 날아갔다. 민달팽이의 조종사들은 다른 쪽을 보느라 쉥크의 헬리콥터가 다가와 자기들에게 충돌하는 것을 볼 수 없었다. 두 헬리콥터가 충돌해서 로터가 서로 얽히자 디마와 선발대원들은 모두 담장에 찰싹 붙었다. 덩치가 작은 쉥크의 헬리콥터가 디마가 숨은 담장의 건너편에 먼저 떨어져 비틀거리며 교수대 옆으로 미끄러졌다. 손상을 입은 민달팽이는 그보다 오래 버텼다. 정교한 항공전자장비의 힘을 빌려 로터 손상에 대처하려고 안간힘을 썼다. 그러나 너무 큰 손상이었다. 민달팽이의 기수가 들렸다. 민달팽이가 저택 한복판에 떨어져 폭발하자, 그 폭풍으로 인해 디마는 담장에서 떨어질 뻔했다. 거대한 불덩어리가 디마와 선발대를 휩쓸었다.

15

이라크 쿠르디스탄, 전진작전기지 '스파르타쿠스'

샤워 물은 차갑고, 힘차게 뿜어 나오지도 않았다. 그러나 블랙번에게는 생애 최고의 샤워였다. 그는 샤워장에 정해진 시간보다 더 오래 있었다. 그리고 설령 누군가가 그걸 갖고 시비를 건다고 해도, 좆까라고 할 생각이었다. 몸에 난 생채기에 비누거품이 닿자 쓰라렸다. 비누거품이 먼지와 그을음, 피딱지를 안고 쓸려 내려가 블랙번의 발 앞에 작은 웅덩이를 만들었다. 익숙한 전쟁의 칵테일이었다. 하지만 블랙번은 알고 있었다. 한 달 동안 샤워를 한다고 해도 어제 본 일은 지워버릴 수 없었다. 궁금했다. 이것이야말로 한 사람의 인생이 완전히 바뀌는 분기점인가?

FOB(전진작전기지)에 돌아온 오스프리에서 그가 내렸을 때, 모두가 그를 쳐다보았다. 방금 전에 소식을 들은 몬테스가 뛰어나왔다. 몬테스는 블랙번을 보고는 속도를 줄였다.

"이봐. 마치 죽었다 살아난 사람 같군."

블랙번은 차량의 사이드미러를 통해 자기 얼굴을 보고서야 몬테스의 말뜻을 알 수 있었다. 블랙번의 얼굴과 머리카락은 회색으로 변해 있었다. 날아온 먼지와 그을음이 땀에 엉켜 피부에 달라붙은 후, 태양열로 건조된 탓이었다. 블랙번의 티셔츠는 블랙번의 피와 죽은 소녀의 피가 말라붙어 딱딱하게 굳어 있었다. 몬테스가 두 팔로 블랙번을 끌어안자 몸에 난 여러 군데의 상처가 따끔거렸다.

"우린 자네가 죽은 줄로만 알았어."

몬테스는 블랙번을 샤워 트레일러로 안내하며, 그동안 무슨 일이 있었는지를 설명했다. 블랙번이 전선을 따라 빌딩 속으로 들어간 후 첫 진동이 느껴졌다고 했다.

대원들이 공터로 나오자마자 더 큰 진동이 밀어닥치며 주변의 모든 건물들이 무너져 버렸다. 그는 손가락으로 버섯구름을 그려 보였다.

"쾅! 마치 히로시마 같았어. 주변은 정신 나간 게임 속 장면처럼 변해버렸지. 엄마가 봤다면 못 하게 하실 법한 게임 말이야. 그 다음에 우리는 거기서 구출되었지."

지진이 휩쓸고 간 이후 몬테스는 다른 모든 군인들과 똑같이 움직였다. 그 장면을 말하는 그의 말은 마치 액션 영화 관람평을 말할 때처럼 어두운 구석이라고는 하나도 없었다. 그런 그의 모습은 어떻게 보면 군종 같았고, 어떻게 보면 정신병자 같았다.

"채핀을 쏜 저격수 말이야. 거시기에 커다란 짱돌이 하나 박혔더라구. 그놈의 얼굴에는 놀란 빛이 가득했어. 이제 위층의 아가씨들이랑 빠구리를 못 뜨면 어떡하나 심히 걱정스러웠던 모양이야."

블랙번은 몬테스의 이야기를 듣고 있었지만 머릿속에서는 다른 화면이 재생되고 있었다. 블랙번은 참수당한 미군의 신원이 알고 싶었다. 몬테스는 말을 멈췄다.

"그래, 자네가 본 거 얘기해봐."

블랙번은 자기 머리를 두드렸다.

"모든 게 다 뒤죽박죽이 됐어."

그것뿐이라면…….

샤워장을 나섰을 때, 블랙번은 기지에 이미 변화의 바람이 부는 것을 알았다. 프론트 로더[1]들이 헤스코 보루에 모래를 채우고 있었다. 그리고 트럭에 설치된 지브 크레인들이 헤스코 보루를 필요한 위치에 쌓아올려 진지의 높이를 두 배로 늘리고 있었다. 새 감시탑도 만들어지고 있었다. 이제까지 평화 유지와 이라크 국가 재건 역할에만 전념해오던 이 기지는 이제 전쟁 기지로 탈바꿈하고 있었다.

블랙번과 콜 대위는 지도가 어질러진 접이식 테이블을 사이에 두고 얼굴을 맞대고 있었다. 국경지대를 그린 지도는 이미 두 사람이 지겹게 봐왔던 것이었다. 가장자리

---

1) Front loader: 건설장비 명칭.

가 너덜너덜해지고 군데군데 커피 방울이 묻어 있었다. 하지만 다른 나라를 다룬 깨끗한 지도도 있었다. 다른 나라란 다름 아닌 이란이었다. 콜은 자신의 랩톱을 연 다음, 몸을 구부려 스크린을 응시하면서 블랙번의 구두 보고를 타이핑으로 열심히 받아적었다. 블랙번은 머릿속에서 생각나는 대로 당시의 상황을 설명했다. 그 기억은 원하든 원치 않든 간에 그의 머릿속에서 거듭 재생될 것이다. 아마 원치 않는 기억을 모아 놓은 머릿속 미술관 중에서도 가장 돋보이는 전시물이 될 것이다.

콜은 블랙번이 하는 말보다 훨씬 많은 말을 기록하는 것 같았다.

"잠시만 기다려보게. 놈들이 우리 대원을 참수할 때 자네는 그들과 어느 정도 거리에 있었나?"

"아까 말씀드렸듯이 약 90미터 정도입니다. 어쩌면 더 멀었을 수도 있습니다."

"돌판 뒤에 숨어서 말이지."

"예, 그렇습니다."

"자네는 움직이지 않았고."

"말씀드린 그대로입니다."

콜은 스크린에서 고개를 들었다.

씨발, 그거 말고 또 뭘 할 수 있었단 말이지? 블랙번은 그렇게 되묻고 싶었다.

"제게는 선택의 여지가 없었습니다."

결국 콜은 타이핑을 멈추었다. 그는 자신이 쓴 글을 다시 읽더니 문서를 닫았다.

"그 사람의 신원을 확인했네. 와이오밍 주 코디 출신의 제임스 하커 이병이야. 올해 열아홉 살이지."

이름까지 알아냈다니.

"어떻게 그 사람의 신원을 알았는지 궁금하지 않아?"

블랙번의 마음속에 뭔가 차갑고 묵직하고 깊은 것이 자라나는 것 같았다.

"알고 싶습니다."

"자네, 정말 괜찮겠나?"

"저는 그 장면을 직접 봤습니다."

콜은 랩톱을 돌려 화면을 블랙번에게 보여주고는, 재생 버튼을 클릭했다. 카메라는 하커의 얼굴에서 불과 몇 미터 떨어지지 않은 곳에 있었다. 처음에 하커의 얼굴에는 구조되어서 다행이라는 안도감이 나타나 있었다. 그러다가 앞으로 일어날 일을 알게 되자 경악과 공포로 바뀌었다. 결국 그의 표정은 끝없는 분노로 일그러졌다.

"소리를 키워주세요."

"최대한 올린 걸세."

하커 주변의 사람들은 그에게 설교를, 아니 고함을 치고 있었다. 그중 블랙번이 알아들을 수 있는 말은 얼마 되지 않았다.

"미국 돼지…… 불청객…… 정의의 심판을……."

그걸 일일이 해석하고 있자니 때마침 화면을 가로질러 가는 자막을 보는 게 훨씬 나았다.

"국가적 비상시국에 감히 우리나라에 쳐들어온 침략자들은 정의의 심판을 받게 될 것을 경고한다."

블랙번은 랩톱을 쾅 소리가 나게 세게 내리쳐 닫았다. 보고 싶은 것은 다 보았다. 그 다음에 나올 것은 그가 떠올리기도 싫은 것이었다. 블랙번은 콜에게 자신이 시체 주변에서 발견한 사진을 주었다. 콜은 그 사진을 보더니 파일에 끼워 넣었다. 그리고 그는 숨을 내쉬었다.

잠시 어느 누구도 말을 꺼내지 않았다. 결국 먼저 말을 한 것은 콜이었다.

"정말 아무것도 할 수 없었나?"

블랙번은 콜을 바라보았다. 분노가 치밀어 올랐다. 그러나 콜은 고개를 끄덕였다. 굳이 대답이 필요한 질문은 아니었다. 콜은 랩톱을 옆으로 치우고 테이블 위에 지도를 늘어놓았다. 그의 손이 지도상의 이란 동북부를 가로질렀다. 블랙번의 귀에 이제 다시 기지의 소음이 들려오기 시작했다. 텐트 밖을 트럭 호송대가 엄청난 굉음을 울리며 지나쳐갔다. 착륙 준비를 하는 헬리콥터들의 비행 음이 대기를 갈랐다.

콜은 지도를 손바닥으로 쳐 보였다.

"국경지대 전역에서 아주 개같은 상황이 벌어지고 있네."

"얼마나 안 좋습니까?"

"아주 안 좋지. 알 바시르는 지진으로 인한 혼란 상태를 최대한 이용해서 자신의 입지를 굳히고 있어. PLR은 이미 이란의 남부와 동부 일부 지역을 자신들의 영토로 선언했다네. 그리고 기존의 이란 정부는 완전히 주도권을 잃었어."

"설마, 그럴 리가요."

콜은 손가락으로 테이블을 두들겼다.

"아직 확실한 얘긴 아니지만, 알 바시르가 핵무장을 했다는 소문이 퍼지고 있어. 만약 그게 사실이라면 상황은 완전히 달라지는 거지."

콜은 다시 한 번 블랙번을 뚫어져라 쳐다봤다. 블랙번은 예전에도 이런 상황에 처한 적이 있었다. 블랙번은 콜 대위를 지휘관으로서는 존경했다. 그러나 그 이상은 자신 없었다. 콜 대위의 내면은 냉정했다. 그 자체가 냉정한 사람이거나 아니면 자아를 잘 다스리는 사람이기 때문일 것이다.

콜은 고개를 끄덕였다.

"어제 IED 제거는 잘했어. 카터의 부대에서 사상자가 발생하자 자네들이 IED를 제거해주었지. 만약 IED가 제대로 터졌다면 그 정도로는 끝나지 않았을 거야."

"제 할 일을 했을 뿐입니다."

"그래. IED를 잘 처리한 걸 보니, 자네 하커 건 때문에 약해지지는 않을 것 같군. 그런 일은 흔하게 일어난다네."

"저는 차마 그런 일까지 일어나리라고는 예상하지 못했습니다."

블랙번은 큰 충격을 받았다. 그의 마음속 한 구석에는 어떤 방식으로든 하커의 죽음을 본 데 대한 보상을 원하고 있었다. 하지만 콜 대위는 그 보상을 주기를 거절했다. 한 손으로는 블랙번의 등을 두들기고, 또 한 손으로는 블랙번의 얼굴을 가볍게 두들기면서 콜은 일어섰다. 그리고 랩톱을 손에 들었다.

"대기하게. 1300시에 브리핑을 할 거야."

해병대원들은 두 줄로 늘어선 접이식 의자에 앉았다. 이 급조된 브리핑 실에는 두 개의 냉동 컨테이너가 있었고, 대원들은 그걸 '냉장고'라고 불렀다. 그러나 그 기능은 이미 냉장과는 거리가 멀었다. 콜은 양발을 벌리고 테헤란 시를 그린 벽걸이 지도 앞에 서서, 지시봉으로 지도를 두들겼다.

"이 도시 북부에 알 바시르가 있다는 정보를 받았다. 알 바시르의 부하들은 내무부 건물을 점거했고, 현재 이 건물은 알 바시르 군의 테헤란 사령부로 쓰이고 있어. 제군들, 우리는 이 건물을 점령할 것이다. 정보에 따르면 지진으로 인해 이란의 레이더망이 무력화되고 전국에 전기가 들어오지 않는다고 한다. 우리가 여기 가서 이 건물을 포위한 다음, 알 바시르가 도망치기 전에 잡는 것이다. 그러나 알 바시르는 반드시, 다시 말하지만 반드시 생포해야 한다. 이번 임무는 다음과 같이 진행될 것이다……."

콜은 지시봉으로 지도를 힘차게 두들겼다. 방 안의 긴장감이 고조되었다.

"지속적인 항공공격을 통해 북쪽에 몰려 있는 PLR군이 다른 곳으로 이동하지 못하게 할 것이다. 돌격조의 호출부호는 미스핏 2-1이며, 오스프리 항공기를 통해 이곳으로 간다. 블랙번과 캠포가 소속된 저격조의 호출부호는 미스핏 3-1이며, 현장 감시 임무를 맡는다. 착륙지대는 둑으로부터 400미터 거리이다. 돌격조는 일단 착륙한 다음에 목표 건물로 진행한다."

콜은 둑 주변 지역을 더 자세히 묘사한 다른 지도를 가리켰다.

"그동안 블랙번의 팀은 이들 지점에 대한 감시를 실시한다. 퇴출 역시 오스프리로 실시된다. 다들 알았나?"

대원들은 모두 함께 대답했다.

"예, 알겠습니다!"

캠포는 블랙번을 향해 미소를 지었다.

"우라지게 멋지구먼. 순식간에 네이비 실이라도 된 것 같군."

콜은 지도 속 둑을 두들겼다.

"이 임무에 선발된 것이야말로 우리 부대의 영광이라고 생각한다. 작전을 성공리에 끝내자."

16

이란 북부 바자르간

모두들 난장판이 된 현장을 바라보았다. 가장 먼저 입을 연 사람은 블라디미르였다. 그는 그레고린에게 이렇게 말했다.

"잘했어. 적어도 사형집행인은 사살했잖아."

"그리고 나머지 죽은 놈들은 제 책임이 아니죠."

블라디미르는 이제까지 상황이 아무리 안 좋더라도 항상 우울하나마 약간의 농담을 해왔다. 그러나 지금의 상황은 미소를 짓기에는 너무나도 처참한 실패였다. 결국 모든 사람들의 시선이 디마를 향했다. 디마는 말없이 분개하며 뻣뻣하게 서 있었다.

"다들 뭐라도 할 수 있는 일을 하자고. 다들 내려가자. 난 쉥크의 스캐너를 찾아보겠어."

그들 주변에 연기가 몰아쳤다. 연료, 고무, 사람의 살이 타는 매캐한 냄새가 났다. 높은 담장은 커피 주전자처럼 불길과 열기를 저택 안으로 모았다. 아직 터지지 않은 탄약에 불길이 닿자 몇 초 동안 작은 폭발과 불꽃이 일어났다.

디마에게 처음 든 생각은 그에게 무척이나 자주 들던 생각이었다. 이 사람들의 죽음이 헛되지 않다고 누가 말할 수 있을까 하는 생각이었다. 히틀러에 맞서 모스크바를 지키던 사람들의 죽음은 헛되지 않았다. 베를린 전투에 참가했던 사람들의 죽음 역시 헛되지 않았다. 하지만 아프가니스탄에서 전사한 소련군들의 죽음은? 너무 나이가 많이 먹어서 이런 일을 하지 못하게 되면, 러시아 군대의 크고 작은 대패배의 기록을 책으로 남기겠다고 디마는 스스로에게 약속했다. 키릴은 그런 디마에게 이렇게 말하곤 했다.

"할 거면 지금 당장 시작해. 그 모든 것을 다 조사하려면 시간이 없을 테니 말이야."

뭐가 잘못된 것인가? 모든 것이 다 잘못되었다. 팔리오프가 보여준 사진에 넘어가 이 일을 맡은 것부터가 잘못이었고, 팔리오프가 작전의 기획 및 실행 단계에 간섭하게 놔둔 것도 잘못이었다. 실패를 극도로 두려워하는 팔리오프는 디마에게 작전 전반의 지휘권을 넘겨주지 않음으로써 이 작전의 기획과 실행에 간섭했다. 그리고 디마는 쉥크를 현장에서 좀 떨어진 곳에 두지 않고, 전투의 열기 속으로 곧장 들여보내고 말았다. 어디 있는 어떤 핵탄두건 찾아만 내면 눈감고도 다루는 유능한 사나이를 말이다. 게다가 시간이 그들의 편이 아니었기에 현장 조사를 그리 오랫동안 할 수도 없었다. 자료는 엄청나게 많아 뭐든지 답이 나올 것 같았지만, 사실상 그들에게 거의 답을 해주지 못했다. 특히 가장 중요한 사실, 즉 인원이 거의 없는 은거지라고는 절대 보기 힘든 이 저택이 PLR의 주요 기지였다는 사실은 전혀 알 수가 없었다.

디마는 그레고린과 지라크를 바라보았다. 그들은 사색이 되어 시신들 사이를 돌아다니며 생존자를 찾아 헤맸으나 소용이 없었다. 민달팽이에 탔던 인원 중 대부분은 그레고린과 지라크가 알던 사람들이었다. 그레고린과 지라크는 그들에게 자신들이 알고 있던 것을 거의 다 알려주었다. 상황이 이렇게 된 데 대해 그 둘이 디마에게 분개할 이유는 충분했다.

쉥크가 탔던 밀 헬리콥터의 잔해는 꼬리를 하늘로 든 채 아직도 불길에 휩싸여 있었다. 헬기의 문은 열려 있었는데, 그 속에 아직도 좌석에 앉아 있는 쉥크의 시신이 보였다. 쉥크의 몸은 안전벨트로 단단히 묶여 있었고, 고개를 끄덕여 이 모든 것을 긍정이라도 하듯이 고개를 푹 떨구고 있었다. 폭발 시의 충격만으로도 그의 목숨이 달아나기엔 충분했다. 쉥크 앞의 격벽에 하우징에 덮인 스캐너가 보였다. 쉥크와 스캐너 사이에서는 뜨거운 불꽃이 뿜어져 나오고 있었다. 디마는 불길을 뚫고 나아가, 기체 위로 기어올라 스캐너를 움켜잡았다. 그러나 뭔가에 걸려 잘 빠져나오지 않았다. 디마는 스캐너 가까이 다가가서 양손으로 붙들고 스캐너를 빼내려 했다.

"디마, 안 돼!"

키릴이 날카롭게 소리쳤지만 그 소리는 거세게 타오르는 화염의 소리에 휩싸여 조

그렇게 들릴 뿐이었다. 디마가 마지막으로 한 번 더 세게 잡아당기자 스캐너는 빠져 나왔다. 하지만 동시에 디마는 그 반동 때문에 불길 속으로 떨어지고 말았다. 디마는 몸을 굴려 빠져나왔다. 그리고 헬리콥터가 폭발하며 쉥크와 그 부하들의 시신을 그 대로 화장해버리는 것을 보았다.

디마는 자신도 모르는 사이에 부하들에게 지시를 내리고 있었다.

"이놈들이 교수형에 처하려던 사람을 찾아. 그 사람이 카파로프인지 아닌지 알아 내야 한다. 만약 아니래도, 그 사람이 자기 의지에 반해서 여기 억류되어 있었는지를 알아야 한다. 그리고 여기에 핵탄두가 있는지 혹은 있었는지도 알아야 한다. 이들 정 보들은 최대한 빨리 알아내야 돼. 어떤 수단과 방법을 써도 상관없다. 시작하도록."

디마는 스캐너를 키릴에게 주었다.

"이거 작동시켜 봐."

그레고린과 블라디미르가 부상자를 하나 발견했다. 그는 건물과 담 사이의 공간 에 몸을 굴려 숨어 있었던 탓에 사격과 화재를 피할 수 있었다. 거기 피를 흘리며 누 워 있던 부상자는 무장한 세 러시아인이 오자 말하고 싶은 욕구를 엄청나게 느꼈다. 그러나 그의 입에서는 페르시아어 욕설만 쏟아져 나왔다. 그의 자존심이 살아남는 데 걸림돌만 된다는 것은 분명했다.

"화려하구먼."

"네 어미가 창녀냐? 그따위로 말하라고 가르쳤어?"

지라크는 앞으로 걸어 나오며 한 손을 들어 칼을 뽑았다. 그리고 칼로 그 사람의 코 트와 바지를 찢고 속옷도 찢었다. 지라크는 멈출 줄을 몰랐다. 부상자는 떨기 시작했 다. 방금 전에 그가 올가미로 끌고 가던 죄수처럼 말이다. 지라크는 부상자의 불알을 손으로 움켜잡고는 칼을 들이댔다.

"배고파?"

식은땀을 흘리던 그 남자는 급기야 지라크의 손에 오줌을 쌌다. 지라크는 남자의 불알을 움켜쥐었다. 물론 너무 세게 잡으면 죽을지도 모르니까 적당히.

"좋아. 자네 덕에 횡재했구먼."

부상자의 얼굴에는 슬픔과 분노가 뒤섞여 있었다. 그의 얼굴은 뒤틀려 있었지만 이제는 훌쩍이며 울기 시작했다. 그리고 지라크에게 뭐라고 속삭이기 시작했다.

부상자와 지라크를 향해 발걸음을 옮기던 디마는 자신의 전투화에 뭔가가 걸리는 것을 느꼈다. 누군가의 손이 뻗어 나온 것이었다. 디마는 그 손의 주인을 내려다보았다. 그의 신원을 알아낼 방법은 없었다. 얼굴이 화상으로 엉망진창이 되었기 때문이었다. 화상 입은 사나이는 또 다른 손으로 디마의 AK 소총의 총열을 잡았다. 손가락이 하나밖에 남지 않은 그 손으로, 그는 총열을 자기 머리에 들이댔다. 디마는 그의 소원을 들어주었다. 한 발의 총성이 울리자 화상 입은 사나이의 고통도 끝이 났다.

지라크는 부상자의 소매에 나이프를 문질러 닦은 다음 칼집에 집어넣었다.

"완전히 다 믿는 건 곤란하겠습니다만, 이 친구의 말에 따르면 이곳은 내일부로 PLR의 이란 동북부 기지가 될 예정이었다고 합니다. 이 친구는 PLR이 현재 이란 전국을 장악하고 있고, 알 바시르가 이란 대통령 겸 국군 총사령관에 올랐다고 믿고 있어요. 이 친구들이 죽이려고 했던 사람은 PLR에 맞서 저항을 시도했던 이란군 지역 사령관이랍니다. 그리고 트럭에 실려 왔던 사람들은 사령관의 부하들이구요."

"카파로프는 어디 있나?"

"그 사람에 대한 건 전혀 모른답니다."

이럴 순 없었다.

"메르세데스 벤츠 SUV를 봤냐고 물어봐."

디마는 부상자의 얼굴에서, 뭔가를 눈치 챈 듯한 기색을 발견했다. 디마는 칼을 뽑아 칼끝을 부상자의 왼쪽 눈 밑에 들이댔다. 부상자는 그러자 어설픈 러시아어로 떠들어댔다.

"그 사람 이름 몰라요. 들은 적 없어요. 부디 제 딸을 살려주세요."

그는 미친 듯이 고개를 끄덕였다.

"메르세데스 지프, 봤어요."

"지금 자네 딸 걱정을 할 때가 아니지. 일어서."

블라디미르가 그를 일으켜 세워주었다.

"작전 본부로 안내해."

부상자는 혼란에 빠진 것 같았다. 지라크가 통역하자 그 사람은 어느 문가를 가리켰다. 문 안쪽에서는 다급한 발자국 소리가 들렸다.

"이놈을 도망가지 못하게 붙잡아."

디마가 앞장서고 나머지 사람들은 부상자를 끌고 숯덩어리가 된 인간과 기계의 잔해들이 널린 마당을 지났다. 계단은 어두웠다. 디마는 저택의 전원을 미처 끊지 못했으므로, 화재로 인해 전원이 끊긴 게 분명했다. 디마는 손짓으로 그레고린을 앞장세웠다. 그는 소리 없이 달려 나갔다. 그레고린은 손짓으로 디마를 불렀고 디마는 그를 따라갔다. 철문이 보였다. 손잡이도, 외시경도 달려 있지 않은 문이었다. 그레고린은 헬멧을 벗고 귀를 문에 가져다 댔다. 그리고 손가락으로 신호를 보냈다. 다섯 손가락을 다 폈다가 오므렸다가 또 한 번 펴 보였다.

디마는 다른 사람들을 손짓으로 부르고 그레고린에게 자기 뒤로 물러서라고 신호를 보냈다. 모든 대원들이 일렬로 늘어서자, 디마는 문틀을 산탄총으로 날려보냈다. 그리고 문의 경첩마다 산탄총을 한 발씩 갈겨댔다. 문짝이 떨어져 나가자 디마는 방의 지붕 방향으로 사격을 가하고 기다렸다. 반응은 없었다. 디마는 시선을 O자형으로 굴려보았다. 그레고린의 인원수 추정이 옳았다. 방안에는 뭔가 제복 같은 옷을 입은 사람 10여 명이 숨어 있었다. 그러나 세 명은 속옷 차림이었다. 잠을 자고 있다가 당한 것 같았다.

디마는 페르시아어로 소리쳤다.

"모두 엎드려! 얼굴 땅에 박아! 잘 보이게 팔다리를 쫙 펴라! 밖에선 사람이 백 명이나 죽었어. 우리에게 전적으로 협력하지 않으면 너희들도 죽는다!"

디마는 아직도 뜨거운 산탄총의 총구로 속옷 바람의 사내 한 명의 관자놀이를 찔렀다. 상대는 바로 몸을 움찔했다.

"카파로프 어디 있어?"

"갔어요."

"핵탄두는?"

대답은 없었다. 이 얼마나 엄청난 낭비란 말인가. 그거 가지러 계획을 세워서 여기까지 왔는데! 디마는 마음속에 남아 있던 알량한 인내심이 없어지는 것을 느꼈다.

"안 돼요! 안 돼! 살려 주세요!"

디마는 산탄총으로 그 사나이의 머리를 겨누었다. 그리고 방아쇠를 당기기 직전, 총구를 왼쪽으로 틀었다. 총성이 울린 후 그 남자는 옆으로 찌그러졌다. 그의 한쪽 귀가 산탄에 박살이 나 대롱대롱 매달렸다.

"좋아, 듣고 있나? 이 아무짝에도 쓸모없는 똥 같은 놈들. 묻는 말에 제대로 대답 안 하면 너희들을 다 죽여버리겠어. 여기 있는 놈 중에 누가 제일 선임자야? 당장 손 들어!"

머리가 회색빛으로 센 남자가 디마를 올려다보았다. 디마와 그 남자의 눈이 마주쳤다. 디마는 몸을 굽히고 그 남자의 멱살을 잡아 바닥에 내동댕이쳤다.

"좋아, 나머지 사람들은 당장 나가서 밖에 있는 놈들을 도와줘. 당장!"

나머지 사람들이 일어나자 키릴이 그들을 데리고 나갔다.

디마는 회색 머리의 사나이를 보았다. 그 사나이는 옅은 미소를 지으며 디마에게 말했다.

"혹시 마야코브스키 동지 아니신가요?"

17

디마의 앞에 서 있는 사람의 이름은 라자 아미라사니, 전 이란 혁명 수비대 대령이며 사관후보생 시절 디마에게서 배운 적도 있었다. 방은 좁았지만, 그 좁은 공간은 그 속에 선 디마의 옛 제자를 더욱 왜소하게 보이게 했다. 그레고린을 밖에 보초로 내보낸 후, 디마는 문을 닫았다. 이제 방 안에는 둘 뿐이었다. 라자는 디마를 포옹하려고 다가왔지만 디마는 그를 밀쳐냈다. 이런 난리를 겪고 나면, 예전에 알던 사람의 얼굴을 봐도 마음이 편안해지지 않는 법이다. 디마의 마음속에서는 분노, 좌절, 의심, 그리고 무엇보다도 좋지 않은 감정인 무력감이 부글부글 끓고 있었다. 어쩌다가 이런 꼴이 되고 말았단 말인가?

라자는 다리를 벌린 채 의자 위에 털썩 앉았다. 팔꿈치를 무릎에 댄 그의 뺨에서는 눈물이 흘러 바닥에 떨어졌다. 한때는 그도 아주 잘 나가던 시절이 있었다. 타고난 지도자로서 대의를 위한 열렬한 헌신을 통해 정치가 상관들을 감동시키고, 그러면서도 인간다움은 전혀 잃지 않았던 라자였다. 하지만 이제 그는 두들겨 맞고 패배했다.

"카파로프는 여길 떠났어요."

하지만 카파로프는 여기 있었다. 그것만큼은 부인할 수 없는 사실이었다.

"자네가 보내줬나?"

라자는 당혹스러운 표정을 지으며 고개를 들었다.

"카파로프는 여기 있었어. 그리고 자네가 그 사람을 억류하고 있었지? 그렇지?"

라자가 눈살을 찌푸렸다.

"억류했다고요? 왜 우리가 그런 짓을 해요? 그는 여기 알 바시르를 보러 온 건데."

"그럼 그 사람이 이곳에 자기 발로 왔단 말이야?"

"물론이지요."

팔리오프가 수집한 정보에 뭔가 큰 문제가 있는 게 분명했다.

"그럼 알 바시르도 여기 계속 찾아왔나?"

"예전엔 그랬죠. 하지만 이젠 계획이 바뀌었어요."

"남쪽에서 발사된 미사일 때문에 우리 헬기 한 대가 격추당했어. 누군가가 우리가 오는 걸 알고 있었다는 소리야. 그렇지?"

"알라께 맹세하지만 난 전혀 몰랐어요. 카파로프는 3시간 전에 아주 급히 여길 떠났어요. 아무 말도 없이. 그래서 알 바시르의 부하들에게 물어보니, 만날 장소가 바뀌어서 그렇다고 하더군요. 누구도 알려주지 않았어요."

"그래서 카파로프는 어디로 갔는데?"

라자는 어깨를 으쓱하고는 한숨을 쉬었다. 그는 시체들이 널려 있는 밖을 가리키며 말했다.

"우리는 여기 전체를 제공받았어요. 지역 주민들과의 연대를 강화시키는 일을 하라고 지시받았죠. 우리는 지역 사령관을……."

"공개 처형하라는 명령을 받았지?"

라자는 한숨을 쉬며 고개를 저었다.

"우리나라에서 일어난 꼬락서니란… 70년대 내내 우리는 샤로부터 해방되기를 갈망해왔죠. 하지만 혁명 이후 상황은 더 악화되었어요. 우리는 또다시 자유를 꿈꿨어요. 하지만……."

"카파로프가 갖고 있던 핵탄두는 어떻게 됐어?"

라자는 어깨를 움츠렸다.

"그건 전혀 모르는 일이예요."

디마는 몸을 굽혀 라자의 턱을 잡고 얼굴을 들어 그와 눈을 마주쳤다. 한때 디마는 라자를 자신의 전우로 생각했지만 지금은 아니었다.

"카파로프가 가진 핵탄두에 대해 아는 게 없다고? 좆까는 소리 집어치워. 넌 분명히 알고 있어. 난 그걸 불게 한 다음에 널 죽여버릴 거야."

라자는 디마의 눈을 바라보았다. 그 시선에서는 전혀 거짓을 느낄 수 없었다.

"제발 믿어주세요. 알 바시르는 아무것도 전해주지 않았어요. 그 사람의 계획을 아는 건 그의 측근들뿐이지요. 예전에는 그야말로 이란의 문제를 해결해줄 사람이라고, 적어도 그렇게 생각했어요. 하지만 지금은……."

그는 길고 절망적인 한숨을 쉬었다.

디마는 분노가 약간이나마 가라앉는 것을 느꼈다. 모든 게 변했다. 임무는 실패했다. 팔리오프는 모든 걸 잘못 처리했다. 그리고 쓸데없이 사람들이 죽었다. 라자는 양손을 들었다.

"외세일 뿐이지요."

"무슨 뜻인가?"

"디마, 당신은 예전에 우리더러 자존심을 가지라고 이야기했어요. 그리고 스스로의 본능에 충실하라고 이야기했지요. 우리나라는 미치광이 소굴이 되어가고 있어요. 알 바시르는 램프의 요정을 빼냈어요."

"대체 무슨 말이야? 그게?"

라자는 고개를 흔들었다.

"알 바시르는 전 세계에 복수를 하고 싶어 해요. 그들이 우리나라에 저지른 짓에 대해서 말이지요. 설령 그가 복수가 이루어지는 걸 보지 못하고 죽는다 해도 말이에요. 그래서 그는 그 물건, 즉 휴대형 핵탄두에 집착하는 거예요."

라자는 디마의 팔을 잡았다.

"어서 여기서 도망치세요. PLR 부대가 비행기를 타고 이곳으로 오고 있어요."

"얼마 후면 도착하지?"

"앞으로 30분이예요. 길어 봤자 50분."

디마는 옛 제자의 얼굴을 살폈다. 그리고 그를 잠시 동안 안아주고 방을 나섰다. 나오면서 그는 그레고린을 불렀다.

"수색을 중단해. 여기서 철수한다."

18

이라크, 전진작전기지 '스파르타쿠스'

블랙번은 언제나 이메일에 "사랑하는 엄마 아빠께"라는 말을 썼다. 그러나 이메일은 언제나 어머니 앞으로 보냈다. 그래도 아버지까지 보실 거라는 것은 알고 있었다. 블랙번의 이메일을 받아 열어보고 보관해줄 사람은 그의 어머니뿐이었다. 처음에는 아버지와 어머니께 각각 이메일을 써드렸다. 그러나 휴가 중에 PC를 켠 그는 우연히 아버지의 사서함을 보았다. 그는 아버지가 자신의 편지를 읽지 않았다는 것을 알았다. 그럼에도 불구하고 블랙번은 그날 알아낸 것을 아무에게도 입 밖에 내지 않았다. 아버지에 관련된 다른 많은 일들과 마찬가지로.

블랙번은 랩톱을 열고 '새 메일 쓰기'를 클릭했다. 그리고 편지를 썼다.

아버지, 이 메일을 제발 못 본 척하지 말아주세요. 오늘 제 앞에서 사람이 죽는 걸 봤어요. 저는 그 사람을 전혀 구할 수가 없었어요. 이제야 저는 비로소 아버지가 어떤 삶을 사셨는지 알기 시작했다고 생각해요. 저는 다만…….

몬테스가 들어왔다.

"자, 어서 가자."

블랙번은 망설였다. '저장' 버튼을 누르려다가, 결국 '보내기' 버튼을 눌렀다. 이 편지를 다 쓸 수 있을지 누가 안단 말인가.

방탄복을 걸치고 집합했는데, 블랙번이 모르는 두 병사가 다가왔다. 몬테스가 속삭였다.

"쟤들, 하커의 친구들이야."

두 병사 중 키가 작은 사람이 장갑을 낀 손가락으로 블랙번의 명찰을 가리켰다.

"당신, 최선을 다했어?"

"너희들 친구가 죽은 건 정말 안 된 일이야. 나도 슬퍼."

"그래. 너희 친구가 죽은 것도 우리 알 바가 아니지."

둘 중 키가 크고 마른 병사가 키 작은 병사의 팔을 잡고 제지했다. 키가 작지만 덩치가 튼실한 그 병사는 목도 마치 황소의 목처럼 굵었다.

"이봐, 드웨인. 이러면 안 되지."

블랙번은 멈췄다. 다리를 벌리고 싸울 자세를 취했다. 하커를 살리는 데 실패한 그가, 그 친구들과 싸워야 한단 말인가? 너무 애처로운 일이군. 어찌되었든 여기서 가만히 있지는 않을 것이었다.

"이봐, 미안하다고……."

"미안해할 필요 없어, 이 겁쟁아."

키 큰 친구가 다시 제지했으나, 키 작은 친구는 그의 손길을 뿌리쳤다. 이는 블랙번이 참을 수 있는 수준의 모욕이 아니었다. 한편으로 생각하면 그들이 견뎌내야 했던 것들, 그리고 기술 발달 덕택에 그들이 볼 수밖에 없던 것들, 모두 교범에는 없는 것들이었다.

"너희 같은 놈은 군대의 수치야. 똥 같은 새끼들. 토쏠리는구만."

블랙번은 그를 향해 한 발자국 걸어 나갔다. 그리고 말했다.

"잘 들어. 그. 때. 난. 아. 무. 것. 도. 할. 수. 없. 었. 어. 여긴 전쟁터야. 사람들이 죽어가. 어제 내 전우도 여섯 명이나 죽었어. 그게 전쟁이야. 알아들었어?"

두 사람은 블랙번을 보았다. 그가 어떤 상대일지 가늠하는 눈치였다. 키 작은 친구가 분노에 못 이겨 주먹을 날리자, 블랙번은 그의 팔을 잡고 비틀어 상대방의 등에 붙여 놓았다.

"자, 이 친구 데려가서 펀칭백이나 하나 안겨줘. 알았지?"

콜 대위가 다가오는 것을 본 블랙번은 상대방의 팔을 놓아주었다. 콜 대위와 블랙번, 몬테스는 경례를 교환했다. 하커의 전우들은 그냥 가버렸다. 콜은 그들이 가는 것을 보다가 블랙번에게 고개를 돌렸다.

"그냥 잡담하던 중이었습니다. 대위님."

"알았다, 병장. 어서 임무를 끝내자고. 알았지?"

19

이란 북부, 바자르간

훈련 첫날부터 줄곧 들어온 가르침들은 다음과 같았다. 도저히 일어날 수 없을 것 같은 일에 대비하라. 믿어야 할 것 이외에는 아무것도 믿지 말라. 진심으로 믿는 사람들과 있을 때도 경계를 완전히 풀지 말라. 스페츠나츠 대원들은 일반적인 병사라면 어떻게 해야 할지 감도 못 잡는 일들을 해낼 수 있도록 훈련받는다. 뭐든지 당연하게 여기는 사람은 스페츠나츠의 대원이 될 자격이 없으며, 그런 사람들을 골라내서 축출하는 것도 선발 과정의 일환이었다. 위장 신분으로 공작, 이중생활, 적대 조직 속에 잠입해 어떤 아군도 보지 못한 채 수개월간 살아가기, 재치에 의존해 연명하기, 누구를 죽이고 누구를 살릴지 혼자서 결정 내리기 등의 활동을 하려면 대부분의 사람들을 능가하는 능력을 가져야 했다.

이번 작전은 너무나 어렵고 형편없었다. 디마에게는 작전을 입안하고 형편없는 지휘체계를 짰으며, 찾아야 할 사람인 카파로프에 대한 정보 획득에도 실패했던 팔리오프를 욕할 자격이 있었다. 또한 저택이 완전히 제압될 때까지 기다리지 못하고 헬리콥터를 위험한 곳으로 몰고 와 총격전에 참가한 쉥크를 욕할 자격도 있었다. 하지만 누구보다도 크게 비난받아야 할 것은 다름 아닌 디마 자신이었다. 대참사로 끝난 이 작전에 팔리오프의 꾐에 빠져 발을 들여놓은 자신 말이다. 그리고 그런 자신을 믿어준 사람들을 팀으로 선발해 여기 데리고 온 것도 비난받아 마땅한 일이었다.

대원들을 차로 데려가는 동안 이 모든 생각들이 디마의 머릿속을 스쳐갔다. 벌써 PLR의 헬리콥터가 시신과 잔해로 엉망진창이 된 이 저택이 아닌, 다른 착륙장소를 알아보러 선회하는 소리가 들려왔다.

그들은 가급적 빨리 움직였다. 몸을 굽히고 나뭇가지 사이를 피해 다니며 습지에 난 웅덩이를 뛰어넘었다. 누구도 입을 열지 않았다. 디마는 그레고린과 지라크를 바라보았다. 그들의 얼굴에서는 충격과 산 채로 구워진 전우들에 대한 슬픔이 느껴졌다.

블라디미르가 걸어가며 물었다.

"어디서 미사일이 발사되었는지 본 사람 없나? 만약 그 미사일이 지상에서 발사된 게 아니라면 엄청난 문제야."

디마는 멈춰서 모두를 돌아보았다. 그레고린이 고개를 끄덕였다.

"블라디미르 씨의 말이 옳습니다. 남쪽에서 미사일이 발사되었습니다. 지상에서 발사된 건 아니었습니다."

디마는 모두를 멈추게 했다. 그리고 그들을 급히 한자리에 모았다.

"저기서 무슨 일이 일어났는지 다들 알고 있겠지. 나도 작전실패 현장은 몇 차례 보았지만 저만큼 크게 실패한 적은 없었어. 뛰어난 사람들이 쓸데없이 죽었고 난 거기에 대해 책임을 져야 해."

나머지 사람들은 땅만 쳐다보고 있었다.

키릴이 손가락 하나를 세웠다.

"그러면 우리는 본국으로 돌아가야 한단 말인가?"

디마는 다른 사람들의 얼굴을 바라보았다.

"가고 싶은 사람은 가고, 남고 싶은 사람은 남아."

블라디미르가 물었다.

"그럼 디마, 자네의 선택은?"

디마는 생각할 필요도 없이 말했다. 이미 답을 알고 있었기 때문이다.

"나는 작전을 계속할 거야. 카파로프를 추적해서 그가 가진 WMD[1]를 찾을 거야."

블라디미르는 키릴을 보고, 그 다음에 디마를 보았다.

"그럼 나도 낄래."

---

1) Weapons of Mass Destruction: 핵이나 미사일 · 생화학무기 등 대량살상무기.

나머지 세 사람도 동시에 고개를 끄덕여 동참 의사를 표했다.

이날 밤 디마는 처음으로 상황을 긍정적으로 볼 이유를 찾았다.

"이제부터는 다른 누구의 도움도 받지 않고 우리 스스로 계획을 세워나가야 해. 우리 식으로 이 일을 해야 하지."

디마는 다른 사람들과 몇 걸음 떨어져서 보안 위성전화 회선으로 팔리오프와 통화했다. 디마의 보고가 완료되자, 수화기 반대편의 사람은 긴 침묵으로 답했다.

"자네, 아직도 현장에 있나?"

"예, 그렇습니다."

그러자 팔리오프는 힘없는 목소리로 말했다.

"그래, 하고 싶은 얘기가 뭔가?"

"카파로프는 납치된 게 아닙니다. 자기 의지로 갔어요. 설마 일부러 거짓말을 하신 건 아니겠죠. 지금 당장 말씀해주세요."

오랫동안 침묵이 흐르다 답이 왔다.

"정보가 부실했어. 그래서 우리는 결론을 잘못 내렸던 거야. 미안하네. 카파로프에 대한 얘기 중에 분명한 건 하나도 없었어. 이제 알겠지."

"하지만 카파로프는 우리가 자기를 잡으러 왔다는 걸 알았죠. 누군가가 그에게 경고를 했어요. 어디선가 기밀이 새고 있어요."

팔리오프가 분해하는 목소리를 들으며 디마는 다시금 현실감각을 찾았다.

"그렇게 넘겨짚는 소리를 들으니 얼마나 화나는지 아나? 자네가 아는 건 그가 계획을 변경했다는 것뿐이잖아."

"왜 그렇게 방어적으로 나오죠? 그렇게 나오니 믿음이 사라지는군요. 쉥크의 헬리콥터를 격추시킨 건 공대공 미사일이에요. 누가 우리가 올 줄 알고 준비를 하고 있었던 거죠. 부하들이 뭘 알고 있는지 시간을 들여 꼼꼼히 살펴보시는 게 좋을 겁니다. 알 바시르가 '외세'의 영향력 하에 나타난 것도 누군가가 우리에게 알려줬기 때문에 아는 거예요. 대 러시아 정보부는 뭔가 좋은 생각이 없나요?"

수화기 저편의 사람은 또다시 오랫동안 침묵했다. 팔리오프가 달갑잖은 정보를 씹어 삼키는 소리였다. 둘은 서로의 생각을 알고 있었다. 결국 팔리오프는 으르렁대는 투로 말했다.

"우리 정보부는 생각을 할 능력도 없어."

"그래도 국장님은 생각해보는 편이 나을 거예요. 단 생각해서 얻은 것은 다른 사람에게 알리지 마세요. 만약 그렇다면, 우리가 아는 것을 카파로프가 오랫동안 알지 못할수록 유리해요. 그도 머지않아 저택에서 벌어진 일을 알게 되겠죠. 그러니 카파로프가 작전이 중도 취소되었다고 믿게 하는 편이 나을 겁니다."

"그럼 자네는 작전을 계속할 건가?"

"저와 국장님은 거래를 했어요. 기억나지 않으세요?"

20

날이 밝아오고 있었다. 그들은 장비를 교체하고 복장을 현지 주민의 옷으로 갈아입었다. 남는 장비는 모두 차 트렁크 속에 집어넣었다. 각자 권총과 나이프 하나씩을 휴대했고, 차량의 발밑 공간에는 AK 단축형 소총을 하나씩 넣었다. 블라디미르가 선도 차량의 운전대를 잡았고 키릴과 디마가 뒷좌석에 앉았다. 후속 차량에는 지라크와 그레고린이 탑승했다. 한 명은 운전대를 잡고, 또 다른 한 명은 뒷좌석에 탑승하여 후방을 감시했다.

디마는 여전히 기분이 풀리지 않았다. 그러나 그는 다른 사람에게 그 사실을 들키지 않게 하려고 최선을 다했다. 작전을 계속하려면 다른 사람들의 도움이 반드시 필요했다.

"이제부터는 내 식대로 작전할 거야. 쉥크는 WMD의 신호를 추적하고 있었어. 아직도 신호가 잡히나?"

스캐너를 무릎 위에 얹은 키릴은 어깨를 으쓱였다.

"찾아보지. 만약 카파로프가 신호를 끄지 않았다면 곧 좌표가 뜰 거야. 그리고 변경사항이 있으면 문자 메시지가 날아오겠지."

그들은 귀르불락을 향해 북서쪽으로 달렸다. 가급적 빨리 바자르간 저택과 멀어질수록 유리했다. 디마는 자신에게 저택의 벽을 찍어준 사람과 전화 통화를 했다. 다르위시는 18킬로미터 떨어진 소읍인 멜릭사에서 '그의 가장 믿음직한 친구'가 운영하고 있는 찻집으로 가라고 말하고, 가는 길을 알려주었다. 디마는 지도에서 그곳의 위치를 확인한 뒤 후속 차량에 그 좌표를 알려주었다. 좌표를 들은 지라크의 반응은 이랬다.

"찻집이라고요? 아침식사로 뭐가 나온대요?"

첫 번째 교차로에는 임시 검문소가 있었다. PLR이라는 문자가 측면에 조잡하게 쓰인 두 대의 픽업트럭이 길을 가로막고 있었다. 그리고 재킷 위에 PLR의 마크를 핀으로 단 두 사람이 서 있었다. 둘 다 AK 소총을 들고 있었다.

디마가 뒷좌석에서 블라디미르에게 훈수를 했다.

"브레이크는 천천히 세게 밟아. 화난 것처럼 보이라고."

블라디미르가 콧방귀를 뀌었다.

"저 친구들, PLR에 10분 전에 가입한 거 같은데."

페이칸이 채 멈추기도 전에 디마는 차에서 뛰어내려 페르시아어로 맹렬하게 소리쳤다.

"자네들이 우리 호위를 맡았나? 어서 저 차를 빼서 우리를 카르바나로 모시고 가라고!"

그러자 PLR 대원들은 서로의 얼굴을 바라보았다.

"자네들, 내가 누군지도 모른단 말인가?"

디마는 가장자리가 너덜너덜해진 이란 여권을 꺼내 보여주었다.

"무슨 일이 일어났는지 알고 있을 텐데."

디마는 등 뒤의 언덕을 가리키며 말했다.

"외국인 게릴라 1개 소대가 저 언덕에 와 있어. 당장 그놈들을 찾지 않고 왜 여기서 PLR 고위 간부님의 길을 막고 있나? 자네들 직속상관의 이름이 뭔가?"

디마는 휴대전화까지 꺼내들었다.

"당장 그 친구와 통화를 하고 싶네!"

PLR 대원들은 서로를 쳐다보다가, 키가 큰 친구가 살짝 고개를 숙여 목례했다.

"누구신지 몰라 뵈어 죄송합니다."

"그럼 자네들은 우리를 호위하러 온 사람들이 아니로구먼. 모든 게 다 엉망진창이군. 어서 트럭을 빼. 길을 터주라고. 당장!"

차에 탄 디마는 사이드 미러 속에서 작아지는 두 PLR 대원의 모습을 보면서 웃음을 터뜨렸다.

"내 연기 어땠나?"

운전대를 잡은 블라디미르는 어깨를 으쓱였다.

"팔을 좀 더 많이 흔들었으면 더 좋았을 뻔했어."

"그럼 다음번에는 자네가 하라고."

"카르바나는 대체 어딘가?"

"알 게 뭐야?"

멜릭사의 대로는 바퀴 자국이 깊이 났고 흙투성이였지만 지진 피해는 전혀 없었다. 하지만 마을 전체가 인기척이 없었다. 눈에 보이는 사람이라고는 사이프러스 나무 아래 벤치에 앉아 있는 노인들 몇 명뿐이었다. 디마 일행이 차에서 내려 걸어오자 노인들의 시선이 그들에게 쏠렸다.

모든 가게는 판자로 막혔고 창문에도 셔터가 내려져 있었다. 분명히 너무나 조용했다. 그레고린은 차에 남아 경계하는 임무를 자청했다. 그레고린과 연락을 할 수 있도록 키릴이 무전기를 휴대했다. 찻집은 좁은 계단을 올라가야 나왔다. 그래도 찻집 안에는 생기가 있었다. 테이블에서 몇 사람이 앉아서 차를 마시고 있었다. 디마가 들어가자 모든 사람들이 이야기를 멈추고 디마를 보았다. 지라크가 고개를 끄덕이며 먼저 입을 열었다. 찻집의 손님들은 그의 악센트와 다르위시의 이름을 듣자 이 새 손님들에게 흥미를 잃고 하던 이야기를 계속했다.

앞치마를 입은 통통한 남자가 헐떡대며 계단을 올라왔다. 그리고 오래전에 잃어버린 형제를 만난 것처럼 그들을 환영했다. 그 다음 다르위시가 찻집 안으로 들어왔다.

"오랜만입니다, 지마."

다르위시는 그렇게 말하며 디마를 끌어안았다. 그 말을 들은 디마는 불현 듯 예전에 쓰던 가명이 떠올랐다.

"어서 오세요. 방을 하나 준비해 두었습니다."

디마와 대원들은 다르위시를 따라 복도를 지나 천장이 낮은 작은 방으로 향했다.

방의 벽에서는 벽지가 벗겨지고 있었다. 방안에는 몇 개의 벤치와 오래된 물레가 있었고, 암탉 몇 마리가 점잔을 빼고 돌아다니며 바닥의 톱밥을 쪼고 있었다.

찻집 사장은 쟁반에 작은 유리잔에 담긴 차, 납작하고 둥그런 빵 한 접시, 이 지방 토산품인 흰 치즈와 잼, 석류, 무화과 등을 담아왔다. 지라크는 굳이 사양하는 기색도 없이 열심히 먹어치웠다.

찻집 사장이 말했다.

"방 상태가 누추해서 대단히 죄송합니다."

"아뇨, 아뇨. 완벽한 곳인 걸요. 이렇게 호의를 베풀어 주셔서 감사합니다."

다르위시는 찻집 사장이 나갈 때까지 기다렸다가 문을 닫고 걸어 잠갔다. 쾌활한 분위기는 모두 사라졌다. 다르위시는 마치 알라에게 애원하듯이 양손을 하늘로 들어올렸다.

"이 얼마나 큰일인지 모릅니다."

디마도 거들었다.

"아무리 말해도 지나치지 않을 정도로 심각한 일이지."

다르위시는 눈살을 찌푸리며 고개를 흔들었다.

"이미 당신들을 잡으라는 지시가 쫙 퍼졌어요. 인상착의에 대한 자세한 설명은 아직 없어요. 전원 무장한 외국인 무리가 있다는 정도예요. 그러나 보이는 대로 사살하라고 하네요. 당신들에 대해 제보하면 많은 돈을 받고 당신들의 시신을 갖다 주면 더 많은 돈을 받을 거예요. 진심으로 충고하건대, 가급적 빨리 국경을 넘으세요. PLR은 지진 이후의 혼란을 이용해서 이란 전국을 더욱 확실히 장악하고 있어요."

"방금 '외국인'이라고 말했는데, 왜 '러시아인'이라고 말하지 않지? 그놈들도 우리 국적 정도는 알 것 같은데."

다르위시는 고개를 절레절레 흔들었다.

"설마 모르겠습니까? 더욱 큰 꾀를 부리려고 그러는 거죠. 그놈들은 당신들을 미국이 파견한 게릴라라고 주장하고 있어요. 그래야 사람들한테 더 잘 먹히지요. 아울러 PLR의 지지기반을 확고히 하는 데도 도움이 될 거구요."

그는 역겹다는 듯이 고개를 가로젓다가, 디마 일행을 안타까운 표정으로 바라보았다.

"여태까지 당신들은 알 바시르의 손바닥 안에서 놀아난 거예요. 무엇을 해왔든 말입니다."

그러면서 다르위시는 저택 쪽을 가리켰다.

"저기서 벌어진 일은 알 바시르가 이란 전국을 장악하기 위해 떠들어대는 '외국의 침공' 주장을 더욱 확고히 해줄 뿐이에요. 도대체 왜 그랬어요?"

그는 손으로 이마를 받치고 눈을 감았다.

디마는 그의 어깨에 팔을 둘렀다.

"우선 생명의 위험을 감수하면서까지 우리를 만나주어 고맙네. 자네의 그런 성의를 우리는 결코 잊지 못할 거야. 그러나 아직은 러시아에 돌아갈 때가 아니야. 아미르 카파로프에 대해 아는 게 있나?"

다르위시의 눈이 가늘어졌다.

"카파로프가 나타나기 전만 해도 저처럼 변화를 원하는 진보적인 사람들은 알 바시르를 지지했지요. 그 역시 변화를, 물론 평화적인 변화를 원한다고 생각했으니까요. 그러나 이제 알 바시르는 지지 세력을 규합하는 데는 관심이 없어요. 이제 그가 원하는 건 분명히 모든 권력을 자신과 자신의 패거리들에게 집중시키는 거예요. 그리고 이제 그는 자신이 가진 힘을 과시하고 싶어 해요. 그걸 실현하는 게 바로 카파로프의 일이예요. 카파로프는 여기에 물건들을 들고 왔고, 알 바시르는 거기에 푹 빠졌죠. 이곳에 어떤 문제가 있더라도 그가 돌아와서는……."

다르위시는 손으로 뭔가를 쓸어 눕히는 동작을 취하면서 말을 이었다.

"그리고 디마, 우리는 골치 아픈 일은 가급적 피하고 싶어요. 그러니 제발 떠나주세요."

디마는 다르위시를 쏘아보았다.

"적어도 지금은 안 돼."

다르위시는 뭐라고 항변하려 했으나 디마가 그의 입술에 손가락을 갖다 댔다. 디마는 그에게 카파로프가 가진 위험한 무기와 알 바시르와의 만남이 취소된 것을 알려줬다.

"시간은 우리 편이 아냐. PLR 최고사령부 중에서도 핵심 인물을 우리 손에 넣어야 해. 우리에게 최고급 정보를 줄 수 있고, 우리가 압력을 가할 수 있는 사람을 말이지."

디마는 다르위시의 얼굴을 들어 자신의 얼굴을 보게 했다.

"자네는 영향력 있는 사람이야. 이곳 사람들을 잘 알잖아. 우리에게 도움을 줄 수 있어."

다르위시는 고개를 흔들었다. 그는 앞에 놓인 유리잔을 들어 안에 든 차를 한 입에 털어 넣었다. 마치 인생의 마지막 잔을 마시는 듯한 동작이었다.

"옛정을 생각해서 한 번만 부탁함세."

"지마, 당신은 내게 친형 같은 사람이에요. 당신을 위해서 나 죽을 수도 있다는 거 잘 알거예요. 하지만……."

"이봐, 그 폭탄을 못 찾으면 우린 모두 죽어."

다르위시는 양손을 들었다가 놓았다.

"알 바시르는 사람들의 공포심을 자극해서 자신에 대한 충성을 이끌어내고 있죠. 과거에 그는 인기 있는 지도자였고 우리나라의 큰 희망이었지요. 하지만 지금은……."

다르위시는 절망적으로 고개를 흔들었다.

"예전에 그의 동지였던 사람들 중 대부분이 숙청당했어요. 그의 주변에 현재 머물고 있는 사람들은 거의 다 외국인들이에요."

"그래, 나도 알아. 누구는 그래서 '외세'라고 하지. 그 외국인들은 어떤 사람들인가?"

"테헤란을 아세요? 언제나 소문만 무성한 동네지요. 항간에는 알 바시르가 외국에 가서 낳은 아들이 있다는 설도 있더군요."

이래 가지고는 더 이상 진전을 볼 수가 없다. 이 친구의 비위를 맞춰주자. 디마는 미소를 지었다.

"다르위시, 자네는 모르는 사람이 없지 않나. 자네 친척 중에는 힘센 사람도 많고 말이야. 그분들 중 한 분에게라도 어떻게든 도움을 받을 수 없을까?"

하지만 그것 역시 먹히지 않았다. 다르위시는 땀을 흘리면서 몸을 떨고 있었다. 그는 전혀 원하지 않는 상황 속에 처한 사람에게 나타나는 증세를 모두 보이고 있었다.

"당신이 사진을 찍어 달래서 난 그렇게 해줬어요. 옛정을 생각해서죠. 그래요, 위험하지만 해드렸어요. 그랬더니 당신은 헬리콥터를 떨어뜨리고 많은 사람들을 죽였어요. 그러더니 이제는 나더러 배신을 하라고⋯⋯."

디마는 그의 말에 딴죽을 걸었지만 여전히 달래는 말투였다.

"다르위시, 자네는 마당발 현장요원이야. 이제까지 잘 버텨왔어. 자네가 진정으로 어디에 충성을 다하는지는 우리 중에도 극소수만이 알고 있지. 자네 나라는 지금 비상시국이야. 이런 때 자네가 우릴 이렇게 대놓고 만날 수 있다는 것은 자네가 PLR을 전혀 두려워하지 않는다는 증거라고 나는 생각하네. 누구도 자네가 어떤 역할을 수행했는지 알고 싶어 하지 않아. 이 일은 날 위한 일이 아냐. 자네의 나라를 위한 일이라고. 잘 생각해보게."

다르위시의 생각은 옳았다. 그러나 디마가 원하는 생각은 아니었다. 디마는 태도를 냉정하게 바꾸어 계속 압박해나갔다.

"우린 사람들을 일일이 연구해서 추려낸 다음에 그들을 살펴보고 약점을 알아내서 타협을 할 시간이 없어. 카파로프와 그의 폭탄을 찾을 시간은 몇 주, 몇 달씩 있는 게 아냐. 며칠 내로 끝내야 해. 어쩌면 몇 시간 밖에 없을 수도 있어. 동생, 더 이상 자네를 재촉하지 않았으면 좋겠어."

다르위시는 뒤로 물러나며 마지막으로 분노를 뿜어냈다.

"지금 협박하시는군요. 저는 이제까지 항상⋯⋯."

디마는 그를 차가운 시선으로 바라보았다. 그들의 관계는 늘 불평등했다. 표면적으로는 혁명 수비대에 파견된 소련 특수부대 지휘관이었던 디마는 사실상 다르위시의 '조련사'였다. 디마는 다르위시를 이란 정부 내부 깊숙이 박아놓은 다음, 가치 있는 고급 정보를 얻어냈다. 그 정보는 값을 따질 수 없을 만큼 귀중한 것이었고 다르위시는 후한 보상을 받았다. 다르위시의 정체는 결코 폭로되지 않았지만, 다르위시는 디마에게 신세를 지고 있다는 것을 늘 잊지 않고 있었다.

디마는 힘주어 밀어붙였다.

"알 바시르의 측근 중에는 카파로프의 소재에 대해 알 만큼 알 바시르와 가까운 사람이 있을 거야. 카파로프는 어젯밤 그를 직접 만날 예정이었으니 그런 사람이 있겠지. 알 바시르가 이곳으로 그를 직접 만나러 왔다는 것은 알 바시르가 카파로프를 매우 귀중한 인물로 여기고 있다는 뜻이야. 이봐, 다르위시, 예전을 생각해봐. 자넨 늘 이렇게 말했어. '안 되면 되게 해야죠. 지마, 뭐든지 원하시면 가져다 드리겠습니다.' 생각나?"

패배한 다르위시는 고개를 떨어뜨렸다. 그러다 잠시 후 그는 일어났다.

"시간을 5분만 주십시오."

다르위시가 사라진 다음, 블라디미르가 제일 먼저 입을 열었다.

"멋진 쇼였어, 디마. 근데 뭐 하나 물어봐도 될까? 저 사람이 우리한테 도대체 뭘 해줄 거야?"

디마는 팔짱을 꼈다.

"이제 곧 알게 돼."

키릴도 말했다.

"우리도 시간이 없잖아. 차라리 저 친구 다리를 분질러 가면서 협력을 요구하는 편이 빠르지 않았을까?"

디마는 지라크를 바라보았다. 지라크는 빵을 열심히 먹고 있었다.

"지라크, 무슨 생각 하나?"

"이 잼은 우리 엄마가 만드신 것에 비하면 형편없네요."

2분 후 다르위시가 돌아왔다. 그의 손에는 결혼사진과 명함이 들려 있었다. 그는 결혼사진을 탁자 위에 놓고 신랑을 가리켰다. 근엄한 표정을 짓고 있는 덩치가 큰 40대 초반 정도 되어 보이는 늠름한 사나이였다. 그의 옆에는 의기양양한 미소를 짓고 있는 신부가 서 있었다.

"이 남자 이름은 가줄 할렌입니다. PLR 조직에서 서열 3위이죠. 수석 정보 담당관입니다."

디마는 사진을 집어 얼굴 가까이 가져가서 가줄의 얼굴을 관찰했다.

"이 사람을 어떻게 하면 만날 수 있지?"

다르위시는 둘째손가락으로 신부를 가리키더니 손가락으로 원을 그리며 말했다.

"이 사람 마누라가 제 딸 아마라예요."

21

그로부터 30분 후, 디마는 아마라와 그 남편에 대해서 원하는 모든 정보를 다 손에 넣었다. 다르위시는 눈물범벅이 되어서 왜 자신이 원하지도 않는 결혼을 허락했는지를 설명했다.

"우리는 굴복했어요. 아주 안 좋게 말이지요. 그놈은 나쁜 놈이에요. 그놈은 갖고 싶은 건 늘 이런 식으로 손에 넣죠."

다르위시는 주먹으로 테이블을 퍽 쳐 보이며 다른 한 손으로는 디마의 아랫도리를 움켜잡는 시늉을 했다.

"그는 다른 사람들의 불알을 믹서 안에 넣고는, 작동 스위치에 손가락을 올려놓고 협박해요. 편집광이에요. 24시간 쉬지 않는 자체 경비대도 갖고 있어요. 그 사람들은 PLR 소속이 아니라 가줄이 직접 고용한 사람들이죠. 그 경비대는 아마라의 신변도 보호하죠. 그들은 절대로 한 장소에 며칠 이상 머무르지 않아요."

"아마라는 행복해하지 않나?"

"현재까지 내가 알지 못하는 번호로 휴대전화 문자 메시지가 계속 오고 있어요. 난 항상 내게 연락하려는 사람들에 대해서는 조심스러운 태도를 유지하지요. 그런데 이 번호는 아마라의 것이었어요. 선불 요금을 내고 있나 봐요. 한 번은 이런 문자도 왔어요. '아빠, 우린 다시 만날 수 있을까요?' 물론 다시 만날 수 있지요. 그 애는 내 인생 전부니까요! 또 이런 문자도 왔더군요. '엄청난 실수를 저질러 미안해요. 집에 가고 싶어요.' 그 아이는 도망치고 싶어 하지만 겁에 질려 있어요. 가줄은 그 아이를 마치 죄수처럼 취급해요. 이 모든 상황에 더해서, 지진까지 일어나고 보니 그 아이는 더욱 필사적이 되었어요. 그 아이는 내게 하루에도 대여섯 번씩 문자를 보내요. 하지만 뭘 어떻게 할 수 있을까요?"

디마는 뒤로 몸을 기대고 팔짱을 꼈다.

"그 아이가 살려달라고 문자를 보낸단 얘기로군. 그리고 자신이 어디에 있는지도 알리고 있고. 자네는 딸을 되찾아오고 가줄은 카파로프와 폭탄이 있는 곳에 우리를 데려다 주는 거지."

다르위시의 얼굴에 안도감이 스쳐 지나갔다.

"간단하군요."

"간단하지."

디마도 맞장구쳤다. 상황을 이 이상 확실하게 파악할 수는 없었다. '가줄은 카파로프와 폭탄이 있는 곳에 우리를 데려다줄 거야.'라는 말이 디마의 머릿속에 불길하게 울렸다. 그러나 이제까지 겪었던 일에 비하면 뭘 잘못해도 그보다 더 크게 나빠질 것 같지는 않았다. 디마는 일어나서 동지를 끌어안았다.

"옛 친구 다르위시. 자네와 함께라면 패배란 없네!"

22

카라즈–콰스빈 간 고속도로는 약간의 굴곡도 없는 일직선이었다. 타브리즈와 테헤란을 잇는 이 길은 지도상에서는 짙은 색의 줄 하나에 불과했다. 남쪽으로 가는 두 줄의 차선이 그려진 그 도로 위를 달리는 디마는 액셀러레이터 페달을 끝까지 밟았다. 페이칸은 120킬로미터의 속도를 계속 내는데도 잘 견디고 있었다. 활짝 열린 창문 사이로 거센 바람이 쏟아져 들어왔지만, 오후의 태양이 뿜어내는 열기와 포효하는 엔진의 열기는 차 안을 오븐처럼 뜨겁게 달구고 있었다.

블라디미르가 물었다.

"땅 위에 균열이 생기는지 잘 살피고 있지?"

디마가 대답했다.

"물론이지."

"언제라도 지진으로 도로가 갈라질 수 있어. 까딱하다간 방금 전까지 없던 새로 생긴 균열 속으로 차가 빠질 수도 있지."

남쪽으로 가는 도로는 텅 비어 있었다. 하지만 북쪽으로 가는 도로는 사정이 달랐다. 지진 피해 지역을 빠져나온 온갖 종류의 자동차들로 미어터진 상태였다. 자동차 위에는 이불이, 트레일러 위에는 냉장고, TV, 세탁기가 빼곡히 실려 있었고, 버스들도 지붕 위에까지 사람이 올라가 있는 상태였다. 어떤 차에서는 뒷좌석의 영감님이 아마도 그의 아들인 듯한 운전사에게 뭐라고 항의를 하고 있었고, 조수석에 앉은 며느리는 얼굴을 찌푸리고 있었다. 언제 길이 뚫리고 다시 달릴 수 있을지 생각하는 그 여자의 모습이 디마를 생각에 잠기게 만들었다.

아직까지는 심각한 지진 피해가 보이지 않았다. 그러나 지평선에 커다란 갈색 먼지 구름이 보였다. 그 먼지 구름은 수도로 가까이 갈수록 더욱 커져만 갔다. 앞으로 그들의 눈에 무엇이 펼쳐질지 알리는 징조였다. 그들은 라디오를 켜고 채널을 이리저리 이동시켰다. 모든 뉴스와 방송에서 앞으로 또 지진이 올 것을 예고하고 있었다.

블라디미르는 뒷좌석에 가로누워 마지막 비스킷을 먹어치우고 있었다. 이제 테헤란까지는 600킬로미터가 남았다. 테헤란에 도착할 때까지 먹을 거라곤 그것 말고는 없을 것이다.

"지진에 대해 뭐라고 예보하던가?"

"지상에서 지진파를 관측했다는군. 내 것 좀 남겨 놔, 이 돼지야."

"나는 체력을 유지해야 하거든. 감옥에서 난 점을 잘 쳐줬어. 복채는 10루블, 또는 담배 열 개비나 마리화나 한 개비였지. 그러면 나는 그들이 두들겨 맞을지, 칼침을 맞을지를 예측해줬어. 복채를 주면 절대 그런 일을 당하지 않을 거라고 말해줬지. 그 점괘는 언제나 잘 맞아떨어졌지."

"그럼, 내 운세도 말해봐."

"지진이 다시 오고 있고, 자네는 핵폭탄도 맞게 돼. 그래도 살아남으면 PLR 놈들이 자네 불알을 잘라갈 거야. 복채는 1,000리알이야."

"좆까, 씨발놈아. 비스킷도 벌써 다 처먹었으면서."

블라디미르는 빈 비스킷 봉지를 꾸긴 다음 차창 밖으로 집어던졌다. 디마는 그런 모습을 보면서 부티르카에 5년씩이나 있다 보니 거기에 걸맞은 사람이 된 게 아닌가 싶은 생각이 들었다.

"교도소 생활은 어땠나?"

"뭐, 거기 형편에 맞춰 그럭저럭 잘 지냈어. 그레고린과 지라크가 교도소에 왔을 땐 좀 미안하더군."

"그 친구들은 자넬 어떻게 빼낸 거야? 폭탄이라도 썼나? 아니면 자네를 세탁소 아줌마로 변장이라도 시켰나? 그랬다면 심히 보기 역겨웠겠군."

"그 친구들이 교도소장한테 가서, 우리나라를 구하는 임무에 내가 당장 필요하다고 했어. 그런데 교도소장 그 친구, 나를 보내면서 기분이 좋은 것 같았어. 왜 그랬는지 모르겠단 말이야."

"그래, 이제 자네의 선택이 잘못이란 걸 알겠나?"

"그래. 그래도 감옥에 계속 갇혀 있을 수야 없지. 그거야말로 더 큰 잘못이지. 앞 좀 봐! 이 멍청아!"

디마는 앞길에 끼어든 소를 피하려고 운전대를 급하게 돌렸다. 그는 백미러를 통해 뒤차에 탄 키릴도 똑같은 회피동작을 하는 것을 보았다.

"카파로프와 그 친구가 가진 물건을 찾을 확률이 얼마나 될까?"

"난 도박사가 아니야. 알아두라고."

"거기에다 다르위시의 딸까지 구출해오려면? 자네가 만인의 해결사 노릇을 하는 빛나는 갑옷 차림의 기사는 아니지 않은가?"

"키릴이 쉥크의 스캐너를 수리하지 못한다면, 아마라가 우리의 유일한 희망이지."

"신경질쟁이 여자랑 결혼하는 건 미친 짓이야. 우리 불쌍한 늙은 키릴을 보면, 무자식이 상팔자라는 생각 안 드나?"

"아마도 키릴은 자식들만 바라보고 살고 있을 거야."

"키릴 마누라는 키릴이 자식들 근처에도 못 오게 하던데, 너무한 것 같아."

"아들이 있고 재산을 물려받을 사람이 있다는 건 좋은 일이야. 자식이 없다면 돈 벌어서 다 어디다 쓰겠어?"

"인생을 즐겨야지. 바보 같은 친구."

디마는 백미러를 통해 블라디미르가 도저히 이해할 수 없다는 표정을 짓는 것을 보았다. 왜 미래를 준비해야 하는지, 왜 골칫거리를 자청해서 떠안으려 하는지 생각하는 표정이었다. 디마는 눈앞의 길에 온 신경을 쏟았다. 그리고 팔리오프가 보여준, 자꾸 생각나는 그 사진을 떨쳐버리려 했다. 20년간 부인한 끝에 인정하고야만 그 사진 속 주인공을.

그들은 테헤란의 북쪽 교외를 둘러싸고 있는 알보르즈 산맥의 틈새를 지나쳤다.

도시를 감싸고 있는 먼지 구름 위로 두 대의 항공기가 선회하며 하강하는 모습이 보였다. 그걸 본 블라디미르가 자리에서 일어나 앉았다.

"디마, 저거 보여?"

23

테헤란 이북, 아사라

"대단하군요. 저것만 있으면 되겠어요."

그레고린은 쌍안경을 내린 다음 디마에게 건네주었다.

"새 F-35 라이트닝 전투기예요. 방금 상자에서 꺼낸 듯한 새 물건이네요. 저 비행기를 갖고 있는 공군은 세상에 하나밖에 없지요."

"그래도 우리 중에 저게 뭔지 아는 사람이 있어 기쁘구먼."

그들은 고속도로를 벗어나 56번 국도를 탔다. 알보르즈 산맥 서쪽으로 들어가는 길이었다. 알보르즈 산맥 위로 올라가면 산 아래 평야에 펼쳐진 테헤란 도시 전체를 볼 수 있다. 디마는 테헤란 남쪽의 정유소가 불타면서 뿜어 올리는 거대한 연기 위로 전투기들이 선회하는 모습을 보았다.

"처음에는 PLR이더니 그 다음에는 지진, 이제는 좆같은 미 공군. 왕재수 선물세트가 따로 없군요."

"긍정적인 측면을 보자고. 저들은 남쪽과 서쪽만 타격하고 있어. 다르위시 말에 따르면, 아마라는 시댁 식구들과 함께 테헤란 북동부에 산다고 했어."

"아, 좋아요, 좋아요. 뭐가 문제겠어요. 세계 최강국이 도시 한편을 공격하고 있는데, 그걸 쌩까고 아마라네 집에 찾아가서 문을 노크하고 남편더러 나와서 차나 한 잔 하자 이건가요?"

디마는 어깨를 으쓱거렸다.

"그럼, 더 좋은 생각 있나?"

시간은 오후 6시가 다 되어가서 해가 저물고 있었다. 다르위시에게서 전화가 왔다. 딸과 통화를 했다고 했다. 아마라는 테헤란의 북부 부도심인 니아바란의 집안에 혼자 있다고 했다. 남편의 친척들과 하인들은 모두 피난을 갔다. 아마라는 그 사람들이 어디 갔는지 몰랐다. 그녀는 공포에 질려 히스테릭해졌다. 다르위시는 구조대가 가고 있다고 딸을 안심시켰다.

"저는 그 애한테 최고의 용사들이 구하러 가고 있다고 말했지요."

"너무 띄우지 말라고. 근데 남편……, 그 친구는 대체 어디 있는 거야? 그 친구 이름이 뭐라고 했지?"

"'가줄'이요."

"지진이 났는데 마누라를 버려두고 도망치는 남편이 대체 어디 있어?"

"게다가 미군이 도시를 폭격하고 있죠."

"어디 갈만한 데 생각 안 나나? 생각나면 말해줘."

디마가 전화를 끊는데 블라디미르가 끼어들었다.

"그 씨발놈을 찾아내서 불알을 따 먹어버리자구."

"좀 말이 되는 소리를 해. 이제까지 네가 한 일 중에 쓸모 있는 일이라곤 비스킷을 다 먹어치운 거 말고 뭐가 있어? 자꾸 쓸데없는 소리 하면 계곡에 처박아버린다."

그는 후속 페이칸 뒷좌석에 탄 키릴을 보았다. 키릴이 가진 스캐너에서 뻗어 나온 전선 뭉치가 뒷좌석 위에 어지럽게 널려 있었다.

키릴이 말했다.

"일단 아마라를 찾고 나서 상황을 살피는 게 어때? 그 가줄이라는 놈이 정말로 도망쳤는지, 도망쳤다면 어디로 갔는지 살피는 거지."

디마는 다르위시가 알려준 번호로 전화를 걸었다.

"솔직히 그 비스킷은 좀 말랐어. 우리 보드카 없냐?"

"자네는 술에 취해야 총을 더 잘 쏴. 그렇지 블라디미르?"

"개소리 집어치워. 내가 너냐? 보자보자 하니깐 보자기로 보이나 보지."

디마는 아마라의 응답을 기다렸다. 아마라가 정말로 쓸모 있는 사람인지, 그리고 그녀가 정말로 카파로프와 그의 핵탄두 있는 곳으로 자신들을 안내해 줄지는 확신할 수 없었다. 아마라가 정말로 시댁 식구들에게 버림을 받았다면, 시댁 식구들은 연락이 되는 상태인 걸까? 디마는 아마라가 전화를 받기를 기다렸다. 전화를 받은 아마라는 울먹이는 목소리로 소리 죽여 응답했다. 그녀의 발작적인 숨소리도 들려왔다.

"남편이 제가 당신들과 통화한 사실을 알면 날 죽일 거예요."

"그럴 일은 없어요. 당신이 있는 곳, 그리고 그 친구가 있는 곳만 알려주세요."

"저도 몰라요! 그 사람은 오늘 아침 일찍 떠나갔어요. 시어머니께 그 사람이 어디 가느냐고 여쭤봤지만 대답하지 않으셨어요. 시댁식구들은 모두 저를 싫어해요. 심지어 시어머니는……."

여자들이란.

"그래요. 진정하고 그럼 당신이 있는 곳의 주소만 내게 다시 알려줘요. 제발요. 그래요. 그래. 아마라, 당신 정말로 혼자인가요?"

"네. 제 하녀도 떠났는걸요."

"그러면 가족은 어디 있나요?"

"말씀드렸잖아요! 정말 몰라요! 그 사람은 나한테는 아무것도 알려주지 않아요!"

제트기가 머리 위를 스치고 지나가자, 디마는 상대방의 목소리를 들으려고 애를 썼다.

"그래요. 아마라. 고마워요. 40분 내로 도착할게요."

디마는 자동차 좌석에 휴대전화를 집어던졌다.

"저 여자, 인생 최대의 공포에 질려 있는 것 같아. 그렇지 않으면 우리에게 뭔가 숨기는 게 있든지."

24

테헤란 외곽에 위치한 캠프 파이어플라이, 야간

테헤란의 남서쪽 경계에 솟아난 그 산은 좀 떨어진 거리에서 보면 어떻게 봐도 평범해 보이지는 않았다. 하지만 지금 그 산은 평범하게 보여야만 했다. 산속에 쳐진 위장망 밑에는 지진으로 엉망진창이 된 이란 영토의 동쪽으로 깊숙이 진격한 블랙번의 소대가 휴식을 취하고 있었다.

하지만 편안한 휴식이 될 리는 만무했다. 도시 상공에서는 건쉽[1]들이 지상의 대공포대와 전투를 벌이고 있었다. 공기는 그들이 쏘아대는 무기의 사격 소리와 폭발음, 로켓탄의 비행 소리로 가득했다. 그리고 공기 속에는 지진으로 일어난 먼지가 아직도 가득했다. 해병대원들은 아직도 그 먼지의 맛을 느낄 수 있었다.

캠포는 남아 있던 에너지 바를 입안에 밀어넣었다.

"비행기 타는 친구들이 멋진 불꽃놀이를 벌이고 있군. 마치 독립기념일 같아."

마트코비치는 캠포의 등에 기댄 채, 장갑 낀 손으로 캠포의 머리를 쓰다듬으면서 말했다.

"엄마가 그렇게 하라고 가르치셨냐? 입안에 뭘 넣고 말하면 안 되지. 친구."

몬테스는 점점 맛이 가고 있는 야간 투시경을 조작하고 있었다.

"하지만 테헤란 사람들이 지금 커다란 해방감을 느끼고 있다고는 생각하지 마라."

"몬테스, 입 닫고 할 일이나 해. 알겠어?"

이란 국경을 넘은 뒤로부터, 계속 동쪽으로 번화가를 지나오는 동안 거대한 옥외

---

[1] 군용기의 하위 분류로 다수의 기관총 또는 기관포를 장비하고 대지공격에 특화된 항공기(고정익 및 회전익기 망라).

게시판에 붙은 알 바시르의 대형 포스터가 없는 곳이 없었다.

"저 망할 놈의 포스터들, 거리와 벙커에서 모두 떼버려야 해."

"지진 때문에 모든 사람들이 집 밖으로 뛰쳐나왔지."

"콜 대위님 말에 따르면 위성사진에 북쪽으로 가는 엄청난 피난민 행렬이 보였다고 해. 바보같이 우리만 도시 안으로 들어가는 거 아냐?"

"그래, 우리와 PLR 최고사령부만 머무는 정말로 아늑한 도시가 되겠지."

도시 언저리에서 PLR 최고사령부 쪽으로 가까이 다가갈수록, PLR이 설치한 확성기에서는 페르시아어로 소리 지르는 알 바시르의 목소리가 도시 전체를 뒤덮은 포성을 뚫고 간간이 터져 나왔다.

"……우리는 다시 돌아올 것입니다……. 검으로 침략자들을 쳐서 쓰러뜨릴 것입니다."

블랙번은 마트코비치를 팔꿈치로 살짝 찔렀다. 마트코비치 역시 페르시아어를 약간 할 줄 알았다.

"테헤란에 다시 들어오려면 칼 정도만 갖고서는 안 될 텐데."

마트코비치가 입술을 씰룩거렸다.

"저 개떡 같은 확성기 안 끄면 확성기에다가 칼을 박아버려야지."

그들 앞 산자락에 놓인 고가도로 저편에는 아파트 한 채가 있었다. 아파트 상층에는 PLR의 기관총 진지가 있었다.

블랙번은 몸을 굳히고는 어둠 속에서 산을 가리켰다.

"저거 보여?"

"망할 야간투시경 같으니."

몬테스는 야간투시경을 땅에 집어던졌다.

"테헤란 공격 준비를 하다가 배터리부터 다 떨어지겠구먼."

"아군 무장 트럭이 접근 중이야."

마트코비치는 서서 블랙번이 가리킨 쪽을 응시했다.

"저놈들 대체 어디에서 온 거야? 우린 아직 이곳 상황을 감시할 수 있는 형편이 아닌데."

다섯 대의 험비로 이루어진 대열이 테헤란 시의 서쪽 진입로를 통해 도시로 들어가려 하는 중이었다. 콜 대위는 위장망 안으로 들어가 무전기 송수화기를 잡았다.

"헤이메이커 액추얼, 여기는 미스핏 액추얼이다. 표적을 확보하지 못했다. 반복한다. 아직 표적을 확보하지 못했다. 현 위치를 지켜라. 오버."

하지만 무전기 저편의 상대는 침묵으로 응답했다. 콜 대위의 혈압이 올라갔다.

"결국 밀고 들어갈 셈인가, 브래디."

그 이름을 들은 블랙번과 몬테스는 시선을 교환했다.

"브래디 부대가 도시로 진입하고 있단 말인가! 우린 살았군."

사랑과 혐오를 한몸에 받고 있는 브래디 대위는 부하들을 거칠게 다루기로 명성이 자자했다. 또한 그는 명령을 자의적으로 해석하고, 공을 모조리 가로채는 것으로도 유명했다. 전차 같은 다부진 몸매를 한 32세의 브래디는 마치 걸음마를 하기 시작할 때부터 군 생활을 해온 사람 같았다. 그는 호리호리한 몸매의 지적인 콜 대위와는 모든 면에서 대척점에 서 있는 인물이었다.

마침내 들려온 브래디의 목소리는 잡음 때문에 깨끗이 들리지는 않았지만, 열의로 가득 차 있었다.

"미스핏 투, 우리는 멈추지 않겠다. 현 위치는 자네들이나 지키도록. 우리의 진격을 엄호해주기 바란다. 아웃."

"이 무슨 개 같은 경우람."

콜 대위는 고개를 절레절레 흔들고는 무전기에 대고 말했다.

"미스핏 전 대원에게 알린다. 작전 개시. 반복한다. 작전 개시. 현 위치를 지켜라. 아웃."

40명이 넘는 해병대원들이 위장망 밑에서 나와 고가도로를 향해 내려가자 산은 생기를 띠었다. 블랙번의 그룹에서는 몬테스와 마트코비치가 선두에 섰다. 캠포는 박격포를 들고 따라왔다. 분대가 고가도로 밑의 은폐지대에 도달하자 무전기에서 콜 대위의 목소리가 들려왔다.

"지금 당장 조명탄을 발사해서 사정권을 비춰라."

그의 말이 채 끝나기도 전에 적은 사격을 개시했다. 블랙번은 박격포를 방열하는 대원들 앞으로 튀어나가, 박격포의 포신을 잡고 각도를 맞추었다.

탄약상자는 캠포가 가지고 있었다. 그는 탄약상자에서 검은색 글자가 적힌 하얀 조명탄을 꺼냈다.

"직접조준. 조명탄 1발 반장약. 고각 109."

"장약 조절!"

마트코비치는 탄 아랫부분에 끼워진 장약을 조절했다.

"장약 조절."

"발사 준비."

마트코비치는 포탄 가장자리를 박격포의 포구에 정확히 맞춰, 포구 바로 앞에 받쳐 들었다.

"발사 준비."

"발사!"

마트코비치는 유연한 동작으로 포탄을 포구 속으로 밀어넣고는 포구 아래로 몸을 웅크렸다. 박격포가 발사될 때 나오는 눈부신 섬광이 매우 짧은 시간 동안 발사 위치를 비추었다. 그 이후 하늘 높이 튀어나간 조명탄이 점화되면서 주변을 밝게 비추었다.

낮은 벽 뒤, 고가도로, 그리고 해병대원들과 아파트 사이에 있는 도랑, 이렇게 세 곳에 은폐가 가능한 것을 알았다. 아파트는 이미 지진 피해를 심각하게 입고 있었다. 건물은 한쪽으로 기울어져 있었고, 뒤틀린 철근에 콘크리트 덩어리가 매달려 있었다. 아직도 서 있는 몇 안 되는 나무들은 한 장의 나뭇잎도 남아 있지 않았다. 해병대원들은 자신들과 아파트 사이에 있는 담 중 첫 번째 담으로 전진했다. 해병대의 박격포가 불을 뿜자 담의 일부분이 연기 구름 속에 사라졌다. PLR 병사들도 부서진 건물에서 떼 지어 몰려나왔다.

블랙번은 담의 잔해 위에 제일 먼저 도착했다. 반대편에는 콘크리트로 된 시궁창이 있었다. 그 속으로 가는 것 외에 다른 갈 곳은 없었다. 블랙번은 몸을 낮춰 반대편으로 향하더니 PLR의 사격으로부터 멀어졌다.

몬테스가 그의 뒤로 뛰어서 다가왔다.

"테헤란에 온 걸 환영해. 부디 건물은 처음 본 상태 그대로 유지해줘."

몬테스는 블랙번의 어깨를 건드리며 어딘가를 가리켰다. 잡석 무더기가 시궁창의 물 흐름을 막고 있었고, 죽은 소 한 마리가 그 옆에 누워 있었다. 소의 배는 가스로 빵빵했다.

"저건 안 쏘는 게 좋을 거야."

그렇게 말하는 동안 소의 시체에 누군가가 쏜 총알이 맞았다. 그러자 몬테스와 블랙번에게 지독한 냄새가 나는 액체가 잔뜩 튀었다.

"좆같고도 좆같구먼."

"딱 적합한 표현이군."

조명탄은 천천히 낙하하고 표류하면서 아파트 2층의 기관총 진지를 비추었다. 블랙번은 그쪽으로 사격을 가하면서 건물 옆면으로 달렸다.

"저놈들 궁둥이를 날려버려. 내가 엄호할 테니, 수류탄을 던지라고."

몬테스는 수류탄을 꺼내 안전핀을 뽑았다. 안전핀이 탄체에서 확실히 분리되어 있는지 잠시 동안 확인한 후 투척했다. 기관총 진지는 산산조각 나 콘크리트 파편더미로 변했다.

험비 대열은 이제 고가도로 아래까지 들어가 좌회전하여 테헤란 시내로 향했다. 무너진 건물 잔해에 가려져 그 형체가 잘 보이지 않던 부서진 닛산 트럭이 험비 대열의 앞길을 가로막고 있었다. 블랙번은 거기서 5킬로미터 정도 떨어진 곳에 있었다. 블랙번의 눈에 브래디 대위가 소리를 지르는 모습, 그리고 그의 부하들 대여섯 명이 장애물을 치우는 모습이 들어왔다. 험비의 기관총 탑에서는 두 기관총수가 기관총을 잡고 경계를 하고 있었다.

블랙번의 뒤로 몬테스가 다가왔다.

"저 좆밥새끼 못 가고 있구먼. 무슨 일이지?"

브래디가 두 사람을 보았다.

"자네들, 거기서 뭘 쳐다만 보고 있어? 와서 저 잔해 치우는 것 좀 도와줘."

그들이 험비 대열로 달려가는데 험비의 기관총수 한 명이 갑자기 픽 쓰러졌다. 브래디는 기관총수를 쓰러뜨린 탄이 날아온 방향을 가리켰다.

"당장 제압사격 해!"

몬테스, 마트코비치, 캠포는 건물에다가 사격을 가했다. 장애물이 치워졌다. 브래디는 무전기로 콜을 불렀다.

"미스핏 2, 여기는 헤이메이커 액추얼, 지금 당장 지원 바란다. 오버."

착용한 헤드셋으로 콜 대위의 응답이 들려왔다.

"거기 있는 두 사람 써. 오버."

브래디는 블랙번을 가리켰다.

"자네는 나와 함께 탑승한다. 총을 쏘라고. 다음 목적지는 내무부다. 어서 알 바시르를 생포하러 가자고."

브래디는 운전대를 잡았다. 블랙번이 조수석에 탑승했다.

"여기는 헤이메이커 액추얼, 현재 내무부로 진행 중이다. 아웃."

"헤이메이커 액추얼 나오라. 여기는 미스핏 액추얼. 이글 아이의 보고에 따르면 건물 안팎으로 사람들이 드나들고 있다고 한다. HVT(고가치표적)를 반드시 확보해야 한다. 반복한다. 반드시 확보해야 한다. 알겠나?"

"알았다. 확인. 아웃."

브래디는 블랙번을 보고 미소를 지었다.

"어서 그놈을 잡으러 가자고."

그들은 달리면서 여전히 알 바시르의 목소리를 방송하고 있는 PLR 확성기를 하나 밟아버렸다. 브래디는 일부러 그것들을 험비로 밟으면서, 확성기가 험비의 타이어에 눌려 납작해지자 미친 듯이 웃어댔다. 그때 병목구간에서 웬 차 한 대가 그들의 진로에 나타났다. 브래디는 급브레이크를 밟았다.

"매복이다! 엄호하라! 엄호하라!"

RPG 한 발이 휘파람 소리와 함께 날아오더니, 화끈한 총알 세례가 이어졌다.

"전원 후퇴하라!"

험비 대열은 멈춰 섰다. 브래디가 탄 험비의 기관총 사수가 앞의 차를 향해 사격을 가했고, 그 차는 불길에 휩싸였다. 그러나 주변의 건물 창문에서도 사격이 날아왔다. 험비들이 후진하고 있는 동안 귀중한 시간이 없어졌고, 총알이 사방에서 쏟아졌다. 예광탄이 먼지가 자욱한 대기를 갈랐다. 기관총수가 비명을 지르더니 한쪽으로 쓰러졌다. 그의 얼굴이 사라져 있었다. 브래디는 블랙번의 어깨를 움켜쥐었다.

"저 친구 대신 기관총을 맡아! 1분 1초가 아깝다! 병장!"

죽은 기관총수가 브래디 뒤의 좌석에 쓰러지고, 블랙번이 기관총좌에 앉는 동안 험비는 비명을 지르며 후진했다.

브래디는 무전기에다 대고 또 소리치고 있었다.

"미스핏 액추얼 나오라. 여기는 헤이메이커. 적의 맹렬한 사격에 직면했다. 현재 표적이 있는 곳으로 가는 중이다."

"헤이메이커 액추얼, 1층을 확보하라. HVT에 주의하라. 버즈아이 2는 현재 5킬로미터 거리에 있다."

그들은 적의 사격 진지를 제압했다. 브래디는 블랙번에게 소리쳤다.

"해병, 잘 했다. 이제 뱀 모가지를 자르러 가자고."

브래디와 블랙번이 탄 험비는 방금 전에 뚫어 놓은 평행 도로로 달려갔다. 그들의 앞에는 연기를 뿜는 높은 빌딩이 서 있었다. 오스프리 한 대가 강하해 와서 제자리비행을 했다. 오스프리의 로터 후류는 빌딩 주변의 연기를 날려버렸다. 블랙번은 오스프리의 후방 해치가 열리면서 두 명의 사수가 위치를 잡는 것을 보았다.

"여기는 버즈아이 2. 정위치 도착. 패스트 로핑을 실시하겠다. 오버."

병사들이 오스프리에서 늘어뜨린 로프를 타고 연기를 뿜는 내무부 건물 옥상으로 갔다. 브래디는 험비를 홱 틀며 급정거시킨 후, 차가 채 멈추기도 전에 내렸다. 블랙번은 몬테스와 마트코비치를 돌아보며, 버려진 버스 한 대 뒤에 가서 엄폐할 것을 수신호로 지시했으나, 내무부 건물 주변에서 불을 뿜던 적의 화기들은 이미 침묵한 뒤였다.

블랙번은 수신호로 그들에게 입구로 갈 것을 지시했다.

"블랙번, 함께 가자고."

"고마워 친구들. 건물을 소탕하면서 아군에 주의하라."

이 건물에 있던 인원들 대부분은 이미 도망쳤거나 어디론가 숨었다. 로비는 깨진 유리조각과 버려진 서류 파일, 상자 천지였다. 모든 문서를 가지고 철수하려고 했지만, 실패하고 사람들만 도망친 것 같았다. 인쇄용지들이 하늘 위로 떠다니다가, 오스프리의 로터 후류에 밀려 날아갔다. 위층에서는 패스트 로프로 강하한 병사들이 고함을 치며 방과 복도를 소탕하는 소리를 들을 수 있었다.

"계단에 사람 발견."

그 사람이 계단을 빠져나가 망설이다가 해병대원들로부터 멀어지려는 동안, 블랙번도 앞으로 내달렸다. 잠시 다른 곳에 정신을 팔았던 브래디는 그 순간을 놓쳤다.

"저놈을 잡아라. 생포하라."

블랙번은 상대에게 몸을 날려 그를 덮쳤다. 상대는 몸을 비틀었다. 그의 손에 들려 있던 바인더가 떨어져 나가 바닥에 미끄러졌다. 바로 뒤에 온 브래디가 M-4카빈 소총의 총구를 이란인의 귀에 들이댔다.

"어디 보자."

브래디는 전투화로 이란인의 견장을 밟았다.

"대령이군, 좋구먼. 대령, 죽을 준비나 해. 당신 전쟁은 끝났어."

블랙번은 대령의 고개를 들어 브래디를 보게 했다. 아주 잠시 블랙번은 브래디가 대령을 사살한 다음 시체를 던져 버리지 않을까 하는 생각을 했다. 그러나 브래디는 더 현명한 생각을 해냈다. 그는 이란인 옆에서 자세를 낮추고, 여기저기 널려진 파일들 사이를 돌아다니며 그것들을 주워 모았다.

"대령, 대체 어디를 가려고 하셨던 거요? 이제 갈 곳이 그리 많이 남아 있지 않은데."

블랙번에게 머리를 눌린 대령의 이 사이에서 날숨이 새어나왔다.

"돼지 새끼들. 씨발 새끼들."

브래디의 목소리는 여전히 차분했다.

"그래요. 그래요. 이미 다 끝난 일이오. 여기서 죽겠소? 아님 살아서 우리를 당신네 지도자에게 안내해 주시겠소?"

"너희들은 무방비 상태의 우리 국민들을 죽였어."

브래디는 주워 모은 파일로 대령의 머리를 내리치며 소리 질렀다.

"시간이 없소! 대령! 알 바시르는 어디 있냐고?"

"그래, 그래. 여긴 없어."

"그럼 대체 어디 있는 거요?"

25

테헤란 교외, 니아바란

산속에 머물던 디마의 팀은 미 지상군을 발견했다. 그래서 그들은 동북쪽에서 내려가 경찰 단지로 곧장 이어진 라샤카르크 도로를 따라 테헤란으로 들어가기로 했다. 도로에는 돌무더기와 타일이 잔뜩 널려 있었다. 어떤 도로는 무너진 빌딩으로 막혀 있기도 했다. 이란 육군이 보유한 모든 라크쉬 APC가 다 나온 것 같았다. 모든 라크쉬 APC에는 급하게 그린 PLR마크가 붙어 있었다.

"평소와 뭐가 다른지 이제 알겠군."

"재해와 폭동의 흔적 말고 뭐가 또 보이나?"

"교통량이 없어. 여기는 한때 세계에서 제일 교통체증이 심했던 도시야. 차를 운전하고 가다가 운전대에서 생을 마감한 사람도 있었어. 그런데 이 두 시간 동안 차가 보이지 않아."

도시는 거의 텅 비어 있었다. 지진에도 굴하지 않고 자리를 지키던 테헤란 시민들이었지만, 미군의 폭격에는 결국 굴복하고 말았다. 시내의 주요 상점가에는 이 혼란한 상황을 이용하려 했던 약탈자들의 흔적이 보였다. 보도 위에는 TV, 세탁기, 기타 가전제품들이 널려 있었다. 의기양양하게 들고 나오기는 했지만 운반할 수단이 없어서 버리고 간 것이었다. 이란의 환경에 완벽히 녹아들기 위해 골랐던 페이칸이 도리어 교통수단을 찾는 낙오자들의 표적이 될 판이었다. 디마의 팀원들은 아마라가 있는 곳으로 달려가는 동안 AK 소총을 눈에 잘 띄게 휴대해서 차량 납치범들의 공격을 예방했다.

후속 차량에 탄 키릴의 목소리가 무전기에서 흘러나왔다.

"스캐너가 드디어 작동된다! 역시 난 천재야."

"잘했어, 천재. 이제 WMD의 좌표를 알려줘."

"지금 바로 알아봐 주지."

아마라가 사는 동네에 가까이 가자, 대공화기의 사격음이 크게 들려왔다. 그리고 그 뒤를 따라 대구경 포탄의 비행음과 착탄음도 들려왔다.

"멋지구먼, '샘 아저씨'가 오고 있어. 얼른 일을 끝내야겠어."

키릴의 무전이 다시 들어왔다.

"됐다! 테헤란 중심부에서 신호가 잡혔어!"

"거 참 대단하고도 정확하군! 어느 거리 혹은 빌딩인가?"

"전파 방해가 너무 심해. 지금으로선 거기까지만 알 수 있어."

"그럼 일단 아마라를 찾은 다음에 가줄을 잡으러 가자고."

아마라의 집 주위에는 정원과 높은 담장이 있었다. 하지만 대문은 활짝 열려 있었다. 창문에는 셔터와 방범창살이 쳐져 있었다. 그레고린과 블라디미르는 이 저택의 담을 따라 한 바퀴 돌아보고 모든 것이 조용하다고 알려왔다. 디마는 다시 아마라에게 전화를 했다.

"지금도 혼자이십니까?"

"예, 제발 빨리 좀 와주세요!"

"현관문으로 나와서 문을 열어주세요. 그럼 들어가겠습니다."

문으로 가면서 블라디미르가 낮게 말했다.

"자네, 저 아줌마를 어떻게 믿는 거야?"

"나도 모르네."

그 중요한 순간, 디마는 자신이 실수를 저질렀다는 것을 알아챘다. 디마는 다르위시라면 믿을 수 있다고 생각했다. 그러나 혼돈의 시대에는 충성을 바치는 대상은 시간 단위로 바뀔 수 있다. 다르위시도 그새 편을 갈아탔을 수도 있다. 아마라도 겁에 질려 가줄의 의심을 샀을 수도 있다. 심지어는 아마라가 가줄에게 이 모든 것을 고해바쳤을 수도 있다. 솔직히 말하자면, 디마는 거의 돌아버릴 정도로 위험한 상황에 처해 있었다. 그러나 지진의 피해를 입고 미군의 공격까지 당하는 도시 한복판에 있는 핵탄두를 찾는 일도 위험하기는 마찬가지였다.

디마 일행은 문에서 5미터 떨어진 곳에서 멈췄다. 딸깍 하며 서서히 문이 열렸다. 디마는 다른 대원들에게 아마라를 육안으로 확인할 때까지 기다리라고 지시했다. 드디어 눈에 들어온 아마라는 역시 예상대로 눈물범벅이 되어 떨고 있었다. 그러나 그녀는 움직이지 않았다. 디마는 아마라를 보면서 뭔가 이상한 점을 찾아내려고 했다. 그녀는 문의 한편을 잡고 몸을 의지하면서 그냥 서 있었다. 그렇게 몇 초가 지나 그녀는 디마더러 손짓하며 들어오라고 했다. 현관 홀 내부 조명은 오른쪽에서 나오고 있었는데, 그녀의 뒤에서 뭔가 그림자가 움직이고 있는 것이 디마의 눈에 보였다.

디마는 AK 소총을 거총하지 않고 허리에 댄 상태에서 곧바로 연발사격을 해댔다. 예전만큼 조준이 정확하기를, 그래서 저 안에 누가 있건 간에 겁에 질려 아마라가 총에 맞았다고 착각하기를 바랐다. 총탄은 아마라 머리 바로 위를 스치고 지나갔다. 너무나 가까운 곳을 스치고 지나갔기에 총탄의 충격파가 그녀를 쓰러뜨릴 지경이었다.

디마와 대원들은 문밖에서 집안으로 사격을 해댔다. 뭔가 반응이 오기를 기다렸다. 다르위시의 말에 따르면 가줄 할렌은 어지간해서는 일단 총부터 쏘고 나서 생각하는 타입의 사람이었다. 그의 말은 옳았다. PLR의 정보 수석이라는 어울리지도 않는 직함을 달고 있는 가줄은 마치 저예산 TV 드라마의 주인공처럼 우지 기관단총[1]을 휘두르며 문가로 달려 나왔다. 그는 한참 서 있으면서 텅 빈 진입로에다 총을 마구 갈겨댔다. 디마가 정확한 조준을 하기 충분할 만큼 오래 서 있었다. 디마는 가줄의 팔 아래쪽을 겨누어 방아쇠를 당겼다. 디마가 쏜 총탄은 가줄의 팔을 뚫고 가줄이 들고 있던 우지에 맞았다.

우지가 가줄의 손에서 튀어 나갔다. 가줄이 마루 위에 쓰러져 경련을 일으키고 있는 동안 디마가 앞으로 나와 그의 총 맞은 손을 걷어차고, 아직 멀쩡한 손으로 우지 기관단총을 집지 못하도록 멀리 걷어차 버렸다.

---

[1] Uzi Submachinegun: 이스라엘에서 1950년에 개발한 기관단총. 이름인 '우지'는 설계사 '우지엘 갈'의 애칭임. 9mm 파라블럼탄 사용.

"자네가 가줄 할렌? 만나서 반갑군."

디마는 AK 소총의 총구를 가줄의 사타구니에 들이댔다.

"시간이 없으니까 차는 사양하겠어. 러시아 정부는 핵탄두를 돌려받고 싶어 해."

가줄은 아마라가 엎드려 있는 곳을 보았다. 아마라는 꼼짝도 하지 않았다. 디마는 그레고린에게 고갯짓으로 수색을 지시했다.

가줄은 마치 낚싯줄에 걸린 청새치처럼, 분노와 실망, 고통으로 몸을 뒤틀었다. 디마는 발로 가줄의 손을 밟았다.

"우린 카파로프란 친구도 필요해. 지금 당장 그 친구에게 데려다 주었으면 좋겠는데."

가줄은 씩씩거리다가 결국 대답했다.

"엿이나 처먹어라."

블라디미르가 가줄의 멀쩡한 손을 발로 짓밟았다.

"오, 그런 상스런 말을 하면 안 되지. 자네 마누라가 죽었는지 살았는지는 모르겠지만, 협조 안 하면 우리 모두가 자네 마누라를 돌아가면서 따먹는 걸 곧 보게 될 거야. 그렇게 되기 싫으면 카파로프에게 안내해. 더 좋은 생각 있나?"

블라디미르는 가줄의 손을 밟은 발에 더 힘을 주었다. 디마는 이런 상황에 처한 사람들을 예전에도 많이 보았다. 궁지에 몰려 항복 외에는 어떤 선택권이나 어떤 협상 가능성도 없는데도 자존심을 지키느라 합리적인 선택을 하지 못하는 사람들을 말이다. 고위직에 올라 아랫사람들에게 겁을 주어가며 부리던 사람일수록 그런 경향은 심하다. 순식간에 겁쟁이가 된다. 디마는 여전히 꼼짝도 하지 않고 있는 아마라를 보았다.

가줄의 씩씩거림이 점점 수그러들었다. 가줄의 아랫입술이 떨리기 시작하더니 분노의 눈물은 자기연민과 공포의 눈물로 변했다. 디마를 보는 그의 표정은 애처로웠다. 그는 결국 고개를 끄덕였다.

"알았소."

26

두 대의 페이칸은 그동안 궁합이 매우 잘 맞는 팀 플레이어 노릇을 해왔다. 그러나 디마와 팀원들은 둘 중 하나를 버려야 할 때가 왔다는 것을 알고 있었다.

키릴이 말했다.

"두 차한테 제비뽑기를 시켜서 누가 남을지 정하게 하자고."

가줄의 총 맞은 손을 싸매고 있던 디마가 키릴을 노려보았다.

"키릴, 이것들은 그냥 차일 뿐이야."

"우리 고향에서는 차야말로 남자의 가장 친한 친구라고 하던데."

"그래서 걔들을 다 먹어치웠구먼. 어서 타라고."

키릴이 페이칸의 후드를 두드리며 말했다.

"잘 가, 오랜 친구야."

그레고린과 블라디미르가 그 페이칸에 올라탔다. 그들은 라크쉬 APC를 구해오는 임무에 자원했다.

"상태 좋고 깨끗한 놈이라야 돼. PLR 마크가 붙어있고, 타이어도 빵빵해야 돼. 그리고 타고 있는 승무원은 반드시 옷을 뺏은 다음에 사살해."

블라디미르는 디마의 지시 듣는 것을 귀찮아했다.

"아빠, 우린 언제나 그렇게 해왔다고요."

15분 후, 아마라네 집 진입로에 라크쉬 APC가 들어와 끼익 거리며 멈춰 섰다. 거기서 내린 그레고린과 블라디미르는 완벽한 PLR 병사 전투복을 입고 있었다.

"마야코브스키 씨 일행을 모시러 온 콜택시입니다요."

"빠르구먼."

디마는 자신의 새 애마를 두들겨 보았다.

"라크쉬란 종마(種馬)라는 뜻이지."

"그래, 자넨 여기 살면서 배운 적도 있으니까."

다행스럽게도 아마라는 의식이 돌아왔다. 디마의 사격 실력은 아직 쓸만했다. 덕분에 아마라는 정수리가 약간 그슬려 머리카락이 빠진 것을 제외하면 전혀 외상을 입지 않았다. 디마는 아마라에게 놓을 모르핀을 준비했다. 통증과 공포를 억제하기 위해서였다. 아마라가 남편에게 고자질을 했는지, 아니면 남편이 집에 아마라도 모르게 숨어 있었는지는 알 수가 없었다. 그건 사실 아무 문제도 되지 않았다. 그들은 원하던 것을 손에 넣었다. 그리고 디마는 아마라의 아버지에게 지켜야 할 의무가 있었다.

디마는 아마라를 큰 계단실 옆의 소파에 눕혔다. 아마라의 얼굴은 여전히 공포에 질려 눈물범벅이 된 채였다. 그녀는 머리에 난 상처를 짚고 있었다.

"저는 여길 잠시 떠나야 합니다. 하지만 걱정 마세요. 경상에 불과합니다. 두피에 혈관이 많이 있어서 좀 아플 겁니다. 그러나 절대 심각한 부상은 아닙니다. 저희는 찾고 있는 물건을 찾으면 돌아와서 부인을 아버님께 데려가겠습니다."

자기 아버지와 마찬가지로, 아마라의 얼굴에 나타난 감정도 공포에서 분노와 자기연민이 뒤섞인 감정으로 바뀌어 갔다. 그러더니 아마라는 디마의 뺨을 세차게 때렸다.

"이 망할 양반아. 우리 아버지란 인간도 똑같이 나쁜 새끼라고요. 그 인간은 언제나 가죽을 싫어했어. 지참금도 내지 않았고, 나와 우리 신랑 사이를 이간질 해놨어. 그 인간 확 죽어버렸으면 좋겠어요. 그 인간 집이 지진 나서 무너져서 깔려 죽었으면 좋겠다고요."

디마는 아파서 얼얼한 뺨을 문질렀다.

"네, 알았어요. 만약 당신의 결혼생활을 망쳐 놨다면 사과드리죠. 난 그저 핵전쟁을 막고 싶을 뿐이오."

"당신들은 언제나 변명만 잘하죠. 내가 그걸 믿을 것 같아요? 당장 우리 집에서 나가요! 이 더러운 인간들아!"

디마는 아마라에게 모르핀 피하주사를 놓았다.

27

테헤란 중심부

메트로폴리탄 은행은 그 주변에 서 있는 대부분의 건물들보다 오래되었다. 그리고 다른 건물들과는 달리 지진이나 폭격에 의한 피해를 입지 않은 것처럼 보였다. 사실 이 은행은 핵 공격에도 버틸 수 있도록 건축되었다. 그렇다고 해서 건축가들이 이 은행을 핵탄두의 수납을 고려해 지었는지는 또 별개의 문제였다. 가줄은 아마라보다도 훨씬 협조적이었다. 그는 알 바시르가 공격을 당하게 되면 최측근만 데리고 메트로폴리탄 은행으로 도망갈 계획을 세워놓았다고 말해주었다.

메트로폴리탄 은행의 바로 옆 건물인 이란 기업 및 상업 연합회의 앞마당에서는 PLR이 보유한 T−62 전차가 제 위치로 이동하고 있었다. 디마와 팀원들은 그 장면을 라크쉬 장갑차 내부에서 보고 있었다.

블라디미르가 생각에 잠겨 말했다.

"나는 언제나 은행을 털고 싶었어."

"전쟁 통에 말인가?"

그레고린이 끼어들었다.

"그래야 기분전환이 되지요."

계획은 놀랄 만큼 투박스러웠다. PLR 복장을 입은 디마, 블라디미르, 지라크가 부상당한 가줄을 끌고 은행으로 쳐들어가서 안에 있는 사람들에게 문을 열라고 소리치는 것이었다. 부상당한 정보 수석을 보면 안에 있는 PLR 대원들은 문을 열지 않을 수 없을 것이다. 일단 들어가면, 방독면을 착용한 후 최루탄을 살포하고 핵탄두를 빼내오는 것이었다.

그야말로 거의 꿈 같은 작전이었다. 그들은 전차병들을 지나쳐 은행의 문으로 달려갔다. 가줄이 안에 있는 친구들에게 문을 열어달라고 부탁했다. 그가 자신의 이름을 대자마자 거대한 청동문이 활짝 열렸다. 디마는 그 다음 일은 좀 더 골치 아플 거라고 생각했다. 자신들의 앞길을 막는 자는 제압해야 했다. 폭탄을 찾기 위해서는 여기 있는 사람들을 모두 어딘가로 내보내야 했다. 하지만 디마와 팀원들 중 누구도, 심지어는 가줄조차도 청동 문 뒤에 무엇이 기다리고 있는지 알지 못했다.

청동문 뒤의 로비에는 적어도 백 명의 군인과 민간인들이 피신해 있었다. 카키색 군복을 입은 군인들 사이에 알록달록한 원색 의상을 입은 여자와 아이들이 섞여 있었다. 고작 네 명 가지고 이 많은 사람들을 어떻게 다 처리한단 말인가? 은밀하게 작전을 펼 가능성은 완전히 사라졌다. 설령 이 사람들을 모두 밖으로 내몰고 문을 잠근다고 해도, 밖에는 문을 뚫고 들어올 전차가 있다. 사람들을 보는 디마의 머릿속에 이 모든 생각들이 어지럽게 교차했다. 하지만 그 사람들 속에 낯익은 얼굴이 하나 있었다. 바로 기억나지는 않았지만 잠시 시간이 지난 후에야 그 사람의 이름이 호세이니라는 사실이 떠올랐다.

디마는 가줄의 등에 겨눈 칼끝에 힘을 주었다.

"저 사람들한테 금고에 폭탄이 있다고 경고해. 아주 실감나게 해야 돼."

가줄은 따랐다.

"여러분, 지하 금고에 폭탄이 있어요! 지금 당장 대피하십시오!"

하지만 아무도 움직이려 하지 않았다. 일부 사람들이 멀뚱멀뚱 서로를 볼 뿐이었다. 디마는 소리를 질렀다.

"이 분 말씀 못 들었습니까? 어서 문을 열고 전원 밖으로 대피시켜요! 폭탄이 언제 터질지 몰라요!"

지라크와 그레고린이 문을 열고 사람들을 밖으로 내몰았다. 사람들도 점점 무슨 얘긴지 낌새를 채기 시작했다. 처음에는 몇 사람만 나오더니 얼마 안 있어 많은 사람들이 몰려 나왔다. 그리고 급기야는 모두가 미친 듯이 문을 향해 그리고 바깥의 앞뜰을 향해 뛰쳐나왔다. 디마는 칼끝을 가줄의 등허리에 겨눈 채로 가줄을 꽉 붙잡고 있었다. 호세이니가 그들 앞으로 다가왔다. 호세이니는 가줄에게 경례를 붙이더니, 디마를 보고 눈을 가늘게 떴다. 호세이니는 디마의 제자였다. 그는 이란판 게슈타포라 할 수 있는 혁명수비대 정보부에 지원한 광신자였다.

호세이니는 권총집에서 권총을 뽑아 겨누었다.

"정보 수석님, 저 사람들은 러시아인들입니다!"

28

브래디가 운전대를 잡았다. 뒷좌석에는 블랙번과 캠포 사이에 이란군 대령이 앉아서 방향을 지시했다. 이란군 대령의 양 손목은 타이밴드에 의해 등 뒤로 묶여 있었으므로, 그는 뒷좌석 앞쪽 모서리에 걸터앉아 머리를 앞으로 빼고 있었다.

"자파리? 그게 당신 이름이오?"

"대령, 우리한테 거짓말을 했다간 죽을 줄 아시오. 알겠소?"

자파리 대령은 남아 있는 자존심을 담아 고개를 느리게 끄덕였다. 브래디는 무전으로 자파리 대령의 신원확인을 의뢰했다. 그 결과 자파리 대령이 말한 그의 신원은 틀림없다는 사실이 확인되었다. HVT를 잡으러 간다는 흥분에 들뜬 캠포는 입을 다물 줄 몰랐다.

"왜 알 바시르가 은행에 있는 걸까? 설마 푼돈 얼마 내밀면서 우리더러 봐달라고 하려고 그러는 거 아닐까? 나 같으면 얼른 비행기를 타고 사우디나 예멘 같은 안전한 나라로 도망가겠어."

"왜 우리는 그 은행에 2,000파운드 폭탄을 떨어뜨리지 않는 걸까? 알 바시르를 폭탄으로 박살내 버리면 엄청나게 많은 문제를 해결할 수 있어. 그놈의 고추를 덜렁거리면서 법정에 끌고 가는 것보다는 그게 훨씬 낫다고."

블랙번은 대령에게 물었다.

"그 은행은 어느 정도 크기요?"

대령은 경멸스러운 시선으로 블랙번을 보았다.

"아주 커요. 이란 최대 규모이지요."

"그렇단 말인가요. 그럼 우리는 모든 방과 복도를 수색해야……."

브래디가 끼어들었다.

"자네 말이 맞아. 대령, 탐색 범위를 좀 더 좁혀줄 수 없소?"

하지만 대령은 대답하지 않았다. 브래디는 브레이크를 확 밟아 차를 세우고 블랙번에게 소리를 질렀다.

"필요하면 칼로 이놈의 고추를 잘라서 처먹여!"

자파리는 고개를 절레절레 젓더니, 땅을 향해 고개를 푹 숙였다.

"금고를 찾아보시오."

브래디는 다시 차를 몰았다. 교차로를 가로지르고 버스 한 대를 반쯤 잡아먹은 거대한 균열을 피하기 위해 보도로 차를 몰았다.

"하긴 알 바시르 아니면 어떤 미친놈이 이런 데까지 오겠어."

"지난 2003년에도 이란에서는 지진이 일어나 4천 명이 죽었지."

"캠포에게 물어봐. 맞는 말인지."

"바보들 같으니, 〈콜 오브 듀티〉 할 시간 있으면 책을 읽어. 그래야 머리가 안 나빠지지."

"여기서는 적의 사격이 날아오지 않는군. 눈치챘나?"

"방금 얘기했잖아."

주위를 둘러싼 빌딩 위로 은행이 나타나자 자파리 대령은 다시 고개를 끄덕였다. 대리석으로 된 그 거대한 건물은 폭격과 지진에도 긁힌 곳 하나 없어 보였다.

"T-90 전차다!"

그들이 모퉁이를 돌자 눈앞에 차체를 이쪽으로 향한 전차가 나타났다.

"이런 망할……."

브래디는 무전기를 통해 험비 호송대에게 소리쳤다.

"후퇴하라! 후퇴하라!"

대령은 무릎 사이에 고개를 박았다.

블랙번은 전차의 포탑이 자신들을 향해 회전하는 것을 보았다. 그는 차량에서 내려 썩어가는 쓰레기 더미 속으로 몸을 굴렸다. 험비가 전차 포탄에 직격 당하자 큰 충격파가 블랙번의 몸을 덮쳤다. 험비는 하늘로 튀어 올랐다가 땅바닥에 뒤집혀 떨어졌다. 바퀴가 아직 달려 있는 서스펜션 암이 블랙번의 얼굴 앞 불과 몇 센티미터 지점에 낙하하자, 블랙번은 쓰레기 위를 굴러 보도로 몸을 움직였다.

그의 귀에는 '찡' 하는 귀울림 외에는 거의 아무 소리도 들려오지 않았다. 그는 누군가가 자기 어깨에 손을 얹어 자신을 폭발로부터 더욱 떨어진 곳으로 밀쳐 굴리는 것을 느꼈다. 캠포였다.

"캠포, 자네 어떻게……."

"자네가 하는 그대로 따랐지."

몬테스도 캠포 옆에서 미소를 짓고 있었다. 그의 전투복 소매 위쪽이 달아나 있었고, 어깨에서 피가 흐르고 있었다.

"브래디 대위는?"

불타는 험비를 보고서야 알 수 있었다.

"아마 전차 포탄이 운전석 앞 유리를 바로 관통한 모양이야."

상상하기조차 힘든 일이었다. 브래디는 온몸이 방탄재로 이루어진 것처럼 행동하곤 했으니까.

"이란군 대령 역시 흔적도 남지 않았군."

전차는 후퇴하는 험비 대열을 향해 달려갔다. 몬테스와 캠포는 쓰레기 더미 뒤에 숨었다. 전차는 달리며 또 포탄을 발사하더니 시야에서 보이지 않게 되었다.

블랙번은 다시 일어나서 몸을 반쯤 웅크린 채로 길 건너 밴이 주차된 곳으로 향했다. 다른 사람들도 따라왔다. 거기서 그들은 은행 건물을 살폈다. 불빛은 나오지 않았고, 은행 건물 밖에서도 움직임은 눈에 띄지 않았다. 높이가 높은 금속제 문은 닫혀 있었고, 작은 창문들은 두꺼운 철제 방범 창살이 쳐져 있었다. 마치 요새 같은 건물이었다. 블랙번은 다른 사람들에게 말했다.

"좋아, 일을 마무리 짓자고. 저 은행을 점령하자."

29

근거리가 분명했다. 디마는 호세이니의 권총이 뿜은 발사광을 기억했다. 그리고 가줄을 인간방패로 쓴 건 별로 좋은 생각이 아니라고 여긴 것도 기억했다. 결국 그의 생각은 옳았다. 가줄의 이마로 뚫고 들어간 총탄은 그의 머릿속을 가로지른 후, 뇌의 파편 그리고 총탄 굵기보다 훨씬 넓은 면적의 뒤통수 부분 두개골을 부수면서 뚫고 나왔다. 그리고 그 총탄은 디마의 왼쪽 귓바퀴 위쪽도 잘라내 버렸다. 디마는 머리가 날아간 가줄의 시신 밑에 깔려 있으면서 한 가지 의문이 들었다. 왜 호세이니는 나를 향해 다음 탄을 쏘지 않는 것인가? 거기에 대해 디마가 생각할 수 있는 답은 한 가지뿐이었다. 호세이니는 자신의 절대적인 상관인 PLR 정보수석의 머리를 날려버린 탓에, 두려움에 정신이 쏙 빠져서 다음 사격을 하지 못한 것이었다.

가줄의 시신에 짓눌려 쓰러진 채 얼굴에 가줄의 뇌를 잔뜩 뒤집어쓴 디마의 모습을 보면, 누구라도 디마가 죽었다고 착각할 것이 분명했다. 가줄은 디마까지 쓰러뜨릴 정도의 무서운 힘으로 쓰러졌다.

누군가가 디마의 얼굴에 밝은 빛을 비추자 디마는 깨어났다. 블라디미르가 한 손에는 손전등을, 다른 한 손에는 피 묻은 옷 조각을 들고 그를 보고 있었다. 독한 소독약 냄새가 났다. 온 세계가 디마를 중심으로 비틀거리며 돌아가는 것 같은 느낌이었다.

"가만있어 봐."

"대체 어떻게 된 거지?"

"가만있어. 그래야 닦아주지."

디마는 주위를 돌아보려고 애를 썼다. 지라크가 손전등을 켜서 들고 디마와 블라디미르를 보고 있었다.

"여긴 어디지? 어떻게 된 거지?"

블라디미르는 디마의 고개를 뒤로 젖혔다.

"가만있으라 했지. PLR 정보 수석님의 뇌는 매우 끈적끈적하고 잘 엉기는구먼. 내가 볼 땐 아마 너무 오래 쓰지 않아서 그런 거 같은데."

디마의 눈이 초점을 잡기 시작했다. 여기는 훔친 라크쉬 장갑차의 카키색 차내였다. 자신이 처한 위치를 알자 갑자기 그의 몸에 힘이 넘쳤다.

"왜 우리가 은행에 있지 않고 이놈의 APC에 있는 거지? 도대체 자네들 여기서 뭐 하는 건가?"

디마는 블라디미르를 밀어내고 일어나 앉았다. 그제야 디마의 왼쪽 머리에 엄청난 고통이 몰려왔다. 잠시 그의 눈앞이 캄캄해졌다. 디마는 누워 있던 곳에 다시 쓰러졌다. 자기 왼쪽 머리에 감겨진 붕대의 감촉도 느낄 수 있었다.

블라디미르는 응급처치도구 상자를 닫으며 히죽거렸다.

"자네의 왼쪽 귀 모양이 아주 멋지게 변했어. 이제 여자들한테 작업 걸기가 더 쉬워지겠어."

라크쉬가 옆으로 돌며 멈췄다. 조종수석에는 그레고린이 앉아 있었고, 그 뒷자리에는 키릴이 있었다. 어디선가 큰 폭발이 일자 후폭풍을 받은 차체는 심하게 흔들렸다. 장갑차가 후진하자 기어가 미친 듯이 삐걱거렸다.

"나 얼마나 오랫동안 의식을 잃었지?"

"한 20~30분 정도 돼. 덕분에 자네는 아주 기똥찬 총격전을 놓쳤다고. 총성을 듣자마자 호세이니의 부하들 여러 명이 은행에 다시 들어왔어. 그래서 우리는 그놈들을 모두 제압해야 했지. 그리고 나서 다시 아래층에서 더 많은 놈들이 오는 거야. 정말 많았지."

"그래서 퇴각한 거로군. 한심하구먼."

디마는 다시 일어나 앉으려고 했다. 그러나 블라디미르가 막았다.

"이봐, 자넨 아직 살아 있어. 그리고 우린 가죽의 뇌로 범벅이 된 자네를 거기서 구출해냈다고. 이럴 땐 평소 습관을 버리고 좀 고마워할 줄도 알아야 하는 거 아냐?"

다시 두 번의 대폭발이 차체를 흔들었다. 키릴은 몸을 앞으로 숙였다.

"아차, 그리고 한 가지 빼먹은 게 있어. 샘 아저씨가 시내에 들어왔어. 방금 폭발 소리는 PLR의 전차가 미군들한테 한 방 먹이는 소리야."

디마는 블라디미르의 손을 밀치고 몸을 일으켜 세웠다. 그러나 이번에는 한결 동작이 느려졌다.

"우린 핵탄두가 어디 있는지 정확히 알아냈어. 우리가 간 은행 건물은 PLR의 소굴이었잖아."

키릴은 목을 빼고 주위를 돌아보았다.

"걔들이 다른 데로 옮겼어."

"뭘?"

"핵탄두 말이야."

키릴은 무릎 위에 놓인 스캐너를 두들겼다.

"이거 이젠 제대로 작동된다고 말했지? 아마 우리가 왔던 산속으로 되돌아가야 할 것 같아."

그레고린이 장애물을 피하기 위해 조종간을 돌리자 APC의 차체가 흔들렸다. APC의 조종수용 관측창을 통해 파란색과 붉은 색의 불빛이 보였다.

"이런, 이런, 전방에 미군 험비가 나타났어요. 방금 PLR을 쳐부순 애들이죠."

그레고린은 브레이크를 밟은 다음 기어를 후진으로 놓고 나서 차체의 방향을 주시했다.

"이런, 저놈들이 우리 쪽으로 와요."

그레고린은 조작을 채 끝맺지 못했다. 잠시 후 눈부신 빛이 라크쉬 차내로 스며들어오더니, 장갑차는 마치 거인의 손에 잡혀 내팽개쳐지기라도 한 것처럼 대가리를 하늘로 들고 뒤로 뒤집힌 채, 거꾸로 떨어졌다. 잠시 아무 소리도 들리지 않았다.

"모두 탈출해! 당장!"

"씨발, 문은 대체 어디 있어?"

"40미터 거리에서 미군 보병들이 접근 중이다. 어서 도망쳐!"

라크쉬 장갑차의 앞부분에서 일어난 불꽃이 관측구로 번지고 있었다.

"씨발, 이 차는 나가기에 왜 이렇게 복잡하게 생겨먹었지?"

"그래야 끝까지 훌륭한 혁명전사답게 자리를 지키며 싸울 수 있지."

"하지만 이제 그 혁명은 말아먹었잖아."

지라크가 장갑차의 옆문을 열었다. 부서진 장갑차에서 흘러나온 연료 때문에 생긴 웅덩이가 점점 커지고 있었는데 모두들 그 위로 튀어나왔다. 모두가 몸을 굴리는 동안 미군이 쏴댄 총알이 보도에 작렬했고, 연료 웅덩이는 순식간에 불꽃 연못으로 바뀌었다.

그들은 지진이 거리에 만들어놓은 균열 속으로 숨었다. APC가 폭발을 일으키면서 엄청난 화염과 열기가 뿜어져 나왔다. 그들은 타고 온 장갑차가 박살나는 광경을 보았다. 험비에서 내린 미 해병대원 몇 명이 불타는 라크쉬 장갑차를 둘러쌌다.

"멋지게 해치웠군."

"잘했어. 구워진 이란 놈 안 보이나?"

"안 보이는 걸. 하나쯤은 있겠지."

해병대원들은 이곳이 자기들 땅이라도 되는 양 느긋하게 걷다가 험비에 타고 어딘가로 사라졌다.

디마는 피곤했고, 배가 고팠고, 몸이 쑤시고, 불에 그슬리고, 온몸에서 석유 냄새가 났다. 분노와 욕설이 치밀어 올랐지만 결국 그는 자신을 추스르고 시계를 보았다. 시계의 유리에는 큰 금이 갔지만 그래도 여전히 잘 작동했다. 60명이 넘는 부하와 헬리콥터 두 대, 자동차 두 대를 가지고 출발한 지 벌써 24시간이 지났다. 이제 그는 구덩이 속에 처박혀 있고, 부하들도 네 명을 빼면 모두 전사했다. 헬리콥터는 모두 격추당했고 이제 자동차도 없다. 하지만 핵탄두는 아직 구경도 하지 못했다. 게다가 시간마저도 이젠 그들의 편이 아니었다.

30

문은 너무 커서 부술 수가 없었다. 게다가 문을 부수고 총질을 해가며 돌입하기에는 아군 인원수도 너무 적었다. 은밀한 침투만이 답이었다.

블랙번이 말했다.

"누구나 약점은 있기 마련이지."

"굼벵이도 구르는 재주는 있기 마련이고."

"굼벵이처럼 구르지 않았으면 블랙번은 병장까지 진급하지 못했을걸."

그들은 마침내 약점을 찾아냈다. 이 건물의 뒤에는 화재피난용 사다리가 있었다. 사다리 아래쪽은 사격을 당해 날아가 있었지만 그 바로 옆에 배기관이 있었다. 블랙번이 배기관을 타고 올라갔다. 사다리에서 가장 아래에 있는 가로대에 손을 뻗어 붙잡은 다음 배기관에서 손을 떼었다. 사다리는 얼어붙은 창문까지 연결되어 있었다. 블랙번은 창문을 비틀어 열었다.

창문 안은 화장실이었다. 그는 한 발을 변기의 물탱크에 올리고, 다른 한 발을 변좌에 디뎠다. 화장실 칸막이 너머로 다른 칸들을 보았다. 최소 5칸은 있는 것 같았지만 어디에도 사람은 없는 것 같았다. 그는 바닥에 착지한 다음 화장실의 각 칸을 살폈다. 모두 열려 있었다. 그는 창문 밖으로 몸을 내민 다음 나머지 두 사람을 손짓으로 불렀다.

마트코비치가 먼저 들어왔다. 블랙번이 그의 발을 잡아주었다. 그 다음에 몬테스가 들어왔다. 실수로 캠포의 발이 변기의 물 내리는 손잡이를 눌렀다. 물이 마치 포탄처럼 침묵을 깨고 쏴 소리를 내며 내려가자 모두가 긴장해서 얼어붙었다. 아무도 움직이지 않았다.

밖에서 발자국 소리가 들려왔다. 블랙번은 자신의 총을 손가락질하며 고개를 내저었다. 사격을 해서는 안 된다는 신호였다. 캠포는 자신의 실수를 신속히 만회하기 위해, 화장실 문으로 달려가 문 옆에 서서 나이프를 꺼냈다. 문이 열리고 장교 복장을 한 사람이 나타났다. 그의 눈이 커지더니 총을 꺼내려고 권총집을 더듬었다. 그 순간 캠포가 달려들어 그의 입을 막고 나이프로 가슴을 찔렀다. 상대방은 소리도 제대로 내지 못하고 잠시 저항하다가 화장실 바닥에 쓰러졌다.

블랙번은 문을 통해 복도로 나갔다.

"이곳의 금고를 찾아보자."

엘리베이터 문은 반쯤 열려 있었고, 엘리베이터의 케이지는 바닥에서 60센티미터 정도 뜬 상태로 정지해 있었다.

"근처의 계단을 이용하는 게 낫겠어."

그들은 계단으로 가는 문을 열었다. 그런데 아래층에서 말소리가 들렸다.

블랙번은 대원들을 불러 모았다.

"가급적 빠른 길로 가야 해. 레펠링으로 내려가면 아래층에 있는 친구들은 우리가 자기들을 지나쳐가는지 절대 모를 거야."

다른 대원들이 그 말뜻을 이해하기까지는 다소 시간이 걸렸다. 그들은 별로 하고 싶어 하는 눈치가 아니었다.

"내가 지금 농담하는 걸로 들려?"

블랙번이 앞장섰다. 그는 엘리베이터의 케이지와 바닥 사이의 빈 공간으로 몸을 들이밀었다. 이곳은 3층이었다. 그러나 이 은행의 지하층이 몇 층까지 있는지는 알 길이 없었다. 엘리베이터 통로 밑바닥으로 레펠링을 하며 그는 다섯 개의 층을 세었다. 엘리베이터 통로의 맨 아래쪽은 시커멨다. 맨 아래층의 엘리베이터 도어는 닫혀 있었다. 그는 귀를 쫑긋 세우고 문밖에서 소리가 나는지 살폈다. 아무 소리도 들리지 않았다. 그는 다른 사람들에게 손전등으로 신호를 보냈다. 네 명 모두 내려와 온 힘을 다해 문을 열어젖혀서 겨우 한 사람이 빠져나갈 수 있을 만큼의 틈을 만들어놓았다.

문이 열린 그곳은 옆방이었고, 금고는 그 너머에 있었다.

블랙번은 손전등으로 두께가 30센티미터는 족히 되어 보이는, 광택 나는 금속제 문을 비추었다. 그 문은 활짝 열려 있었다.

"오늘은 운수 좋은 날인 것 같군."

해병대원들은 금고 속으로 발을 디뎠다. 금고는 컨테이너 박스 두 개만 했다. 한쪽 벽에는 귀중품 보관함이 줄지어 있었다. 어떤 함들은 아예 사라져 있었고, 어떤 함들은 바닥에 뒹굴고 있었다. 어떤 함들은 활짝 열려 있었다.

블랙번은 그 속으로 전진했다.

캠포는 열린 귀중품 보관함 안쪽을 들여다보았다.

"자네도 알겠지만 나는 언제나 은행을 털고 싶었어. 진정한 프로답게 내부인의 협조를 받아서 터널을 뚫고 말이지."

블랙번은 손을 들었다.

"캠포, 조용히 해."

그는 손전등으로 반대편 벽을 비추었다.

몬테스가 입을 열었다.

"저거 봐. 지도야. 여긴 알 바시르의 지휘 벙커였던 것 같아. 그렇지? 하여간 악당들은 언제나 막판에는 이런 벙커에서 최후를 맞는군. 히틀러처럼."

캠포는 벽에 걸린 지도 중 한 장을 들여다보았다.

"음……, 요 녀석들 세계 정복을 꿈꿨던 것 같군."

캠포는 몸을 더 앞으로 내밀었다.

"흠……, 이거 봐. 이게 무슨 뜻일까? 알 바시르 이놈은 전 세계는 못 먹어도 파리는 먹고 싶었나 본데."

"아니면 뉴욕이거나. 힘든 결정을 했군. 영어 할 줄 아는 놈이 있으면 잡아다가 물어보고 싶군."

"알 바시르는 영어 못 할 거야. 바보잖아."

블랙번이 앞으로 나섰다. 파리 지도에서 주식거래소인 부르스 광장에 검은 마커로 동그라미가 쳐져 있었다. 그리고 뉴욕의 타임 스퀘어에도 마커로 동그라미가 쳐져 있었다. 블랙번은 더 철저한 조사를 위해 소리 없이 지도를 들췄다. 방금 전까지만 해도 사람이 있었던 증거가 나타났다. 접시가 있었고 그 위에는 먹다 남은 난 빵, 토마토, 그리고 종을 알 수 없는 식물의 잎사귀가 올라와 있었다. 공기는 담배연기로 탁했고, 작은 접이식 테이블 위에 있던 재떨이는 바닥에 떨어져 담배꽁초가 사방에 널려 있었다.

"황급히 자리를 떴나 보군. 바로 얼마 전에 말이지."

캠포는 방 한구석에 있는 상자를 가리켰다.

"저걸 한 번 살펴보자."

그 상자는 알루미늄제 컨테이너였다.

"겉에 뭐라고 문자가 적혀 있어. 숫자도 적혀 있고. 이거 페르시아어일까?"

"러시아어야."

"뭐, 개좆같은 러시아제 무기를 왕창 갖고 있던 놈들이니 이상할 것도 없지."

"그래. 하지만 저 기호를 잘 봐. 저건 러시아어가 아니로군."

그들 모두는 컨테이너 위에 붙은 기호를 보았다. 노란색 삼각형 안에 케이크 자른 조각처럼 방사형으로 나열되어 있는 세 개의 검은 삼각형. 그리고 그 세 삼각형이 모두 가리키고 있는 중앙의 검은 점……

"씨발."

"이런, 이거 어쩌면 기폭장치 작동이 시작된 놈일지도 몰라."

블랙번이 그 물건을 향해 다가갔다.

"그렇다면 우리가 할 수 있는 일은 없지."

"지원을 요청해야 해."

"한번 뚜껑을 열어보겠어."

다른 사람들이 물러서는 가운데, 블랙번은 앞으로 나아가 아래로 팔을 뻗쳤다. 뚜껑에는 두 개의 잠금장치가 있었지만 모두 열려 있었다. 블랙번은 뚜껑을 열고 안을 들여다보았다. 두툼한 안감을 댄 컨테이너 안에는 물품을 넣는 공간 세 개가 있었다.

그중 두 개는 비어 있었지만 나머지 하나에는 뭔가 들어 있었다.

그때 녹색등이 미친 듯이 깜박였다. 모두들 본능적으로 컨테이너에서 등을 돌렸다. 전원이 다시 들어왔다. 탁한 노란색 등이 천정에 난 구멍 속에서 빛났다.

"에잇, 망할."

"비상등이로군. 이 건물에 전력이 복구된 게 분명해. 그렇다면 엘리베이터도 작동될 거야."

몬테스는 미친 듯이 웃어댔다.

"우리 말고 이게 대단한 물건이라고 생각할 사람이 또 있을까?"

"그렇게 생각할 사람들을 불러야지."

블랙번은 무전기 마이크를 조정한 다음 말했다.

"미스핏 액추얼 나오라. 여기는 미스핏 1-3. 상황 보고한다. 오버."

응답이 돌아왔다.

"여기는 미스핏 액추얼. 말하라."

"액추얼, 여기는 1-3. 헤이메이커 액추얼은 현재 작전불능이다. 은행 금고를 찾아냈다. HVT는 없다. 반복한다. HVT는 없다. 대신 휴대형 WMD로 보이는 물체를 발견. 반복한다. 휴대형 WMD로 보이는 물체를 발견했다. 안전한 상태다. 컨테이너에 한 발이 들어 있다. 하지만 두 발이 사라진 흔적이 있다. 반복한다. 두 발이 사라진 흔적이 있다."

"이봐, 저기 좀 봐!"

모두의 시선이 캠포가 가리킨 방 한구석에 쏠렸다. 분할 스크린 모니터에 네 개의 영상이 떴다. 그중 하나는 로비를 찍은 것 같았다.

로비 영상에는 미국제 M-4 카빈 소총으로 보이는 무기를 든 두 사람이 움직이는 게 보였다. 한 사람은 바퀴가방을 끌고 있었다.

"씨발! 저게 우리가 찾던 HVT야! 알 바시르라고!"

무전기에서는 아무 소리도 나지 않았다. 블랙번은 같은 말을 반복했다.

"HVT를 시각 확인했다. 알 바시르가 은행 건물을 나서고 있다!"

한참을 기다리다 이런 대답이 나왔다.

"……부서지고 있다. 당장 기동자산을."

"우리말을 제대로 듣지 못했군. 지금 쫓아가서 잡기엔 너무 늦었어."

불이 또 나갔고, 해병들은 다시 어둠 속에 던져졌다.

31

테헤란 외곽, 캠프 파이어플라이

그들은 여기에 온 지 여섯 시간밖에 되지 않았다. 그러나 도망치는 이란인들 눈에는 마치 미군들이 이곳의 터줏대감처럼 느껴졌다. 지진과 PLR을 피해 떼를 지어 몰려온 지친 이란 민간인들은, 캠프를 둘러싼 미군 병사들에 의해 다른 곳으로 내쫓기고 있었다.

콜과 블랙번은 체념한 표정으로 바라보고 있었다. 캠프의 본부에서 좀 떨어진 위장망 아래에서는 EOD(폭발물 처리)팀의 마이크 '거니' 윌슨 중사가 가이거 계수기로 블랙번이 들고 온 물건을 검사하고 있었다. 거니 중사는 블랙번, 캠포, 마트코비치, 그리고 그들을 은행에서 데리고 나온 전차병들을 가이거 계수기로 검사하고 나서 모두 안전하다고 말해주었다. 이제 그는 블랙번이 가져온 물건을 전문가다운 느린 동작으로 매우 꼼꼼히 검사하고 있었다. 마치 세계의 모든 시간을 소유한 듯한 자세였다. 누구도 알 바시르가 핵폭탄 두 발을 들고 도망쳤다는 사실은 생각하고 싶지 않았다. 그들은 정신을 놓은 채 앉아서 거니가 뭐라고 말을 하기만을 끈덕지게 기다렸다.

그들은 앉아서 EOD 대원의 신비로운 묘기를 빼놓지 않고 감상했다. EOD 대원들은 사신을 여러 차례 속여먹으며, 생명을 위협하는 각종 부비트랩이 설치된 폭발물들을 소리 없이 무력화했다. 이들은 전투 현장에서 가장 존경받는 사람들이었으며 사상자 비율도 가장 높은 병과였다. 어떤 EOD 대원은 블랙번에게 이런 말을 했다.

"갈 때 되면 가는 거지. 재수 없어서 잘못 건드리면 쾅! 순식간에 빠이빠이지 뭐."

하지만 지금 블랙번은 폭발물을 조사하는 거니의 모습을 온 신경을 기울여 들여다보지 않았다. 그의 마음속에서는 모니터에 비친 알 바시르, 그리고 알 바시르와 함께 있던 남자가 자꾸 떠올랐다. 그 남자는 면도를 깨끗이 한 얼굴에 광대뼈가 많이 돌출되어 있었다. 하커 이병을 죽인 놈과 똑같이 생겼다.

블랙번은 그 사실을 콜 대위에게 말하고 싶었다. 하지만 그랬다가는 콜 대위가 의심스런 눈초리로 자신을 보며 이렇게 꼬치꼬치 물어볼 것 같았다.

"아직도 그 일을 마음에 두고 있나? 응? 그 일은 자네를 갉아먹고 있어. 안전한 거리에서 자네가 그 일을 보는 동안 그 놈들은 칼로……."

블랙번은 일어나서 몇 걸음 걸었다. 금고의 보안 모니터에 보였던 그 모습이 머릿속을 떠나지 않았다. 그 모습은 마치 머릿속 비디오테이프에 기록이라도 된 것처럼 선명하게 남아 있었다. 보안 모니터에 나오던 네 개의 화면 중 두 개는 빈 화면이었다. 그리고 하나는 정문인 청동문과 주 접수창구를 촬영하고 있었고, 나머지 하나는 정문보다는 좀 작은 보조 출입구를 비추고 있었다. 바로 그곳으로 알 바시르와 또 한 명의 사나이가 지나갔다. 알 바시르와 함께 다니던 그 사나이의 손에는 두 개의 가방이 들려 있었다. 그 모습을 가장 먼저 발견한 것은 캠포였다.

"이런 망할, 저거 보여?"

그들은 모두 멈춰 서서 스크린을 보았다. 블랙번은 남아 있는 핵폭탄 한 발을 흘깃 보았다.

"알 바시르의 졸개가 나머지 두 개를 가져간 모양이야."

캠포는 어깨를 으쓱했다.

"너무 넘겨짚는 거 아냐?"

마트코비치는 코웃음을 쳤다.

"이봐, 미국 최고의 지명수배범이 방금 두 발의 WMD를 들고 이 건물을 빠져나갔다니 걱정도 팔자라지만 너무 심한 거 아냐?"

블랙번은 장갑을 낀 손을 들었다.

"다들 입 다물고 저거나 봐. 유감스럽게도 이게 우리가 할 수 있는 전부야."

모니터를 보면서 그의 목소리는 줄어들었다. 두 사람이 건물을 빠져나가고 있었다. 카메라 앵글은 거리의 일부분을 보여주고 있었다. 알 바시르는 망설였다. 그를 따르던 사나이는 주변을 돌아보았다. 키가 크고 깨끗이 면도한 얼굴에 현지인의 의상을 입은 사람이었다. 블랙번은 모니터 속의 그 사나이가 보안 카메라를 통해 자신을 바라보며 조롱하는 것처럼 느껴졌다.

캠포는 어깨를 으쓱거렸다.

"택시라도 기다리나?"

마트코비치는 블랙번에게 말했다.

"알 바시르랑 같이 있는 저 친구는 도대체 누구야?"

캠포는 스크린에서 시선을 돌렸다.

"알 게 뭐야. 신경 쓰지 마. 우리가 할 일은 다했어. 우리는 저기 하나 남은 핵탄두만 지키면 돼."

마치 한 달은 지난 것 같았다. 거니는 가이거 계수기를 내려놓고 장갑을 벗었다. 그는 쿡쿡거리면서 고개를 내저었다.

"핵폭탄이기는 하지만, 우리가 아는 종류는 아닙니다. 저렇게 생긴 건 본 적이 없어요."

콜은 팔짱을 낀 채 회의적인 태도로 어깨를 으쓱거렸다.

"제임스 본드 영화에 나오는 악당들이나 쓸 법한 건가."

거니는 핵폭탄에 적힌 키릴 문자를 가리켰다.

"저건 분명히 로스케들 거예요. 그건 의심의 여지가 없지요."

그러면서 거니는 블랙번 쪽으로 고개를 돌렸다.

"혹시 러시아어 할 줄 아시는 분?"

블랙번은 고개를 가로저었다.

거니는 입고 있던 방폭복을 벗었다.

"지난 1990년대에 말입니다. 〈60분〉이란 TV 프로그램에서 전직 러시아 국가안보자문인 알렉상드르 레베드 장군을 인터뷰한 적이 있었어요. 그때 그 장군이 뭐라고 했는지 알아요? 자기들이 1킬로톤급 옷가방 형 핵폭탄을 100발 넘게 잃어버렸다고 하더군요. 1킬로톤이면 TNT 폭약 1,000톤이랑 위력이 똑같지요. 실종된 핵폭탄들은 원래 GRU 요원들에게 지급되었던 것들이라고 했어요. GRU가 뭔지 아시는 분?"

"소련 대외 군사 정보국의 약자지."

"대위님, 보너스 점수 드립니다. GRU는 레베드 장군이 미국의 신뢰를 얻기 위해 거짓말을 했다고 주장했어요. 레베드 장군은 미국으로 이주하고 싶어 했거든요."

거니는 핵탄두를 보며 고개를 끄덕였다. 그리고 자신의 지식을 호기심 많은 청중들에게 알려줄 기회가 생긴 것을 기쁘게 생각했다.

"그래요. 그리고 또 이 점을 생각해봅시다. 무기를 만들 수 있는 플루토늄의 가격은 그램당 4천 달러가 넘습니다. 그러니 러시아가 이 핵무기를 해체해서 플루토늄을 팔겠다고 해도, 사는 사람은 엄청난 루블을 지불해야 합니다. 물론 러시아가 무슨 이유에서인지 PLR을 지원하고 있다면 얘기는 또 달라지지만요. 여러분들을 걱정시키기는 싫지만 이제 러시아 대 미 합중국의 대결이 다시 벌어지고 있는 것 같습니다. 냉전은 다시 시작되었어요. 그리고 열전으로 바뀌고 있습니다."

거니가 핵탄두를 팔레트 위에 올려놓자, 그의 부하 네 명이 그것을 밖으로 가지고 나갔다.

"이봐, 길 조심해서 나르라고. 알았지?"

콜 대위는 계속 땅을 보고 있다가 마침내 블랙번에게 얼굴을 돌렸다.

"또 다른 유튜브 동영상을 볼 준비가 됐나?"

32

테헤란 동북부 니아바란

디마 일행은 험비가 사라질 때까지 도로에 난 균열 속에서 기다렸다. 그리고 도로가 완전히 잠잠해졌는지 확인할 때까지 또 기다렸다.

디마가 앞장서고 나머지 사람들은 몇 미터씩 간격을 두고 뒤를 따랐다. 뺏거나 훔칠만한 차는 보이지 않았다. 바퀴가 달린 물건이라면 심지어 슈퍼마켓에서 쓰는 카트까지도 도시를 빠져나가는 피난민 대열의 손에 들어가 있었다. 페이칸 한 대를 발견했을 때 일행은 잠시 흥분했다. 그러나 엔진이 없다는 것을 알자 그 흥분은 바로 사라져버렸다. 먹을 것을 찾는 떠돌이 개들이 그들을 따라왔다.

블라디미르가 가장 가까이 온 개의 머리를 쓰다듬으며 이렇게 말했다.

"디마, 무슨 생각할지 알아. 가면서 키릴을 잘 보라고."

지라크도 말했다.

"저도 여우 먹어본 적 있어요."

그레고린도 거들었다.

"저는 고양이도 먹어봤어요. 털 뭉친 건 차마 못 먹겠던데."

블라디미르가 다시 입을 열었다.

"지난 50년대에 말이야. 우리 아버지는 굴락에 계셨어. 그때 아버지는 친구들과 이런 약속을 했지. 한 사람이 먼저 얼어 죽으면, 나머지 사람들이 죽은 사람의 시체를 먹어도 좋다고 말이야."

키릴이 대답했다.

"그 이야기는 해피엔딩으로 끝났으면 좋겠어."

블라디미르가 말했다.

"그렇지 않았지."

그들은 아무 말 없이 걸었다.

너무 지치고 배가 고파 정신을 집중하기 힘들었다. 디마의 자제력은 지난 24시간 동안에 비해 상당히 느슨해져 있었다. 팔리오프가 보여준 사진이 자꾸 생각나고, 거기에 정신이 집중되는 것은 어쩔 수 없었다. 디마는 그 사진의 모든 세세한 부분을 다 기억하고 있었다. 사진 속 젊은이의 눈, 미소 지은 입 모양, 미소 지을 때 주름이 생기는 턱과 약간 휘어지는 눈썹. 그 모든 것은 그 젊은이의 어머니가 누군지 의심의 여지 없이 확실히 말해주고 있었다.

카미유는 좋지 않은 시기에 만난 좋은 사람이었다. 하지만 지금 와서 돌아보면 디마의 인생에 과연 좋은 시기가 있었나 싶을 정도였다. 디마는 미래의 미국을 이끌고 나갈 인재들인 하버드 대학생들에게 접근하는 임무를 띠고 파리에 파견되었다. 하버드 대학생들 주변에 프랑스 여자는 별로 없었다. 카미유는 그 몇 안 되는 프랑스 여자 중 한 사람이었다.

만찬이 있었다. 그 만찬은 소련이 비밀리에 자금을 댄 '데탕트'의 일환이었다. 프랑스에 와서 공부를 하는 특권을 누리고 있는 미국 대학생들에게 '악의 제국'의 실체를 깨닫게 하고, 소련의 눈부신 새로운 발전상을 알도록 하는 것이 목적이었다. 물론 디마와 마찬가지로 그 자리에 나간 러시아인들 역시 GRU, KGB 및 기타 기관에서 보유하고 있는 가장 우수하고 뛰어난 인원들이었다. 서구 세계에 내보여줄 만한 여러 소련 정부기구의 신입직원들이었던 것이다. 그리고 전형적인 동부 아이비리그 학생다운 패링턴 제임스의 이름은 왠지 이름과 성이 잘못된 순서로 배열된 느낌을 주었다. 어떤 놈이 작명한 걸까?

디마는 중국과 아프리카에 관련된 평범하면서도 중요한 질문을 몇 개 던져서 그를 간단히 시험해 보았다. 그 질문들에 대해 답하는 제임스에 비하면 로널드 레이건 같은 인물도 자유주의자로 보일 지경이었다. 제임스가 약혼녀인 카미유를 소개하자, 디마는 제임스를 자신의 공략 상대 명단에서 빼기로 결심했다. 디마의 시선을 잡아

끈 것은 마치 도자기처럼 섬세한 그녀의 손이었다. 그 다음에는 회록색의 눈, 그리고 아름답게 자리 잡은 눈썹이 디마의 눈에 들어왔다. 카미유가 디마에게 미소를 짓자, 디마는 카미유야말로 자신을 위해 태어난 사람인 것처럼 느끼게 되었다.

카미유 베탕쿠르는 마르키 드 베탕쿠르의 무남독녀였다. 원래는 부랑자였던 그 집안의 선조들이 갑자기 프랑스 사회의 전면에 부상하게 된 이유는 하나밖에 없었다. 카미유의 7대 선조인지 9대 선조인지 되는 사람들이 부동산과 그 문서를 함께 훔쳤기 때문이었다. 마르키는 엄청난 도박광이었지만 그래도 얼마 안 되는 재산은 딸을 위해 남겨두었다. 딸이 문제없이 예쁘게 커서 제임스 같은 돈 많은 미국 남자를 낚을 수 있게 되기를 바라는 마음에서.

그리고 그때까지는 모든 것이 잘 되어 가고 있었다. 마르키는 집의 와인 저장고에 마지막 남은 와인으로 패링턴과 건배했다. 마르키의 귀족적인 매력과 그 딸의 아름다움에 매혹된 패링턴은 카미유에게 청혼했다. 그러나 카미유의 마음속에는 패링턴의 성적, 정치적 성향에 대한 의심이 사라지지 않았다. 그래서 카미유는 패링턴의 청혼에 바로 답을 주지 않았다. 그 사이에 디마가 카미유의 인생에 끼어들었던 것이다.

에잇, 망할, 오늘밤 여기를 이렇게 쏘다니고 있는 것은 모두 내가 자초한 일이야. 디마는 그렇게 생각했다. 테헤란의 폐허 속을 쏘다니던 디마는 10년 전 술을 끊은 이후 처음으로 옛 추억이 주체할 수 없이 밀려옴을 느꼈다. 하지만 10년이 지난, 아니 25년이 지난 지금, 옛 생각을 해야 할 이유는 충분했다.

제임스가 그 연회에 나타난 것은 러시아인들에게 마르크시즘이야말로 20세기의 사탄주의라는 것을 알릴 기회를 찾기 위해서였다. 독선과 오만으로 자신을 과대 포장하는 일에 빠진 제임스는, 디마의 레이저 조준기가 자신이 데리고 있던 젊고 우아한 프랑스 여자에게 제대로 조준된 사실은 물론, 자신이 먹는 고급 돔 페리뇽 샴페인이 소련이 사준 거라는 사실을 눈치채지 못했다.

그로부터 6주 후, 일은 터지고야 말았다. 패링턴도 마르키도 카미유와 젊은 소련인 사이에 생긴 일을 용납할 수 없었다. 하지만 카미유는 이미 아버지에게 패링턴이나 프랑스에 대해 전혀 신경 쓰지 않는다고 밝혔다. 카미유는 자신이 이제 디마의 여자라고 생각했다. 그녀는 언제라도 디마와 함께 모스크바로 도망칠 준비가 되어 있었고, 그럴 의지도 갖추고 있었다. 만약 디마가 그럴 각오가 된 증거를 달라고 했다면, 카미유는 뱃속에 품고 있는 디마의 아이를 보여주었을 것이다.

하지만 디마는 그 이후로 카미유를 두 번 다시 볼 수 없었다. 마치 카미유는 처음부터 세상에 존재하지 않았던 사람인 것처럼 그녀의 모든 흔적은 불과 하룻밤 사이에 지워졌다. 그녀가 빌렸던 작은 아파트는 다른 학생에게 넘어갔다. 소르본 대학에서 카미유를 가르치던 교수는 카미유가 학교를 자퇴하고 외국으로 갔다고 알려주었다. 디마는 미칠 것 같았다. 그는 모스크바의 상관들에게 그녀를 찾을 수 있게 휴가를 달라고 요청했다. 그러나 파리에 있는 그의 상관들은 이미 크렘린에 먼저 선수를 쳐놓고 있었다. 그래서 디마는 파리를 떠나 프랑스령 서아프리카의 긴급작전에 투입되었다.

1년 후, 파리에 남아 있던 디마의 친구가 〈프랑스 스와르〉 지의 기사를 스크랩해서 보내주었다. 기사는 루아르에 있는 마르키 드 베탕쿠르 가의 성에 딸린 호수에서 카미유가 익사체로 발견되었다는 내용이었다. 그게 사고에 의한 것이었는지는 친구도 알지 못했다. 그렇다면 아이는 어떻게 되었을까? 팔리오프는 디마에게 이렇게 말했다.

"바꿔. 그 분노를 힘으로 바꿔 일하게. 그 분노를 저버리지 말고 이용하게."

무너진 테헤란의 거리를 걷고 있는 지금, 그는 팔리오프의 조언 속에 숨은 지혜를 떠올렸다. 그는 자신의 모든 감정을 마음속 깊이 압축해서 뜨겁게 불타오르는 에너지로 변화시켰다. 그 에너지가 자신에게 도움이 되었는지 아닌지는 디마 자신도 몰랐다. 아마도 그 에너지는 디마를 감정표현에 서투르고 냉담한 사람으로 변화시켰을 것이었다.

"디마, 자네는 참 까다로운 사람이로군."

"자네의 가장 큰 적은 다름 아닌 자네 자신이야."

"이만한 능력을 가진 사람이 왜 그 능력을 제대로 보여주지 않나?"

디마는 이런 말을 얼마나 많이 들었는지 모른다. 디마는 어깨 너머로 자신을 따라

오는 사람들을 보았다. 블라디미르, 키릴, 그들이 디마보다 나을 게 뭐가 있는가? 이 길을 걷는 우리 모두 부상병이라는 생각이 들었다. GRU가 낳은 걸을 수 있는 부상병들인 것이다.

키릴이 디마를 쫓아와 디마의 어깨를 두드렸다.

"이봐."

키릴은 디마의 눈을 들여다보았다.

"앗, 자네의 그 눈빛이 어떤 의미인지 난 알지."

"키릴, 자네 인생은 완전히 망가졌어. 그런데 어째서 자네는 늘 힘이 넘치는 거지?"

키릴은 어깨를 으쓱거렸다. 둘은 다른 사람들이 따라올 수 있게 발걸음을 멈췄다. 블라디미르는 분위기가 바뀐 것을 감지하고는 흡혈귀 같은 미소를 지었다.

"그래도 여기가 부티르카보다는 훨씬 낫잖아."

지라크도 고개를 끄덕였다.

"아마라 여사님이 저녁을 드셨는지 궁금하네요."

33

테헤란 이북, 캠프 파이어플라이

블랙번은 접이식 테이블에 앉았다. 그의 앞에는 야전용 랩톱이 열려 있었고, 그의 뒤에는 캠포와 몬테스가 있었다. 스크린에서 나오는 빛이 그들의 얼굴을 어슴푸레하게 밝혔다. 야간에 촬영된 그 동영상은 알아보기가 매우 힘들었지만, 뭔가가 일어나고 있다는 것을 알아볼 정도는 되었다. 사병들이 동영상을 보고 있는 동안 콜은 일어나 있었다.

캠포는 이를 악문 채로 나직이 말했다.

"저 망할 놈 누군지 알아?"

동영상 속에서 키가 크고 터번 끝으로 얼굴을 감싼 사나이가 뭐라고 속삭이며 두건을 쓴 사람 앞에 서 있었다. 그 사나이는 마치 장막을 들추는 마술사처럼 밀러라는 겁에 질린 전차병의 얼굴을 덮은 두건을 잡아채 벗겼다. 그리고 밀러의 목에 나이프를 꽂으려 했다.

콜이 손을 앞으로 뻗어 랩톱을 닫았다. 그는 블랙번을 보며 기다렸다.

"같은 놈인가?"

블랙번은 고개를 끄덕였다.

"마치 우리를 비웃는 것 같아. 이런 미친 짓을 하면 혁명에 도움이 된다고 생각하는 걸까?"

"정보부에서는 뭐라고 합니까? 이 사람의 신원을 확인했나요?"

콜은 어깨를 으쓱였다.

"이놈에 대해서는 아무런 정보도 없어. 자, 제군들, 잘 들어라. 알 바시르가 테헤란 북서부, PLR 병력 집결지로 도망갔다는 걸 확인했다. 우리군은 그곳의 PLR에 계속적인 폭격을 퍼부을 것이다."

콜은 지도를 개봉한 다음 테이블 위에 펼쳐놓았다.

"알 바시르와 그 휘하 지휘관들은 반드시 생포해야 한다. 돌격조 호출부호는 미스핏 2-1이다. 오스프리 항공기로 투입될 거야. 블랙, 자네의 팀은 이곳에서 상황을 감제하라."

콜은 그러면서 대형 쇼핑몰을 촬영한 위성사진의 두 곳을 가리켰다.

"퇴출 역시 오스프리로 이루어진다. 자, 제군들, 그럼 준비해!"

몬테스는 블랙번을 보았다.

"또 하룻밤 설칠 것 같은 예감이 들지?"

캠포가 끼어들었다.

"그렇지 않아. 멋진 곳에서 또 8시간 잤잖아. 가슴이 엄청나게 큰 여자가 방으로 취침모자 가져다준 거 기억 안 나? 그리고 그 여자가 서비스도 해줬잖아. 휘핑크림이랑 또……."

블랙번은 그들의 말을 듣지 않았다. 그는 랩톱을 열고 그 동영상을 재생했다.

34

"우와 이거 봐! 이게 새야 비행기야? 대단한 걸?"

캠포는 오스프리 기내의 조그만 창을 통해 그 비행기의 로터가 이착륙 위치에서 전진비행 위치로 기울어지는 걸 보고는 미소를 지었다. 그는 블랙번을 팔꿈치로 찌르며 로터 소리에 지지 않을 기세로 소리쳤다.

"블랙번. 정말 기똥차지 않아? 우리가 타고 있는 건 헬리콥터의 수직이착륙 능력과 터보프롭 항공기의 순항속도를 하나의 기체에 합한 최초의 항공기라고. 정말 기가 막힌 아이디어지?"

블랙번은 캠포가 제발 입 좀 다물어주길 바랐다. 자기를 건드리는 것도 그만했으면 싶었다. 그러나 캠포는 전혀 그럴 기색을 보이지 않았다. 캠포는 자신이 누구에게나 항상 사려 깊은 인물이라고 착각했다. 만약 그가 훈련 중에 눈을 다치지 않았다면 지금쯤 이 항공기의 조종석에 앉아 있을 터였다. 캠포는 원래 항공기를 조종하기 위해 군대에 입대한 것이었다. 하지만 부상으로 인해 그럴 기회는 영영 날아가 버렸다. 캠포는 그런 시련을 겪었음에도 불구하고, 그것을 현실로 받아들이고 그 와중에서도 긍정적인 부분을 찾았다. 만약 캠포가 하커의 참수 장면을 직접 보았다면 그 속에서 어떤 긍정적인 부분을 찾아냈을까? 블랙번은 문득 궁금해졌다.

"이 비행기의 좋은 점이 또 뭔지 알아? 적군이 이 비행기의 소리를 들으면 우리가 접근한다는 것은 알 수 있지만 어디 내릴지는 모른다는 거야. 이 비행기는 어느 집 지붕이나 운동장에도 사람을 내려보낼 수 있거든. 우리가 비행기 밖으로 튀어나오면 쇼핑몰에서 여자 친구 팬티를 입고 있던 PLR놈들은 거기다 똥을 지릴 거라고!"

캠포는 블랙번을 또 찔러댔다.

"이 항공기 개발계획을 누가 중지시키려고 했는지 알아? 바로 전쟁의 제왕, 딕 체니 전 국방장관이지. 하지만 의회가 막았어. 우리 국민들이 투표로 뽑아준 대표님들께서 말씀하신 거지. '어서 그 항공기를 만드시오.'"

오스프리가 다른 항공기들에 비해 과연 무엇이 뛰어난지는 해병대원들 사이에서도 뜨거운 논쟁거리였다. 적의 머리 바로 위까지 날아가서 병력을 투입할 수 있다는 점은 매우 큰 장점이었다. 이 비행기만 있으면 네이비 실이 빈 라덴을 잡으러 갔을 때처럼 적의 본부 건물 옥상에 해병대원들을 투입할 수 있는데, 뭐 하러 육로로 목표지점까지 간단 말인가? 하지만 그런 반면 모두가 싫어하는 단점도 있었다. 이 항공기가 제자리비행을 하면서 적의 머리 위에 병력을 투입하는 그 긴장된 순간, 이 항공기의 로터는 짜증나게도 이착륙 위치로 기울어져야 한다는 점이었다.

캠포가 말했다.

"앉아 있는 오리나 떠다니는 오리나 크게 다를 바는 없어."

하지만 지금 블랙번의 마음속에 떠오르는 것은 오스프리가 아니었다. 그가 탑승하기 전에 콜이 마지막으로 한 말이었다.

"알 바시르를 데려오란 말이야. 하커는 잊어버려. 알겠나?"

콜의 기운은 조금도 줄어들지 않았다.

착륙지대로 가는 오스프리 안에서 블랙번은 창밖을 보았다. 항공기 위에는 별들이 박힌 밤하늘이 보였다. 북쪽의 산맥 위에는 보름달이 되기 직전의 달이 빛을 발하고 있었다. 그러고 보니 뭔가 아름다운 것을 본 지도 상당히 오래되었다. 그는 달을 바라보았다. 오스프리가 그들을 다시 불의 폭풍 속으로 내던지기 전에 조금이라도 더 많은 평온함을 자신 속에 간직하려는 듯이.

35

테헤란, 니아바란

아마라는 손에 잡힌 유리잔을 흔들면서 그 속에 남은 마지막 럼주 한 모금을 바라보
았다.

"돼지 새끼 같으니라고."

디마는 그녀의 말이 정확히 누구를 가리키는지 알 수 없었다. 디마는 그걸 굳이 알
아보려 하지 않기로 마음먹었다.

가줄의 사망 소식을 받아들이는 아마라는 체념한 듯한 태연한 태도였다. 그런 반
응은 디마로서는 예상할 수 없던 것이었다. 만약 아마라가 그런 냉랭한 태도를 보이
지 않았다면, 디마는 그녀의 옆에 앉아 팔로 그녀의 어깨를 감싸 안으려 했을지도 모
른다. 게다가 아마라의 집으로 돌아오는 길에, 디마가 생각하고 있던 것이 그의 시야
에 들어왔다. 블라디미르는 엄청나게 많이 터져 나온 가줄의 뇌의 잔해를 쓸어 담아
오려고 했다. 하지만 동료들로부터 무지막지하게 비난을 당한 끝에, 그는 비교적 안
전한 방식으로 가줄의 사망 소식을 들려주기로 했다.

"자네한테만 알려주는 건데, 나는 그곳의 청소를 거기를 쓰고 있던 애들한테 맡겼
어."

놀랍게도 이 집의 샤워기는 여전히 작동하고 있었다. 전기도 발전기를 돌려 사용
하고 있었다. 블라디미르는 욕조에 들어앉아, 주먹을 흔들며 욕조 물을 내리치면서
삐오네르[1]의 옛 노래를 분기탱천한 태도로 부르고 있었다.

---

[1] 소련 공산 소년단.

"나아가라, 조국의 인민들이여! 싸워라 소녀들이여! 싸워라 소년들이여! 파시스트 괴수를 쳐부숴라……."

아아. 옛날이 좋았지.

부엌에서는 지라크가 만들고 있는 스튜의 냄새가 났다. 말할 필요도 없이 최고의 음식일 것이었다. 키릴은 몸을 씻어야 하는데도 불구하고, 불타는 APC에서 구사일생으로 가지고 나온 스캐너를 고치고 있었다. 그 장갑차에서 탈출한 경험이야말로 그의 일생에서 두 번째 죽을 고비였을 것이다. 그레고린은 가줄이 입던 옷으로 갈아입고 말끔하게 몸단장을 한 다음 다른 대원들의 총기를 닦고 있었다. 죽은 집주인의 제일 깨끗한 셔츠에 총기 윤활유 냄새가 배어들고 있었다.

이 집은 죽은 정보 수석의 어머니가 치워놓은 듯이 말끔했다. 약탈자들이 찾아온 흔적은커녕, 집 주민들을 괴롭힌 흔적도 없었다. 하긴 집 주민들이 서둘러 도망갔으니 당연한 것일지도 모른다.

"돼지 새끼 같으니라고. 난 그놈들이 탈레반에게 납치당해서 바비큐가 되어버렸으면 좋겠어요."

아마라는 두 집게손가락을 서로 마주하게 한 다음, 서로 날카롭게 찔렀다. 그녀는 손으로 허공을 가르면서 말을 이어나갔다.

"가줄의 다른 아내들은 문제가 터지자마자 냉큼 비행기를 잡아타고 두바이로 갔어요. 그 여자들은 지금쯤 주메이라 해안의 수영장 주변을 어슬렁거리면서 한 잔에 150디르함짜리 다이커리를 홀짝인 다음, 웨이터들을 훔쳐보면서 자기 남편이 죽었다는 것을 알라께 감사하고 있겠지요."

아마라의 손이 큰 원을 그리면서 집 전체를 가리켰다.

"시어머니, 사촌들, 시누이들, 모두 다 떠나버렸어요. 우리가 결혼했을 때 시댁 식구들은 나를 가족으로 맞아주었지만……, 이제는……."

그녀는 엄지손가락으로 허공을 찔렀다.

"다들 망해버리라고요!"

디마는 그녀의 입에서 뿜어져 나오는 술방울을 피하려 몸을 살짝 비켰다. 그는 샤워를 해서, 가줄의 잔해는 물론 모든 것을 다 씻어내 버리고 싶었다. 디마는 불쌍한 가줄이 젊은 나이에 비극적으로 세상을 뜨기 전에 아마라의 편에 서서 타협을 시도하려 했다고 이야기했지만, 아마라는 그 말이 잘 납득이 가지 않는 모양이었다. 디마도 아마라가 자신을 믿는지 확신이 되지 않았다. 그러나 디마와 대원들에게는 예의 바르게 행동하는 것 외에는 다른 선택권이 거의 남아 있지 않았다. 그것이야말로 디마가 수년 동안 배운 교훈이었다. 스페츠나츠에서는 아무도 믿지 말라고 가르친다. 그러나 인생에서는 더욱 값진 교훈을 배울 수 있다. 타인에 대해 혐오를 주체하지 못하고 발산하다가는 그 상대방을 이용할 수 없다는 것이 바로 그 교훈이다. 디마의 어머니도 이렇게 말씀하셨다.

"우물에 침 뱉지 마라. 그 우물물을 마셔야 하니까."

"내가 아버지의 충고를 따랐어야 했다고 생각하지요? 그분은 귀여운 딸 아마라를 위해서라면 가장 좋은 것만을 해주실 분이니까. 하지만 그분의 말을 들었다면 결과가 어떻게 되었을까요? 난 아마 북부의 거지 같은 집구석에 처박혀서 이집트에서 만든 TV 연속극을 온종일 시청하고, 8번째 애를 임신하고, 남편이 날 거들떠보지도 않게 될 때까지 패스트리만 먹으며 살았을 거에요. 그래도 일이 이렇게 되니 최소한 평화롭기라도 하잖아요."

디마는 아직 뜨거운 물이 남았으면 싶었다. 그리고 샴푸도, 기왕이면 사과 향이었으면 좋겠는데. 그러고 보니 수족관에서 만났던 접수처 직원에게서도 희미한 사과 향기가 났었지.

"부하 한 명을 시켜 당신을 친정아버지 댁으로 보내드릴 수 있습니다. 그곳은 지진 피해가 그리 심하지 않아요."

아마라는 디마를 노려봤다.

"왜 당신들 남자들은 우리 여자들이 연약한 존재라고만 생각하죠? 네?"

키릴의 말이 옳았다. 디마를 빛나는 갑옷 입은 기사로 봐 줄 사람은 없다는 거. 특히 이런 독한 여자라면 더구나 그렇게 볼 리가 없었다. 아마라가 처한 고통은 차마 상상하기조차 힘들었다.

키릴이 스캐너를 들고 묘한 미소를 띠며 나타났다.

"재미있는 얘기 들려줄까?"

"뭔데? 웃을 준비는 됐어."

그는 스캐너를 들고 스크린을 가리켰다.

"잘 봐. 핵탄두는 한 발이 아니야. 세 발이야."

36

디마는 가줄이 쓰던 서재의 책상에 펼쳐진 지도를 바라보았다.

"자네 말대로라면 핵탄두 한 발은 현재 미군이 있는 테헤란 외곽에 있고, 나머지 두 발은 어느 산속에 있다는 것이구먼."

키릴은 턱을 괴고 스캐너를 보며 고개를 끄덕이다 팔꿈치가 미끄러지는 바람에 갑자기 잠에서 깼다.

"지금 알려줄 수 있는 건 스캐너에 나타난 정보뿐이야. 확실하게 말할 수 있는 건 아무것도 없어. 지진으로 많은 먼지가 생겼고 게다가 샘 아저씨가 무선통신 전파와 레이더 신호를 교란하고 있기 때문에 전파 방해가 너무 심해."

"적당한 데 가서 눈 좀 붙여. 몇 시간이라도 잠을 자야 자네의 능력을 제대로 써먹을 수 있지."

키릴은 움직이지 않았다. 일어설 힘도 없을 정도로 피곤한 게 아닌가 싶었다. 30분쯤 전에 디마는 블라디미르가 복도를 걸어가는 것을 보았다. 블라디미르는 계단이 있는 쪽을 보더니, 오르는 것조차 너무나 버겁다는 듯한 몸짓으로 계단을 올라가서 옅은 베이지색 가죽 소파에 몸을 던졌다. 가죽소파에서 바람이 빠져나오는 소리가 들리는 동시에 블라디미르의 입에서도 만족스러운 한숨소리가 새어나왔다. 잠시 후 그는 코를 골고 있었다. 그의 코 고는 소리는 마치 지진 소리처럼 크게 들렸다.

그레고린과 지라크는 부엌에 있었다. 그들은 엄청나게 큰 가줄의 미제 냉장고 안에서 맥주를 꺼내고 있었다. 디마는 냉장고의 내장형 얼음제조기가 제법 쓸만한 사각형 얼음을 만들어낼 수 있는지 여부를 놓고 그들이 논쟁을 벌이는 소리를 들었다.

아마라는 위스키 한 병과 〈코스모폴리탄〉 중동판 잡지를 끼고 자기 방으로 들어가 버렸다.

　디마는 위성전화로 팔리오프와 네 차례나 전화통화를 시도했지만 통화가 연결된 적은 단 한 번도 없었다. 팔리오프는 자신에게 전화를 걸지 말라고 했다. 오직 자신이 하는 전화를 기다리라고만 했을 뿐이다. 디마는 지도를 다시 들여다보았다. 그렇게 하면 좋은 소식이 들리기라도 할 것처럼 말이다. 핵탄두는 세 발이었다. 옷가방형 핵탄두가 세 발 있었다는 얘기다. 그중 한 발은 미국인들이 입수했을 가능성이 매우 높았다. 그렇다면 지금쯤 미국인들은 그 물건을 실컷 주물러 터뜨려 놓았을 것이다. 백악관은 물론 국방부, CIA의 모든 상황실은 그 물건에서 입수한 정보로 터져나갈 지경이 되었을 것이다. 그것을 입수한 이후 미국인들은 핵탄두의 위험수준과 적절한 대응조치에 대해 논의할 것이다. 하지만 핵탄두에 대한 적절한 대응조치가 과연 무엇이란 말인가? 그 물건이 제국주의자들을 박살내건 구 공산주의자들을 박살내건 디마에게는 아무런 차이가 없었다.

　팔리오프는 현재 집무를 볼 수 없는 상황인가? 아니면 그는 퇴직한 것인가? 자살을 한 것인가? 아니면 타살된 것인가? 적어도 모스크바에서는 이 모두가 가능했다.

　디마는 스캐너를 바라보았다. 여기저기 찌그러져 있었고 그을려 있었지만 아직도 정상 작동했다. 그 물건은 러시아의 거지 같은 기술력으로 만들어진 제품의 본보기라 할만했다. 북극의 혹한 속에서도 정상적으로 작동하지만, 정확한 측정값은 마음이 내킬 때만 제시하는 그런 물건이었다. 이 물건은 30분 간격으로 핵탄두의 좌표를 출력하고, 마지막에 나타난 핵탄두의 좌표를 근거로 작은 녹색 스크린 위에 핵탄두의 현재 이동방향을 표시했다. 비록 키릴이 장담은 못한다고 했지만 얼마 전에 그 기계가 핵탄두가 은행에 있다고 알려왔던 게 사실이라면, 현재 핵탄두 한 발은 도시 북동쪽 외곽지역, 즉 미군 기지로 옮겨졌다. 나머지 두 발은 현재 함께 움직이고 있는 걸로 추정되며 산이 많고 길은 거의 없는 테헤란 이북 모처로 간 것 같았다.

　저택에서 전사한 인원은 80~100명이었다. 이제 디마는 모스크바에서 위성사진을 보고 있을 때보다는 카파로프의 소재에 대해 조금은 더 확실히 감을 잡게 되었다.

그는 팔리오프와 여섯 번째로 통화를 시도해보았다. 하지만 위성전화 수신기에서는 팔리오프의 번호가 없는 번호라는 메시지만 들려올 뿐이었다. 그래서 디마는 GRU의 현장 긴급번호로 전화를 걸었다. 지난 20년 동안 한 번도 사용하지 않았던 전화번호였다. 그러나 디마에게는 어머니의 생신 날짜만큼이나 잊을 수 없는 번호였다.

"우물 정 자를 누르신 후 천천히 호출부호와 작전 상황 및 ID 코드를 말씀해 주십시오."

자동응답이 나왔다. GRU는 여전히 옛 방식대로 움직이고 있었다! 하지만 이건 정부에서 공식적으로 인정하지 않는 흑색작전이다. 디마는 위의 세 가지 중 어떤 것도 부여받지 못했다. 그는 우물 정 자를 누른 후 잠시 기다렸다.

"잘못 누르셨습니다."

러시아에서라면, 더구나 GRU에서라면 이 자동응답기 뒤에 사람이 붙어서 통화 내용을 엿듣고 있을 터였다.

디마는 목청을 가다듬은 다음에 그가 구사할 수 있는 가장 유창한 체첸어로 이렇게 말했다.

"이봐, 티모파예프 장관이 여학생이랑 같이 음란한 짓을 벌이는 사진이 있는데 말이지……."

갑자기 자동응답이 끊어지면서 아주 딱 부러지지만 다소 피곤한 듯이 들리는 목소리가 튀어나왔다.

"당신 도대체 누구요?"

디마는 그 목소리의 주인이 누구인지 대번에 알았다.

"스몰렝크! 자네 목소리를 들으니 무척이나 정겹구먼. 끊임없이 변해가는 이 세상에도 언제나 변함없는 게 있어 기쁘네."

평생 GRU의 근무시간 외 전화교환원으로 살아왔던 이 남자는 감정을 숨기지 못했다.

"내 이름을 대고 선임 전략기획관 오모로바 좀 바꿔줘."

"인가는 받았나?"

"아냐, 아냐. 난 지금 흑색작전 중이야. 그냥 바꿔주기만 해."

"이보게. 지금 여기가 몇 시인지 아나?"

세 대의 제트기가 저공비행하면서 일으킨 엄청난 폭음이 모든 소리를 다 막아버렸다. 키릴은 또 재떨이를 엎으면서 벌떡 일어났다. 그 때문에 불이 안 난 게 천만다행이었다.

스몰렝크의 목소리가 갑자기 진지해졌다.

"자네, 혹시 적에게 공격을 당하는 중인가?"

디마는 맥주 캔으로 둘러싸인 소파에 누운 블라디미르와 정신이 몽롱한 키릴을 바라보았다.

"그래, 이대로 가다가는 우린 다 죽을 거야. 얼른 바꿔줘."

"그녀한테 메시지 남겨줄게. 자네는 근무시간 외에는 직원들이랑 통화할 자격이 없어."

디마는 한숨을 쉬었다. 이런, 전면 핵전쟁이 발발할 위기가 닥쳤는데 이 멍청이는 꽉 막힌 소리나 하고 있단 말인가?

"그러면 나 미국 랭글리의 CIA에 전화를 걸 거야. 그 친구들은 내 말을 들어줄 것 같군."

스몰렝크는 한숨을 쉬었다.

"역시 자네답구먼."

스몰렝크의 목소리가 끊어지더니 버튼을 누르는 소리가 몇 번 났다. 곧이어 오모로바의 목소리가 들려왔다.

"마야코브스키 동지, 놀랐잖아요."

모스크바 시각은 오전 3시였지만, 그녀의 목소리는 매우 감미로웠다.

"이 시간에 전화 걸어서 미안하오."

그녀는 잠시 침묵을 지키다가 입을 열었다.

"우리는…… 당신들이 모두 죽은 줄 알았어요."

"나는 살아 있고 상황을 보고해야 하오. 하지만 팔리오프랑 연락이 되지를 않소."

"오늘 팔리오프를 본 사람은 아무도 없어요. 작전 실패의 책임을 지고, 우리 모두 다른 곳으로 발령받았거든요."

오모로바도, 디마도, 그것이 무엇을 의미하는지 알고 있었다. 이 작전은 취소된 것이다.

"카파로프는 우리가 저택에 도착하기도 전에 다른 곳으로 떠나버렸소. 그 건에 대해서는 보고받은 게 없소?"

오모로바의 목소리는 갑자기 한결 사무적으로 바뀌었다.

"거기에 대해서는 아는 바가 없네요."

"저택 상공에서 헬리콥터가 미사일에 격추당했소. 그 미사일이 어디서 났는지 혹시 알고 있소?"

"그것 역시 아는 바 없어요."

오모로바에 대해 분노가 폭발하기 일보 직전이었다. 이 여자도 작전 실패에 대해 책임이 없다고는 할 수 없는 인물이 아닌가.

"우리 러시아의 최정예 병사 60명이 산 채로 구워졌단 말이오."

침묵이 흘렀다. 오모로바는 정해진 규칙에 따르고 있을 뿐이었다. 오모로바와 디마 모두 그 침묵이 의미하는 바를 알고 있었다.

"고마워요, 오모로바. 잘 자요."

디마는 다음 번 행보를 결정할 여유가 필요했다. 그레고린과 지라크가 서재에 나타났다. 그들은 서로를 바라보았다. 아마도 둘이서 이 작전에 계속 참가할지를 놓고 의논을 했을 거라고 디마는 막연히 추측했다. 그 정도면 충분했다. 모든 것을 다 때려 부수고 싶은 충동에 사로잡힌 그는 위성전화를 집어 들어 바다에 내리쳐 부숴버리려 했다. 그러나 바로 그 순간 전화가 걸려왔다. 상대방 번호는 뜨지 않았다. 주파수대 변환기를 사용한 보안회선으로 걸려오는 전화였다. 그는 블라디미르를 툭툭 쳐서 깨운 다음, 모두가 들을 수 있게 전화기를 스피커에 연결했다. 전화를 건 사람은 오모로바였다. 그녀는 빠른 속도로 말했다.

"우린 헬리콥터가 충돌했을 때 모두가 다 죽었다고 보고받았어요. 팔리오프는 작전 실패의 책임을 졌지요. 이제 티모파예프 장관이 직접 지휘해요. 만약 그 사람들이 당신들이 살았다는 것을 알았다면 지금 당신들이랑 똑같이 행동했을 거예요."

"카파로프는 어떻게 되었소? 불과 이틀 전까지만 해도 팔리오프는 그 사람을 데려 오라고 난리를 치지 않았소?"

"카파로프는 물론이고 그 누구도 폭탄에 대해서는 입을 열지 않아요. 알 바시르 는 미군에게 죽은 걸로 추정되고 있어요. 마야코브스키, 주의하세요. 이 일에 대한 GRU의 입장은 변했어요."

그레고린이 침묵을 깨고 말했다.

"그게 대체 무슨 소리인가요? 포기했단 말입니까?"

블라디미르도 몸을 벌떡 일으켰다.

"이게 대체 무슨 소리야?"

키릴은 디마를 쳐다보았다. 그는 디마가 어떤 답을 할지 이미 알고 있었다.

디마는 그레고린을 바라보며 말했다.

"내가 언제 포기했다고 그랬나?"

지라크는 불편한 자리에서 늘 그랬듯이, 입을 우물거리며 말했다.

"디마 씨, 그레고린의 의문은 정당합니다. 우리는 카파로프나 핵탄두의 근처에도 가지 못한 것 같습니다만."

그레고린도 곧이어 말했다.

"도대체 우리에게 남은 게 뭐가 있습니까? 우리는 공무원들이에요. 모스크바에 있는 윗대가리들이 일을 중단시켜 버렸다고요. 이제 그놈들은 이제 우리가 뭘 해도 보수 같은 건 주지 않을 겁니다."

지라크가 그 뒤를 이어 말했다.

"저희들이 볼 때, 이 시점에서 더 이상 작전을 속행시킬 방법은 없는 것 같습니다."

디마는 지라크와 그레고린 두 사람을 보았다. 둘 다 디마는 물론 키릴과 블라디미 르보다 훨씬 젊었다. 한편으로 그들은 상당한 경력을 쌓았으며 전도유망한 스페츠 나츠 참모 장교들이었다. 디마는 둘의 생각을 읽을 수 있었다. 지금으로부터 불과

36시간 전에 저들은 엄청난 흥분을 느끼며 이 임무에 지원했으나, 이제는 임무 자체가 취소되어 버린 것이다. 모스크바로부터의 지원은 모두 끊긴 것 같았다. 이대로 가다간 모두 PLR, 또는 미군에게 전멸당하는 걸로 끝날 가능성이 가장 높았다. 그들이 불안한 상황에 처해 있다는 것을 상기시키기라도 하듯, 집이 또 다시 흔들렸다.

디마는 심호흡을 했다.

"자네들 말이 옳아. 훌륭한 스페츠나츠 대원에게는 전우를 믿는 것이야말로 가장 위험한 일이야. 항상 최악의 상태를 가정하고 실망하지 않도록 행동해야 하지. 아무도 믿어서는 안 되고, 그리고 무엇보다도 자기 자신을 돌볼 줄 알아야 해. 축하해. 자네들은 시험에 합격했어."

대체 일이 어떻게 돌아가는지 모르고 있던 지라크는 그레고린을 보았다. 그레고린은 여전히 시선을 방바닥에 두고 있었다.

디마는 힘주어 말을 계속 이어나갔다.

"이건 자네들이 선택한 삶의 방식이야. 스페츠나츠 대원으로서의 삶의 방식이지. 그것이 무엇을 의미하는지 굳이 내가 다시 말할 필요는 없을 거야. 여기서 자네들이 할 수 있는 일을 하는 것 이외에 자네들이 살아남을 방법은 없어. 자네들이 여기 있는 건 선발에 합격했기 때문이야. 여기 오기에 충분한 체력과 정신력, 충성심, 헌신성을 갖고 있기 때문이지. 만약 자네들이 여기서 포기하고 나간다면, 절대 살아서 돌아갈 방법은 없어……."

디마는 자신이 내뱉는 말이 마치 탄피처럼 땅에 후두두 떨어지는 것을 느꼈다. 그 스스로도 자신이 하는 말이 과연 맞는지 의심스러웠다. 그 정도로 자신이 없으면서 무슨 수로 이 둘에게 자신의 대의가 옳다고 설득시킬 수 있단 말인가? 디마는 스페츠나츠에 평생을 바쳤지만 그 부대는 마치 총에서 탄피를 뱉어내듯 자신을 버렸다. 그 오랜 시간 동안 디마에게 과연 자랑할 만한 게 뭐가 남았는가? 한 여인을 사랑했지만 그녀를 잃고 말았다. 아이를 낳았다는데 한 번도 만나본 적이 없다. 그는 조국을 위해 모든 것을 바쳤다. 키릴도, 블라디미르도, 군 복무로 얻은 자랑할 만한 건 별로 없었다. 그는 키릴을 바라보았다. 키릴은 또 곯아떨어져 있었다. 스캐너는 여전히 그의 무릎 위에서 빛을 발하고 있었다. 블라디미르는 일어나 앉더니 다시 맥주를 들이켰다.

디마는 다시 입을 열었다.

"그래, 자네들이 어떻게 하든 신경 쓰지 않겠네. 나는 더 이상 물러설 곳이 없을 때까지 할 수 있는 모든 일을 다 할 거야. 앗, 가줄 부인 오셨군요."

디마가 올려다봤을 때 문간에 아마라가 서 있었다. 그녀는 책상으로 걸어와서 그 위에 놓인 종이를 보더니, 약간 깨진 어두운 적색의 손톱으로 지도상의 한 곳을 가리켰다.

"여기예요."

"무슨 말씀이신지?"

"카파로프의 산속 피난처."

모두의 눈이 그녀에게 쏠렸다.

디마가 물었다.

"혹시 가보신 적도 있나요?"

"물론이죠. 스키 타러."

37

테헤란 북동부

콜 대위의 말은 마치 도전장처럼 강하게 들렸다. 알 바시르를 잡아오지 못하면 아예 돌아오지 말라는 뜻으로 느껴졌다. 그것은 블랙번 혼자만의 생각일까? 잠을 자지 못한 상태로 시간이 흐르자 시간 감각이 상실되어 버렸다. 지난 이틀은 굉장히 혹독한 나날들이었다. 그는 IED를 해체하고 알 바시르를 은신처에서 내쫓았으며 핵탄두도 노획했다. 그런데 왜 콜은 이 임무에 다시 블랙번을 지목한 것인가?

블랙번은 캠포와 함께 쇼핑몰의 지붕 주변에 둘러쳐진 담에 몸을 찰싹 붙이고 서서 이런 생각을 했다. 그들이 오스프리를 나서자마자 적은 무지막지한 포화를 퍼부었다. 착륙지대 사방에서 총알이 날아오는 것 같았다. 예광탄이 오스프리 위의 허공을 가르고, 불과 4초 만에 미 해병대원 네 명이 쓰러졌다. 그와 캠포는 훈련에서 배운 대로 서쪽 구석으로 지그재그로 달렸다. 그들은 땀에 흠뻑 젖은 채 숨을 거칠게 몰아 쉬면서 쇼핑몰 지붕을 둘러싼 외벽에 몸을 기대고 철퍼덕 쓰러졌다. 하지만 양옆에 있는 PLR 기관총 진지의 사격 때문에, 지난 한 시간 동안 꼼짝도 할 수가 없었다.

캠포의 목소리에서는 탈진과 분노가 동시에 느껴졌다.

"어휴 재수 없어. 망할 전쟁! 망할 PLR! 알 바시르 새끼 눈앞에 보이기만 해봐. 목을 확 따버릴 테니."

블랙번은 총알을 피할 수 있는 좁은 공간에 함께 엎드려 있는 캠포의 팔을 붙들고 그의 얼굴을 쏘아보았다.

"침착해! 캠포! 우린 여기서 빠져나갈 수 있어. 알겠지?"

캠포는 잠시 멍한 표정을 짓더니 건성으로 고개를 끄덕였다. 그들은 쇼핑몰 안으로 들어가 모든 방들을 조직적으로 소탕하는 해병대원들의 무선 통신에 귀를 기울였다. 하지만 그들도 아무것도 찾지 못했다.

캠포는 계속 욕을 퍼부어댔다.

"망할 정보부 같으니. 우리를 PLR의 한복판에 떨어뜨려 놨어. 아무도 집에 돌아가지 못할 거야. 우린 여기서 다 죽을 거라고."

블랙번은 전우의 어깨를 움켜잡았다.

"진정해, 캠포. 여기 뭔가 중요한 게 없으면 저놈들이 이렇게 필사적으로 지키지는 않을 거야."

캠포는 넋이 나간 표정으로 블랙번을 쳐다보았다. 그는 가지고 있던 M-4 카빈 소총을 던져버렸다. 그들은 너무 멀리까지 와서 싸우고 있었다. 블랙번도 자신들을 이곳에 보낸 콜 대위를 욕했다. 그는 캠포의 팔뚝을 잡고 흔들었다.

"캠포, 여기서 죽고 싶어? 아니지? 집에 멀쩡히 살아서 돌아가고 싶지? 그렇지? 그럼 이제 어떡할 거야? 여기서 빠져나가야지."

캠포의 눈에서 눈물이 흘렀다.

"괜찮아. 너도 사람일 뿐이야. 한때 영웅이었다고 해서 다음날 무너지지 않는다는 보장은 없어. 이건 영화가 아냐. 난 네가 필요하고, 너에겐 내가 필요해. 여기서 나가려면 말이야."

캠포는 몇 번 숨을 몰아쉬더니 고개를 끄덕이고는 총을 다시 들었다.

"그래, 알았어."

지진은 쇼핑몰의 매장 하나를 통째로 갈라놓았다. 사격이 잠잠해지고 나서 그들은 고개를 들고 지진으로 갈라진 쇼핑몰 건물 틈새에 서 있는 사람들을 보았다. 어디로 뛰어야 할지 정하지 못한 듯 엉거주춤한 자세들이었다. 블랙번은 생각했다. '아차, 저것들을 놓치고 있었군.' 그러자 캠포가 그의 생각을 바로잡아 주었다.

"이봐, 쟤들은 마네킹이야. 저긴 여성용품 매장이라고."

캠포는 상황을 파악하자 용기를 얻었다. 블랙번은 여전히 믿지 않아 그쪽을 한참 바라보았다. 너무 오랫동안 고개를 들고 바라보자 여러 발의 총알이 헬멧을 스쳤다. 그러나 블랙번은 다시 자세를 낮추기 전에 분명히 보았다. 마치 위장을 위해 세워놓은 것 같은 대형 쓰레기통들을 따라 서 있는 랜드 크루저 SUV 차량을 말이다. 헤드라이트는 꺼져 있었지만 배기가스를 뿜고 있었다. 사람도 타고 있었다. 블랙번은 M-4를 들어 야간조준경으로 차를 좀 더 자세히 들여다보았다. 차 안에는 단 한 사람만 타고 있었다. 그리고 차 왼쪽에는 차를 향해 움직이고 있는 또 다른 사람이 보였다. 블랙번은 캠포의 옆구리를 찔렀다.

"한 명뿐이야. 우리 HVT께서는 수행원단을 풀로 데리고 있어야 할 텐데 말이야."

하지만 캠포는 그의 말을 듣고 있지 않았다. 랜드 크루저를 향해 천천히 움직이는 사람은 젊은이가 아니었다. 예광탄 불빛이 그 사람의 얼굴을 비췄다. 그 정도면 충분히 알아볼 수 있었다. 이란에 온 이후 길거리에 붙은 포스터에서 수백 번이나 본 바로 그 얼굴. 은행 금고의 보안 모니터에서 본 바로 그 얼굴. 알 바시르였다.

"좋아. 저 놈은 내 꺼다."

블랙번은 알 바시르를 조준하지 않았다. 대신 랜드 크루저의 운전석에 앉은 알 바시르보다는 젊어 보이는 사람을 조준해 방아쇠를 당겼다. 깔끔한 한 방이었다. 차의 옆 유리창이 깨지면서 운전수가 쓰러졌다. 알 바시르는 걷다가 잠시 균형을 잃고 주춤거리더니 다시 총알이 날아온 방향을 향해 몸을 돌려서 랜드 크루저 쪽으로 다가갔다. 비디오테이프를 되감기해서 보는 것 같았다.

캠포가 M-4를 들었다. 블랙번은 고개를 내저었다. 그는 지붕 주변 벽을 따라 달려가서 지진 때문에 생긴 틈을 뛰어넘어 쓰레기통 뚜껑 위로 뛰어내렸다. 쓰레기통은 블랙번의 몸무게를 견디지 못하고 부서졌다. 그는 거기 잠시 머무르며 운전석 문으로 다가가는 알 바시르의 모습을 보았다. 알 바시르는 블랙번의 총격으로 부상을 입은 운전수를 끌어내 포장도로에 내동댕이친 다음, 그 사람을 밟고 운전석으로 들어갔다.

블랙번은 지붕 가장자리를 따라 랜드 크루저를 향해 달렸지만 이미 알 바시르는 기어를 조작해서 차를 움직이고 있었다. 타이어가 지면을 긁는 끼익 소리를 내며 차량은 쓰레기통이 늘어선 구역을 벗어나고 있었다. 블랙번은 차량의 뒷바퀴를 조준하고 방아쇠를 당겼지만 사륜구동차라 그 정도로는 멈출 수 없었다. 그는 다시 차량을 조준해 또 사격을 가했지만 빗나갔다. 다시 사격을 가할 준비를 하고 있는데 쇼핑몰 입구에 버티고 서 있는 파괴된 전차가 그의 눈에 띄었다. 전차에서는 아직도 연기가 뿜어져 나오고 있었다. 알 바시르는 차의 속도를 늦추지 않은 채 핸들을 급하게 꺾었다. 어찌나 세게 꺾었는지 차가 뒤집힐 지경이었다. 그는 쇼핑몰을 향해 되돌아가더니 컨테이너들 속으로 모습을 감췄다.

블랙번은 마치 뭔가 다른 힘에 이끌리기라도 하듯이 좋은 사격 위치를 찾아 가장 가까이 있는 컨테이너 위로 올라섰다. 올라서자마자 그를 향해 달려오는 알 바시르의 차가 보였다. 사격을 가하기에는 너무 가까웠다. 알 바시르가 차의 속도를 줄이는 사이 블랙번은 랜드 크루저의 보닛 위로 뛰어올라 앞 유리에 철썩 들러붙어 와이퍼를 붙잡았다. 하지만 그가 붙잡자마자 와이퍼가 순식간에 차에서 떨어져 나갔다. 알 바시르가 지그재그로 차를 모는 동안 그는 차의 사이드 미러로 손을 뻗었다. 블랙번은 차의 보닛에서 떨어져 바퀴 아래로 빨려 들어가지 않기 위해 필사적으로 다리를 허우적거렸다. 알 바시르가 블랙번에게 총을 쏘는 바람에 랜드 크루저의 앞 유리가 깨졌다. 그 총탄은 블랙번의 왼쪽 귓전을 스쳤고, 블랙번의 왼쪽 귀는 총탄이 스쳐간 소리에 멍멍해졌다. 화가 난 그는 남아 있는 유리를 주먹으로 깨고, 총을 잡고 있던 알 바시르의 팔을 움켜잡았다. 알 바시르의 총이 떨어졌다.

알 바시르는 블랙번이 미처 보지 못했던 뭔가에 차를 돌진해서 충돌시켰다. 그 충격으로 블랙번은 차에서 떨어져 나갔다. 정신이 반쯤 나간 알 바시르는 기어를 후진으로 바꾸려고 했다. 블랙번은 일어서서 차문을 열고 양손으로 PLR 지도자를 움켜잡았다. 두 사람은 랜드 크루저 옆의 쓰레기 더미로 나가 떨어졌다. 두 사람의 얼굴이 서로 맞닿을 지경이었다. 블랙번은 알 바시르가 총상을 입고 있다는 것을 첫눈에 알았다. 거품이 이는 피가 섞인 가래가 입과 코에서 흘러나왔다.

캠포가 그들에게 달려왔다.

"우와, 잘했어, 블랙번!"

블랙번이 캠포에게 소리쳤다.

"알 바시르가 총상을 입었어. 총상을 입었다니까. 아드레날린을 좀 줘."

캠포가 약봉투를 던져주자 블랙번은 그것을 받아 개봉한 다음, 거기서 나온 주사 바늘을 알 바시르의 가슴 부분 옷 위에 그대로 찔렀다. 무전기에 대고 떠드는 캠포의 목소리가 육성과 무전 교신 음으로 동시에 들려왔다.

"HVT를 확보했다. 부상당했다. 퇴출지점으로 옮길 준비를 하겠다."

옮길 준비라니. 이 사람은 죽어가고 있어. 블랙번의 뇌리를 스친 생각이었다. 알 바시르의 눈꺼풀이 감기며 그 밑으로 알 바시르의 눈동자가 돌아갔다. 블랙번은 알 바시르의 흉부를 압박하고 알 바시르의 입가에 묻은 피를 닦아내더니 구강인공호흡을 실시했다. 알 바시르는 몸을 끄덕이며 의식을 차렸다. 쌕쌕거리며 피 거품을 뱉어 냈지만 미소를 지었다.

"자네 날 죽이러 왔나? 아니면 날 데려가 재판을 받게 할 건가?"

그는 기침을 하며 입안에 가득한 피를 뱉어냈다. 블랙번은 알 바시르의 목에 있던 관통상을 찾아냈다. 피가 뿜어져 나오고 있었다. 블랙번은 엄지손가락으로 상처를 틀어막으며 캠포에게 소리쳤다.

"지혈대!"

"난 잊어버려. 지금 신경 써야 할 건 바로 자네야. 자네뿐이라고."

알 바시르의 눈동자가 다시 돌아갔다. 블랙번은 알 바시르의 흉부를 다시 압박해서 그를 소생시키려 했다.

"옷가방 형 핵탄두는 대체 어디 있소?"

알 바시르는 느리게 고개를 저었다.

"지금 날 신경 쓸 때가 아니라고 했잖아. 난 이제 끝났어. 바톤은……."

캠포는 블랙번 옆에 무릎을 꿇고 앉아 지혈대를 싼 비닐을 벗겨냈다.

"출혈이 심해. 말을 시켜서는 안 돼."

블랙번은 알 바시르의 얼굴 가까이에 자기 얼굴을 대고 말했다.

"당신이랑 같이 있던 그 사람, 그가 핵탄두를 갖고 있죠?"

알 바시르는 고개를 끄덕였다.

"아주 잘 아는군. 그래 맞아. 그는 너희들을 박살낼 거야."

캠포는 붕대를 감기 위해 몸을 움직였다.

"이 사람, 정신이 오락가락해. 지금 하는 말 믿어서는 안 돼."

블랙번이 낮은 소리로 말했다.

"그 사람, 그 사람의 이름을 말하시오."

"그 사람의 이름은 사신(死神)이야. 내 친구지."

알 바시르는 또 피를 뱉어냈다.

"솔……만."

"솔만?"

알 바시르의 목소리는 이제 그르렁대는 속삭임으로밖에 들리지 않았다. 그는 이제 음절 하나를 말할 때마다 숨을 들이쉬었다 내쉬어야 했다.

"솔…… 로……몬."

그 말을 끝으로 그는 더 이상 숨을 쉬지 않았다.

38

블라디미르는 자리에서 벌떡 일어나 지진 때문에 쌓인 소파 위 흙먼지를 털어냈다. 키릴은 아마라에게 담배를 건넸다. 아마라는 베이지색 가죽 소파 위에 늘어져 있었다. 그녀는 피곤해 보였지만 디마는 그녀가 화장을 고친 사실을 알아챘다. 디마는 과연 그녀가 이 모든 것들을 버리고 싶어 할까 하는 의문이 들었다. 아마도 여기 있는 것들은 전혀 버리고 싶지 않을 것이다. 아마라 같은 여자들은 신분 상승을 원하지 하락을 원하지는 않는다.

"이곳은 눈이 좋아요. 그 사람은 전용 스키 리프트도 있어요. 또 이곳은 야생동식물 보호구역이에요."

아마라는 콧방귀를 뀌며 말을 이어나갔다.

"그는 정부로부터 특혜를 받고 있어요. 제 생각에는 이곳이 과거 샤 국왕의 땅이었던 것 같아요."

"그리고 부인께서는 그 사람을 만난 적이 있지요?"

"몇 번 만났지요. 가줄은 항상 내게 그 사람을 만날 때면 상냥하고 주의 깊게 처신하라고 주의를 주곤 했어요. '그 사람이 말을 하려고 하면 들어줘. 이렇게 말이지.' 하면서요."

크게 뜬 그녀의 눈 속에 희미하게 음흉한 기운이 스쳐 지나갔다.

"'그 사람 없으면 우린 아무것도 아냐.' 이런 말도 했어요. 하지만 그건 남편의 생각이었지 제 생각은 아니었지요. 이유는 몰랐지만, 그 사람들이 제 앞에서는 절대 얘기하지 않으려는 뭔가가 있었어요. 저는 그게 마약이 아닐까 생각해요. 그 사람에게는 항상 마약이 많이 있었거든요. 카파로프의 애인이 저한테 그랬어요. 전처가 마약 남용으로 죽었다고."

디마는 아마라가 자신을 보는 것만큼이나 강렬한 시선으로 그녀를 보았다.

"그럼 그곳은 어떤 곳인지 설명을 부탁합니다."

"사람들의 눈에 보이지 않는 아주 외진 곳이에요. 이곳으로 가는 길은 하나밖에 없는데다 그나마도 사륜구동차가 없으면 들어갈 수 없지요. 하지만 여기에는 헬리콥터 착륙장도 있긴 해요."

"어디 있나요?"

"은신처 부지에 있죠. 은신처 건물은 마치 알프스 산맥에 있는 스위스식 샬레처럼 생겼어요. 다만 콘크리트로 지어져 있고 산을 깎아 만들었다는 점이 다를 뿐이죠."

그녀는 그 부분을 말하면서 뭔가를 가르는 동작을 취했다.

"카파로프는 여기를 켈슈타 어쩌고…… 라고 부르던데."

그렇게 말하면서 아마라는 어깨를 으쓱였다. 디마는 흥분해서 벌떡 일어났다.

"켈슈타인 하우스겠죠. 독수리 둥지라는 뜻입니다!"

모두가 놀란 눈으로 디마를 쳐다보았다.

블라디미르가 물었다.

"그래서 어쨌다는 건가?"

키릴이 답했다.

"켈슈타인 하우스는 원래 켈슈타인 산 정상에 지어진 히틀러의 비밀 별장이었다네. 마르틴 보르만이 히틀러의 50번째 생일을 기념해 만들었지. 건축비는 3천만 라이히스마르크. 하지만 히틀러는 거기 그리 자주 찾아가지는 않았다네."

키릴과 디마는 서로를 바라보았다.

"왜냐하면 히틀러는 고소공포증이 있었거든!"

아마라는 어깨를 또 으쓱거렸다. 역사를 전혀 모르는 사람도 있기는 있었다.

디마가 말했다.

"미안해요. 계속 말씀해 주시죠."

아마라는 다시 어깨를 으쓱였다.

"카파로프의 경비원들은 몇 명이나 될까요?"

"모르지요. 그중 일부는 북한사람들일 거라고 생각해요."

"악명 높은 인과 양 말이군요."

"그들이 말하는 것을 본 적이 없어요. 그리고 그 밖에도 우지 기관단총을 들고 다니는 사람들이 몇 명 있어요. 어딜 가나 총을 지겹게 볼 수 있어요."

아마라는 몸을 떨었다.

"카파로프의 여자친구 말에 의하면, 카파로프는 항상 베개 밑에 총을 한 자루 두고서야 잠을 잔다고 해요."

"그리고?"

"그게 다예요."

키릴이 끼어들었다.

"우린 더 자세한 정보를 알아야 해요."

"제발 기억해봐요, 아마라. 그 건물의 층수는 몇 층이나 되나요? 차는 어디에 두죠? 담에는 경비병이 있나요? 담의 높이는 얼마나 되죠?"

"내가 어떻게 알아요? 난 여행안내원이 아니에요. 거기 몇 번 가봤을 뿐이란 말이에요."

"카파로프의 여자 친구 이름은 뭐죠?"

"크리스텐."

"아, 그 사람이라면 기억나요. 그 사람 오스트리아인이지요?"

디마는 그렇게 말하면서 웃었다.

"알프스 소녀와 스위스식 샬레라. 잘 어울리는 선물 세트로군!"

"그 여잔 그렇게 부르면 싫어하던데요."

"뭐, 어찌 되었건. 크리스텐이 뭐 보내준 거 없나요? 찾아오는 길 안내문이라던가 아니면 지도라던가."

"당연히 그런 거 없죠. 저는 항상 가줄이랑 같이 갔어요. 가줄은 거기가 어딘지 알지요. 아니, 알고 있었지요."

디마는 가줄이 사라진 지금, 과연 아마라가 자신의 인생을 스스로 꾸려나갈 수 있을지 궁금했다. 하지만 지금 그런 생각을 할 시간은 없었다.

"크리스텐은 아주 매력적이고, 언제나 행복해하고, 절대 문제를 일으키지 않는 사람이었지요. 가줄은 항상 내게 이렇게 말했어요. '크리스텐 좀 닮아봐. 저 여잔 언제나 웃잖아.'"

디마는 얼굴을 찌푸렸다. 아마라는 도대체 가줄을 그리워하는 건가, 그리워하지 않는 건가?

"크리스텐이 언제나 미소 짓고 있던 것은 그녀가 항상 멍한 상태였기 때문이었지요. 그녀가 없으면 카파로프 별장 여행은 너무나 따분했어요. 우리는 같이 있으면 언제나 웃음이 끊이질 않았어요. 한번은 이런 적도 있었지요. 잠시만 기다려요. 뭐 하나 보여줄게요."

그녀는 일어서서 책상의 우측 하단 서랍을 열었다.

"이거예요."

그녀는 손을 뻗어 흰색 실크 표지의 앨범을 꺼냈다.

블라디미르와 지라크, 그레고린이 주위에 몰려섰다.

지라크가 한마디 했다.

"지금 결혼사진을 볼 때는 아닌 것 같은데요."

하지만 앨범을 펼치자 드러난 사진은 결혼사진보다 훨씬 더 가치 있는 것이었다.

디마가 말했다.

"세상에……."

앨범의 첫 페이지에는 작은 탑의 창문 밖으로 몸을 내밀고 손을 흔드는 아마라와 매력적인 금발 여자의 사진이 여러 컷 실려 있었다. 그 후 페이지를 넘기자 그녀와 크리스텐이 휴가 때 촬영한 사진이 계속 나왔다. 그 사진들에는 경비원들도 몇 명 찍혀 있었고, 또한 그 사진들을 통해 독수리 둥지의 대략적인 모습도 알 수 있었다.

이 불쌍한 미망인도 한때는 이렇게 잘 나가던 시절이 있었다. 디마는 아마라에게 한 팔을 두르고 키스했다.

"괜찮아요. 하지만 당신네 나머지 떠돌이들한테는 허락 못해줘요."

지라크가 말했다.

"이것 좀 봐요. 부인이 인과 양도 촬영했어요."

두 북한인들이 카메라를 쳐다보고 찍은 사진이 있었다. 그들이 휴대하고 있는 우지 기관단총이 뚜렷이 보였다.

키릴이 말했다.

"이런 망할. 이곳은 히틀러가 만든 독수리 둥지랑 정말 비슷하게 생겼어. 잠시만 기다려 봐……."

그는 스캐너를 조심스럽게 살핀 다음 랩톱을 다시 켰다.

랩톱의 웹브라우저 화면에는 이런 글이 떴다.

켈슈타인 하우스에 오신 여러분을 환영합니다……. 역사적 유적, 박물관과 레스토랑.

두 건축물은 똑같다. 키릴은 고개를 돌리며 모두의 얼굴을 보았다. 그리고 미소를 지으며 웹브라우저의 '지도'라고 적힌 부분을 클릭했다.

39

부엌과 차고를 잇는 문이 있었다. 키릴은 옅은 선팅이 되어 있는 검은색 쉐비 SUV의 후드를 어루만지며 말했다.

"미제 사륜구동차를 싫어하는 사람은 없지. 특징 없는 차량이라면 이걸로 미군 특수부대 행세를 할 수도 있겠어."

"그리 수수한 차량은 아닌 것 같은데."

"어차피 지금 같은 상황에선 바퀴 달린 물건은 장갑차가 아니라면 뭐든 눈길을 끌게 되어 있어."

블라디미르가 끼어들었다.

"나는 이 차가 마음에 들어. 내가 지냈던 감방보다도 크군."

키릴이 문을 열었다.

"다섯 명은 넉넉히 타겠어."

"여섯 명이 타야지. 아마라도 데려가야 해. 우리는 피신하는 아마라를 호위하는 경호원 노릇을 해야 하니까."

"카파로프가 아마라에게 경호원을 붙여주지 않을까?"

"그 사람에게 그럴 의무는 없어. 아마라는 우리가 그곳의 경비망을 뚫을 수 있도록 도와주기만 하면 되지. 일단 그곳의 정문에 도착하면, 아마라는 크리스텐을 부를 거야."

"크리스텐이 지금 거기 있는지는 무슨 수로 아나?"

디마가 미소 지었다.

"아마라가 가줄의 위성전화로 크리스텐과 통화했어. 크리스텐에게 그곳으로 가겠다고 얘길 했지."

디마는 그레고린과 지라크를 보았다.

"혹시 둘 중에 그만두고 싶은 사람?"

그런 사람은 없었다. 하지만 디마의 마음 한편에서는 점점 의문이 커지고 있었다. 아마라는 이 모든 것의 대가로 대체 무엇을 요구할까? 그리고 아마라가 대가를 요구하게 될 때, 과연 디마는 뭐라고 대답해야 할까?

40

테헤란, 캠프 파이어플라이

테헤란의 동녘에 연기와 먼지 사이로 지저분한 오렌지색의 태양이 떠올랐다. 블랙번은 텐트 안에서 접이식 테이블을 사이에 두고 조사관들과 마주하고 있었다. 시간은 0700시를 조금 넘겼다. 그는 조사를 받으러 기상하기 전에 겨우 세 시간 가량을 잤을 뿐이었다.

미군 헌병대에서 나온 코디 앤드류스 중위는 미소를 짓고 있었고, 해병대 정보부 (MCIA)에서 나온 크레이그 더쇼위츠 대위가 대화 내용을 받아 적고 있었다.

앤드류스 중위의 입꼬리가 점점 더 올라갔다.

"이렇게 일찍 기상시켜서 미안하네. 자네의 기억이 아직 생생할 때 일을 마무리해야 해서 말이지."

'그리고 지금은 너무 피곤해서 내가 함정에 빠져들어 가고 있는지도 파악이 안 되는 때이기도 하지'라고 블랙번은 생각했다. 텐트 밖에서는 콜 대위가 기다리고 있었다. 그는 안에서의 대화 내용에 온 힘을 다해 귀를 기울이고 있었다.

블랙번은 은행에서 있었던 일, 금고 안에 있던 것들, 뉴욕과 파리 지도, 그 지도에 동그라미가 되어 있던 지역, 그리고 보안 모니터에 잡힌 두 사람의 모습을 떠올려 조사관들에게 말했다.

"알 바시르 말고도 또 한 사람이 있었단 말이지?"

"예, 말씀드린 그대로입니다."

더쇼위츠 대위는 계속 깊은 경멸감을 드러내 보이고 있었다.

"그리고 자네는 알 바시르 옆에 있던 사람이 그 동영상 속의 사나이라고 생각하는 것이고."

"예, 그놈이 바로 솔로몬입니다."

그때까지 단 한 마디도 말하지 않고 있던 더쇼위츠가 입을 열었다.

"솔로몬? 그 사람의 성(姓)은 뭔가?"

"그냥 솔로몬입니다. 알 바시르는 죽어가면서 그 사람의 이름을 말했습니다."

더쇼위츠는 허공에 펜을 돌렸다.

"성인가? 아니면 이름? 아니면 암호명?"

"알 바시르는 그것까지는 얘기하지 못하고 죽었습니다."

더쇼위츠가 갑자기 콧방귀를 뀌었다.

"혹시 그 사람이 '살람'이라고 말한 걸 잘못 들은 거 아닌가?"

앤드류스는 식당에서 어떤 디저트를 주문할지 생각하는 듯한 포즈로 한쪽으로 고개를 기울였다.

"PLR 대원이나 이란인의 이름 치고는 좀 이상한 이름이군."

"알 바시르의 명이 조금만 더 길었다면 저는 그 점을 물어보았을 것입니다."

"자네의 동기로 넘어가자, 병장. 자네는 하커 이병에게 일어난 일 때문에 무지하게 화가 났지?"

"그게 이상한 일인가요?"

"그리고 하커의 전우들이 자네를 거칠게 대했다고 알고 있네."

블랙번은 어깨를 으쓱였다.

"그건 별일 아니었습니다."

더쇼위츠는 분명히 그 자신이 알아도 되는 것 이상의 뭔가를 읽고 있었다.

"알 바시르를 죽인 총알은 그 사람의 총에서 발사됐어. 그 사람은 왜 자기 몸을 쐈다고 생각하나?"

블랙번은 이 사람들이 둘에 둘을 더해 일곱을 만들어내려는 것 같다는 생각이 들었다.

"알 바시르는 저에게 사격을 가했습니다. 저는 유리창을 뚫고 그 사람의 팔을 움켜잡았습니다."

"차 지붕에 와이퍼를 잡고 매달려서 말인가."

앤드류스는 미소 지었다. 분위기를 좋게 하려는 것 같았다.

"슈퍼영웅 같은 행동이로군. 그렇지?"

분위기는 좀처럼 좋아지지 않았다.

더쇼위츠가 몸을 앞으로 기울였다.

"이봐. 자네는 하커랑 같은 장소에 있었어. 그때 하커는 참형을 당했고. 그리고 자네가 은행에 들어갔더니 알 바시르가 도망쳐 나왔어. 자네가 알 바시르를 생포하라는 명령을 받고 그놈의 자동차에 매달리자 그놈은 자기 총에서 발사된 탄환을 맞았지. 나는 이 사건들에서 뭔가 공통점을 발견했다네, 블랙번."

"어떤 공통점인가요?"

"아무리 봐도 자네는 대전쟁을 치르는 평범한 병사가 아니야. 블랙번 병장, 자네는 빨리 집에 가고 싶지? 아니면 뭔가 다른 것을 원하고 있던가."

블랙번은 자기 앞의 두 사람을 바라보았다. 얼굴이 달아오르는 것을 느꼈다. 그는 손톱으로 손바닥을 긁었다. 만약 이 두 사람이 어떤 수를 쓰고 있다면, 거기에 말려들었다가는 좆되는 것이었다. 블랙번의 어머니는 이렇게 말씀하셨다.

"스스로에게 이야기하거라. 화가 나거나 잘못된 상황에 처했을 때 믿을 수 있는 것은 자기 자신뿐이란다."

그렇게 하려고 해요, 어머니. 하지만 안 되는 걸 어떡해요.

"저는 알 바시르의 팔 하박, 그러니까 손목 바로 위를 붙잡았습니다. 그 순간 차가 뭔가에 부딪쳤고, 그 때문에 그는 총 위로 엎어져 총이 오발된 것입니다. 캠포에게도 물어보십시오."

"캠포가 자네 편을 들어줄 거라고 생각하나?"

"그는 진실만을 말할 겁니다."

"그렇게 생각해? 정말로?"

블랙번은 더 이상 참을 수가 없었다. 블랙번은 주먹으로 테이블을 내리쳤다. 더쇼위츠의 랩톱과 커피 잔이 허공으로 살짝 튀었다.

"이봐요. 날 체포할 건가요? 그게 아니라면 바로 돌아가서 제 할 일을 계속하겠습니다. 난 핵탄두도 회수했고, 하커를 죽인 놈이 누군지도 확인해줬어요. 그리고 조사를 받으면서 알 바시르가 마지막으로 한 말도 알려줬어요. 그 사람의 이름을 알려줬잖아요!"

앤드류스는 체념한 듯한 미소를 지었다.

"우리를 때리지 않아서 고맙구먼, 병장."

콜 대위는 여전히 밖에서 기다리고 있었다. 그는 위성전화로 통화하고 있었다. 하지만 블랙번은 그도 안에서 오고간 말을 모두 들었을 거라고 생각했다.

"어떻게 되었나?"

"어땠을 거라고 생각하십니까?"

콜은 뜨거운 먼지투성이의 공기를 가득히 빨아들인 다음, 입술을 오므리고 내뱉었다.

"생각 중이야."

블랙번은 생각했다. 대단하구먼. 이제 뭘? 지난 며칠 동안 그는 콜을 깊이 존경해 왔지만 이제 그 존경심은 무너져 버렸다.

"이제 '다시 시작' 버튼을 눌러야 한다고 생각한다네, 안 그런가?"

블랙번은 억지로 미소를 지었다. 그러나 콜은 미소를 짓지 않았다. 누가 보면 마치 치과의사 앞에 온 환자로 보일 정도였다. 콜은 대신 블랙번의 어깨를 잡고, 그를 부하들에게 데려갔다. 블랙번은 몇 걸음 걷지 못하고 멈췄다. 그는 자신을 둘러싼 기지의 분주한 풍경을 바라보았다. 한 대의 오스프리가 착륙 준비를 하고 있었고, 또 다른 오스프리는 이륙 중이었다. 두 문의 대공포가 하늘을 겨누고 있었다. 군인들, 장비들, 병기들이 사방팔방으로 분주히 움직이고 있었다. 미 해병대는 최선을 다해 움직이고 있었다. 미 해병대야말로 이제까지 블랙번의 인생을 이끌어온 힘이었다.

블랙번은 심호흡을 하고 마음을 강하게 먹었다. 그리고 콜 대위에게 힘차게 경례를 붙였다.

"대위님, 명령만 내리십시오!"

그것은 과연 어떤 뜻의 대답이었을까? 블랙번은 스스로에게 질문을 던지며 홀로 걸어갔다.

41

테헤란, 캠프 파이어플라이

"이상한 소리 좀 하지 마세요. 우린 그런 거 별로 신경 쓰지 않습니다. 다만 이 망할 전쟁을 해나갈 뿐이죠."

캠포가 할 말은 그것뿐일 터였다.

블랙번은 그런 생각을 하며 캠포가 나올 때까지 '조사 텐트' 밖을 서성거릴 작정이었다. 그러나 콜 대위는 블랙번을 브리핑실로 불렀다. 지도가 놓인 탁자 주변에 서 있는 사람들 사이에 끼어 있던 블랙번은 캠포가 방으로 들어와서 자기 옆으로 오는 것을 보았다. 캠포는 큰 충격을 받은 눈치였다.

"나한테 말 걸지 마!"

그는 온몸으로 이렇게 말하고 있었다.

"제군들, 주목! 스키 좋아하는 사람 있나?"

콜의 태도는 확 바뀌어 있었다. 무슨 주사라도 맞은 것 같았다. 아닌 게 아니라 그의 어조는 완벽하게 바뀌어 있었다. 캠포한테서 무슨 말을 들어서 저런 걸까? 블랙번은 진정하라고 스스로를 다그쳤다. 그가 해야 하는 일은 진실을 말하는 것밖에는 없었다. 그러나 앤드류스와 더쇼위츠는 블랙번이 뭔가를 숨기고 있다는 듯이 그를 다뤘다. 그들 앞에 서니 블랙번은 범죄자가 된 기분이었다.

콜 대위가 아까 한 말로 사람들을 웃길 의도였다면, 그 시도는 실패로 끝났다. 그러나 그는 매우 즐거운 표정으로 이야기를 이어나갔다.

"우리 정보부는 정밀 대조 실험을 통해 노획한 PLR 핵탄두에서 나오는 것과 똑같은 신호가 바로 여기에서 나오고 있다는 것을 확인했다."

그러면서 그는 지도 위에 테헤란 이북 알보르즈 산맥의 남쪽 면에 연필로 표시한 어느 지점을 가리켰다.

"이곳은 원래 우리 지도에는 이렇다 할 특이점이 없던 곳이었다. 그러나 빅 버드 위성은 이곳에 숨겨진 걸 보여주었지."

그는 산의 경사면에 자리 잡고 있는 나무로 둘러싸인 대형 건물을 가리켰다.

"저게 대체 뭐지?"

그는 낡은 평면도 뭉치를 풀어놓았다. 그 건물은 마치 스위스식 샬레처럼 보였다. 창문 위에는 장식용 박공과 셔터가 있었다. 고풍스러운 곳이었다.

마트코비치가 말했다.

"마치 영화 〈사운드 오브 뮤직〉에 나오는 곳 같습니다."

"그래. 산들도 진짜배기지. 그리고 저 속에는 뭔가 특별한 것이 있다."

"엄청난 폭탄 말이군요!"

"제군들. 우리가 보고 있는 곳은 전 이란 국왕 모함마드 레자 샤 팔라비가 즐겨 찾던 별장이다. 샤 국왕의 추종자들이 이 별장을 그에게 만들어줬을 때, 선구안을 지닌 랭글리의 정보수집가들은 이 집의 평면도를 긁어모을 생각을 했지."

블랙번의 주의가 흐트러졌다. 또 새로운 날이 시작되고, 또 새로운 정신 나간 임무가 주어지는 것이다. 그는 캠포를 보았다. 캠포 역시 콜 대위의 말을 집중해서 듣는 것 같지는 않았다. 조사관들은 그에게 뭘 물어봤을까? 무슨 말을 들었을까? 지금 저렇게 멍한 시선으로 조심스러워하는 캠포는 무엇 때문에 겁을 먹은 것일까? 잘못된 건 나인가, 아니면 그들인가? 블랙번의 머릿속에는 이런저런 생각이 떠올랐다.

"블랙번 병장, 알아들었나?"

그는 다시 브리핑 내용에 집중했다.

"예."

콜은 잠시 블랙번을 바라보았다.

"좋아. 모두 나가도 좋다. 블랙번은 잠시 나 좀 보도록."

캠포는 나머지 소대원들과 함께 나갔다. 블랙번은 콜 대위에게 갔다.

"오늘 내가 왜 즐거웠는지 아나? 대령님이 즐거워하셨기 때문이지. 그분의 행복은 나의 행복이나 다름없지. 그분이 행복한 건 국방부가 행복해서이지. 국방부가 행복한 건 우리가 그 핵폭탄을 노획했기 때문이야. 그리고 우리는 나머지 두 발도 회수할 거야……."

그는 마치 커다란 배구공을 붙잡듯이 양팔을 위로 뻗었다.

"그러니 다시 기합 팍 넣고 일하러 가자고. 알았지?"

블랙번은 콜 대위를 보았다. 이 사람은 도대체 무슨 정신 상태일까? 상황이 나빠지면 나를 희생양으로 삼고, 만약 내가 핵폭탄을 가져오면 자기 혼자 영예를 독식하겠다는 건가?

블랙번은 캠포에게 달려갔다. 그는 담배를 피우면서 몬테스, 마트코비치와 이야기를 하고 있었다. 캠포는 하던 말을 멈췄다. 그의 표정은 불편해 보였다.

"콜 대위님은 우리가 잘했다고 말씀하셨어. 핵탄두를 찾아낸 거 말이지. 국방부에서는 우리 모두를 장군으로 진급시키려고 한대."

캠포는 잠시 기다렸다가 대답했군.

"거 좋구먼."

"그 두 조사관 새끼들하고는 무슨 말을 했나?"

캠포는 담배꽁초를 튕겨 날려냈다.

"난 사격 장면은 본 적이 없어. 알겠니? 차량에 타고 있던 건 너야. 알 바시르를 붙들었던 것도 너잖아. 난 걔들한테 거짓말 할 수 없었어."

블랙번은 분노가 치밀어 오르는 것을 느끼며 캠포의 멱살을 잡았다.

"이봐. 난 거짓말 얘긴 꺼낸 적도 없어. 자네 눈에 그렇게 보였으면 보인 거지. 누가 거짓말 얘기를 꺼내던가?"

"걔들은 이렇게 물었어. '왜 블랙번은 자네가 블랙번 본인에 대해 거짓말을 하기를 원하는 거지? 하커 때문인가?' 블랙번, 넌 대체 뭘 잘못한 거야?!"

블랙번은 캠포를 죽이고 싶은 충동에 몸을 맡기고 주먹을 날렸다. 캠포의 몸이 빌딩 벽에 부딪쳐 쓰러졌다. 블랙번은 캠포를 마구 두들겨 팼다.

몬테스가 둘을 떼어놓았다.

"친구들, 진정해. 할 임무가 있잖아."

블랙번은 여전히 캠포의 멱살을 쥐고 있는 듯 굳은 채로 서 있었다. 그러다가 양손을 떨어뜨렸다. 캠포는 마치 미친 사람을 보는 듯한 시선으로 블랙번을 보며 뒷걸음질 쳤다. 도대체 어쩌다가 이렇게 된 건가? 난 정말로 미쳐버린 건가? 블랙번은 살면서 그토록 절절한 외로움을 느껴본 적이 없었다.

42

테헤란 이북, 알보르즈 산맥

디마는 일행 중 가장 잠을 덜 잔 사람임에도 불구하고 운전대를 잡았다. 아니 사실상 잠을 거의 못 잤다고 봐야 정확할 것이다. 지라크가 조수석에 타고 그레고린은 화물칸에 탑승해 추격자에게 사격을 가할 준비를 하고 있었다.

아마라는 일행 중 유일한 여성이자 차의 소유주라는 신분에 걸맞게 조수석 탑승을 원했다. 그러나 디마는 아마라가 뒷좌석에, 그것도 블라디미르와 키릴이라는 두 인간방패를 양쪽에 두고 앉아야 한다고 주장했다. 하지만 두 인간방패는 그녀를 위해서라면 뭐든지 할 만큼 충성스런 사람들은 아니었다. 그들의 관심은 아마라의 피크닉용 가방에 더 쏠려 있었다. 아마라는 치즈를 나눠주면서 말했다.

"이건 당신 거, 이건 당신 거. 욕심내지 말아요."

키릴이 투정을 부렸다.

"왜 블라디미르 게 더 커요?"

"그건 블라디미르 씨 체격이 당신보다 더 크니까요. 착한 어린이들, 어서 먹어요."

블라디미르는 의기양양하게 치즈를 잘랐다.

키릴은 웅얼거렸다.

"예전에는 이런 거 받으면 집에 잘 가져갔는데."

새벽빛을 받은 자연의 풍경은 무척이나 아름다웠다. 도시에서 발생한 먼지들은 햇살을 산맥에 반사시켜 산맥을 더욱 진한 황금색으로 빛나게 했다. 평상시에 이 시간대라면 테헤란의 도로망은 그 악명 높은 교통체증을 뚫고 나가려는 차들로 꽉꽉 막혀 있을 터였다. 회의장으로 가는 데 너무 시간이 오래 걸리기 때문에, 이란 사람들은 사업상의 거래도 어지간해서는 찻길 위에서 한다는 말이 있을 정도였다. 하지만 오늘 도로는 텅 비어 있었다. 도로를 가득 메우던 승용차들과 버스들은 슬프고 이상한 정적만을 남기고 모두 어디론가 사라졌다. 먼지투성이가 된 독일산 셰퍼드 한 마리가 그들을 보더니 달려와 꼬리를 흔들며 폴짝폴짝 뛰었다. 블라디미르는 키릴에게 의미 있는 시선을 보냈다. 키릴은 이렇게 내뱉었다.

"이 좆같은 야만인 같으니라고. 아마라, 음식은 문명인한테만 주세요."

"무식한 놈들, 숙녀가 계시다는 걸 잊었나?"

디마는 백미러로 아마라를 보았다. 아마라는 미소를 지었다.

디마가 이 계획의 위험성에 대해 경고하자 그녀는 상당히 놀라운 반응을 보였다.

"가면 총격전이 벌어질 수도 있습니다. 미리 알려드리는 것이 좋을 것 같군요."

"진짜 총으로 하는 총격전이겠지요? 우리 남편은 결혼 피로연 때 손님을 총으로 쏜 적도 있어요. 총성이 울리면 내가 눈물을 펑펑 흘리면서 도망칠 거라고 생각하세요? 왜 당신들은 여자를 언제나 나약한 존재로만 여기나요? 러시아 여자들은 매우 강하다고 들었는데요."

"잘은 모릅니다. 난 당신 아버지에게 당신을 꼭 돌려보내 주겠다고 직접 약속했어요. 그분을 실망시켜서는 안 된다고 생각합니다."

아마라는 어깨를 으쓱였다.

"그러면 한 단계씩 진행해 나가세요."

그들은 세페르 공항을 지나갔다. 한때 절정을 누리던 공항 시설은 이제 폐허로 변해 있었다. 미군은 이 공항에 최악의 짓을 벌였다. 에어버스 여객기 한 대가 기체가 반으로 잘려 썩은 통나무처럼 활주로에 누워 있었다. 그보다 덩치가 작은 제트기 3대의 전소된 잔해도 있었다. 관제탑도 직격탄을 맞았다. 그들은 텔로 도로를 타고 이맘 호메이니 스포츠 단지를 지났다. 디마도 여기 혁명 수비대 훈련병들을 데리고 와서 권투 경기를 벌였다. 그 훈련병 중 지금 PLR에 합류한 사람들은 몇 명이나 될까?

그는 다시 아마라를 보았다. 아마라의 남편은 죽었고, 테헤란에 있던 그녀의 생활 기반은 모두 사라졌다. 그녀의 앞에는 어떤 일이 기다리고 있을 것인가? 이란인들의 미래는 어떻게 될 것인가? 이 나라에 들어와 있다는 사실 자체만으로도 파멸적인 결과를 초래할 수 있는 그 폭탄들이 만약 사용된다면 어떤 일이 벌어질지는 상상도 할수 없었다. 알 바시르는 디마가 찾으러 갈 그 폭탄을 갖고 뭘 하려던 것이었을까?

　나시라바드를 지나면서 도로가 조금씩 거칠어지기 시작하더니 결국 비포장도로로 변했다. 그들이 탄 차는 나무들이 늘어선 기나긴 계곡 위로 올라갔다. 그들의 한쪽 옆으로는 산의 경사면이 펼쳐져 있었다. 황량하고 생기가 없어 인간의 접근을 허용하지 않으면서도 대단히 아름다운 풍경이었다. 겨울이 되면 이야기가 좀 달라진다. 겨울이 되면 이곳은 눈밭으로 변해서 스키 타러온 사람들로 북적거린다. 디마도이 근처에서 여러 번 스키를 탔다. 그는 무료입장권을 가지고 이곳에서 사회봉사를했기에 여자들에게 매력적인 위치에 설 수 있었다.

　디마와 함께 있고 싶어 하는 여자들은 많았다. 그 여자들 중에는 영향력 있고 인맥이 넓은 여자들도 많았다. 그녀들은 이란 지도층과 지방 정치인들 사이에서 벌어지는 이런저런 일들에 대해 상당히 값진 정보를 디마에게 전달해주었다. 단 한 여자와의 관계를 제외하면, 디마의 모든 여자관계는 용병으로서의 필요에 의해 맺어진 것이었다. 따라서 그는 여자를 볼 때 거의 반사적으로 이런 점부터 생각하게 되었다. 내가 이 여자와 시간을 보내면 이 여자는 나한테 무엇을 줄 것인가? 어떤 이익이 돌아올 것인가? 그러니 디마가 지금까지 혼자인 것도 무리는 아니었다.

　차가 산길 속으로 접어들며 이리저리 흔들리는 동안, 디마는 이런 생각에 푹 빠져당장 눈앞의 임무를 잊을 지경이 되었다. 아마라가 그의 어깨를 두들긴 뒤에야 디마는 현실로 돌아올 수 있었다. 뒷좌석에 있던 아마라는 왼편의 급한 경사로 위에 있는문을 가리켰다. 디마는 차에 제동을 걸었고, 차는 10미터 정도를 더 전진하다가 멈췄다. 그들은 문 양쪽에 기관총 진지가 있음을 확인했다. 진지마다 두 명의 병사가 있었는데, 한 명은 쌍안경을 들고 있고, 다른 한 명은 기관총을 잡고 있었다. 기관총은NSV였다. 보병도, 항공기도, 그밖에 어떤 적도 상대할 수 있는 소련제 만능 기관총이었지만, 소련 붕괴 후 러시아 본국에서는 생산이 중단되었고, 이란에서만 라이센스 생산을 계속해오고 있다. 하지만 저기 있는 물건은 카파로프가 서비스로 가져온 소련제 오리지널인 것 같았다.

아마라가 말했다.

"저 사람들, 이 차를 알아볼 거예요. 저는 절대 포로처럼 보여서는 안 돼요."

"그러면 부인께서 저 친구들이랑 말씀하시면 되겠군요."

아마라는 복장을 상당히 '설득력 있게' 손보았다. 그녀는 마치 누군가에게 붙들렸던 것처럼 자신이 입은 실크 블라우스의 소매 하나와 모든 단추를 떼어버리고, 타이로 간신히 실크 블라우스 앞섶을 여몄다. 발에는 운동화를 신었다. 지진을 피해, 그리고 앞으로 일어날지도 모르는 핵폭발을 피해 도망치는 사람다운 차림이었다.

디마와 대원들은 정중하게 그녀를 하차시켰다. 디마는 팔꿈치로 블라디미르를 쿡 찔러 똑바로 서라고 주의를 주었다.

"차 주위에 서 있으라고. 저 친구들이 올 때까지 기다리는 거야. 지금은 골치 아픈 상황이 늦게 발생할수록 좋아."

아마라는 들은 대로 정확히 행동했다. 비틀거리는 그녀의 모습은 엄청난 약탈을 당한 집에서 체면도 버린 채 도망 나온 여자의 그것이었다. 마치 하소연을 늘어놓으려는 사람처럼 눈물까지 흘리고 있었다. 디마는 그 모습을 보고 이렇게 생각했다. 너무나도 자연스럽군. 저 여자는 GRU에 빛나는 미래를 안겨다줄 거야.

경비원 한 명이 칼라시니코프 소총을 허리에 찬 채로 다가왔다.

아마라는 온 힘을 다해 그의 품속으로 쓰러졌다.

"크리스텐에게 아마라가 왔다고 전해요."

경비원은 쉐비를 보며 고개를 갸우뚱거렸다.

아마라는 한 손으로 자신의 가슴을 누르며 말했다.

"저 사람들은 내 경호원들이에요. 난 괜찮다고 했지만 가줄이 붙여줬지요. 저분들이 내 목숨을 구했어요."

"그럼, 가줄 선생님께서는 어디 계십니까? 사모님?"

그녀는 경비원의 팔을 붙들고 고개를 가로저었다. 그녀의 눈은 머리카락에 뒤덮여 보이지 않게 되었다. 엄청난 연기력이었다!

경비원은 초소로 돌아가 전화 수신기를 집어 들었다. 몇 초 후 문이 우르릉 소리를 내며 열렸다. 디마는 기어를 '주행' 모드로 조작한 다음, 차를 열린 문 안으로 몰아갔다. 이제 그들은 목표 안에 들어온 것이었다.

43

테헤란 이북 공역

블랙번과 몬테스는 항공기 우현의 창문을 통해 두 대의 F-16이 굉음과 함께 그들이 타고 있던 오스프리를 지나쳐 날아가는 것을 보았다.

채핀이 로터 소리에 지지 않는 큰 소리로 외쳤다.

"저놈들, 우리 먹을 건 남겨둬야 할 텐데!"

블랙번은 전투기들이 비행기구름을 끌며 상승해서 아주 작은 은빛 점으로 변해 보이지 않게 될 때까지 계속 쳐다보았다.

"쟤들은 목표 주위의 대공화기 및, 기타 조준이 가능한 다른 시설들을 부술 거야. 그리고 목표지역 상공에서 가능한 한 오래 항공엄호를 펼칠 거고."

캠포가 물었다.

"가면 누가 뭘 들고 기다리고 있는지 알고나 있는 거야?"

블랙번의 약점을 정확히 짚어낸 질문이었다.

블랙번도 알 턱이 없었다. 블랙번의 동료 대원들은 언제나 그에게 해답을 구했다. 그는 정답을 알고 있을 경우 동료들에게 알려주었다. 그러나 정답을 모를 경우에는 가능성을 제시했다. 블랙번에게 질문을 하면 항상 뭐라도 대답을 들을 수 있었다. 동료들은 그를 제일 똑똑한 사람으로 여겼다. 블랙번은 얼마 안 있으면 귀향할 거고, 대학에 복학한 후 졸업하면 자기 어머니처럼 교사가 될지도 몰랐다. 하지만 지금의 블랙번은 자신이 어디로 가는지 알 수 없었다. 그의 판단력은 흐려졌다. 그가 알고 있던 세상은 이제 사라진 것 같았다. 한때 그의 친구였던 캠포는 창밖으로 하늘을 보고 있었다. 좀 전에 블랙번은 캠포를 죽일 뻔했다. 블랙번은 그것을 잊지 말아야 했다. 거기 가면 누가 뭘 들고 기다리고 있을 것인가? 오직 신만이 알고 계실지도 몰랐다. 어쩌면 아무도 모를 수도 있었다. 그는 아버지를 떠올렸다. 물속에 있는 베트콩의 감옥 안에 갇힌 아버지는 더 이상 용맹한 군인이 아니라 겁먹은 10대 소년에 불과했다. 그분은 과연 자신이 결국 어떤 결말을 맞게 될지 내다보셨을까?

블랙번의 머릿속에는 은행 금고 안에서 본 CCTV 영상이 다시 떠올랐다. 알 바시르는 알아보기 쉬웠다. 하지만 그와 함께 있던 사람에 대해서는 더 생각을 해봐야 했다. 블랙번의 마음속에는 그 사람에 대해 이야기하며, 들어달라고 소리를 높이는 목소리들로 가득했다. 이란 이라크 국경지대에서 어떤 사람이 칼로 해병대원의 목을 땄다. 36시간 후 그는 테헤란 중심가에서 알 바시르와 함께 핵탄두를 옮기고 있었다. 앤드류스와 더쇼위츠는 블랙번의 말을 믿지 못하는 눈치였다. 이제 블랙번 스스로도 신념을 잃었다. 그는 자신이 회의감의 터널 속으로 빨려들어 가는 것을 느꼈다. 곧 작전에 뛰어들 사람에게는 별로 좋지 못한 마음가짐이었다.

산맥은 거대하고 황량한 벽 같았다. 그곳에서 유일하게 녹색인 곳은 골짜기 한참 아래쪽, 나무가 자라는 곳이었다. 블랙번은 그 햇볕에 그을린 거친 바위산이 흰 눈으로 덮여 있는 모습을 상상했다. 가족들과 함께 몬타나의 블랙테일 산에 가서 규칙을 어기고 경사면을 곧장 일직선으로 미끄러져 내려가던 때도 떠올렸다. 언제 규칙을 어겨도 되는지 아는 것이 포인트였다.

"착륙지대 전방 5킬로미터! 로프 준비!"

44

테헤란 이북 알보르즈 산맥

정문에서 샬레까지는 200미터 거리였다. 디마는 가능한 오랜 시간 동안 건물과 그 주변을 둘러보기 위해 걷는 속도 정도로 느리게 차를 몰고 들어갔다.

키릴이 뒤에서 날카롭게 말했다.

"이봐. 어떻게 된 거지. 핵탄두 두 발의 신호가 방금 멈췄어."

"그 스캐너 또 고장 난 거 아냐?"

"아냐. 다른 한 발에서 오는 신호는 여전히 잡히거든."

"흐음. 이유가 뭘까?"

"나머지 두 발이 지하로 들어간 것 같아. 금고 속이라던가."

샬레 가까이 접근하니 메르세데스 벤츠 G바겐 한 대가 보였다. 차체는 검은색이었고 유리창도 검었다. 카파로프 것인가? 그것 말고 다른 차량 두 대도 보였다. 최신형 레인지 로버 이보크와 여기저기 찌그러진 1990년대 형 푸조였다.

아마라가 차를 가리키며 말했다.

"레인지 로버는 크리스텐 거예요."

"그러면 그 사람은 여길 마음대로 드나들 수 있단 말입니까?"

"경호원을 대동한다면요."

키릴도 끼어들었다.

"세계에서 가장 악명 높은 무기상인 치고는 보안이 그리 철저하지는 않구면. 둘 중 하나지. 너무 과도한 수준으로 보안에 신경 쓰다간 오히려 주위의 불필요한 시선을 끌 수 있다는 것을 알 만큼 현명한 인물이던가, 아니면 그딴 거 없어도 자기는 괜찮다고 생각하는 얼간이거나. 어쩌면 둘 다일 수도 있고."

디마가 대답했다.

"옛말에 백문이 불여일견이라 했어."

"그저 도움을 주려고 말했을 뿐이야."

"그래 맞아. 항상 말이 통해야 한다는 것이야말로 우리의 첫 번째 황금률이지."

모두가 무선 헤드셋을 하나씩 가지고 있었다. 계획은 아마라를 지라크 및 그레고린과 함께 건물 안에 들여보내는 것이었다. 이들이 현장을 정찰하고 나서 디마에게 상황 및 카파로프의 정확한 위치를 알려준다. 디마는 즉흥적으로 생각해내서 사용 가능한 자원만으로 승부를 보는 이런 방식의 작전을 매우 좋아했다. 이 계획은 아마라와 철저히 믿을 수 있는 소수의 인원들이 머리를 짜내 만든 작전 계획이었다. 물론 정신이 제대로 박힌 인간이라면 안 하겠다고 내뺄 작전이겠지만, 그들은 끝까지 디마 옆에 남아 작전을 수행할 것이었다. 디마는 아마라와 지라크, 그레고린이 집 안으로 들어가는 것을 보았다. 발코니에 서서 매혹적인 자세로 손을 흔드는 젊은 금발머리 여자가 눈에 들어왔다. 사진 속에서 봤던 그 여자였다.

'이거 너무 쉬워 보이는군' 하는 생각이 디마의 머리를 스쳤다.

바로 그때 첫 번째 로켓탄이 크리스텐을 조준하기라도 한 듯 그녀가 서 있는 발코니에 명중했다. 손을 흔들던 그녀는 대처할 시간도 없이 한 순간에 폭발 속으로 사라졌다. 폭발로 콘크리트가 부서져 가루가 되면서 그레고린과 지라크, 아마라는 그 연기 속으로 삼켜져 들어갔다. 아마라의 비명 소리가 들렸다. 두 번째 로켓탄은 50미터 떨어진 산허리에 명중했다. 디마는 자신의 몸이 뒤로 튕겨 날아가는 것을 느꼈다. 옆으로 몸을 굴리다가 나무 울타리에 걸려 멈춘 그는 두 개의 기관총탑도 또 다른 공격으로 박살이 난 것을 보았다.

디마는 일어서서 우선 키릴과 블라디미르를 찾았다. 그들도 차에서 내려 서 있었다. 그는 부서진 기관총탑을 가리켰다.

"가서 만약 기관총이 멀쩡하다면 기관총을 잡아! 하늘에 적기가 있다면 우선 막아, 당장!"

디마는 샬레를 향해 달렸다. 그레고린, 지라크, 아마라, 크리스텐은 머릿속에서 지웠다. 그의 머릿속에는 오직 카파로프와 핵탄두 말고는 없었다. 그것이야말로 그가 여기에 온 목적이었으니까. 디마는 이제까지 그것들을 위해 움직여왔다. 아직 목표를 얻지도 못했는데도 너무나 큰 희생을 치러야 했다. 누구도 디마의 앞길을 막게 놔둘 수는 없었다.

그는 속도를 더해가며 돌무더기를 뛰어넘고 반쯤 부서진 채로 건물 정면에 튀어나와 있는 계단을 발견했다. 디마는 계단을 타고 발코니 잔해 위로 올라섰지만 잔해는 디마의 발이 닿자마자 순식간에 부서졌다. 디마는 잔해와 함께 땅바닥에 떨어질 뻔했다. 그때 돌무더기 속에서 사람이 지르는 비명이 디마의 귀에 들렸다. 건물 안에서는 불길과 함께 눈을 따갑게 찌르는 매운 연기가 뿜어 나왔다. 유감스럽게도 디마는 방독면 같은 것은 몸에 지니지 않고 있었다. 모든 장비는 SUV에 있었고 지금 가지고 있는 것은 AK 소총과 나이프 한 자루뿐이었다. 그는 건물의 창문을 통해 안으로 들어가 너덜너덜해진 커튼을 찢어 얼굴에 둘렀다.

벽에 멋진 그림이 걸린 응접실이 나타났다. 마티스의 그림도 한 장 있었고, 고갱의 그림도 한 장 있었다. 상반신에 아무것도 걸치지 않은 요염한 섬 여자 두 명이 그림 속에서 디마를 보고 있었다. 저 그림들은 진품일까? 이슬람교가 아닌 종교의 천국이 저런 모습이겠지. 그림 속의 두 여자는 처녀는 아니겠지만 그런 건 중요하지 않았다. 유리로 된 거대한 커피 테이블 위에 커다란 대리석 체스 판이 있었다. 말이 놓인 상태로 보아 게임이 한창 진행 중이었던 모양이다. 하지만 게임을 즐기던 사람들은 눈에 보이지 않았다. 백이 두 번만 더 움직이면 흑을 체크메이트 할 수 있겠는데. 문가에는 볼이 매우 두텁고 눈이 단춧구멍처럼 찢어진 거구의 사나이가 디마에게 우지 기관단총을 겨누고 있었다. 인? 혹은 양인가? 디마는 영원히 알 길이 없었다. 디마가 던진 나이프가 그 사나이의 경동맥에 명중했기 때문이다. 경동맥에서 뿜어져 나온 피가 고갱의 그림 〈두 명의 타히티 여인〉에 잔뜩 튀었다. 디마는 부디 그림이 모조품이기를 바랐다.

디마는 쓰러진 사나이 위로 올라가서 나이프를 뺐다. 그리고 사나이의 우지 기관단총과 무전기를 노획했다. 건물 안 깊은 곳에서 또 다른 폭발음이 울렸다. 보일러일까? 아니면 연료탱크가 터진 걸까? 방바닥이 흔들리면서 벽이 반쯤 무너졌다. 그 바람에 벽에 걸려 있던 큰 거울이 마치 단두대의 칼날처럼 죽어가는 북한인의 목에 떨어졌다. 그는 진동 때문에 체스 판이 미끄러져 떨어진 것을 보았다. 게임 끝이군.

2층에는 방이 4개 있었다. 두 방은 완전히 박살이 났다. 어쩌면 카파로프는 그 잔해 밑에 깔려 있을지도 몰랐다. 나머지 두 방 중 하나는 서재였다. 서재에 들어선 디마는 거기 있는 책 중에 어떤 것이 소장가치가 높은 초판인지는 신경도 쓰지 않았다. 서재 안에는 하얀 랩톱이 놓인 책상이 있었다. 크리스텐의 것이었을까? 나중에 살펴보기로 한 디마는 방안에 계단이 있는 것을 발견했다. 멀쩡했다. 디마는 계단을 한 번에 세 단씩 뛰어 내려갔다. 밖에서 대공화기의 발사음이 들려왔다. 탄약을 아끼려는 듯 짧고 날카로운 점사를 하고 있었다. 블라디미르가 쏘는 것이었다. 디마는 총소리만 듣고도 누가 쏘는지 알아맞히는 자신의 능력에 새삼 놀랐다.

침실들이 보였다. 그중 하나는 멀쩡했다. 꽃병에는 생화가 꽂혀 있었다. 장미였다. 카펫 위에는 수영복이 한 벌 널려 있었다. 축축했다. 쯧쯧, 수건도 한 장 널려 있었다. 어머니의 목소리가 어디선가 들려오는 것 같았다. 요즘 젊은 것들은 어지를 줄만 알았지 치울 줄은 모른다니까. 어머니, 그래도 어머니는 이 방이 마음에 드실 거예요. 그의 눈앞에는 실크 쿠션과 세 장의 거울, 그리고 잘 어울리는 커튼을 갖춘 화장대가 있었다. 그의 어머니가 결코 가져본 적이 없을 만큼 좋은 것이었다. 세 장의 거울 속에는 복면을 한 사나이가 있었다. 디마 자신이었다. 그 바로 옆에 있는 욕실은 전체가 대리석으로 되어 있었다. 굉장하군.

바깥 위쪽에서 뭔가 이상한 엔진 소음이 들렸다. 헬리콥터인가? 이 건물에도 옥상에 헬리포트가 있었다. 하지만 디마가 알고 있는 헬리콥터의 소음과는 좀 달랐다. 고정익기 같기도 했다. 만약 그렇다면 오스프리였다. 이런, 미 해병대가 여기 오지 못하게 해야 돼, 블라디미르. 난 아직 목적을 달성하지 못했다고.

침실은 7개가 더 있었다. 모두 다 비어 있었다. 그들은 G바겐도 보았다. 카파로프는 분명 여기 어딘가에 있을 터였다. 이 건물에는 사무실이 없는 것 같았다. 아까 본 것 말고 다른 랩톱도 없었다. 장사하는 데 필요한 물건들은 도대체 어디에 다 있는 건가? 카파로프는 절대 쉬는 법이 없이 언제나 거래를 하고 있었고, 언제나 뭔가를 필요로 하고 있었다. 사람이 사람답게 살려면 음식과 물, 무기는 있어야 한다. 물론 카파로프의 경우 그 우선순위가 보통 사람과는 전혀 달랐지만 말이다.

엔진소리가 점점 가까워졌다. 그 소리를 들어보니 엔진 회전수가 느려지고 있음을 알 수 있었다. 오스프리가 장기인 제자리비행을 하기 위해 로터를 이착륙 위치로 돌리고 있는 것이었다. 로터위치 변경에는 14초가 소요된다. 14초라면 조준해서 한 방 먹일 수 있었다. 역시나 때를 놓치지 않고 또 대공화기 발사음이 들려왔다. 그리고 폭발음이 들렸다. 엔진 회전수가 급격히 빨라져 비명 소리에 가깝게 들렸다. 엔진 하나가 손상당해서 나머지 하나의 엔진만으로 떠 있으려고 애를 쓰는 것이었다.

그러다 갑자기 디마는 뭔가 거대한 것에 부딪혀 압도당해 쓰러졌다. 이렇게 큰 것이 어쩌면 이렇게도 조용하고 빠르게 움직일 수 있단 말인가? 디마의 얼굴이 벽돌 가루에 쓸렸다. 그를 덮친 것은 뜨거웠고 마늘 냄새와 땀 냄새가 났다. 두 쌍둥이 중 살아남은 한 놈이 디마를 덮친 것이었다. 상대는 뒤에서 손을 뻗어 손가락으로 디마의 눈을 찔렀다. 디마는 한쪽 눈을 간신히 떠서 창문 쪽을 보았다. 창 밖에 지면으로 떨어지는 오스프리가 보였다. 아직까지 살아 있는 엔진도 점점 힘이 약해지고 있었다. 그리고 상대의 또 다른 손에 들린 번쩍이는 칼날이 디마의 목을 향해 날아들어 왔다.

45

테헤란 이북 알보르즈 산맥

디마는 명령을 듣지 못했다. 오스프리가 나무 사이로 추락하면서 지면에 충돌해 파편을 반쯤 부서진 샬레로 날려보내는 순간, 디마의 눈앞에서 빛나던 칼날도 거두어졌다. 칼의 주인이 윗사람의 명령에 대한 복종과 형제를 죽인 상대에 대한 복수심 사이에서 갈등하다가 결국 칼의 주인은 윗사람의 명령에 따랐다. 칼날은 당장은 눈에 보이지 않게 되었다.

"그 사람의 얼굴을 보여줘라."

인인지 양인지는 알 수 없었지만, 아무튼 상대는 디마의 고개를 한쪽으로 비틀었다. 카파로프는 고개를 조금 숙였고, 디마는 비로소 처음으로 카파로프를 가까이서 보게 되었다. 짙은 색 머리에 창백한 피부를 가진 타지크인으로 목은 가늘고 턱이 두드러져 있었다. 몸의 모든 근육을 사용해 덤벼들지 않아도 쉽게 제압이 가능할 사람이었지만, 지금의 디마에게는 그럴 기회가 없었다.

"미국 사람처럼 생기지는 않았군. 수영장에 데려가."

디마가 대답했다.

"고맙소, 하지만 수영복은 안 챙겨왔는데."

북한인은 디마가 입은 코트의 뒷덜미를 잡고, 마치 말 안 듣는 개를 끌고 가듯 방바닥으로 질질 끌고 갔다. 언뜻 봐서는 전혀 주위의 벽과 구분이 되지 않는 비밀 문이 벽에 설치되어 있었다. 북한인은 소리 없이 그 문을 열었다. 그러자 그 속에는 샬레의 또 다른 부분, 즉 샬레 뒤쪽의 산을 깎아 만든 또 하나의 세상이 펼쳐져 있었다. 디마는 걸으려고 했지만 북한인이 그를 제지했다. 결국 그는 거인의 손에 끌려가는 장난감 인형처럼 복도를 따라 끌려갈 수밖에 없었다.

또 다른 문이 열렸다. 체육관이었다. 그리고 그 한편에는 스크린이 잔뜩 있는 작은 방이 있었다. 그들은 체육관에서 멈춰 섰다. 디마는 고개를 돌려 다른 방을 보려고 했지만, 또 앞으로 끌려갔다. 얼핏 보니 수족관도 보였다. 카파로프 같은 사람들은 피라냐를 기르길 좋아한다던데, 정말 그런 걸까? 아니면 영화 속에서만 그런 걸까? 그때 그는 염소(鹽素) 냄새를 맡았다. 그들은 질문을 먼저 하지 않았다. 덩치 큰 북한인은 디마의 머리를 바로 물속에 처박고 20초 정도 놔두었다. 이는 맛보기에 불과했다. 북한인은 디마의 머리를 끄집어냈다. 카파로프의 얼굴이 가까이 다가왔다. 그의 얼굴은 평온하고 무표정했다. 그의 눈 속 동공은 바늘로 찔러 만든 것처럼 작았다. 카파로프가 페르시아어로 질문을 하고, 똑같은 내용을 영어로 다시 물었다.

"누가 보냈지?"

디마는 러시아어로 대답했다.

"네 애인은 지금 파편더미에 깔려 있어. 빨리 움직여야 그 여잘 살릴 수 있다."

그러자 카파로프는 다시 고개를 까닥였다. 디마의 머리는 다시 물속에 처박혔다. 차갑고 질식할 것 같은 공포가 밀려왔다. 공간도 공기도 없다. 숨을 쉬려 하면 안 된다. 얼마나 오랜 시간이 지났을까? 디마는 20초를 세었지만 시간은 그 후로도 더 흘러갔다. 물에서 끌려나온 디마의 얼굴에 카파로프가 다시 얼굴을 들이댔다.

"자네는 곧 정체는 물론, 여기 온 목적도 말하게 될 거야. 안 그러면 인의 손에 익사를 당하겠지."

"아, 그럼 내가 죽인 놈이 양이었나 보군. 자네들은 정말로 닮았구면."

"다시 해."

디마의 머리는 다시 물속으로 처박혔다. 좋아. 그는 또 시간을 세었다. 물은 미지근했고 신선하지 않았다. 디마는 대처 방법을 알고 있었다. 디마는 물고문 대처 요령도 훈련받았고 스페츠나츠 동기생 중에서 제일 오래 버티는 사람이 되었다. 물고문을 당할 때의 요령은 긴장을 푸는 것이었다. 긴장을 풀수록 에너지 소비가 덜하다. 계속 시간을 세야 한다. 그러면 또다시 심호흡을 하지 않아도 오랜 시간을 버틸 수 있다. 디마는 훈련과정에서 모든 종류의 고통과 처벌을 견뎌내는 방법을 배웠다. 벌거벗은 채로 눈밭 속에 던져져서 격투를 해야 했고 구타와 모욕을 견뎌야 했다. 그러면서 고통을 제어하고, 분노를 다스리면서 그 감정을 인내로 전환시키고 인내를 빚어 힘으로 바꾸어 적절한 순간을 위해 아껴두는 것이다.

물고문에 대처하는 요령은 까다롭지 않았다. 계속 수를 세되, 포기하고 상대방의 손에 몸을 맡기는 것이었다. 그러다 죽으면 어떡하느냐고? 죽으면 또 어떻단 말인가? 디마는 물속에서 충분히 버틸 수 있었다. 인간이 물속에서 버틴 최고기록은 11분 35초였다. 디마의 최고기록은 8분이 채 못 되었다. 그것도 아주 잠을 잘 잔 다음에 세운 기록이었다. 그는 이런 생각을 했다. 그때 그 접수처 여직원을 따먹었어야 했어. 붉은색 머리카락에 사과 향을 풍기던 그 여직원 말이지. 그것은 상황을 이겨내기 위해 떠올린 좋은 기억이었다.

3분이 지났다. 디마는 눈을 뜨고 수영장 물속을 흘끗 보았다. 물이 가장 깊은 곳인 것 같았다. 어떤 다른 방법을 또 쓸 수 있을까? 주변 사물에 초점을 맞춰보자. 북한인은 무릎으로 디마의 어깨를 깔고 앉은 다음 온몸의 몸무게를 양다리 위에 골고루 배분하며 손으로 디마의 머리를 물속에 처박고 있었다. 다행히도 인은 디마의 팔 하박을 압박하지는 않았다. 디마는 손으로 수영장의 가장자리를 붙잡을 수 있는 위치까지 팔을 몰래 조금씩 움직였다. 4분이 경과되었다. 그리 좋지 않았다. 다시 숨을 쉬어야 견딜 수 있었다.

디마는 저항을 멈추고 근육을 이완시켰다. 그리고 수영장 가장자리를 붙든 자신의 손을 지렛대의 받침점으로 삼아 힘을 준 다음, 조금 전까지 인의 손길에 맞서 위로 쳐올리던 자신의 머리에 무게를 실어 갑자기 물속으로 쑥 밀어넣었다. 온 힘을 다해 디마가 자신의 머리를 물속으로 집어넣자, 인의 몸은 균형을 잃고 뒤집혀 물속으로 떨어졌다. 인은 이렇게 될 줄은 전혀 예상도 못 하고 있었다. 디마는 손을 뻗어 인의 통통한 손에서 나이프를 빼앗은 뒤, 나이프로 인의 흉곽을 찌른 다음 비틀면서 더욱 깊게 쑤셔 넣었다. 나이프에 찔린 인의 몸은 단단한 근육의 벽같이 느껴졌다. 디마는 칼을 빼낸 다음, 상대방을 다시 한 번 찔렀다.

46

그들의 몸에 충격이 전해져 오는 것과 동시에 오스프리는 고통의 비명을 질렀다. 대공포화는 우현 로터 끝을 잘라버리고, 우현 엔진을 멈추게 하고는 화재까지 일으켰다. 램프도어는 신속한 하기를 위해 이미 열려 있었지만, 도어거너들은 이미 어디론가 날아가 버렸다. 엄청난 화력이 아닌 전문가가 조준한 짧고도 정확한 점사의 위력이었다. F-16 전투기들은 대공화기들이 모두 제압되었다고 보고했다. 말도 안 되었다. 그들의 실수였다. 전쟁에는 무수한 실수가 따른다는 말을 블랙번도 이제 알게 되었다. 이 비행기에서 누구라도 살아남는다면 그것만으로도 기적이요, 축하해야 할일이었다.

좌현 엔진은 멎어버린 우현 엔진의 몫까지 다하기 위해, 더 많은 공기를 빨아들이며 추진력을 높였다. 그러나 오스프리는 로터를 전진비행 위치에서 이착륙 위치로 옮기던 중에 충격을 당했다. 블랙번은 상승하던 항공기가 잠시 동안 고도를 유지하며 안정을 찾는 듯싶더니 곧 힘을 잃고 떨어지기 시작하는 것을 느꼈다. 조종사들은 온 힘을 다 했지만 지면은 무서운 속도로 그들을 향해 돌진해 오고 있었다. 탑승자들은 기내의 손잡이를 붙든 채 꼼짝도 하지 않았다. 쓸데없는 짓이었다. 블랙번은 램프를 향해 돌진했다. 램프 끝까지 가서 머리부터 땅으로 떨어졌다. 그는 결코 이름을 알지 못할 나무들 속으로 떨어졌지만, 그는 그 나무들이 좋았다. 급하게 떨어지는 그의 몸을 천사들의 손길이 붙들어 주었다. 하지만 대지로의 귀환은 너무나 고통스러워, 착지 후 잠시 동안 눈앞이 캄캄해질 지경이었다. 산의 경사면을 굴러내려 가던 그의 눈에, 타고 온 오스프리의 기체가 옆으로 기울어지는 것이 보였다. 항공기의 날

개와 아직도 돌아가던 로터가 마치 프라모델이 부서지듯 산산조각이 났다.

블랙번은 고개를 들어 샬레를 보았다. 마지막 순간까지 외웠던 작전계획이 생각났다. 그러나 샬레는 첫눈에 알아보기 힘들 지경이었다. 샬레의 정면 전체와 베란다는 로켓탄 공격으로 박살이 났다. 그 속에 누구라도 생존자가 있다면 그것은 기적이라고 블랙번은 생각했다. 그러나 샬레에는 산을 깎아 만든 별도의 방이 있다는 것도 생각났다. 블랙번은 그리로 가야 했다. 블랙번은 아군 사상자는 염두에 두지 않았다. 추락한 오스프리로 가서 사상자들을 구호한다면 콜 대위는 또 바보짓을 한다며 블랙번을 욕할 것이다. 그래, 콜 대위. 만약 네가 전사하거든 그건 누구도 돕지 말라고 가르친 네 잘못이야. 솔직히 네가 죽었으면 좋겠어.

언제부터 이렇게 변했을까? 학교 다닐 적에 블랙번은 언제나 싸움을 뜯어말리는 중재자였다. 항상 타인의 입장을 먼저 생각하는 사람이었다. 블랙번의 군장은 이 임무에는 너무 무거웠다. 그는 필요 없는 군장을 벗어버리고 가볍게 움직이기로 했다. 그는 M-4 카빈 소총을 집어 들고, 총기 상태를 점검한 후 샬레의 잔해를 향해 달렸다.

47

북한인 경호원의 큰 몸은 물속으로 잠겨가며 서서히 돌아갔다. 그의 몸에서 쏟아져 나오는 피가 물보라를 일으키며 푸른 수영장 물을 핑크빛으로 물들이고 있었다. 디마는 수영장에서 빠져나와 헐떡거리며 숨을 쉬었다. 염소 냄새가 지독한 신선하지 못한 공기였지만, 지금의 그에게는 태어나서 숨 쉰 최고의 공기였다. 카파로프는 인의 우지 기관단총을 들고 디마 앞에 서 있었다. 카파로프는 총을 꽤 많이 사고팔았을 것이다. 그러나 총을 든 품새를 보니 총을 휴대하는 데는 익숙하지 않아 보였다. 지나친 분업화와 업무 분담이 가져온 폐해였다.

하지만 월척 고기처럼 땅 위에 쓰러져 있는 디마는 그런 사람에게도 손쉬운 표적이었다. 카파로프는 분명 우지 기관단총의 사격 훈련도 많이 해보지 않은 것 같았다. 하지만 그런 사람도 일단 총을 잡으면 지금의 디마를 확실히 죽일 수 있었다. 디마가 할 수 있는 건 시간을 버는 것 외에는 없었다.

"여기 정말 멋진 곳이군. 역시 이럴 때 숨을 피난 시설은 꼭 필요하다니까."

카파로프는 대답하지 않았다. 디마는 카파로프가 '숨을'이라는 말에 과민 반응한 게 아닌가 싶었다.

호흡이 정상적인 수준으로 돌아오면서, 디마는 카파로프의 모습을 처음으로 제대로 볼 수 있었다. 어깨가 축 처진 마른 체형이었다. 여우같은 뾰족한 얼굴에는 며칠 동안 깎지 못한 수염이 무성했다. 평생 타협을 싫어하며 얼굴을 찌푸린 탓에 두툼한 눈썹 사이에는 주름살이 패여 있었다.

"크리스텐은 바깥에서 심하게 다쳤어. 살아 있는지도 확실하지 않아. 진심으로 유감이네."

카파로프는 이번에도 대답하지 않았다. 그의 얼굴에서는 일말의 애도도 느껴지지 않았다. 하긴 아내의 몸값 100만 달러를 지불하지 않은 남자, 잘못된 길로 빠져들었거나 원래 악했던 전 세계의 군인들에게 줄곧 무기를 공급해온 남자, 심지어는 다르푸르의 소년병들에게도 무기를 공급해온 남자에게 대체 뭘 기대했단 말인가? 미국인들이 오사마 빈 라덴을 잡기 위해 엄청나게 많은 돈과 시간을 들이고 있는 동안, 이 진짜 괴물은 그 자신에게는 무척이나 다행스럽게도 누구의 방해도 받지 않은 채 대량살상무기를 퍼트리고 있었다.

"그런데 말이지, 집안에 걸려 있던 마티스와 고갱 그림들 말이야. 혹시 너무 많은 돈을 주고 산 건 아니겠지?"

이제야 카파로프는 디마의 말에 귀를 기울이기 시작했다. 돈이야말로 그가 무척 신경 쓰는 것이니까. 물론 그는 사람은 신경 쓰지 않는다.

"왜?"

"그거 모조품이거든."

"개소리 집어치워. 맘대로 생각하라고."

"난 파리에서 살았던 적도 있어. 점심시간마다 오르세 미술관을 내 집 안방처럼 들락거렸지. 루브르 미술관보다 훨씬 소장품이 좋은데도 관광객들이 별로 오지 않는 곳이야."

카파로프가 품고 있는 미술에 대한 열정을 제대로 건드린 걸까? 의심스러웠다. 그 그림들이 거기 있는 이유는 그저 카파로프가 그 그림들을 가치 있는 물건으로 생각하기 때문이었다. 카파로프는 미소를 지었다. 하지만 전혀 따스함이 느껴지지 않는 불길하기까지 한 미소였다.

"오, 파리 말인가. 아름다운 도시지. 불쌍한 도시이기도 하고."

대체 이게 무슨 소리인가?

디마는 다시 입을 열었다. 전혀 상대방에게 해를 입히지 않겠다는 안정적인 태도를 취하면서 말이다.

"이봐. 난 자네의 적이 아니야. 난 자네를 구하고 핵탄두가 나쁜 사람들 손에 떨어지지 않게 하기 위해 여기 온 거야. 우리가 그 저택에 갔을 때 자네는 그 자리에 없었어. 내 이름은 디마 마야코브스키라고 해. 착한 편에 속해 있지."

"마야코브스키? 자네는 러시아인처럼 생기지 않았는데?"

분명 그 점은 장점이기도 하고 단점이기도 했다.

"어머니가 아르메니아인이거든. 물론 난 아르메니아인이 아니라 러시아인이지. 난 자네를 구하려고 러시아 정부에서 고용한 도급업자야. 믿어지지 않나?"

"그렇다면 러시아 정부가 발행한 신임장을 갖고 있나?"

부인 가능한 흑색작전에서 그런 걸 찾아? 농담하고 있군. 미안해. 하지만 카파로프는 농담을 즐기는 사람처럼 보이지는 않았다.

"나 같은 사람은 질투하는 놈이 많지. 난 항상 적들의 움직임을 감시해야 해. 자네도 이 업계에서 살아남으려면 뒤통수 조심하는 게 좋아."

디마는 생각했다. 그래, 하지만 무기 상인이 된 건 너의 선택이잖아. 밤에 발 뻗고 자려면 무기 말고 계란이나 오렌지를 팔라고.

"그런데 말이지. 나 여기 오는 길에 미 해병대를 봤어. 그 친구들은 자네한테 물건을 사러 온 것 같지는 않던데."

미소를 짓던 카파로프의 한쪽 입꼬리가 비틀렸다.

"그래. 미국 놈들은 자신들이 국제 무기 시장을 독점해야 한다고 생각하는 모양이야. 어찌나 편협하고……."

그러면서 그는 우지 기관단총을 고쳐 쥐었다.

"……낡은 생각인지."

"자네도 알겠지만 그 친구들은 무기 다루는 데는 일가견이 있어. 그놈들이 여기 들어오는 방법을 찾아내는 건 시간문제야."

미 해병대가 문을 두드리고 있는 사람치고는, 카파로프는 땀 한 방울도 흘리지 않을 정도로 태연자약했다. 디마는 수영장 속에 가라앉아 물을 분홍색으로 물들이는 북한인의 시신을 바라보았다.

"그리고 이제 누가 자네를 경호해주지?"

"자네가 날 경호해줄 생각은 없나?"

농담처럼 들리는 말이었다. 하지만 카파로프의 얼굴에서 풍겨오는 느낌은 농담이 아니었다. 자신이 다시 나오기에는 너무 깊은 곳으로 숨어든 것을 알고 있는 것일까?

"아주 매력적인 조건을 제시할 수 있어."

디마는 생각했다. 그래, 이 녀석을 계속 웃겨주자.

"좋아. 난생 처음으로 총으로 위협당하면서 직업 알선을 받는군."

카파로프는 더 이상 미소를 짓지 않았다.

"파루크 알 바시르는 죽었어. CNN에서 들었으니 사실일 거야. 아마 PLR도 끝장 나지 않았을까?"

카파로프는 고개를 저었다.

"그렇지 않아. 알 바시르가 사라진 지금, PLR의 진짜 힘이 곧 드러날거야. 이제부터 벌어질 일에 비하면 9·11 테러는 역사책의 각주에 불과하지."

디마는 카파로프의 말이 헛소리이기를 바랐다. 만약 그 말이 사실이라면 생각하기조차 두려웠다.

"디마 마야코브스키, 자네는 상황을 몰라. 하지만 자네는 정말로 순진해. 난 자네 같은 사람들을 아주 잘 알고 있어. 스페츠나츠의 신화에 빠져, 그 낡은 소련제 거짓말을 절대 의심할 엄두조차 못 내는 사람들이지."

카파로프는 고개를 흔들었다.

"그리고 자네는 누군가를 위해 더러운 일을 대신 해주러 여기 온 거야. 자네 같은 사람은 얼마든지 더 있어. 조국을 위해 충성스럽게 복무했는데도 인생 꼬이고, 쓴맛만 보는 사람들 말이지. 자넨 기회가 왔을 때 붙잡아야 했어. 베를린 장벽에 누가 이렇게 적어놨더군. '모든 인간은 혼자다.'"

카파로프는 이제 주변을 걸어다니고 있었다. 카파로프는 우지 기관단총을 자기 몸 쪽으로 약간 끌어당겼다. 팔이 아픈 걸까?

"나는 자네가 왜 여기 있는지 정확히 알고 있어. 분명 모스크바에 계신 높으신 나리들께서 1급 기밀 무기가 시장에 나돈다는 소식을 들었겠지. 그런 경우 그 나라들은 무슨 생각부터 먼저 하는지 알아? '어떻게 앞가림을 하지?' 요런 생각부터 한다고. 그래서 아랫사람을 해고해. 희생양을 찾아 제사지내는 거지. 하지만 기다려 봐. 그것보다 더 좋은 방법도 있어. 해고하고 싶었던 놈한테 실패할 가능성이 매우 높은 수색 구조작전을 하라고 지시하는 거야. 임무가 실패하면 그때 가서 해고하면 되지. 유감스럽게도 그놈이 윗대가리들이 생각하는 만큼 바보가 아니라면 자기 사람들만 가지고 작전을 벌일 거야. 하지만 그래도 작전을 실패하게 할 방법은 있어. 그 친구한테 거짓 정보를 주면 되지. 그러면 임무는 꽝이 되는 거야. 어디서 많이 들어본 소리 같지 않아?"

디마는 분노가 치밀어 오르는 것을 느꼈다. 카파로프는 디마가 뭔가 수상하다 생각했던 모든 것을 정확히 알고 있었다. 카파로프는 기쁜 듯이 고개를 끄덕였다.

"디마. 내게는 많은 친구가 있어. 난 아주 인기 있는 남자야. 돈을 벌면 인기가 따라 오지. 자네도 나중에 한 번 해보라고."

디마는 자신의 인내심이 한계에 달함을 느꼈다. 우지 기관단총은 여전히 디마를 겨누고 있었다. 그러나 카파로프는 자기 자랑에 겨워 있었다. 디마의 눈에는 카파로프의 내면에 숨어 있는 무능한 공군 장교로서의 자아가 보였다. 카파로프는 군대에서 결코 성공을 거두지 못했을 것이다. 아마도 큰 성공을 거둔 동기생들로부터 좋지 않은 소리나 많이 들었겠지. 이렇게 부유하고 힘 있는 사람이 허풍이나 늘어놓는 데 시간을 낭비하고 있다니. 정말로 슬픈, 아니 어리석기까지 한 일이었다.

디마는 마치 진심으로 카파로프의 지혜에 감동한 듯 멍한 표정을 지었다. 카파로프는 디마를 내려다보며 서 있으면서도 떠드는 동안 중요한 사실을 놓치고 있었다. 수영장 가장자리에 쓰러져 있는 디마는 흠뻑 젖었지만 이제 정상적으로 숨을 쉬고 있었고, 왼손을 몰래 조금씩 카파로프의 오른발 쪽으로 옮기고 있다는 사실이었다.

그때 강화문 밖에서 굉장히 큰 폭발음이 들렸다. 카파로프의 눈이 왼쪽으로 쏠렸고 디마는 팔을 뻗어 카파로프의 발목을 감아 끌어당겼다. 카파로프는 넘어져 수영장 언저리 바닥에 등을 부딪쳤다. 그 충격으로 그는 숨을 제대로 쉴 수 없게 되었다.

우지 기관단총은 그의 손을 벗어나, 마치 샴페인 병에서 터져 나온 코르크 마개처럼 반원을 그리며 하늘로 날아가 수영장 언저리 바닥에 떨어졌다. 바닥에 떨어진 우지는 제자리에서 돌다가 카파로프의 손이 닿는 곳을 살짝 벗어나 멈췄다.

문 밖에서는 다시 커다란 폭발음이 들렸다. 디마는 그 폭발이 키릴과 블라디미르가 일으킨 것이기를 바랐다. 하지만 미 해병대가 일으킨 것이라면 매우 난처한 일이었다.

디마는 튀어 일어나 카파로프를 덮친 후, 한손으로 그의 목을 졸랐다.

"어서 핵탄두가 어디 있는지 말해."

카파로프의 입술이 움직이기는 했으나 소리는 조금도 새어나오지 않았다. 상황의 변화를 알아차린 카파로프의 얼굴에서 자만심은 찾아볼 수가 없었다. 대신 경악이 그 자리를 메우고 있었다.

"여긴 없어. 가져갔거든."

카파로프는 반대편 문 쪽을 가리키며 고개를 끄덕였다. 디마는 그가 숨을 쉴 수 있게 손을 놓아 주었다.

"허튼 수작 부리지 마. 그랬다간 죽여버린다."

그건 그냥 공갈이었다. 디마는 카파로프를 모스크바로 무사히 데려가야 했기 때문이다. 그것이 조건이었다. 그러나 카파로프의 얼굴색이 납빛으로 변하기 시작했다.

"어디로 가져갔어? 누가 가져갔지? 당장 말해!"

카파로프는 벙커 안 더 깊숙한 곳을 가리키려는 듯 손을 뻗었다. 그의 입술은 저항하려는 듯 벌어졌으나 그의 몸은 이미 항복했다. 카파로프가 고개를 푹 떨어뜨리자 그의 가슴은 부풀어 오르지 않았다. 디마는 양손을 깍지 끼고 카파로프의 흉판의 정확한 위치를 찾아 강하게 눌렀다. 그의 마음속에서는 흉부압박 심폐소생술 훈련을 받았을 때 배웠던 도저히 잊을 수 없는 노래가 재생되고 있었다.

"들락날락, 들락날락, 여자는 빡세게 해야 좋아해!"

그 노래의 원래 가사는 이랬다.

"나아가라, 나아가라. 어머니 나라의 기쁨을 위해!"

하지만 오두막 속에 3년이나 격리된 채로 살아야 했던 교육생들은 야하게 개사한 노래를 더 좋아했다. 디마는 카파로프의 입을 열고, 코를 잡고 입 안에 세 번 공기를 불어넣었다. 그 다음 다시 흉부를 압박했다. 하지만 아무 반응이 없었다. 밖에서는 또 폭발이 일어났다. 이번에는 전의 것들보다 더욱 컸다. 그리고 벙커의 모든 등이 다 나갔다. 디마는 칠흑 같은 어둠 속으로 빠져들었다.

세계에서 제일 잘 나가던 무기 상인이자 지명 수배범은 심장마비로 생을 마감했다.

48

박살이 난 살레로 이동하는 블랙번의 머릿속엔 오직 하나, 알 바시르가 죽어가며 내뱉은 마지막 말인 '솔로몬'밖에 없었다. 블랙번은 그게 정말 사람 이름인지도 확실히 알 수 없었다. 어쩌면 그게 아니라 다른 무엇일지도 모른다. 블랙번을 조사한 조사관들도 거기에 대해서는 기록하지 않았다. 콜 대위도 거기에 대해서는 별로 흥미 없어 하는 반응이었다. 그러나 블랙번은 은행의 보안 스크린 화면에서 본 사람, 그리고 하커 이병의 목을 베어 죽인 칼잡이가 솔로몬이라고 생각하고 있었다. 그는 솔로몬의 이름을 되뇌고 또 되뇌었다. 솔로몬은 지난 3일간 블랙번에 맞섰던 모든 것이 되어가고 있었다.

블랙번은 가장 먼저 살레에 발을 들여놓을 것이다. 캠포와 몬테스도 그걸 느꼈다. 블랙번은 비범한 사내였다. 그들은 콜 대위를 기다리며 전열을 가다듬을 수도 있었다. 몬테스는 이미 무전으로 전력 의무 후송을 요청한 상태였다. 콜이 부상을 당했대도 상관없었다. 블랙번은 솔로몬과 핵탄두를 찾는 데 온 힘을 쏟았다. 그밖에 다른 것은 아무래도 상관없었다. 캠포와 몬테스가 그와 함께 하고 있었지만 블랙번은 자신이 혼자라고 생각했다.

몬테스가 파편더미를 뒤지기 시작했다.

"이봐, 무슨 소리가 나. 여기 부상자가 있는 것 같아."

캠포는 그를 도우러 갔다. 하지만 블랙번은 그를 무시하고 계속 움직였다. 계단을 올라 발코니로 향했다.

1층에 고개를 바닥에 박고 죽은 시신이 있었다. 서양식 의복인 검은 티셔츠와 바지를 입고 있었다. 블랙번은 그의 얼굴을 들춰보았다. 통통한 동양인의 얼굴이었다. 부상으로 인한 과다출혈로 죽은 것 같았다. 부상의 통증 탓인지 시신의 얼굴은 일그러진 채로 굳어 있었다. 블랙번은 정말 죽었는지 확인하기 위해 맥을 짚어보았다. 죽은 것이 확실했다. 블랙번은 방안을 둘러보았다. 살면서 이런 방은 본 적이 없었다. 굉장히 사치스러운 분위기를 풍기고 있지만 아주 철저히 파괴되어 있었다. 앞쪽 벽을 이루고 있던 돌들이 무너져 아래쪽 바닥으로 떨어졌다. 생각을 해야만 했다. 그는 외워두었던 계획을 다시 상기하며 앞으로 움직일 방향을 다시 설정했다. 패널 판으로 덮인 벽면에는 왼쪽으로 나가는 문은 보이지 않았다. 파이어플라이에서 봤던 평면도에는 산을 뚫고 만든 매우 가파른 복도가 표시되어 있었다. 복도로 들어가 층계참을 지나면 여러 개의 지하실로 들어갈 수 있는데 과연 어떻게 들어갈 것인가?

블랙번은 가만히 정신을 집중한 뒤, 장갑 한 짝을 벗고 손으로 벽면을 쓰다듬었다. 층계참 왼쪽, 바닥에서 천장까지 연결된 패널들 사이에 약 3밀리미터 정도의 틈새가 있었다. 손잡이나 구멍도 없고 적외선 장비도 없었다. 아주 잘 숨겨진 문이다. 그는 뒤로 물러서서 뭔가 마모된 흔적이 있는지 찾아보았다. 틈새 오른쪽 바닥에서부터 30센티미터 지점에 뚜렷한 세 개의 적갈색 손가락 자국이 보였다. 블랙번은 엄지손가락으로 그 자국을 문질러 보았다. 적갈색이 묻어났다. 생긴 지 얼마 안 된 것이었다. 이 안에 사람이 무슨 수로 들어갔지? 이 사이의 패널이 정말로 비밀 문일까? 틀림없을 것이다. 그는 패널을 세게 걷어찼지만 단단했다. 폭파해야만 했다.

블랙번은 무전기에 대고 말했다.

"문을 파쇄 하겠다. 준비하라."

캠포가 응답했다.

"알았다."

블랙번은 M-4 카빈 소총에 부착된 유탄발사기에 유탄을 장전했다. 유탄이 폭발할 때 생기는 충격으로 샬레가 더 무너질 수도 있지만 그 정도는 감수해야 할 위험이었다. 유탄의 폭발로 마치 산 전체가 뒤흔들리는 것 같았다. 짙은 먼지구름이 복도를 뒤덮었다. 유탄은 목제 패널들을 박살내고 문틀을 노출시켰다. 그는 유탄을 다시 장전한 다음 또 한 발을 발사했다. 두 번째 폭발은 더 크게 느껴졌다. 천장에서 뭔가 떨어져 나왔고, 블랙번이 미처 피하기도 전에 그것이 블랙번을 덮쳐 그를 바닥에 쓰러뜨렸다. 그 다음에는 왼쪽 벽이 함몰되면서 천장이 더 많이 무너져 내렸다. 블랙번은 자신이 다른 이들과 격리된 채 어둠 속에 있음을 알았다.

"블랙번! 응답하라! 오버!"

캠포의 목소리였다.

블랙번은 대답하지 않았다. 헬멧에 부착된 라이트를 켜자, 지독한 먼지 속에서 약 30센티미터 정도 열린 문이 보였다. 블랙번은 잽싸게 일어서서 온 체중을 실어 문을 밀었다. 그의 몸 안에서 아드레날린이 마구 뿜어져 나왔다. 그는 이전에 느꼈던 그 어떤 힘보다 강한 본능적인 힘을 발휘해서 문을 밀고 벙커로 들어가는 복도로 발을 내디뎠다.

이제 그의 라이트만이 유일한 불빛이었다. 그는 염소 냄새를 맡았다. 평면도에서 봤던 깊이 파진 직사각형이 수영장일 수 있다는 점을 상기했다. 그는 멈춰 서서 자신의 쿵쾅거리는 심장 소리 말고 다른 소리에 귀를 기울였다. 분명 뭔가가 움직이고 있었다. 그는 계속 앞으로 나아갔다. 스크린이 많이 있는 방을 지나쳤다. 아마도 이 건물의 신경 중추 같았다. 그 앞에서 물의 반사광이 보였다. 그의 귀에는 아무 소리도 들리지 않았지만 뭔가가 있는 것은 느낄 수 있었다. 아주 가까이 있었다. 이제까지 찾아온 목표가 말이다. 그는 라이트로 주변을 훑었다. 아까 밖에 죽어 있던 사람과 거의 비슷한 덩치를 지닌 거구의 사나이가 물속에 죽어 있었다. 수영장 언저리에는 또 한 사람이 쓰러져 있었다. 그리고 세 번째 사람이 쭈그리고 앉아 블랙번을 바라보고 있었다. 물에 흠뻑 젖은 그의 옷이 라이트 불빛에 번들거렸다.

49

상대가 말했다.

"미군이다! 꼼짝 마라!"

디마는 생각했다. '좆됐구먼, 미국 놈들은 언제나 멜로드라마 주인공처럼 군다니까.' 디마의 눈에는 미군 병사가 보이지 않았지만, 상대의 눈에는 디마가 똑똑히 보일 것이다. 블라디미르, 키릴, 그밖에 다른 사람들은 어디 있을까? 최악의 경우를 예상해야 했다. 그는 크리스텐이나 그녀의 아버지에게 무사히 돌려보내겠다고 약속한 아마라에 대해서는 생각조차 하지 않았다. 디마는 혼자였고 물에 흠뻑 젖어 있었다. 디마가 여태까지 미친 듯이 추적해왔고, 한때 생포하는 데 성공했던 사나이는 지금 그의 발 앞에 죽은 채 쓰러져 있었다. 그리고 디마는 지금 지나치게 흥분한 미국인 병사와 도둑잡기 놀이를 하고 있었다. 그는 상황이 시시각각으로 변하고 있다고 생각했다.

블랙번은 총기에 달린 적외선라이트로 방금 잡은 포로를 살폈다.

"너–영어–할–줄–아나?"

그러자 상대는 유창한 영어로 답했다.

"물론이지. 자네가 영어밖에 못 한다면야."

어둠 속에서 디마는 우지 기관단총이 떨어진 대강의 위치를 알아챘지만 이미 손이 닿지 않는 곳이었다.

"다리를 쫙 벌려. 너를 몸수색하러 갈 거야. 알아들었나?"

디마는 지금은 미군 병사에게 대들 상황이 아니라고 생각했다. 상대방은 젊은데다 비숙련자인지라 잘못하면 실수로 디마를 쏴버릴 수도 있었다.

"그래. 잘 알아들었다."

디마는 그렇게 대답하고, 천천히 일어나서 손을 번쩍 들었다.

"벽에 손을 짚고, 다리를 쫙 벌리고 서라."

목소리로 판단해 보건대, 미군 병사의 나이는 기껏해야 20대 중반일 거라고 디마는 생각했다. 디마는 상대방의 지시대로 움직였다. 미군 병사의 발자국 소리가 들리더니, 상대가 손바닥으로 그의 몸을 두들기며 몸수색을 하는 것이 느껴졌다. 조심스럽고 찬찬한 손길이었다. 상대방과 대화를 해볼 가치는 있는 것 같았다.

"밖에서는 무슨 일이 벌어졌지? 우린 여기 갇힌 건가?"

"쓸데없는 말 하지 마라. 죽은 사람들의 신분을 확인해줄 수 있나?"

"수영장 가장자리에 죽어 있는 놈의 이름은 아미르 카파로프야. 그리고 여기 물에 빠져 죽은 놈이랑 들어오면서 마티스 그림 아래에서 봤을 놈은 카파로프의 개인 경호원이지. 이름은 인과 양이라고 해. 북한 출신의 쌍둥이야. 이젠 둘 다 죽었지만."

미군 병사로부터의 응답은 없었다. 자기한테 주어진 일을 하는 데 정신이 팔린 듯했다. 그는 예전에 PLR 도로검문소에서 흔들렸던 여권, 그리고 리알과 달러 지폐 뭉치, 휴대전화가 주머니에서 빠져나가는 것을 느꼈다. 블랙번이 디마의 벨트에 결속된 칼집에서 칼도 끄집어내자 디마는 인과 양을 손쉽게 처리해준 그 칼에 슬픈 작별 인사를 고했다.

디마는 미군 병사의 무전기에서 교신음이 나는 것을 들었다. 다급해서 알아듣기 힘든 목소리였다. 블랙번이 몸수색을 하는 동안 디마는 살짝 고개를 돌려 우지가 놓여 있는 곳을 보았다. 미군 병사의 헬멧 부착 라이트의 불빛이 총 위에 쏟아지고 있었다. 하지만 미군 병사가 자신의 목을 움켜쥐는 것이 느껴졌다.

"시선은 벽에 고정시켜 줬으면 좋겠군."

매우 정중했다. 러시아 군인들 중에 이런 상황에서 이렇게 점잖게 행동할 수 있는 사람이 몇이나 될까? 러시아 군인들이라면 보통 상대방의 불알을 걷어차 상대방이 불알을 싸쥐고 무릎 꿇게 만드는 것 이외에 다른 행동을 하지 못할 것이다. 그러나 블랙번은 자신의 어두운 면과 싸우고 있었다. 디마의 나이프 손잡이를 잡았을 때, 블랙번의 마음 한구석에서는 그 칼로 복수를 하라고 외치고 있었다. 그 칼을 상대의 목에 꽂아 넣어 똑같은 고통을 느끼게 하라고 소리쳤다.

하지만 블랙번은 교범대로 일을 처리하기로 마음먹었다. 자신은 이 사람과는 달리 인간성을 잃지 않았다고 생각했다. 그 때문에 군인은 사형집행인과는 다른 것이다. 이런 부류의 사람들에게 미국 방식이 우월하다는 근거를 보여주는 것도 중요한 일이었다.

"좋아. 손을 든 채로 몸을 돌려라."

디마는 따랐다. 헬멧부착 라이트가 그의 얼굴을 비췄다. 젖은 디마의 얼굴에 반사된 불빛이 미군 병사의 얼굴을 살짝 보여주었다. 나이를 가늠하기 어려운 얼굴이었다. 스무 살에서 서른 살 사이 어디쯤 먹은 것 같았다. 그리고 매우 지적으로 보이는 인물이었다.

"그래. 당신 이름은 뭐지?"

"디마 마야코브스키."

"여권에 적힌 이름이랑은 다르잖아. PLR 내에서는 어떤 직책에 있지?"

"나는 PLR의 대원이 아니야. 모스크바에서 왔어."

잠시 침묵이 흘렀다. 디마는 자신이 앞장서서 그 침묵을 깨야 할 것 같았다.

"이놈들이 러시아 연방에서 훔쳐낸 무기를 회수하러 왔어."

"그런가. 알았네."

블랙번은 디마의 주머니에서 꺼낸 낡은 이란 여권을 넘겨보았다. 이는 디마에게 분명히 불리한 행동이었다.

"여기에는 자네 이름이 타그히 호세이니라고 적혀 있군."

디마는 그 말에 대답하는 대신에 자기가 하고 싶은 말을 했다.

"누가 자네를 여기 보냈나? 실례가 되지 않는다면 듣고 싶군."

블랙번은 놀라움을 애써 감추고 디마를 보았다.

"아마 우리는 모두 똑같은 것을 찾아온 것 같군."

블랙번은 콧방귀를 꼈다. 솔로몬이라는 사람에 대한 적개심이 커져 갔다.

"그건 정말로 아니라고 생각하네."

"여기는 3-1, 들리나? 오버?"

캠포의 목소리였다.

"여기는 3-1, 블랙번 나와라. 듣고 있나? 건물 추가 붕괴 위험이 있다. 오버."

블랙번은 무전을 무시했다. 디마의 눈에 미군 병사의 계급장이 보였다.

"블랙번 병장. 맞나?"

블랙번은 대답하지 않았다. 이놈이 환심을 사려 한다면 주둥이를 닥치게 만들어 줄 참이었다.

"자네와 나는 아마도 같은 물건, 옷가방 형 핵탄두를 찾으러 온 것 같은데. 그렇지 않은가?"

블랙번은 이번에도 대답하지 않았다. 그러나 그의 표정을 보니 디마의 말이 핵심을 정확히 짚은 것을 알 수 있었다. 디마는 다음 질문을 할 용기를 냈다.

"핵탄두를 몇 발 가지러 왔나? 두 발을 가지러 왔어?"

상대는 대답하지 않았다.

디마는 계속 말을 이어나갔다.

"난 핵탄두가 세 발 있다고 알고 있어. 한 발은 이미 미군에 넘어갔고 말이지."

블랙번은 도저히 참지 못하고 응수했다.

"너, 도대체 무슨 속셈이지?"

"우리에게는 핵탄두의 위치를 찾을 수 있는 스캐너가 있어. 그걸 가지고 테헤란 도심의 메트로폴리탄 은행에서부터 여기까지 핵탄두를 추적해온 거야. 스캐너를 보니 한 발은 테헤란 북서쪽의 미군 기지에 있고, 나머지 두 발은 여기 있다고 하더군."

은행 얘기가 나오자, 서늘한 기운이 블랙번의 가슴 속에 퍼져갔다. 은행? 그렇다면 이 놈, 혹시 알 바시르와 함께 은행을 빠져나왔던 사람이 아닐까?

블랙번은 디마를 향해 한 걸음 다가섰다. 블랙번은 상대의 눈을 똑바로 바라보며 말했다.

"그럼, 혹시 너의 암호명이 솔로몬인가?"

그 말을 들은 디마의 눈은 커지고 입이 벌어졌다. 틀림없었다.

50

솔로몬만큼 디마에게 큰 정신적 충격을 줄 수 있는 이름은 거의 없었다.

디마가 솔로몬의 이름을 마지막으로 들은 것은 1년 전 키릴에게서였다. 키릴은 중동 평화 회담 대표단이 모여 있던 아부다비의 어느 호텔 폭파 사건에 솔로몬이 연관되어 있다고 말했다. 대표단은 호텔과 함께 뼈도 못 추릴 정도로 풍비박산이 났고, 한 무덤에 모두 묻을 수 있을 만큼의 적은 유해만이 남았다. 또한 아프가니스탄을 떠나던 미국 구호 단체 직원들에 대한 잔인한 테러 공격도 있었다. 현지 무장단체들은 이 일이 자신들이 벌인 짓이 아니라고 철저히 부인했다. 게다가 무척이나 잔혹했던 현장의 모습은 디마가 보기에도 범행동기가 미국 세력에 대한 적개심보다 더 큰 것이라는 생각이 들기에 충분했다. 스물네 명의 희생자들은 서로에게 모욕을 가하도록 강요받은 다음 칼로 참수되었다. 이런 범행 특징을 보고 디마는 매우 불안해했다.

발치에는 카파로프가 쓰러져 있고 블랙번 병장이 M-4 카빈 소총으로 자신을 겨누고 있는 이 벙커 안에서, 그것도 미군 병사의 입에서 솔로몬의 이름이 나올 줄은 디마는 상상도 하지 못했다.

"다시 말해주겠나?"

디마는 자신이 잘못 들은 게 아니라는 것을 확인하기 위해 상대에게 물었다.

블랙번은 그 이름을 다시 말했다. 죽어가는 알 바시르가 말했을 때처럼 천천히, 각 음절마다 힘을 실어서. 디마는 긴 한숨을 내쉬었다.

"솔로몬에 대해서 뭘 알고 있지?"

블랙번은 디마를 계속 노려보고 있었다. 그의 목소리는 분노로 인해 떨릴 지경이었다.

"이라크 국경에서 비무장한 미군 병사 한 명이 솔로몬의 칼에 목이 달아난 지 72시간도 지나지 않았어. 그리고 솔로몬은 미군 전차 조종수 한 명도 참수했지. 또 솔로몬은 테헤란의 메트로폴리탄 은행을 파루크 알 바시르와 함께 빠져나갔다는 것도 알고 있지."

디마는 맥없이 주저앉을 수밖에 없었다. 블랙번의 눈에 나타난 확신은 시간이 가도 흔들리지 않을 것 같아 보였다. 그리고 그의 표정을 보아하니 자신의 감정을 억누르기도 힘들어하는 것 같았다. 이제 모든 것은 디마가 앞으로 무슨 말을 하느냐에 달려 있었다.

디마는 숨을 들이쉬었다.

"좋아. 당신이 곧이들을 거라고는 생각하지 않지만, 그래도 솔로몬에 대해서 두 가지는 알려주겠어. 첫 번째, 나는 절대로 솔로몬이 아니야. 그리고 두 번째, 나는 지금 살아 있는 사람들 중 어느 누구보다도 당신에게 솔로몬에 대한 지식을 많이 알려줄 수 있는 사람이야."

'그랬군.' 하고 블랙번은 생각했다. 지금 자기 앞에 서 있는 사람이 솔로몬이 아니라는 사실을 부정하기는 힘든 분위기였다. 그러나 우선 확실히 해두고 싶었다. 예전에도 그는 냉정한 정신으로 사람을 죽이지 않았다. 블랙번은 지금 일을 바르게 처리할 수 있다. 이 사람을 죽이지 않고 아군에 인도할 수 있는 것이다. 하지만 그 다음엔 어쩌지? 그는 마음속에서 일어나는 갈등을 얼굴에 드러내고 싶지 않았다.

"미스핏 3-1, 여기는 미스핏 액추얼이다. 오버."

이번엔 콜 대위의 목소리였다.

"미스핏 3-1. 상황을 보고하라. 오버."

디마와 블랙번은 서로를 바라보았다. 블랙번은 무전기를 껐다. 디마는 그런 그의 행동이 이상하다고 생각했다. 사실 이 상황 전체가 분명히 이상하긴 했다. 샤 국왕이 쓰던 오래된 스키 샬레에 있는 무너진 벙커 안에서, 옆에는 무기 상인과 북한인의 시신을 놓아둔 채로 미군 병사의 포로가 된 신세가 아닌가. 게다가 솔로몬의 이름을 들은 일이야말로 그중에서도 정점을 찍은 것이라 할 만했다.

건물이 흔들리고 있었다. 그들의 머리 위로 자잘한 콘크리트 파편들이 또 쏟아졌다. 그들은 이 속에 갇혀 있었다. 블랙번의 전우들이 블랙번을 부르고 있지만 블랙번은 무전기를 꺼버렸다. 디마는 생각했다. '지금 도대체 무슨 일이 일어나고 있는 거지? 블랙번은 명령을 거스르면서까지 여기 있는 게 그렇게 중요하단 말인가? 이 사람 미친 거 아냐?' 그러나 블랙번은 화가 난 것처럼 보였지만 미친 것처럼 보이지는 않았다.

"그럼 그 사람에 대해 알고 있는 걸 털어놓아 봐. 기왕이면 간단하게."

"그러도록 하지. 그 친구가 처음 눈에 띈 것은 지난 1980년대 후반 레바논의 난민 수용소에서야. 그 친구는 기억상실증을 앓고 있었어. 자기 이름도 기억하지 못했지만 언어능력은 매우 뛰어났지. 미국 선교사들은 그 애를 천재라고 생각하고 구약성서에 나오는 지혜로운 왕인 솔로몬의 이름을 붙여주었어. 선교사들은 그 애를 플로리다에 데려가서 정착시켰는데, 그곳에서의 생활은 그리 순조롭지 못했지. 그 애는 학교에서 집단 괴롭힘을 당했거든. 무려 수개월 동안이나. 그 애는 복수하기에 가장 적합한 시간만을 기다렸어. 그게 그 애의 특징이야. 절대 서둘지 않아. 이윽고 때가 오자 그 아이는 고등학교에서 자기를 괴롭혔던 애들한테 정글도로 보복을 가했지. 하지만 그는 결코 광분하며 상대를 난도질하지 않았어. 외과수술을 하듯 아주 정확한 공격을 가했지. 자세한 건 넘어갈게. 하지만 최소한 세 명이 그 애의 손에 목이 달아났다는 건 알아두라고. 그러고 나서 그 애는 사라졌어. 화물선에 밀항해서 중동으로 갔지. 2년 동안 그는 '슐레이만'이라는 이름으로 통하면서 소련군에 맞서 무자헤딘 편에서 싸웠어. 하지만 그 애는 더 많은 것을 원했어. 그 친구는 자기 자신을 제외한 그 누구에게도 충성하지 않았거든. 소련인들은 그 애의 진가를 알아보고 그 애를 소련군에 입대시켰어. 무자비하고 언어능력이 뛰어난데다 그밖에도 모든 것에 능숙했지. 그리고 미국에 대한 깊은 증오심을 갖고 있었어. 그래서 소련인들은 그 애를 훈련시켜 '자산'으로 키웠지. 그 애는 미국인, 아랍인, 유라시아인 등 어떤 나라 사람으로건 행세할 수 있어. 그 애는 비밀 병기야. 하지만 제어가 거의 불가능한 비밀 병기지. 소련 붕괴 이후의 혼란 속에 그 애는 또 사라졌어. 제 갈 길을 간 거지. 그리고 나서 9·11 테러가 벌어졌어. 미국인들은 그 애를 잡아다가 관타나모에 처넣었지. 하지만 솔로몬은 바보가 아니야. 어떻게 거기서 나왔을까? 그는 미국인들에게 자신의 실력을 보여줬거든. 테러 장비, 러시아 정보부에 대해 알고 있는 귀중한 지식을 넘겨줬어. 그리고 그는 다시 솔로몬이 되었지. CIA에 들어가서 흑색작전을 하게 된 거야."

블랙번이 듣다가 질문을 했다.

"너는 어떻게 그걸 다 알고 있지?"

"내가 아프가니스탄에서 그 애를 발견했거든. 난 GRU에서 그 애를 훈련시키는 임무를 맡았어."

"네가?"

블랙번은 방금 들은 말을 이해하기 위해 무려 30초 동안이나 침묵을 지켰다. 블랙번은 과연 디마를 믿어줄까? 앞으로 어떻게 할지 정하려면 시간이 필요했지만, 그에게는 시간이 없었다. 마침내 블랙번은 차가운 목소리로 입을 열었다.

"은행 금고에서 지도를 봤어."

"어디 지도였나?"

"뉴욕이랑 파리 지도였지."

디마는 파리를 불쌍한 도시라고 하던 카파로프의 말을 떠올렸다. 알 바시르가 사라진 지금, PLR의 진짜 힘이 곧 드러날 거야. 이제부터 벌어질 일에 비하면 9·11 테러는 역사책의 각주에 불과하지. 디마의 머릿속은 혼란스러웠다. 그는 그 혼란을 이겨내고 블랙번 병장과 그가 든 M-4 카빈 소총에 정신을 집중했다.

블랙번의 내면에서도 역시 감정과 이성이 격투를 벌이고 있었다. 이 사람 진짤까? 이 사람이 원하는 바는 대체 뭘까? 적어도 그는 다음 절차를 밟으면서 이 사람을 억류해둬야 했다. 저 밖에는 콜이 있다. 그는 상황을 알고 싶어 한다. 그리고 블랙번의 행동을 매우 꼼꼼하게 평가할 것이다. 블랙번은 콜 대위를 얼마나 싫어했던가.

블랙번은 M-4 카빈 소총의 총구로 디마의 목을 찔렀다.

"그래. 매우 감동적인 얘기구만. 이제 무릎꿇어."

블랙번은 디마의 몸을 돌린 다음 무릎꿇게 했다.

"내 얘기가 꽤 마음에 들었던 모양이구먼……."

"닥쳐!"

블랙번은 디마의 귀에 입을 바짝 대고 소리쳤다.

블랙번의 고함 소리 때문일 리는 없었다. 하지만 블랙번의 고함 소리가 아직도 디마의 귓전을 맴돌고 있는 사이, 더욱 큰 굉음이 둘을 덮쳤다.

51

회반죽과 콘크리트, 돌무더기가 비처럼 쏟아져 내렸다. 온 산이 그들의 머리 위로 무너져 내리는 느낌이었다. 디마는 의식을 잃었다. 얼마나 오랜 시간이 지났는지 알 수 없었다. 깨어나는 순간 머리가 깨질 듯이 아팠다. 눈과 입에는 먼지가 가득 들어차 있었다. 처음에는 블랙번이 전혀 보이지 않았다. 그는 아직도 M-4 카빈의 총구가 자신을 겨누고 있을지도 모른다고 생각하고 몸을 서서히 일으켜 세웠다. 하지만 걱정할 필요는 없었다. 블랙번은 디마의 옆에 쓰러져 있었기 때문이다. 블랙번은 양팔과 몸통이 콘크리트 빔에 깔려 움직일 수 없었다. 그래도 의식은 있었다. 그는 심하게 헐떡이고 있었다.

디마가 블랙번의 지시에 따라 무릎을 꿇지 않았으면 이 빔에 깔려 죽었을지도 모른다.

"이봐 자네. 내 목소리 들리나?"

블랙번이 소리 질렀다.

"당연히 들리지. 씨발."

디마는 블랙번의 손 하나가 움직이는 것을 느꼈다.

"그래. 자네의 반사 신경을 테스트해 보겠네."

"날 건드리지 말라고. 알아들었어?"

"제발 조용히 해줬으면 좋겠는데. 자꾸 떠들면 출혈이 더 빨라질 거야."

블랙번은 눈을 크게 뜨고 앞을 바라보았다. 디마는 그 이유를 알게 되었다. 나이프 때문이었다. 그 나이프의 칼날은 불과 수 센티미터 거리에서 블랙번의 얼굴을 겨누고 있었다. 디마는 나이프를 줍기 위해 몸을 굽혔다. 블랙번은 큰 소리로 고통의 비명을 질렀다. 디마는 잠시 망설이다가 그냥 나이프를 주웠다.

"칼은 안 돼! 절대 안 돼! 죽이려면 그냥 총으로 죽여줘!"

디마가 나이프를 들어 올리자 블랙번의 호흡은 매우 거칠어졌다. 마치 미친 사람 같았다.

"잘 봐. 이 친구야."

디마는 몸을 돌려 벨트에 달린 칼집에 나이프를 집어넣는 모습을 블랙번에게 보여주었다. 때마침 가까운 어느 곳에서 또 큰 폭음이 벙커로 들려왔다. 하지만 디마의 주변에는 온통 잔해 더미밖에 보이지 않았다. 블랙번의 전우들이 발파공법으로 여기 들어오려는 건가?

"라이트를 줘. 자네 몸 상태를 확인해볼 테니까. 알았지?"

"싫어!"

"그래, 그래. 팔다리에 감각은 있나?"

블랙번은 팔다리를 오므려 보았다.

"좋아. 발가락은 움직여지나?"

"약간은."

"아픈가?"

"그런 거 대체 왜 물어보는 거야?"

디마는 콘크리트 덩어리를 붙들고 들어 올려보았다. 꼼짝도 하지 않았다. 디마는 젖 먹던 힘까지 다해 다시 시도했다. 그러나 아주 약간만 움직였을 뿐이었다.

"은행에서 봤다는 지도 얘기 좀 해봐. 기억나는 건 뭐든 말해줘."

블랙번의 호흡이 부드러워졌다.

"거기서 가져오지는 않았는데."

"뭐든 생각나는 거 있음 말해봐. 어떤 종류의 지도였나? 브리핑용 지도였어? 벽에 걸려 있었어? 혹시 지도 속의 특정 지역에 표시가 되어 있었나?"

블랙번은 몇 초 동안 말을 하지 않았다. 디마는 빔을 치우려고 안간힘을 썼다.

블랙번이 입을 열었다.

"파리 지도는…… 부르스에 표시가 되어 있었어."

"거기는 증권 거래소잖아."

"확실한 거야?"

"물론이지."

블랙번은 고개를 돌려 뭔가 어리둥절한 표정으로 디마를 올려다보았다. 디마는 기운이 빠져 주저앉았다.

"날 여기서 꺼내줄 생각이야?"

"그게 아니라면, 이게 뭐하는 걸로 보이나?"

"도무지 이해할 수 없군."

"이봐. 자네가 은행에서 본 건 아마도 짐작컨대 빈 라덴 발견 이래로 가장 중요한 정보일 거야."

디마는 뭔가 좋은 방법이 없을까 생각하며 주위를 둘러보았다. 폐허더미 속에 총구를 내민 채 박혀 있는 우지 기관단총이 그의 눈에 들어왔다. 디마는 가서 그 총을 잡아 끄집어냈다. 블랙번의 눈이 다시 커졌다.

"이런, 팔에 감각이 없어져."

"그래. 현명하게 판단하자고. 자네를 깔아뭉개고 있는 빔을 이 총으로 쏘면 절단할 수 있을지도 몰라."

그러면서 디마는 의심스런 눈초리로 우지를 들여다보았다.

"안 돼. 그거 가지고는 아마 안 될 걸."

블랙번은 자신이 가져온 M-4 카빈 소총이 보일 만큼 간신히 고개를 돌렸다. 디마는 그의 시선을 따라갔다.

"5.56밀리미터로? 좀 위험하긴 하지만 지금 자네로서는 내 조준이 정확하기를 바라는 수밖에 없어."

둘은 서로를 바라보았다. 다른 사람들이 그들을 발견할 수 있다는 보장은 어디에도 없었다. 블랙번은 자기 무전기도 꺼버렸다. 그리고 설령 다른 사람들이 찾으러 온

다 해도, 여기까지 폭탄으로 길을 내며 오다가 오히려 벙커의 붕괴를 가속시킬 수도 있었다. 블랙번에게는 다른 선택의 여지가 없었다. 여기 서 있는 러시아인이 그의 유일한 희망이었다.

"당신 이름이 뭐지?"

"디마 마야코브스키라네."

"그래. 시작하자, 디마."

"일단 자네 몸 주변에 잔해를 좀 쌓아놓아야 돼. 그래야 빔이 부러질 때 자네 몸속으로 박히지 않거든."

벙커 안의 공기를 순환시켜 주던 에어컨디셔너가 작동을 멈춘 지는 꽤 오래되었다. 따라서 벙커 내부는 갈수록 덥고 습해졌다. 그러나 디마의 작업속도는 매우 빨랐다. 블랙번을 깔아뭉갠 콘크리트 빔 밑에 잔해들을 가져다 괴는 그의 몸에서 땀이 마구 흘렀다. 충분히 괴어 놓은 그는 M-4를 집어 들었다.

"좋아. 이제 자네가 할 일은 날 믿는 것 말고는 없어."

디마는 자세를 낮추고 블랙번에게 다가온 다음, 무기를 조준하면서 블랙번의 몸을 감쌌다.

"눈 꼭 감아. 먼지가 좀 날 거야."

디마는 M-4로 콘크리트 빔에 두 발을 쏘았다.

아무 일도 일어나지 않았다. 디마는 두 발을 더 쏘았다. 빔이 부러져 기울기 시작했다. 디마는 빔이 더 움직이기 전에 팔로 블랙번을 붙잡고 그를 빔 밑에서 꺼내서 앉혔다. 몇 초가 지나서야 둘은 숨을 가다듬을 수 있었다. 블랙번은 일어서는 데 성공했다. 팔을 움직여보았다. 큰 부상은 없는 것 같았다. 기분이 좋아졌다. 그는 잔해가 널린 벙커 안을 돌아보았다. 블랙번의 시선이 우지 기관단총에 쏠렸다. 디마가 자신을 구하려고 뽑은 총이었다. 블랙번이 손을 조금만 뻗치면 잡을 수 있는 위치에 있었다. 디마도 그 총을 보고, 그 다음 블랙번에게 시선을 옮겼다. 블랙번은 우지 기관단총을 보고 나서 디마에게 시선을 옮겼다.

"당신, 진짜배기로군."

"우리 부대에서 이 정도는 기본이라네."

디마는 그렇게 말하며 미소 지었다. 블랙번은 마치 죽음에서 소생한 사람처럼 보였다.

"더 무너지기 전에 어서 여길 빠져나가자고."

디마는 블랙번의 손에 M-4 소총을 쥐어주었다.

"무기를 갖지 않은 사람은 군인이 아니야."

디마의 머릿속은 바쁘게 돌아가고 있었다. 블랙번이 말해준 것들이 무슨 뜻인지 알아내느라 분주했던 것이다. 복수심에 불타는 솔로몬의 망령이 다시 돌아와 자신을 괴롭히고 있었다. 목이 달아난 미군 병사들, 휴대형 핵탄두, 블랙번이 말해준 지도, 그리고 "9·11 테러는 역사책의 각주에 불과하지."라고 했던 카파로프의 말······.

그 모든 것이 디마의 머릿속에 떠올랐다. 디마는 솔로몬의 실력을 알고 있었다. 블랙번도 그것을 두 눈으로 직접 보았다. 그는 단 한 점의 가식도 없는 이 젊은 미군 병사를 보았다. 블랙번의 분노는 정당한 것이었다. 그러나 그 분노 때문에 블랙번은 자신의 임무를 망칠 수도 있었다. 그때그때 가장 돈을 많이 주는 사람을 위해 충성하며, 돈과 권력, 복수심이 가장 중요한 행동의 동기인 솔로몬과 카파로프 같은 사람들이라면 블랙번과 같은 병사들에게 냉소를 퍼부을 것이다. 문 가까이에서 폭발음이 울리고 또다시 먼지 구름이 피어오르자, 디마는 여기서 빠져나갈 계획을 짜기 시작했다. 드디어 문틈으로 라이트 불빛이 들어왔다. 그들은 더 이상 혼자가 아니었다.

52

콜 대위는 무척 화가 나 있었다. 그것은 아주 분명했다.

"축하해 블랙번. 드디어 원하던 사람을 찾아냈군. 이제야 뭐가 더 중요하고 덜 중요한지 깨달은 것 같아 기쁘네."

블랙번은 아무 말도 하지 않았다.

"캠포와 몬테스는 자네가 죽었다고 판단했어. 밖의 잔해 속에 적어도 두 명의 시신이 매몰되어 있었거든."

콜 대위의 그 말은 디마에게 마치 폭발음처럼 강렬하게 들렸다. 지라크와 그레고린이……

콜은 디마를 바라보았다.

"그리고 사형집행인 나리. 명성이 자자하시더군."

디마는 대답하지 않았다. 지금 할 수 있는 것은 빨리 생각해서 상황을 제대로 살피는 것 이외에는 없었다. 우지 기관단총은 그의 발에서부터 50센티미터 정도 되는 거리에 떨어져 있었다. 디마는 콜 대위가 어떤 사람인지를 파악해 보았다. 정직하고 행실이 바르고 헌신적인 인물로 보였다. 또한 여기 자원해서 왔을 거라고 판단되었다. 콜 대위와 블랙번 병장은 오랫동안 함께 복무해온 것 같지만, 뭔가 특이한 점이 느껴졌다. 콜에 대한 블랙번의 반응은 좀 이상했다. 마치 콜 대위에게 구조를 받느니 차라리 죽는 게 낫다는 것처럼 보였다.

콜이 디마에게 다가와 그를 노려보았다.

"여기야말로 모든 것을 끝내기에 좋은 장소가 아닌가?"

블랙번은 아무 말도 하지 않았다. 그의 얼굴에는 먼지가 두텁게 눌어붙어 있어서 마치 가면을 쓴 것처럼 보였다. 디마의 마음속에는 매우 불쾌한 생각이 들기 시작했다.

"이봐, 블랙번. 이곳의 상태는 매우 불안정해 보인다. 전부 붕괴되기 전에 나가는 게 좋겠어."

"예, 알겠습니다."

블랙번은 그렇게 대답했지만 움직이지는 않았다. 그의 손에 들린 M-4 카빈 소총은 마치 자신을 배신이라도 할 것 같았다.

"매우 조용하군, 블랙번. 무슨 생각하는지는 잘 안다. 자네에겐 기회가 왔어. 아니, 자네가 쟁취한 기회지. 이 기회를 놓치지 말라고. 해야 할 일을 해. 이 비밀은 내가 무덤까지 가져가겠다."

디마는 콜 대위가 암시하는 바가 무엇인지 알아챘다. 이런 세상에, 도저히 믿을 수가 없군. 디마는 우지 기관단총을 바라보았다.

콜은 블랙번에게 다가가 귀에다 대고 소리 질렀다.

"이봐, 블랙번. 내 말이 들리지 않나? 자네한테 기회를 준 거라니까."

디마는 생각했다. 이 무슨 좆같은 소리인가.

블랙번은 그 자리에 얼어붙은 채 서 있었다. 그의 M-4 카빈은 아래로 처져 있었다. 상관이 방금 자신을 살려준 낯선 사람을 죽이라며 그를 괴롭히고 있다. 만약 이 낯선 사람이 솔로몬이 맞는다면……. 그 후 채 일 초도 되지 않는 짧은 시간 동안 엄청나게 많은 일들이 동시에 일어났다. 디마는 반사 신경에 몸을 맡기고 우지 기관단총을 향해 몸을 날렸다. 콜은 블랙번이 디마를 죽일 배짱이 없다고 판단하고 자기가 직접 쏘려고 디마를 조준했다. 그러나 다음 순간 발사된 총탄은 콜의 총에서 나가지 않았다. 그리고 쓰러진 사람도 디마가 아니었다. 총성은 온 벙커를 채울 만큼 크게 울렸다. 콜은 얼굴에 놀라움을 과장스럽게 드러내며 땅바닥에 무릎을 꿇었다. 콜의 표정은 놀라움에서 당황으로, 분노로, 공포로 바뀌었다. 그는 거기 몇 초간 괴로워하며 서 있다가, 눈이 흐릿해지면서 돌무더기 위로 쓰러졌다.

우지 기관단총을 손에 든 디마는 몸을 돌려 블랙번을 보았다. 디마의 눈에 비친 블랙번의 표정, 예전에 다른 곳에서도 그와 똑같은 것을 본 적이 있었다. 동료 교육생을 죽였다고 고백했을 때의 그레고린의 표정에서와 마찬가지로, 지금 블랙번의 표정에서도 달콤한 복수 뒤에 따라오는 평온이 느껴졌다. 블랙번은 그렇게 생각하지 않는다는 듯이 고개를 내저었다. 그러나 이 젊은 미국인이 지금 무거운 마음의 짐을 벗어버렸다는 것은 물어볼 필요조차 없었다.

　디마는 앞으로 걸어 나가 자신의 목숨을 구해준 미국인을 끌어안았다.

　"고마워, 동지. 이제 서로에게 진 빚은 갚았군."

53

디마는 이 벙커에서 어떻게 나가야 할지 알지 못했다. 지난 두 시간 동안 그는 여기 있으면서 양과 카파로프를 만났고 연달아 블랙번과 콜을 만났다. 그리고 솔로몬 얘기도 들었다. 이제 살아남아야 한다는 생각만이 그의 머릿속을 가득 채우고 있었다. 디마는 탈출을 고려하면서 신의 뜻을 시험하고 싶은 생각은 전혀 없었다. 그러나 바깥에 있는 미 해병대는 블랙번과 콜의 생사를 궁금해 할 것이다. 따라서 또 다른 미 해병대원이 여기 들어오려고 시도하는 건 시간문제였다. 그러다가 또 빔이 무너지면 거기 깔려 죽을 수도 있었다.

블랙번은 디마보다 먼저 답을 내놓았다.

"이곳의 평면도를 봤어. 벙커 후면을 관통하는 터널이 있는데 산의 반대편으로 연결돼. 출입구를 찾을 수 있다면 거기로 갈 수 있지."

둘은 함께 잔해 더미와 무너진 빔을 헤치고 나아갔다. 작은 곁방 안에 금속제 문이 하나 있었다. 샬레의 패널 벽 뒤에 숨겨져 있던 문과 비슷했다. 잠겨 있지는 않았지만 모양새로 보아 오랫동안 사용되지 않은 것 같았다.

"이게 그거 같군."

디마는 블랙번이 이쯤에서 작별을 고하고 전우들에게 돌아가 주기를 은근히 바랐다. 그러나 블랙번은 앞으로 어떻게 할지 전혀 계획을 세우지 않은 것 같았다. 그는 헬멧을 벗고 이마를 닦았다. 그의 얼굴은 땀으로 흠뻑 젖어 있었다. 땀방울이 그의 턱과 코끝에 방울방울 매달려 있었다. 그의 마음은 갈피를 잡지 못하고 있었다.

"방금 어떻게 된 건지…… 도대체 모르겠어……."

땀이 펑펑 흘러나오듯이 블랙번의 기력이 빠른 속도로 빠져나가는 듯했다. 디마는 블랙번이 어떤 상태인지 알 것 같았다. 들어온 길로 나간 다음, 그럴싸하게 지어낸 이야기를 동료들에게 할 수도 있다. 이곳을 나가면서 여기에 수류탄을 던져 모든 것을 부숴버릴 수도 있다. 콜은 MIA(작전 중 행방불명)로 처리될 것이다. 그러나 둘 다 알고 있었다. 미 해병대는 콜 대위의 시신을 찾아내는 데 최선을 다할 것이라는 사실을. 시신을 찾아내고 나면 그 속에 박혀 있던 M-4 카빈 탄환도 찾아낼 것이다.

디마는 블랙번의 어깨에 손을 올려놓았다.

"난 자네에게 솔로몬에 대해서 알려줄 만큼 알려줬어. 자네가 알고 있는 솔로몬에 대한 지식, 그리고 내가 알려준 것을 자네 상관들에게 보고한다 해도, 그 친구들은 처음부터 자네 말을 경청하지는 않을 거야. 설령 그중에 한 친구가 랭글리에 솔로몬에 대해 문의한다고 해도, 랭글리에서는 입 닥치고 하던 일이나 하라고 할 가능성이 높아. 그들은 솔로몬을 결코 손댈 수 없는 신비의 인물이라고 생각하고 있어. 랭글리에서 해병대원의 육감을 믿을 리는 없고, 그 육감에 의지해 수년씩이나 솔로몬을 찾아다니는 모험을 할 리는 더더욱 없어. 그 친구들을 설득시키려면 엄청난 노력을 들여야 해. 솔로몬은 지금 핵탄두를 가지고 미국에 침투하는 방법을 찾고 있을 거야. 자신을 도와줄 사람도 필요할 거야. 자네는 지도를 봤어. 그리고 그 친구의 행동방식도 알고 그 핵탄두도 봤어. 그리고 내가 자네한테 알려준 지식도 있지."

또 한 번의 큰 폭발이 일어났고, 벙커는 완전히 무너졌다. 숨이 막힐 듯한 엄청난 먼지와 연기 구름이 둘을 감쌌다. 그들은 터널 속으로 몸을 날려 전진했다. 지하 800미터 깊이의 터널을 전진하는 동안 둘 중 누구도 입을 열지 않았다.

터널은 발을 내딛기 편했으나 좌우로 이리저리 구부러져 있었다. 천장은 낮았고 그들은 몸을 굽혀야 했다. 공기는 신선하지 않고 눅눅했지만 서늘했다. 블랙번의 헬멧 부착 라이트가 앞길을 밝혀주었다. 그들은 완벽한 정적 속에서 발걸음을 내딛었다.

이 터널의 입구처럼 출구의 문도 활짝 열려 있었다. 그러나 바닥에 난 녹슨 상처 자국과 잠금장치 주변에 난 불탄 자국은, 누군가 얼마 전에 이 문을 억지로 열었다는 것을 알려주었다. 그리고 그게 누구였는지는 모르지만 문을 다시 닫을 생각은 안 한 것 같았다.

그들은 눈부신 한낮의 태양에 적응하느라 시간을 약간 지체했다. 관목에 반쯤 싸인 출구 밖에는 사이프러스 나무들이 심어진 계곡이 있었다. 출구 아래 몇 미터 떨어진 곳에는 세 갈래로 갈라진 오솔길이 있었다. 오른쪽으로 가는 길은 남동쪽으로 가는 길, 직진하는 길은 산 속으로 가는 길, 왼쪽으로 가는 길은 계곡 속으로 들어가 북쪽으로 휘어져 있었다.

디마는 지형을 숙지했다. 생긴 지 얼마 안 되는 타이어 자국이 보였다. 누군가가 얼마 전에 여기 와서 출구 앞 갈림길에서 우회전을 했다는 증거였다.

54

시각은 오후 3시가 되기 직전이었다. 하루 중 제일 더운 때였다. 터널 속으로 불어오는 바람은 마치 열린 오븐에서 들어오는 바람처럼 뜨거웠다. 그들은 작열하는 태양빛에 시력을 적응시키기 위해 그 속에서 잠시 기다리고 있었다. 디마가 먼저 움직였다. 디마는 수신호를 통해, 다른 신호가 있을 때까지 움직이지 말라고 지시했다. 그는 터널 입구 주변을 살펴보았다. 사이프러스 나무가 몇 그루 심어져 있었고, 남동쪽에서 시작해 북쪽으로 향하는 오솔길이 있었다. 200미터 가량 떨어진 곳에 반쯤 무너진 석조 헛간이 있는 것을 빼고는 사람이 살고 있다는 흔적은 없었다. 그는 주변 지형을 살펴보았다.

"뭘 찾는 거야?"

"바퀴자국이지. 생긴 지 얼마 안 됐어. 저거 보라고."

블랙번은 자세를 낮추어 디마에게 왔다.

"잡초 잎이 밟혔는데도 아직도 파래. 그리고 저기를 좀 봐."

디마는 먼지가 쌓인 곳을 가리키며 손가락을 빙빙 돌렸다.

"타이어 자국이야. 광폭 타이어야. 픽업이나 SUV인 것 같아."

디마는 휴대전화를 회수해서 가지고 있었다. 휴대전화의 진동이 느껴졌다. 키릴이었다.

"지하에서 살아 나온 것을 축하하네. 옆에 계신 새 조수는 누구신가?"

"자네 어디 있나?"

디마는 영어로 전화를 받았다.

"헛간 보여?"

"움직이는 데 무리 없나?"

"산 너머에는 아직도 샘 아저씨가 계셔. 그밖에 다른 사람은 안 보이지만."

디마와 블랙번은 헛간 잔해로 갔다. 헛간의 벽 사이에는 위장망이 쳐져 있었다. 그 속에는 여기저기 찌그러진 도요타 랜드 크루저가 있었다. 벽 뒤에서 키릴과 블라디미르가 나타났다. 블라디미르는 머리에 붕대를 감고 있었다. 키릴도 팔에 셔츠 조각을 잘라 감고 있었다. 디마는 동료들이 살아 있는 것을 알게 되어 기뻤다. 하지만 잠시 후 알게 된 사실은 그 기쁨을 무색하게 했다.

블라디미르가 먼저 입을 열었다.

"지라크와 그레고린은 살아남지 못했어. 크리스텐도."

"아마라는?"

블라디미르는 랜드 크루저의 뒷좌석을 향해 고개를 끄덕였다.

"좀 다쳤지만 그래도 살아남았어. 미군이 그 여잘 구출했지. 그리고 샬레의 나머지 부분이 무너지자 미군은 그 여자에 대해서는 잊어버렸어. 미군이 대공 포좌를 때렸을 때 우리는 달아났지. 하지만 아마라를 찾을 때까지 현장을 계속 감시하고 있었어. 그리고 찾아내서 차에 실어 왔지."

키릴은 디마를 SUV 뒤편으로 불렀다. 그는 뒷좌석에 몸을 웅크리고 있는 아마라를 보았다. 지저분했고, 산발을 하고 있었고, 쇼크에 빠져 있었지만, 그래도 살아 있었다.

키릴이 말을 꺼냈다.

"크리스텐은 아마라가 여기 처음 왔을 때 탈출구의 위치를 가르쳐줬어. 우리도 탈출구를 발견한 후, 자네 방식대로 탈출했지. 자네가 먼저 하지 않으면 우리도 절대 몰랐을 거야."

블라디미르는 블랙번을 보았다. 디마는 그의 새로운 동지를 소개했다.

"무엇보다도 이 친구는 날 살려줬어. 이 친구한테 물 좀 줘."

키릴은 디마와 블랙번에게 물을 한 병씩 주었다.

"이야, 상쾌하구먼."

둘이서 물을 마시고 있는 동안 키릴은 담뱃갑을 흔들어 담배를 한 대 빼냈다.

디마는 그들에게 그동안 있었던 일들을 간략하게 설명해주었다. 물론 블랙번을 생각해서 콜과 있었던 일은 입에 담지 않았다.

"하지만 상황이 급박해졌어. 솔로몬이라는 인물 때문이야."

키릴은 라이터를 움직이던 손을 멈췄다.

"키릴, 담배 계속 피워. 이제부터 하는 얘기를 들으면 다시 피우고 싶을 테니까."

위장망 그늘 아래 앉은 그들에게 디마는 블랙번에게서 들은 이야기의 요점을 알려주었다. 참수형, 은행 금고에 남아 있던 지도, 그리고 핵탄두 이야기를. 디마가 이야기를 마치자 키릴은 고개를 푹 숙였다.

블라디미르도 거들었다.

"교도소로 돌아가는 게 차라리 나을 것 같아."

담배를 뻑뻑 피워대던 키릴은 디마를 바라보았다.

"설마 자네 파리에 가자는 건 아니겠지."

디마는 그 말을 부정했다.

"우리가 알아낸 게 과연 얼마만한 정보인지 몰라. 그것을 '밝혀낸 비밀'이라고 해두자고. 하지만 과연 솔로몬은 파리와 뉴욕에 부하들을 두고 있을까? 핵폭탄이 오기를 기다리고 있는 사람들 말이지. 그거야말로 '아직 밝혀지지 않은 비밀' 중의 일부라 할 수 있지."

"그래. 카파로프에게 귀띔을 해줬을 모스크바의 누군가처럼 말이지."

키릴은 화를 숨길 줄 아는 사람이 아니었다.

디마가 블랙번에게 말했다.

"지금이야말로 자네가 어디로 갈지 정해야 할 시점이라고 생각하네."

블랙번의 안색은 창백했다. 지난 30분 동안 있었던 일에서 받은 충격이 아직도 가시지 않은 것 같았다. 그는 결국 입을 열었다.

"선택할 수 있는 길은 하나밖에 없어요. 저는 제 중대로 되돌아가야 합니다."

디마는 키릴에게 물었다.

"자네들이 퇴각할 때 샬레의 상태는 어땠나?"

키릴은 손바닥을 편 다음, 확 엎어뜨려 보였다.

"미군은 샬레가 완전히 주저앉자 철수했지. 그중 누구도 거기 다시 돌아왔을 거라고는 생각하지 않아."

블랙번과 디마는 시선을 주고받았다. 블랙번은 다 마신 물병을 거꾸로 뒤집었다.

"때가 된 것 같군요."

블라디미르가 디마에게 말을 건넸다.

"이 친구를 데려온 게 문제가 될 거라는 생각은 안 했어? 미군이 우리 뒤를 밟아서는 안 된다고."

모두가 디마를 보았다. 블랙번이 원대로 복귀하면 상관들에게 그가 본 것을 숨김없이 일러바칠 수도 있고, 그럼 미군이 그들의 뒤를 추적할 수도 있는 것이다.

침묵을 깬 것은 블랙번이었다. 그의 어조는 조용하면서도 확고했다. 그는 키릴과 블라디미르에게 이렇게 말했다.

"여러분들은 오늘 저의 목숨을 구해주셨습니다. 그리고 저는 남은 평생을 감옥에서 보낼 수도 있는 죄를 저질렀습니다. 디마 씨는 그걸 다 보셨고요. 우리는 서로 상대방의 생존을 원하고 있습니다."

디마는 일어선 블랙번에게 말했다.

"그럼 자네, 우리와 함께 행동하지 않겠나?"

그때 디마는 블랙번의 얼굴에서 처음으로 미소를 보았다. 블랙번은 훨씬 더 어려진 것처럼 보였다.

"그렇게 제안해 주셔서 기쁩니다, 디마 씨. 그러나 제가 끼면 여러분 방식대로 움직이지 못할지도 모릅니다."

디마는 두 산 사이로 들어가는 갈림길로 향하는 오솔길을 따라 시선을 옮겼다.

"그래. 최고가 되어서 다시 만나자고."

"저는 혼자 있는 편이 낫습니다. 오스프리 한 대가 보이는군요."

디마는 블랙번과 악수했다.

"한 가지 궁금한 게 있는데, 너무 개인적인 질문일지도 모르겠어. 자네, 올해 몇 살이지?"

"그런 질문을 할 시점은 이미 지난 것 같군요. 다음 추수감사절이면 만 25세가 됩니다."

디마는 생각했다. 파리를 떠나온 지 25년이 흘렀다. 사진 속의 젊은이도 이 친구와 비슷한 나이겠군.

"그래, 가고 싶은 대로 가봐. 블랙번 병장."

블랙번은 디마에게 경례를 했고, 나머지 사람들과는 악수를 했다. 세 러시아인은 떠나는 젊은 미 해병대원이 산자락의 작은 점이 되어 보이지 않을 때까지 그를 지켜보았다.

결국 침묵을 깬 것은 키릴이었다.

"도대체 무슨 일이 있었는지 전부 알려주겠나?"

55

이란 북부, 테헤란-타브리즈 고속도로

키릴이 운전대를 잡고 블라디미르는 술을 마셨다. 디마는 잠을 잤다. 세 사람은 모두 앞좌석에 타고 있었다. 여전히 잠에 빠져 있는 아마라는 뒷좌석 전체를 혼자 차지하고 있었다. 그녀가 지난 24시간 동안 겪은 일을 잘 알고 있는 터라, 세 남자 중 누구도 그녀를 깨우려 하지 않았다. 랜드 크루저의 내부는 덥고 습했다. 연료를 아끼기 위해 에어컨을 꺼놓은 탓이었다. 창문을 열어놓긴 했지만 낮의 열기를 고스란히 간직하고 있는 것 같은 습하고 더운 밤바람이 차 안으로 밀려들어 왔다.

디마는 잠을 그리 잘 자지 못했다. 자동차가 도로가 파인 곳을 지날 때나 키릴이 도로 위의 가축이나 잔해를 피하려고 급하게 방향을 틀 때면 그는 바로 깨곤 했다. 잠이 들어도 지난 24시간 동안 겪었던 일들이 이상하게 바뀌어 꿈속에서 그를 괴롭혔다. 물론 디마도 두뇌가 지나간 일들을 어떻게든 처리해야 한다는 것은 알고 있었으나 그렇다고 기분이 조금이라도 나아지지는 않았다.

인과 양, 카파로프와 콜이 꿈속에서 다시 나타나 자신들이 맡았던 역할들을 그대로 재현했다. 물론 결과는 그때그때 달랐다. 디마는 자신을 물속으로 밀어넣는 인의 손길을 느꼈다. 그 무지막지한 손길은 마치 강철과도 같이 강했다. 인은 꿈속의 디마가 숨이 끊어질 때까지 힘을 늦추지 않았다. 디마는 꿈속에서 죽자마자 깨어나서 현실로 돌아왔다. 그 다음번에 꾼 꿈에서는 블랙번이 나타났다. 하지만 이번에 블랙번은 디마를 돕지 않았다. 콜의 소총이 디마를 향해 불을 뿜었다. 그 치명적인 흰색 발사광에 디마는 눈이 멀었다.

그리고 오래된 기억들도 다시 돌아왔다. 디마가 솔로몬을 처음 만났을 때 솔로몬은 아직 10대였다. 하지만 솔로몬은 척 봐도 너무 어린 나이에 너무 많은 것을 경험한 아프리카의 소년병들과는 분명 달랐다. 음울한 표정, 두툼한 눈썹, 툭 튀어나온 광대뼈, 올리브색 피부, 절대 한곳에 머무르지 않는 계산적인 시선. 과거도 없고 이름도 없던 두려움을 모르는 뛰어난 10대 소년이 바로 솔로몬이었다. 디마는 만약 자신이 솔로몬의 정체를 바로 알았다면 어땠을까 하고 생각했다. 그의 정체를 알아차리지 못했기에 디마는 지금 어려움을 겪게 된 것이다.

증오에 의해 잠식당하기 전, 아직 천진난만한 소년이었을 때 솔로몬은 디마에게 이렇게 물었다.

"어느 편에 설지 어떻게 구분하나요?"

디마는 그에게 조금이라도 위안을 주기 위해 이렇게 대답했다.

"너의 편은 너 혼자밖에 없어. 자기 자신과 싸워 이겨야 해. 네 자신이야말로 네가 따라야 할 대의야."

디마가 해준 모든 조언 중에서 솔로몬이 마음속 가장 깊은 곳에 새기고 따른 것이 바로 이 말이었다. 물론 솔로몬에게도 마음이 있다면 말이지만. 솔로몬을 훈련시키고 조언을 해주면서 그는 솔로몬의 친구가 되려고 했고 그의 신뢰를 얻으려 했다. 그러나 솔로몬은 디마에게 전혀 그런 노력을 기울이지 않았다. 솔로몬은 우정이야말로 약점이고 정신을 산란시키는 것이라 말했다. 이는 솔로몬이 인간다움을 잃어가고 마치 곤충이 변태를 하듯이 뭔가 다른 사람이 되어가고 있다는 첫 번째로 명백한 증거였다. 솔로몬은 동료들이 자신을 놀릴 때마다 그 대가를 아주 철저히 치르게 해주었고 그를 놀렸던 동료들은 곧 그것을 후회하게 되었다.

솔로몬은 쉽게 기분이 변하는 타입은 아니었으나 분노를 힘으로 바꿔 쓸 수 있는 사람이었다. 마치 태양에너지를 받아들여 저장해 다른 곳에 쓰는 태양전지와도 같았다. 물론 솔로몬의 경우 그 힘을 꺼내 쓰는 시점은 3일 후가 될 수도, 3주 후가 될 수도, 또는 3년 후가 될 수도 있었다. 적들이 솔로몬에게 고통을 당할 때, 고통을 당하는 이유를 깨달으면서 짓는 경악의 표정만큼 솔로몬을 기쁘게 해주는 것은 없었다. 솔로몬은 또한 기만의 귀재였다. 그의 언어능력과 연기력은 디마보다도 뛰어났다.

솔로몬이 위장 신분으로 침투한 테러조직에서는 신입 대원의 충성심을 시험하기 위한 가혹한 통과 의례를 시켰다. 그 통과 의례가 아무리 가혹하다 하더라도, 솔로몬은 열성적으로 그 의례를 수행해냈고, 솔로몬이 침투하는 테러 조직들은 그런 그에게 하나같이 속아 넘어가지 않을 수 없었다. 솔로몬은 적에게는 비정하기 그지없는 상대였다. 그리고 디마도 그런 솔로몬과 맞서 싸우는 날이 올 줄은 상상도 하지 못했다. 적어도 지금까지는.

그들은 미군들이 전혀 보이지 않을 때까지 계속 산맥을 향해 달렸다. 그러다가 이틀 전에 달렸던 테헤란 – 타브리즈 도로를 탔다. 테헤란에서 피난 나온 사람들이 길에 버리고 간 차량 몇 대를 제외하면 도로에는 아무것도 없었다. 그들은 길 밖으로 벗어나 길가에 처박힌 버스 한 대를 지나쳤다. 하지만 그 버스에는 사람의 흔적은 보이지 않았다. 무너진 수도의 집과 생활터전을 버리고 온 사람들의 모습은 그 버스에서 찾을 수 없었다.

타브리즈 동남쪽 미야네흐에서 키릴이 말했다.

"이 차, 연료가 다 떨어져 가."

시각은 오전 3시 정도였다.

디마는 이렇게 대답했다.

"즐거운 일도 언젠가는 끝이 나기 마련이지. 예전 같았으면 어딜 가도 기름통에서 기름이 줄줄 새 나올 정도로 주유를 받을 수 있었겠지만 이제는 어디서 기름을 구하지?"

마을의 모든 상점들이 문을 닫은 상태였다. 그러나 임시 난민수용소 역할을 하는 쇼핑몰 주차장에 가득 주차된 차 안에서 수백 명의 사람들이 잠을 자고 있었다. 디마 일행은 그 중 몇 사람을 깨워 돈을 주고 기름을 샀다. 그러나 기름을 많이 가진 사람은 하나도 없었다.

결국 디마 일행은 조금밖에 더 나아가지 못했다. 자동차의 연료탱크가 완전히 비자, 그들은 트렁크에서 플라스틱 캔을 찾아냈다. 키릴과 아마라를 차에 남겨두고, 블라디미르와 디마는 플라스틱 캔을 들고 주유소에 갔다.

블라디미르가 말했다.

"멋지고 조용하군."

하지만 그들은 외롭지 않았다. 입대한 지 얼마 되지 않아 보이는 PLR 군 신병들이 주유소의 어둠 속에서 몰려나와 AK 소총을 겨누었다. 블라디미르와 디마는 그들이 경험이 부족하다는 점을 눈치챘다. 그리고 두려움과 충동을 자제할 수 있는 능력도 매우 떨어진다는 것을 확연히 느꼈다.

디마가 그들에게 말을 건넸다.

"솔직한 건 좋은 거야. 그렇지 않나?"

디마는 그러면서 그들 중 대장이 누구인지를 알아보았다. 얼굴에 초조한 빛을 가득 띠우고 있는 그 젊은이는 모조품 아디다스 운동화를 신고 있었고, 머리에는 흰색과 빨간색으로 된 스카프를 감고 있었다. 알 카에다 훈련과정 동영상에 나온 패션을 그대로 따라한 게 분명했다.

"여긴 기름 없어!"

그들은 이렇게 소리치며 총을 허공에다 발사했다.

지킬 게 없으면, 왜 이들은 이곳을 지키고 있는 거지?

블라디미르가 끼어들었다.

"이봐, 친구들. 우린 그저 기름을 채운 다음 갈 길을 가고 싶을 뿐이야."

그러면서 그는 플라스틱 캔을 꺼내 흔들어 보였다.

그러나 PLR 대원 중에서 누군가가 소리를 질렀다.

"그래? 영감탱이. 기름이 필요하면 나와서 가져가!"

다른 대원이 거들었다.

"저놈의 소시지를 잘라버리자고. 저 영감한테는 더 이상 필요 없을 테니."

디마가 한마디 했다.

"이봐, 너희들도 금세 늙는다."

블라디미르도 말했다.

"내 불알도 가져가봐."

랜드 크루저에서 발견한 정체가 의심스러운 아제르바이잔 산 보드카를 마시고 취한 상태였던 블라디미르는 마카로프 권총을 뽑아 한 발을 쏘았다. 총탄은 PLR 대장의 팔에 정확히 맞았다.

디마가 물었다.

"그냥 경고사격으로 끝낼 생각 아니었나?"

"난 술 취해야 더 잘 맞추는 거 자네도 알잖나."

젊은이들은 사방팔방으로 도망쳤고 디마 일행은 랜드 크루저를 주유소로 밀고 갔다. 기름을 채우는 동안 아마라는 평화롭게 자고 있었다.

타브리즈를 향해 달리는 동안 디마는 다르위시에게 전화를 걸었다. 이번만큼은 좋은 소식을 전할 수 있었다. 다르위시의 딸은 무사했고 친정으로 가고 있었다. 그리고 나쁜 사위는 죽어버렸다. 이것이 디마가 지난 48시간 동안 벌인 작전에서 거둔 유일한 성과였다.

다르위시는 오랫동안 전화를 받지 않았다. 드디어 전화를 받은 그의 목소리는 매우 피곤해 보였다. 어쨌든 시각은 오전 5시였으니까.

"자네의 사랑스러운 딸이 지금 집으로 가는 중이야."

그 말을 들은 다르위시는 정신이 번쩍 들었다. 잠시 동안 다르위시는 아무 말도 하지 않다가 간신히 입을 열었다.

"당신께 평생 갚아도 모자랄 큰 빚을 졌습니다."

"인생사 원래 그렇지 뭐. 지금 어딘가?"

"지금 뭣 좀 정리해야 할 게 있습니다. 잠시 후에 다시 걸게요."

5분 후 디마의 전화가 다시 울렸다.

"그래요. 요 며칠간 아나라와 전혀 연락을 못했습니다. 힘든 일을 겪었으니 좀 쉬게 해줘야 할 것 같습니다."

다르위시는 타브리즈 교외의 비행장에 대해 자세히 말해주었다.

"얼마 후면 거기 도착하실 수 있으세요?"

디마는 지도를 흘깃 살펴보았다.

"한 시간은 가야 할 것 같은데."

"우리 아나라는 정말 무사한 거죠?"

"그럼, 물론이지. 자네도 괜찮은 거지?"

"그럼요. 그저 피곤할 뿐입니다."

56

테헤란 이북 알보르즈 산맥

블랙번은 북쪽의 계곡과 남쪽의 테헤란 분지를 나누는 능선의 정상에 도달했다. 러시아인들은 발걸음을 옮기는 그를 끝까지 지켜보고 있었다. 그는 이제 거의 보이지 않을 만큼 멀어진 러시아인들을 마지막으로 돌아보며 망설였다.

블랙번은 자신의 인생에도 여러 개의 분기점이 있다고 생각했다. 한 번의 선택이 평생을 좌우하는 분기점 말이다. 군 입대를 결정한 것도 분기점 중 하나였다. 군대에 가지 않고 고향에 머물러 대학원까지 진학한 후에 취직을 하고 정착할 수도 있었다. 그 후 샤를렌과 결혼할 수도 있었다. 그러나 군 입대를 결정한 것조차도 한 시간 전에 내렸던 결정에 비하면 하찮기 그지없게 느껴졌다. 그는 지휘관인 콜 대위를 사살했다. 상상조차 할 수 없던 일을 저질렀다. 그는 왜 그런 짓을 저질렀는가? 훈련받은 바를 잊을 만큼 감정에 휩쓸린 탓이었을까? 아니면 자신이 옳다고 믿는 바를 실현하기 위해서였는가? 어찌되었건 그는 디마를 죽이려던 콜 대위를 냉혹하게 죽였다. 블랙번은 만난 지 채 두 시간도 되지 않은 사람의 목숨을 구하기 위해 지휘관을 죽였다. 블랙번이 지휘관을 죽이면서까지 구해준 사람은 바로 얼마 전에 블랙번의 생명을 구해준 은인이었다. 하지만 그는 엄연히 적성국가의 전투요원이었다. 그리고 블랙번의 머릿속에서는 디마 마야코브스키가 알려준 솔로몬에 대한 정보들이 다시 떠올랐다. 그런 놈이 핵탄두를 들고 날뛴다면, 세계는 상상하기조차 끔찍한 운명을 맞을 것이다.

디마와 그의 강한 전우들이 세계가 핵으로 멸망하는 사태를 막을 수 있을까? 뉴욕이 핵공격의 목표물이 된다고 말한들 누가 그 말을 믿어줄 것인가? 블랙번의 직속상관들조차도 믿지 않으려 할 것이다. 블랙번이 뭔가 대단히 옳지 않은 동기로 그런 거짓말을 하는 거라고 치부할 것이다. 그래도 자신의 마음을 솔직하게 돌아본 그는, 콜을 죽여야 할 타당한 이유가 있어서 기뻤다.

능선 위에 서서 그는 마지막으로 북쪽의 계곡을 보았다. 디마 일행은 이제 작은 점으로밖에 보이지 않았다. 그들은 여전히 자신을 보고 있는 걸까? 알 수 없었다. 블랙번은 남쪽의 테헤란을 보았다. 멀리까지 펼쳐진 도시는 폐허로 변해 있었다. 그리고 훨씬 가까이에는 샬레의 잔해와 전우들이 있었다.

블랙번은 미치도록 피곤하고, 배고프고, 목이 말랐다. 오후의 강렬한 태양은 그의 몸에서 수분과 체력을 고갈시키고 있었다. 그는 계속 움직였다. 한 발자국, 또 한 발자국을 내디뎠다. 그는 결국 산을 다 내려와 샬레의 앞쪽이 보이는 곳까지 왔다. 물론 샬레의 원형은 그리 많이 남아 있지 않았다. 샬레를 향해 발걸음을 옮기던 그는 다시 그날 아침으로 되돌아간 것 같은, 분기점을 넘기 전의 자신으로 되돌아간 것 같은 착각을 느꼈다. 저들과 다시 이야기를 나눌 수 있을까?

"이봐! 다들 저기 좀 봐!"

몬테스가 소리치며 달려왔다.

블랙번은 마치 태어나서 처음으로 지구인을 보는 외계인과 같은 시선으로 몬테스를 보았다. 그는 옛 전우를 끌어안았다. 그러나 벙커에서 벌어진 일로 몬테스와 함께 지냈던 과거는 모두 지워진 것 같았다. 함께 고향 생각을 하던 일, 말장난과 몸 장난을 나누던 일, 전쟁이 끝난 뒤의 장래 계획을 얘기하던 일……. 그 모두가 잔해 속에 파묻혀 사라져버렸다. 잔해 속에는 비밀도 숨어 있었다. 블랙번은 콜 대위에 대한 일을 누구에게도 말할 수 없었다.

몬테스를 본 블랙번은 자신이 결코 예전과 같지 않다는 것을 깨달았다. 블랙번은 아버지를 이해하기 위해, 그리고 아버지가 베트남에서 돌아온 이후 평생을 짊어져야 했던 무거운 짐에 대해서 알기 위해 입대했다. 그러나 군대에서 블랙번은 결코 원하지 않던 것, 즉 자신만의 짐까지 얻게 되었다.

마트코비치도 다가왔다.

"블랙번, 우린 자네가 죽은 줄 알았어."

블랙번이 대답했다.

"나도 너희들이 다 죽은 줄 알았어."

"콜 대위님은 어떻게 되었나?"

그렇다. 이제부터 그 질문은 블랙번을 영원토록 괴롭힐 것이다. 블랙번은 그 질문을 앞으로 수백 번은 넘게 들을 것임을 알고 있었다. 수많은 사람들의 시선이 블랙번의 반응을 살피고 있었다. 블랙번은 사람들이 블랙번의 말을 있는 그대로 믿어주고, 이 사건에 대해 결코 조사가 이루어지지 않을 리 만무하다는 것 역시 잘 알고 있었다.

샬레 주변은 정리가 되어가는 중이었다. 불시착한 오스프리에서 발생한 전사자와 부상자는 모두 의무 후송되었다. 복구반이 현장을 정리하고 있었다. 징발된 굴삭기가 잔해를 파내고 있었다.

"이리 와! 블랙번! 자네의 도움이 필요하다."

험비 안에 콜의 직속상관인 존슨 소령이 파이어플라이에서 보았던 샬레 평면도를 펼쳐놓고 앉아 있었다.

"콜 대위가 있을 만한 위치를 알려주게."

블랙번은 이런 상황은 예측하지 못했다.

"소령님, 콜 대위는 죽었습니다."

존슨 소령은 고개를 들고 얼굴을 찌푸렸다.

"병장, 그걸 어떻게 알지? 잔해 틈새에 끼어서 아직 살아 있을지도 모르는 얘기 아닌가."

존슨은 평면도를 내밀었다. 블랙번은 콜이 있는 위치를 정확히 알고 있었다. 수영장과 스크린실 사이였다.

"소령님. 이곳 전체가 붕괴되었습니다."

블랙번은 손가락을 돌려 수영장이 있는 곳 전체를 가리켰다.

존슨 소령은 평면도를 보았다.

"그래. 자네는 여기서 어떻게 빠져나왔나?"

블랙번은 벙커 뒤에 그려져 있는 두 줄의 좁은 길을 가리켰다.

"들어갔던 곳이 붕괴되었기 때문에 이 탈출구로 나왔습니다."

"그럼 콜 대위는 어디 있나?"

여기에 어떻게 대답하느냐에 따라 남은 내 평생이 결정된다고 블랙번은 생각했다. 예전에 그는 자신이 명예를 아는 사람이라고 생각했다. 하지만 이제 그것은 무엇을 의미하는가?

"저도 모르겠습니다. 모든 게 다 무너졌고, 저는 도망쳐 나왔으니까요."

소령은 자신의 턱을 문질렀다.

"알겠네. 아직 대위의 어머님에게 전사 통지를 써야 할 단계는 아닌 것 같군."

그는 잠시 평면도를 바라보다가 블랙번을 다시 돌아보았다.

"자네를 스파르타쿠스 기지로 이송하겠다. 친구, 고생 많았어. 거기서 보고서를 쓰라고."

누군가가 블랙번을 친구라고 불러준 지도 꽤 오래되었다. 콜은 절대 그런 표현을 쓰지 않았다. 블랙번은 소령에게 소리 지르고 싶었다. 당신이 뭘 알아요? 콜은 씨발 좆같은 고문관이라고요. 그 병신 새끼가 어떻게 죽었든 내가 무슨 상관이에요? 그래도 블랙번은 그런 말을 하지 않은 자신에게 고마웠다. 그런 말이 좋은 결과를 초래할리 없었다.

그는 캠포가 다가오는 것을 보았다. 블랙번은 소령을 둘러싼 무리들에서 떨어져 나왔다. 캠포는 그저 보고만 있었다. 환영의 제스처를 취하지도 않았고 친밀함을 나타내며 등을 두들기지도 않았다. 그냥 서서 마치 유령이라도 본 것처럼 블랙번을 바라보고 있었다.

캠포는 샬레의 잔해를 보며 고개를 끄덕였다.

"이런. 너무 이상하잖아. 저긴 저렇게 박살이 났는데, 자네는 거기서 멀쩡히 빠져나오고."

블랙번은 일부라도 설명을 해야 할 의무감을 느꼈다.

"벙커 뒤에 탈출용 터널이 있어. 우리도 그걸 평면도에서 봤잖아?"

캠포는 고개를 저었다.

"아냐, 뭔가 이상해. 무전기는 작동하지 않았고, 우리는 뭔가 크게 무너지는 소리를 들었어. 콜 대위님은 들어갔는데 너는 나오고……."

"내가 운이 좋았나보지. 자네도 마찬가지고."

"그래. 그런가보지 뭐."

캠포의 그 말에는 의심이 배어 있었다.

그들은 걸어가며 점차 소령으로부터 멀어졌다. 캠포는 납작하게 찌그러진 담뱃갑을 흔들더니 담배 한 개비를 꺼내서 불을 붙였다. 그는 담배연기를 깊이 빨아들였다가 천천히 길게 뱉어냈다.

"콜 대위님을 전혀 보지 못했단 말이야?"

"벙커에서라면 못 봤지. 왜?"

캠포는 어깨를 으쓱했다.

"그냥 물어봤어."

블랙번은 고개를 저었다.

"왜?"

"콜 대위님이 들어가신 후 나는 그분에게 상황보고를 요구했지. 하지만 그분은 응답하지 않으셨어."

"그래서? 모든 게 무너져 내렸잖아. 마치 산사태처럼."

"그런데 무전기에 들린 소리는 뭔가 달랐어. 뭔가가 무너지는 소리가 아니었어. 그래, 소리가 줄어든 총성 같았지."

블랙번이 말했다.

"그런 소리는 듣지 못했어."

캠포는 아무 말도 하지 않았다. 대신 그는 전투화로 지면의 흙을 찼다.

결국 이렇게 돌아가는 것인가. 블랙번은 생각했다. 그는 태어나서 이만큼 외로움을 진하게 느낀 적이 없었다.

57

테헤란-타브리즈 고속도로

"뭔가 문제가 있어."

"그래, 이번엔 또 뭔가?"

키릴의 비꼬는 말투는 한결같았다.

"다르위시의 목소리 톤을 생각해봐. 게다가 그는 뭘 또 정리해야 한다고 했어. 그리고 '아나라'라고 말했어. 두 번씩이나."

"그 친구도 스트레스를 많이 받을 거 아냐."

둘은 뭔가 있다는 것을 알아챘다. 다르위시는 부주의로 실수를 저지를 인간이 아니었다. 더구나 자기 가족에 대해서는. 어쩌면 그는 누군가에게 감시를 받고 있을지도 몰랐다. 그래서 자기 딸의 이름을 잘못 말함으로써, 그것도 같은 방에 있는 누구도 알아듣지 못할 만큼 미세하게 틀리게 발음함으로써 뭔가 잘못되어 가고 있다는 것을 디마에게 알리려 한 것인지도 몰랐다.

물론 디마도 다르위시가 그저 피곤해서 그런 행동을 했기를 바랐다. 그 이상 나쁜 일은 원하지 않았다. 만약 다르위시가 처음에 전화를 끊은 것이 그를 에워싼 사람들로부터 모종의 지시를 받기 위함이었다면? 어쩌면 덫이 기다리고 있는지도 몰랐다. 교묘하지도 않고 우아하지도 않은 어떤 인물들의 작전 방식이 딱 이랬다. 그게 누구인지는 아직은 말할 단계가 아니었지만.

"다르위시는 아마라를 데려간다고 했어. 비행장에서 어디로 데려갈 거지?"

"아마도 아마라의 가족들에게 데려가겠지."

"가족들이라면 다 죽었거나, 그렇지 않으면 아직 타브리즈에 있을 거야. 왠지 이상한 냄새가 나는군."

키릴은 차를 포장도로 위로 몰아가며 말했다.

"대단하군. 그리고 자네는 다르위시를 구하고 싶어 할 거고."

아마라는 깊은 잠에서 깨어났다. 아마라는 눈을 떴다 감았다를 반복했다. 디마의 얼굴을 본 아마라의 눈이 커졌다. 차내등 말고는 아무 조명이 없는 상태에서 디마의 얼굴은 유령처럼 보였다.

"디마, 당신이 죽은 줄 알았어요."

"저는 무적입니다."

아마라는 얼굴을 찌푸리고 황당하다는 표정을 짓다가, 고통으로 움찔했다.

"여기는 어디인가요?"

"당신 집에서 멀지 않은 곳이에요. 아버님과 통화했습니다. 우리를 기다리고 계십니다."

이제 아마라는 일어나 앉았고 디마는 그래서 생긴 옆자리를 보며 고개를 끄덕였다. 키릴은 디마가 아마라와 나란히 앉을 수 있도록 차를 세워주었다. 몇 분 동안 그들은 아무 말도 하지 않고 달렸다. 디마는 아마라를 보았다. 아마라의 인생을 확 뒤집어엎은 것은 그들 일행이었다.

"가줄 건은 죄송하게 되었습니다. 어찌되었든 그 분은 당신의……."

아마라는 한 손을 들었다. 그녀는 깊이 숨을 들이쉬더니 느리게 내뱉었다. 그리고 고개를 내저었다.

"실수였어요. 우리 아버지가 가줄을 싫어했다고 말한 거 아버지한테 절대로 말씀드리지 마세요."

"부인은 우리를 많이 도와주셨죠. 같이 살레에도 가셨지 않습니까?"

그녀는 시선을 아래로 내렸다.

"크리스텐은 죽었나요?"

"죄송합니다. 저희 대원 두 명도 함께 죽었습니다."

"참 이상한 일을 하고 계시네요. 분명히 당신에겐 아내도 가족도 없을 거예요."

디마는 잠시 망설이다가 대답했다.

"네, 저 같은 사람이라면 그렇게 사는 게 더 낫겠지요."

그러면서 그는 한때 꿈꾸었던 카미유와의 미래를 다시 떠올렸다.

"당신도 알겠지만 이란 사람들은 젊은 과부를 좋아하지 않아요. 모스크바에 가서 직장을 잡고 살 수는 없을까요? 모스크바에는 젊은 여자들이 할 만한 일거리가 아주 많다고 들었어요."

"아마 아버님이 허락하지 않으실 걸요."

"당신도 우리 아버지만큼 나빠요. 이제 왜 내가 도망쳐야 했는지 알게 될 거예요."

58

그들은 500미터 정도 떨어진 곳에 있는 창고 건물 뒤에 차를 세웠다.

디마는 키릴에게 말했다.

"아마라를 데리고 차에 남아 있어. 우리가 먼저 나가서 상황을 정찰할게."

디마와 블라디미르는 가지 밭을 건너 울타리로 향했다.

블라디미르는 디마에게 쌍안경을 건네주며 물었다.

"누굴 찾는 거야?"

"다르위시를 찾는데 안 보여. 다른 사람들도 전혀 보이지 않는군."

비행장에는 격납고 하나, 창고 몇 개, 그리고 맨 위에 윈드삭(풍향 측정용 바람자루)이 걸린 마스트가 있었다. 바람 없는 밤공기 탓에 윈드삭은 늘어져 있었다. 급조된 터미널 건물 앞에는 지역항공사 소속의 포커 F-27 몇 대와 상당히 깨끗한 카모프 Ka-226 헬리콥터 한 대가 있었다. 헬리콥터에는 어떤 마크도 없었다.

"저거 봐. 헬리콥터에 아무 마크도 없어."

"좋은 사람들의 헬리콥터에는 언제나 등록번호가 적혀 있는데 말이야."

블라디미르는 말했다.

"저기 있는 게 누구건 간에 우리가 올 거라는 걸 잘 알고 있어. 하지만 누가 말해줬지? 다르위시?"

"설마 그럴 리가."

"그 친구는 우리에게 경고를 하려고 했어."

"그래. 그 다음에는 누구한테 말했을까?"

디마는 마음속 깊숙한 곳에 파묻어 두었던 의심이 다시 일어나는 것을 느꼈다. 하지만 그는 의심을 도로 파묻어 두고 혼자만 간직하고 있었다. 그때 격납고 안에 있던 스포트라이트가 엄청난 빛을 그들에게 뿜었다. 눈이 부셨다.

"망할!"

그들은 가지 밭을 가로질러 랜드 크루저를 향해 달려갔다. 랜드 크루저에 거의 다 도착했을 무렵, 그들은 차량이 포위되었다는 것을 알았다.

"무기를 버리고 땅에 엎드려라!"

디마는 어떻게 해야 할지 몰라 총을 땅에 던지고 엎드렸다. 길에서는 희미한 기름 냄새와 동물의 똥냄새가 났다. 그는 자신들을 향해 달려오는 무장한 두 사람을 보려고 고개를 돌렸다. 상대는 모두 복면을 쓰고 있었다.

"고개 숙여!"

디마가 랜드 크루저 쪽을 보려고 몸을 굴리자 둘 중 한 사람이 발로 디마의 관자놀이를 걷어찼다. 그들은 디마 일행의 손을 등 뒤로 돌리고 타이밴드 수갑을 채웠다.

"고개 숙여!"

디마가 말했다.

"뭔가 잘못 알고 계신 것 같은데 말입니다. 설명할 기회를 주신다면⋯⋯."

그러자 상대방은 발로 디마의 갈비뼈를 걷어찼다. 비행장에서 더 많은 사람들을 태운 GAZ 지프가 달려와 그들 옆에 와서 멈췄다. 지프에서 두 명이 내리더니 디마와 블라디미르를 붙잡았고, 디마를 걷어찬 사람은 랜드 크루저에 가서 뒷좌석에 있던 키릴을 찌른 다음 운전대를 잡았다.

블라디미르가 말했다.

"누군지는 몰라도 우리를 정말 싫어하는 사람들이로군."

그들은 줄지어 차를 몰고 작은 터미널로 향했다. 헬리콥터 주변에서 어슬렁거리고 있던 두 사람이 그들을 향해 다가왔다. 검은색 바지와 재킷을 입고, 재킷 속에는 티셔츠를 입고 있었다. 손에는 PP-2000 기관단총을 들고 있었다. 얼굴에는 우쭐한 표정을 짓고 있었다.

블라디미르는 디마에게 말했다.

"저 친구들에게 007 영화의 엑스트라처럼 보인다고 얘기해줘야 할까?"

"그러면 기분 상해하지 않을까? 남의 거 따라하는 사람들처럼 보인다는 소리니 말이지."

"언제나 대중문화에서 러시아인들을 악당으로 묘사하는 데는 진력이 났어. 하지만 저 친구들이 나쁜 놈이더라도 우리가 좋은 놈이 되는 건 아니잖아?"

"예리한 지적이군."

헬리콥터 주변에 있던 두 사람 중 키가 작은 사람이 소리쳤다.

"입 닥쳐. 이 바보 새끼들아."

그의 볼은 청소년기에 났던 지독한 여드름 자국으로 우둘투둘했다. 그리고 그의 눈은 잠이 부족했던 탓인지 눈 주변이 붉게 충혈되어 있었다. 그래도 둘 중에는 그나마 덜 불쾌해 보이는 외모를 하고 있었다. 말은 그다지 많이 하지 않지만 미소를 짓고 있었다. 마치 '모든 여자들은 나랑 자고 싶어 해'라고 말하는 듯한 미소였다. '물론 너의 꿈속에서만 그렇겠지'라고 디마는 생각했다.

블라디미르가 말했다.

"이제 우리 헬리콥터 태워주는 거야? 어서 푹 꺼진 화산 분화구를 보고 싶군."

디마는 두 사람 중에 키가 큰 사람의 모습에서 마치 만화영화에 나오는 족제비를 떠올렸다. 그 사나이는 갖고 있던 신형 그라크 경찰용 권총을 뽑아 권총 손잡이로 블라디미르의 뺨을 때렸다. 블라디미르는 그래도 계속 말했다.

"조심해. 그거 진짜 총알 나가는 거라고. 총 쏘는 것도 보여줄 거야?"

족제비가 대답했다.

"입 닥쳐. 안 그러면 네 몸의 뼈를 다 분질러 주겠어."

복면을 쓴 두 사람은 키릴을 랜드 크루저에서 끄집어냈다. 아마라는 어디 있는 걸까? 세 사람은 터미널 빌딩으로 향했다. 거기서 그들은 지프를 타고 온 놈들이 랜드 크루저를 철저히 수색하는 것을 보았다. 한 명은 여분의 타이어를 떼 가고 차량 내부 후방의 내피를 칼로 벗겨 그 안을 들여다보았다. 다른 놈은 후드 안쪽을 들여다본 다음, 도어 트림을 떼어내고 헤드라이닝도 떼어냈다. 블라디미르가 말했다.

"알겠다! 저놈들 마약 수색 중이군."

디마가 대답했다.

"초소형 WMD를 찾는 게 아니라면."

키릴이 끼어들었다.

"어떤 거? 방금 내가 먹은 거?"

"우리한테 그런 게 없을 거라고 생각한다면 저러지는 않겠지."

수색은 이렇다 할 결과를 얻어내지 못했다. 족제비는 손을 내저어 수색조를 지프로 복귀시키고, 마음을 단단히 먹은 것 같은 발걸음으로 디마에게 걸어왔다. 그리고 자신의 얼굴을 디마의 얼굴에 바싹 들이댔다.

"이제 약삭빠른 잔머리는 그만 굴리고, 그 물건들 어떻게 했는지 말해."

"스낵 말인가? 오면서 다 먹었는데. 이 공항의 카페는 아직 개점하려면 멀었나?"

디마는 키릴을 보았다. 그는 속을 알 수 없는 표정을 짓고 있었다. 아마라는 어디 있는 걸까?

디마는 등 뒤에서 문이 열리는 소리를 들었다. 두 명의 검은 옷을 입은 사나이가 더 들어왔다. 그들 뒤로 피투성이가 된 다르위시가 고개를 푹 숙이고 반쯤은 걷다시피, 반쯤은 끌려오다시피 들어왔다. 그들은 다르위시를 테이블까지 끌고 온 다음, 그 앞 의자 속으로 내동댕이쳤다.

다르위시의 얼굴은 알아볼 수가 없을 지경이었다. 그의 눈 주변은 엄청나게 얻어맞아 부어올랐고, 눈꺼풀도 피투성이가 되었다. 코는 무너졌고 입술은 찢어져 피를 흘리고 있었다. 말라붙은 피와 침이 그의 턱에 고드름처럼 매달려 있었다.

"손들고 손가락 벌려."

완전히 패배한 다르위시는 시키는 대로 했다.

족제비가 블라디미르에게 말했다.

"그라크 권총이 얼마나 정확한지 보여줄까? 잘 봐."

그가 방아쇠를 당기자 다르위시의 엄지손가락이 뒤로 날아갔다. 다르위시는 의자에서 굴러 떨어졌다.

디마는 그걸 보고 이렇게 말했다.

"그 정도면 나도 할 수 있어. 진짜 사나이라면 상대방에게도 공정하게 기회를 줘야지."

세 번째 사나이가 디마에게 명령했다. 그는 족제비보다도 키가 크고 대머리였다.

"너, 일어서봐."

"농담 더 할 건가? 아니면 폭탄에 대해 털어놓을 건가?"

"아, 그거 말이야? 지금 파리랑 뉴욕으로 가는 중이야. 무국적의 전직 스페츠나츠 대원인 암호명 '솔로몬', 또는 '술레이만'으로 통하는 친구가 가지고 있지. 붙을 편을 항상 스스로 고르는 친구지. 그 친구는 폭탄을 러시아 무기상인 고(故) 아미르 카파로프한테 가장 비싼 입찰가를 주고 구했어. 그분이 돌아가신 걸 어떻게 알았냐고? 내 앞에서 돌아가셨기 때문이지. 참 이상하게도 심장마비로 죽었어."

"그것 말고 다른 일은 안 했나? 자네들은 핵폭탄을 공개적으로 팔았잖아. 아참, 얘기 안 했던가? 자네들은 지금 불법무기 거래 혐의로 체포된 상태야."

디마는 분노가 끓어오르는 것을 느꼈다. 동시에 그는 손목에 채워진 타이밴드 수갑을 조심스럽게 풀어냈다.

"그렇다면 우리에게는 묵비권이 있다는 얘기로군."

"다 함께 좆될 권리도 있지."

그는 피투성이가 된 엄지손가락의 남은 잔해를 붙들고 있는 다르위시에게 말했다.

"당신 친구 마야코브스키가 협조를 안 해주는군. 나머지 손도 들어."

다르위시는 덜덜 떨었다. 피투성이가 된 눈꺼풀에서 눈물이 흘러나왔다. 그 후 한 발의 총성이 들렸다.

모두의 눈이 커졌다. 족제비의 왼쪽 머리가 폭발해 끈적끈적한 피와 뇌의 덩어리로 변해 날아가 버렸기 때문이었다. 디마는 몸을 날려 족제비의 어깨에 걸려 있던 PP-2000 기관단총을 집어 키 작은 놈을 향해 두 번의 짧은 연사를 가했다. 대머리는 키 작은 놈의 총을 집어 들고 쏘아대는 블라디미르를 피해 터미널 뒤로 도망쳤다. 블라디미르가 그놈을 쫓는 동안 디마와 키릴은 GAZ 지프의 문을 죄다 열고 뛰어내리는 적들을 상대할 수 있는 위치로 움직였다. 그제야 디마는 아마라를 보았다. 사격자세를 취한 아마라는 손에 마카로프 권총을 꽉 쥐고 있었다. 그녀는 권총을 떨어뜨리고 아버지를 향해 달려갔다. 키릴이 말했다.

"자네들이 나간 다음에 그녀는 오줌을 누러 갔어. 혹시나 몰라서 내 권총을 줬지."

랜드 크루저가 폭발하며 불길에 휩싸였다. GAZ에서 내린 놈들이 쏴댄 불필요한 사격 때문이었다. 잠시 후 GAZ 지프도 폭발했다. 디마는 부상당한 아버지를 꼭 안고 있는 아마라에게 달려갔다.

"헬리콥터를 쓸 수 있는지 볼게요. 키릴이 보호해줄 겁니다."

그는 헬리콥터로 달려가며 키릴을 불렀다. 아마라와 다르위시를 보호하라고 손짓했다. 디마는 GAZ 지프에 타고 있던 적병 중 한 명이 가진 AK 소총을 회수하기 위해 우회해서 헬리콥터로 갔다. 헬리콥터를 조종해본 게 언제였던가? 디마가 헬리콥터 조종 교육이 너무 어렵다고 불평하자 교관은 아주 멋진 말을 했다. 어렵게 생각할 것 없어. 마음을 비우고 그냥 하면 된단다. 마치 물컵을 올린 쟁반을 나르듯이 말이지. 여기 있는 헬리콥터는 완전히 새것이었다. 어딘가의 전시장에서 바로 가져온 것 같았다. 하지만 문이 잠겨 있었다. 문을 따는 데 낭비할 시간은 없었다. 신중히 조준해서 방아쇠를 당기자 문손잡이는 그 주변부 덩어리와 함께 날아가 버렸다. 그는 문을 열고 헬리콥터 조종석에 앉았다. 이런, 내가 탔던 거랑은 왜 이리도 다르담. 자, 정신을 집중하고······.

자동차의 핸드브레이크처럼 생긴 컬렉티브 컨트롤 레버는 좌석 좌측에 있었다. 컬렉티브 컨트롤 레버는 헬리콥터의 상승과 하강에 쓰인다. 컬렉티브 컨트롤 레버를 맨 아래로 눕혀 놓았다. 그리고 가운데 있는 조종간인 사이클릭 컨트롤을 풀었다. 주 연료 밸브를 열고 전원을 켰다. 트랜스미션 라이트 이상 없음. 클러치 라이트 이상 없음, 연료 컷오프 아웃. 아니 인 상태로 해야 시동이 걸렸던가? 인으로 해보자. 컬렉티브 컨트롤 레버 끝에 달린 돌림식 스로틀 그립은 반쯤 열려 있었다. 연료 부스트 온, 시동! 디마는 시동 스위치를 눌렀다. 씨발! 아무 일도 일어나지 않았다. 그는 시동 절차를 다시 되짚어보았다. 연료 컷오프 아웃, 연료 부스트 오프로 해보자. 디마의 눈에 아마라가 아버지를 데리고 계류장으로 힘겹게 발을 내딛는 게 보였다. 스로틀을 더 많이 열고 시동 스위치를 다시 눌렀다.

밖에서 또 폭음이 들렸다. 터미널 뒤에서 큰 불덩어리가 치솟았다. 이거 무슨 일이지? 블라디미르가 당한 건 아니기를 바랐다. 블라디미르, 대체 어디 있나? 로터 회전축의 낑낑대는 소리가 들렸지만 잠시 후 멈췄다. 키릴은 두 정의 AK를 양쪽 허리에 대고 갈겨댔다. 역시 그는 훌륭한 옛 전우였다.

그는 다시 한 번 시동 스위치를 눌렀다. 연료가 넘쳐서 시동이 걸리지 않는 일이 없기를 바라면서. 순간 갑자기 생각이 떠올랐다. '이건 자동차가 아니잖아, 멍청아!' 그래서 그는 스로틀을 닫고 다시 한 번 시동 스위치를 눌렀다. 이번엔 제발 걸려라! 이 망할 러시아 고철덩이야! 엔진이 살아나면서 로터가 아주 느리게 돌기 시작했다. 빨리 손을 움직이지 않고 뭐하고 있나? 그는 스로틀을 돌려 최대로 개방했다. 엔진회전수가 분당 2,000회로 뛰어올랐다. 로터가 공기를 가르며 부서진 문이 펄럭거렸다. 디마는 헬리콥터 뒤로 가서 다른 사람들이 쉽게 탈 수 있게 뒷문을 열었다. 키릴은 등을 헬리콥터 쪽으로 향한 채, 헬리콥터 로터 아래로 들어오는 아마라와 다르위시를 엄호하기 위해 계속 사격을 가하면서 자신도 헬리콥터에 접근 중이었다. 하지만 블라디미르의 모습은 보이지 않았다.

로터 블레이드가 공기를 움켜쥐고 언제라도 떠오를 준비가 되었다. 디마는 컬렉티브 레버를 위로 잡아당기면서 로터의 피치 증가로 인한 토크를 상쇄하기 위해 오른쪽 페달을 살짝 밟았다. 자전거 타기처럼 한 번 배우면 잊어버리기 힘들지. 디마는 아직도 헬리콥터 조종법을 기억하고 있는 자신이 대견했다. 디마는 헬리콥터의 스키드가 지면에서 살며시 떠올라 동체가 제자리에서 돌 때까지 컬렉티브 레버를 살짝 더 들어올렸다. 이제 토크를 억제하기 위해서는 오른쪽 페달을 더 세게 밟아야 했다.

기진맥진한 다르위시는 열린 문에 몸을 걸친 채로 쓰러졌다. 키릴은 다르위시를 헬리콥터에 싣는 아마라를 도왔다. 블라디미르, 빨리 와. 격납고 옆에서, 절뚝이며 다가오는 사람이 보였다. 디마는 키릴에게 지시했다.

"블라디미르를 도와줘."

블라디미르는 왼발에 부상을 입고 절뚝이며 걷고 있었다. 키릴은 헬리콥터에서 내려서 간신히 블라디미르를 헬리콥터에 실었다. 헬리콥터가 공중으로 떠오르자 디마는 사이클릭 컨트롤을 앞으로 밀었다. 너무 세게 밀었다. 헬리콥터는 기수를 급격히 앞으로 숙이며 스키드를 땅에 갖다 댈 기세였다. 디마는 사이클릭을 뒤로 당겼다. 이번에도 너무 셌다. 헬리콥터는 뒤로 세게 움직였다. 마음속에서 조종 교관의 목소리가 들렸다. 조종간을 거칠게 다루면 절대 안 돼! 살살 움직이라고! 디마는 기체의 수평을 잡았지만 곧 항공기는 왼쪽으로 휘청거렸다. 부서진 조종실 문이 열리자 복면을 쓴 한 놈이 스키드에 매달려 있는 것이 보였다.

"지상에 돌아가면 너희 대장한테 전해라. 손은 매우 소중하고 특히 엄지손가락은 무엇과도 바꿀 수 없는 거라고 말이지."

조종 교범에서는 결코 권하는 바가 아니었지만, 디마는 사이클릭 레버를 다리 사이에 끼운 채 상대의 왼손을 향해 PP-2000을 한 발 쐈다. 상대의 왼손이 날아갔다. 하지만 상대는 오른손으로 매달려 있었다. 디마가 오른손에도 총알을 한 발 먹이자 그는 아래로 떨어졌다.

헬리콥터의 속도가 15노트(시속 27.8킬로미터)가 되자 기체에 진동이 왔다. 유효 전이양력이 충분히 생겨 전진비행을 할 수 있다는 뜻이었다. 컬렉티브 레버를 놓고 페달에서 힘을 뺀 다음 사이클릭 레버를 밀어야 할 시간이었다. 헬리콥터가 힘 있게 전진하며 상승하자 디마는 안도감이 파도처럼 몰려오는 것을 느꼈다.

"자, 러시아로 가는 길은 어디지?"

59

이란 공역

스파르타쿠스 기지로 돌아가는 오스프리 항공기 내에서는 항공유, 약품, 토사물이 섞인 냄새가 났다. 부상자들은 들것에 안전벨트로 묶인 다음, 간이침대 역할을 할 수 있게 만들어진 기체 내부 프레임의 고정대에 수용되었다. 기체 내벽은 의료용 튜브로 어지러웠다. 의무병들은 환자의 상태를 살피거나, 머리 위 철봉에 걸린 수액이 나오는 속도를 조절하기 쉽도록 고정대 옆의 접이식 의자에 앉아 있었다. 오스프리 항공기가 하늘을 날자, 베이지색 비행복과 파란색 비닐장갑을 착용한 의무병들은 마치 기계를 정비하는 정비사들처럼 섬세하고 정성어린 손길로 부상병들을 치료했다. 부상병들 중 최소한 한두 명은 살아 있는 상태로 기지에 도착하지 못할 것이다. 블랙번은 자신이 쏜 총알을 맞고 잔해 속에 깔려 있을 콜 대위를 생각했다. 오인사격도 아닌 의도적인 보복 살인이었다.

블랙번은 기체 후방에 있는 접이식 의자에 앉아 있었다. 그의 옆에 앉은 사람은 존슨 소령 예하 참모 장교인 에이블슨이었다. 에이블슨은 랩톱을 가지고 전쟁을 하는 호리호리하고 똑똑한 장교였다. 두 시간 동안의 비행 중에 그는 블랙번에게 일체 말을 걸지 않았다. 블랙번에게는 잘된 일이었다. 결국 블랙번은 빈 들것을 가리키며 에이블슨에게 저기 누워도 되냐고 물었다.

블랙번은 빈 들것에 가서 누웠다. 꿈속에서 그는 어린 시절로 돌아가 자기 침대에 누워 있었다. 열이 나고 아팠지만 그래도 안락한 느낌이었다. 어머니가 미소 지으며 프렌치토스트와 따뜻한 우유를 들고 오셨다. 그는 꿈속에서 말했다.

"뉴욕으로 핵탄두가 오고 있어요, 어머니. 막아야 해요."

어머니는 입술에 손가락을 갖다 대며 말씀하였다.

"지금은 말하지 말거라. 일단 이것부터 먹자꾸나."

스파르타쿠스 기지에 오스프리가 착륙했을 때는 밤이었다. 블랙번은 사상자를 내리는 임무를 도왔다. 하지만 에이블슨이 블랙번을 다른 곳으로 데려갔다. 테헤란 외곽의 군 기지인 스파르타쿠스는 이제 사람과 장비가 득시글거리는 거대한 군사도시 같았다. 일주일 전까지만 해도 고향처럼 느껴지던 이곳이 지금은 왠지 적지처럼 느껴졌다.

블랙번은 에이블슨에게 말했다.

"저는 좀 씻어야 합니다."

"나중에 씻으라고. 자네를 기다리고 있는 분들이 계시네. 뭐 먹고 싶은 거 없나?"

블랙번은 본능적으로 매점을 향했지만 에이블슨이 막았다.

"내가 가져다주겠네."

그는 블랙번을 아무 마크도 없는 포터 캐빈으로 데려갔다.

블랙번은 솔로몬에 대한 사실을 어떻게든 알리고 싶었다.

포터 캐빈 안에는 더쇼위츠와 앤드류스가 기다리고 있었다. 블랙번의 가슴이 철렁 내려앉았다. 더쇼위츠는 랩톱을 들여다보고 있었고, 앤드류스는 휴대전화를 귀에 대고 있던 중이었다. 그들은 예전에 만났을 때와 똑같은 상태였다. 마치 그동안 줄곧 거기서 블랙번이 잡혀오기를 기다리고 있었던 것 같았다. 이제 블랙번에게는 절체절명의 위기가 찾아왔다.

60

이라크, 전진작전기지 스파르타쿠스

더쇼위츠는 고개를 들어 블랙번을 보더니 얼굴을 찌푸렸다.

"친구, 좀 씻어야 할 것 같군."

"저는 이곳으로 바로 오라는 지시를 받았습니다. 그리고 괜찮다면 저를 관등성명으로 불러주시겠습니까? 제 관등성명은 블랙번 병장입니다."

"알겠네, 친구."

더쇼위츠는 히죽거렸다.

앤드류스는 휴대전화를 주머니에 넣었다.

"그래. 오늘 하루 동안 있었던 일을 이야기해보게."

더쇼위츠가 거들었다.

"블랙 록에서 보낸 운수 사나운 날이었지, 안 그래?"

"뭐라고?"

블랙번은 더쇼위츠가 한 말이 무슨 뜻인지 알 수 없었다. 그러나 별로 좋지 않은 뜻인 것은 확실했다.

"그리고 친구, 자네가 관등성명으로 불리기를 원한다면, 자네도 대답할 때는 항상 존댓말을 사용해줬으면 하네."

더쇼위츠는 '존댓말'이라는 부분을 말하면서 손바닥으로 테이블을 쳤다.

"예, 죄송합니다."

앤드류스는 좋지 않은 분위기를 막으려는 듯이 보였다.

"처음부터 다 설명해보게."

블랙번은 오스프리에서 내렸을 때부터 포탄을 맞아 부서진 샬레의 잔해에 오른 일, 뒤쪽 벙커로 가는 문을 찾은 것까지 설명했다.

"아, 잠시만 멈춰보게."

앤드류스가 손짓으로 그만하라고 하면서 말을 꺼냈다.

"자네의 동기에 대해 좀 알아야겠어. 자네는 부서진 건물 안으로 매우 빠르게 뛰어들었는데, 그건 좀 무모한 행동이 아니었나?"

더쇼위츠는 고개를 숙인 채 자판을 강하고 빠르게 두들겨대기 시작했다.

"정황상 그 건물에는 HVT가 있을 가능성이 매우 높았고, 또한 붕괴 위험성이 높았기 때문입니다."

앤드류스는 다시 미소를 지었다.

"그래, 들어가니 안에는 사람이 있던가?"

그들은 세부정황을 듣고 싶어 했다. 블랙번은 그 이야기를 하기 시작했다.

"예. 건물 내에는 사망자 세 명이 있었습니다. 모두 죽은 지 얼마 안 된 것 같았습니다. 한 명은 샬레의 1층에 있었고 다른 두 명은 벙커 안에 있었습니다. 벙커 안에 있던 사망자 중 한 명은 수영장 물속에, 다른 한 명은 수영장 바로 바깥에 있었습니다. 저는 그들이 폭격으로 인해 무너진 건물 잔해에 깔려 죽은 걸로 판단했습니다."

더쇼위츠는 고개도 들지 않고 이야기했다.

"병리학자 납셨군. 열심히 해보라고, 블랙번."

앤드류스가 다시 질문했다.

"콜 대위에 대해 말해보게. 그 사람에게는 무슨 일이 있었나?"

블랙번은 앤드류스와 더쇼위츠를 번갈아 쳐다보았다.

"간단한 질문 아닌가?"

블랙번은 둘 중 더 공격적인 성향을 보이는 더쇼위츠에게 시선을 맞추었다. 이들은 평생 거짓말쟁이들의 이야기를 들으며 살아온 사람들이다. 질문이 간단하면 답변도 간단하기 마련이다.

"콜 대위는 어떻게 되었는지 모르겠습니다. 건물이 추가붕괴를 일으켰습니다. 저는 온 힘을 다해 평면도에서 본 탈출구를 찾아냈습니다."

더쇼위츠는 미소를 지었다. 블랙번은 더쇼위츠가 미소를 지을 때와 얼어붙은 표정으로 입을 닫고 있을 때 중 어느 쪽이 더 안 좋은지 알 수 없었다. 그렇다고 미소를 지으며 말을 하지 않는 게 더 재미있다는 것은 아니었다.

에이블슨은 문을 노크한 후, 대답을 기다리지 않고 들어왔다. 그의 손에는 콜라와 기름종이에 싸인 햄버거가 들려 있었다.

"당장 내려놓고 나가. 우리 지금 바쁜 거 안 보여?"

블랙번은 더쇼위츠가 자신에게만 화를 내지 않는다는 것을 알자, 왠지 안도감에 가까운 기분을 느꼈다.

"콜 대위 이야기를 해봐."

"무슨 얘기를 하란 말입니까?"

더쇼위츠는 얼굴을 찌푸렸다.

"'무슨 얘기를 하란 말입니까?'라니. 그거야말로 대체 뭐 하자는 얘기야. 어찌됐든 그 사람은 자네의 지휘관이었다고. 말할 게 고작 그거밖에 없어?"

더쇼위츠는 에이블슨이 가져온 콜라와 햄버거를 쓰레기통 속으로 집어넣었다.

블랙번의 마음속에서는 분노가 폭발했다. 그는 절대 이들이 만족할 만한 정보를 주지 않기로 결심했다. 블랙번은 자신을 통제해야 했다. 그의 머릿속에 고통이 파도처럼 몰려왔다. 그는 천성적으로 거짓말을 못 하는 사람이었다. 어머니는 블랙번이 설령 가벼운 잘못을 저질렀다고 해도, 잘못을 솔직하게 시인하면 언제나 칭찬해주셨다.

"그래, 헨리. 너의 잘못은 밉지만 그걸 솔직히 이야기해줘서 기쁘구나."

"자네의 전우인 캠포는 자네가 벙커에 들어간 다음 자네와 무선 교신이 끊겼다고 이야기했어. 그가 그 사실을 콜 대위에게 이야기하자, 콜 대위는 용감하게도 자네를 구하러 들어가기로 했지."

"캠포와 연락이 끊긴 직후 샬레의 앞부분이 무너졌습니다. 그때 저는 왔던 길로 돌아갈 수도 없을 뿐더러 돌아가 봤자 안전하지도 않다고 판단했습니다. 그래서 저는 또 다른 탈출구를 찾으려고 한 것이죠. 저희가 지급받았던 평면도에서 본 내용을 기억해내서 말입니다."

그들은 공허한 시선으로 블랙번을 보았다. 블랙번은 어깨를 으쓱거렸다.

"저는 테헤란의 은행에서 WMD 한 발을 찾아냈습니다. 정황으로 볼 때 두 발이 더 있었습니다. 그리고 우리가 받은 정보에 의하면 나머지 두 발은 샬레에 있을 가능성이 높았습니다. 저는 은행에서 시작한 일을 끝내고 싶었을 뿐입니다."

"친구. 지금 여기가 취직 면접 자리인줄 알아? 자존심은 그만 내세워. 자네 지휘관이 자네를 구하려다 죽었단 말이야."

구하려다……. 엿이나 처먹어라. 하지만 뭐라고 말하란 말인가?

그 후 얼마 동안 누구도 입을 열지 않았다.

블랙번은 그들에게 묻고 싶었다. 왜 이리도 날 의심하나? 내가 대체 뭘 잘못했기에? 거기에 대한 답은 분명했다. 자네는 자네 지휘관을 죽였어. 그건 대단히 나쁜 짓이란 말이야.

"저번에 말씀을 나눴을 때 저는 솔로몬에 대해 말씀드렸습니다. 알 바시르가 숨을 거둘 때 말했던 이름이죠. 그 이름은 저희가 나머지 두 발의 핵탄두를 찾을 유일한 단서였습니다. 저는 그 이름을 매우 중요하게 여겨야 할 충분한 이유가 있다고 생각합니다. 제가 은행 금고에서 파리와 뉴욕 지도를 봤다고 말씀드렸던 거 혹시 기억나십니까?"

둘 중 누구도 블랙번의 말을 듣지 않았다. 앤드류스는 랩톱을 가지고 뭘 하고 있었다. 그는 더쇼위츠에게 손짓을 했고, 둘은 함께 랩톱을 들여다보았다. 갑자기 더쇼위츠의 얼굴이 밝아졌다.

"그래, 그런 것이었군."

블랙번은 더쇼위츠를 보았다. 더쇼위츠의 눈은 마치 얼굴에서 튀어나올 듯이 커져 있었다.

"블랙번, 자네는 완전히 좆됐어."

61

이란 북부 공역

키릴은 디마와 함께 조종석에 앉았다. 뒷좌석에는 블라디미르가 이 경찰 헬리콥터의 구급상자를 뒤져 다르위시를 치료하는 데 필요한 물품을 꺼냈다. 다르위시는 헬리콥터 뒤쪽 객실 바닥에 누워 있었다.

"이 분은 수혈을 받아야 해. 수혈을 해줄 수 있는 사람이 있을까?"

순간 디마가 헬리콥터를 급하게 왼쪽으로 꺾었고 블라디미르는 칸막이벽에 부딪쳤다.

"미안해. 앞에 전력선이 있었어."

키릴은 하얀 손가락으로 자신이 앉은 의자 양옆을 움켜잡았다.

"디마, 이런 거 몰아본 지 얼마나 됐나?"

"자네가 조종할래?"

"내가 이런 거 싫어하는 줄 자네도 알잖나."

"뭐라도 남들한테 도움이 되는 일을 하라고. 오모로바와 통화하고 싶은데."

"꼴렸으면 좀 기다릴 줄도 알아야 하는 거 아냐?"

디마는 오모로바와 마지막으로 통화한 개인 번호를 알려주었다. 키릴은 전화연결에 성공하자 휴대전화와 디마의 헤드셋을 연결해주었다.

"언제나 한밤중에 전화를 거시네요? 버릇 되겠어요."

"난 그때 당신을 가장 간절히 필요로 한다오. 여기선 그때가 일하는 시간이니까."

"이 소리는 뭔가요?"

"내가 빌린 헬리콥터의 소리라오."

"여기저기 안 가는 데가 없군요. 작전 상황은요?"

"최악이오. 카파로프는 죽었고, 핵탄두는 실종됐소. 어떤 놈들이 우리를 매복공격하려고 했지."

"안 그래도 당신에게 수배령이 떨어졌어요. 핵탄두 불법 이동과 관련되어 지명수배를 받았다는군요. 마음에 드시려나 모르겠네요."

디마는 또 다른 전력선을 피하려고 사이클릭 레버를 급하게 꺾었다. 그의 뇌는 방금 들은 이야기를 해석하느라 정신이 없었다.

"그런데 왜 당신은 나랑 통화를 하는 거요. 경력에 도움이 안 될 텐데."

오모로바의 한숨 소리는 오히려 매혹적으로 들렸다.

"이제 저한테 경력 같은 것은 없어요. 이 작전에 관여한 인원들은 모두 보직해임됐어요."

"팔리오프를 만나야 해요."

"그분은 현재 가택연금 중이에요. 내가 당신이라면 모스크바 공역에는 안 들어가겠어요."

"그 양반 지금 어디에 있는지나 얘기해요. 그리고 최근 PLR에 협력한 스페츠나츠 출신 어떤 CIA 자산에 대한 정보를 최대한 모아줘요. 이름은 솔로몬, 또는 술레이만으로 알려져 있소. 알았지요?"

"저는 이만 자야겠어요."

"그 정보에 세계의 미래가 걸려있다고 말해야 날 믿겠소?"

"그래요. 알았어요. 나중에 다시 전화주세요."

그녀는 전화를 끊었다.

블라디미르는 디마가 앉은 조종석 쪽으로 몸을 기울이고 약병 하나를 들었다.

"다르위시가 죽었어. 미안하네."

디마는 생각했다. 대체 아마라에게 뭐라고 변명해야 한단 말인가. 그는 블라디미르의 시선을 따랐다. 아마라는 쓰러진 아버지의 시신 위에 몸을 숙이고 소리 없이 흐느끼고 있었다.

62

전력선들을 넘어 북쪽으로 날아가면서 디마는 엄청나게 많은 생각을 했다. 적의 헬리콥터를 빼앗어 탔다는 스릴은 다르위시의 사망 소식에 완전히 사라졌다. 다르위시의 죽음을 접한 디마는 어떻게든 복수를 해야겠다는 마음을 굳게 다졌다. 다르위시의 죽음을 헛되게 해서는 안 되었다. 어찌되었건 디마는 옛 친구 다르위시에게 빚을 졌으니 말이다. 오모로바의 말을 들으니 이 헬리콥터를 탈취해서 얻은 자유도 오래가지 못할 것 같았다. 하늘에 있으면 그는 표적이 될 뿐이었다. 얼른 착륙해서 몰래 모스크바로 돌아가는 방법을 찾아야 했다. 키릴도 헤드셋을 통해 오모로바와의 대화를 다 듣고 있었다. 키릴 역시 이제 또 누가 자신들에게 맞설지를 알고 있었다.

"그럼 이제 우리는 무법자라는 건가? 이 일 해서 돈 챙길 생각은 접어야겠군."

디마는 키릴이 마구 퍼붓는 불평을 참아냈다.

"절대 그렇게 쉽게는 잘못되지 않을 거야."

"이런……, 아이들을 유로디즈니랜드에 데려가고 싶었는데."

"걱정 마, 잘 될 거야. 하지만 애들 엄마는 자네한테 집 현관문도 안 열어주잖아."

"애들을 곧 만날 수 있어. 얘기를 잘해놨단 말이야."

디마는 차 긁힘 사고까지 개인사 얘기를 좔좔 털어놓던 키릴의 말을 제지시켰다.

"이제 제발 그만 징징대고, 아이디어 좀 내놓지 그래?"

키릴의 얼굴이 밝아졌다.

"그래, 이 헬리콥터는 비싼 물건이야. 착륙해서 다른 탈것이랑 바꾸자고."

"우습구먼."

"농담이 아냐. 아제르바이잔 국경을 넘어서 50킬로미터 정도만 더 가면 빌라수바르라는 동네가 있어. 거기 가서 비행기를 바꾸면 누구도 하늘에서는 우리를 찾지 못할 거야."

이래서 디마는 키릴이 맘에 들었다. 언제나 당면한 문제에 대해 최소한 말이 되는 해결책을 내놓기 때문이다.

구 소련 시절 빌라수바르는 너무 오래되었거나 사용가치가 떨어졌거나 구식이 되어 더 이상 하늘을 날 수 없는 소련 공군 항공기들을 처리하는 곳이었다. 아제르바이잔 공화국이 독립선언을 한 이후, 이곳은 항공기 예비부속 및 알루미늄 재생 공장으로 변했다. 또한 출처가 의심스러운 항공기들을 거래하는 장소로도 이름을 날리고 있었다.

국경을 넘자 동이 터왔다. 디마는 레이더를 피하기 위해 저공비행을 계속하고 있었다. 이런저런 생각을 하던 디마는 블랙번에게 생각이 미쳤다. 미군은 콜 대위에게 일어난 일을 알려고 할 것이다. 블랙번은 그들에게 무슨 말을 할 것인가? 미군 당국은 그의 말을 믿어줄 것인가? 그는 CIA에 인도될 것인가? 다르위시, 블랙번, 그리고 디마 자신에게는 솔로몬을 막는 것 외에 다른 해결책은 없었다. 아직 너무 늦지만 않았다면야.

"이제 보이나?"

냉전 시대의 유산으로 가득한 빌라수바르가 눈에 들어오자, 키릴은 다시 어린아이가 된 것 같았다. 밀 설계 국에서 만든 모든 헬리콥터가 종류별로 다 있었고, 그 한복판에는 한때 북해 상공을 어슬렁거리며 NATO를 꽤나 짜증나게 했던 Tu-95 베어 폭격기 대여섯 대가 있었다. 그리고 20대 정도의 MiG-15 전투기도 보였다. 롤스로이스 엔진을 단 최초의 소련 제트 전투기이다. 영국 친구들은 소련에게 노하우를 얼마만큼 알려줄 생각이었을까. 비행기들을 보며 소련 시절의 향수를 느끼는 디마의 머릿속에 만감이 교차했다. 물론 소련은 망했다. 그러나 당시에는 그것이 순리였던 것 같았다.

키릴은 아래에 펼쳐진 비행기 무덤을 보며 말했다.

"저렇게나 물량이 많았는데, 왜 우린 냉전에서 못 이긴 거야?"

"우린 이겼어. 우리 중 나쁜 사람들만이 이겼지만 말이지."

"그래, 저기 있는 것 중에 최근에 들어온 매끈한 놈이 있기를 기대해보자고."

디마는 골판 모양의 철판으로 이루어진 창고들과 날개 없는 일류신 Il-76 수송기 사이의 공터로 카모프 헬리콥터를 몰고 갔다. 마치 개미들이 거대한 먹이를 먹어치우듯, 수많은 노동자들이 전동 톱으로 기체를 해체하고 있었다. 몸에 문신을 새기고 기름때에 절은 원피스 작업복을 입은 세 사람이 AK 소총을 겨눈 채로 창고에서 나왔다. 한 사람이 앞장서고 두 사람이 따라왔다.

키릴이 말했다.

"망할, 저 친구들 좀 봐."

"예전에 올 때는 좀 더 환영 분위기가 따뜻했는데."

정부 관련 마킹이 전혀 없고 아까의 전투로 인해 몇 군데 손상된 곳은 있었지만, 이 반짝이는 신형 카모프는 아직도 관용 헬기의 느낌을 강하게 풍겼다.

세 사람 중에 가장 덩치 큰 사람이 소리 질렀다. 그가 갈색 치아 사이에 물고 있는 아직 불도 붙이지 않은 담배가 들썩거렸다.

"당장 헬리콥터 빼서 모스크바로 돌아가! 안 그러면 니들 불알에 총알을 한 방씩 먹여주겠어!"

"저 친구들 우리가 국세청에서 온 걸로 착각하나 본데."

디마와 키릴은 천천히 항공기를 착지시킨 후 양손을 들었다. 엔진오일, 녹, 목욕 안 한 사람의 몸 냄새가 디마가 쏴 부신 문고리 구멍을 통해 들어왔다.

"킁킁!"

키릴이 그 냄새를 즐거운 듯이 빨아들였다.

디마도 거들었다.

"자네가 살던 차의 냄새보다는 훨씬 나은데."

키릴이 대답했다.

"여긴 그냥 들러 가는 데야. 그리고 만약……"

"조용히 하고 거기 서."

디마는 움직이면서 키릴에게 살짝 말을 걸었다.

"저 친구들, 뭐라도 생겨야 지금 상황이 영화 〈더 와일드 이스트〉[1] 같다고 생각하겠구먼."

---

1) Дикий восток: 1993년 작 러시아 영화.

63

매드 맥스의 주인공 같이 생긴 상대방은 그들을 위아래로 훑어보다가 찢어지고 피가 묻은 디마의 셔츠에 주목했다.

"너희들은 대체 누구냐?"

디마가 차분하게 대답했다.

"신경 쓸 것 없잖아. 우리는 단지 거래를 하고 싶을 뿐이야."

해체된 정도가 제각각인 녹슬어가는 거대한 쇳덩어리들 사이에 놓인 이 반짝이는 카모프 헬리콥터는 마치 외계에서 날아온 물건처럼 보였다. 일류신 수송기를 해체하던 노동자들 중 일부가 전동 톱의 전원을 껐다.

"재미있구먼. 여기가 벼룩시장으로 보이남?"

그러나 매드 맥스 사내는 마치 랩 댄서를 보는 듯한 음흉한 눈빛으로 헬리콥터를 보았다. 그의 입은 엄포를 놓고 있었지만 그의 눈은 이 헬리콥터를 미치도록 맘에 들어 하고 있었다.

"우리는 교통수단을 바꾸었으면 해. 기왕이면 땅 위로 달리는 것이었으면 좋겠어. 빠르고 쓸만한 자동차 두 대를 주면 이 카모프를 주지. 이렇게 좋은 거래는 두 번 다시 못 할 거야."

그러자 주변을 둘러쌌던 사람들 중 한 명이 헬리콥터로 다가왔다. 키릴은 손가락을 내저어 제지했다.

"어, 보기만 해. 만지면 안돼."

매드 맥스 사내는 헬기 후방 석에서 공허한 시선을 보내고 있는 아마라를 보았다.

사내의 눈이 더욱 더 커졌다. 그는 헬리콥터 주변을 한 바퀴 돌며 돌아보았다. 자신의 눈에 들어온다는 것이 믿기지 않는다는 표정이었다. 그러다가 입에서 담배를 빼내더니 마치 명상하는 듯한 태도로 기름에 쩌든 두 오렌지색 손가락 사이에서 담배를 굴렸다.

디마는 키릴을 흘깃 보았다. 키릴은 이렇게 말했다.

"그 여잔 내 여동생이야."

매드 맥스 사내가 웃었다.

"남자들이 볼 수도 있지. 보면 안 돼?"

"그 애는 매우 내성적이야. 그런 눈으로 보는 거 안 좋아한다네."

디마가 다시 끼어들었다.

"좋은 조건 아닌가. 이 헬리콥터를 팔면 은퇴해서 어딘가에 빌라를 장만할 수도 있어."

"난 평생 일할 거야. 왜 은퇴한단 말인가?"

키릴이 또 끼어들었다.

"체첸 놈들이라면 이런 헬리콥터를 얻기 위해 살인이라도 할 걸."

디마가 말했다.

"자네라면 값을 후하게 쳐줄 수 있을 거라고 생각하고 있네."

매드 맥스 사내가 노동자들에게 소리 질렀다.

"일 안 하고 뭐하고 있냐. 이 쓸모없는 것들!"

작업장 전체는 아마라의 모습에 넋이 나간 상태였다.

창고 뒤에 메르세데스 벤츠 S클래스가 한 대 보였다. 차체 색은 메탈릭 블루였고 프론트 펜더는 그와 대조되는 빨간색이었다. 디마는 차를 보고 고개를 끄덕였다.

"저런 차 더 가지고 있나? 저걸로 바꾸고 싶군."

"저건 내 자가용이야. 그러나 여동생을 헬리콥터와 함께 넘겨준다면 주지."

아마라는 겁에 질렸다. 매드 맥스 사내는 헬리콥터를 살펴본 후 고개를 뒤로 뺐다. 그는 겁에 질린 사람들의 얼굴들을 보다가 웃었다.

"그냥 농담이야! 이 바보들! 다들 유머감각도 없나보군."

블라디미르가 맞장구쳤다.

"그래. 훌륭한 유머였어."

"이제부터 이 헬리콥터는 내가 갖는다. 그리고 여긴 멋진 볼보도 있어. 사서 얼마 안 굴린 거야."

"여성 운전자가 타던 것 같군. 맘에 드네."

디마는 다소 불만족스러웠지만 미소를 지어 보였다. 여기를 무사히 빠져나갈 수만 있으면 그걸로 된 것이다. 그들은 다르위시의 시신을 방수포로 싸서 볼보의 트렁크에 정중히 실었다.

블라디미르가 말했다.

"난 메르세데스가 더 마음에 들었는데."

"아마라와 다르위시를 집으로 데려가. 그리고 나면 파리에서 날 도와달라고."

블라디미르의 눈이 커졌다.

"우리가 이 임무를 계속해야 한단 말이야?"

디마는 어깨를 으쓱했다.

"다른 선택의 여지가 없어."

아직 아침 9시도 되지 않았는데, 매드 맥스 사내는 낡은 소형 냉장고에서 보드카 한 병을 꺼내왔다.

그는 그 화끈한 술을 '체르노빌의 선물'이라고 적힌 작은 잔에 담았다.

"이 술잔들 지금은 값비싼 골동품이지."

디마가 대답했다.

"술을 마시기에는 좀 이른 것 같군. 하지만 거래가 성사된 기념으로 한 잔씩 하자고. 블라디미르, 자네는 열외야. 운전을 해야 하니까."

더 이상 낭비할 시간은 없었다. 모스크바까지는 이천 킬로미터 거리였다. 디마는 아마라 옆에 섰다.

"당신은 우리 목숨을 구해줬어요. 그리고 당신 아버지도 우리를 위해 목숨을 버리셨지요. 이 임무를 무사히 마치면……."

아마라는 날씬한 손가락을 입술에 갖다 대었다.

"약속 같은 건 필요 없어요."

"아버님께서는 생전에 뭐라고 말씀하신 적이 없나요?"

그녀는 미소 지었지만, 눈물이 마구 흘러나왔다.

"그저 대단히 자랑스러워 하셨을 뿐이지요."

아마라는 짧게 디마를 안아준 뒤 자동차에 탔다.

"블라디미르, 내일 밤 파리에서 보자고."

블라디미르는 고개를 끄덕였다.

"잘 가, 친구야."

디마는 매드 맥스 사내를 돌아보았다. 그는 지금이 크리스마스라도 되는 듯이 들떠 있었다.

"이봐. 당신은 우리를 못 본 거요. 알았지?"

"내가 고자질할 사람으로 보여?"

"미안해. 나쁘게 말할 생각은 없었어."

"괜찮아. 조심해서 나쁠 건 없지. 그리고 이것도 줄게."

그는 서랍을 열어서 뭔가를 꺼내 디마에게 쥐어주었다.

"아마 이게 유용하게 쓰일 거야."

그가 건네준 것은 점프 리드 한 세트였다.

64

이라크, 전진작전기지 스파르타쿠스

문에는 헌병 두 명이 서 있었다. 뭐 하러 저 친구들을 시간낭비 시키고 있는 거지 하는 생각이 들었다. 블랙번은 달리기는커녕 일어서기도 힘들 지경이었다. 발에 쇠고랑을 찼기 때문이었다. 그는 현재 피고인 신분이었다. 그리고 아마 앞으로도 영원히 철창 밖으로 나서기는 힘들 것이다.

전투복과 브루스 스프링스틴 티셔츠를 입은 또 한 사람이 앤드류스와 더쇼위츠에 합류했다. 그는 자기소개를 하지 않았다. 그러나 다른 두 사람은 그를 '웨스'라고 불렀다. 웨스는 고해상도 스크린이 달린 야전 랩톱을 들고 왔다.

그들은 세 번이나 위성이 촬영한 동영상을 재생했다. 샬레와 터널 입구가 다 나온 동영상이었다. 그러나 재생할 때마다 웨스는 더 크게 줌을 당겼다. 그리고 줌을 당길 때마다 해상도가 낮아지는 게 아니라 더욱 더 높아졌다.

"좋아, 이 다람쥐들이 굴러 나오는 걸 다시 한 번 보자고."

웨스의 느릿느릿한 텍사스 사투리는 야외에서나 어울렸다. 숨 막히는 열기 속에 땀을 질질 흘리고 있는 사람들로 가득한 이 포터 캐빈에는 어울리지 않았다. 아무튼 그들은 동영상을 다시 보았다.

디마가 터널 밖으로 나와 고지를 살펴본 다음, 터널로 돌아가 손짓을 하자 블랙번이 나왔다. 블랙번은 갑자기 보는 햇빛으로부터 눈을 가리고 있었다. 디마는 휴대전화를 귀에 갖다 댔다.

"왼손잡이로군. 흥미로운걸."

나머지 두 사람은 웨스를 보았다.

"보통 저 동네 사는 사람들은 왼손을 잘 안 써. 왼손은 똥 닦을 때만 쓰거든."

웨스는 동영상을 빨리 감기 했다. 동영상 속의 디마와 블랙번은 빠른 속도로 위장 망이 씌워진 헛간으로 갔다.

"참 친절하게도 이 친구들은 랜드 크루저에 위장망을 씌워놨어. 안 그랬으면 놓칠 뻔했다고."

세 사람은 그 동영상에서 볼만한 부분을 계속 찾아냈다.

스크린에서 블라디미르와 키릴이 줌 업 되었다.

"친절하게도 동작을 멈춘 다음에, 인사를 보내는군. 이 얼간이들 아마 이런 말을 하는 거 아닐까? '어이, 자네. 그 터널에서 대체 뭘 끌고 나온 거야. 보아하니 미 해병 대원 한 놈을 데리고 나오는 것 같구먼.'"

디마는 친구들의 인사에 답례하기 위해 손을 빠르게 흔들었다.

"그러자 이 멍청이는 이렇게 말했겠지. '음, 음. 이놈은 자기 조국을 배신한 놈이 야. 이놈은 더 이상 미 해병대원이 아니야. 엄밀히 말하면 더 이상 인간도 아니지. 개 가 물고 장난치는 나뭇조각이라고 해두자고.'"

웨스는 블랙번을 보더니 자신의 즉흥 연기에 만족한 듯 깔깔거리며 웃었다.

"아, 이런. 요즘 들어 이렇게 좆같은 일을 처리해야 하다니."

그는 스크린을 보며 고개를 내저었다.

"그래, 블랙번 병장. 원한다면 묵비권을 써도 좋아. 어떻게 해야 자네한테 더욱 이 로운지는 나도 잘 몰라. 이 위성 동영상 속의 사람들이 어떤 대화를 했는지 알게 될 때까지 우리 분석관들이 동영상을 철저히 분석할 거야."

블랙번은 다시 속이 쓰려왔다. 그의 뱃속은 거의 텅 비었다. 그는 지난 6시간 동안 아무것도 먹거나 마시지 못했다. 그리고 더쇼위츠가 쓰레기통에 버린 햄버거와 콜 라 위에 구토를 해댄 탓에 더욱 속이 텅 비어 있었다.

웨스는 랩톱을 닫았다. 다른 두 명은 뒤에 앉아 있었다. 더쇼위츠는 자기 코에서 뭔가를 뽑아낸 다음 그것을 살폈다. 더쇼위츠가 블랙번에게 말했다.

"정말로 부끄러운 줄 알아야지. 블랙번 병장, 국가는 그동안 많은 돈을 들여 자네를 훈련시켰어. 자네 아버지는 베트남 전쟁 참전용사인 해병대 이등병 마이클 블랙번이야. 그리고 할아버지는 제2차 세계대전 때 훈장을 받으신 해병대 중위 조지 블랙번이라고. 자네 집안 어르신 두 분은 조국을 위해 헌신했어. 그런데 헨리 자네는 왜 이래? 뭐가 못마땅해서 이런 거야?"

65

모스크바로 가는 길

키릴이 말했다.

"굳건한 대지에, 그리고 모국 러시아의 가슴에 다시금 몸을 맡기니 너무나도 기쁘구먼."

운전은 키릴이 하고 있었다. 한 손으로는 운전대를 잡고, 다른 한 손에는 콜라 캔이 들려 있었다. 이미 500킬로미터를 달려왔다. 모스크바까지는 앞으로 1,500킬로미터가 남아 있었다.

"자네도 알겠지만 나는 이 S클래스 W220을 좋아해. W126도 좋아하지. 둘 중에 어느 게 더 좋은지는 굳이 따지기 어려워. 알겠지만 이건……."

디마는 한 손을 뻗어 키릴의 입을 막았다.

"두 가지만 얘기하지, 친구. 첫째, 조용히 해. 둘째, 오늘밤이나 내일 파리로 출국해야 하니까 너무 안심하지 말라고. 전방주시 확실히 하고 경찰들 시선 끌지 않게 주의해. 아제르바이잔 번호판을 달고 있기 때문에 경찰들이 우릴 인신매매단으로 여길 수도 있어."

디마는 난생 처음 파리로 전화를 걸어보았다. 로생이 바로 전화를 받았다. 디마는 마레에 있던 카페 데 아르티스테의 즐겨 앉던 자리에서 로생과 비밀 접선을 했던 때를 떠올렸다. 로생은 두 손가락으로 비밀문서를 말아 쥐고, 〈파리 마치〉 지와 〈이코노미스트〉 지를 앞에 펴놓고 있었다. 그 두 잡지는 그의 인격의 양면성을 상징하는 듯했다.

"봉주르. 나 마야코브스키일세."

그는 수화기 너머로 커피 잔이 떨어지는 듯한 소리를 들었다.

"죄송합니다만. 저는 그런 사람 몰라요."

"구라치지 마. 로생."

로생은 한숨을 쉬었다.

"디마, 자네의 못생긴 상판대기가 전 세계 모든 나라 경찰과 보안 관련 웹사이트에 다 떴어. 자네는 WMD를 훔쳐서 러시아를 멸망시키기 위해 제3차 세계대전을 일으키려 한 혐의를 받고 있단 말이야."

디마는 오만함을 가장하려 애썼다.

"행정 착오일 뿐이야. 진짜 나쁜 놈은 따로 있어. 우리 둘 다 아는 사람이지."

"누군데?"

"들을 준비 됐나? 바로 솔로몬이야."

로생이 침묵할 거라고는 예상했다. 로생은 그 이름만 들어도 성질을 낼 것이다.

"잘 있게. 디마."

"기다려! 사람 말을 끝까지 들어보라고."

"난 은퇴했어."

"자네가 은퇴할 만큼 돈을 많이 벌어놨을 리가 없어. 우리 중에 그만큼 돈 번 사람은 없단 말이야."

"방금 은퇴했어. 30초 전에."

"옛 친구의 마지막 소원일세. 우리 어머니의 무덤을 걸고 맹세하건대 자네에게 두 번 다시 이런 부탁 안 할게."

"자네 어머니 무덤이 어디 있나? 굴락에서 돌아가셨잖아."

"정보만 약간 주면 돼. 자네가 조금만 찾으면 알 수 있어. 그 이상은 필요 없네."

"솔로몬은 죽었어. 자네도 알지 않나."

"그런데 그건 잘못된 정보였어. 그놈은 아직도 살아 있어. 그리고 WMD로 서구 세계를 우라지게 엿 먹일 거야. 그러니 내 말을 들어줘. 놈의 목표물은 부르스야. 그는 구내식당 직원이나 경비원, 청소부 등으로 변장해 거기 잠입할 수도 있어."

"그런 사람이라면 수백 명이나 있잖아."

"그 모두를 다 확인해줘."

"시간은 얼마나 줄 건데?"

"12시간 안에 해야 돼."

"하하하."

"대가는 꼭 지불할게."

디마가 전화를 끊은 다음 키릴은 말했다.

"대가를 준다고?"

"예전엔 안 그랬지."

"이봐 내가 알기로는……."

"아까 조용히 하라고 얘기했던 기억 안 나? 자네 내 지시에 따르겠다고 했잖아."

"그래. 다음번에는 뭘 할 건가?"

"조금만 기다리면 돼. 오늘밤에는 아무 소리도 안 하고 쥐죽은 듯 있을게. 대신 오 모로바와 통화할 동안은 나 좀 그냥 내버려둬."

66

모스크바

마트루시카 목욕탕은 어딜 봐도 아름다운 곳은 아니었다. 이곳은 지난 1930년대에 문을 열었고, 모스크바에 있는 다른 200여 개의 목욕탕과는 달리 바로크식 인테리어 같은 것은 전혀 없었다. 이 목욕탕을 설계한 지독한 건축사는 이곳을 철저히 공산당의 입맛에 맞게 만들었다. 그럼에도 불구하고 이 목욕탕이 완공되어 개장을 앞두기 직전, 스탈린은 위생 같은 것은 타락한 자본주의자들의 강박증이라고 부르짖었다. 그 때문에 이 목욕탕은 완공이 되고나서도 수십 년 동안이나 문을 열지 못했다. 하지만 디마는 이곳을 좋아했다. 어릴 적의 추억을 떠올려주기도 하고 언제나 외국인 이민자들과 집시들로 가득한 곳이기 때문이다. 전 세계 경찰의 제1급 지명수배자 명단에 올랐지만, 그는 이곳뿐만 아니라 다른 어느 곳에서도 사람들 눈에 띄지 않게 행동할 수 있었다.

그는 지난 며칠 동안 자기 몸에 겹겹이 덮인 때를 벗겨내기 위해 다른 때보다 10분이나 더 오래 사우나 실에 머물렀다. 그런 다음 그는 냉탕에 들어가 40바퀴나 수영을 했다. 탕에서 나온 그는 세계를 구할 준비가 된, 때 빼고 광낸 새 사람이 되었다. 면도도 하고, 이발도 하고 손톱도 잘랐다. 그 다음 키릴이 특별히 구해준 의상으로 갈아입고, 그가 사랑하는 도시에 발을 내디뎠다.

디마는 일반적인 러시아인들보다 훨씬 많은 곳을 전전하며 살았다. 명실공히 세계 여행자였다. 물론 그의 전우들에 비하면 전혀 내세울 만한 것이 아니었지만 말이다. 그러나 그는 세계의 모든 도시 중에서 모스크바를 제일 사랑했다. 그리고 디마는 그때가 언제가 될지는 몰라도 이곳 모스크바에서 활발하게 일하다가 숨을 거두고 싶었다.

그는 택시를 타고 리베리아 신용상업은행에 갔다. 물론 디마는 신용이나 상업과는 거리가 먼 사람이었다. 그러나 이곳에는 훌륭한 보안 금고가 있었다. 디마는 이곳에 자신의 '예비 자원'을 저장해두었다. EU, 브라질, 이집트 국적의 가짜 여권들, 유로, 미 달러화, 일본 엔 화 등의 현금, 아멕스 및 비자카드, 그리고 마카로프 권총과 한 번 교전을 벌이기 충분한 양의 탄약도 있었다.

은행 경비원은 그를 이상한 눈으로 쳐다보았다. 하지만 디마는 전혀 개의치 않았다. 그는 접수대에 가서 금고에 데려다달라고 했다. 금고 이름은 스몰렌스코비치로 되어 있었다. 이 은행에서만 쓰는 이름이었다. 은행 직원은 불편한 눈치였다. 하지만 그에게 손짓으로 따라오라고 하고 자신이 먼저 금고로 앞장섰다. 직원의 다소 헐거운 신발이 발을 내디딜 때마다 카펫을 때렸다. 그는 디마를 금고로 들어가게 하고, 어느 정도 안전거리를 두고 물러서서 디마를 지켜보았다. 디마는 보안 카메라의 위치를 파악한 다음, 자신의 금고를 열었다. 그러나 금고 안에는 아무것도 없었다! 심지어는 예비용 가짜 프랑스 출생증명서도 없었다. 그는 금고를 쾅 소리가 나도록 세게 닫은 다음 그 불행한 은행 직원과 메인 데스크, 경비원을 지나쳤다. 그는 은행의 회전문을 세게 밀치고 나왔다. 얼마나 세게 밀쳤는지, 그가 보도에 나선 후에도 회전문이 계속 돌아갈 정도였다.

그때 디마는 가슴에 충격을 느끼고 바로 쓰러졌다. 누구도 멈추라거나 손들라고 하지 않았다. 팀장은 다른 행인에게 맞는 것을 피하기 위해 눈에 띄는 즉시 가급적 가까이에서 사격하기로 결정했다. 심장 근처에 한 발이 맞았다. GSh-18 권총이었다. 이 총은 특수부대에서 선호하는 PSS 소음권총보다 소리가 컸다. 하지만 이 총을 쏜 사수는 은밀 사격에는 별 신경을 쓰지 않은 듯했다. 그 총성은 거리를 걷던 20여 명의 보행자의 귀에도 똑똑히 들렸다.

여성 목격자가 소리를 질러댔다. 그 동시에 아무 마크도 달려있지 않은 GAZ 중형 밴이 사이렌 소리를 울려대며 쓰러진 디마 옆에 와서 섰다. 순식간에 일어난 일이었지만, 어떤 똑똑한 보행자는 이 순간을 놓치지 않고 카메라 폰을 꺼내 현장을 촬영해서 밴이 사라지기도 전에 유튜브에 올렸다. 그 사람은 리베리아 은행 앞길에 생긴 피

웅덩이도 별도의 샷으로 찍었다.

밴 안에서 디마를 쏜 사수는 마스크를 벗으며 머리를 흔들며 말했다.

"아직도 이 일을 승낙한 게 실감이 안 나네."

그 사수는 다름 아닌 오모로바였다.

67

이라크, 바그다드 그린 존

블랙번은 이번이 바그다드 그린 존의 첫 방문이었지만, 그는 아무것도 보지 못했다. 눈가리개가 씌워져 있었기 때문이다. 왜 이렇게 하는 거지? 타이밴드 수갑을 상황에 걸맞은 반짝이는 금속 수갑으로 바꿔주던 헌병에게 그 이유를 묻자 이런 대답이 돌아왔다.

"왜냐고? 너는 스파이이니까. 우리는 스파이에게 쓸데없는 것을 보여주고 싶지는 않아."

블랙번은 이제 스파이에다 살인자였다.

미군은 결국 콜 대위의 시신을 찾아냈다. 하룻밤을 꼬박 새운 것도 모자라 다음날 해가 질 무렵까지 계속 샬레의 잔해를 치워가며 벙커로 가는 길을 냈다. 야전병리학자는 콜 대위의 시신에서 탄환을 추출했다. 그리고 법의학 팀은 약 30분 만에 압수된 블랙번의 M-4 카빈 소총을 시험 발사해보고, 그 탄환에서 나온 선조흔과 콜 대위의 몸에서 나온 탄환의 선조흔[1]이 일치한다는 사실을 알아냈다. 그리고 더 확실히 하기 위해, 그들은 소총에 지문채취분말을 뿌려 블랙번의 지문만 있다는 것도 확인했다.

체스터 하인 주니어는 그의 부하인 웨스와는 완전히 다른 종류의 생물이었다. 하인은 척 봐도 동부의 좋은 집안 출신에 아이비리그 대학 졸업생처럼 생겼다. 그리고 외국에 오래 산 미국인답게, 현지 사회에 동화됨으로써 불필요한 주의를 끌지 않는 법도 알고 있었다. 그쪽 계통에서 일하는 사람에게는 매우 편리한 능력이었다. 그의

---

[1] 발사된 탄두 표면에 새겨지는 총열의 강선 자국. 강선흔이라고도 불림.

시선은 먼 곳을 보는 듯했다. 블랙번은 그 시선에서 늘 행간을 읽으려 애쓰며 살아온 그의 인생을 느꼈다. 아마도 그는 블랙번이 그에게 말하려는 것의 행간도 읽을 수 있을 것이다.

블랙번은 이제 아무것도 더 손해볼 것이 없었다.

"하인 씨, 단독으로 드리고 싶은 말씀이 있습니다만 괜찮으시겠습니까?"

체스터 하인 주니어는 블랙번이 '웨스'라고만 알고 있던, 자기소개를 하지 않은 사나이를 쳐다보았다. 웨스는 껌을 씹으면서 입안에서 딱딱 소리를 내고 있었다. 블랙번의 어머니가 블랙번이 초등학교에 입학하기도 전에 금지한 버릇이었다.

하인은 방문을 가리키며 고개를 끄덕였다.

"웨슬리?"

웨슬리는 굴욕감을 느꼈겠지만, 껌 씹기를 멈추고 정중한 동작으로 랩톱을 닫더니 아무 말도 없이 방을 나섰다.

블랙번과 함께 숨을 쉬어야 할 사람이 줄어들자 갑자기 방의 분위기는 조금이나마 덜 억압적으로 바뀌었다.

하인은 물병에서 물 두 잔을 따른 다음, 그중 한 잔을 블랙번에게 내밀었다.

"여기 있으면 정말로 목이 마를 거야. 정찰 때처럼 충분히 수분을 섭취하라고. 알았지?"

그의 태도는 왠지 아들을 대하는 아버지처럼 느껴졌다. 블랙번은 양손으로 물 컵을 집었다. 수갑 때문에 행동이 부자유스러웠다. 그는 물을 다 마신 다음 하인과의 사이에 있는 회색 금속제 탁자 위에 컵을 내려놓았다.

"이제 말씀드려도 되겠습니까?"

하인은 팔짱을 꼈다.

"시작해보게."

그는 하인이 자신의 말을 들으면서 랩톱이나 수첩을 사용할 줄 알았다. 그러나 하인은 뷰익 차 외판원에게 옵션 목록을 전해 듣는 고객처럼 의자에 등을 기대고 블랙번의 말을 경청할 뿐이었다.

블랙번은 디마를 처음 만난 순간부터 기억나는 모든 것을 최대한 자세히 묘사했다. 그는 디마와 나눈 대화를 문자 그대로 토씨 하나 빼놓지 않고 다 전해주었다. 자신이 솔로몬에 대해 어떻게 알게 되었는지, 또한 디마가 솔로몬에 대해 무슨 얘기를 해주었는지 말이다. 블랙번은 콘크리트 빔이 무너진 얘기와 디마가 자신을 살리기 위해 애쓴 것, 자신이 마음만 먹었으면 디마의 총과 칼을 빼앗을 수도 있었음을 이야기했다. 그리고 나서 콜 대위의 등장 부분을 이야기했다. 블랙번은 하커의 죽음, 금고의 발견, 알 바시르의 사망 등에 보인 콜 대위의 반응을 하인에게 모두 이야기했다.

"콜 대위는 그때 저를 시험하고 있었다고 생각합니다. 그는 제가 자신이 생각하는 적을 죽일 수 있는 인간이 아니라고 생각하고, 그것을 증명해 보이려 했습니다."

블랙번은 상대가 자신의 말을 잘 들어주고 있다고 생각했다. 하인은 자신의 이야기를 들으면서 눈을 거의 깜박이지 않았다. 그는 절대 다른 곳을 보지도 않았고 앉은자리를 떠나지도 않았다. 그의 고요함은 마치 힘의 장에서 오는 것 같았다. 그는 자신이 할 수 있는 것보다 더욱 빠르게 블랙번의 자세한 이야기를 빨아들이고 있는 것같았다. 그러나 블랙번의 말을 분석하는 일은 포기한 것 같았다. 블랙번은 지쳤다. 콜 대위의 시신에서 발견된 탄환 얘기가 나온 후, 자발적으로 협조해줘서 고맙다는 말을 들으면 다행이라고 생각했다.

블랙번이 애기를 마친 후, 하인은 그를 잠시 더 바라보았다.

"솔직하게 말해줘서 고맙네. 블랙번 병장."

그리고 하인은 한숨을 쉬었다.

"진실을 말해주지. 자네가 말해준 내용에는 두 가지 문제가 있어. 첫 번째 문제는 WMD에 관한거야. 우리는 자네가 찾은 WMD에 대해 분석을 완료했어. 분석결과 그 물건은 모의탄이었어. 그 안에서는 핵분열성 물질이 발견되지 않았어. 물건을 판 놈이 누군지는 몰라도 사기꾼이었던 모양이야."

하인은 블랙번이 뭐라고 끼어들자 말을 멈췄다. 그리고 나서 그는 몸을 앞으로 내밀고 기도하는 자세로 합장했다.

"두 번째 문제는 얼마 전 러시아 연방이 전 세계에 디마 마야코브스키의 지명수배령을 내렸다는 거야. 러시아 정부 소유의 무기를 절도한 혐의지."

그는 일어서서 방문 쪽으로 갔다.

"왜 엉뚱한 사람을 죽였나, 블랙번?"

68

모스크바

키릴이 커다란 꽃다발을 들고 세르푸호쇼프스카야 지하철역을 나와 두 블록 떨어진 아파트로 발걸음을 옮겼을 때는 땅거미가 지고 있었다. 브레즈네프 집권 시절에는 오직 특권 계층들만이 일명 '세르포'라고도 불리는 이 동네에 살 수 있었다. 이곳에 집이 있다는 것이야말로 다른 공산당원들과 차별되는 확실한 '금테두리'였다. 하지만 지금 세르포는 이곳에 살고 있는 늙은이들과 마찬가지로 몰락하는 중이었고, 재개발이 절실히 필요했다.

키릴은 아파트 건물에 들어서기 전에 그 외관을 찬찬이 살폈다. 아파트에 들어간 키릴은 예전에 불가노프의 딸을 구출할 때 썼던 GRU 출입증을 꺼내 수위에게 보였다. 팔리오프의 경호원들에게는 쓸모없을지 몰라도 이 아파트의 수위에게는 먹혔다. 그 다음 그는 제냐 모노로바에게 꽃다발을 전달하는 임무를 속행했다. 제냐 모노로바는 그와 떨어져 살고 있는 열세 살 먹은 딸이었기 때문에, 그 임무가 크게 성공하리라고는 기대하지 않았다. 그러나 이 아파트의 여러 입주민들의 집 벨을 누르고 꽃다발을 내미는 것이야말로, 팔리오프의 경호원들의 실력은 물론 이 아파트의 구조를 알아보는 데 꽤 도움이 되는 아이디어라고 그는 생각했다.

20분 후, 새 옷을 입은 디마가 메르세데스 벤츠를 타고 와서 키릴을 실어 갔다.

"여러 가구의 주방을 연결하는 통풍구가 있어. 카스파로프 씨네 집에 사다리를 걸쳐 놓을 수 있어. 그분들은 매우 늙었고, 귀가 잘 안 들려……."

디마는 손가락을 흔들며 그의 말을 중간에 잘랐다.

"밖에 두 명이 있다고 말했지. 난 우유부단한 타입이 아니야. 그놈들을 도망치게 하던가, 아니면 쏴버리겠어."

키릴이 한숨을 쉬었다.

"꼭 해야 한다면 그러게."

디마는 키릴을 보았다.

"이 일은 파리로 나가기 전에 당장 빨리 처리해야 해."

"파리라. 거기까지 어떻게 갈 거야?"

디마는 그 질문은 무시했다. 그의 마음은 다른 곳에 가 있었다.

그들은 계단을 올라 팔리오프의 경호원들에게 접근했다. 오모로바는 디마에게 새 옷은 물론 신품 PSS 소음 권총도 구해주었다. 팔리오프의 경호원들은 디마가 겨눈 PSS 소음 권총을 보고 두 손을 번쩍 들었다. 이것 봐. 주먹을 쳐들기만 해도 된다니까. 이렇게 생각하며 디마는 키릴에게 그들의 손목에 수갑을 채우라고 시켰다. 디마는 그들의 권총집에서 XP9 자동권총을 꺼내 하나를 키릴에게 주고, 다른 하나는 자신이 챙겼다. 이렇게 예비 총이 쉽게 생기는 경우도 있다니. 믿을 수 없군. 키릴은 경호원들을 화물용 엘리베이터에 끌고 가서 그 속에 집어넣은 다음, 엘리베이터를 고장 내버렸다.

팔리오프는 의자에서 잠들어 있었다. 지난 며칠 사이 그는 열 살은 더 나이를 먹은 것처럼 보였다.

디마가 온 것을 알아차린 그의 눈꺼풀은 마치 무거운 물질로 되어 있는 듯이 느리게 열렸다. 그는 이 불청객을 바라보았다.

"자네가 죽었다고 들었네만."

"예, 저도 그렇게 알고 있습니다."

"뉴스에 나왔어."

"그렇다면 분명히 사실이겠지요."

팔리오프의 눈은 다시 감기기 시작했다. 디마는 팔리오프의 뺨을 찰싹 때렸다.

"국장님, 그 놈들이 약을 먹였나요?"

"아마도 그런 것 같아. 이유는 알 수 없군. 마치 죽은 것 같은 느낌이야."

"티모파예프 짓인가요?"

팔리오프는 고개를 끄덕였다.

"아마도 난 권력자들의 눈 밖에 난 모양이야."

"그래요. 우리 둘 다 그렇게 되었지요. 카파로프 구출작전 때 제공된 정보가 잘못된 정보였고, 랴잔을 출발하기도 전에 상대방에게 모든 비밀이 다 폭로되었다는 건 알고 계세요?"

팔리오프는 잠시 정신을 차렸다. 숨어 있던 분노가 표정으로 드러났다.

"티모파예프는 인원수가 적은 팀을 짜려고 했어. 쉽게 부인할 수 있고 쉽게 버릴 수 있는 팀을 말이지. 하지만 난 자네에게 필요한 모든 지원을 다 해줘야 한다고 생각했어. 그놈은 자네가 실패하기를 바랐던 거지."

그러나 팔리오프의 분노는 금세 가라앉았다. 그는 고개를 내저었다.

"도대체 뭣 때문에 티모파예프는 카파로프…… 그리고 WMD를 보호해주려고 했던 걸까?"

"카파로프는 죽었어요."

팔리오프의 표정이 밝아졌다.

"너무 좋아하지 마세요. 카파로프의 폭탄을 누가 가져갔는지 알려드릴까요?"

디마는 팔리오프의 폭탄을 가져간 사람이 누구인지 말했다. 팔리오프는 고개를 푹 떨어뜨렸다. 솔로몬 육성 계획은 팔리오프가 세운 계획이기도 했다. 솔로몬은 재능 많고 무자비하며, 과거도 없고, 국적도 없는 궁극의 현장 요원이었으니까 말이다.

팔리오프가 상황을 완전히 깨달을 때까지 한참동안 아무도 입을 열지 않았다.

"모든 것을 다 바쳤는데, 이제는……."

"우린 거래를 했어요. 잊으시면 안 돼요. 저는 파리로 출국합니다."

"오, 파리라. 자네의 슬픈 옛 추억이 서린 곳이지."

팔리오프의 입가에 무의미한 미소가 떠올랐다. 그의 눈이 다시 감기기 시작했다.

"사진 기억하고 계시나요?"

팔리오프는 얼굴을 찌푸렸다. 팔리오프의 목을 조르고 싶은 충동이 마구 밀려왔다. 하지만 디마는 다시 한 번 팔리오프의 뺨을 찰싹 때리는 것으로 참았다.

"제 아들을 기억하고 계시나요? 그 사진에 나온 애 말이에요. 저에게 그 애의 이름과 주소를 알려준다고 하셨잖아요."

팔리오프의 눈이 초점을 다시 맞췄다. 축 늘어진 볼살 속 근육에 힘이 들어갔다. 그는 어느 정도 생기를 찾은 듯했다. 그러나 디마의 말을 듣고도 깜짝 놀랄 만큼 강한 충격을 받지는 않은 것 같았다.

"자네 아들 말인가?"

디마는 몸을 앞으로 굽혀 늙은이의 어깨를 붙들었다.

"그 망할 사진 말이에요. 보여주셨잖아요. 난 그것 때문에 이 망할 작전에 지원한 거라고요."

팔리오프는 손을 자기 입에 가져갔다.

"일은 다시 어그러지고 있어."

그의 눈은 초점을 잃었다.

디마는 머릿속에 그 사진의 화소 하나 하나까지 선명하게 기억했다. 사진 속 사나이는 카미유와도 어느 정도 닮고 자신과도 어느 정도 닮아 있었다. 훌륭하게 성장했구나, 아들아.

팔리오프의 눈에 눈물이 맺혔다. 그 눈빛에는 뭔가를 인정하는 듯한 기운이 희미하게 스쳤다.

"미안해⋯⋯. 그 애의 이름과 주소는 티모파예프가 갖고 있어. 그 사람의 부하들이 그 애를 찾아냈거든. 티모파예프는 내게 자세한 내용은 일절 말하지 않았어."

디마는 분노와 실망이 뒤섞인 시선으로 팔리오프를 보았다. 한때 무시무시한 스파이 왕초, 모든 비밀을 다 알고 있던 사람, 서방측의 최악의 골칫덩이, 존경과 신뢰를 한몸에 받던 팔리오프가 지금은 이 모양 이 꼴이라니. 그는 노쇠해진 팔리오프를 욕했다. 그리고 기회가 왔을 때 이 사람에게서 정보를 빼내지 않은 자기 자신도 욕했다. 그는 지난 며칠간 자신을 지탱해왔던 에너지가 한순간에 사라지는 것을 느꼈다.

하지만 디마는 움직여야 했다. 파리에 가야 했다. 이 사람에게서 정보를 얻든 그렇지 못하든 가야만 했다.

"국장님, 안녕히 계세요."

"디마……."

팔리오프의 목소리에 갑자기 힘이 들어갔다.

"마지막 소원 한 가지만 들어주게."

"국장님 소원을 들어줄 여유는 이제 없어요."

팔리오프는 디마의 손에 들려 있던 XP9 자동권총을 가리켰다.

"그거 잠시만 빌려주면 안 되겠나? 이제는 때가 된 것 같네. 어디까지나 부탁일세. 그동안 너무 많이 명령만 내렸지만 말일세."

디마는 얼어붙은 듯 꼼짝도 할 수 없었다. 좋건 싫건 간에 팔리오프는 그 누구보다도 디마의 일생에서 가장 오랫동안 함께했던 사람이었다.

디마는 오른손을 내밀었다. 팔리오프는 그 손을 잡았다. 그리고 디마는 팔리오프에게 권총을 넘겨준 다음, 아파트 현관문을 향해 몸을 돌려 나갔다.

"디마."

디마가 어깨 너머로 돌아보자 팔리오프의 눈에서 희미한 광채가 보였다.

"자네 아이는 부르스에서 증권 거래인으로 일한다네."

69

디마가 현관문을 나섰을 때 집안에서는 총성이 들렸다. 디마에게 팔리오프의 죽음은 단순히 한 개인의 죽음이 아니었다. 한 시대의 종말을 의미하는 것이었다. 팔리오프는 그 자신은 물론 디마도 한때 목숨을 걸고 받들었던 가치관과 원칙의 화신과도 같은 인물이었다. 그 가치관과 원칙을 좋아하거나 싫어하거나 간에, 디마는 거기에 애증의 감정을 품었지만, 그것들은 팔리오프의 DNA 속에 깊이 박혀 있었다.

팔리오프 때문에 디마는 많은 곤란을 겪었다. 팔리오프는 거짓말도 많이 했고 혼란과 낭비도 많이 일으켰다. 그리고 팔리오프가 저지른 가장 큰 잘못은 저택에서 수많은 러시아 병사들을 죽게 한 것이었다. 하지만 그 모든 잘못에도 불구하고 디마는 뼛속 깊숙이 사무치는 애도의 감정을 느꼈다.

그러나 그 모든 감정을 처리할 시간이 없었다. 디마의 머릿속에는 팔리오프가 목숨을 끊기 전에 건넸던 마지막 말이 계속 맴돌았다.

"자네 아이는 부르스에서 증권 거래인으로 일한다네."

키릴은 메르세데스 벤츠에서 디마를 기다리고 있었다.

"문제가 생겼어."

"문제는 무슨……."

"방금 오모로바한테서 전화를 받았어. 티모파예프는 자네의 시신을 직접 보고 싶어 한대. 그는 누구의 말도 믿지 않아. 휴대전화로 찍은 동영상도 믿지 않아. 만약 자네의 시신을 가져오지 않으면 모스크바 시 전체를 폐쇄한 다음, 전 세계에 자네가 아직 모스크바 시내에 살아 있다고 알리겠대. 자네는 무장한 위험인물이니 보이는 즉시 사살하라고도 지시할 거고."

디마는 정신을 다른 곳에 팔고 있는 것 같았다.

"오모로바는 어쩔 줄 모르고 있어. 그녀는 자네가 살해당한 것처럼 조작하느라 이미 엄청난 위험부담을 졌단 말이야."

70

모스크바, 렌스카야 시체 공시소

금요일 저녁은 모스크바 경찰의 시체 공시소들이 붐비는 시간이다. 그러나 이 도시의 시체 공시소 중 제일 오래된 렌스카야 시체 공시소에는 정적이 감돌았다. 이곳에 익숙한 사람이라면 뭔가 이상하게 여길 법했지만 안드레이 티모파예프는 전혀 그렇게 생각하지 않았다.

하얀 가운과 앞치마, 고무장화를 착용한 신경질적인 인상의 당직 근무자가 그를 지하실로 안내했다. 이곳에서는 시신의 냄새는 나지 않았다. 대신 뭐라 꼬집어 말할 수 없는 싸늘한 화학약품의 냄새가 났다. 초록색 페인트가 칠해진 이곳 복도의 벽돌 벽은 상처투성이였다. 술에 취했거나 부주의한 운반자들이 들것을 들고 다니다 제때 방향전환을 하지 못해 벽에 수도 없이 부딪친 탓이었다. 티모파예프 장관의 방문에 앞서 이곳의 환경을 미화할 여유는 전혀 없었다. 걸레가 다 된 커튼으로 가려진 창문을 통해, 마치 세탁소의 세탁물처럼 누워 있는 시신들의 신원확인이 가능했다. 평소에 모스크바에서 제3세계 도시들과의 공통점을 찾아냈을 때처럼 티모파예프는 고개를 절레절레 저었다.

당직 근무자가 물었다.

"좀 앉으시겠습니까?"

"뭐 하러 앉겠소? 내가 여기 있는 사람의 유족으로 보이시오?"

티모파예프는 커튼을 가리키며 손을 흔들었다.

"저 커튼 좀 치워보시오."

커튼이 젖혀졌다. 커튼 뒤의 창문을 통해 보이는 환자 운반 트롤리 위에는 창백한 시신이 누워 있었다. 시신의 머리와 어깨만 보일 뿐이었고, 나머지 부분은 시트로 가려져 있었다. 병리학자들이 시신 조사를 마친 후 붙여놓은 반창고의 일부도 살짝 보였다.

시신의 얼굴에는 혈색이 전혀 없었다. 눈도 감겨 있었다. 시신의 고개는 신원 확인이 쉽도록 창문 쪽으로 살짝 젖혀져 있었다.

티모파예프는 시신을 보다가 눈을 가늘게 떴다.

"난 더 가까이에서 보고 싶소."

당직 근무자는 자기 사이즈보다 훨씬 큰 장화를 신은 발을 불편하게 움직이며 앞으로 나섰다.

"죄송합니다만, 장관님. 그래서는 안 됩니다."

티모파예프는 당직 근무자를 밀치고 신원 확인 장소와 시신 전시 장소를 나누는 문의 손잡이를 움켜잡았다. 문은 잠겨 있었다.

"당장 열어요!"

당직 근무자는 시키는 대로 하고 물러섰다. 이제 그는 받은 뇌물 값어치만큼의 일은 했다. 이제 그는 도망치고 싶은 마음이 간절했다. 티모파예프는 시신 있는 곳으로 걸어가서 시신을 들여다보았다. 그의 표정은 감정 없이 굳어 있었다.

디마는 티모파예프의 목소리가 들려오자 간신히 몸의 떨림을 억제할 수 있었다. 그는 스페츠나츠 훈련 도중 얼음으로 뒤덮인 호수에 내던져졌을 때처럼, 또는 그저 사이코패스인 것이 확실한 어느 교관의 만족을 위해 벌거벗은 채로 눈밭에서 다른 교육생과 억지로 격투를 해야 했을 때처럼 덜덜 떨기라도 하고픈 마음이 간절했다. 하지만 그는 말단신경에 절대 추위에 반응하지 말 것을, 그의 근육에는 절대 떨지 말 것을 지시했다. 자신의 팔에 소름이 돋아 따끔따끔했다. 그래도 그러도록 내버려두었다. 티모파예프의 숨결은 뜨거웠고 커피 냄새와 알코올 냄새 비슷한 냄새가 났다. 티모파예프가 바른 애프터 쉐이브 로션 냄새가 시체 공시소 속에 맴도는 소독약 냄새와 섞였다. 티모파예프는 숨을 짧고 빠르게 씩씩거리기 시작했다. 마치 상대방을 경멸하는 콧방귀 소리처럼 들렸다. 그는 반창고를 잘 보기 위해 시트를 들췄다.

그러자 디마는 눈을 떴다.

티모파에프는 놀라 뒤로 펄쩍 뛰었다. 그의 몸이 방 한쪽에 세워져 있던 장비 운반 트롤리에 부딪쳤다. 그는 자신의 베레타 권총을 뽑으려 손을 더듬거렸다. 디마는 뛰어 일어나 권총으로 향하던 티모파예프 장관의 손목을 움켜잡았다.

"나와 모스크바에서 재회하리라고는 생각지도 못했겠지. 그렇지 않소?"

"절대 생각 못했지. 자네의 유통기한은 이미 끝났으니까. 마야코브스키. 그건 자네의 늙고 한심한 상사도 마찬가지야."

티모파예프는 디마의 눈을 뚫어져라 쳐다보았다. 그는 디마가 일어나 자신의 손목을 잡고 있는데도 전혀 동요하지 않는 것처럼 보였다. 만약 디마가 티모파예프를 죽이고 싶었다면 당장 죽였을 것이다. 그러나 디마는 정보를 얻으러 여기 온 것이었다. 어찌되었건 상관없었다. 복수의 시간은 점점 빠르게 다가오고 있었다.

그러나 티모파예프는 디마도 놀랄 정도의 초인적인 힘으로 팔을 돌려 디마의 손아귀를 벗어나더니, 벌거벗은 디마의 사타구니를 세게 걷어찼다. 디마는 웅크리고 바닥에 구르는 것 말고는 아무것도 할 수가 없었다. 너무나 큰 고통 때문에 디마는 아무런 생각도 하지 못한 채 그저 티모파예프의 이 묘기에 놀라워하는 자신을 욕할 뿐이었다.

"내 말이 무슨 뜻인지 알아들어? 너는 이란에서 지난 며칠 동안 좆빠이쳤지. 음식도 물도 없이 피로에 시달리면서 강행군을 해도 아무것도 얻지 못했지. 넌 스스로를 과대평가하고 있어. 너는 2차원 만화책 속의 영웅이나 다를 바가 없어. 그리고 너는 이제 대가를 치르게 될 거야."

불알이 너무 아파 정신이 몽롱했지만 디마는 티모파예프가 자신을 곧 죽이려는 것을 알 수 있었다. 어떻게든 막아야 했다.

"솔로몬은 러시아를 세계의 적으로 만들려고 하고 있어. 미국은 WMD의 출처를 이미 알고 있고."

티모파예프가 대답했다.

"자네의 정보는 부정확한데다 유통기한도 지났어. 미국인들이 잡아두고 있는 어떤 친구는 자네에 대한 것을 모두 다 털어놨지. 헌데 그들은 나름 쓸모는 있지만 상상력은 부족한 결론을 내렸어. 자네가 미국인들에게 한 실수 덕택에 솔로몬은 더욱 더 잘 숨을 수 있게 되었지."

"그래서 지금 솔로몬이 WMD를 가지고 어딘가로 숨어버렸으면 좋겠다고 말하는 건가?"

디마를 괴롭히고 있는 것은 육체적 고통뿐만이 아니었다. 지금 그의 세계관 전체가 흔들리고 있었다. 어떤 것도 예전처럼 머물러 있지 않는단 말인가?

"아직도 모르겠나, 마야코브스키? 세계는 계속 변하고 있어. 지정학의 빙하는 녹고 있어. 권력과 영향력의 지각판도 움직이고 있지. 미국과 서구는 전성기를 누리고 있어. 그놈들은 너무나 오랫동안 좋은 세월을 즐기고 있지. 하지만 새로운 힘이 그들의 자리를 빼앗으려고 준비 중이야. 아니, 이렇게 말하는 중에도 이미 그들의 자리를 빼앗고 있어. 그리고 우리 중에서 그러한 상황을 내다볼 줄 아는 안목을 가진 사람들은, 연약한데다 근시이기까지 해서 자기들이 죽을 때가 된 줄도 모르는 공룡들이 이 역사의 흐름을 늦추도록 놔두지 않아. 자네 같은 공룡들은 이제 멸종할 운명이야. 디마, 어서 포기하게."

디마는 티모파예프의 말의 요점이 무엇인지 파악하려고 애를 썼다. 이 어려운 말에 집중하려고 애쓴 덕에 디마는 통증을 잊을 수 있었고, 다음 행동을 어떻게 할지 정할 수 있었다. 다음이란 것이 있다면 말이지만. 디마는 지금 차디찬 바닥에 서 있었고, 벌거벗고 있고, 무기도 없었다. 게다가 머리는 조금 전에 트롤리의 바퀴에 심하게 부딪쳤다.

"팔리오프는 자네가 위험하다고 경고했어. 그만둘 시점을 모르는 사람이라고 말했지. 난 자네가 이 일을 망칠 줄 알았어. 특히나 이 일은 자네 스스로도 잘할 거라고 생각했던 일이었지."

티모파예프는 방안을 어슬렁거리며 걷고 있었다.

디마는 티모파예프의 집중력이 산만해지기를 간절히 바랐다. 아직 그런 수준에는 도달하지 않은 것 같았지만 말이다.

"자네, 내가 파리에 사는 고아에 대한 정보를 털어놓기를 바라고 있나?"

디마는 대답을 얻기 위해 티모파예프에게 굽실거릴 생각은 추호도 없었다. 하지만 디마의 침묵은 티모파예프의 질문에 대해 그 자체로 답을 하고 있었다. 티모파예프가 자신의 아들에 대해 지껄이는 것은 디마에게 참을 수 없는 모욕이었다. 디마는 복수를 하고픈 마음을 더 이상 참을 수가 없었다.

"물론 나는 지금 그 사람에 대한 정보를 갖고 있지도 않은데다 가졌던 적도 없어. 우리 부서 직원들이 그 사람의 이름과 주소를 어딘가에 기록해두었을지도 몰라. 그러나 우리는 사회주의자 조상들과는 달리 그런 사소한 거나 꼬치꼬치 캐고 다니지 않아. 그런 정보는 그저 서버 용량만 차지할 뿐이지. 그보다는 그 전도 유망한 청년이 자기 아버지가 퇴락한 소련 스파이였다는 것을 알면 어떻게 할까? 그런 아버지가 그 청년의 장래에 대체 무슨 도움이 되겠나? 나 같으면 그 애를 그냥 내버려두겠어. 그 애의 인생을 살게 내버려둘 거라고."

디마는 트롤리의 다리를 잡고 몸을 일으키려 했다. 그러다가 트롤리를 덮은 커버를 벗겨낼 뻔했다. 그는 선반의 가장자리를 잡으려고 했다.

"그래, 일어서봐. 자네 이야기는 너무 슬퍼서 내가 봐도 불쌍할 지경이야. 그래서 난 자네를 아직 남아 있는 굴락에 보내주고 싶어. 거기 가면 자네 세대의 사람들이 잔뜩 있지. 가서 양파나 삶아먹으면서 좋았던 옛 소련 시절을 추억하라고."

우리 세대? 디마는 생각했다. 디마와 티모파예프는 몇 살 차이가 나지 않았다. 그러나 디마와 티모파예프는 다른 세계에 살고 있었다. 디마는 도덕과 정의가 뭔지 조금은 아는 사람이었다. 하지만 그 앞에 서 있는 이 양복 입은 무기질 안드로이드는 새로운 세계 질서를 떠들고 있었고, 자기 자신을 빼면 그 어떤 것도 신뢰하지 않았으며 그 어떤 대의에도 충성하지 않았다.

디마는 손바닥을 트롤리의 선반 위에 얹었다. 손바닥에 와 닿는 의료기구의 감촉이 느껴졌다. 해야만 했다. 그러나 몸을 일으키는 순간 새로운 통증이 다리를 강타했다. 그는 바닥에 뒤로 미끄러지며 고통 때문에 몸을 구부렸다. 그러면서도 그는 아까 잡은 의료 기구를 꽉 붙들었다. 티모파예프가 눈치채지 못하게.

이제 디마는 티모파예프가 떠드는 말을 거의 알아들을 수 없었다. 분명히 이놈은 심장을 진작 들어낸 놈이었다. 디마는 이제 티모파예프가 서 있는 자리가 어디인지, 현재 위치에서 거기까지 가는 데 필요한 시간은 얼마인지, 트롤리를 향해 웅크려 있는 자신의 자세는 과연 제대로인지에만 신경을 썼다. 티모파예프의 반사 신경이 매우 뛰어나다는 것은 분명했다. 그의 조준만 정확하다면 디마는 생명의 위험을 각오해야 했다.

그래서 디마는 전략을 짰다. 전략의 첫 부분은 트롤리를 걷어차서 티모파예프의 주의를 일순간이라도 분산시키는 것이었다. 몸을 날리는 데는 그 정도의 시간만 있어도 충분했다. 디마가 그 생각을 해낸 것과 거의 동시에 티모파예프의 베레타도 불을 뿜었다. 그러나 디마는 바로 몸의 균형을 잡고 튀어 일어나 트롤리를 걷어찼다. 그 때문에 티모파예프는 벽에 붙어서 세 발을 더 쏘았다. 탄은 모두 천장에 맞았다. 디마는 순식간에 티모파예프를 덮쳐서 들고 있던 가위를 권총을 든 티모파예프의 손에 찔러 넣었다. 베레타 권총이 방바닥에 떨어져 굴렀다.

디마는 티모파예프의 몸을 찍어 눌렀다.

"이래도 예기치 못하게 돌아온 손님한테 드릴 정보가 기억나지 않나? 기억해내는 데 시간이 더 필요한가?"

가위 날은 티모파예프의 손바닥 힘줄에 박혀 있었다. 디마는 가위를 빼내어 티모파예프의 손목에 갖다 박았다. 가위 날이 요골동맥을 자르자 피가 분수처럼 뿜어져 나왔다. 티모파예프의 눈은 고통으로 튀어나올 것 같았다. 그리고 애프터 쉐이브 냄새와 소독약 냄새를 뚫고 구린내가 풍겨 나왔다. 티모파예프는 확실히 약자를 괴롭히기 좋아하는 사람이었다. 그러나 그런 부류의 인간들이 다들 그렇듯이, 자기보다 강자를 만나면 형편없이 약해지는 그런 인간이었다.

"도……도와……주……겠……."

"네가 도와줄 리 없다는 건 우리 서로 잘 알잖아. 마지막 기회다. 정말 아무것도 생각나지 않아?"

티모파예프는 마지막 남은 힘을 다해 디마를 밀쳐냈다. 디마가 땅에 쓰러지자, 티모파예프는 아직 멀쩡한 왼손으로 베레타를 집어 들어 조준했다. 하지만 디마도 아직 가위를 들고 있었다. 디마는 온 힘을 다해 전속력으로 팔을 휘둘러 가위의 두 날로 티모파예프의 오른쪽 눈을 찔렀다. 디마는 찌른 가위를 더욱 더 세게 찔러 넣어 가위 날이 안구를 뚫고 그 뒤에 두개골까지 뚫도록 했다. 밖에서 볼 때 가위 손잡이밖에 보이지 않도록.

71

디마는 티모파예프의 개인 경호원들이 눈에 띄자마자 땅바닥에 나뒹굴던 베레타 권총을 들어 문을 열고 들어오던 상대 두 명을 쓰러뜨렸다. 쓰러져 죽어가는 상대의 손에서 기관권총을 낚아챈 순간, 뛰어오는 사람들의 발자국 소리가 들렸다. 그들은 모퉁이를 돌자마자 디마의 기관권총에서 뿜어대는 총탄 세례를 받았다. 디마는 쓰러진 상대방들을 뛰어넘어 계단으로 향했다. 디마의 눈앞에 세 명의 상대가 더 나타났다. 그들은 총을 가진 벌거벗은 남자를 보자 잠시나마 주춤했고 이는 디마가 그들을 제압하기에 충분한 시간이었다. 디마는 이제 도로에 나왔다. 벌거벗은 디마의 몸은 티모파예프의 피로 범벅이 되어 있었고 얼음처럼 차가운 비가 퍼붓고 있었다. 그리고 세 블록 떨어진 곳에서는 파란색 경광등을 반짝이는 경찰차가 사이렌을 울려대며 달려오고 있었다.

디마는 어떤 커플이 내리고 있던 택시를 향해 달려갔다. 커플은 이번이 첫 데이트인 것 같았다. 벌거벗고 비와 피로 범벅이 된데다 손에 총까지 든 남자를 보자, 여자는 마치 미친개에게 스테이크를 던지듯이 핸드백을 디마에게 집어던지며 시선을 다른 곳으로 돌렸다. 디마 덕분에 그날 저녁 그곳의 교통은 거의 마비가 되었다.

"가방 안에 500루블이 있어요! 제발 우릴 해치지 말아요!"

디마는 남자가 여자를 보호하러 나서지 않은 점을 눈치챘다. 이번이 저 커플의 처음이자 마지막 데이트가 되겠군 하는 생각이 들었다. 그는 여자가 던진 핸드백을 주워 그 속에 든 휴지를 꺼냈다. 그리고 넋이 나간 남자친구를 밀치고는 택시로 달려가 택시운전사를 쫓아내고 운전석에 앉아 차를 몰고 달렸다.

택시의 차종은 구형 볼가 승용차였다. 브레이크 성능이 형편없기로 유명했다. 와이퍼 역시 낡아빠져서 느릿느릿 끈적끈적하게 앞 유리를 긁어대며 차디찬 빗줄기만큼이나 불투명한 유막을 유리창에 남겼다.

그는 중앙선 너머 반대편 차로로 역주행해서 뒤따라오던 경찰차의 운전자들을 놀라게 했다. 디마는 그 다음 원래 차로로 돌아와, 택시들 사이에 파묻히려 했다. 그러나 다른 택시들은 그만큼 빠르지 않았다. 차를 오른쪽으로 꺾고 나서 보니 파벨레츠키 역 근처였다. 그러나 경찰차 한 대가 그를 방해했다. 디마는 기어를 후진으로 놓고 몇 미터를 달려 경찰차를 들이받았다. 경찰차에 타고 있던 두 경관이 차에서 튀어나왔다. 그런 다음 그는 방금 빠져나갔던 거리로 돌아가 두 빌딩 블록 사이의 공터로 들어갔다. 두 술꾼이 술병을 기울이며 모여 앉아 있었다. 디마는 그들 옆에 차를 세운 다음, 차에서 내려 술꾼 한 명을 끌어냈다.

"입고 있는 옷 내놔. 그럼 이 택시를 줄게."

디마는 상대방이 이 제의를 이해하고 수락하는 데 시간이 상당히 걸릴 것임을 눈치채고, 흠뻑 젖은 그의 코트를 벗겼다. 그러자 상대방은 바로 디마의 말뜻을 알아들었다.

"혹시 돈은 있나?"

"돈? 우린 거지들이야."

"난 이 택시를 주는데?"

디마가 손에 든 기관권총을 흔들자 그들은 50루블의 돈도 주었다.

"이 택시만 있으면 댁들은 어디라도 갈 수 있어. 그리고 비를 피할 지붕도 생기고 말이야."

두 술꾼은 디마를 짜증난다는 표정으로 바라보았다. 디마는 골목을 따라 달린 다음, 여러 거리를 지나고 웅덩이와 개똥을 피하면서 어느 지하철역으로 뛰어들었다.

72

불가노프의 부하들은 자신들이 처한 상황이 좀처럼 납득이 가지 않았다. 오줌 범벅이 된 오버코트 외에는 아무것도 입지 않은 피투성이 불청객이 과두경제 지도자를 만나러 찾아오는 것은 매우 드문 일이었기 때문이다. 그들은 이 불청객의 면모를 위아래로 훑어보았다. 밝은 버섯 빛깔의 카펫을 디딘 불청객의 맨발에서는 피가 흘러나오고 있었다.

두 부하 중 덩치가 비교적 큰 사람이 물었다.

"댁의 신발은 어디 있소?"

디마는 자신의 이름을 다시 또박또박 한 글자씩 대고 나서 말했다.

"불가노프 씨는 날 기다리고 있소. 그분과 이미 전화통화도 했지요. 난 그분의 따님을 구해드린 적도 있단 말이오."

둘은 뭐라고 상의를 하더니 수화기를 집어 들었다. 그러자 불가노프의 세 번째 부하가 왔다. 셋 모두 덩치는 큰 편이었지만, 민첩성은 부족했다. 병풍 말고는 쓸 데가 없을 듯했다. 이런 녀석들쯤은 몇 초 내에 모두 쓰러뜨릴 수 있었다. 그러나 이들의 주인에게 도움을 요청한 이상 그건 안 될 일이었다.

마침내 불가노프의 전용 엘리베이터가 디마를 데리러 도착했다.

세 번째 부하가 말했다.

"올라가서 주인님을 만나보셔도 좋습니다. 다만 무기는 여기 보관하고 가세요."

"알겠소."

디마는 가지고 온 기관권총을 던져주었다. 상대방은 그것을 받아 보관했다.

45층에서 디마가 내리자 한 손에 큰 스카치 잔을, 다른 한 손에는 시가를 든 불가노프가 그를 마중하러 뛰어나왔다. 이 아파트에서는 샤넬 넘버 19의 향기와 돈 냄새가 났다.

"디마! 세상에! 대체 어떤 짓을 당한 거야?"

그는 코트에서 풍기는 악취를 맡고는 흠칫했다.

"세상에! 어서 샤워부터 하게. 이런 냄새를 풍겨서는 내 비행기를 탈 수 없어."

돈 냄새는 불가노프의 것이었다. 하지만 샤넬은……?

오모로바가 작은 피카소 그림 아래 놓인 하얀 소파에 앉아 있었다. 그녀의 표정에는 놀라움과 짜증이 뒤섞여 있었다. 디마는 오모로바에게 다가갔으나 오모로바는 그를 밀쳐냈다.

샤워를 마친 디마는 불가노프가 얼마 전에 구해놓은 가운을 찾아 입었다. 가운의 색은 어느 영국 축구팀의 상징색이었다. 그는 시계를 보고 있던 오모로바를 다시 쳐다보았다.

"모스크바에 대체 뭐 하러 돌아온 거죠? 불과 7시간 만에 혼자서 사고란 사고는 다 저지르고 다니는군요."

그는 항복한다는 의미로 양손을 들었다.

"나도 알아요. 그동안 너무나 많은 일이 있었소."

"나한테 도움을 요청하러 온 건가요? 그렇다면 입도 뻥끗하지 말아요."

"당신의 도움 없이는 아무것도 할 수 없다는 거 잘 알잖소. 당신에게 감사의 키스를 하고 싶은데."

"이제 제 GRU 생활은 끝장났어요."

"당신이 탈출해 나온 게 아니라?"

"디마, 이제 그 사람들은 나를 GRU 건물 내부로도 들여보내 주지 않을 거예요."

집사가 큰 잔에 버번위스키를 채워 오모로바에게 주고 디마에게는 다이어트 콜라를 주었다. 불과 1분 전만 해도 벌거벗은 상태로 거리를 달리고 있던 디마는 이제 45층 건물 안에서 실크 카펫을 밟고 서 있다. 이상한 삶이었다. 그러나 디마의 삶은 이제껏 정상적인 적이 단 한 번도 없었다. 디마는 잔을 들어 건배했다. 서로를 위해 그리고 피카소를 위해서. 오모로바는 버번위스키를 한 번에 벌컥벌컥 다 마셔버리고는 다리를 꼬고 앉았다.

디마가 말했다.

"다시 해봐요."

"됐네요. 이거 당신 물건이에요."

오모로바는 가방을 열고 디마의 금고 안에 들어 있던 물건들을 꺼내주었다.

"뭐 하나 빠뜨리지 않는군요."

"누군가는 해야 할 일이지요."

디마는 돈을 확인해본 다음, 여권을 집어 들었다.

"정말 고맙소, 친구."

"파리에 있는 당신 친구 로생이랑 통화했어요. 그는 사무직원, 보안요원 할 것 없이 사무실의 모든 직원들을 조사해봤대요. 이상한 사람은 전혀 없어요."

"그는 증권거래소 관리직원까지 다 조사해봐야 했어요. 난방, 배관 등의 설비를 정비하고 관리하는 직원들 말이요. 그 정도 오래된 그만한 건물을 유지하려면 거짓말 좀 보태서 1개 군 병력에 달하는 정비 인원이 투입돼요. 그리고 컴퓨터 관련 직원은 어떻고. 자본주의는 결코 잠들지 않아요. IT전문가로 구성된 24시간 대기조를 가동할 겁니다."

오모로바가 랩톱을 열면서 말했다.

"솔로몬이 최근 파리에서 목격된 적이 있는지를 우선 알아야 해요. 아마 그가 파리를 정찰하고 자신을 도와줄 팀을 꾸리러 왔다면 그럴 가능성은 있지요. 그는 절대 빈손으로 일을 벌이지 않아요. 그는 아주 세심하지요. 만약 솔로몬이 파리에 며칠 밖에 머물지 않았다면 멀리서도 현지 팀을 제어할 수 있는 장소를 골라서 갔을 겁니다. 제 생각으로는 그는 체크아웃을 해야 하는 익숙하지 않은 곳에는 머무르지 않을 것 같아요. 즉 누군가에게 자기 얼굴을 보여줘야 하는 곳은 싫다는 거죠."

디마는 고개를 끄덕였다.

"그래요. 하지만 그놈이 뭘 할지 우린 추측할 수 없소. 아무것도 추측할 수 없어요. 그놈은 펀드 매니저, 석유 거래인, 그밖에 다른 사람으로 변장해서 정문으로 들어올 수도 있어요. 그리고 레바논인 행세를 할 수도 있고, 미국인 행세를 할 수도 있고, 이스라엘인 행세를 할 수도 있단 말이오."

오모로바가 미소를 지었다.

"그 친구는 당신보다 더 뛰어난가요?"

갑자기 디마는 오모로바를 데려가고 싶었다. 하지만 이 작전에는 그가 설명하고 싶지 않은 부분도 있었다. 그의 마음은 지난날 자신의 일부를 놓아두고 온 곳으로 향했다. 그리고 그의 마음 한편에서는 이 시도는 절대 성공하지 못할 거라고 소리치고 있었다. 불과 네 명…… 아니 어쩌면 세 명의 조력자만 가지고 강대국의 수도 한복판에 숨어 있는 한 사람과 폭탄을 찾아내야 한다니…….

오모로바는 디마의 마음을 읽고 있는 듯이 한숨을 쉬었다.

"그리고 당신은 아직도 지명수배범 명단에서 빠지지 않았어요. 티모파예프가 빼기 전까지는……."

그녀는 말을 질질 끌었다.

"유럽의 모든 보안기관들이 당신을 은밀히 살해하라는 지령에 동의한 상태에요."

그녀는 인쇄물을 읽었다.

"'CIS는 표적이 생포되지 못할 경우에도 항의하지 않겠습니다. 반복합니다. 항의하지 않겠습니다.' 멋진 말이죠?"

디마는 어깨를 으쓱였다. 그는 적어도 그 정도는 될 거라고 예상했다.

"미국인들은 뭐라고 하던가요?"

"안 좋은 소식을 또 듣고 싶으세요?"

"말해봐요."

"랭글리에서는 미 해병대원 한 명을 상관 살해혐의로 체포했다고 발표했어요. 이란에서요."

디마는 움찔했다.

"그래서요?"

"그들은 살해 현장에 어느 러시아인이 있었다는 것을 알리려 하지 않아요. 그랬다가는 더 골치가 아파지거든요. 그러나 CIA가 비공식 연락망을 통해 알려준 바에 따르면, 디마 마야코브스키가 유럽 본토에 매우 큰 잠재적 위협이 될 수 있다는 러시아 보안기관의 주장이 체포된 해병대원의 진술을 통해 입증되었다고 해요."

디마는 고개를 내저었다.

"불쌍한 놈, 이제 어디에도 갈 곳이 없게 되었군."

불가노프가 끼어들었다.

"디마, 왜 그 친구는 자네가 자기 상관을 살해했다고 주장하지 않았나?"

"그는 매우 힘든 결정을 내린 겁니다. 나에 대한 것을 모두 부인하고 내가 알려준 솔로몬에 대한 정보도 잊어버리느냐, 아니면 솔직하게 모든 것을 털어놓고 자신의 주장을 전달하느냐 하는 두 가지 선택 사이에서 말이죠. 그 친구는 이 상황에서 얼마든지 안전하게 빠져나갈 수도 있었어요. 하지만 그 친구는 너무나 정직했고 스스로를 돌보지 않았어요."

디마는 말끝을 흐렸고 불가노프는 당황했다.

오모로바는 얼굴을 찌푸리고 뭔가를 생각했다.

"당신은 그와 한 시간 동안이나 같이 있었지요? 뭐 때문에 그랬나요?"

"그런 상황에 처한 사람으로부터는 많은 것을 배울 수 있죠. 내가 아직도 무사하다는 것을 그 친구에게 알려줄 수 있다면 좋겠군요. 혹시 그 얘기를 전달해줄 수 있소?"

디마는 창밖을 바라보았다. 창밖에는 형형색색으로 빛나는 새로운 모스크바가 지평선까지 뻗어 있었다.

"그 친구가 내 목숨을 구해준 덕분에 나는 이 일을 다시 할 수 있게 되었어요. 이 작전은 결코 실패해서는 안 됩니다."

73

미국, 캠프 도날드슨

블랙번은 자신이 있는 곳이 미국 본토인지 아닌지도 확실히 알 수 없었다. 이제까지 그가 본 거라고는 앤드류스 공군 기지 건물뿐이었다. 블랙번은 그 공군 기지까지 창문 없는 항공기를 타고 간 뒤, 거기서 창문 없는 트럭으로 갈아탔다. 계단에서 그는 굉장히 거대한 포장도로를 보았다. 비행장을 차지하고 있는 이상하게 생긴 항공기들과 습기 찬 공기 속에 축 늘어져 있는 성조기도 보았다. 지상요원 중 블랙번의 신분을 모르는 어떤 젊은 여성이 블랙번을 보았다. 아마도 그녀의 눈에 비친 블랙번은 멋진 젊은 남자였을 뿐일 것이다. 그녀는 블랙번에게 애교 어린 미소를 지어 보였다. 그 순간 블랙번은 목이 콱 메는 것을 느꼈다. 이제 어떤 여자가 날 보고 저렇게 웃어 줄 것인가?

그는 호송 트럭의 좁은 칸에 타고 7시간을 달려 포트 도날드슨에 도착했다. 의자 아래에는 변기가 설치되어 있기 때문에 용변을 보러 차 밖에 나올 필요가 없었다. 차 문에 있는 우편물 투입구가 열리더니 누군가가 그에게 헨시 바와 물병을 주었다. 그는 너무나도 바깥 풍경을 보고 싶었다. 하늘 한 조각, 나무 한 그루라도 보고 싶었다.

도날드슨에 도착한 그는 바로 헌병대 건물의 접견실로 인도되었다. 그곳의 금속제 책상에는 턱수염을 기르고, 커다란 검은색 뿔테 안경을 착용한 덩치 작은 남자가 고개를 숙인 채 두툼한 파일을 보고 있었다. 그 사람은 블랙번이 들어오자 안경을 살짝 내리고는 일어섰다.

"저는 슈왑이라고 합니다. 당신의 전담 변호사죠."

블랙번에게 내민 슈왑의 손은 차갑고 건조했지만, 어쨌든 사람 손이기는 했다. 그러고 보니 상당히 오랫동안 그 누구도 블랙번에게 악수를 청한 적이 없었다.

그는 조심스럽게 미소를 지었다. 그는 양손으로 깍지를 끼고는 파일 위로 몸을 기울였다. 그의 목소리는 속삭임에 가까울 정도로 작아졌다.

"이제부터 당신 친구는 세상에 오직 저 하나뿐입니다. 제게 솔직하게 말씀해주실수록 저도 당신에게 더 많은 도움을 드릴 수 있을 것입니다."

블랙번은 아무 대답도 하지 않았다. 그는 이제 누구에게도 진실을 털어놓고 싶지 않았다. 그는 몇 번이나 여러 사람들에게 진실을 털어놓았다. 세 번이었는지, 네 번이었는지 이제는 횟수도 기억나지 않는다. 그와 대화를 나눈 사람들 중의 거의 절반은 이름도 직책도 블랙번에게 말해주지 않았다. 오랜 비행으로 인한 피로와 시차 부적응에 짓눌리던 블랙번은 지금이 몇 시인지도 알지 못했다. 그는 의심스런 눈초리로 슈왑을 바라보았다.

"당신이 하는 일은 정확히 뭔가요?"

슈왑은 그 질문을 받고 좀 황당하다는 표정을 지었다.

"그러니까. 날 변호하지 않을 때는 무슨 일을 하시냐고요."

슈왑의 입술이 경련을 일으켰다. 그는 검지로 안경을 밀어 올렸다.

"저는 절대 변호가 안 되는 사람들을 변호합니다. 누군가는 해야 할 일이지요."

일종의 개그였다. 하지만 아직도 자신에게 유머감각이 남아 있는지도 의심스러워하는 블랙번을 웃기기에는 한참 모자랐다. 슈왑은 그러고 나서 아무 예고 없이, 블랙번을 충격에 빠뜨리는 말을 꺼냈다.

"어머니와 통화해 보시겠습니까?"

74

슈왑은 번호를 누르고 기다렸다. 오래 기다릴 필요는 없었다. 곧 전화가 연결되었다. 블랙번은 어머니께서 상대방을 더욱 가까이 느끼려는 듯 두 손으로 수화기를 꼭 붙들고 있는 모습을 상상했다. 그는 그런 모습을 자주 보았다.

"여보세요, 아들아."

어머니의 목소리는 또렷하고 잘 들렸다. 마치 오늘을 위해 며칠 동안 연습이라도 한 것처럼. 그의 어머니라면 분명히 그러셨을 것이다.

"애야, 2분밖에 통화할 수 없는 거 안다. 하지만 어떤 일이 있었든 간에 아빠와 난 널 정말로 사랑하고 믿는다는 걸 알려주고 싶구나. 지내기는 괜찮니?"

"어머니?"

"그래, 애야."

아들이 구속되었다는 이야기를 들은 뒤, 처음으로 아들과 통화하는 어머니의 목소리가 갈라지고 있었다.

"아버지 계신가요?"

"그럼, 바로 옆에 계신단다. 바꿔드릴게."

수화기가 아버지의 손에 전해지는 소리가 들려왔다. 아들에게 무슨 말을 해야 할지에 대해 부모님이 낮은 목소리로 대화를 나누는 소리도 들려왔다. 잠시 후 아버지가 목청을 틔우는 소리가 들렸다.

"잘 있었니, 아들아. 적어도 죽지 않고 살아 있어서 다행이구나."

블랙번의 목소리에 다급함이 묻어났다.

"아버지, 이제야 알았어요."

"뭘 말이니?"

아버지의 목소리는 실제 나이보다 10년은 더 늙은 사람의 목소리 같았다. 그 목소리에서는 아들 목소리의 변화에 당황한 기색이 느껴졌다. 블랙번은 계속 말을 이어나갔다. 시간이 많지 않았다.

"아버지. 아버지가 베트남에서 어떤 일을 당하셨는지 알게 됐어요. 그걸 알았기 때문에 지난 며칠간 저는 버틸 수 있었어요. 저는 이제 비로소 알게 됐어요."

아버지는 잠시 말을 잇지 못하다가. 블랙번이 알아듣기 힘든 작은 목소리로 말씀하셨다.

"미안하지만 무슨 얘긴지 못 알아듣겠구나."

"아버지가 어떤 인생을 살아왔는지, 무엇을 느끼셨는지 난 이제 알았어요. 난 그걸 알기 위해서 입대한 거예요."

아버지는 침묵을 지켰다. 그는 블랙번이 어떻게 그런 결론을 얻게 되었는지를 이해하지 못했고 그래서 침묵한 것이었다.

블랙번은 뭔가 다른 이야깃거리를 찾으려고 머리를 굴렸지만 아무것도 생각나지 않았다. 그의 영혼을 짓누르는 무게는 더욱 더 커져만 갔다.

그는 얼떨떨해 하는 슈왑에게 수화기를 넘겨주었다.

"벌써 통화가 끝난 겁니까?"

블랙번은 고개를 끄덕였다. 그는 아버지가 자신의 눈을 바라보면서 다정하게 대해주기를 오랫동안 갈망해왔다. 하지만 지금 아버지의 머릿속에 떠오르는 생각은 '내 아들이 정말로 살인자란 말인가?' 하는 의문뿐일 것이다.

슈왑은 수화기를 제자리에 올려놓았다. 그러고 나서 그는 테이블 위에 커다란 상자 하나를 꺼내놓은 다음, 그 속에서 또 하나의 짙은 회색 파일을 끄집어냈다.

그 짧은 시간 동안 어쩜 이렇게 많은 서류가 작성되었단 말인가?

"그럼 이제 시작합시다."

"무엇에 대해서 말할까요?"

슈왑은 새로운 의뢰인을 바라보았다. 어서 시작하자고 그는 생각했다.

"알고 있는 것은 모두 다 말씀드렸습니다. 저는 유죄에요. 죽어도 싸지요."

그러면서 블랙번은 고개를 숙이더니 책상 위에 이마를 갖다 댔다.

75

모스크바

오후 10시 30분이 조금 지난 시각, 디마 일행은 불가노프의 롤스로이스에 타고 모스크바 도모데도보 공항으로 달리고 있었다. 차 뒷좌석에 몸을 실은 디마의 귀에는 자동차 안에서 들릴 법한 소음이 전혀 들리지 않았다. 뭔가 이상했다. 디마는 이 고요함이 방탄유리 덕분인지, 아니면 얼마 전의 총격전으로 귀에 이상이 와서 그런 건지 궁금했다. 키릴은 조수석에 앉았는데, 그는 이 차의 계기판을 보고 기쁨을 감추지 못했다. 뒷좌석에는 디마 외에도 오모로바와 불가노프가 타고 있었다.

불가노프는 차가 떠나기 직전에 이 임무에 지원했다. 디마는 요주의 인물이었다. 디마의 목에는 현상금이 걸려 있고, 발견 즉시 사살하라는 명령이 떨어져 있었다. 어떻게 해서든 모스크바를 떠나 파리로 나간다 해도, 국제 지명수배범이기 때문에 마찬가지 신세였다. 그런 상황에서는 오직 불가노프만이 디마를 보호해주고, 자가용 제트기에 디마를 태워 파리로 보낼 수 있었다.

불가노프는 새 시가를 꺼내 불을 붙인 다음, 코에서 두어 번 연기를 뿜어냈다. 그런 그의 눈은 흥분으로 반짝거렸다. 불가노프는 크렘린의 현 정권에는 친구가 없었다. 디마는 불가노프가 돌다리도 두들겨보고 건널 만큼 신중한 사람임을 알고 있었다. 불가노프는 또한 항상 뭘 하더라도 대가를 요구했다. 차에 오를 때, 불가노프는 자신이 원하는 대가를 제시했다.

"디마, 자네와 함께 어디라도 가게 해주게. 안 그러면 나 안 따라갈 거야."

"물론이죠."

디마는 거짓말을 했다.

오모로바는 디마에게 스핑크스 같은 미소를 보냈다. 마치 이렇게 말하는 듯했다. '이 사람하고 같이 선인과 악인 놀이를 하고 싶은 거예요? 하지 말아요.' 그러자 디마는 경멸감을 담아 얼굴을 찌푸리며 오모로바에게 이런 메시지를 보냈다. '미쳤소? 당연히 안 하지.'

디마는 불가노프를 막을 방법을 알지 못했다. 하지만 일단 파리에 도착하면 불가노프를 떼어놓을 방법이 생길 거라고 믿었다. 무엇보다도 그는 예측 불가능한 사태에 잘 대처할 수 있도록 훈련을 받았으니까.

불가노프의 모험심이 커진 데는 오모로바의 존재도 한몫을 한 것 같았다. 아무튼 불가노프도 이 작전에 참가하게 되었다.

"소련이 망한 후 러시아의 문제가 뭔지 알아? 다들 도둑질로 먹고산다는 거야."

불가노프는 그러면서 또 시가 연기를 뿜어냈다. 자동차 안의 담배 연기가 더욱 더 짙어졌다.

"내 경우만 봐도 사실이지. 나는 예전에 꿈꿔왔던 것보다도 훨씬 더 부자가 됐어. 하지만 크렘린의 냄새나는 정치 싸움에 잘못 말려들어 갔다간 세상의 어떤 방탄유리로도 내가 감옥에 가는 걸 막을 수 없지. 그러니 난 그 친구들과는 거리를 둬야 해."

그는 자기 말에 맞장구를 쳐주기를 바라는 듯이 오모로바를 보았다.

"내 말 맞지, 카티야?"

디마는 불가노프가 오모로바의 이름도 제대로 기억 못한다는 사실을 깨달았다. 못 말리겠군. 오모로바는 불가노프에게 눈부신 미소를 지어 보였다. 불가노프를 설득해 모스크바에 남아 있게 할 수 있는 사람은 오모로바 밖에는 없었다. 그러나 불가노프는 이 일에 뛰어든 이후 매순간마다 즐거워했다.

"디마, 난 자네가 늘 부러웠다네."

디마는 '웃기고 있네'라고 생각했다. 여자 앞에서 폼 잡고 싶은 모양이구면.

"자네는 이런 멋진 일을 하잖아. 돈에 연연할 필요가 없고. 돈을 많이 갖는 건 부담스러워. 돈은 자네를 결코 혼자 놔두지 않아. 돈은 마치 아기와 같지. 1년 365일, 하루 24시간 항상 돌봐줄 준비를 해야 돼. 자네는 돈 때문에 걱정할 일은 없잖아. 자네는 자유인이야."

디마는 그의 이야기에 끼어들지 않기로 했다. 지금 당장 생각할 게 너무나 많았다. 솔로몬은 그의 머릿속에서 점점 큰 부분을 차지하고 있었다. 월요일이 저물어갈 무렵이 되자, 솔로몬이 몰고 올 상상도 할 수 없을 만큼 엄청난 파국에 비하면 그동안 느꼈던 모든 문제와 실망감들은 너무나도 하찮게 느껴졌다. 그리고 파리에는 솔로몬을 찾을 수 있는 사람이 하나도 없었다.

그런 그의 마음속에 또 하나의 인물이 떠올랐다. 블랙번이었다. 그는 디마의 생명을 구하기 위해 너무나 큰 대가를 치렀다. 디마는 오모로바에게 몸을 기대며 말을 걸었다.

"메시지가 잘 전달될 거라고 생각하오?"

오모로바는 한숨을 쉬었다.

"장담은 못해요. 그 채널은 꽤 오랫동안 사용되지 않았으니까요. 그저 잘 전해지기만을 바랄 수밖에요."

공항의 VIP 게이트를 통과한 롤스로이스는, 대기하고 있는 불가노프의 비행기를 향해 달려갔다.

76

미국, 포트 도날드슨

조지 제이콥스는 모두의 상상을 뛰어넘는 오랜 기간 동안 이 기지에서 일해 왔다. 그는 실제로 도날드슨 기지에서 제일 오래 근무한 군무원이었다. 16세 때부터 이 기지에서 일한 그의 나이는 현재 58세였다. 그는 열심히 일하고, 문제가 생기지 않게 하고, 언제나 다른 사람들에게 도움이 되려고 했다. "너무 하찮은 일 같은 건 없어. 나한테 맡겨!"가 다른 사람이 뭔가 요청할 때 그의 기본 태도였다. 언제나 모든 일에 솔선수범하고, 긍정적으로 생각하는 그는 일하면서 오래된 옛 노래들을 종종 즐겨 부르곤 했다. 그는 콜 포터와 버디 홀리가 부른 노래들을 모두 외우고 있었다. 프랭크 시나트라도 빼먹으면 곤란하겠지.

그는 줄곧 정원을 관리해 왔지만, 상관들은 제이콥스를 실내에서 일하게 하는 게 더 쓸모가 있겠다고 생각해서 실내 청소원으로 자리를 옮기게 했다. 일솜씨가 좋았기 때문에 나중에는 다시 건물 정비원으로 보직이 바뀌었다. 그 이후 그는 기지 전체를 돌아다니며 창문 잠금장치를 손보고, 너무 많이 튀어나온 바닥 타일을 들어가게 하고, 꽉 막힌 에어컨디셔닝 덕트를 뚫는 등의 일을 했다. 대부분의 사람들은 그가 있는지 신경도 안 썼지만, 그는 아무 불평 없이 근무에 임했다. 제이콥스에게 업무 지시를 내리는 사람들 중에 제이콥스를 아는 척 해주는 사람은 단 한 사람, 커즌 할뿐이었다.

커즌 할이 이제까지 해온 유일한 일은 이 기지에 들락날락하는 항공기와 장비를 파악하는 것이었다. 그는 모든 종류의 군용 탈것에 대해 백과사전적 지식을 갖추고 있었다. 그는 45미터 떨어진 거리에서 험비를 보기만 해도, 그 험비의 차대 번호를

100단위까지는 알아맞힐 정도였다. 그리고 그는 시애틀 공장제 C-130과 미주리 공장제 C-130도 구분할 수 있었다. 하지만 할은 과연 누가 그런 지식을 필요로 할지에 대해서는 의문을 품지 않았다. 물어본 적도 없었다. 누군가가 물어보면 대답만 할 뿐이었다. 조지 역시 일절 따지지 않기 때문에 높은 평가를 받는 것이었다. 오직 자기 일만 할 뿐이었다.

얼마 전 45구역의 타코벨에서 우연히 할과 마주쳤을 때, 조지는 할의 입에서 무슨 말이 나올지 짐작도 못한 상태였다. 할이 말했다.

"뭔가 달라졌어. 들을 준비 됐나?"

조지는 캐러멜 애플 엠파나다를 입 안에 밀어넣으며 대답했다.

"자네도 나 잘 알잖나."

"유치장에 새로 들어온 사람이 있어. 거기 가 봤나?"

"가긴 가지만 그 사람 만날 수는 없지. 독방에 있어."

"그 사람 방 앞을 지나치나?"

"물론이지."

"자네가 지나갈 때 복도에 다른 사람 없나?"

"가끔."

"그 사람들이 자네한테 신경을 쓰나?"

"전혀."

"자네 노래 부르기 좋아하지?"

할이 그 얘기까지 꺼내자 제이콥스는 이 사람이 이런 것까지 알고 있나 하는 생각에 소름이 돋았다.

"좋아하긴 하지."

할은 애창곡 열 개를 말하려는 제이콥스를 막으며 이렇게 말했다.

"그럼 앞으로는 이 노래를 부르라고."

그리고 할은 그 노래가 뭔지 알려주었다.

77

블랙번은 침상 위에 누워 바깥의 침묵에 귀를 기울이고 있었다. 침묵은 30분에 한 번씩 누군가의 발소리에 의해 깨졌다. 하지만 그 발소리의 주인공이 누구인지 블랙번의 눈에는 결코 보이지 않았다. 식사를 날라 오는 트롤리의 소리야말로 하루 중 제일 반가운 소리였다. 그 트롤리는 바퀴에서 끼익끼익 소리를 내며 복도를 굴러 와서 그의 방 앞에서만 멈췄다. 이 복도에는 그 말고는 다른 구금자가 없는 것 같았다.

그런데 오늘 들린 콧노래는 뭔가 달랐다. 아주 달랐다. 그의 두뇌는 이것이 예전에 듣지 못한 또 다른 소리임을 알아챘다.

다다다다다. 다다다다다.

늙은이의 목소리였다. 할아버지가 생각났다. 그 소리와 함께 뭔가를 긁어내는 소리, 그리고 발판사다리를 오르는 소리도 들렸다.

다다다다다. 다다다다다.

그러고 나서 가사도 들렸다.

나는 파리로 날아가고 있어. 약속을 지키러 가는 거야. 내일이면 도착할거야. 다다다……. 절대로, 절대로 포기해선 안 돼.

조지는 〈파리의 4월〉이라는 이 곡이 노래 같다고는 별로 생각하지 않았다. 하지만 노래는 노래였다. 그리고 그는 할이 시키는 대로 복도 천장을 가로지르는 에어컨 통기구를 점검하면서 이 노래를 불렀다.

통기구는 몇 년 동안이나 손보지 않은 상태였고, 만약 청소를 한다면 그것은 끝까지 조지의 일이 될 것이기 때문에 조지는 통기구를 청소해야 할지 말아야 할지 확신이 서지 않았다. 그러나 그것이야말로 할이 바라는 것이었다.

할은 조지가 그곳을 여러 번 지나다니기를 원했다. 조지는 거기서 초과근무를 할 것이고, 현장 관리자에게 이제까지 일을 열심히 했으며 주말 안에는 일을 끝낼 수 있다고 말할 것이다.

78

프랑스 파리

불가노프의 리어제트가 파리 공역을 뒤덮은 두터운 구름 속으로 하강했을 때 시각은 오전 2시였다. 항공기는 빗줄기가 퍼붓는 샤를 드 골 공항의 제2번 활주로에 착륙했고 조종사는 브레이크를 걸었다.

공항의 VIP 담당직원들이 우산을 들고 마중 나왔다. 그들은 불가노프 일행을 VIP용 코치 차량으로 안내했다. 불가노프와 함께 다니면 어딜 가도 VIP 대접을 받을 수 있다. 디마는 파리의 대지를 처음 밟은 순간 자신의 심장이 한층 더 강하게 고동치는 것을 느꼈다. 이제야 시간이 다시 흘러가는 느낌이었다. 디마와 키릴은 모스크바에 있던 불가노프의 개인 경호원들에게서 얻은 검은색 휴고 보스 정장을 입고 있었다. 그들에게 매우 잘 어울렸지만 디마에게 좀 더 잘 맞는 편이었다. 키릴은 옷에 비해 다리가 짧았고 걸음걸이가 느린 탓에 실제 나이보다 더 들어 보이는 멀쑥한 청소년쯤으로 보였다.

그들은 가져온 이란 여권을 꺼냈다. 새 여권을 준비할 시간은 없었다. 그러나 불가노프의 힘 덕분에 프랑스 이민국 직원들은 이들을 마치 옛 친구를 대하듯이 맞아주었다. 이민국 직원들은 심지어 이들이 쓴 파격적인 스타일의 선글라스를 벗으라고도 하지 않았다.

키릴은 이런 말도 했다.

"순간 저 친구들이 우리 양볼에 키스라도 해주려는 게 아닌가 하는 생각마저 들었다네."

디마가 쏘아붙였다.

"이런 환대에 너무 익숙해지지 말라고."

"매정하긴."

파리 시내로 차를 타고 들어가는 내내 디마는 한 마디도 하지 않았다. 좌석에 앉은 그는 창밖에 펼쳐진 비오는 밤 풍경을 보고 있었다. 그의 머릿속은 옛 추억들로 가득했다. 그리고 자신의 생명을 걸고 이 임무에 자원하게 만든 아들에 대한 생각도 가득했다. 이곳은 그의 아들이 사는 곳이다. 그렇기에 실패는 결코 용납될 수 없었다. 팔리오프가 보여준 아들의 사진, 그 앞에서 말한 감칠나게 하는 단서들도 떠올랐다. 팔리오프도 아들의 이름은 말하지 않았다. 다만 아들의 직장만 말했을 뿐이었다. 하지만 그곳은 솔로몬의 공격 표적이었다. 너무나 가혹한 운명의 장난이었다.

불가노프의 아파트는 샹젤리제 바로 옆에 있었다. 디마가 그 집을 보고 있으려니 디마 일행을 태운 롤스로이스는 속도를 줄여 정차했다. 보도의 연석 옆에는 걸레가 다 된 르노 에스파스 밴이 한 대 서 있었다. 유리는 시커멓게 선팅이 되어 있었고 허브 캡은 없었다. 로생은 차 옆구리에 '위험물 감시'라고 스텐실로 적어놓는 것도 잊지 않았다.

불가노프는 손을 문지르면서 물었다.

"그럼 언제 출발하는 거지?"

"일단은 좀 쉬고 계세요. 그동안 저희는 현지 해결사와 접촉해보지요."

불가노프는 다소 실망한 것 같았으나 시간이 너무 늦고 날씨도 나쁜 점을 감안한다면 그리 나쁜 선택은 아니었다.

디마는 손으로 어딘가를 가리키며 말했다.

"키패드가 여기 있습니다. 혹시나 마음이 바뀌어서 좀 더 안락한 곳에서 머물고 싶다면 7474를 누르시면 됩니다."

키릴이 디마에게만 들리게 속삭였다.

"아니, 불가노프 저 사람 우리 일을 어떻게 보는 거야? 주말 피크닉이라도 가는 걸로 생각하나?"

불가노프는 건물 안으로 사라지고 에스파스의 옆문이 열렸다. 로생이 튀어나와 옛 친구를 끌어안고 양볼에 키스했다.

"정말 오랜만이군."

"얼마 전에 통화했잖아."

디마와 로생은 10년 만에 다시 만나는 것이었다. 하지만 로생은 그동안 스무 살은 더 먹어 보였다. 살도 족히 14킬로그램은 더 찐 것 같았다. 프랑스령 알제리 출신인 로생의 검은 피부는 약간 주름이 져 있었으나, 반짝이는 눈은 아직도 그가 현장 감각을 잃지 않았다는 것을 말해주고 있었다.

"내 사무실로 들어가세. 재미있는 거 보여줄게."

에스파스의 내부에서는 커피, 마늘, 담뱃재, 흰곰팡이 냄새가 났다.

"우선 내가 매우 조심스러운 사람이라는 점을 말해두지. 특히 자네의 현재 상황을 감안하면 더더욱 말이야. 솔직히 말하자면, 우리의 옛 관계도 내 조사에 영향을 미쳤을 수 있어."

디마는 언제나 로생과 거래를 할 때면 성질이 급해졌다. 이번에도 마찬가지였다.

"거두절미하고 사냥부터 시작하지 않겠나?"

"그동안 상당한 진전이 있었어. 하지만 한 가지 주의해야 할 게 있어. 이 작전에는 엄청난 위험요소가 있다는 사실이야."

"그게 뭔지는 나도 알고 있는 것 같은데."

"자네가 키운 그 사람은 무지하게 똑똑한 놈이야. 그걸 알아야 해. 자네도 알겠지만, 나는 사용할 수 있는 채널 중 가장 좋은 것을 사용해서 DGSE, DCRI, DPSD 등의 파일에 접속했지…….."

디마는 그의 말을 가로막았다.

"그런데 그 모든 곳의 자료에서 솔로몬의 파일은 지워져 있었지?"

로생은 고개를 끄덕이며 손가락을 흔들어 보였다.

"그 기관 중 어느 곳에도 솔로몬 관련 기록을 보유했다는 증거 자체가 없어. 그는 자신의 흔적을 없애는 데 매우 뛰어나. 하지만!"

그렇게 말하는 로생의 눈이 반짝 빛났다. 그는 말을 멈추고 심호흡을 했다.

"중앙전산보안국에서 북아프리카 급진주의자 조직인 포스 느와르와 그 사이의 연결 고리를 보여줬어. 그는 아마 1990년대 후반 클리시 수 부아에서 그 조직에 침투한 모양이야."

"멋진 동네로군."

디마도 그 동네에 가본 적이 있다. 그곳은 특색 없는 서민 아파트들이 가득 들어찬 음산한 동네이다. 집의 벽이란 벽은 모두 낙서와 위성 안테나로 도배가 되어 있고, 하얀 부분은 하나도 안 남아 있다.

로생은 고개를 끄덕였다. 그의 입꼬리가 아래로 기울어졌다. 프랑스인들이 불쾌감을 나타낼 때 취하는 제스처였다.

"최악의 곳이지. 지난 2005년 여름 내내 화끈했던 곳이야. 사르코지가 놈들을 맹렬하게 탄압하기 시작한 다음에는 예전만큼 나쁘지는 않아."

로생은 랩톱을 열었다.

"그래서 우리는 포스 느와르의 활동이 나타난 곳을 중심으로 그 주변 일대를 조금이나마 살펴볼 수 있었지."

그는 음악회에서 협주곡 연주를 시작하는 피아니스트처럼 랩톱의 키를 두들겼다.

"짜잔!"

디마는 스크린을 응시했다. 스크린에 나온 것은 틀림없는 솔로몬이었다. 디마가 기억하고 있던 얼굴 그대로였고, 미 해병대 헨리 블랙번 병장의 묘사와도 일치했다. 키가 크고 눈썹이 두텁고, 광대뼈가 많이 튀어나왔고, 짙은 색의 공허한 눈을 하고 있는 인물이었다. 나이나 국적을 알아맞히기 힘든 외모였다. 이 완벽한 21세기형 삼중간첩은 이제 테러리스트가 되었다. 디마는 심장이 빠르게 고동치고 가슴의 근육이 팽팽해짐을 느꼈다.

"이놈이야."

디마는 랩톱 스크린을 키릴 쪽으로 돌렸다. 키릴은 스크린 가까이 고개를 들이댔다. 로생은 다시 스크린을 자기 쪽으로 되돌려 놓았다.

"또 있어."

로생은 어느 아파트에 드나드는 세 사람을 찍은 여러 장의 사진을 스키릴했다.

"이 세 사람은 베르나르, 시코, 라몽이야. 성은 없는 것 같아. 모두 파일에 있어."

키릴이 말했다.

"난 시코가 제일 마음에 드는군."

시코는 세 사람 중에서 제일 덩치가 크고 못생겼다.

"이 사진은 언제 찍은 거지?"

"어제."

"잘했구먼. 혹시 출입 기록이 있나?"

로생은 다른 윈도우를 열고 시각을 읽었다.

"솔로몬은 3시 30분에 들어왔어. 이 세 사람이 온 직후야. 이들은 같은 아파트 9층에 살고 있는 것 같아. 솔로몬은 8시에 나갔어. 우리는 그를 미행했지. 그는 여기서 4킬로미터 떨어진 마르셀링 베르텔로의 작은 호텔에 갔어. 그는 그 호텔에 자예드 트라호레라는 이름으로 등록했어. 좋은 알제리 이름이지. 그러나 솔로몬은 한 시간 있다가 바로 호텔을 나서 아파트로 돌아갔어. 솔로몬은 아직 아파트에 있을 것 같아."

로생은 주름진 얼굴에 살짝 우쭐한 미소를 내비쳐 보였다. 디마는 그 모습을 보고 이렇게 생각했다. 이 사람이야말로 진정 자신의 일을 사랑하는 사람이다.

"가장 재미있는 부분은 이제부터야. 카고 트랙이라는 항공화물 회사의 마크를 단 시트로엥 차량이 어젯밤 9시 30분에 물건을 배달하러 이곳에 왔어. 이 동네에서는 밖에 나다니기 좋지 않은 시간이지. 그리고 한 마디 덧붙이자면, 시코와 라몽이 소형 냉장고만한 크기의 상자를 그 차에서 받아서 건물 안으로 운반하고 있었어."

디마는 키릴을 바라보았다.

"세상에. 화물기로 그걸 운반해 왔구먼."

키릴은 숨을 천천히 내쉬었다.

"뇌물만 적절한 곳에 먹이면, 제한초과 수하물로 속여서 충분히 통관이 가능하지."

로생은 손가락 하나를 세웠다.

"카고 트랙은 CIA와 계약을 맺고 오랫동안 아프가니스탄과 그 인근 지역으로 물건을 배달해왔지. 아까 얘기했잖아. 솔로몬은 굉장히 똑똑한 놈이야."

키릴은 솅크의 스캐너를 꺼냈다.

"그게 뭐지?"

로생의 얼굴에 순간 근심의 빛이 스쳤다.

"우리의 '보험'이지."

키릴은 오모로바에게 빌린 아이패드를 꺼내서 파리의 지도를 띄우고 좌표를 비교했다.

"보기 좋구먼."

디마는 먼 곳을 바라보며 얼굴을 찌푸렸다.

"그래. 이게 있으니 한결 낫더군. 블라디미르는 어디 있나?"

"호텔에 있어."

"기왕이면 클리시 인근이면 좋겠는데."

로생이 미소를 지었다.

"솔로몬이 묵는 호텔에서 3블록 떨어진 곳이야. 현장의 분위기를 제대로 느낄 수 있는 곳이지."

"그는 필요한 물건들을 갖추고 있지?"

"하나도 빠짐없이 다 있지."

79

"자네들은 잠도 없나?"

블라디미르는 작은 구멍으로 바깥을 충분히 살피고 나서야 그들을 들어오게 했다.

"난 45분 전에 베게를 벴단 말일세."

디마는 마치 형제를 끌어안듯이 전우 블라디미르를 끌어안았다.

"베개? 그게 뭔가?"

디마는 방안을 둘러보았다. 방안은 작은 무기고를 방불케 했다. 글록 9밀리미터 기관권총 3정, 스턴 수류탄 1상자, 고출력 랜턴 3개, 야간투시경, 그리고 블라디미르가 좋아하는 레펠링 장비까지.

디마가 로프를 들어올렸다.

"이란에서 탈출하는 데 이게 필요했나?"

"아마라가 장례식 때까지 같이 있어 달라고 하도 부탁하는 바람에 말이야. 그녀의 침실에서 탈출하는 데 썼지."

"그러면 아마라는 가족을 잃은 슬픔을 달랠 수 있었겠군."

"나랑 같이 파리에 못 가게 되자 어찌나 화를 내던지."

"그녀에게 설마 뭐라도 발설하진 않았겠지?"

"난 시베리아인이야. 시베리아인을 뭘로 보고."

"맨 정신으로 후속 작전을 해낼 수 있겠나?"

"해야 한다면 해야지."

디마는 로생에게 말했다.

"만약 자네가 필요하게 되면……."

로생은 고개를 저었다.

"나는 앞으로 며칠간은 파리를 떠나야 해."

"자네가 은퇴했다고 했던 말이 떠오르는군."

로생은 어깨를 으쓱였다.

"자네가 한 얘기가 아니고? 우리 중 은퇴할 사람은 아무도 없어."

그들은 로생이 구해온 지저분한 시트로엥 잔티아를 타고 달렸다. 오전 3시에 세 명의 남자를 태우고 달리는 차는 트렁크에 무기가 없더라도 경찰의 이목을 끌 수도 있었다. 키릴은 온 힘을 다해 최고속도를 준수했다. 하지만 이 시간대에는 누구도 그들에게 신경을 쓰지 않는다는 것을 알게 되자, 더 이상 그렇게 하지 않았다.

클리시 도심의 고층빌딩에 가까이 다가서자 왠지 더 가기가 꺼려지는 풍경들이 펼쳐졌다. 소방관들이 불타는 차량의 불길을 잡고 있었다. 1개 분대 병력의 경찰관들이 저항하는 젊은이들을 밴 트럭에 구겨 넣고 있었다. 금요일 한밤중은 이곳을 방문하기에 가장 좋은 시간은 아니었다.

"아파트와 솔로몬의 호텔을 동시에 공격할 수 없어서 유감이구먼."

"둘 중에 폭탄을 더 먼저 확보해야 해. 스캐너를 확인해봐."

스캐너에서는 폭탄의 신호를 확실히 수신하고 있었다. 이걸 보고 기운이 나야 할 터이지만, 왠지 기분이 꺼림칙했다. 뭔가가 디마를 뛰어들지 못하게 막고 있었다.

"또 놓치는 일이 없기만을 빌어야지."

아파트 대문은 뻥 뚫려 있었다. 한때 달려 있었던 문은 사라진 지 오래였다. 그리고 그 안에 엘리베이터가 보였다.

블라디미르가 말했다.

"9층이야. 씨발."

"좋잖아. 어서 가자고."

3층에서 그들은 마약을 잔뜩 하고 아파트 복도에 누워 있던 어느 커플을 밟았다.

그들의 발에 밟힌 주사기들이 깨졌다. 아파트의 몇몇 호들은 현관문도 없는데다 불타 있었다. 현관문이 아직 남아 있는 호들 중에 일부도 그 안에서 들려오는 말싸움 소리로 미루어 보건대, 앞으로 오래지 않아 현관문이 떨어져 나갈 것 같았다. 8층에서 그들은 복면을 쓰고 권총을 한 자루씩 든 젊은 남자들과 마주쳤다.

"죽기 싫으면 당장 꺼져."

"미안하지만 우리도 바쁜 몸이거든. 너희들이나 꺼져주시지!"

디마는 이렇게 말하며 글록을 뽑지도 않고 바로 발사했다. 그의 총탄은 상대들 중 두목격인 사람의 손에 명중해 권총을 날려보냈다. 총에 맞은 사람은 몸을 동그랗게 말며 굴렀고 나머지 사람들은 텅 빈 아파트 현관으로 모두 흩어져 달아났다.

9층 6호. 그들은 스캐너를 다시 한 번 확인했다. 매우 밝은 녹색 빛이 번쩍이고 있었다. 디마는 야시경을 착용했다. 나머지 두 명도 따라했다. 그들은 아파트 문을 꼼꼼히 살폈다. 그 다음 디마와 키릴이 문 양 옆에서 돌입 태세를 취하자 키릴이 자물쇠를 총으로 쏴서 날려보냈다.

디마는 집안으로 뛰어들며 총을 몇 발 쐈다. 폭탄에 맞지 않게 천장을 겨누어 쐈다. 하지만 제압해야 할 상대들은 보이지 않았다. 침실, 거실, 주방, 화장실 어디에도 사람 그림자는 보이지 않았다. 벽에는 낙서가 가득하고 오줌 냄새만 났다. 이곳은 사람이 살던 집으로는 도저히 여겨지지 않았다.

키릴이 말했다.

"이런, 잘못 찾아온 모양이네."

블라디미르가 말했다.

"아냐. 제대로 오긴 왔어……."

그는 화장실에 서서 어둠 속에서 깜박이는 녹색 불빛을 가리켰다. 그 불빛은 분명 핵탄두의 신호 발신기에서 나오는 것이었다. 하지만 신호 발신기가 달려 있어야 할 옷가방 형 핵폭탄 본체는 어디에도 보이지 않았다.

80

미국, 포트 도날드슨

다시 그 발자국 소리를 들었을 때 블랙번은 일어서 있었다. 음식 들어오는 통로에는 가느다란 틈새가 있어, 그곳으로 복도의 불빛이 새어들어 왔다. 그는 혹시라도 노래를 부르는 사람을 볼 수 있을까 하는 생각에 그 틈새에 얼굴을 갖다 대고 밖을 보고 싶었다. 그러나 감방의 천장에는 카메라가 한시도 쉬지 않고 그를 감시하고 있었다. 슈왑은 그 카메라가 자살 기도 방지용으로 달려 있는 거라고 말해주었다.

블랙번은 그 노랫소리는 꿈속에서 들려온 거라고 확신했다. 디마가 무슨 수로 자신에게 그런 메시지를 보낼 수 있단 말인가? 블랙번이 여기에 있는 줄 어떻게 알고?

그러나 만약 어떤 사람이 정말로 자신에게 디마에게서 온 메시지를 전달하고 있다면 어떡할 것인가? 만약 블랙번이 밖에 있는 사람에게 말을 걸려고 하면 밖에 있는 사람의 정체가 모두 폭로될지도 모른다. 그래서 블랙번은 휘파람을 불었다.

아무 반응이 없었다. 발판사다리를 끌고 그걸 디디는 소리뿐이었다.

블랙번은 다시 휘파람을 불었다. 아무 반응도 없었다.

조지는 트럭으로 갔다. 그는 평소에도 새 윈스톤 담배를 가지러 트럭에 자주 가곤 했다. 그러나 이번에는 담배를 가지러 간 게 아니었다. 그는 비상용 선불 휴대전화를 꺼내들고 할에게 전화를 했다.

"그가 휘파람으로 대답했어. 이제 어떻게 해야 하지?"

"그 사람 근처에 갈 수 있어?"

"물론이지."

"노래를 또 불러. 이번에는 〈난 파리에 왔어〉를 부르라고."

30분이 지났다. 아니, 대충 그 정도가 지났을 것이다. 블랙번은 시간이 얼마나 지났는지 알 길이 없었기 때문이다.

발소리가 다시 들렸다. 사다리를 끄는 소리도 다시 들렸다. 그리고 노랫소리가 들려왔다.

난 파리에 왔어.

81

파리

디마는 끓어오르는 분노를 억제하려 애썼다. 애썼으나 실패했다. 디마는 항상 교육
생들에게 말했다. 분노는 실수를 낳을 뿐이다. 그리고 실수를 했다가는 목숨을 잃을
수도 있다.

이만큼 체력을 크게 소모하지 않았다면, 어젯밤에도 제대로 된 이부자리에서 잠
을 잤더라면, 사진 속에 나온 이름 모를 젊은이를 생각하면서 생각의 힘을 낭비하지
않았다면, 디마는 어쩌면 불빛이 깜박거리는 신호 발신기를 건드리지 않겠다는 현
명한 판단을 내렸을지도 모른다. 눈으로 봤으면 그걸로 족해. 그만둬. 그거 건드리지
말고 나가자고.

하지만 디마는 그렇게 하지 않았다. 그는 몸을 굽혀 장갑 낀 손으로 신호 발신기를
움켜잡고 집어 들었다.

그리고 디마의 눈에 신호 발신기에 연결된 이상한 전선이 보였다. 그 순간 그의 눈
이 멀어버릴 정도로 눈부신 섬광이 작렬했다.

82

포트 도날드슨

도날드슨의 의무 센터 근무팀은 주말마다 인력 부족 상태였다. 그래서 세인트 엘리자베스 병원의 의사인 재키 더글리스가 이곳에 파견되어 보강근무를 하고 있었다. 재키는 남자한테는 관심이 없었다. 재키의 근무처는 응급실이었다. 재키는 6학년 이후 응급실에서 일하는 것을 꿈으로 삼았고 실제로 거의 언제나 응급실에 있었다. 그러나 이 따뜻한 주말, 반쯤 버려지다시피 한 해병대 기지 내에 죽치고 있는 것은 그녀의 이력을 쌓는 데 별 도움이 되지 않는 것 같았다. 바로 그 시간 그녀의 친구 스테이시는 야드 파티에 참가하고 있었지만, 재키는 그 사실을 잊어버렸다.

그때 경보가 울렸다. 덩치가 크고 졸린 얼굴을 하고 있던 당번병인 웨인이 뒤뚱뒤뚱 뛰어들어 오면서 소리쳤다!

"의사 샘! 빵에서 하나 퍼졌슴다!"

재키는 왜 지금 '빵' 타령을 하는지도 몰랐고, '퍼졌슴다'라는 게 무슨 말인지도 못 알아들었다. 그러나 그 말은 관심 있게 들어야 할 소리처럼 들렸고, 또 그녀는 그 말에 정신을 쏟고 있었다. 그래서 그녀는 웨인의 뒤를 따라 의무 센터를 달려 나가 포장도로를 가로질렀다. 웨인의 뒤를 따라 들어간 건물의 복도 안에는 군복을 입은 남자들이 가득했다. 문마다 붙은 창살을 보니 웨인의 입에서 나온 '빵'이라는 소리가 뭔지 알 것 같았다. 무릎 꿇고 앉아 있는 사람들이 몇 명 보였다. 누군가가 쓰러진 것 같았다. CPR이 필요한가? 그녀의 머릿속에는 이미 스톱워치가 작동하고 있었다.

그러나 바닥에 쓰러져 있는 사람은 CPR이 필요한 상태는 아닌 것 같았다. 두 명의 영창 근무자가 그를 무릎 꿇리고 있었고, 또 한 명의 영창 근무자가 그에게 족쇄를 채우려고 몸싸움을 벌이고 있었다.

근무자 중 한 명이 웨인을 보며 말했다.

"주사 놔!"

재키는 웨인이 어쩔 줄 모른다는 표정으로 주사기를 만지작거리는 것을 보았다.

"이봐요! 그거 이리 내요! 난 의사라고요!"

재키는 태어나서 처음으로 그런 말을 입에 담아봤다. 그녀는 평생 그런 말로 다른 사람들을 움직일 수 있는 순간이 오기를 기다리고 있었다.

83

파리

디마는 지린내를 맡고 의식을 되찾았다. 그는 이 아파트 전체에 지린내가 진동을 한다는 것을 기억했다. 먼지와 함께 목구멍으로 밀려들어 온 지린내는 그를 숨막히게 했다. 하지만 아파트는 보이지 않았다. 아무것도 보이지 않았다. 그는 몸을 움직일 수도 없었다. 그리고 다른 냄새도 났다. 뭔가가 타는 냄새였다. 그제야 그는 무슨 일이 있었는지를 기억했다. 그리고 그 덕분에 완전히 정신이 들었다. 분노한 것 자체가 실수였다. 그래. 실수는 바로잡으면 되는 거야. 한 번에 하나씩 말이지. 그는 발가락을 움직여 보았다. 잘 움직였다. 손가락도 움직여 보았다. 이상 없었다. 코피가 나오고 있었다. 그는 얼굴에 뭔가 따뜻하고 끈적끈적한 것이 흐른 것을 알 수 있었다. 입에서는 피 맛이 느껴졌다. 디마는 파묻혀서 갇혀 있었다. 디마는 소리를 질렀다.

"난 여기서 나가야 해."

그는 마지막 남은 작은 힘을 다해 소리쳤지만 그 소리는 어디에도 간 곳이 없었다. 디마는 다리를 쭉 펴려고 하자 자신의 머리가 약간 앞으로 움직인다는 것을 알았다. 넓적다리와 총을 맞은 왼팔에서 고통이 밀려오는 것을 느꼈다. 다행히 오른팔은 괜찮았다. 긍정적으로 생각하자. 그것만이 문제를 해결할 수 있다. 부정적인 생각을 해서는 아무 데도 갈 수 없다.

솔로몬은 디마 일행이 여기 올 거라는 걸 알고 있던 게 분명했다. 디마 일행이 핵탄두를 찾고 있다는 것도, 핵탄두가 발신하는 신호를 추적할 수 있는 스캐너를 갖고 있다는 것도 다 알고 있던 게 분명했다. 디마는 새로이 뿜어져 나오는 분노에 몸을 맡기며 몸을 다시 앞으로 밀었다. 뭔가가 그의 몸속으로 들어오는 게 느껴졌다. 회반죽이 부서진 먼지였다. 그는 그걸 마시고 마치 경련을 일으키듯이 기침을 해댔다. 가슴속이 타는 듯이 쓰라렸다.

뭔가 들어 올려지더니 한 줄기 날카로운 빛이 그의 얼굴에 와 닿았다.

"이런 씨발. 디마, 여기 있어!"

키릴의 목소리였다.

키릴을 보는 디마의 얼굴은 마치 죽은 사람의 얼굴 같았다. 라이트의 밝은 불빛과 그의 얼굴에 뒤집어쓴 회반죽 가루 때문이었다.

"씨발, 도대체 자네 왜 그랬어? 왜? 우리 다 죽이려고 작정한 거야?"

"지금은 나 좀 꺼내주기나 해. 알았어?"

구급차 사이렌 소리가 들려왔다. 그 소리를 듣자 그의 몸에 힘이 생겼다. 키릴과 블라디미르는 디마를 일으켜 세웠다. 그들의 몸이 마치 고무인형의 몸처럼 느껴졌다.

일이 이렇게 된 이유는 하나밖에 없었다. 로생이었다.

84

포트 도날드슨

재키 더글리스는 바닥에 있는 젊은이가 자신의 도움이 필요하다는 사실을 오래지 않아 알아차렸다. 상대는 탈수 증세를 보이고 있었다. 상대의 안색, 그리고 노랗게 변한 눈 흰자위를 보건대 그것은 명백했다. 상대는 또한 오랫동안 음식을 섭취하지 않은 듯했다. 헌병들은 더글리스에게 그 젊은이는 살인 용의자라고 말했지만, 적어도 더글리스의 세계에서는 유죄가 입증되기 전까지는 무죄였다.

선임 영창 근무자인 핼베리는 더글리스를 '여자애'라고 불렀다가 화를 자초했다. 핼베리는 더글리스보다 나이가 두 배는 많았다. 더글리스의 아버지뻘이었고, 그런 말을 쓸 자격은 있었다. 하지만 지금은 21세기였고 핼베리도 시대에 적응해야 할 필요가 있었다.

결국 이들은 수용자를 의무대의 안전실에 보내 진찰을 하고, 탈수증을 치료해야 한다는 데 의견을 모았다. 물론 족쇄는 채워야 했다. 그 부분만큼은 타협할 수 없는 부분이었고 재키도 거기에는 동의했다. 재키는 이 젊은이에 대해 아무것도 몰랐으며, 자신이 이길 수 없는 싸움을 하고 있다는 것을 모르고 있었다. 그러나 도날드슨 기지의 의무 센터에서 보내던 그녀의 생활은 갑자기 즐거워졌다.

결국 그녀는 모든 영창 근무자들을 감방에서 내보냈고, 감방 안에는 둘만 남게 되었다. 재키는 수감자를 진찰했다. 갑자기 수감자의 입이 열렸다.

"더글리스 선생님."

재키는 아직도 그렇게 불리는 데 익숙하지 않았다. 그러나 그 어감은 좋게 들렸다. 그녀는 블랙번이라는 이름의 이 수용자를 보고 미소를 지었다. 블랙번의 눈에 생기가 돌았다.

"미소를 지으셨군요."

"그랬어요."

그녀는 다시 미소를 지어 보였다.

젊은 병사는 감사를 표했다.

"고맙습니다. 미소 짓는 사람은 이제 다시 볼 수 없을 거라고 생각했거든요."

그로부터 4시간 후, 재키는 이 족쇄를 찬 병사로부터 들은 얘기 때문에 머리가 혼란스러웠다. 그녀는 마지못해 야간 교대자에게 블랙번을 맡겨둔 채 잠자리에 들었다. 옷가방에 든 핵폭탄, 러시아인들, 테러리스트들……. 두 시간이 지나도록 여전히 잠을 못 이루고 있던 그녀는 아버지에게 전화를 걸기로 했다.

전화를 받은 사람은 재키 아버지인 조셉 M. 더글리스 상원의원의 개인비서인 쉐일라 퍼키스였다. 퍼키스 비서의 별칭은 '방탄조끼'였는데, 그녀를 거치지 않고는 누구도 더글리스 상원의원을 만날 수 없었기 때문이었다. 심지어 그녀는 더글리스 의원의 개인번호도 제어할 권한이 있는 것 같았다. 물론 그런 건 재키 눈에는 들어오지 않았다.

"죄송합니다만, 의원님이 계신 위원회는 오늘 철야 근무를 하고 있어요."

그래서 재키는 아버지에게 이메일을 보내 전화를 하라고 다그쳤다. 이건 비상사태였다! 메일을 받은 즉시 아버지에게서 전화가 왔다.

"얘야, 잘 지내니?"

그녀의 아버지가 블랙베리 폰의 열렬한 팬이었던 덕분에 이렇게 통화가 가능했다. 재키는 블랙번 병장에게서 들은 얘기를 아버지에게 해주었다.

"미안하지만 얘야. 세상에는 별의별 말도 안 되는 얘기를 하는 사람들이 얼마든지 있단다. 우리 미군은 전쟁터에 많은 장병들을 보내놓고 있잖니. 그런 건 그 친구들한테 처리하라고 하렴."

"그럼 저는 뉴욕 타임스에 전화를 걸 거예요. 아마 그럼 그 사람들은 이런 기사를 싣겠지요. '안보위원회 소속 상원의원의 딸이 뉴욕 핵공격 위협을 폭로했다. 그러나 그 상원의원은 그 사실을 알고 싶어 하지 않았다.'짧은 얘기이긴 하지만 그 사람들은 이걸 가지고도 1면 머리기사를 뽑아낼 수 있을 거라고 생각해요."

조 더글리스는 의회 경비원이 자신의 어깨를 두드리는 것을 느꼈다. 다시 회의를 하러 돌아가야 했다. 그는 패배의 긴 한숨을 쉬었다. 딸은 항상 엄청난 골칫덩이였다. 그의 아내보다도 더욱 지독한 골칫덩이였다.

"그래. 그 일은 내게 맡겨다오. 알았지, 딸아?"

"약속하시는 거죠?"

"물론이지."

"지금 당장 해주셔야 돼요."

"난 약속했다."

재키 더글리스가 다음날 아침 포트 도날드슨에 출근했을 때 헨리 블랙번 병장은 사라진 뒤였다. 그녀가 알아낸 거라곤 특수팀이 비밀리에 항공편으로 와서 그를 어디론가 데려갔다는 것뿐이었다. 행선지는 알 수 없었다.

85

파리

키릴과 블라디미르가 몸을 추스르는 동안 디마가 운전을 했다. 그는 잔티아를 몰고 파리의 도로를 미친 듯이 질주했다. 거칠게 브레이크를 밟고 드리프트를 하면서 곡예운전을 했다. 그는 아직도 로생이 예전의 그 주소에 살고 있는지 알지 못했다. 그럴 가능성은 적을 거라고 생각했다. 하지만 지금으로서는 거기 가보는 것 말고는 다른 방법이 떠오르지 않았다.

티모파예프는 솔로몬과 내통하고 있었다. 하지만 로생 역시 그랬을까?

솔로몬은 모든 면에서 디마의 가장 뛰어난 제자였다. 그는 디마가 가르쳐준 모든 것을 놀라울 정도로 잘 익혔다. 마치 그 모든 것은 솔로몬의 머릿속에 이미 들어 있었고, 디마는 그것들을 깨우쳐주기만 했을 뿐인 것 같았다. 그는 디마가 질문을 끝마치기도 전에 이미 답을 알고 있었다. 그는 한 번만 가르쳐줘도 모든 기술을 다 숙달했고, 구태여 숙달을 위해 연습을 반복할 필요도 없었다. 그의 발차기와 주먹은 다른 어느 교육생들보다도 정확하고 강했다. 그는 디마가 내는 문제를 겁날 정도로 쉽게 풀어버렸다. 디마는 때때로 솔로몬이 자신의 머릿속을 들여다보고 어떤 문제를 낼지 미리 아는 게 아닐까 싶은 생각이 들 정도였다. 그런 느낌이 지금 다시 들고 있다. 솔로몬은 언제나 그보다 한 발자국 앞에 있었다.

디마의 눈에 로생의 에스파스가 들어왔다. 디마는 에스파스의 앞으로 끼어들어 잔티아의 옆구리로 에스파스를 막았다. 디마는 차가 완전히 멈추기도 전에 하차한 다음, 에스파스 차문을 비틀어 열고 로생을 보도로 끌어내렸다. 프랑스인의 몸이 땅에 채 닿기도 전에 디마는 칼을 꺼내 로생의 목에 겨눴다. 로생의 눈은 튀어나올 듯이 커졌다. 디마는 에스파스의 차내를 흘깃 보았다. 여행이라도 가는 듯, 포장된 짐이 잔뜩 들어 있었다.

"자네 여행은 지금 취소됐어."

"디마……. 도대체 왜 이러는거야?"

디마는 한 손으로 칼을 겨눈 채로, 다른 손으로 프랑스인의 멱살을 움켜잡았다.

"우리가 왜 아직도 살아 있는지 그 이유를 모르겠지?"

디마는 이놈의 목에 칼을 쑤셔 넣고 싶은 충동과 온 힘을 다해 싸우고 있었다. 이미 오늘의 실수는 할 만큼 했다. 또 실수를 저질러서는 안 된다. 하지만 로생이 말귀를 빨리 알아먹게 할 필요는 있었다. 그래서 디마는 칼을 휘둘러 로생의 한쪽 귀를 잘라 버렸다.

로생은 돼지처럼 꽥하고 소리를 질렀다. 디마는 칼날의 평평한 옆면을 그의 입술에 대고 칼끝으로 코를 겨누고서야 멈췄다.

"그놈이 어디 있는지 당장 말해!"

로생의 입에서 새어나온 침이 그의 귀에서 꾸준히 나오는 피와 섞이고 있었다.

"공항으로 가고 있어. 뉴욕으로 갈 생각이야."

"파리는 어쩌고? 부르스는 어쩌고?"

로생은 고개를 저었다.

"현재 부르스의 경계는 삼엄해. 제보를 받았거든."

"핵폭탄은 발송됐나?"

로생은 고개를 끄덕거리다가 멈췄다.

"몰라. 정말……."

"솔로몬은 어느 항공사 여객기로 갈 건가?"

"아틀란티스 항공이야. 전체 비즈니스 클래스로 되어 있는 항공기로 가겠지."

"확실한 거야? 틀리면 알지?"

디마는 그러면서 칼로 로생의 귀를 겨눈 다음 힘을 줬다.

"그가 내게 직접 말해준 거야. 오전 7시에 떠난다고 했어."

키릴은 이미 오모로바에게 전화를 걸어 항공편을 점검하고 있었다.

"항공권은 누구 이름으로 샀어?"

"나도 몰라. 오직 하나님만 아시겠지."

디마는 얼굴을 바싹 들이댔다.

"그래. 마지막 질문이다. 왜 우릴 배반했어?"

로생은 침을 꿀꺽 삼켰다. 눈물과 침과 피가 그의 셔츠를 더럽히고 있었다.

"제발 살려줘. 난 감히 그놈의 뜻을 거스를 수 없었어. 디마, 그 놈이 어떤 놈인지 자네도 알잖나. 그놈의 말을 거절할 수 있는 사람은 없어. 자네도 이해하겠지, 디마. 자네도 날 알잖아. 나는 감시라는 거친 임무에 어울리는 사람이 아니야."

디마는 칼날을 바로 이놈의 목에 쑤셔 넣고 싶었다. 하지만 초인적인 노력으로 그 충동을 참았다. 그랬다가는 나중에 치워야 할 쓰레기가 많아질 뿐이었다. 디마는 로생을 놓아주었고 그는 땅바닥에 비틀거리며 쓰러졌다. 디마는 시계를 보았다. 시계는 폭발로 망가져 있었다. 그는 로생의 팔을 들어 그의 시계를 보았다. 5시 15분이었다. 시간은 이제 1시간 45분밖에 남지 않았다.

그는 귀에 휴대전화를 대고 있던 키릴을 바라보았다. 키릴이 말을 걸었다.

"탑승자 명단이 필요한가?"

"시간이 없어. 일단 상황을 정리하자고. 로생의 랩톱을 회수해. 거기 있는 건 뭐든 다 필요해. 이놈을 심문해서 알고 있는 건 뭐든 털어내. 협력 안 하면 죽여버려. 나는 공항에 갈 거야."

"자네, 공항 경비망은 무슨 수로 돌파할 생각인가?"

"불가노프를 데려가면 되지. 도움이 될 거야."

86

이게 대체 뭐람? 흠집 난 시트로엥을 보는 불가노프의 얼굴에는 짜증이 번졌다. 고작 3시간 동안 자는 시늉만 하다가 여기 뭐 하러 끌려 나와야 한단 말인가?

"이건 우리 서민들이 쓰는 교통수단이죠. 어서 타세요."

디마는 운전하면서 현재 상황을 보고했다.

"내가 왜 거기 따라가야 한다는 건가?"

불가노프는 하룻밤 사이 이 작전에 대한 열의가 사라진 것 같았다.

"마법의 카드를 꺼내서 우리를 공항 경비망 내로 통과시켜 주시면 돼요. 그놈은 아틀란티스의 VIP 라운지에 있을 거예요. 거기 없으면 게이트에서 찾으면 되고요."

"하지만 난 그 비행기 예약을 안 했는데."

"이미 오모로바가 대신 해드렸어요. 경호원 한 명까지 추가해서요. 그렇다고 우리가 진짜로 뉴욕으로 가지는 않을 거지만요."

디마는 불가노프의 옷도 빌렸다. 아무리 유명한 러시아 과두경제 지도자와 함께 간다고 해도 회반죽 가루와 로생의 피로 범벅이 된 옷을 입고 공항 경비망을 통과할 수는 없었다.

"솔로몬을 무슨 수로 막을 건지는 생각해봤나?"

"VIP 라운지에는 무기가 될만한 게 있지 않을까요? 아니면 공항경비원의 무장을 슬쩍하던가 해야죠."

"백만 안티가 생기겠구먼."

"그래서요? 우리는 러시아인입니다. 우린 언제나 악당 취급을 받았잖아요."

87

뉴욕 시 국토안보부

블랙번이 마지막으로 기억하는 것은 재키의 미소였다. 그 미소는 블랙번이 망각의 강 속으로 빨려들어 가지 않게 해주는 생명줄이었고, 블랙번은 그 생명줄을 결코 놓치지 않으려 했다. 재키가 미소를 지으며 사라진 뒤에 다른 사람들이 나타났다. 그러고 나서는 아무것도 보이지 않았다. 들것 위에 실려 여행을 하는 느낌이었다. 하지만 항공기를 타고 있는 것 같았다. 귀가 아팠기 때문이었다. 그리고 약물에 의한 수면에서 깨어난 다음, 휠체어에 실려 엘리베이터를 타고 어디론가 올라갔다. 그는 자동차 소리, 경적 소리, 디젤 엔진 소리를 들었다. 자신이 있는 곳은 도시가 틀림없었다.

누가 블랙번의 얼굴을 찰싹 때렸다. 세지는 않았지만, 충분히 적의가 느껴질 정도였다. 하지만 블랙번은 이미 적의에 익숙했다. 면역력이 생긴 모양이었다. 아무튼 블랙번은 노래를 들었다. 그건 분명 디마가 보낸 메시지였다. 디마는 아직도 이 사건에 매달리고 있었다. 그리고 디마는 그 사실을 블랙번에게 알리고 싶어 했다.

블랙번이 있는 방에는 창문이 있었지만, 아래쪽 창문은 간유리였다. 두 개의 노르스름한 형광등이 회록색의 벽을 어슴푸레 비추고 있었다. 이 방에서는 담뱃재 냄새가 강하게 났다.

"흠, 블랙번. 여행은 즐거웠나?"

블랙번은 자기 앞에 서 있는 사람을 주시했다. 그루터기 같이 짧게 자른 회색 머리에 면도하지 않아서 까칠하게 자란 옅은색 수염이 얼굴의 거의 반을 뒤덮고 있었다. 목이 굵고 어깨는 널찍한 것이 미식축구 쿼터백에 어울리는 체형이었다.

"지금 몇 시인가요?"

"좋군. 아직도 생각할 여력이 있는 모양이구먼. 오후 2시를 조금 넘겼어. 빅애플(뉴욕)에 온 것을 환영하네."

상대는 몸을 기댔다.

"나는 국토안보부의 휘슬러 요원이라고 한다. 세계에서 제일 인기 있는 이 도시가 핵공격을 당할 거라고 자네가 자꾸 떠든다기에 그거 들어보러 왔네."

블랙번은 대답하지 않았다.

"8시간 전에 나는 포트 도날드슨의 영창에 소속부대 지휘관 살해혐의로 수용되어 있던 어떤 해병대원이 매우 놀라운 이야기를 알고 있다는 전화를 받았네. 그 전화를 건 사람이 누구였냐 하면 미국 상원의원이었지. 엄청나게 높은 양반이야."

"그쪽에는 아는 사람이 없는데요."

"그래. 상원의원이 시키지 않았다면 우리가 국민의 혈세를 낭비해가면서 자네를 이곳 뉴욕까지 항공기로 데려올 일도 없었을 거야. 아무튼 여기 왔으니 자네 이야기를 듣는 데 시간을 투자해야겠지."

블랙번은 또 이야기를 풀어놓았다. 하지만 그 자신조차도 이 이야기를 할수록 그 이야기가 거짓말처럼 느껴져 갔다. 나쁜 마음을 품은 CIA 자산이 악당이 되어 서구 세계를 파멸시키려고 뉴욕과 파리에서 동시에 핵폭발을 일으키려 하고 있다니…… . 그 모든 얘기는 자신과 디마가 모은 정보를 토대로 얻은 것이었다. 블랙번이 본 지도, 죽어가는 알 바시르의 입에서 들은 이름, 디마가 알고 있는 솔로몬에 대한 지식…… .

블랙번이 말을 하는 동안 휘슬러는 투명한 보통 유리가 끼워진 창문의 위쪽 절반으로 밖을 내다보고 있었다. 햇살이 그의 번들거리는 이마에 부딪쳐 반짝였다. 블랙번은 휘슬러가 자신에게 관심을 기울이고 있는 건지 아닌지 알 수가 없었다. 아마도 휘슬러는 누군가가 지시한 대로 동작을 취하고 있는 것 같았다. 블랙번의 이야기가 마무리되자 휘슬러는 고개를 돌려 블랙번을 보았다.

"그래. 안 그래도 슬슬 그만 듣고 싶었어. 혹시나 내가 잘못 말하는 게 있으면 바로 얘기하게. 자네는 테헤란 은행 금고에서 두 장의 지도를 봤어. 파리와 뉴욕 지도였지. 파리 지도에는 증권거래소 위치에 X자가 그려져 있었고 말이야."

"X자가 아니라 동그라미입니다. 잉크로 그렸지요."

"아무튼, 그리고 뉴욕에도 마크가 그려져 있었어. 바로 타임 스퀘어에. 날짜나 시간은 없었나?"

"두 폭탄은 같은 날 터질 겁니다. 그래야 혼란이 극대화되니까요. 9·11 테러처럼 말이죠."

"그건 자네 이론일 뿐이지."

"디마의 이론입니다."

"그 디마라는 사람 전문가라고 했는데, 정말 그런가? 세계를 날려버릴 음모를 꾸미는 악마를 키워낸 사람이라고 자네가 말했지. 이봐, 블랙번. 자네는 만화책 속 슈퍼 영웅이 아냐."

"저는 솔로몬이 미 해병대원의 목을 베는 것을 보았습니다. 그놈의 얼굴도 보고, 눈도 봤고요. 그리고 같은 사람이 테헤란 은행에서 핵폭탄 두 발을 가지고 나가는 것도 봤습니다."

휘슬러는 고개를 내리깔고 깨진 손톱을 바라보다가 그것을 집어냈다.

"재미있는 얘기로군, 친구. 자네의 러시아 친구인 디마 말인데. 왜 자네는 그의 편을 드는 건가?"

"저는 누구의 편도 들지 않습니다."

"자네는 디마를 살리기 위해 지휘관을 살해했다면서. 그게 편든 게 아니고 뭔가."

블랙번은 마지막 남았던 한 조각 인내심마저 사라지는 것을 느꼈다.

"그럼 휘슬러 씨, 왜 당신들은 솔로몬의 편을 드는 거죠?"

휘슬러는 몸을 돌렸다. 그의 입술이 입맛이 쓴 듯 휘어졌다.

"친구, 질문하는 쪽은 우리야."

"저는 더 이상 아무것도 답변드릴 게 없어요. 왜 아무도 가서 솔로몬을 찾지 않는 건가요? 한때 CIA의 자산이었다는 것 때문에 그놈을 건드릴 수 없는 건가요?"

"친구……."

"난 당신의 망할 친구가 아녜요."

"솔로몬은 CIA가 아주 깊숙이 감춰놓은 자산이었어. 그 친구에 대해서는 질문할 수 없네."

"좀 있다가 월 스트리트에서 핵폭탄이 터지면 상원의원한테 뭐라고 말할 건가요? '의원님, 솔로몬에 대해서는 아무런 질문을 할 수 없었기 때문에 알아볼 수 없었습니다.'라고 할 건가요?"

화를 분출한 블랙번은 정신이 혼미해졌다. 그러나 그는 여전히 휘슬러를 쏘아보고 있었다. 누군가는 해야 할 말이었다. 블랙번은 디마에게 진 빚을 갚기 위해, 자기 자신을 위해 그 말을 해야 했다.

88

파리

디마의 운전은 불가노프의 신경을 거슬렀지만, 그 덕분에 VIP 전용 주차장에 들어갔을 때 불가노프는 완전히 잠에서 깨어났다. 덩치 큰 두 직원이 그들을 내보내려고 다가왔으나 불가노프의 신분증과 VIP 카드를 흔들자 그들은 꼼짝 못했다.

"죄송합니다, 선생님."

불가노프가 말했다.

"괜찮소. 해야 할 일을 하려던 것뿐이잖소."

디마가 말했다.

"우리 역시 마찬가지이죠."

아틀란티스 항공의 스튜어드가 그들의 표를 검사하러 기다리고 있었다.

"항공기는 20분 후에 출발합니다. 검사받을 수하물이 있나요?"

"우린 가벼운 차림으로 여행하는 걸 좋아해요."

디마는 불가노프에게 자기 뒤에 붙을 것을 지시했다. 그는 이 일을 혼자서 처리하고 싶었고 온 정신을 집중하고 싶었다. 그의 심장은 터져 나올 것처럼 강하게 고동쳤다. 그는 자신이 만든 괴물을 찾으려는 프랑켄슈타인 박사가 된 심정이었다. 라운지에는 회색 가죽을 입힌 의자와 유리 테이블이 있었다. 불가노프의 집에 비하면 한결 검소한 인테리어였지만, 여긴 러시아가 아니라 프랑스였다. 승객 20여 명이 보였는데, 대부분 남자였다. 몇몇 사람들은 랩톱 위에 상반신을 구부리고 있었고, 또 어떤 사람들은 라운지에 비치된 PC를 사용하고 있었다. 전화를 하는 사람도 있었고, 극소수의 사람들만이 안락의자에서 휴식을 취하고 있었다. 시각은 오전 5시였다.

디마는 생각했다. '이 사람들은 언제 자지? 내가 잠을 잔 게 언제였지?' 디마는 라운지 내부를 살폈다. 승객들의 얼굴 하나하나를 철저히 살피며, 그가 찾는 사람이 아닌 사람을 지워 나갔다. 그러다가 문에서 가장 멀리 떨어진 사람에게 시선이 꽂혔다. 그 사람은 〈월 스트리트 저널〉로 얼굴을 가리고 있었다. 그러나 그의 손, 그의 체형은 왠지 낯익었다. 아니, 디마의 기억 속에 강하게 각인되어 잊을 수 없는 손과 체형이었다. 디마가 가까이 가자 신문이 내려졌다. 20년 만에 처음으로 둘은 서로의 얼굴을 마주 보았다.

솔로몬은 나이보다 훨씬 젊어보였다. 아마도 성형수술을 받은 것 같았다. 솔로몬의 머리는 예전보다 길었고, 가운데 가르마를 탔으며, 여전히 까만색이었다. 그의 눈썹 역시 똑같은 색이었다. 광대뼈 밑에는 터진 혈관이 약간 드러나 있었고, 눈 흰자위는 충혈되어 분홍색으로 보였다. 그가 입은 양복은 맞춤 양복이었으며 하얀 셔츠도 반쯤 열려 있어 그의 가슴을 드러내 보여주고 있었다. 그런 그의 인상은 서구를 혐오하는 테러리스트라기보다는 플레이보이에 더 가까웠다.

솔로몬은 반쯤 감긴 눈으로 디마를 보았다. 솔로몬의 한쪽 눈썹이 살짝 올라갔다. 자신을 인간병기로 만들어준 사람을 보는 눈빛이라기보다는 귀찮은 훼방꾼이 또 왔나보다 하는 눈빛이었다. 솔로몬이 먼저 말을 걸었다.

"아직도 포기하지 않으셨군요?"

디마는 불편한 감정을 느꼈다. 증오와 반가움이 반반씩 섞인 감정이었다. 예전에 가까이 지내던 사람을 다시 봤을 때 느끼는 좋은 기분을 완전히 지워버리기란 어려웠다. 그러나 솔로몬의 표정으로 볼 때 둘 다 그런 기분을 느끼는 건 아니라는 것은 너무나 분명했다.

"내가 어떤 놈인지 자네도 알잖나."

그러면서 디마는 주변 사람들을 보고 고개를 끄덕였다. 하나같이 비싼 항공권을 사고 항공기 탑승을 기다리고 있는 부자들이었다.

"그동안 잘 지낸 것 같군. 그래, 자네가 원한 게 이거였나?"

솔로몬은 먼 곳으로 시선을 돌렸다.

"마야코브스키 선배, 당신은 아마 제가 원하는 걸 인정하지 못할 거예요."

"사이코패스가 되고 싶었다면 인정 못하겠네."

솔로몬은 지친 듯한 몸동작으로 어깨를 으쓱였다.

"세계의 균형은 무너져 있어요. 누군가가 나서서 바로잡아야 하죠."

그는 신문을 접어서 자기 옆의 탁자에 단정하게 올려놓았다. 그 다음 무릎 위에 양 손을 겹쳤다. 그의 모든 동작은 마치 로봇의 움직임처럼 정확했다. 디마는 생각했다. 그래. 이게 이놈의 정체지. 인간의 모습을 한 기계.

솔로몬은 살짝 미소를 지었다.

"선배가 내 뒤를 쫓고 있다는 소식을 들으니 즐겁더군요. 선배와 헤어진 이후 난 선 배 생각을 한 번도 한 적이 없었어요. 그래서 선배가 왜 이러나 조사해보기로 했지요."

라운지에 JFK 공항행 아틀란티스 항공기의 탑승 준비가 완료되었다는 안내방송 이 흘러나왔다. 디마의 목소리는 자신의 원래 목소리로 돌아가 있었다.

"조사할 게 그리 많지는 않았을 텐데."

솔로몬의 눈썹이 치켜 올라갔다.

"선배는 분명 이 세계의 패배자예요. 그건 부인할 수 없는 사실이지요. 술을 끊었 음에도 말이지요. 아, 혹시 아직도 술을 드시고 계시나요? 하지만 제가 선배한테 열 심히 배울 때, 선배가 제게 말 안 한 게 있더군요. 난 상상도 못했어요. 선배가 여자를 사랑해서 아이를 두었을 줄은."

솔로몬은 입술을 구부려 미소를 지었다.

"그래서 잘하면 가정을 꾸렸을지도 몰랐다는 걸. 이 얼마나 감동적인 얘기인가요. 그런데 여태까지 선배는 그 아이의 소식을 전혀 듣지 못했다죠. 그 아이는 선배도 알 다시피 지금 부르스에 있어요. 당신을 닮은 좋은 친구라는군요."

디마의 심장은 너무나 격하게 고동치고 있었다. 마치 지금 당장이라도 몸 밖으로 튀어나올 것 같았다.

"티모파예프는 죽었다. 내 손으로 직접 죽였지. 카파로프도 죽었어. 모든 게 다 끝 났다. 넌 이제 혼자야."

솔로몬은 음흉한 미소를 지었다.

"벌써 잊으셨나요, 디마 선배. 난 언제나 혼자였어요. 난 다른 사람하고 같이 움직인 적이 없어요."

"네가 파리에서 뭘 어떻게 해볼 기회는 이미 날아갔어. 뉴욕에 가면 상황이 갑자기 나아질 거라고 생각하나?"

솔로몬은 실망한 듯 눈살을 찌푸렸다. 그의 눈이 반짝 빛나기 시작했다.

"지금 무슨 말씀을 하시는 건가요? 저는 기회를 놓친 적이 한 번도 없어요. 기억나지 않으세요?"

섬뜩한 광채를 발하는 솔로몬의 검은 두 눈은 깊이를 알 수 없었다.

"지금 제가 제일 아쉬운 게 뭔지 아세요? 잘 드는 칼날로 선배의 짜증나는 대가리를 늙은 몸뚱이에서 분리해버릴 여건을 만들지 못한 거지요. 선배가 죽는 모습을 보면 얼마나 즐거울까요."

솔로몬은 일어섰다. 디마는 몸을 앞으로 날려 양손으로 솔로몬의 목을 졸랐다. 솔로몬은 양손으로 디마의 손목을 으깨버릴 듯이 꽉 잡았다. 바로 경보가 울리더니 어디선가 대여섯 명의 경비원들이 나타나 그들에게 달려왔다. 네 명이 디마에게 달라붙어 그를 솔로몬에게서 떼어내고 라운지 바닥에 쓰러뜨렸다.

솔로몬은 양복을 펴고 싸움판으로부터 서둘러 멀어지는 다른 승객들 있는 곳으로 발걸음을 옮겼다. 그러다가 그는 멈추고 다시 돌아와 몸을 숙여 디마의 얼굴 바로 앞에 얼굴을 갖다 댔다.

"늙고 불쌍한 마야코브스키 선배. 언제나 엉뚱한 곳에만 나타난다니까요. 아들을 구하고 싶으면 부르스에 가셨어야죠."

솔로몬은 시계를 보았다.

"아드님과 다시 만나기에는 이미 상황이 너무 안 좋네요. 10시 30분이면……."

그러면서 솔로몬은 손가락을 딱 튕겼다.

"잘 있어라, 파리."

89

뉴욕시

휘슬러가 랭글리에 전화를 한 지 20분이 지났지만 그는 여전히 통화대기 중이었다. 국토안보부와의 통화를 전담하는 CIA의 전화교환원이 병결이고, 그 사람의 업무를 대행해줄 사람은 없는 모양이었다.

휘슬러는 비발디의 음악이 흘러나오는 휴대전화에 대고 말했다.

"이래 놓고 기관 간에 정보를 공유하겠다고?"

결국 CIA 직원이 휘슬러의 전화를 받기는 받았다. 상대는 휘슬러의 암호를 이중 확인하고 나서 그를 자산등록부라는 부서로 연결해주었다. 쉐릴이라는 멍청한 목소리의 여자가 전화를 받았다. 휘슬러는 솔로몬이라는 암호명을 가진 자산에 대한 가용 정보를 모아 지금 당장 알려달라고 요청했다.

"쉐릴 씨, 시간이 얼마나 걸릴까요?"

쉐릴은 콧방귀를 꼈다.

"그건 영원히 안 돼요. 허가를 안 받으셨잖아요, 흥."

휘슬러는 이런 식으로 냉대당하는 데는 이력이 났다. 도전을 한 것은 블랙번이었다. 자신이 뭔가 알고 있다고 하면 휘슬러가 어떻게 나올지 시험해본 것이다. 블랙번의 말을 묵살한 사람들은 어떤 기분이었을까? 휘슬러는 훗날 쌍둥이 빌딩을 들이박은 의심스런 조종사 훈련생들을 조사하지 않기로 했던 사람들이 자꾸 떠올랐다. 나역시 똑같은 잘못을 범하게 될까? 나는 그 잘못이 가져다준 죄책감을 평생 안고 살수 있을까?

CIA에서 비협조적으로 나오자 휘슬러는 욕을 먹을 각오를 하고 더글리스 상원의원의 사무실에 전화를 걸었다. 의원을 바꿔달라고 했다. 놀랍게도 그는 바로 의원과 전화 연결이 되었다.

"안녕하십니까, 의원님. 저는 블랙번 병장의 조사를 맡고 있는 휘슬러 요원이라고 합니다."

"전화주셔서 감사합니다, 휘슬러 요원. 무엇을 도와드릴까요?"

휘슬러가 상황을 간단히 이야기하자, 상원의원은 필요한 권한을 주겠다고 답했다. 3분 후 휘슬러의 휴대전화가 울렸다. 전화를 건 사람은 국토보안부의 부국장이었다. 휘슬러는 한 번도 만나본 적이 없었다.

"휘슬러 요원, 해고당하고 싶은가?"

"부국장님. 아무것도 묻지 않는 것보다는 뭐라도 묻다가 해고를 당하는 편이 낫다고 생각합니다."

30분이 지났다. 휘슬러는 블랙번에게 커피 한 잔을 주면서 말했다.

"자네 때문에 내 남은 경력을 이 전화에 모두 걸었어. 그것만은 알아줬으면 하네."

블랙번은 대답하지 않았다. 이 끔찍한 악몽이 시작된 이후 처음으로 마셔보는 커피 맛에 정신이 팔려 있었기 때문이었다.

다시 30분이 지난 후 처음 보는 사람 세 명이 들어왔다. 그리고 휘슬러의 직속상관인 덤프리도 들어왔다. 얼굴이 붉은 덤프리는 골프복 차림이었다. 세 명의 인상은 매서웠다. 가장 키가 작고 머리가 제일 많이 벗겨진 사람의 손에는 신원확인 사진들이 잔뜩 들어 있는 대형 링바인더가 들려 있었다.

"좋아요. 시작합시다."

덤프리가 속삭였다.

"휘슬러 요원, 이거 이만큼 공을 들일 가치가 있는 일이겠지? 아니면 좆될 줄 알아."

90

파리

"자, 자, 자. 잠시만 시간을 주세요, 여러분."

불가노프는 살면서 이만큼 커다란 굴욕을 당해본 적이 없었다. 그 굴욕의 크기를 그는 절절히 느끼고 있었다.

"여러분, 죄송합니다. 저희는 러시아인입니다. 화끈한 사람들이죠. 그래서 싸울 때는 지독하게 싸웁니다. 하나님께 감사하게도 이곳의 경비태세가 무척이나 삼엄한 탓에 누구도 무기를 들고 싸우지는 않았습니다. 전화로 내무부 장관님을 연결해주신다면 그분께 직접 사과의 말씀을 드리고 싶습니다."

불가노프가 프랑스 고위층에 친구가 있다는 것을 내비치자 상대방들도 잠시 주춤했다. 그러나 샤를 드 골 공항의 선임 공항보안관 지로는 이 러시아 과두경제 지도자 앞에서 한 수 접고 들어가는 인물이 아니었다.

지로는 잠시 동안 불가노프를 무시했다. 그리고 디마를 가까이서 살폈다. 이 사람은 뭔가 난장판 속에 있었던 모양이다. 머리칼 사이에는 먼지가 끼어 있었다. 몸에서는 희미한 지린내도 났다. 지로는 디마의 이란 여권을 살폈다. 그리고 디마는 이란 정권의 탄압을 피해 망명한 사람이라고 재치 있게 떠들어대는 불가노프의 말을 들었다. 지로는 그 말을 믿지 않았다. 한편으로는 디마의 얼굴을 어디선가 본 것 같다는 생각이 들었다. 한 번 조사를 해봐야겠다고 생각했다.

디마는 솔로몬을 헛되이 공격한 자신을 소리 없이 비난했다. 또 실수를 저지른 것이었다. 정신이 흐트러지기 시작했다. 솔로몬의 입에서 나온 말 때문에 조리 있는 생각은 모두 달아나버렸다.

솔로몬은 경비가 삼엄하다고 부르스를 포기할 위인이 아니었다. 솔로몬은 그 무엇도 포기하지 않는다. 경비가 강화되기 전에 이미 폭탄을 설치했을 수도 있다. 아니면 그곳의 경비원으로 변장해 폭탄을 설치했을 수도 있다.

불가노프는 계속 흥정을 하고 있었다.

"부디 이번 한 번만 융통성을 발휘해서 너그러이 양해해주시고, 이 친구를 제게 돌려주신다면 이 은혜는 영원히 잊지 않겠습니다……."

지로는 그 말에 신경을 쓸 수 없었다. 그는 아이폰에 뜬 범인식별용 얼굴 사진을 보다가 눈이 갑자기 휘둥그레졌다.

"디마 마야코브스키 씨. 저희와 함께 가주셔야겠습니다."

91

뉴욕시

링 바인더를 가져온 사람은 CIA 뉴욕지부 소속 고든이었다. 휘슬러보다 키가 작고 통통한 체격이었지만, CIA의 최정예요원다운 타고난 자부심이 넘쳐흐르는 인물이었다.

"자, 여러분. 제가 이 바인더를 열 때, 책상에서 물러서 주시면 감사하겠습니다. 여기 사진들은 대외비거든요. 중범죄자에게 CIA 자산의 사진을 보여주는 것은 매우 유례가 드문 상황이라는 사실을 새삼 강조할 필요는 없겠지요."

휘슬러는 자기 직속상관이 분노의 한숨을 쉬며 고든의 지시를 따르는 것을 보았다.

고든은 바인더를 블랙번 앞에 있는 책상에 놓았다. 모두가 바인더 페이지를 넘기는 블랙번의 모습을 지켜보았다. 그 바인더에는 50장의 신원 식별용 사진이 들어 있었다. 블랙번은 시간을 많이 들여 그 사진들을 보았다. 커피를 마셨음에도 불구하고, 주사로 투여된 진정제 성분은 아직도 블랙번의 몸속을 돌고 돌아 그의 눈꺼풀을 무겁게 했다. 그는 하커를 죽인 터번 쓴 사형집행인을 떠올렸다. 그리고 은행의 보안 스크린에서 본 얼굴도 떠올렸다. 죽어가는 순간 알 바시르가 내뱉은 솔로몬이라는 이름도 떠올렸다. 블랙번은 페이지를 넘기며 그 속의 얼굴들을 하나씩 자신이 본 솔로몬의 얼굴과 대조했다.

국토안보부 직원 한 명이 한숨을 쉬며 시계를 보았다. 블랙번은 주어진 이 시간을 충분히 활용하고 있었다. 이것이 블랙번의 인생에서 마지막으로 하는 쓸모 있는 일일지도 몰랐다. 그렇다면 블랙번은 이 기회를 결코 헛되이 해서는 안 될 것이다.

92

파리

시각은 9시 30분이었다. 디마는 수갑을 차고 르노 승용차 뒷좌석에 앉았다. 디마의 양쪽에 한 명씩 두 공항 보안관이 탑승했다. 조수석에도 한 명의 공항 보안관이 타고 있었다. 파리 도심으로 가는 도시 고속화 도로는 러시아워 시간의 교통체증으로 꽉 막혀 있었다. 그들은 꽉 막힌 도로를 사이렌 소리를 울려가며 억지로 뚫고 나갔다. 디마는 눈을 감았다. 이곳이 정신을 집중하기에는 차라리 더 좋은 환경이었다. 이제 한 시간도 남지 않았다. 솔로몬이나 그의 부하들이 폭탄을 설치했을 것이다. 폭탄은 건물 어딘가에 있을 것이다. 다른 뭔가로 위장되어 반입되었겠지. 무엇으로 위장했을까? 컨테이너나 상자 형태의 배달품으로 위장했을지도 모른다. 누가 봐도 전혀 의심하지 않는 모양을 하고 있을 것이다.

로생은 뭔가 더 알고 있지 않을까? 만약 그렇다면 키릴이 알아내겠지. 카고 트랙 밴……, 그걸로 부르스에 핵폭탄을 실어 날랐을까? 베르나르, 시코, 라몽. 그들은 어디까지 알고 있을까?

디마를 태운 차는 시내로 달리고 있었다. 에펠탑이 눈에 들어왔다. 르노는 다른 차들과 함께 개선문 주위를 돌아갔다. 운전자는 이 여행을 즐기는 듯했다. 디마 옆에 앉은 보안관이 속도를 줄여 달라고 했으나, 운전자는 말을 듣지 않았다. 디마는 평정을 유지한 채 불평도 저항도 하지 않았다. 잡혀 있을 때 상대방에게 저항해봤자 상대방의 화를 돋울 뿐이다. 조용히 있으면 상대방도 수동적이 된다. 디마는 적절한 순간이 올 때까지 자제하고 있었다.

그들 중 아무도 안전벨트를 하고 있지 않았다. 다행이었다. 디마는 운전자가 오른쪽 겨드랑이 밑의 숄더 홀스터에 권총을 휴대하고 있는 것을 보았다. 르노가 앞에 선 다른 차에 막혀 나아가지 못하고 있을 때 그는 도로를 살폈다. 뭔가 충격이 필요했다. 건축자재를 실은 트럭이 있었다. 디마는 깊이 숨을 들이쉬어 몸에 산소를 공급하고 다리에 힘을 있는 대로 주었다. 그 다음 그는 수갑 찬 양손을 앞으로 뻗어 수갑의 사슬로 운전자의 목을 졸랐다. 그는 무릎으로 앞좌석을 밀어 수갑의 사슬을 팽팽하게 당긴 다음, 손을 앞뒤로 마구 움직여 수갑 사슬이 상대방의 목살 안으로 파고들게 했다. 상대는 목의 근육을 긴장시키며 저항했다. 운전자의 고개가 뒤로 젖혀지고 손이 운전대에서 떠났다. 디마 옆에 있던 두 사람이 디마를 덮쳤지만, 차는 순식간에 건축자재 트럭을 들이받았다.

자동차 충돌음은 에어백 팽창음에 묻혀 들리지 않았다. 에어백 때문에 운전자와 조수석 탑승자는 자리를 떠날 수가 없었다. 충돌 시 운전석이 디마의 에어백 구실을 해주었다. 약 1초 후 에어백의 바람이 꺼지고 나자 운전자의 몸은 앞으로 축 늘어졌다. 전방에어백도 덩치가 크고 안전벨트를 하지 않은 탑승자에게는 그리 큰 충격보호효과를 주지 못했던 것이다. 디마의 오른쪽에 탔던 보안관은 충격으로 앞으로 밀려나가 조수석을 덮친 다음 앞 유리를 깨고 차 밖으로 반쯤 튀어나가 있었다. 그 바람에 조수석 등받이가 앞으로 굽혀져서 조수석에 탔던 보안관은 납작하게 찌그러졌다. 디마는 운전자의 목에서 수갑의 사슬을 푼 다음, 그의 권총 손잡이를 잡고 권총집에서 채 빼지도 않은 채 운전자의 몸 쪽으로 총을 쏘았다. 디마의 왼쪽에 탔던 보안관은 아직 의식이 있었다. 그는 자신의 권총을 뽑으려고 했다. 다른 수가 없었다. 디마는 그 보안관의 관자놀이에 사격을 가했다. 피가 직물이 덮힌 차량 내부에 튀었다. 디마는 보안관의 주머니를 뒤져 수갑 열쇠를 찾아냈다. 그리고 공항보안관 신분증도 챙겼다. 그는 보안관의 시체를 넘어 문을 연 다음, 그를 발로 차서 차 밖으로 밀어내고 그의 몸 위로 빠져나갔다.

어떤 행인이 입을 딱 벌리고 현장을 보고 있었다. 디마는 그 사람에게 권총을 겨눈 다음, 다른 손에 수갑 열쇠를 들고 소리쳤다.

"당장 이 수갑을 풀어! 안 풀어주면 죽인다!"

그 젊은이는 총구를 피하려는 듯이 고개를 살짝 젖힌 채, 떨리는 손으로 열쇠를 받아들어 수갑을 풀었다.

"그리고 휴대전화도 내놔."

신형 아이폰이었다.

"미안하군. 보험에는 든 물건이겠지?"

디마는 아이폰을 받아들고 부르스 방향으로 달렸다. 하지만 부르스까지는 1.6킬로미터 넘게 가야 했다. 그는 달리면서 키릴에게 전화를 걸었다. 도로는 차들로 꽉 막혀 있었다. 그는 차도로 뛰어들어 스쿠터를 탄 어떤 아가씨 앞을 막아섰다.

키릴이 전화를 받았다.

"잠깐만 기다려."

그는 여자에게 총을 겨누었다.

"아가씨, 죄송합니다."

스쿠터에 탄 여자는 내렸다. 양손을 든 그녀의 눈이 커졌다.

"부르스까지 타고 갈 테니 거기 와서 찾아가세요."

디마는 스쿠터에 오른 다음 보도 위에 올라 속도를 냈다. 보도는 차도보다 덜 막혔다. 디마는 한 손으로 운전을 하면서, 다른 한 손으로는 전화기를 붙들었다.

키릴이 말했다.

"방금 불가노프한테 얘기는 들었어."

"부르스의 보안팀에 전화를 걸어. 거기에는 분명히 폭탄이 있어. 모두 다 대피시키라고 설득해. 누군가는 분명히 거기에 폭탄을 심어놨을 거야. 눈에 띄지 않는 형태로 말이지. 로생을 조져. 그놈은 뭔가 알고 있을지도 몰라."

디마가 보도 위를 질주하자 보행자들은 모두 가게 진열대 유리창에 몸을 착 붙이며 비켰다. 그의 눈앞에 부르스 증권거래소가 주변의 거리 위로 뻗어 있었다. 부의 창출을 의미하는 신고전주의적 기념비이다. 시간이 흘러도 변함없이 서 있는 뾰얀 기둥들은 절대 무너지지 않을 것처럼 보였다.

디마는 스쿠터가 채 멈추기도 전에 뛰어내려, 스쿠터를 밀다시피 하며 앞으로 나아갔다. 그의 휴대전화가 다시 울렸다. 키릴이었다.

"디마! 복사기 안에 핵폭탄이 있대!"

"복사기? 사무실마다 하나씩 다 있는 거 아냐? 그야말로 망할 짚단 속에서 바늘 찾기지!"

"경찰에서는 자네를 발견 즉시 사살하라고 하고 있어. 자넨 결코 부르스에 못 들어가."

"현재 시도 중인데?"

사이렌 소리에 파묻힌 키릴의 다음 말은 간신히 알아들을 수 있었다.

"그 복사기는 이미즈퀵 사 제품이야. 로고가 청색과 적색인 회사 거지."

93

뉴욕시

블랙번은 찬찬히 페이지를 넘기며, 거기 있는 사람들의 얼굴을 자신이 보았던 얼굴과 철저히 대조했다. 신원확인용 사진이라는 속성상 그 사진에 있는 사람들은 모두 공허하고 무표정한 얼굴을 하고 있었다. 게다가 이 사람들은 타인의 기억 속에 오래 남아서는 안 되는 사람들이었다. 이들은 타인에게 자신의 모습을 가급적 적게 드러내도록 훈련받았으며, 많은 사람들 속에 녹아들어 사라지는 법 또한 배운 이들이었다.

"여러분 제발 좀……."

고든은 자꾸 앞으로 나오려는 휘슬러와 덤프리에게 손짓으로 주의를 주었다.

"이 친구에게 여유를 주십시오. 저희는 먼 길을 거쳐 여기 왔습니다. 실수는 용납할 수 없습니다."

블랙번은 계속 사진을 보고 있었다. 방은 매우 조용했고, 블랙번의 귀에 들리는 소리는 아래쪽 멀리 어디선가에서 들리는 차 소리뿐이었다. 지금 이 순간 뉴욕은 살아 있었다. 그러나 언제까지 살아 있을 것인가? 그는 하커 이병의 처형 동영상에서 본 얼굴, 보안 카메라 화면에서 본 얼굴을 다시금 떠올리려고 애를 썼다. 그의 머릿속에 남아 있던 솔로몬의 모습은 점점 빛바래가고 있었다. 마치 솔로몬이 그렇게 되기를 원한다는 듯이.

그는 결국 바인더의 마지막 페이지까지 보았다. 어디에서도 솔로몬의 모습은 찾을 수 없었다. 블랙번은 눈을 들어 방안의 분위기가 변한 것을 알아챘다.

그는 바인더의 뒤페이지부터 거꾸로 다시 살펴보기 시작했다. 마지막 페이지로부터 앞으로 다섯 페이지를 넘긴 곳에는 사진이 세 장밖에 없었고, 한 자리가 비어 있었다. 그는 그 페이지에서 멈춘 다음 다시 살펴보았다.

"아, 이런."

덤프리가 끙끙거렸다.

블랙번은 그 페이지를 바라보면서 손가락을 페이지에 갖다 댔다. 사진이 있어야 할 빈칸 아래쪽에는 240156L이라는 일련번호만 적혀 있었다.

"랭글리에서 이 사진첩을 변조했다고 생각해도 되나요?"

휘슬러는 그런 생각을 재미있어 했지만 고든은 그렇지 않았다. 그는 통통한 주먹을 꽉 쥐었다. 그의 손가락 관절 부위의 피부가 새하얘졌다.

"그런 추측을 들으니 화가 나는군요."

블랙번은 가급적 평소와 같은 어조로 말하려고 했다. 그러나 분노와 좌절감 탓에 그의 목소리는 이상하게 떨리고 있었다. 그의 목소리는 알아듣기 힘들게 줄어들고 있었다.

"솔로몬은 이 책에 없어요. 솔로몬은 CIA 요원이라고요. 그런데 왜 여기 없죠?"

덤프리는 한숨을 쉬고 다른 사람들을 바라보았다.

"우리는 이 별난 친구한테 해줄 만큼 해준 것 같구먼."

94

파리

디마는 계단을 올랐다. 총은 안 보이는 곳에 숨기고 손에는 아까 뺏은 공항 보안관의 신분증을 들었다. 무장 경관 두 명이 그를 막아섰지만 디마는 전혀 멈추지 않고 공항 보안관의 신분증을 그들 앞에 내밀었다.

"이곳의 보안책임자 사무실은 어디 있습니까? 빨리 말해주시오! 여기 이상한 물건이 반입되었단 말이오."

그들은 디마를 붙잡고 물어보려다가 더 현명한 행동을 취했다.

"1층으로 올라가시면 계단 맨 위쪽에 있습니다."

고풍스러운 커다란 문 뒤의 주식 거래장에는 헐렁한 빨간 재킷을 입은 사람들이 바글거렸다. 벽에는 오렌지색과 황색으로 빛나는 주식 가격이 나열되어 있었다.

현재 시각은 9시 44분이었다. 디마는 커다란 대리석으로 된 계단을 뛰어올라 간신히 금색의 바닥 판자를 디뎠다. 그는 눈에 처음 보이는 화재경보기를 눌렀다. 그러나 아무 소리도 들리지 않았다. 고장난 것이었다. 솔로몬은 폭발 시각에 모든 인원이 제 위치에 있기를 바랐을 것이다. 그래야 최대한 많은 인명을 살상할 수 있을 테니 말이다. 그는 몸을 돌려 지하층으로 내려갔다. 거기서 그는 작업복을 입은 어떤 사람과 부딪칠 뻔했다.

"이 빌딩으로 오는 배달품은 어디로 들어오지요?"

"화물 도크를 통해 들어옵니다. 하지만 거기 가실 수는……."

디마는 여러 개의 이중문을 통과해 달렸다. 디마의 눈은 모든 것을 훑었다. 화물 도크에는 포크리프트 트럭 한 대, 트롤리 여러 개, 팔레트 위에 쌓인 상자 여러 개가 보였다. 그리고 유리로 된 부스 안에는 세 명의 사나이가 커피 잔을 기울이고 있었다.

"방해해서 죄송합니다만 이미즈퀵 복사기를 찾고 있어요. 카고 트랙으로 배달된 겁니다."

말을 걸어도 아무도 들은 척도 하지 않았다.

한 사람이 대답했다.

"휴식 시간입니다."

디마는 세 명 다 쏴 죽여버리고 싶은 충동이 들었으나 지금은 이 사람들로부터 도움을 받지 않으면 안 되었다.

"큰일 났어요. 잘못된 모델을 보냈다지 뭡니까. 반송하지 않으면 저 잘려요."

뭔가를 우물우물 씹던 사람이 동작을 멈추고 다른 사람들을 바라보았다.

"아까 이 친구가 말씀드렸다시피 지금은 휴식 중이에요."

그들은 피곤한 표정으로 다시 먹기 시작했다.

"그럼 그게 어디 있는지 알려주세요. 제가 직접 찾아보겠습니다."

그들은 서로를 바라보았다. 한 명이 킬킬 웃었다.

"내 말 못 알아들었습니까?"

"아뇨, 알아들었습니다. 그런데 찾아보신다고요?"

"이봐요. 전 정말 급하단 말입니다."

"그럼 혹시 출입인가증 있습니까? 여기는 국제 금융거래가 이뤄지는 곳이에요. 인가받은 인원만 들어갈 수 있어요."

그들은 은퇴 후 많은 연금까지 나오는 '철밥통'을 가진 사람들 특유의 태평하기 그지없는 분위기를 피우고 있었다. 디마는 생각했다. 너희들 같은 놈들은 핵폭발로 박살이 나는 게 프랑스 국민들을 위한 거야. 관료주의를 병적으로 사랑하는 병신들 같으니라고.

디마는 셋 중에 가장 가까이 있는 사람의 멱살을 잡았다. 그의 머그잔에서 튀어나온 뜨거운 커피가 나머지 두 사람에게 튀었다. 디마는 아까 공항 보안관에게서 노획했던 권총을 상대의 관자놀이에 들이박은 다음, 총구를 좌우로 움직였다. 상대의 퉁퉁한 살가죽이 총구를 따라 휘저어졌다.

"인가증 여기 있다. 어쩔래."

나머지 두 명은 의자에서 뛰어내려 몸을 움츠렸다.

"그런 물건은 한 주 내내 오는데요."

"지난 주말에는 네 개가 왔지요."

"그 대답이 한결 더 낫군."

역시 빠른 시간 내에 협조를 얻어내려면 권총을 머리에 겨눠주는 게 제일이었다.

"그것들 2층으로 갔어요."

"그리고 3층에도요."

95

디마는 계단을 달려 올라가면서 자신에게 남은 선택에 대해 생각했다. 경보는 울리지 않았다. 그리고 설령 이곳의 사람들이 디마의 주장을 믿어준다 할지라도 이 많은 사람들을 다 대피시킬 방법은 없었다. "테러리스트가 폭탄을 설치했어요! 모두 도망치세요!" 라고 소리라도 질러서 이곳 경비원들의 주의를 끌기라도 해야 한단 말인가? 하지만 그는 이미 '발견 즉시 사살' 명령이 떨어진 인물이었다. 소기의 목적을 달성하기는커녕 총에 맞아 죽을 확률이 훨씬 더 높았다.

폭발의 순간은 매초마다 가까워오고 있었다. 그걸 아는 디마는 폭탄을 계속 찾아봐야 했다. 디마는 휴대전화로 키릴에게 전화를 걸었다.

"2층이다! 지금 당장 와줘!"

그는 2층에 도달한 다음 눈에 띄는 첫 번째 방으로 달려 들어갔다. 안에 있던 여자 다섯 명이 스크린에서 눈을 떼고 디마를 보았다.

"혹시 여기 바로 얼마 전에 배달된 복사기 없습니까?"

그들은 모두 할 말이 없는 것 같았다. 그는 다음 방으로 뛰어 들어갔다. 더 많은 사람들이 스크린을 보고 있었다.

"어, 하나 있지요."

누군가가 그렇게 말하면서 방 한 편을 가리켰다. 디마는 몸을 그쪽으로 돌렸다. 문 원쪽의 방 한구석에 복사기가 있었다. 어떤 여자가 회색 복사기의 뚜껑을 들어 올리고 유리 위에 종이를 얹고 있었다.

"당장 그만둬요!"

디마는 소리 지르면서 달려가, 여자의 팔을 잡고 복사기에서 떼어놓았다.

여자는 몸을 비틀어 디마의 손아귀를 벗어나면서 말했다.

"죄송하지만, 제가 먼저 왔어요."

여자는 복사기의 버튼을 눌렀다. 윙 하는 작동 소리가 나더니 사본이 튀어나왔다. 그 여자는 사본을 들고 디마를 살짝 밀치고는 문 쪽으로 갔다.

"참 매너 없는 사람이네."

다음 두 방에도 복사기는 한 대씩 있었다. 둘 다 사용 중이었다. 온전히 제 기능을 발휘하는 복사기 안에 핵폭탄을 숨길 수 있을까? 그럴 수는 없었다.

다섯 번째 방에는 여자 혼자밖에 없었다. 디마가 너무 빨리 들어온 탓에, 그 여자는 비명을 지르며 자리에서 튀어 일어났다.

"이미즈퀵에서 얼마 전에 새 복사기 안 왔나요?"

그리고 디마는 방안에 복사기가 없는지 살폈다. 여자가 물었다.

"혹시 애프터서비스 직원이신가요?"

그러다가 여자는 미소를 짓고 말을 이었다.

"아담 씨의 방을 찾아오신 것 같네요. 위층입니다."

"위층 어딘가요?"

"가서 찾아보시면 되지 않아요?"

"그냥 어딘지 좀 말해주세요."

"커뮤니케이션부 차장 아담 르발 씨를 찾아가세요."

디마는 한달음에 3층으로 뛰어 올라갔다. 그리고 커뮤니케이션부 차장이라고 적힌 문을 열어젖혔다. 들어가니 다른 여직원이 전화를 받고 있었다. 수화기를 들고 있던 검은 피부의 젊고 귀여운 여직원은 디마를 보더니 짜증이 난다는 듯 눈살을 찌푸렸다.

"약속은 하셨나요?"

디마는 숨을 헐떡이며 대답했다.

"복사기 어디 있어요?"

디마는 방안을 살폈다. 복사기는 전혀 눈에 들어오지 않았다.

여직원은 한숨을 쉬며 닫힌 이중문을 가리켰다. 그리고 통화를 계속하기 전에 디마에게 한마디 던졌다.

"지금은 안 돼요. 나중에 들어가세요. 르발 씨도 통화중이세요."

디마는 그 문을 향해 나아갔다. 여직원은 병균이 묻은 물건을 던지듯 수화기를 내려놓더니 의자에서 일어나 디마를 막으러 왔다.

"제가 한 말씀 못 들으셨어요? 그리고 신분증은 어디 있어요?"

디마는 그 여직원에게 눈빛으로 잠자코 자리에 앉아 있으라는 메시지를 전하며 그녀를 제 자리로 살짝 밀어놓았다. 그리고 문을 밀어젖혔다.

단정한 사무실이었다. 원목 패널에 책상과 회의용 테이블, 의자들이 있었다. 가구는 가죽이 입혀진 좋은 것들이었다. 젊은 남자 한 명이 수화기를 들고 통화를 하고 있었다. 그의 얼굴의 반은 수화기에 가려 보이지 않았다. 아까의 여직원은 끈질겼다. 그녀는 디마의 팔을 잡았다.

"선생님, 못 들어간다니까요."

커뮤니케이션부 차장인 아담 르발이 고개를 들었다. 보는 이에게 기대를 가득 품게 하는 밝고 깨끗한 얼굴의 청년이었다. 디마는 바로 그가 누구인지를 알아보았다.

디마는 그 자리에서 꼼짝도 할 수 없었다.

96

뉴욕시

고든, 휘슬러 그리고 덤프리는 서로 시선을 주고받았다.

제일 먼저 입을 연 것은 휘슬러였다.

"그래서 여기 솔로몬이 있다는 건가 없다는 건가?"

고든은 자신이 가진 권한에 매달려서 문제를 해결하려 했다.

"전화를 걸어야겠어요. 어디서 걸면……."

덤프리는 분노를 참지 못하고 폭발시켰다.

"그래, 여기서 걸어요. 어서 걸라니까. 우리가 처한 상황은 대체 어떤 상황이오? 아돌프 히틀러의 일기 사건 이후 벌어진 사상 최대의 사기극이오? 아니면 정말로 제 3차 세계대전이 목전에 와 있는 거요?"

랭글리에 전화를 건 고든은 대기음악이 나오는 동안 기다렸다. 그러다가 그는 갑자기 차렷 자세를 취하며 말을 했다.

"안녕하십니까……. 예…… 예, 하지만…… 자산번호 240156L에 대해 확인이 필요합니다."

고든의 뺨이 붉어졌다.

"예, 알겠습니다. 귀찮게 해드려 죄송합니다……."

통화를 마친 고든은 왠지 기운이 빠진 것처럼 보였다.

"240156L은 위장 신분으로 장기간 활동 중입니다. 현 시점에서는 사진 입수가 불가능합니다."

고든은 불타는 듯한 눈빛으로, 고든이 당하는 굴욕을 즐기고 있는 휘슬러를 쏘아보았다.

"뭐라도 유용한 것을 얻어낼 때까지 좀 더 강도 높게 심문을 진행하라는 조언을 드리고 싶습니다. 그리고 우리 좀 괴롭히지 말라고요!"

덤프리는 손바닥으로 테이블을 내리쳤다.

"그래, 이 건은 이제 끝났어."

97

파리

아담 르발은 전화통화를 마친 후, 그의 앞에 서 있는 이방인을 바라보았다. 그 이방인은 차림새는 흐트러졌지만 탄탄하게 다져진 몸을 갖고 있었고 숨을 헐떡이고 있었다. 분명히 이 건물에서 일하는 사람은 아닌 것 같았다. 그는 탈진한 듯이 보였지만 그 시선에서는 강한 경계심이 느껴졌다.

"죄송합니다, 차장님. 이 분이 방금 여기 막무가내로 들어오셨어요. 복사기 얘기를 하시면서요. 경비원들을 부를까요?"

디마는 숨을 제대로 쉬기가 힘들었다. 팔리오프가 준 사진이 떠올랐다. 그 사진 속에서 다리 위에 서 있던 젊은이, 공원을 거닐던 젊은이가 지금 내 앞에 있다. 그리고 솔로몬도 그 사진을 보았다. 그래서 핵폭탄을 이 젊은이에게, 디마의 아들에게 계획적으로 보낸 것이었다.

아담 르발은 복사기를 보며 고개를 끄덕였다.

"아, 저거 말인가요. 여기엔 있을 필요가 없죠. 요즘은 복사기를 잘 쓰지 않아요."

르발은 그러면서 미소를 지었다.

"종이 없는 사무실을 지향하니까요."

"그리고 저 사람 저를 밀쳤어요."

"고마워요, 콜레트. 내가 알아서 할게요."

디마는 순식간에 다시 현재 상황 속으로 돌아왔다. 그는 아담에게서 시선을 떼고 복사기 쪽으로 걸어갔다.

"이거 누가 만진 적 있나요?"

"콜레트 말로는 작동하지 않는다고 하더군요. 플러그를 찾아봤지만······."

벽시계는 9시 50분을 가리키고 있었다. 디마는 아담에게 말했다.

"지금 당장 여길 떠나야 합니다. 멀리 가셔요. 가급적 멀리."

아담 르발은 들은 대로 무조건 따르는 유형의 인간이 아니었다. 특히나 자신의 사무실에서는 더더욱. 그런데 자기소개도 안 한 채로 사무실에 난입한 이 괴상한 모습의 이방인의 태도는 매우 단호했다. 그리고 지금 이 순간 여기에 오기 위해 꽤 멀고 힘든 길을 거친 것 같았다. 그는 이 이방인에게 호기심이 생겼다. 분명 이 사람이 여기서 이러는 데는 뭔가 이유가 있을 것이다.

디마는 복사기를 살폈다. 전원은 연결되어 있지 않았고, 전원 케이블이나 다른 전선도 보이지 않았다. 그는 아담에게 말했다.

"경보는 울릴 수 없습니다. 누가 다 망가뜨려 놨거든요. 그리고 저는 이놈을 해체할 수 없어요. 제가 말씀드리는 대로 하시면 살 수 있습니다. 이 건물에는 방공호가 있나요?"

아담 르발은 고개를 끄덕였다.

"그럼 그 방공호로 가십시오. 가실 때 가급적 많은 사람을 같이 데려가십시오. 하지만 서둘러야 합니다. 안 가겠다는 사람까지 억지로 데려갈 시간은 없어요. 그리고 누구도 당신이 가는 길을 막게 해서는 안 됩니다. 자, 어서 나가십시오."

디마는 말을 마치고는 팔을 벌려 두 사람을 사무실 출입문으로 몰아냈다.

콜레트는 사무실 바닥 위에 서 있었다.

"차장님, 이 분은 신분증도 없어요. 경비원을 부르는 게 좋을 것 같아요."

아담은 냉정을 잃지 않고 궁금증을 표했다.

"그럼 당신은 뭘 하실 건가요?"

"저는 이 물건을 여기서 갖고 나가야 합니다. 가급적 멀리 떨어진 곳으로요. 제발 부탁한 대로 해주십시오."

디마의 눈에서는 불꽃이 튀고 있었다.

아담은 뭔가를 생각하다가 입을 열었다.

"도움이 필요할 겁니다. 트롤리가 홀 아래쪽의 문구점에 있을 거예요."

콜레트는 수화기를 들고 있었다.

"경비원을 부르고 있어요."

디마는 사무실을 가로질러 걸어가서 콜레트의 손에서 전화기를 낚아챘다.

"자, 잘 들어요. 이 복사기 안에는 폭탄이 있어요. 이 건물 안에 있는 사람들, 그리고 파리 시민들의 생명을 구할 시간은 이제 길어봤자 몇 분밖에 남지 않았어요. 경비원을 부르시면 저는 저항할 겁니다. 그럼 그 친구들은 저를 총으로 쏴 죽이겠죠. 그러고 나면 잠시 후 이 도시에 사는 사람들 모두가 죽게 됩니다."

"하지만 당신은 누구세요?"

아담도 물었다.

"그래요. 도대체 누구세요?"

디마는 밖에서 급한 발자국 소리를 들었다. 그는 아담에게 한 발자국 가까이 다가 갔다. 그리고 숨을 들이쉬고는 용기를 내어 그 이름을 입에 담았다.

"르발 씨, 어머님 성함이 카미유 맞죠?"

아담은 얼굴을 찌푸리며 고개를 끄덕였다.

"예…… 제 생모님 성함입니다. 그런데 어떻게 그걸 알고 계시지요?"

"그렇다면 어머님을 위해서라도 제 말에 따라주십시오."

98

파리

아담과 디마는 복사기를 복도로 끌어낸 다음 트롤리에 실었다. 아담은 방금 그의 삶에 침입해 곧 세계가 망할 거라고 떠들어대는 이 열의가 넘치는 이방인을 빤히 바라보았다. 게다가 이 사람은 이상하게도 극소수의 사람밖에 알지 못하는 자신의 삶의 일부분도 알고 있는 것 같았다.

"그거 어떻게 아셨는지 여쭤봐도……?"

디마는 아담의 말을 막았다.

"우선 이 일부터 끝냅시다."

디마는 앞으로 몇 분 이후에 펼쳐질 미래에 대해서는 일부러 생각하지 않으려 했다.

계단을 숨차게 뛰어올라온 키릴이 그들 앞에 나타났다. 디마는 키릴을 보자마자 아담을 내쫓았다.

"이제 됐어요. 아담 씨, 빨리 방공호에 가세요."

디마는 눈앞의 키릴에게 손을 흔들며 소리쳤다.

"아담 씨, 방공호에 가서 상황이 끝날 때까진 절대 나오지 마세요!"

그러면서 디마는 아담을 밀쳐냈다. 그와 동시에 키릴이 디마의 옆에 와서 트롤리를 붙들었다.

"참 이상한 곳에 두었군. 난 지면 가까운 곳에 폭탄을 뒀을 줄 알았어. 건물의 지반 가까운 곳에 둬야 한 방에 이 건물 전체를 무너뜨릴 수 있지. 뭐, 하긴 이것 자체가 재래식 폭탄이 아니긴 하지……."

키릴은 언제나 이렇게 끊임없이 재잘대는 식으로 긴장감을 조절해왔다. 물론 디마가 막을 때까지만. 그러나 디마는 키릴이 떠들게 그냥 내버려두었다. 그의 귀에는 어떤 소리도 들리지 않았다. 그는 어디로 갈지, 어떻게 갈지만 생각했다. 그러다가 디마는 키릴이 화물 도크에 있던 비협조적인 직원들이 입고 있던 작업복과 똑같은 옷을 입고 있음을 알아차렸다. 다만 키릴이 입은 옷은 가슴에 구멍이 뚫려 있었다. 구멍 주변은 빨갛게 물들어 있었고.

그들은 복사기를 종업원용 엘리베이터에 실었다. 복사기는 엘리베이터 안을 거의 다 채웠다. 키릴은 문 쪽에 착 달라붙은 다음 지하층 버튼을 눌렀다. 화물 도크로 가서 밴에다 이걸 싣고 달리는 게 제일 좋은 방법이었다. 엘리베이터는 끼익 소리를 내며 움직였다. 낡고 느린 물건이었다. 짜증이 날 정도로 느렸다.

디마는 엘리베이터 안쪽에, 키릴은 문 쪽에 몸을 바싹 붙이고 서 있었다. 이제 종말이 코앞에 다가왔는데도 키릴은 전혀 걱정하지 않는 것 같아 보였다.

"디마, 이 일이 끝나고 나면 난 좀 휴식을 취했으면 좋겠어. 애들도 그동안 많이 자랐잖아. 너무 오랫동안 애들을 보지 못했어. 걔네 엄마한테 내가 정말 노력하고 있고, 성의를 다하고 있다는 걸 보여주면 뭔가 확실히 달라지겠지. 어떻게 생각해? 불가노프 일은 조금만 하자. 너무 힘들지 않은 걸로 말이야. 자네도 알겠지만……."

디마는 대답하지 않았다. 그의 머릿속에는 아드레날린이 한계치 이상으로 밀려오고 있었다.

문이 열렸다. 디마가 키릴 너머의 열린 문 밖을 보았다가 다시 키릴에게 시선을 옮긴 아주 짧은 시간 동안 온 세계가 정지하기라도 한 것처럼 느껴졌다. 엘리베이터 문 밖에는 세 명의 경비원들이 서 있었다. 그들이 쏴댄 세 발의 총탄이 채 권총을 뽑지도 못한 키릴의 몸을 꿰뚫었다. 키릴이 방패가 되어준 덕택에, 디마는 몇 분의 1초밖에 안 되는 시간 동안 총을 겨눠 세 번의 더블탭 사격을 가할 수 있었다. 여섯 발의 총탄은 모두 경비원들의 몸통에 정확히 명중했다. 채 2초도 지나지 않아 경비원 세 명은 모두 힘없이 땅 위에 쓰러졌다. 키릴의 몸이 트롤리 앞을 막았다. 디마는 복사기를 뛰어넘어 친구에게 달려갔다. 키릴의 생기 없는 눈은 먼 곳을 바라보고 있었다. 마치 아이들과의 추억을 떠올리는 듯한 표정이었다.

"잘 가게, 오랜 친구."

디마는 키릴의 시신을 한쪽으로 밀어놓고 경비원 한 명이 갖고 있던 총기와 예비 탄창을 챙겼다. 그 다음에 온 힘을 다해 트롤리를 밀어 화물 도크로 달려갔다. 지금은 자초지종을 꼼꼼히 따질 때가 아니었다. 디마의 앞을 가로막는 것들은 모두 적이었다. 그는 이중문으로 트롤리를 밀어붙여 화물 도크로 들어갔다. 전기 기술자가 타고 온 밴이 지금 막 떠나려던 참이었다. 디마는 트롤리를 있는 힘껏 민 다음에 차문을 잡아 열었다. 운전자는 운전면허를 받아 혼자서 트랜시트 밴을 운전할 수 있을 만큼 나이를 먹은 것 같지 않았다.

"당장 차 세우고 내려!"

상대는 그 말에 따랐다.

"움직이지 마."

디마는 주변에 자신을 도와줄 또 다른 사람이 없나 살폈다. 유리 부스는 벌거벗은 시신 한 구가 있는 것을 빼면 텅 비어 있었다. 키릴이 저놈한테서 옷을 뺏었나 보군. 쌓여 있는 상자 뒤에서 뭔가가 움직였다.

"당장 나와!"

디마는 일을 빨리 진행하려고 경고 사격을 했다.

아까 유리 부스에 있던 비협조적인 직원 한 명이 상자 뒤에서 나왔다. 마치 멀미라도 난 것 같은 얼굴이었다.

"이리 나와. 이걸 밴에다 실어."

두 명의 경비원이 나타났다. 디마는 순식간에 총으로 그들을 쏴 쓰러뜨렸다. 젊은이는 울기 시작했다.

"빨리 이 복사기를 차에다 실어. 안 그러면 다음은 네 차례다."

디마는 총구로 젊은이를 찔렀다. 그들은 차문을 열었으나 둘 다 힘이 쭉 빠진 상태였다. 디마가 소리 질렀다.

"너희 둘, 저쪽을 잡아."

그리고 디마는 그 반대편을 잡았다. 일단 복사기의 한쪽 귀퉁이를 트랜시트 밴의 짐칸에 올려놓은 다음, 디마 혼자서 복사기를 밀어넣었다.

"내 길 막으면 죽여버린다. 알았지?"

젊은이는 미친 듯이 고개를 끄덕였다.

디마는 운전석에 뛰어올라 차를 몰고 나갔다. 가속을 붙여 경사로를 올라가 건물 뒤쪽으로 나왔다. 시각은 벌써 10시 10분이었다. 그는 왼쪽에 루브르 박물관을 끼고 리슐리외 거리를 따라 남서쪽으로 달렸다. 디마는 헤드라이트와 비상등을 모두 켜고 왼손에는 권총과 운전대를 쥔 다음, 오른손은 경적에 얹었다. 디마는 뷜르리 공원에서 우회전해서 중앙선 넘어 반대편 차로로 뛰어들었다. 모든 주변 사람들은 디마의 차를 보았다. 자신들의 길에서 나가지 않고 있는 디마의 차를. 디마는 여기서 나가야 했다. 그것도 가급적 아주 멀리 나가야 했다. 파리를 떠난 지 아주 오랜 시간이 흘렀다. 파리에 대한 친밀한 기억들은 흐려졌거나 아니면 이미 유통기한이 지났다. 그래도 생각해내자! 남은 시간 동안 파리 시내에서 어디라도 좀 한적한 곳을 찾을 수 있을까?

두 대의 경찰 밴이 차로를 가로막으며 그를 향해 다가왔다. 갈 곳이 없었다. 이젠 배짱이 필요했다. 디마는 그들보다 배짱이 훨씬 셌다. 디마는 두 경찰 밴 사이의 틈새를 향해 차를 몰았다. 결국 상대방은 마지막 순간에야 비켰다. 두 대의 경찰 밴 사이로 빠져나온 디마는 교차로를 건너다가 버스를 보고 충돌을 피하려 운전대를 왼쪽으로 힘껏 꺾었다. 버스를 스친 디마는 어느 시트로엥 차를 스치며 사이드 미러를 박살냈다. 시트로엥은 장난감 자동차처럼 길 위에서 팽이처럼 돌면서 세 대의 다른 차를 더 들이받았다. 도로는 완전히 꽉 막히기 시작했다. 디마는 브레이크를 세게 밟은 다음, 트랜시트 밴을 후진시켜 중앙선을 건넌 후 계속 달려갔다. 퐁피두 지구에서 디마가 모는 트랜시트 밴의 속도는 시속 100킬로미터를 넘어섰다. 광란의 질주였다. 누구라도 그의 차에 충돌한다면 모든 것이 끝장날 판이었다. 그러나 그가 차를 몰아갈수록 핵폭탄의 폭심지는 파리의 심장부와 아담 르빌로부터 착실히 멀어져 가고 있었다.

99

뉴욕시

블랙번은 머리에 두건을 쓴 채로 서서 두 명의 직원에게 호송을 받으며 복도를 따라 걸었다. 신원확인용 사진을 봤을 때는 그래도 잠시나마 상황이 바뀌어 정중한 대접을 받는구나 싶었다. 하지만 그 기분은 오래가지 않았다.

뒤에서 휘슬러와 고든의 목소리가 들렸다. 그들의 목소리 톤으로 보아하니 뭔가를 논의하는 것 같았다. 하지만 두건을 쓴 상태에서는 그들의 대화 내용까지 들을 수는 없었다.

"난 어디로 가는 거죠?"

한 직원이 답해주었다.

"신속히 진실을 말하게 해주는 특별한 장소로 데려갈 거야."

다른 직원이 끼어들었다.

"혹시 물에 빠져서 죽을 뻔한 적 있나? 없다면 이제 곧 그 기분을 느끼게 될 거야."

그들은 엘리베이터를 타고 내려갔다. 엘리베이터의 문이 열리자 그 앞에 펼쳐져 있는 곳은 한결 추웠다. 바닥은 맨 콘크리트였다. 단단한 벽에 발소리가 부딪쳐 울렸다. 블랙번의 등 뒤에서 문이 움직여 닫혔다. 방은 어두웠다. 두건 아래로 들어오던 약간의 빛도 사라졌다. 물 냄새가 났다. 수영장 물처럼 염소 처리를 거친 물 같았다. 갑자기 두건이 벗겨지더니 그의 눈앞에 이동식 침대가 하나 보였다. 이동식 침대의 한쪽 끝에는 양동이가 있었다. 그를 여기까지 데려온 직원들은 보이지 않았다. 대신 스키 마스크로 얼굴을 가린 두 사람이 양쪽에 서 있었다. 한 사람은 튜브가 끼워진 커다란 투명한 물병을 들고 있었다.

"여기 눕기 전에 생각을 바꾸는 게 어떤가?"

그때 두 대의 휴대전화가 동시에 울렸다. 한 휴대전화의 벨 소리는 드라마 〈하와이 파이브 오〉의 주제곡이었고, 또 한 휴대전화의 벨 소리는 〈성조기〉라는 곡이었다. 블랙번은 주위를 둘러보았다. 고든과 휘슬러가 휴대전화를 들고 있었다. 그들은 경악에 찬 표정을 지었다. 그들의 얼굴이 창백해졌다. 스키 마스크를 쓴 사람들은 이동식 침대 뒤에 가서 서 있었다. 좁은 테이블 한쪽에는 래칫 스트랩 여러 개와 경봉이 하나 놓여 있었다.

고든이 나직이 말했다.

"이런 망할!"

스키 마스크를 쓴 사람 한 명이 몸이 근질근질한지 몸의 무게중심을 이리저리 움직이며 물었다.

"저기, 시작해도 되나요?"

휘슬러는 입을 딱 벌린 채로 얼어붙어 있었다. 한참을 아무 말도 못하던 그의 입에서 가까스로 말이 흘러나왔다.

"파리에 1급 핵 경보가 발령됐어."

그 말을 들은 블랙번의 정신이 멍해졌다. 자신이 옳은지에 대한 의심이 이제 막 심각하게 들기 시작하던 찰나, 파리에서 일이 터졌다. 이제 다음 표적은 뉴욕이다. 블랙번은 스키 마스크를 쓴 사람들과 자신을 기다리고 있는 이동식 침대를 보았다. 방금 휘슬러가 한 말은 마치 번개처럼 그를 때리고 지나갔다. 그의 온몸에 힘이 넘쳐흘렀다. 그래. 이대로 내버려둘 수는 없어.

블랙번은 앞으로 몸을 날려 양팔로 이동식 침대를 힘껏 밀었다. 이동식 침대는 그 뒤에 서 있던 두 스키마스크 사나이를 받아버리고 그들을 매단 채로 굴러갔다. 블랙번은 오른쪽으로 몸을 돌려 경봉을 집어 들고 그걸로 고든의 머리통을 있는 힘껏 후려쳤다. 강력한 일격을 당한 고든은 그대로 바닥에 쓰러졌다. 휘슬러는 어디에도 갈 수 없어 방 한구석에 몰려 있었다. 그는 재킷 안으로 손을 집어넣었으나 블랙번은 경봉을 휘둘러 휘슬러의 오른쪽 손등을 내리쳤다. 휘슬러의 M-9 자동권총이 땅에 떨어졌다. 휘슬러는 자기 몸을 보호하려 왼손을 들었다. 블랙번은 땅에 떨어진 권총을 차올려 손에 잡았다. 그리고 경봉을 휘둘러 휘슬러의 얼굴을 짓뭉개 버리려다가 동작을 멈췄다.

"어떡할 거야, 휘슬러 씨? 뉴욕이 지도상에서 사라질 판인데 가만있을 거야?"

휘슬러는 대답하지 않았다.

"파리는 지금쯤 불타고 있을지도 몰라. 날 여기서 내보내줘. 당신이 날 도와주면 이 도시를 구할 수 있어. 싫으면 이 흑색작전 고문실에서 인생을 마감하던가."

오랫동안 여러 감방을 전전하며 감방 특유의 회색과 카키색에 익숙해졌던 블랙번은 현란하고 화려하게 생동하는 알록달록한 도시의 색상에 눈이 부셨다. 그는 광장 북쪽 끝에 서 있었다. 지하철 입구 빨간색 M자에서 몇 미터 떨어지지 않은 곳이었다. 그가 입은 옷은 뉴욕으로 올 때 입었던 죄수복과 그 위에 입은 휘슬러의 통근용 바이크복 말고는 없었다. 휘슬러는 현명하게도 블랙번의 공범자가 되는 편을 택했다. 그는 충분히 생각한 끝에 가까스로 블랙번에게 무죄 추정을 내렸다. 블랙번은 아직도 자신이 실패할 가능성이 있다고 생각했기 때문에 그것은 매우 관대한 조치였다. 하지만 블랙번은 무엇을 찾으러 나온 것인가? 〈굿 모닝 아메리카〉 스튜디오 옆에 놓인 빛나는 옷가방을 찾으러 온 것인가? 스튜디오 건물 옆에서 나오는 뉴스 방송에서는 파리 얘기는 일언반구도 없었다.

그는 그 주변을 어슬렁거렸다. 어딜 보나 사람들로 가득했다. 여행객, 소비자들, 통근자들, 아이가 딸린 가족들……. 여덟 살 때 부모님 손을 잡고 처음 뉴욕에 왔을 때가 생각났다. 어느 문 위에 비키니를 입은 여자가 칵테일을 들고 서 있는 화려한 대형 사진이 눈에 띄자, 어머니는 블랙번이 그 사진을 보지 못하게 고개를 억지로 돌려버렸다. 하지만 블랙번은 그 여자가 정말 예쁘다고 생각했다. 그때 그 문과 비키니 여자 사진이 있던 자리, 그리고 그 블록 전체는 M&M의 가게로 바뀌어 있었다. 시간은 점점 러시아워를 향해 가고 있었다. 필요하다면 여기 한밤중, 아니 그 이후까지라도 있을 생각이었다.

30분이 지났다. 지하철역으로 몰려가는 사람들의 물결은 점점 늘어났다. 나아가는 사무 노동자들의 물결 속에서, 거대한 키의 어릿광대가 블랙번을 향해 뒤뚱뒤뚱 걸어왔다. 어릿광대는 블랙번을 음흉한 눈빛으로 바라보았다. 블랙번은 왼쪽으로 비켜주었다. 어릿광대 복장을 한 사람이 누구인지는 모르겠지만, 블랙번의 동작을 따라하는 게 재미있었던 모양이었다. 어릿광대도 몸을 왼쪽으로 비켰다. 그리고 블랙번이 몸을 돌리자 어릿광대도 몸을 돌렸다. 어린 소녀가 어릿광대를 가리키며 킥킥 웃었다. 슬슬 짜증이 한계점까지 올라오던 블랙번은 어릿광대를 때려눕히고 싶었다. 하지만 대신 그는 몸을 180도 뒤로 돌렸다. 바로 그때 시티뱅크 앞의 40번가 및 브로드웨이 지하철 출입구에 낯익은 사람이 눈에 띄었다. 블랙번과 그 사람은 잠시 시선을 서로 마주쳤다. 블랙번은 그 사람의 얼굴을 살폈다. 검은 눈, 튀어나온 광대뼈, 두터운 눈썹.

그리고 솔로몬은 어두운 계단 속으로 몸을 날려 사라져갔다.

100

파리

디마는 아직도 아무 계획이 없었다. 그리고 이제 5분 남았다. 그저 마구 달리고 또 달리면서 생각해볼 뿐이었다. 센 강은 이제 그의 왼편에 있었다. 다른 방법이 없다면 센 강 속에 차를 몰고 뛰어들까도 생각했다. 하지만 강가에는 담이 쳐져 있었고, 강 속으로 들어가는 경사로를 찾기 전까지는 안 될 말이었다. 이제 생텍쥐페리 가를 지나 퐁 디시 레 물리노 다리를 지나쳤다. 강가를 따라 바지선들이 정박해 있었다. 백미러를 보니 뒤에서 푸조 경찰차가 다가왔다. 설마 저놈들이 날 쏘겠어. 이렇게 차가 많은데. 그때 한 발의 총탄이 뒤 유리창을 뚫었다. 이런, 잘못 생각했군.

디마는 승용차와 트럭들 사이로 차를 요리조리 몰았다. 도요타 자동차를 잔뜩 실은 수송차량 옆으로 차를 들이댔다. 푸조 경찰차는 수송차량 건너편에 있었다. 디마는 액셀러레이터 페달을 있는 힘껏 밟아 수송차량 앞으로 나아간 다음 브레이크를 밟았다. 수송차량의 운전자는 디마의 트랜지트 밴을 피하기 위해 차를 오른쪽으로 급하게 꺾었다. 수송차량의 트레일러가 급한 각도로 꺾이며 도로를 막아버리고는 신고 있던 도요타 차량들을 도로에 쏟아버렸다. 그중 한 대가 푸조 경찰차의 지붕을 박았다.

디마가 탄 차는 푸엥 뒤 주르 가를 벗어나 조르주 고르스 가로 접어들었다. 눈앞에 세느 강 한복판에 있는 세겡 섬이 보였다. 세느 강은 그 섬을 기점으로 오른쪽으로 급하게 휘어졌고, 서쪽으로 가는 조르주 고르스 가도 강을 따라 꺾여 있었다. 초승달 모양의 세겡 섬은 한때 섬 전체를 다 뒤덮는 르노 공장이 있던 자리였다. 오천 명의 노동자들이 밤낮으로 차를 생산했다. 하지만 공장은 문을 닫고 공장 벽은 무너졌다. 섬을 연결하는 르노 다리가 나타났지만 다리로 들어가는 교차점은 없었다. 디마는 핸들을 오른쪽으로 꺾어 북쪽을 향했다. 그 다음 모퉁이에서는 왼쪽으로, 그 다음에는 다시 왼쪽으로 꺾었다. 이제 르노 다리로 들어갈 수 있었다. 하지만 다리에는 문이 걸려 있었다. 적어도 이 섬에 아무도 살지 않는 것은 확실했다. 그는 온몸에 힘을 주며 문을 향해 돌진했다. 트랜시트 밴이 문에 부딪치자 문은 떨어져 나갔다. 그 다음 디마는 이 섬의 중심부로 생각되는 곳으로 달려가서 차를 급정지시켰다.

5분 남았다. 아직 내 생명은 5분이 남아 있다. 폭탄을 멈출 시간이 5분이 남아 있다. 그는 트랜시트 밴의 뒷문을 열고 들어가서 온 힘을 다해 복사기를 흙바닥 위로 밀어 던졌다. 옆으로 떨어진 복사기의 뚜껑이 열리고 내용물인 핵탄두가 드러났다. 격발되지는 않았다. 그는 복사기의 뚜껑을 걷어차 버리고는, 차에 실려 있던 전기 기사용 공구상자를 들었다. 이제 집중해서 폭탄을 해체할 차례이다.

이제 그의 모든 감정은 사라졌다. 디마의 두뇌는 마치 컴퓨터의 연산장치처럼 선택과 결정을 내릴 뿐이었다. 아담 르발에 대한 것도 일체 생각하지 않았다.

반짝이는 알루미늄 케이스에는 분해에 필요한 단서가 전혀 없었다. 라벨도 없고 일련번호도 없고 어떤 종류의 단서도 없었다. 하지만 그 안에는 두 개의 우라늄이 들어있는 튜브가 있을 것이다. 이 두 우라늄이 기폭장치에 의해 강하게 부딪치면 핵폭탄이 격발이 되는 것이다. 그 작용을 해줄 기폭장치도 있을 것이고, 기폭장치에 기폭 시간을 알려주는 타이머도 있을 것이다.

케이스의 좁은 면에는 직사각형 패널이 있었다. 그는 공구상자에서 끌을 꺼내 그걸 패널 틈새에 넣고 비틀어 열었다. 디마는 아프가니스탄에서 IED도 해체한 적이 있지만 그건 벌써 아주 오래전 일이었다. IED 해체 훈련을 받을 때는 시계공의 기술과 끈기를 가지고 임하라고 배웠다. 그러나 지금 그런 장인 정신을 발휘할 시간은 없었다. 패널을 여니 그 속에 타이머가 보였다. LED 디스플레이였다. 04:10. 4분 10초가 남았다는 소리였다. 솔로몬은 강박적으로 시간을 잘 지키는 인물이었다. 온 세계가 이놈을 싫어하는 것도 무리는 아니지.

이제 3분 50초가 남았다. 그는 노루발장도리를 꺼내 타이머를 본체에서 떼어내 보려고 했다. 하지만 꼼짝도 하지 않았다. 고장력강으로 만들어진 것 같은 내부 프레임에 매우 튼튼히 용접되어 있었다. 조그마한 물건이었다. 그러나 이 정도의 크기만으로도 파리와 거기 사는 모두를 없애버릴 수 있었다.

디마는 블랙번 생각이 났다. 미국인들은 블랙번의 말을 믿어줬을까? 이게 폭발하면 미국인들도 믿게 되겠지. 하지만 미국인들은 도무지 알 수 없는 사람들이다. 일단 뭔가에 대해 마음을 굳히면 여간해서는 그 마음을 바꾸지 않는 사람들이다.

그래, 타이머는 잊고 기폭장치를 찾아보자. 그는 밴에 다시 뛰어올랐다. 많은 공구가 있었지만 쓸모 있어 보이는 물건은 없었다. 그럼 밴 자체를 사용해보자. 그는 운전석에 앉아 시동을 걸었다. 하지만 차는 움직이지 않았다. 약간만 까딱거렸을 뿐이었다. 그는 차에서 내려 온 힘을 다해 차를 몇 미터 밀어냈다. 차가 충분한 관성을 받아 구르기 시작하자 그는 운전석에 올라타서 다시 시동을 걸고는 운전대를 잡았다. 제발 원하는 대로 되기만을 하나님께 바랄 뿐이었다. 차의 뒷바퀴가 폭탄의 외부 케이스를 밟자 외부 케이스에 흠집이 나면서 연결부위가 뜯어졌다. 이만하면 됐다. 그는 이제 노루발장도리를 꺼내 들고 30초 동안 폭탄 해체에 매달렸다. 사이렌 소리가 울렸다. 족히 10대는 되는 것 같았다. 트루와용 가에서 오고 있었다. 왜 이렇게 늦었나?

01:50. LED에는 1분 50초가 남았다고 나와 있었다. 이제 기폭장치를 찾아야 할 때였다. 기폭장치는 튜브에 단단히 붙어 있었다. 이걸 누가 만들었는지는 몰라도 해체를 허용하고 싶지 않았던 모양이었다.

그의 시선 한쪽에 파란색 사이렌들이 줄지어 반짝이는 것이 보였다. 모 아니면 도다. 이제 정말 얼마 남지 않았는데. 적어도 저승길 가는 길이 외롭지는 않게 되었다. 그는 기폭장치와 튜브 사이에 노루발장도리를 쑤셔 넣었다. 하지만 전혀 움직이지 않았다. 어서 디마! 이제 LED에는 00:48이라는 숫자가 떠 있었다. 그는 아이디어 하나가 더 떠올랐다. 다리 위에 경찰차가 보였다. 그는 땅을 내려다보았다. 사람이 죽을 걸 확실히 알면 조금이라도 더 예리해진다는데, 과연 그게 사실인지 궁금했다. 그는 노루발장도리를 던져버리고 한 손에는 기폭장치를 다른 한 손에는 폭탄의 나머지 부분을 잡았다. 그리고 기폭장치를 꽉 쥐고는 있는 대로 비틀었다. 00:09, 00:08. 빡빡했다! 기폭장치는 마치 엔진에 달린 오일 캡처럼 붙어 있었다. 살짝 돌아갔다. 그리고 조금 더 돌아갔다. 04, 03, 02…….

게임은 끝났다. 디마는 타이머에 적힌 00:00이라는 숫자를 보았다. 폭탄은 아주 잠시 동안 그 치명적인 신호를 보여주었다. 그러고 나서 눈부신 순백의 빛이 번쩍였다. 그리고 디마는 자신의 몸이 나는 듯한 느낌을 받았다. 하지만 떨어지는 느낌은 없었다.

에필로그

부와 드 불로뉴에서 상쾌한 산들바람에 잎사귀들이 서로 부딪치며 사각사각 소리를 냈다. 몇 개 떨어진 테이블 옆에서 작은 개 한 마리가 계속 짖어대고 있었다. 개 주인이 케이크를 먹을수록 계속 짖어댔다. 블라디미르는 낮게 구시렁거렸다.

"저 여자를 쏴야 할까봐 두려운 걸."

"거기서 신경 끄세요."

오모로바는 그렇게 말하면서 디마가 자신의 입술을 볼 수 있게 아이패드에서 눈을 들었다.

짙은 선글라스를 낀 디마가 말했다.

"난 지금 비번이야. 오늘은 일요일이고. 부와 드 불로뉴에 왔어. 그리고 아직도 고막이 안 좋아서 제대로 들을 수가 없어. 하지만 모두들 정말 고마워."

그러면서 디마는 다시 쌍안경을 들어 산보하는 커플들을 살폈다.

"그러다 체포당하는 수가 있어."

"내가 뭘 하는 거라고 생각하는지 모르지만 자넨 틀렸어."

그들의 커피 컵과 리처드 안경 밑에는 〈헤럴드 트리뷴〉지가 있었다. 블라디미르는 머리기사를 보고 고개를 끄덕였다. '해병대의 영웅, 누명을 벗다.'

"꿀릴 것 같아서 지어낸 얘기 같아 보이지?"

블라디미르는 나머지를 읽었다.

"'핵 테러리스트, 지하철 추격전 끝에 살해당하다.' 이봐, 방금 전에 상관 살해죄로 감옥에 있던 블랙번이 그 다음에는 뉴욕 지하철에서 공적 1호를 추격해서 죽였어. 이게 말이 되냐고."

"미국의 언론은 자유로워. 절대로 날조기사를 쓰지는 않지. 그 친구들이 그렇게 할 수도 있다는 걸 믿어야 해. 그래서 그 친구들은 세계를 지배하는 거야. 그것보다 난 우리 친구 블랙번이 엄청난 재능을 가진 사람이라는 걸 알고 있어. 그래서 난 그 친구를 이 일에 선택한 거야."

"이젠 자네가 소설을 쓰는구먼. 블랙번은 자네에게 자기가 본 놈이 솔로몬이라고 말한 사람이야."

"자네가 그 친구에 대해 뭘 아나? 고작 두 시간 같이 있었을 뿐인데."

"내 로맨스는 그것보다도 짧았지."

오모로바는 블라디미르를 쳐다보았다. 그녀의 스핑크스 같은 얼굴 표정에 살짝 혐오감이 배어났다. 그러다가 디마를 보았다.

"디마, 당신은 우리 러시아인들이 언제나 나쁜 놈이라는 선입견을 없애줬어요. 나중에 자서전을 쓸 때 그 부분을 좋은 출발점으로 삼을 수 있을 거예요. 베스트셀러로 만들어 보라고요."

"아마 마지막 부분은 좀 지어내야 할 거야. 그 부분에 대해서는 도대체 기억이 안 나네."

"기폭장치는 격발되었지만 나머지는 격발되지 않았어요. 분리했으니까요. 당신은 파리를 구했어요."

"그래. 하지만 프랑스 사람들은 우리가 이 도시를 구한 게 썩 마음에 들지는 않은 모양이야. 그래서 그 친구들은 그동안 우리가 입힌 피해를 꼼꼼히 따지는 거라고."

디마는 그동안 찾던 것을 발견했다. 그는 쌍안경을 내려놓고, 막대기를 짚고 테이블에서 몸을 일으켰다.

오모로바가 손가락을 흔들었다.

"조심해요. 당신이 길 위에 흘리는 걸 또 닦아내기는 싫어요."

블라디미르가 물었다.

"저 친구 어디로 가는 거야?"

"아직 끝내지 못한 일이 있는 것 같아요."

그렇게나 원해왔던 순간이 왔지만, 디마는 이때를 위해 준비한 것이 아무것도 없었다. 부러진 다리를 감싼 석고 캐스트가 따끔거렸다. 딱히 준비해놓은 말도 없었다. 되는 대로 하기로 했다. 얘기가 나오는 대로 말하자. 되건 안 되건 간에. 그렇게 생각한 건 그가 쌍안경을 통해 아담 르발과 그의 여자친구만 보는 바람에, 그들 뒤에 있던 더 나이 먹은 부부를 보지 못했기 때문이었다.

"이봐요!"

아담은 디마를 보자 손을 흔들었다.

"이런, 놀랍네요."

아담은 디마의 손을 잡고 뜨거운 악수를 나눴다. 그리고 디마를 안아주었다. 아담의 여자친구도 미소를 지었다.

"나탈리. 이 분은 디마 마야코브스키라는 분이야."

아담은 서로 얘기를 나누느라 정신이 없던 나이 먹은 부부에게 고개를 돌렸다.

"디마, 저희 부모님에게 당신을 소개하고 싶어요. 아버지, 어머니. 이 분이 바로 파리를 구하신 분이에요. 저의 새로운 영웅이고요."

그러나 디마는 할 말이 전혀 떠오르지 않았다.

〈끝〉

역자 후기

안녕하세요. 〈배틀필드: 더 러시안〉의 번역을 맡은 이동훈입니다.

악당이 러시아의 잃어버린 핵무기를 훔쳐 세계를 멸망시키려 하고, 우리의 용감한 주인공들이 그것을 막는다는 스토리는 냉전 종식 직후부터 오늘날까지도 상당히 인기가 있는 것 같습니다. 하지만 〈배틀필드: 더 러시안〉은 기존의 스토리 속에서 언제나 악당으로만 묘사되던 러시아인들을 당당히 세계평화를 지키려는 주인공들로 세우고 있습니다. 또한 다른 작품들과는 달리 작가인 앤디 맥냅이 영국군 특수부대 SAS 출신이었고, SAS의 전설로 남은 〈브라보 투 제로〉 정찰팀의 팀장이었기에 무척이나 실감나는 군사적 묘사를 보여주고 있습니다. 게다가 후기를 쓰고 있는 바로 이 시점에, 공교롭게도 이란 핵개발을 둘러싸고 이란과 미국 간의 팽팽한 긴장감이 호르무즈 해협에 감돌고 있습니다.

주인공인 디마는 엄청난 능력을 가졌지만 애국심이나 공명심, 돈 같은 것 때문에 임무를 맡지 않습니다. 오직 오래전에 헤어진 자기 아들과 재회하고 싶다는 이유로 사지로 뛰어드는 지극히 인간적인 캐릭터입니다. 그런 점에서 볼 때 이 소설은 여타 밀리터리 스릴러 소설과는 차별화되는 '뭔가 특별한' 것이 있습니다.

또한 이 작품은 저와도 여러모로 특별한 인연으로 맺어진 책입니다. 제가 번역가로 데뷔하기 전에 습작 삼아 번역했던 작품 중에 앤디 맥냅의 〈브라보 투 제로〉가 있었기 때문입니다. 또한 저는 데뷔 이후 게임 〈배틀필드 3〉의 원조격이 되는 게임인 〈배틀필드 1942〉의 한글화 작업에도 참여했습니다. 그런 의미에서, 한편으로는 옛 친구를 만난 듯 반가우면서도 다른 한편으로는 그만큼 더 성의 있게 해야 되겠다는 무거운 책임감을 느꼈습니다.

　아무쪼록 독자 여러분들이 즐겁게 읽으시기를 바라며, 혹시나 미흡한 점이 있다면 그것은 역자인 저의 부족함 때문임을 밝혀둡니다.

　아울러 책의 번역에 도움을 주신 정호욱 군, 박윤홍 해병님에게 감사를 드립니다.

2012년 2월

이동훈